Johann Heinrich Deinhardt, Hermann Schmidt

Kleine Schriften

Johann Heinrich Deinhardt, Hermann Schmidt

Kleine Schriften

ISBN/EAN: 9783741157646

Hergestellt in Europa, USA, Kanada, Australien, Japan

Cover: Foto ©Andreas Hilbeck / pixelio.de

Manufactured and distributed by brebook publishing software
(www.brebook.com)

Johann Heinrich Deinhardt, Hermann Schmidt

Kleine Schriften

Johann Heinrich Deinhardts

kleine Schriften.

Ausgewählt und herausgegeben

von

Hermann Schmidt.

Leipzig,
Druck und Verlag von B. G. Teubner.
1869.

Vorwort.

„Ja wenn endlich die letzte Trennung eintritt und der
Tod den Bund zerreisst, dann weint der Zurückgebliebene
wohl auch eine Thräne der Liebe seinem Freunde nach und
streut Blumen auf sein Grab, aber er fasst sich auch wieder
in dem Bewusstsein des ewigen Lebens, auf welches der
Freundschaftsbund gegründet war, und ruft der abgeschiedenen Seele, deren Leibesgestalt er nicht mehr sieht, noch
das Wort des Friedens und der Liebe nach und spricht:
Gehe hin mit Frieden! was wir Beide beschworen haben im
Namen des Herrn und gesagt: der Herr sei zwischen mir
und dir, zwischen meinem Samen und deinem Samen, das
bleibe ewiglich! — Dereinst aber werden sie sich noch schöner
freuen ihrer Freundschaft und des holdseligsten, liebevollsten
Freundes, der in ihrem Bunde der Dritte war und ewiglich
bleibet.“

So schloss mein Freund die hier an erster Stelle mitgetheilte Abhandlung, in welcher er unsrer Freundschaft ein
seine Denk- und Gefühlstiefe so schön charakterisirendes
Denkmal gesetzt hat. Er ist vor mir, dem vier Jahre älteren,
abgerufen worden, und mit der Thräne, die ich ihm nach-
weine, verbinde ich zugleich die Erfüllung einer frommen
Pflicht, wenn ich den von ihm selbst schon gefassten Plan
zur Herausgabe seiner gesammelten kleinen Schriften, an
dessen Verwirklichung ihn der Tod gehindert hat, zur Ausführung bringe. Auch denke ich mir dadurch den Dank des
Leserkreises, für den sie bestimmt sind, zu verdienen. Sie
behandeln lauter Gegenstände von allgemeinerem Interesse
auf dem Gebiete der Religion, der Moral, der Literatur, der
Kunst, und behandeln sie nicht nur in einer ebenso gründlichen als anschaulichen und allgemein verständlichen Form,
sondern auch in einem immer dem Höchsten zugewendeten

und dafür mit warmer Liebe erfüllten Geiste. Das Wort, das er so gern aus seinem Lieblingsschriftsteller, namentlich in früheren Jahren, Matthias Claudius, im Munde führte: „Klar wie ein Thautropfen und durchdringend wie ein Liebesseufzer" findet seine volle Anwendung auf seine eigenen Schriften. Aus seiner ursprünglichen Fachwissenschaft, der Mathematik und Naturkunde, schöpfte er die Schärfe und Durchsichtigkeit im Verein mit der Anschaulichkeit, aus dem Studium der Philosophie, das er von seiner Universitätszeit her mit Vorliebe und in immer selbständigerer Weise trieb, die Tiefe und Gründlichkeit, aus der Religion, deren Wahrheiten er in früheren Jahren mehr mit der Unmittelbarkeit des Gefühls erfasste, später denkend sich zum Bewusstsein zu bringen suchte und der sein Herz stets mit gleicher Wärme zugewendet blieb, die Innigkeit und Ueberzeugungstreue, welche dieselben auszeichnen. In allen seinen Schriften giebt er sich daher auch selbst: als den charakterfesten, wahrheitsliebenden, offenen, liebevollen, für alles Gute und Edle begeisterten Mann, als den er sich im Leben zeigte. Einen kurzen Abriss desselben nach seinem äusseren Verlaufe hat er selbst in dem Einladungsprogramme zur Feier des 50jährigen Jubiläums des Bromberger Gymnasiums am 30. und 31. Juli 1867 mitgetheilt, einen Nekrolog hat ihm sein vieljähriger Amtsgenosse Herr Professor Fechner im Januarhefte der Zeitschrift für das Gymnasialwesen 1868 gewidmet, und dieser ist so wahrheitsgetreu und zugleich so anerkennend und liebevoll abgefasst, dass ich mich ihn hier mitzutheilen gedrungen fühle:

„Am 16. August vorigen Jahres Abends kurz vor 8 Uhr hat das Bromberger Gymnasium, die Stadt und das gesammte preussische und deutsche Vaterland einen herben Verlust erlitten. Es starb der Director der genannten Anstalt Dr. Johann Heinrich Deinhardt nach einer Krankheit von etwa 3 Wochen. Wenige Wochen vorher, am 30. Juli, feierte das Gymnasium das 50jährige Jubiläum seines Bestehens; der Verewigte versuchte, obwohl bereits krank, dennoch seinen für die Festfeier ausgearbeiteten Vortrag zu halten, sank aber nach kurzer Zeit zusammen und musste die Festversammlung verlassen. Bald darauf nahm die Krankheit einen nervösen Charakter an, der den Freunden des nun Dahingeschiedenen zu ernstlichen Besorgnissen Veranlassung gab, die denn leider durch den traurigen Ausgang sich auch als gerechtfertigt erwiesen.

Der Verstorbene wurde in Zimmern, einem Dorfe bei Weimar, am 15. Juli 1805 geboren, hat also ein Alter von 62 Jahren und einem Monat erreicht. Nachdem er eine tüchtige wissenschaftliche Bildung auf dem Gymnasium zu Erfurt und der Universität Berlin erlangt hatte, widmete er seine Kraft als Lehrer zunächst dem Gymnasium zu Wittenberg seit 1828 und dann seit Ostern 1844 dem Gymnasium zu Bromberg, dessen Directorat ihm zu dieser Zeit übertragen wurde. Schon in Wittenberg hatte er sich durch mehrere Druckschriften weiteren Kreisen als ein tüchtiger Denker in der Philosophie, Pädagogik und Mathematik in hervorragender Weise bekannt gemacht, und nun widmete er von seinem 40. Lebensjahre an seine volle Manneskraft der hiesigen, damals hier noch einzigen höhern Bildungsanstalt.

In den 23 Jahren seiner Bromberger Amtsführung haben zahlreiche Schüler seiner Leitung, Anregung und seines Unterrichts sich erfreut, und sie alle stimmen darin überein, dass die Idealität seines ganzen geistigen Wesens, seine wissenschaftliche Tiefe und Klarheit ausserordentlich fördernd auf ihre geistige Entwickelung eingewirkt haben. Insbesondere verstand er es, die Wahrheiten und Sätze der Mathematik mit einer seltenen Klarheit und Einfachheit seinen Schülern mitzutheilen, so dass man oft das Urtheil hören konnte: Wer bei Deinhardt keine Mathematik lernt, der wird diese Wissenschaft gewiss n i e lernen.

Aber nicht weniger zeigte sich der wohlthätige Einfluss seiner Klarheit im Denken beim Vortrage der philosophischen Propädeutik und der deutschen Literatur in Prima, und viele seiner Schüler haben von ihm eine bleibende Anregung und Grundlage zum weitern gründlichen Studium dieser wissenschaftlichen Fächer erhalten.

Als Director suchte er vor Allem durch zahlreiche Lehrer-Conferenzen Zusammenhang und Einheit in das Wirken der einzelnen Lehrer unter einander zu bringen, Unklarheit und andere Mängel in der didaktischen Methode einzelner Lehrer durch eingehende Besprechungen möglichst zu beseitigen und in der Schule nach allen Seiten einen ernsten sittlichen Geist und ein gediegenes wissenschaftliches Streben zu erhalten und zu fördern. Um in allen Lehrern die nöthige Freudigkeit zu eifriger Berufserfüllung zu erhalten, war er unablässig bemüht, die äussere Lage der Einzelnen zu verbessern, und seine Arbeit nach dieser Seite hin ist nicht ohne bedeutenden Erfolg geblieben, weil er in der That ein Herz hatte für die materiell bedrängte Lage des Lehrerstandes. Ein dauerndes Zeugniss für diese Richtung seiner Thätigkeit legen unter Anderm mehrere Stiftungen ab, deren das Bromberger Gymnasium sich erfreut, die er entweder allein gegründet, oder zu denen er doch die wesentlichste Anregung gegeben hat; von jener Art ist die Stiftung für unverheirathete Töchter von verstorbenen Lehrern des Gymnasiums, von dieser die Wittwen- und Waisenstiftung und die damit verbundene Begräbniss-Kasse.

Wie klar und verständlich er selbst schwierigere wissenschaftliche Aufgaben, namentlich auf dem Gebiete der Philosophie, zu behandeln verstand, davon haben auch die fast alljährlich von ihm allein oder in Gemeinschaft mit seinen Collegen für ein grösseres gebildetes Publikum gehaltenen Vorträge Zeugniss abgelegt, welche gar Vielen Belehrung und dauernde Anregung gewährt haben, so dass sie gewissermassen ein geistiges Bedürfniss Brombergs geworden sind. Neben diesem geistigen Zweck aber wusste er durch den materiellen Ertrag der Vorträge stets noch auf andern Gebieten Gutes und Nützliches zu fördern, und zwar in den Stiftungen, deren bereits gedacht worden, und in einer Stiftung zur Verleihung einer Prämie an einen Primaner für den besten deutschen Aufsatz, die alljährlich bei der Entlassung der Abiturienten ertheilt wird.

Die rastlose Thätigkeit des Verewigten war in der That bewundernswürdig; denn abgesehen von den gesteigerten Anforderungen seines Amtes, indem die Anstalt unter seiner Leitung von 6 Klassen bis zu 14 Klassen mit Einschluss der Vorschule sich vermehrte, wusste er nicht blos Zeit zu erübrigen zu den wissenschaftlichen Vorträgen, sondern auch zu zahlreichen Schriften, von denen die gedruckten in dem diesjährigen Jubiläums-Programm des Gymnasiums namhaft gemacht sind; dabei hatte er auch noch Zeit zur Pflege eines innigen Familienlebens, dem leider im Jahre 1863 durch den Tod einer liebevollen, in jeder Hinsicht trefflichen Gattin eine tief schmerzliche Wunde geschlagen wurde, ferner einer treuen herzlichen Freundschaft und zu einem erquickenden geselligen Umgange und Verkehr, endlich auch noch für die Förderung allgemein nützlicher Bestrebungen in hiesiger Stadt oder im weitern Kreise, namentlich in frühern Jahren, wo seine Kraft noch ausdauernder war; wir erinnern hierbei namentlich an den hervorragenden Antheil, den der Verblichene an der Vertheidigung der deutschen Interessen Brombergs gegenüber den polnischen Revolutionstendenzen in den Jahren 1848 und 1849 hatte.

In den letzten Jahren gebot ihm eine zunehmende nervöse Reizbarkeit, verbunden mit häufigen, sehr ernstlichen Leiden katarrhalischer Natur, eine grössere Zurückgezogenheit vom öffentlichen Leben. Mehrmals hatte er diese körperlichen Leiden durch den Gebrauch von Seebädern oder Gebirgsreisen gemildert; auch im vorigen Jahre wollte er ein Gleiches in der frischen Gebirgsluft seines Vaterlandes Thüringen versuchen, aber eine heftige Erkältung schon in der Mitte des Juli während des so abnorm unfreundlichen Wetters dieses Monats vereitelte seine Absicht; er kehrte am 26. Juli krank nach Bromberg zurück, und drei Wochen später war er dieser Welt entrissen; das Jubiläum, auf das er sich so innig gefreut hatte, konnte er nicht mehr mitfeiern.

Trotzdem, dass seine Freunde und Collegen sicher hofften, ihn noch manches Jahr unter sich wirken zu sehen, und so schmerzlich sie auch die Vereitelung dieser Hoffnung empfinden, können sie doch einen Trost in der Zuversicht finden, dass sein Leben nach seinem Gehalt und seinen Resultaten ein reiches und gesegnetes zu nennen ist und Allen, die ihn persönlich oder aus seinen Schriften kennen, sein Andenken und das Bild seiner Persönlichkeit unvergesslich sein wird. Endlich wissen seine Freunde auch seine hinterbliebenen trefflichen Kinder — drei Töchter — an der Seite von edlen Männern, die für sie bei diesem schmerzlichen Verluste der beste Trost sind und, so Gott will, eine treue Stütze durch ihr ganzes Leben sein werden.

Ein nach allen Beziehungen ausgeführtes und deutliches Bild von der geistigen Persönlichkeit und Bedeutung des theuren Mannes zu zeichnen, dürfte eine anziehende und vielfachen Segen verheissende Aufgabe sein. Ein reiches Material ist dazu in den gedruckten Schriften und noch zahlreichern ungedruckten Abhandlungen und Reden vorhanden. Nachdem die Universität Berlin durch die Ernennung zum Doctor philos. bei Gelegenheit der 50jährigen Jubelfeier im Jahre 1860 die wissenschaftliche Bedeutung des nun Verewigten öffentlich anerkannt hat, ist sicher zu hoffen, dass eine liebevolle Hand das bleibend Werthvolle an dem theuren Dahingeschiedenen recht bald auch für die Oeffentlichkeit darstellen wird."

Und schon hat sich auch der geeignete Mann dazu gefunden. Es ist ein ehemaliger Schüler des Verstorbenen, Herr Rector Dr. Th. Bach in Breslau, und wir freuen uns, die Leser auf die nächstens von diesem zu erwartende Biographie Deinhardts aufmerksam machen zu können. Hier aber mögen noch gleich die Schriften desselben übersichtlich zusammengestellt werden:

A. Bereits im Druck erschienene Schriften.

I. Bücher.

1) Der Gymnasialunterricht nach den wissenschaftlichen Anforderungen der Gegenwart. 1837. Gotha, bei Perthes. Ein in der Gymnasialpädagogik Epoche machendes Werk, da es in der Zeit, wo durch Lorinsers Schrift die Nothwendigkeit mancher Unterrichtsgegenstände in Frage gestellt wurde, erschien und das innere Band nachwies, durch welches alle jene Gegenstände zu einem organischen Ganzen verknüpft und zusammengehalten werden. Eine sehr anerkennende und eingehende Beurtheilung dieses Werks findet sich in Brzoska's Centralbibliothek 1838 von Alexander Kapp. Dass es auch über Deutschlands Grenzen hinaus Anerkennung gefunden hat, zeigt die davon in Holland erschienene Uebersetzung: Het Gymnasiale Onderwiis, volgens de Wetenschappeliske Eischen des Tegenwoordigen tijds door Deinhardt. Uit Het Hoog-

duitsch met eene Voorrede en Aanteekeningen van Mr. J. Bakker
Korff. Amsterdam. Van der Made. 1858.

2) Beiträge zur religiösen Erkenntniss. 1844. Gotha, bei
Perthes. Eine Sammlung von Vorträgen, die grösstentheils in der
von dem Verfasser mitgegründeten literarischen Gesellschaft zu
Wittenberg gehalten sind. Die Ueberschriften der einzelnen Vorträge sind: Begriff der Religion. — Von der Offenbarung Gottes
in der Welt — Die logische Grundlage des Pantheismus. — Von
der Kategorie des christlichen Theismus. — Ueber den Begriff
der Persönlichkeit mit Rücksicht auf Strauss. — Gott ist die
Liebe. — Ueber die Idee der Freiheit.

3) Leben und Charakter des Wandsbecker Boten Matthias
Claudius. 1864. Gotha, bei Perthes.

II. Schulprogramme und Gelegenheitsschriften.

1) Ueber die geometrische Analysis der Alten. 1830.

2) Die Construction trigonometrischer Formeln als allgemeine Methode, alle geometrische Aufgaben zu lösen. 1834.

3) Der Begriff der Seele mit besonderer Rücksicht auf die
Aristotelische Psychologie. 1840. (Auch im Buchhandel erschienen.)

4) Ueber den Gegensatz des Pantheismus und des Deismus
in den vorchristlichen Religionen. 1845.

5) Ueber den Begriff der Ideale mit besonderer Rücksicht
auf die bildende Kunst und die Poesie. 1853.

6) Der Begriff der Bildung mit besonderer Rücksicht auf
die höhere Schulbildung der Gegenwart. 1855. Bromberg bei
Mittler. Zur Feier des 300jährigen Jubiläums des Gymnasiums
zu Lissa.

7) Beiträge zur Dispositionslehre. 1858. (Auch im Buchhandel
erschienen.)

8) Begriff der Religion. 1859.

9) Ueber Gemüthsleben und Gemüthsbildung. 1861.

10) Ueber die Vernunftgründe für die Unsterblichkeit der
menschlichen Seele. 1863.

11) Ueber den Inhalt und Zusammenhang von Platons Gast-
mahl. 1865.

12) Von der Entwicklung des Menschen zur Willensfreiheit.
1867. Zur Feier des 50jährigen Jubiläums des Gymnasiums zu
Bromberg.

Von diesen Schriften sind Nr. 4, 5, 6, 8, 9, 10, 12 in die
vorliegende Sammlung aufgenommen.

III. Abhandlungen und Recensionen in wissenschaftlichen Zeitschriften.

1) In Brzoska's Centralbibliothek Jahrgang 1838 und 1839:
Ein Wort zur Empfehlung gymnastischer Uebungen. — Ueber
die Berechtigung der philosophischen Propädeutik im Gymnasial-
unterrichte. — Allgemeine Bestimmung über den Zweck und die

Mittel der Gymnasialdisciplin. — Recension der Schrift von M. Axt:
Ueber „den Zustand der heutigen Gymnasien. Pädagogische Bei-
träge.“ — Recension der Schrift von Ed. Eyth: „Klassiker und
Bibel in den niedern Gelehrtenschulen. 1. und 2. Bändchen.“

2) In der pädagogischen Encyklopädie von Schmid in Stutt-
gart die Artikel: Aesthetische Bildung. — Deutsche Aufsätze in
höheren Schulen. — Bildungsideale. — Director. — Entwickelung.
— Erkenntnissvermögen. — Fleiss. — Fröbel. — Gedächtniss.
— Gemüth. — Gewöhnung. — Kant. — Lorinser. — Neigung,
Trieb, Begierde und Leidenschaft. — Phantasie. — Plato. — Schaub.

3) In der Berliner Zeitschrift für das Gymnasialwesen: Ueber
die Themata zu deutschen Aufsätzen. — Ueber die zweckmässige
Einrichtung der Schulprogramme. — Ueber den Unterschied des
Classicismus und Romanticismus (in die vorliegende Sammlung
aufgenommen).

B. Zum Druck geeignete, aber in die vorliegende Sammlung nicht aufgenommene Manuscripte.

Sie beziehen sich

1) auf die Religion. Durch eigenen inneren Drang sowohl
als durch den Unterricht, den er in der Religion den Primanern
schon während der letzten Jahre in Wittenberg und dann fortwährend in Bromberg ertheilte, war er auf eine gründliche Beschäftigung mit derselben hingewiesen; und wie lieb ihm diese
war und wie ernst er es damit meinte, geht aus den sorgfältig darüber ausgearbeiteten Schriften und Heften hervor. Fast vollständig
zum Drucke vorbereitet ist eine umfangreiche Abhandlung über
den Paulinischen Lehrbegriff im Römerbriefe. Aber auch die Hefte
über Religionslehre, Erklärung des Evangeliums Johannis, Kirchengeschichte und christliche Moral enthalten viel Anregendes, vortrefflich Entwickeltes und für den Religionslehrer in den oberen
Gymnasialclassen Beherzigenswerthes.

2) auf die Philosophie: Philosophische Propädeutik für
Gymnasien. — Psychologie für das Gymnasium. — Psychologische
Vorträge vor einem gebildeten Publikum. — Logische Versuche.
— Einleitung in die Metaphysik mit besonderer Rücksicht auf
Aristoteles. — Platos Protagoras als philosophische Propädeutik.

3) auf die Literatur und Geschichte: Deutsche Litera-
turgeschichte seit Göthe. — Geschichte der deutschen Poesie. —
Poetik. — Schillers ästhetische Ansichten. — Ernst Moritz
Arndt's Leben und Charakter mit besonderer Rücksicht auf seine
Wirksamkeit in den Freiheitskriegen. — Charakter des Menelaus
bei Homer.

4) auf die Pädagogik. Hierher gehört besonders:
a) eine Reihe von Entlassungsreden: Ueber das Studium der
Philosophie auf der Universität. — Ueber die Bedeutung der

Pietät in der Schulbildung. — Das Studium literarischer Meisterwerke als ein wesentliches Mittel höherer Jugendbildung. — Das
Studium der deutschen Literatur als das wesentlichste Mittel zur
Weckung der Vaterlandsliebe. — Ueber die Selbsterziehung. —
Ueber die Ausbildung der Individualität. — Was ist unter einem
christlichen Gymnasium zu verstehen? — Sapere aude. — Arbor
honoretur, cujus nos umbra tuetur.

b) eine Reihe von Ansprachen an die Schüler bei dem Beginne
eines neuen Semesters, einer neuen Woche und anderen Gelegenheiten.

Ausserdem sind in seinen zahlreichen Briefen viele ebenso
schön geschriebene als gründlich ausgeführte Entwickelungen
über religiöse, wissenschaftliche, politische und andere Gegenstände von allgemeinem Interesse enthalten.

Ich schliesse dies Vorwort mit dem Wunsche, dass Gott
unserm Vaterlande fort und fort Schulmänner erwecken möge,
die in Dainhardis Geist und Sinn die Jugend zu bilden und
zugleich auch ausserhalb ihres engeren Berufskreises durch
Wort und Schrift so segensreich wie er zu wirken verstehen.

Zerbst im Februar 1869.

H. Schmidt.

Inhalt.

I.

David und Jonathan

oder

Ueber das Wesen der Freundschaft.*)

Das ist mein Gebot, dass ihr euch einander
liebet, gleich wie ich euch liebe.
Joh. 15, 12.

Claudius, der oft in wenigen einfältigen Worten die volle Wahrheit und Kraft inniger Lebensverhältnisse darstellt, äussert sich über die Freundschaft folgendermassen:

„Eigentliche Freundschaft kann nicht sein ohne Einigung, und wo die ist, da macht sie sich gern und von selbst. So sind Leute, die zusammen Schiffbruch leiden und die an eine wüste Insel geworfen werden, Freunde. Nämlich das gleiche Gefühl der Noth in ihnen allen, die gleiche Hoffnung und der Eine Wunsch nach Hilfe einigte sie; und das bleibt oft ihr ganzes Leben hindurch. Einerlei Gefühl, einerlei Wunsch, einerlei Hoffnung einigt; und je inniger dieses Gefühl, dieser Wunsch und diese Hoffnung sind, desto inniger und edler ist auch die Freundschaft, die daraus wird.“

Claudius findet also das Wesen der Freundschaft in der Einigung, und so ist's recht. Freundschaft ist die Einigung zweier Herzen. Zur Einigung Zweier gehört aber immer ein Drittes, zur Einigung zweier Herzen ein drittes Herz, in welchem sie zusammenfliessen. Nach der Natur dieses Dritten, was zwei Herzen einigt, richtet sich der Werth, die Innigkeit und die Dauer der Freundschaft. Das Vereinigungsmittel der

---

*) Ostern 1836 dem Herausgeber dieser Schriften bei dessen Abgange vom Gymnasium zu Wittenberg zur Uebernahme des Rectorats der Gelehrtenschule zu Friedland in Mecklenburg überreicht.

Herzen ist der Prüfstein der Freundschaft. Denn es gibt
auch böse Freundschaften, in welchen das Bindemittel ein
schlechtes ist. Auch Räuber halten Freundschaft, aber das
Band ihrer Vereinigung ist die Sucht nach fremdem Gute.
Es heisst in der Leidensgeschichte unsers Herrn Jesu Christi:
An diesem Tage wurden Herodes und Pilatus Freunde, denn
vorher waren sie Feinde. Diese Freundschaft aber zwischen
Herodes und Pilatus ist die schlechteste, die es gibt, weil
das Vereinigungsmittel ihrer Herzen das nichtswürdigste von
der Welt ist. Herodes und Pilatus sind Eins und daher
Freunde in der Feindschaft gegen Christus. Wie aber diese
ihre Freundschaft, als Feindschaft gegen Christum, die
schlechteste und vergänglichste zugleich ist, so würde ihre
Freundschaft die herrlichste, innigste und unverwüstlichste
geworden sein, wenn sie ihren Grund und ihre Wurzel in
der Liebe zu dem Heiland gehabt hätte. Denn das Wesen,
der Werth und die Dauer der Freundschaft richtet sich,
wie schon erwähnt ist, nach dem Vereinigungsmittel, durch
welches sie zur Existenz kommt. Daher ist diejenige Freundschaft die holdseligste, beste und dauerhafteste, die den Holdseligsten, Besten und den zum Mittel und Grunde hat, der
allein Unsterblichkeit hat.

Die wahre Freundschaft also gründet sich auf Gott. Alle
andere Freundschaft, so innig sie auch eine Zeit lang sein
mag, ist endlich, weil ihr Vereinigungsmittel, wenn auch
nichts Schlechtes, doch nicht Gott selbst ist, denn Alles,
was nicht Gott selbst ist, ist endlich, wie es auch sonst
beschaffen sein mag. Daher vergeht auch die Freundschaft,
die sich auf solch ein Endliches gründet, mit diesem Endlichen selbst. Ja es entstehen aus solchen Freundschaften,
die sich auf etwas Endliches gründen, oft die bittersten
Feindschaften, weil man sich nach Aufhebung einer Vereinigung der Trennung erst recht lebhaft bewusst wird.
Was aber der Ewige selbst schliesst, das ist für die Ewigkeit beschlossen. Also ist nur diejenige Freundschaft unendlich und auf die Dauer, die in dem Unendlichen selber
geschlossen ist.

Diesen ewigen Grund finden wir auf's Bestimmteste hingestellt in dem Musterbilde und dem reinsten Spiegel der
Freundschaft, in der Freundschaft zwischen David und Jona-

than. Sie wird hier dargestellt als ein Bund in dem Herrn, vor dem Herrn und durch den Herrn.

„Und sie machten beide einen Bund mit einander vor dem Herrn" 1 Sam. 23, 18. David spricht zu seinem Jonathan 1 Sam. 20, 8: „So thue nun Barmherzigkeit an deinem Knechte; denn du hast mit mir, deinem Knechte, einen Bund im Herrn gemacht." So hat Luther diese Stelle übersetzt, im Hebräischen lautet sie noch treffender und inniger so:. „Denn du hast mich, deinen Knecht, in den Bund Gottes gebracht mit dir." So ist die Freundschaft ein Bund Gottes, ein Liebesbund, den Gott selbst geknüpft hat. Wie sollte auch auf Erden irgend etwas Grosses, Schönes und Liebes existiren, was nicht ein Werk unseres Gottes wäre?

Weiterhin heisst die Freundschaft geradezu ein Eid Gottes, gleichsam als hätte Gott diesen Freundschaftseid selbst geschworen in seinen Kindern David und Jonathan.

„Aber der König (David) verschonete Mephiboseths, des Sohnes Jonathan, um des Eides willen des Herrn, der zwischen ihnen war, nämlich zwischen David und Jonathan, dem Sohne Sauls" 2 Sam. 21, 7. Die Freundschaft ist somit ein Bund zweier Herzen, der in Gott, vor Gott, durch Gott geknüpft ist. Gott ist die lebendige Einheit der Freundschaft. In ihrem lieben Gotte lieben sich die Freunde. Gott ist die Liebe. Er ist auch der Grund und das Leben der freundschaftlichen Liebe. Dass jeder der beiden Freunde sich aufgibt und sich wiederfindet in dem Freunde, dass er das Herz hingibt an den Freund, an dem er seine Freude und seine Wonne hat, es ist nur möglich und wirklich dadurch, dass sie sich in Gott die Hände reichen und von Gottes Geiste ihre Freundschaft knüpfen, entwickeln und vollenden lassen.

Wie aber der Herr des Christen Gott und Mensch in Einer Person ist, so hat nun auch dem zu Folge jedes christliche Verhältniss seine zwei Seiten. Die eine davon ist die göttliche, die andere die menschliche. Es ist bisher der unendliche Grund der wahrhaften Freundschaft angegeben worden. Gott ist der Grund und die Bedingung aller wahrhaften Freundschaft. Aber die Freundschaft hat als christliches Verhältniss noch eine menschliche Bedingung in sich. Alle andre Liebe hat ja auch ihre Bedingung in Gott. Gott ist die Liebe und alle edle Liebe, die in menschlichen Herzen lebt, ist durch Gottes Geist in Jesu Christo in die Herzen ausgegossen. Denn die Liebe Gottes, sagt der Apostel Paulus, ist ausgegossen in unsere Herzen durch seinen heiligen Geist, der uns gegeben ist. Was also bisher von der Freundschaft gesagt ist, dass sie ihren Grund und Mittelpunkt in Gott habe, gilt nicht von der Freundschaft allein, sondern von aller Liebe. Die Freundschaft ist aber eine besondere Art von Liebe. Nicht alle in Gott geknüpfte und von Gottes Liebe belebte Verhältnisse heissen darum Freundschaften. Die Liebe, mit der eine Mutter ihr Kind liebt, ist eine aus dem unendlichen Strome göttlicher Liebe herausfliessende Liebe, aber Freundschaft ist es darum nicht. Die Liebe, mit der sich christliche Ehegatten lieben, ist ein Abbild von der göttlichen Liebe, mit der der Herr seine Gemeinde liebt, es ergiesst sich also auch hier ein Quell der göttlichen Liebe, aber Freundschaft ist es nicht. So spiegelt sich die Eine, sich ewig gleichbleibende, unendliche Liebe des Gottes der Liebe in tausend Gestalten — wer könnte sie zählen? — und eine von diesen Gestalten, eine der lieblichsten, ist die Freundschaft. Dass aber das Eine, sich ewig selbst Gleiche, in so unterschiedenen Gestalten sich darstellt und offenbart, das kommt von der menschlichen Bedingung des Verhältnisses der Liebe. Was die Freundschaft von der ehelichen Liebe unterscheidet, es ist nicht jener göttliche Grund — darin sind sie eins und gleich — sondern es ist die besondere Art der menschlichen Existenz, in der sich die ewige Liebe offenbart.

Die menschliche Bedingung aber, von welcher das Band der Freundschaft abhängig ist, ist die Gleichheit. Die beiden Herzen, die den ewigen Band der Freundschaft knüpfen, müssen gleich sein, nicht bloss darin gleich, dass sie beide ihren Gott lieben, sondern auch gleich in äusserlichen, menschlichen Verhältnissen. „Es gibt, sagt Freund Claudius, Freundschaften, die im Himmel geschlossen sind und auf Erden vollzogen werden." Aber eben zum Vollzug und zur Vollstreckung der im Himmel geschlossenen Freundschaft müssen gewisse irdische Bedingungen erfüllt sein. Es kann z. B. kein Knabe mit einem Manne in Freundschaft treten, ein Jüngling nicht mit einem Greise. Sie können sich lieben, sie können sich lieben in einem höhern Chore, aber Freunde können sie nicht sein. Es gehört also zur Knüpfung der Freundschaft Gleichheit des Lebensalters. Auch Gleichheit des Geschlechts ist im Allgemeinen eine Bedingung der Freundschaft. Es kann auch nicht ein Bauer von einem Adligen, ein Gelehrter von einem Ungelehrten, ein Gebildeter von einem Ungebildeten im eigentlichen Sinne des Worts Freund sein. Es liesse sich noch weiter ausführen, wie die Gleichheit menschlicher Verhältnisse zur Knüpfung der Freundschaft nothwendig ist, und wie die Freundschaft, von menschlicher Seite betrachtet, ein Liebesverhältniss der Gleichheit ist, aber wir wenden uns lieber zu unserem Vorbilde, um diese Ansicht von der Freundschaft bestätigen zu lassen.

David und Jonathan sind nicht bloss darin einander gleich, dass sie beide ihren Herrn über Alles lieben und seinen heiligen Willen zur einzigen Richtschnur ihres Lebens machen, sondern sie sind sich auch gleich an Alter, Geschlecht, Stellung, Achtung, Charakter, Bildung.

Es sind beide blühende Jünglinge, die edelsten ihrer Zeit, ja ihres ganzen Volks. Von David heisst es 1 Sam. 16, 18: „Der kann wohl auf dem Saitenspiel, ein rüstiger Mann und streitbar und verständig in Sachen und schön und der Herr ist mit ihm.“ Also ein Jüngling von Verstand und kräftigem Willen, eben so geschickt, das Schwert zu führen, als die Harfe zu spielen, schön von Körper und von Seele und — was dem Ganzen die Krone aufsetzt, und der Herr ist mit ihm. Dass nun Jonathan die Harfe gespielt, wird nicht ausdrücklich erwähnt, aber in aller andern Hinsicht ist er dem David ähnlich. Von ihm heisst es, der Freund singt es selbst von ihm 2 Sam. 1, 13: „Holdselig und lieblich, leichter denn die Adler und stärker als die Löwen.“ Beide sind an Heldenmuth, Tapferkeit, sowie an Gottesfurcht die Ersten ihres Volks. Jugendlicher Unternehmungsgeist, der auf Gottvertrauen sich stützt, tritt in Beider Geschichte auf gleiche Weise hervor. Der Eine, Jonathan mit seinem Waffengeführten, bringt einen Schrecken in's Lager der Philister auf dem Felde und im ganzen Volke des Lagers, und die streifenden Rotten erschraken also, dass das Land erbebete, denn es war ein Schrecken von Gott. David schlägt den Philister Goliath und ist, wie Jonathan, oft der Anführer im Streit. Beide sind die geehrtesten Helden ihres Volks, die geliebtesten Kinder ihrer Väter, obschon der eine der älteste Sohn, der andere der jüngste.

Dennoch findet sich auch in dieser Freundschaft, wie in aller Freundschaft, bei aller Gleichheit eine leise Ungleichheit. Einige leise Spuren der Verschiedenheit sind nothwendig, damit die Gleichheit in desto grösserem Glanze hervortrete. Wie das Sonnenlicht rings um den Schatten heller zu sein scheint, als an andern unbeschatteten Stellen, so wird an dem Ungleichen das Gleiche in desto hellerem Lichte erkannt. Durch solche Unterschiede wächst der Reiz der Freundschaft und die Festigkeit ihres Bandes.

Jonathan war der älteste Sohn des Königs und David der jüngste Sohn eines Hirten, aber der Hirt wird gesalbt zum König und steigt empor zum Königsthron, Jonathan aber, der es weiss, steigt freiwillig herab und auf dem Wege begegnen sie sich. Sie stehen auf demselben Flecke, als sie den Freundschaftsbund schliessen, aber sie sind von entgegengesetzten Seiten dahin gekommen. Auch in ihrem Temperamente zeigen sich einige Unterschiede. Jonathan ist der sanftere und passivere. Von ihm geht auch der erste Schritt zur Freundschaft aus. Und als David ausgeredet hatte (er hat gewiss sehr schön reden können) vor Saul (so heisst es 1 Sam.), so verband sich das Herz Jonathans mit dem Herzen Davids.

Aehnliche Unterschiede finden sich immer in der Freundschaft. Ist der eine der Freunde feurig und der andere sanft, so facht jener an, dieser aber mässigt, sie suchen sich um so inniger, da sie sich so gut brauchen, und bringen um so reichere Früchte. Oder der eine fasst das Leben mehr von der historischen, der andere mehr von der philosophischen Seite — die Freundschaft gewinnt dabei, denn der erstere bewahrt den letztern vor unwirklichen Gedankenträumereien, der letztere behütet den erstern, dass er über der Wirklichkeit nicht die Wahrheit verliere. Oder der eine von den Freunden ist geneigt, im Reiche der Gedanken sich zu bewegen, der andere, das Gedachte und Gefühlte in's Leben zu übersetzen — sie passen herrlich zusammen, denn der eine fordert und ergänzt den andern.

Doch wer könnte alle diese Unterschiede aufzählen, die eher geeignet sind, die Innigkeit und die lebendige Fruchtbarkeit der Freundschaft zu fördern, als die Einheit zu stören.

Daher kann es kommen, dass der Geschlechtsunterschied, obgleich er im Allgemeinen als etwas zu Ungleiches ein Hinderniss der Freundschaft ist, doch in manchen Fällen die Freundschaft zulässt. Wenn Freund und Freundin darin eins sind, dass sie ihre Herzen an dem erquicken, in dem die holdselige Liebe des himmlischen Vaters erschienen ist, wenn ihr Verhältniss darin besteht, sich diese Liebe Gottes recht zum Bewusstsein zu bringen und sich gemeinschaftlich ihres Herrn und Heilandes zu erfreuen, so ist auch diese Freundschaft eine schöne Blüthe des Lebens, die schon in dieser Zeit das Herz so vielfach tröstet und frei macht, dass man gar nicht berechnen kann, welchen Werth sie erst in der Ewigkeit haben mag.

In solchen Herzen nun, die in ihrem Gotte Eins sind, die sich so nahe stehen, dass sie sich fassen und verstehen und doch auch noch so fern, dass sie sich gegenseitig brauchen und ergänzen, in solchen Herzen grünt und blüht das paradiesische Gewächs der Freundschaft. In solchen Herzen wohnt vor Allem die Gesinnung der Freundschaft. Es ist die Gesinnung der innigsten Hingebung, der treusten Ergebenheit. Die Selbstliebe ist verschwunden, es liebt Einer in dem Andern sein Selbst.

> Denn wo die Liebe erwachet, stirbt
> Das Ich, der dunkle Despot.
> Du lass ihn sterben in der Nacht
> Und athme frei im Morgenroth.

Ein solches freies Athmen im Morgenroth der Liebe ist die lautere Gesinnung der Freundschaft. Da ist nichts als Freiheit und Friede, Liebe und Güte, Freude und Wonne, liebliches, holdseliges Wesen.

Diese Gesinnung der Freundschaft, aus der alle ihre Aeusserungen hervorströmen, offenbart sich abermals trefflich in unsern Repräsentanten der Freundschaft. Die heilige Schrift kann es, möchte man sagen, gar nicht oft und schön und mannichfaltig genug hervorheben, wie lieb sich David und Jonathan gehabt haben. Da heisst es 1 Sam. 19, 1: „Aber Jonathan, Sauls Sohn, hatte den David sehr lieb.“ „Und Jonathan gewann ihn lieb, wie sein eignes Herz“

1 Sam. 18, 1. Und abermals 1 Sam. 18, 3: „Denn er hatte ihn lieb, wie sein eignes Herz." „Und Jonathan fuhr weiter fort und schwur David, so lieb hatte er ihn, denn er hatte ihn so lieb, als seine Seele" 1 Sam. 20, 17. Und so hören wir auch den David um seinen Freund Jonathan, als dieser gefallen war, also klagen: „Es ist mir leid um dich (solche Ausdrücke wollen in der Bibel etwas Anderes sagen, als im gemeinen Leben), mein Bruder Jonathan, ich habe grosse Freude und Wonne an dir gehabt, deine Liebe ist mir sonderlicher gewesen, denn Frauenliebe ist."

Wenn ich einen Menschen lieben kann, wie mein eignes Herz, so ist das ein grosser Segen für mich, auch wenn mich der Andere nicht so lieben sollte. Wenn mich ein Anderer lieb hat, wie seine eigne Seele, so ist das ein rechter Trost und eine feste Zuversicht für mich, selbst wenn ich seine Liebe nicht in gleichem Maasse erwiedern könnte. Aber wenn nun Beides zusammentrifft, dass der Freund mich liebt, wie sein Herz, und ich ihn wieder liebe, wie meine Seele, und also hier in Erfüllung geht, dass Zwei Ein Herz und Eine Seele sind, so ist das ein Verhältniss, über das die Engel im Himmel frohlocken müssen. Das ist aber das Verhältniss der in Gott geknüpften Freundschaft.

Ist aber eine solche Gesinnung der Liebe im Herzen lebendig, so kann sie sich da nicht verschliessen; sondern sie muss hervorbrechen und sich in Wort und That offenbaren. Das Wesen muss erscheinen, es muss sich in seiner Kraft und Unendlichkeit dadurch offenbaren und bethätigen, dass es erscheint und von Erscheinung zu Erscheinung fortgeht, ohne sich in einer derselben zu verlieren. So ist's auch mit dem Wesen der Freundschaft. Das innere Wesen derselben, welches in der treusten, liebreichsten Gesinnung besteht, muss auch äusserlich erscheinen. Nach den Aeusserungen der Freundschaft misst man die Kraft und den Werth der Freundschaft. Wie der Glaube an Jesum Christum nur dadurch als ein wahrhafter und lebendiger Glaube sich erweist, dass er in den Wirkungen der Liebe hervortritt, so erkennt man die Freundschaft nur in ihren Aeusserungen. Sie selbst ist zwar etwas von ihren Aeusserungen wesentlich Verschiedenes, sie thront über ihren Aeusserungen und erschöpft sich in keiner derselben, und wenn der Freund auch für den

Freund sterben sollte. Jede Aeusserung der Freundschaft ist etwas Endliches und hat einen beschränkten Inhalt, daher erschöpft sich die unendliche Freundschaft, die Gott selbst zu ihrem Principe hat, in keiner derselben, noch auch in allen zusammengenommen. Darum beruhigt sich auch die rechte Freundschaft bei keiner ihrer Aeusserungen, sondern sie bringt eine unendliche Reihe derselben aus ihrer lebendigen frischen Kraft der Liebe hervor, und bloss in dieser äusserlichen unendlichen Anzahl der Aeusserungen schafft sie sich eine einigermassen adäquate Darstellung ihrer innern unendlichen Fülle. Die Freundschaft kann daher nicht ohne zahllose Aeusserungen bestehen, wie die Sonne nicht bestehen kann, ohne zu leuchten und zu erwärmen. Eine Freundschaft, die nur Gesinnung wäre und sich nicht äusserte, wäre keine Freundschaft. Vielmehr bringt es die innere Unendlichkeit der Freundschaft mit sich, dass sie auch durch eine äussere Unendlichkeit von Aeusserungen repräsentirt sei, wie das ewige Leben in Gott, obschon es ein Leben ist über aller Zeit, doch für den Menschen seine äusserliche Darstellung gewinnt in der endlosen Zeit. Die Aeusserungen der Freundschaft sind also zahllos, wie das Wesen der Freundschaft unendlich ist. Jeder Gedanke an den Freund, jedes Gebet für ihn, jedes Wort zu ihm gesprochen, jede Miene, jeder Händedruck, jedes Geschenk, jeder Trost, jedes Mitleiden, jede Unterstützung und Vertheidigung des Freundes ist eine Aeusserung. In jede solche Aeusserung legt sich die Kraft der freundschaftlichen Gesinnung. In jeder Aeusserung — sie sei auch noch so klein — spiegelt sich die Fülle der Freundschaft und es mag oft kommen, dass aus der kleinen Aeusserung die Kraft der Liebe, die sie erzeugt, mächtiger hervorbricht und auf den Freund erquickender einwirkt, als aus der grossen. Die grossen Aeusserungen sind oft so massenhaft, dass man vor Betrachtung und Bewunderung des äussern Inhalts gar nicht recht zum Genuss der inwohnenden Liebe durchdringen kann. So mannichfaltig aber die Aeusserungen der Freundschaft sind, so lassen sie sich doch unter gewisse Gesichtspunkte ordnen und von diesen aus übersehen.

Beinahe am herrlichsten — obschon ohne Absicht, Vorsatz und Wahl — offenbart sich die Freundschaft im

unmittelbaren Umgang und Leben. Da gibt sie sich unbewusst
und ohne Reflexion zu erkennen und zu geniessen. Wie die
Freundschaft die Einigung in Einem Geiste, nämlich in
Gottes Geiste ist, so ist auch das Leben der Freundschaft
gemeinschaftliches Leben und Streben in diesem Geiste.
Wahre Freunde leisten sich die grössten Dienste und bringen
sich die herrlichsten Opfer gerade dann, wenn sie sich dessen
am wenigsten bewusst sind.

> All' unser redlichstes Bemühn
> Glückt nur im unbewussten Momente.
> Wie könnte denn die Rose blühn,
> Wenn sie der Sonne Kraft erkennen könnte.

Das gemeinschaftliche Leben der Freunde ist ein solches
Blühen der Rose. Durch das gemeinschaftliche Reden und
Handeln der Freunde in Einem Geiste, in Einer Kraft und
in Einer Liebe gewinnt der inwendige Mensch beider, blüht
lustig empor und sammelt Früchte in seine Scheuern, ohne
dass sich der Freund irgendwie bewusst wäre, was er zur
Förderung des Freundes gethan hat. Er hat's ja auch nicht
gethan. Ihre Gemeinschaft ist von Gott gegründet und wird
von ihm erhalten und belebt, und eben in dieser Gemeinschaft ruht die gegenseitige Dienstleistung und Förderung.

Wo lernte man die Wahrheit besser kennen und lieben,
als in diesem Besprechen der Wahrheit mit dem Freunde?
Wie lernte man die Wahrheit besser aussprechen und darstellen, als gegen den Freund, der des Freundes Wort liebevoll beachtet, berichtigt und entwickelt? Was könnte den
Geist der Sittlichkeit kräftiger entwickeln, als der ununter-
brochene Umgang mit einem Freunde, der den Heiligen
liebt und ihm gerne ähnlich werden möchte? Schon die
Atmosphäre, in der die Freundschaft wächst, wirkt ver-
edelnd auf beide Freunde. Diese Atmosphäre ist der Geist
Gottes, des Stifters und Erhalters ihres Bundes. Je mehr
sie sich in ihrem Streben dieses ihres Bundesfürsten bewusst
werden, desto näher kommen sie innerlich demselben, desto
heiliger werden sie also und desto inniger wird ihre Gemeinschaft. Je inniger die Freundschaft in Gott, desto grösser
die Heiligung, und je grösser die Heiligung der Freunde,
desto inniger die Freundschaft.

Es bleibt aber nicht bei diesen unmittelbaren, unbewussten Aeusserungen der Freundschaft, die in dem gemeinschaftlichen Leben und Streben von selbst sich entfalten, sondern es kömmt zu andern absichtlichen und vorsätzlichen. Alles Wohl und Wehe des Lebens tragen zwei Freunde gemeinschaftlich. „Du musst Gutes und Böses mit dem Freunde theilen, wie's vorkommt", sagt abermals Freund Claudius, (zu dem ich mich immer wende, wenn ich selbst nichts mehr weiss). „Die Delicatesse, dass man den und jenen Gram allein behalten und seines Freundes schonen will, ist meist Zärtelei; denn eben darum ist er dein Freund, dass er mit untertrete und es deinen Schultern leichter mache. Lass deinen Freund nicht zweimal bitten, wenn du helfen kannst, ja hilf ihm, ehe er bittet, wenn du sein Leid fühlst, das ihn drückt. Aber wenn Noth ist und er helfen kann, so nimm du auch kein Blatt vor's Maul, sondern gehe und fordere frisch heraus, als ob's so sein müsste und gar nicht anders sein könnte."

Von David und Jonathan heisst es 1 Sam. 20, 41: „Und sie küsseten sich mit einander und weineten mit einander." Ja Freunde küssen sich, d. h. sie freuen sich mit einander, und weinen auch mit einander, wenn Noth an den Mann geht, herzhaft und ohne Scheu. Sie tragen in ihrem Gotte selbander Freud und Leid. Die Freude wird durch die Theilnahme des Freundes erst eine rechte, wahre und volle Freude. Und wenn der Freund mein Leid mitträgt, so wird der Schmerz bald eine süsse Wehmuth werden, und was mir anfangs bitter däuchte, das wird ein Saame Gottes, aus welchem manche Frucht der Gerechtigkeit emporwächst. Im Leidenshause entwickelt sich die Kraft der christlichen Freundschaft am unwiderstehlichsten. Es ist leichter, sich mit einem Bruder zu freuen über die Gabe, die er von Gottes Gnade empfangen hat, als mit zu weinen über die Zucht, die ihm durch Gottes Gerechtigkeit zu Theil wird. Im Leiden offenbart und bewährt sich die Freundschaft am herrlichsten, wie Alles, was eine ewige Bestimmung hat.

Die Freundschaft Jonathans und Davids fällt grösstentheils in die Zeit, da David verfolgt wurde von Saul. Die fortwährende Lebensgefahr des David gab der Freundschaft seines Jonathan die vollkommenste Gelegenheit, ihre Wachsamkeit, Sorgfalt und Treue für den Freund zu beweisen. Er verkündigt ihm die Anschläge seines Vaters, warnt ihn und rettet ihn. Theilung ist das Gesetz der Freundschaft. Die Freundschaft theilt Gutes und Böses, Freud und Leid, Innerliches und Aeusserliches. „Und Jonathan zog aus seinen Rock, den er hatte, und gab ihn David, dazu seinen Mantel, sein Schwert, seinen Bogen und seinen Gürtel" (1 Sam. 18, 4). Der Freund theilt mit dem Freunde Rock und Mantel, Haus- und Waffengeräthe, Gut und Blut. Ja diese Sorgfalt der Freundschaft geht noch weiter. David trägt seine Liebe auf Jonathans Kinder über, als Jonathan gestorben war. Und David sprach (2 Sam. 9, 1): „Ist auch noch Jemand übergeblieben von dem Hause Sauls, dass ich Barmherzigkeit an ihm thue, um Jonathans willen?" und 9, 3: „Ist noch Jemand vom Hause Sauls, dass ich Gottes Barmherzigkeit an ihm thue?" Wie die Freundschaft oben ein Bund Gottes hiess, ein Eid Gottes, so wird hier die Barmherzigkeit, die der Freund an den Angehörigen des verstorbenen Freundes ausüben will, Gottes Barmherzigkeit genannt. Es ist die Barmherzigkeit der Freundschaft, aber die Freundschaft ist Gottes. Und als sich nun der eigne Sohn Jonathans gefunden hatte, der der Barmherzigkeit bedürftig war, da sprach David zu Mephiboseth (2 Sam. 9, 7): „Fürchte dich nicht, denn ich will Barmherzigkeit an dir thun um Jonathans, deines Vaters willen, und will dir allen Acker deines Vaters Sauls wiedergeben. Du aber sollst täglich auf meinem Tische das Brot essen."

Aber diese Theilung von Freud und Leid, von Gutem und Bösem, von Gut und Blut ist nur möglich bei der lautersten Aufrichtigkeit. Wie kann ich den Schmerz des Freundes mittragen, wenn er mir ihn nicht offenbart? Aufrichtigkeit ist das erste Gesetz der Freundschaft. Oder es ist vielmehr kein Gesetz — denn so etwas Aeusserliches wie Gesetze hat die Freundschaft nicht — sondern die Aufrichtigkeit liegt in dem Wesen der Freundschaft, und Eines Freund sein und aufrichtig gegen ihn sein, ist eine und dieselbe Sache. Freundschaft ist Einigung. Der Freund liebt den Freund als sein Herz, wie seine eigne Seele, so lieb hat er ihn. Beide Personen sind Eine Person in der Freundschaft, die in Gott geschlossen ist. Und solche, die völlig Eins sind,

die sollten doch noch so verschieden sein? Der Eine sollte
wissen, was der Andere nicht weiss? Solche, die sich einander völlig hingegeben haben, sollten sich doch auch wieder
nicht hingeben? Es sollte sich Einer vor dem Andern in
irgend einer Hinsicht verschliessen? Das Herz sollte sich in
irgend einer Weise nicht mittheilen und etwas für sich
behalten? Das geht nicht. Unaufrichtigkeit steht im directesten Widerspruch mit der Freundschaft. Aufrichtigkeit ist
der Prüfstein der Freundschaft. Die Freundschaft ist in
irgend einer Weise oder ganz und gar Heuchelei und Selbstsucht, wenn die volle Aufrichtigkeit fehlt.

Will man aber wissen, ob man aufrichtig ist gegen seinen
Freund, so braucht man sich nur die beiden Fragen zu beantworten: 1) Theilst du deinem Freunde alles Böse mit, was
sich in deinem Herzen regt und was du begangen hast, oder
könntest du es ihm wenigstens mittheilen? 2) Strafst du ihn
in aufrichtiger Liebe wegen alles Bösen, das du an ihm
bemerkst? Fällt die Antwort auf eine von diesen beiden
Fragen verneinend oder nur schwankend aus, so ist noch
keine volle Freundschaft vorhanden.

Das Schwerste in der Aufrichtigkeit ist, dem Freunde
seine Sünden zu bekennen und ihn wegen seiner Sünden zu
strafen, aber eben in der Ueberwindung des Schwersten zeigt
sich die Freundschaft am entschiedensten. Wie Jonathan
seinen Rock abwirft und gibt ihm den David, so wirft der
Freund den Rock und Mantel, der seine Seele verhüllt, ab
und zeigt seinem Freunde die volle, nackte, unverhüllte Seele.
Wie Jonathan dem David Schwert und Bogen gibt, so schenkt
der Freund dem Freunde alle geistigen Waffen, die ihm zu
Gebote stehen, d. h. der Freund unterstützt den Freund mit
geistigen Waffen, um das Böse zu überwinden. Die Freundschaft, sowie überhaupt jede wahre Liebe, die es redlich
meint mit dem Geliebten, kann nicht bestehen ohne strenge
Gerechtigkeit. Das wäre ein böser, liebloser Freund, der
meine Sünden duldete, meine Fehler mir verschwiege und
meine Schwächen bemäntelte. Die höchste Gerechtigkeit ist
zugleich die höchste Liebe. Die der Herr lieb hat, die züch-
tigt er. Die Zucht ist selbst ein Beweis und zwar der wirksamste Beweis der Liebe. Denn wenn die Strafe ihren Zweck
erreicht, so wird der Gestrafte frei von der Sünde. Und

heiligen, frei machen, zu Gott erheben, das ist die grösste
Lust der Liebe. Was Jonathan 1. Sam. 20, 4 zum David
sagt: Das sei ferne von mir, dass ich sollte merken, dass
Böses bei meinem Vater beschlossen wäre, über dich zu
bringen und sollte dir's nicht sagen — das gilt in allen Angelegenheiten der Freundschaft. Das sei ferne von mir, dass
ich sollte merken, dass Böses dir von aussen drohte und
sollte es dir nicht sagen. Das sei ferne von mir, dass ich
sollte merken, dass du dich von dem ewigen Freunde, der
unsrer Freundschaft Gründer und Erhalter ist, entfernt hät-
test und sollte es dir nicht sagen.

Mit dieser Aufrichtigkeit, die der Freund dem Freunde
schuldig ist, hängt die Verschwiegenheit gegen den
dritten Mann zusammen. Die Freundschaft ist ein heiliges
Verhältniss, es ist eine Entweihung desselben, wenn Dinge,
die ihm angehören, dem dritten Manne mitgetheilt werden.

„Hat dein Freund an sich, sagt der geliebte Claudius
abermals, das nicht taugt, so musst du ihm das nicht verhalten und es nicht entschuldigen gegen ihn. Aber gegen
den dritten Mann musst du es verhalten und entschuldigen.
Mache nicht schnell Jemand deinen Freund, ist er's aber einmal, so muss er's gegen den dritten Mann mit allen seinen
Fehlern sein. Etwas Sinnlichkeit und Parteilichkeit für den
Freund scheint mit zur Freundschaft in dieser Welt zu gehören.“

Das ist meines Erachtens aber nicht so zu verstehen,
als müsste ich gegen den dritten Mann das Böse des Freundes gut nennen, sondern gegen den dritten Mann muss mir
nicht ein einzelner Fehler oder eine einzelne Tugend des
Freundes vor der Seele stehen, sondern der ganze Freund,
den meine Seele liebt, und diesen ganzen Mann muss ich
wie ein Glied an meinem eigenen Leibe vertheidigen. Das
Böse habe ich an dem Freunde selbst gestraft. Durch die
Strafe ist es abgemacht, also wird es gegen den Dritten
völlig verschwiegen.

Was übrigens die Strafe und den Tadel betrifft, die der
Freund dem geliebten Freunde nicht vorenthalten darf, so
ist doch dieses dabei festzuhalten, dass der edle Mensch viel
mehr und viel öfter des Trostes bedarf als des Tadels in
seinem sittlichen Verhalten.

Das Gesetz liegt ihm ja oft und schwer genug auf der Seele, dass es ihm nicht erst braucht vorgehalten zu werden. Wenn ihn die finstern Mächte des Schwermuths und des Misstrauens quälen, wenn ihn das durchdringende Bewusstsein von seiner Nichtigkeit und Verwerflichkeit an der unendlichen Barmherzigkeit Gottes verzagen und verzweifeln lässt, wenn ihn das Schwert des Richters durchbohrt, dass er vor Schmerz sich nicht zu lassen weiss, dann kann Freundes Trost als ein lindernder Balsam wirken. Und wenn der himmlische Freund, von dem doch zuletzt aller Trost kommt, sich des irdischen Freundes als seines Werkzeuges bedient, ein Tröster des betrübten Freundes zu sein, dann arbeitet die Freundschaft in ihrem schönsten Berufe. Denn die Predigt des Evangeliums ziemt sich doch weit mehr für den Freund, als die Predigt des Gesetzes, obgleich Beides zusammenfällt, insofern Beides aus der Liebe kommt.

Wenn bisher von denjenigen Aeusserungen der Freundschaft die Rede war, die sich im unmittelbaren gemeinschaftlichen Leben im Allgemeinen und in der Theilung von Freud und Leid, wie es das Leben mit sich bringt, im Besondern offenbaren, so bleibt uns nun noch das herrlichste Gebiet der freundschaftlichen Aeusserungen zu erwähnen übrig. Es ist dasjenige Gebiet, in welchem sich das gemeinschaftliche Leben der Freunde in Einem Geiste und die specielle Fürsorge des Freundes für die Angelegenheiten des Freundes vereinigen. Es ist dasjenige Gebiet, in welchem die Aeusserungen der Freundschaft ihren Höhepunkt erreichen, weil die Freundschaft in ihnen auf ihren Grund und Ursprung zurückgeht. Und was ist das für eins? Der Freund betet für seinen Freund. Es ist der höchste und herrlichste Liebesbeweis, den ein Freund dem andern erzeigen kann, dass er für ihn betet. In Gott ist die Freundschaft geschlossen. Im Gebet kehrt daher die Freundschaft in ihren Ursprung zurück. Sie schöpft sich Kraft aus ihrer Quelle, das Herz erfrischt sich im Gebet für den Freund an der ewig frischen Quelle aller Freundschaft und Liebe mit neuer Liebe, es erreicht aber noch etwas Grösseres. Das Gebet des Gerechten vermag viel, wenn es ernstlich ist. Gott kann dem geheimen, aber durchdringenden Sehnen, Wünschen und Bitten seiner Kinder nicht widerstehen. Er thut, was ihr Herz begehrt oder

noch etwas Grösseres und Schöneres, als ihr Herz versteht
und begehrt. Und wenn also der Freund mit der Kraft, die
ihm Gott verliehen hat, dem Freunde aus seiner Noth nicht
helfen kann, so bittet er Gott um Hilfe. Gott hat Werkzeuge der Hilfe die Fülle und er schickt sie, welchem er
will. Und wenn nun ein Freund dem andern vom Vater der
Liebe in seinem Sohne den Geist der Wahrheit, der Liebe
und des Friedens herabflehte, sollte das ohne Wirkung bleiben? Es bleibt nicht. Und Eine Wirkung spüre ich sogleich, die nämlich, dass mein Herz in edler Liebe schlägt,
in Liebe zu dem Freunde und in Liebe zu dem Gründer der
Freundschaft und diese Befriedigung habe ich sogleich dabei,
dass ich ganz in der Stille ein Werk der Liebe verrichte,
was mein Freund nicht sieht, nicht hört, nicht weiss, vielleicht gar nicht erwartet und vermuthet.

So äussert sich die Freundschaft in Gesinnung und Leben,
in Reden und Thun, in Leid und Freud, in Aufrichtigkeit
und Verschwiegenheit, in Tadel und Trost, in Arbeit und
Gebet und bewährt sich, erhält sich, reinigt sich und vollendet sich in allen diesen Aeusserungen. Die natürlichen
Aeusserungen der Freundschaft werden abgeschlossen in dem
Tode, aber die Freundschaft nicht. Die Freundschaft, welche
sich in allen diesen zeitlichen Aeusserungen erhalten und
bewährt hat, die hat hiermit die Probe ihrer Ewigkeit abgelegt. Die wahre Freundschaft hat eine ewige Wirklichkeit.
Sie ist ein Werk des Ewigen und besteht also auch in Ewigkeit als ein Werk, dessen sich die Freunde freuen. So gewiss Gott nicht stirbt, so gewiss stirbt auch die Freundschaft
nicht, denn sie ist ein Werk Gottes, Gottes Werke aber bestehen in Ewigkeit.

Dieses hohe Bewusstsein von der ewigen Wirklichkeit
und Dauer der Freundschaft, sowie es aus dem Wesen dieses
Verhältnisses folgt, so wird es auch in dem Worte Gottes
wiederholentlich ausgesprochen. Bei der Trennung, bei der
die Kraft und der Werth eines Verhältnisses besonders deutlich empfunden wird, sagt Jonathan zu David (1. Sam. 20, 42):
„Gehe hin mit Frieden! was wir beide geschworen haben im
Namen des Herrn und gesagt, der Herr sei zwischen mir
und dir, zwischen meinem Saamen und deinem Saamen, das
bleibe ewiglich.“

Und wenn sich denn nun zwei Freunde, die sich durch lange, süsse Gewohnheit unentbehrlich geworden zu sein scheinen, trennen müssen, so kann wohl einem das Herz traurig werden und er kann sich auf Augenblicke verwaist fühlen, doch fasst er sich wieder und tröstet sich in dem zeitlichen Wechsel der Ewigkeit des Bundes und spricht mit Jonathan: Gehe hin mit Frieden! was wir beide beschworen haben im Namen des Herrn und gesagt: der Herr sei zwischen mir und dir, zwischen meinem Saamen und deinem Saamen, das bleibe ewiglich.

Ja wenn endlich die letzte Trennung eintritt und der Tod den Bund zerreisst, dann weint der Zurückgebliebene wohl auch eine Thräne der Liebe seinem Freunde nach und streut Blumen auf sein Grab, aber er fasst sich auch wieder in dem Bewusstsein des ewigen Lebens, auf welches der Freundschaftsbund gegründet war und ruft der abgeschiedenen Seele, deren Leibesgestalt er nicht mehr sieht, noch das Wort des Friedens und der Liebe nach und spricht: Gehe hin mit Frieden! was wir beide beschworen haben im Namen des Herrn und gesagt: der Herr sei zwischen mir und dir, zwischen meinem Saamen und deinem Saamen, das bleibe ewiglich!

Dereinst aber werden sie sich noch schöner freuen ihrer Freundschaft und des holdseligsten, liebevollsten Freundes, der in ihrem Bunde der Dritte war und ewiglich bleibet.

II.

Ueber den Gegensatz des Pantheismus und des Deismus in den vorchristlichen Religionen.

Das Christenthum tritt in die weltgeschichtliche Entwickelung ein, nachdem schon viele Jahrhunderte hindurch andere Religionen die substantielle Grundlage des geistigen Daseins der Völker gewesen waren. Es tritt daher in Verhältniss und in Conflict mit diesen Religionen und ein grosser Theil seiner Geschichte wenigstens in den ersten Jahrhunderten, wo es seine Wurzeln schlägt im Boden der Menschheit, besteht in der Darstellung, wie sich jene Religionen dem Christenthum gegenüber geltend zu machen suchen, wie sie aber in diesem Kampfe eben so sehr ihre eigene Ohnmacht als die weltüberwindende Kraft der neuen Lehre thatsächlich zu erkennen geben. Eine Kenntniss von den vorchristlichen Religionen und eine Einsicht in ihre Principien ist daher schon insofern nothwendig, als ohne sie die welthistorische Entwickelung des Christenthums nicht zu begreifen wäre. Aber das Interesse an diesen Religionen liegt noch ungleich tiefer und hängt mit der Idee und Wahrheit der christlichen Religion selbst auf's Innigste zusammen. Die neueste Philosophie, namentlich die Hegel'sche, hat die christliche Religion als die absolute Religion bezeichnet und dieser Religion hiermit den ihr gebührenden Standpunkt unter den andern angewiesen. Hiernach sind die vorchristlichen Religionen, in welchen die Menschen vor der Erscheinung Christi ihre höchste Wahrheit und ihre letzte Befriedigung fanden und zum Theil noch immer finden, die besondern Religionen, in welchen der Begriff der Religion zwar vorhanden ist, aber nur von einer besondern Seite zur Erscheinung kommt. Das Christenthum dagegen ist die allgemeine Religion, die Religion im

absoluten Sinne des Worts, oder die dem Begriffe entsprechende
und daher auch alle Seiten und Stufen seiner Erscheinung
in sich concentrirende und in sich verklärende Religion.
Wie ein Naturgesetz das Allgemeine und Wesentliche ist in
den besondern Erscheinungen oder der Begriff der Erscheinungen und daher in jeder dieser Erscheinungen herrscht
und lebendig ist, aber in keiner derselben aufgeht, sondern
in allen nur die besonderen Seiten von der Fülle seines
Wesens und Lebens offenbart, während der Naturforscher
dieses Gesetz, wenn er es wirklich begriffen hat, für sich
und den empirischen Erscheinungen entnommen in
seinem Geiste gegenwärtig hat; so ist die christliche
Religion das Allgemeine und Wesentliche in allen andern
Religionen, sie hat in ihnen, noch ehe sie für sich existirte,
die besonderen Seiten ihres Wesens in einseitiger Bestimmtheit zur Offenbarung gebracht, ist aber, als die Zeit erfüllet
war, für sich in ihrer Allgemeinheit und in der Fülle ihrer
Wesenheit hervorgetreten, wie die Sonne nach der Morgenröthe. Aber wie man aus den besondern Erscheinungen, so
sehr sie vom Gesetze verschieden sind, doch eine Erkenntniss
von dem Gesetze gewinnt und wie man selbst nach der gewonnenen Erkenntniss des Gesetzes oft und gern zu den
Erscheinungen zurückkehrt, um das Gesetz bis in seine individuellsten Beziehungen zu verfolgen und anzuschauen, so
wird auch die Betrachtung der vorchristlichen Religionen als
der vereinzelten Strahlen der einen und sich selbst ewig
gleichen Wahrheit ein Wesentliches dazu beitragen, um von
der in der christlichen Religion gegebenen Einheit und Allgemeinheit, nach der sie alle gleichsam gravitiren, eine deutliche Einsicht zu gewinnen. Eine solche positive Auffassung
der vorchristlichen Religionen, nach welcher diese gleichsam
die verschiedenen Punkte in der Peripherie sind, die alle
nach dem einen gemeinsamen Mittelpunkte, der in der christlichen Religion gegeben ist, hinweisen, eine solche Auffassung ist erst durch die Philosophie möglich geworden. Die
Philosophie ist die Wissenschaft des Allgemeinen; sie sucht
und findet in dem sinnlichen und geistigen Universum nur
das Allgemeine, ihre Thätigkeit ist nur die allgemeine, die
Thätigkeit des Denkens. Sie lässt sich daher auch in dieser
ihrer Thätigkeit durch den Widerspruch und die Dunkelheit

des Besondern und des Einzelnen nicht abschrecken und verdriesslich machen, sie sucht und findet auch in dem sich
Widersprechenden das Princip, und weil sie ihres Thuns
gewiss ist und nicht anders kann, als die Wahrheit, die das
Allgemeine und Unendliche ist, für allgegenwärtig zu halten,
so findet sie in mancher harten Schale einen süssen Kern
und sammelt oft Weizen in ihre Scheuern, wo man von einem
andern Standpunkte aus nur Unkraut bemerkte. So ist es,
um auf den hier in Rede stehenden Gegenstand zurückzukommen, noch nicht zu lange her, dass man die Religion
der Griechen, der Römer und der Orientalen als Heidenthum
nicht bloss zusammen warf, — denn das würde sich noch
rechtfertigen lassen, — sondern geradezu als Irrthum verwarf. Man unterschied nicht die allerdings oft verletzende
und verwerfliche Gestalt des Aeusseren von der relativen
Wahrheit des innern Princips. Erst der philosophische Geist,
der sich mit seinem „*non ridere, non lugere, neque detestari,
sed intelligere*" an die Betrachtung der Dinge macht, hat die
Objectivität der Erkenntniss möglich gemacht und in demselben Maasse, dass er sich geltend gemacht hat und noch
geltend macht, ist daher eine freie, das Wesen ohne Neben-
beziehung erfassende Geschichte der Religionen erst recht
möglich geworden. Es können auch in dieser Beziehung
Hegel's Verdienste nicht hoch genug angeschlagen werden.
Seine von Marheineke herausgegebenen Vorlesungen über die
Philosophie der Religion enthalten, sowie überhaupt eine
Fülle von Geist und Gelehrsamkeit, so insbesondere eine fast
unerschöpfliche Menge von neuen und tiefen Gedanken über
das Wesen und die Principien der vorchristlichen Religionen.
Namentlich möchte demjenigen Abschnitte, der von der
griechischen Religion handelt, an Schärfe der Auffassung der
Principien und Erläuterung derselben durch das Empirische
nichts Anderes in der Literatur, was über diesen Theil der
Religionsgeschichte handelt, im Entfernten an die Seite zu
stellen sein, zumal wenn man damit dasjenige, was Hegel
sonst über das ihn vorzugsweise fesselnde Wesen und Leben
der Griechen in der Philosophie der Geschichte und noch
mehr in der Geschichte der Philosophie und in der Aesthetik
nach allen Seiten hin entwickelt hat, zusammenstellt und
vergleicht. Indess hat doch von allen Hegel'schen Werken

die Religionsgeschichte gewiss am wenigsten Klarheit, Zusammenhang und innere Entwickelung, und je länger man sich mit seiner Darstellung beschäftigt hat, desto mehr fühlt man sich bestimmt, dieses Urtheil zu wiederholen und in erhöhterem Maasse zu bestätigen. Es kann dieser Mangel nicht allein von der Form der Vorlesungen herrühren, sondern er scheint tiefer in der ganzen Anschauung und Auffassung und namentlich in dem Verhältniss zu liegen, in welches die Principien der bedeutendsten Volksreligionen zu einander gestellt werden. Es scheint nämlich in dieser Beziehung das Judenthum, über welches sich Hegel überhaupt in seinen verschiedenen Werken sehr verschieden erklärt hat und daher in seiner geistigen Anschauung ungewiss gewesen zu sein scheint, nicht in seiner specifischen Bestimmtheit erfasst und nicht mit gebührender Schärfe und Allgemeinheit den übrigen Religionen, die man in diesem Gegensatze recht gut als Heidenthum bezeichnen kann, entgegen gesetzt zu sein. Der logische Grundsatz, dass in eine Vielheit und Verschiedenartigkeit von Erscheinungen für den denkenden Geist Klarheit und Zusammenhang nur dadurch kommt, dass die unbestimmte Verschiedenheit auf bestimmte Unterschiede, die Unterschiede aber auf den in ihnen liegenden Gegensatz reducirt werden, bis zuletzt in der Einheit im Gegensatz die Wahrheit und Wesenheit dieses Erscheinungsgebiets gefunden wird; dieser logische Grundsatz findet auch auf die Betrachtung der geschichtlich erschienenen Religionen seine Anwendung und bringt, wenn seine Durchführung gelingt, Licht und Zusammenhang in dieses höchste von allen Gebieten, die der Erkenntniss eröffnet sind.

In der folgenden Abhandlung wird nun von der Ansicht ausgegangen, dass sich die vorchristlichen und überhaupt ausserchristlichen Religionen auf den Gegensatz des Deismus und Pantheismus zurückführen lassen, und dass der Deismus seine reinste und vollkommenste Ausbildung im Judenthum gefunden, und sich nur in der muhamedanischen Religion in unreinern Formen und vermischt mit andern Principien fortgesetzt hat, und dass der Pantheismus in der Religion der Hellenen zu seiner vollsten Blüthe gekommen ist, überhaupt aber die Wurzel aller heidnischen Religionen bildet.

Die Religion, in was für Formen und Worten man sie

auch bestimmen möge, ist und bleibt ein Verhältniss des Menschen zu Gott, dem absoluten Wesen, oder ein Verhältniss Gottes zum Menschen und zwar in der Weise, dass in diesem Verhältniss Gott und Mensch eben so wesentlich unterschieden bleiben, als sie wesentlich eins und vereinigt sind. Der Unterschied zwischen Gott und Mensch oder zwischen Gott und Welt überhaupt, deren Blüthe der Mensch ist, wird festgehalten, wenn Gott als das der Welt- und Menschen-Entwickelung schlechterdings enthobene, also als das in sich und für sich seiende und sich von sich und der Welt unterscheidende Wesen gefasst wird. Diese Auffassung Gottes als des überweltlichen, transcendenten und für sich seienden Wesens oder einer Person, zu der der Mensch z. B. Du! sagen und beten kann, ist der Begriff des Deismus.

Die Einheit aber zwischen Gott und dem Menschen besteht darin, dass Gott nicht getrennt ist von der Welt, sondern dass Gott in der Welt und namentlich im Menschen lebt und wirkt, ja dass er das Allgemeine und Unendliche in der Entwickelung der Natur und des Menschenlebens, das Unendliche im Endlichen, selbst ist. Diese Auffassung der Gottheit als des Unendlichen, als der substantiellen Allgemeinheit in der Welt und im Menschenleben ist der Begriff des Pantheismus.

Das Christenthum hebt beide Richtungen in sich auf und erhebt sich über beide, indem es eben so sehr den unendlichen Unterschied Gottes von der Welt und insbesondere vom Menschen oder die Idee festhält, dass Gott ein in sich seiendes, sich auf sich beziehendes und daher persönliches und dem Menschen objectives Wesen ist, als es die Einheit und Gemeinschaft Gottes und des Menschen oder die Idee festhält und geltend macht, dass Gott sich offenbart in den Naturgesetzen und in dem Menschen, in der Menschheit und ihrer geschichtlichen Entwickelung, ja dass er sich selbst, die Fülle seines Wesens, in dem Menschensohne, der der Sohn Gottes ist, in Jesu Christo, mittheilt und zur Anschauung und Aneignung allen einzelnen Menschen aufgeschlossen hat. Mit andern Worten, das Christenthum fasst das absolute Wesen, die Gottheit, als die Liebe und in der Liebe liegt eben so sehr der unendliche und wesentliche Unterschied und die bleibende Selbständigkeit des Liebenden und des Geliebten, als das innige und wesentliche Aufgeben in einander und das unbeschränkte Zusammengeben beider zu Einem Geist und Leben.

In diesem Sinne scheint mir das Christenthum die Gegensätze der vorchristlichen Religionen in sich zu vereinigen und in diesem Sinne scheint einerseits von seiner Idee aus der Sinn und Zusammenhang der übrigen Religionsprincipien begriffen zu werden, sowie umgekehrt, eine deutliche Kenntniss und Erkenntniss der letzteren zur Veranschaulichung und Verdeutlichung der christlichen Religion ein Wesentliches wird beitragen müssen.

Indem ich nun hiermit von dem oben entwickelten Gesichtspunkte aus, der übrigens schon von Daub, von Billroth*) und Andern aufgestellt, obschon anders durchgeführt ist, die wesentlichsten Erscheinungen der vorchristlichen Religionen in Betracht ziehe, so wünsche ich durch diese Arbeit zunächst und vor Allen den Schülern der obersten Classen des hiesigen Gymnasiums einen Dienst zu erweisen, die hier in grösserer Vollständigkeit und entwickelteren Formen zu lesen bekommen, was ihnen in dem historischen Cursus des Religionsunterrichts während des verflossenen Jahres als Einleitung zur Kirchengeschichte nur in allgemeinen Umrissen gegeben worden ist.

1. Von den Principien der heidnischen Religionen.

Wenn das Wesen des Heidenthums Pantheismus ist, so ist zunächst der Begriff des Pantheismus, der im Allgemeinen oben schon festgestellt ist, noch näher zu bestimmen.

Der Pantheismus ist diejenige Weltanschauung, in der Gott für die Substanz der Welt gehalten wird, also nicht für ein sich auf sich beziehendes, sich von sich selbst und daher auch von der Welt und insbesondere von dem Menschen unterscheidendes und daher wirklich und wahrhaft persönliches Wesen gehalten wird, sondern für das Wesen der Welt, für das den Dingen selbst inwohnende Allgemeine.

*) Daub fasst das Heidenthum als die Bewegung von der Wirklichkeit zur Wahrheit und das Judenthum als die Bewegung von der Wahrheit zur Wirklichkeit, das Christenthum aber als die absolute Einheit der Wahrheit und Wirklichkeit in Christo. Billroth's Gedanken über den Gegensatz des Judenthums und Heidenthums finden sich in seinen von Erdmann herausgegebenen Vorlesungen über Religionsphilosophie. Leipz. 1844.

Die substantiellen Mächte des sinnlichen und des sittlichen
Universums werden in dem Pantheismus entweder dunkel
geahnt und gefühlt, oder deutlich gewusst und vorgestellt,
und diese die Welt der Natur und des Geistes bewegenden
Mächte und Kräfte werden im Heidenthom entweder als das
Göttliche überhaupt oder als bestimmte Gottheiten gewusst.
Jedes Ding in der Welt hat ausser seiner empirischen, dem
zeitlichen Entstehen und Vergehen unterworfenen Erscheinung
ein substantielles Innere, welches dem Werden entnommen
ist und sich als einer höhern Sphäre des Daseins angehörig
ankündigt, und dieses ist es, was im Pantheismus für sich
gefasst und als Gott gewusst wird.   Thiere und Pflanzen
z. B. vergehen und entstehen, aber das ihnen inwohnende
Leben, welches die Substanz der Thiere und der Pflanzen
ist, das ist über diesen endlichen Wechselprozess erhaben,
das erhält sich im Wechsel und kündigt sich selbst dem
unbefangenen Menschen sofort als das alle einzelnen Erscheinungen der Lebensprozesse durchgreifende Allgemeine und
Wesentliche an, und wenn man daher sagt: Gott ist das
Leben und versteht unter dem Leben das die Naturentwickelung
beseelende Allgemeine, so ist das ein Urtheil, das nur dem
Pantheismus kommt.   Weiter aber ist dem Menschen nicht
blos das Naturleben Object der Betrachtung, sondern besonders auch das ihm eigenthümliche, über die Natur erhabene
Leben freier Sittlichkeit, wie es in dem Familien- und Staatsleben seinen vorzüglichsten Ausdruck gefunden hat seit dem
Beginn der menschlichen Geschichte bis auf diesen Tag; und
hier sind es ebenso wie in der Natur allgemeine Mächte und
Gesetze, welche das Regiment führen und sich nicht unge-
straft verletzen lassen.   Die einzelnen Menschen und Familien,
ja selbst Staaten, schwinden dahin, und jedes neue Jahrhundert findet ein verjüngtes Geschlecht und verjüngte Institutionen; aber was da bleibt, was durch den endlosen Wechsel
hindurchgreift, das sind die Ideen der Liebe, des Rechts,
der Gerechtigkeit und Freiheit, und diese Ideen sind die in
allen sittlichen Institutionen lebendigen und sich überall als
das Unendliche bewährenden substantiellen Kräfte.   Und wenn
daher der Mensch auf einer Stufe der Bildung das Urtheil
fällt: das Sittliche ist das Absolute, und zwar als ein Urtheil,
über welchem kein anderes steht, als das absolute Urtheil

seines Innern, so ist auch diese Auffassung eine pantheistische. Der Pantheismus kennt daher als solcher, sofern er in seiner Reinheit erfasst und von seinem Streben, Deismus zu werden, abstrahirt wird, keine Offenbarung eines jenseitigen für sich seienden Gottes, überhaupt nichts Ueberweltliches oder Transcendentes, sondern er hält sich an das sinnlich und geistig Gegenwärtige, an die Welt, an das Universum, und was sich ihm darin als das Allgemeine und Wesentliche herausstellt, das ist ihm sein Gott.

Aus der eben gegebenen Begriffsbestimmung des Pantheismus geht nun Zweierlei hervor, nämlich erstlich, dass der Pantheismus in seinen ursprünglichen Formen Polytheismus ist und zweitens, dass er nothwendiger Weise eine historische Entwickelung in sich hat. Was das Erste anbetrifft, so erscheint das sinnliche und sittliche Universum unendlich und unerschöpflich vielseitig und jede einzelne Seite für sich kann als ein selbständiges Ganzes aufgefasst und in seinem ihm inwohnenden Geist und Gesetz begriffen oder wenigstens geahnt und vorgestellt werden und eine solche Fassung des einem Dinge immanenten Allgemeinen giebt immer eine Gottheit. Jeder Baum z. B. ist, so sehr er auf der einen Seite ein Glied des ganzen natürlichen Universums ist, doch auf der andern Seite eben so sehr auch ein selbständiger Organismus für sich und als solcher kann er in seiner Wesens-Allgemeinheit oder in seiner Substanz erfasst werden und eine solche Fassung führt zu einem Baumgotte oder zu einer Baumgöttin, zu einer Dryade.

Ebenso kann z. B. der ganze meteorologische Prozess in seiner Substantialität erfasst und als etwas Göttliches vorgestellt werden und so sind die Griechen auf den Zeus gekommen, welcher donnert und regnet; erst bei der weiter fortschreitenden hellenischen Bildung ist Zeus vergeistigt und die Personifikation der politischen Herrschaft geworden.

Was aber die Entwickelung der pantheistischen Religion betrifft, so überliefert eine Generation der Menschheit der nächstfolgenden ihre geistige Errungenschaft und die Nachkommen erweitern und verinnern durch fortgesetztes Denken und Arbeiten die geistigen Schätze, die ihnen von den Vorfahren überliefert worden sind. So erweitert und verinnert sich auch die Erkenntniss der substantiellen Mächte des sinn-

lichen und geistigen Universums und wenn ein solcher Gedanke von einem Volke oder Zeitalter als eine Gottheit vorgestellt wird, so treten in diese Vorstellung von dem Gotte
nach und nach immer geistigere und die Substanz immer
sicherer und allgemeiner erfassende Bestimmungen hinein.

So kommt es, dass erstlich jede der pantheistischen
Religionen der vorchristlichen Zeit in sich einen nothwendigen
Entwickelungsprocess und eine Verinnerung und Verallgemeinerung der religiösen Ideen aufweist, die mit der fortschreitenden Cultur des Volkes in dem wesentlichsten Zusammenhange steht, ja diese fortschreitende Cultur in ihrer
substantiellen Allgemeinheit selbst ist, und dass zweitens die
verschiedenen pantheistischen Religionen unter einander einen
Fortschritt erkennen lassen, kraft dessen immer eine als das
höhere Allgemeine der andern erscheint.

In der zuletzt angeführten Beziehung finden wir in der Weltgeschichte einen scharfen Unterschied und wesentlichen Fortschritt zwischen dem orientalischen und dem occidentalischen
Pantheismus, von welchen der erstere in dem Brahmanenthum, dem Buddhaismus und der persischen Religion, der
letztere aber vornehmlich in der griechischen Religion repräsentirt ist, während Aegypten auch in der Religion, wie
überhaupt in seiner Cultur, den vermittelnden Uebergang
von dem Orient zum Occidente und die römische Religion
eine Neutralisation aller andern Religionen bildet. Der wesentliche Unterschied zwischen dem orientalischen und occidentalischen Pantheismus besteht nach allen Dokumenten, aus
denen wir beide erkennen, darin, dass in jenem das sinnliche und sittliche Universum noch nicht geschieden und
daher auch die geistige Freiheit mit der Naturnothwendigkeit
noch verschlungen ist. Die substantiellen Mächte, welche
im orientalischen Pantheismus als Götter vorgestellt werden,
sind daher weder rein geistige Mächte noch auch reine
Naturmächte, sondern Beides ist noch ungetrennt Eins und
fliesst in einander über, wie z. B. im Schlafe Geistiges und
Leibliches in einander überfliessen, so dass beide eine und
dieselbe Substanz ausmachen. Um nur ein Beispiel zu geben
von dieser Einheit des Geistigen und Sinnlichen im orientalischen Pantheismus, so kann an die Vorstellung des Lichts
bei den Persern erinnert werden. Das Licht ist hier das

Gute und das Gute ist das Licht, die Finsterniss das Böse und das Böse die Finsterniss, Sinnliches und Sittliches ist noch ununterschieden, man hat in einer und derselben Vorstellung ungetreunt Beides, nämlich Sinnliches und Geistiges in substantieller Allgemeinheit.

Eine wesentlich andere Stellung hat der occidentalische Pantheismus, wie er bei den Griechen seine schönste Ausbildung erhalten hat. Hier ist die Geistigkeit nicht blos von der Sinnlichkeit unterschieden, sondern sie ist gefasst als die Substanz des Universums. Der menschliche Geist, der νοῦς, ist das Maass aller Dinge und der νοῦς ist die Substanz des Universums, aber der νοῦς ist nicht etwa nun ein für sich seiender, sich auf sich beziehender Geist, nicht eine selbstbewusste Person, sondern er ist nur die in allen endlichen Geistern und in allen Dingen lebendige substantielle Macht, etwa so, wie wir von dem Geiste eines Volks sprechen, unter dem wir uns keine für sich seiende Persönlichkeit denken, sondern das in allen einem Volke angehörigen Persönlichkeiten lebendige Allgemeine oder die geistige Substanz eines Volks. In diesem Sinne fasst der Grieche den Geist als die Substanz aller Dinge und als das Göttliche und findet in allem Natürlichen ein Geistiges, in allem Wirklichen ein Ideales, in allen Dingen eine geistige Individualität, die ihre Substanz bildet. Die hellenische Religion bildet insofern die Spitze alles Pantheismus, als hier in allem Wirklichen eine geistige Individualität als Göttliches und zuletzt in der Totalität der Wirklichkeit der νοῦς als die Substanz erkannt wird. Bis zum griechischen Pantheismus hin, in dem sich seine Idee erschöpft hat, finden wir eine Reihe von Stufen desselben, von denen immer die nächstfolgende individueller und dem Begriffe der Religion gemässer ist, als die vorhergehende, bis sie sich zuletzt zum Deismus emporbilden, sich durch die Aufnahme dieses ihres Gegensatzes aufheben und in das Christenthum als in ihre von Anfang an erstrebte Wahrheit zusammengehen.

1) Die reinste, aber eben darum crasseste Form des Pantheismus ist der der indischen Religion. Nach ihm ist die ganze Natur von einer Unzahl von Göttern beseelt, ganz dem Principe des Pantheismus gemäss, welchem nach das jeder Erscheinung immanente Allgemeine ein Gott ist, aber auch

diese Götter sind wieder nur verschwindende Momente in dem
Einen, in welchem alles Andere negativ gesetzt ist, im
Brahm. Brahm wird aber nicht etwa als ein für sich
seiendes oder gar selbstbewusstes, sich von der Welt und
von sich selbst unterscheidendes Wesen gedacht, nicht als
Subject, sondern blos als Substanz der Welt. Etwa wie wir
uns die Thierseele als die Substanz des Leibes oder als die
in allen Gliedern des Leibes allgegenwärtige Einheit vorstellen, die doch nur im Leibe ist und mit dem Leibe zugleich
entsteht und vergeht; so ist Brahm gleichsam die Weltseele,
das in Allem gegenwärtige Eine, in welchem alles Andere
verschwindet. In diesem indischen Pantheismus kommt es
daher nicht zu dem Gedanken von der Selbständigkeit der
Welt und am wenigsten von der Selbständigkeit des menschlichen Geistes, sondern Alles verschwindet in Gott, Alles ist
blosses Accidenz in Gott, der die absolute Substanz ist. Aber
ebenso wenig kommt es zu dem Gedanken von der Selbständigkeit der Gottheit. Alles verschwindet zwar in Brahm,
nicht blos alle Existenzen des natürlichen Universums und
alle Menschen lösen sich in ihm auf, sondern auch alle Götter, in denen sich die Phantasie der Indier das Allgemeine
der Dinge personifizirt vorstellt, werden in dem Einen, dem
Brahm, absorbirt. Wegen dieser Auflösung aller Götter in
Brahm, die das charakteristische Kennzeichen der indischen
Religion bildet, sind die einzelnen Götter der Indier fliessende
Gestalten ohne feste Bestimmtheit und scharf ausgeprägte
Individualität. Die griechischen Göttergestalten sind bestimmte
aus der organischen Entwickelung eines scharf begrenzten
Gedankens entsprungene Gestalten, aber die Bestimmtheit
der indischen Göttergestalt ist eine sich eben so sehr auf-
lösende. Nun sollte man meinen, dass Brahm das Feste
sei in dem allgemeinen Wandel. Aber auch Brahm selbst,
in dem sich Alles auflöst, hat keine Bestimmtheit in sich,
kein Insichsein, sondern seine Bestimmtheit ist nur das Verzehren aller Bestimmtheit, er ist gleichsam das allgemeine
Weltfeuer, das doch nicht für sich ist, sondern nur an den
Dingen, die es verzehrt, seine Nahrung und sein Leben hat.
Der Begriff des Brahm ist die Negativität aller Dinge, das
sich Auflösen aller Dinge; und so sehr also die Dinge dem
Brahm gegenüber als nichtig und sich aufhebend gefasst

werden, so ist doch auch Brahm nichts Anderes, als die allgemeine Nichtigkeit und Auflösung der Bestimmtheit und also kein Wesen, das sich auf sich bezöge und einen positiven Inhalt in sich selbst hätte.

Diese Negativität, die Brahm selbst ist, wird daher nun auch dem Menschen als das Ziel und der Endzweck seines Lebens aufgestellt, und im Cultus von den Anhängern dieser Religion möglichst vollzogen. Die Vernichtung aller Bestimmtheit, und sein Verschwinden in Brahm ist die Vollkommenheit des Menschen. Wenn der Mensch auf alles bestimmte Denken und Wollen, auf alle bestimmte Thätigkeit und Bestrebung absolut resignirt, wenn er sich ganz und gar versenkt in den Gedanken des Einen, der Brahm ist, so wird er vollkommen und kommt nicht etwa blos zu Brahm, oder tritt in Gemeinschaft mit ihm, sondern er ist dann selbst Brahm, eine Vorstellung, die am bestimmtesten den crassen Pantheismus der indischen Religion zu erkennen giebt, insofern in derselben aller Unterschied zwischen Gott und Mensch unmittelbar negirt ist.

Von dem Brahmaismus, dessen allgemeines pantheistisches Princip in dem Bisherigen bestimmt worden ist, ist der Buddhaismus, die Religion der mongolischen Völkerschaften, nicht wesentlich verschieden. Auch hier finden wir ein höchstes Wesen, das sich in unzählig vielen Formen in der Materie offenbart, ein unpersönliches, unnennbares, unbegreifliches, unwirkliches Wesen. In Verhältniss zu diesem Wesen ist die sichtbare Welt mit allen ihren Erscheinungen ein blosser Schein, ein Nichtiges, das sich aufhebt und in dem Wesen verschwindet. Aber weil auf der andern Seite Gott nicht als in sich seiendes Wesen gewusst wird, sondern als das Negative der Erscheinung nur in der Erscheinung sich äussert, so wird die Erscheinung trotz ihres blossen Scheins und trotz ihrer Nichtigkeit vergöttert und dem Buddhisten ist z. B. geboten, nichts Lebendes zu tödten. Dieser Auffassung der Gottheit als des Nichtseins aller Bestimmtheit entspricht, ähnlich wie im Brahmanenthum, das Bestreben des Buddhisten, durch völlige Selbstentäusserung, durch Ertödtung der sinnlichen Triebe, Nichtachtung des Lebens, durch Verzichtleistung auf alle besondere Thätigkeit sich in einen Zustand absoluter Passivität und Stille zu

versetzen, der für das Göttliche gilt, und sich hierdurch der
der Zerstörung unterworfenen Region zu entziehen und in
dem ewig Leeren Unsterblichkeit zu gewinnen. Von Tugend,
Laster, von Denken und Thun, überhaupt von der Bestimmtheit des Individuums und seiner Entwicklung ist daher auch
in dieser Religion nicht die Rede, die Heiligkeit und Vollkommenheit des Menschen ist vielmehr die Selbstvernichtung,
die Versenkung in das absolute Nichts, und blos solche
Tugenden und Eigenschaften sind noch geboten und geachtet, in welchen die Selbstentäusserung und Verzichtleistung
auf den eigenen Willen und das eigene Sein die vorwiegende
Bestimmung ausmachen, wie Ruhe, Sanftmuth, Geduld, Ge-
lassenheit und ähnliche. Obschon es nach dieser Religion
im Grunde jedem Menschen geboten ist, sich zu dieser Höhe
der Substanz, in der jedes individuelle Dasein absorbirt ist,
und in den Zustand der vollkommenen Ruhe emporzuschwingen,
so sind es, was in der indischen Religion die Brahminen,
auch hier wieder vorzugsweise die Priester (Lamas, Bon-
zen u. s. w.), die ein solches anschauliches und in sich seiendes Leben führen. Denn soll das Menschengeschlecht fort-
bestehen, so müssen schon die meisten Buddhisten den
Grundsätzen ihrer Religion untreu werden, um sich einer
Thätigkeit und Arbeit hinzugeben, die mit der Vollkommenheit der Ruhe in Widerspruch steht, und um auch den sinnlichen Trieben Raum zu geben. Die Meisten begnügen sich,
die Passivität nur theoretisch für das vollkommene Sein zu
halten und sie in dem Priester anzuschauen und zu verehren,
sich selbst aber praktisch dann um so maassloser der natürlichen Wildheit und Selbstsucht zu überlassen, wie der
Mensch überhaupt immer in demselben Maasse unsittlicher
wird, je mehr er sich gewöhnt, das Heilige als ein Aeusserliches, ausser ihm Seiendes, in Personen, Dingen und Einrichtungen anzuschauen und zu verehren. Die Priester sind in
der Buddhistischen Religion die privilegirten Heiligen. Sie leben
ehelos, in strenger klösterlicher Zucht, in der Verpflichtung
der Keuschheit, des demüthigsten Gehorsams und der Armuth.

In Tibet hat die Priesterschaft ein Oberhaupt, den Dalai
Lama, der als ein Ausfluss der Gottheit als die sinnliche
Gegenwart des Wesens der Gottheit verehrt wird. Er ist
aber nur dadurch Lama, dass er aller Particularität ent-

sagend, dem Princip aller Dinge, also der absoluten Negation
aller Bestimmtheit, der absoluten Substanz, ähnlich geworden ist, oder von den Menschen als ein solcher wenigstens
vorausgesetzt und geglaubt wird.

11) Ganz wie die eben betrachteten Religionen ist die
Religion der Perser, von welcher wir die genaueste Kunde
aus ihrem Religionsbuche, dem *Zend-Avesta*, erhalten haben,
eine pantheistische Religion, insofern auch hier Gott nicht
als ein für sich seiendes, sich von sich und von der Welt
unterscheidendes Wesen, nicht als Subject gewusst und verehrt wird, sondern als das alle Dinge durchdringende Allgemeine, als die Substanz des Universums. Auch ist die per-
sische Religion darin der indischen gleich, dass in dem Universum der Geist von der Natur noch nicht geschieden,
sondern Geist und Materie, Freiheit und Nothwendigkeit noch
als Eine Totalanschauung festgehalten wird, weshalb, wie
schon oben erwähnt ist, das Licht und das Gute noch iden-
tische Begriffe sind, die eben so eine natürliche als eine geistige
Bedeutung haben können, desgleichen die Finsterniss und
das Böse. Der wesentliche Unterschied aber, der die per-
sische Religion von der indischen scheidet, und zu einer
höhern Stufe des Bewusstseins von dem Absoluten macht,
besteht darin, dass in der persischen Religion die Substanz
nicht mehr als das Eine oder als das alle Unterschiede in
sich absorbirende Sein, sondern als ein Dualismus, als der
Gegensatz des Guten und des Bösen oder als der Gegensatz
des Lichts und der Finsterniss gewusst wird. Das Gute oder
das Licht wird auch personifizirt als der Gott Ormuzd und
das Böse oder die Finsterniss ist Ahriman. Ormuzd ist alles
Positive in den Dingen und Verhältnissen; alles Leben, Licht,
Wärme, Kraft, Lust, Tugend, Geist, Entstehen, Wachsthum, Fruchtbarkeit, Reichthum, kurz alles mit sich Iden-
tische; dagegen alles Negative in den Dingen und Verhältnissen: Tod, Finsterniss, Kälte, Schmerz, Laster, Vernichtung, Zerstörung, Unfruchtbarkeit, Armuth, Zweifel u. s. w.
als Ahriman personifizirt ist. Es werden auch hier die Dinge
und Menschen göttlich verehrt, aber nicht, wie überhaupt
im Pantheismus nicht, die Dinge in ihrer Endlichkeit und
Unmittelbarkeit, sondern das Licht, das Leben, das Allgemeine in ihnen. Die Perser werden auch Feueranbeter

genannt, sie beten aber nicht das Feuer als die verzeh-
rende Naturkraft an, sondern das Licht im Feuer. Ebenso
werden die Thiere nicht unmittelbar verehrt, sondern weil
Licht und Leben in ihnen ist. Ueberall im Pantheismus,
so auch hier finden wir die Erhebung von der Wirklichkeit
zur Wahrheit, von der Existenz zur Idee, welche die Substanz
der Existenz ist. Diesem Streben nach dem Allgemeinen entsprechend wird in der persischen Religion das Ideelle von
ganzen Kreisen z. B. von der Thierwelt für sich vorgestellt
und als ein Ideal dieses Kreises hervorgehoben. So wird ein
Ideal unter den Thieren, der himmlische Stier, ein Ideal unter
den Bäumen, der Baum Hom, aus dem das Wasser der Unsterblichkeit quillt, ausgezeichnet und verehrt, ebenso haben
sie ein Ideal unter den Bergen, unter den Gewässern und
ein Ideal unter den Lichtern, die Sonne. Ebenso werden
von der unmittelbaren Existenz der Menschen die reinen
Geister derselben unterschieden, die Fervers, und als Gegenstände des Cultus betrachtet. Zu den Fervers gehören auch
die reinen Seelen der Verstorbenen.

Diesen positiven Mächten entsprechen die negativen, den
guten Geistern (den Izeds) die bösen Geister (die Dews),
dem Reich des Lichts das Reich der Finsterniss, und das Reich
des Lichts tritt mit dem Reich der Finsterniss in einen
ewigen Kampf ein. Dieser Dualismus der Principien ist die
Hauptsache in der persischen Religion und es finden sich
nur schwache Andeutungen von einer Einheit im Gegensatze.
Als eine solche ist die Vorstellung zu betrachten von einer
ungeschaffenen Zeit (Zerwane Akerene), einer gegensatzlosen
Allgemeinheit, aus welcher Ormuzd und Ahriman entsprungen
sind, ebenso die Vorstellung von einem endlichen Sieg des
Guten über das Böse, ja von dem dereinstigen Erscheinen
eines Heilands (Sosiosch, Siegesheld). Da aber die Einheit
und Versöhnung entweder als eine vergangene oder als eine
zukünftige gefasst wird, so kann sie nicht bestimmendes
Princip des gegenwärtigen Bewusstseins bilden, welches vielmehr dem Dualismus und Gegensatz verfallen bleibt.

(¹) Den Uebergang von dem orientalischen zu dem occidentalischen Pantheismus bildet die Religion der Aegypter.
Die Aegypter vergöttern einerseits das Naturleben oder sie
fassen das in der Natur und namentlich in der Thierwelt

gegenwärtige Leben als das Göttliche und verehren daher
allerlei Thiere, nützliche und schädliche: den Apis — einen
Stier —, den Ibis, Schlangen u. s. w. Auf der andern Seite erheben sie sich über das blosse Naturleben und fassen schon
den Gedanken von dem werdenden Geistesleben als die Substanz aller Dinge. Die Figur des Osiris repräsentirt die Idee
des werdenden Geisteslebens. Osiris wird noch vielfach vermischt mit dem jährlichen Verlauf des Naturlebens überhaupt
und mit dem Kreislauf der Wirksamkeit der Sonne insbesondere, aber eben so wird in ihn schon geistiges Leben
und geistige Bewegung hineingelegt oder vielmehr die geistige
Bewegung innerhalb der Menschheit wird in ihm personifizirt.
Es wird daher auch in dieser Religion zwar das positive
Princip des Lebens dem negativen Principe, dem Typhon,
gegenüber gestellt, wie in der persischen Religion, zugleich
aber mit einer merkwürdigen Modifikation, durch welche
eine Erhebung in das Reich des Geistes angebahnt wird.
Osiris tritt nämlich in Kampf mit dem negativen Principe
des Lebens, mit dem Typhon, wie Ormuzd mit dem Ahriman; aber Osiris wird von dem Typhon überwunden
und getödtet, jedoch nur äusserlich und sinnlich;
er stellt sich wieder her und existirt fort im Reiche der
Todten und ist in diesem Reiche der Richter nach Recht
und Gerechtigkeit. Es liegt in dieser Vorstellung das Wichtige, dass nicht das unmittelbare Leben das Wahre und
Bleibende ist, sondern erst das Leben, das den Tod durch-
gangen und überwunden hat, und dass auch nicht das
Positive, welches das Negative sich noch gegenüber hat,
das Unendliche ist, sondern erst das Positive, das das
Negative überwunden und sich durch Aufhebung des Gegensatzes als das sich selbst Gleiche und sich nur auf sich selbst
beziehende wieder hergestellt hat.

In unmittelbarem Zusammenhange mit der Vorstellung
des Osiris, als des im Tode und nach dem Tode sich erhaltenden Lebens, steht der Glaube der Aegypter an die Fortdauer der Seele nach dem Tode und die Verehrung der
Todten, die sich auch dadurch zu erkennen giebt, dass sie
die sterbliche Hülle derselben auf's Kostbarste einbalsamiren
und in den grossartigsten Denkmälern aufbewahren. Eine
lebendige Ueberzeugung von der individuellen Fortdauer der

Seele nach dem natürlichen Tode kann nämlich nur da erst
vorhanden sein, wo man eine deutliche Einsicht in die Selbständigkeit des individuellen Geistes und in seine Unabhängigkeit von der Naturmacht gewonnen hat. Ein solches Bewusstsein konnte in dem orientalischen Pantheismus, in dem
die Vollkommenheit des individuellen Geistes nur in ein Verschwimmen in das Absolute gesetzt wurde, noch nicht deutlich vorhanden sein, wenn sich auch in der persischen Religion davon schon Anklänge finden. Erst bei den Aegyptern,
denen der Gedanke eines den Tod durchlaufenden und doch
sich im Tode erhaltenden Lebens zum Bewusstsein kam,
konnte auch der Glaube an die Unsterblichkeit der Seele eine
bestimmtere Gestalt gewinnen.

β) Die höchste Stufe erreicht das Heidenthum offenbar
in der griechischen Religion. Die griechische Religion ist
zunächst Pantheismus, wie alle bisher betrachteten Religionen. Gott wird in ihr nicht als ein für sich seiendes, von
der Welt sich unterscheidendes Wesen gewusst, sondern als
Substanz der Wirklichkeit. Die substantiellen Mächte des
natürlichen und des geistigen Universums werden von dem
griechischen Bewusstsein für sich gefasst und als Götter gewusst, verehrt und dargestellt. Z. B. sind Ackerbau, Eigenthum und Ehe die ersten wesentlichen Mittel der Vergeistigung und Versittlichung des Menschen; das griechische
Bewusstsein fasste die substantiellen Kräfte, die in den genannten Institutionen liegen, für sich, personifizirte sie in
der Ceres, die im griechischen Cultus als die Stifterin derselben verehrt wird. Pallas Athene ist der substantielle Geist
hellenischer Bildung, Einsicht und Kraft. Da diese Bildung
in der Stadt Athen zur vollen Blüthe gelangte, so ist Athene
auch die Schutzgöttin Athens, der Geist dieser hochgebildeten
Stadt für sich gefasst, die Substanz atheniensischer Cultur
und Gesittung.*)

—

*) Diese Auffassung der Pallas Athene als Geist des griechischen
Volkes, nicht als ein äusserlicher Geist, etwa ein Schutzgeist, sondern
als der lebendige, gegenwärtige, wirkliche im Volke lebende, dem
Individuum immanente Geist, ist die von Hegel in seiner Religionsphilosophie gegebene. Nach dieser Auffassung hat es nun auch gar
nichts Auffallendes, dass in der Vorstellung von Athene so entgegengesetzte Bestimmungen, wie die Weisheit und Tapferkeit, vereinigt

So haben sich die Griechen alle substantiellen Mächte
des natürlichen und geistigen Universums als Götter vorgestellt und die Quellen, Berge, Meere, Bäume und andere
Naturexistenzen sind in ihrer Phantasie ebenso von Göttern
belebt, als Städte und Länder, Staaten und sittliche Institutionen. Weil die Wirklichkeit, von der das griechische
Bewusstsein überall ausgeht, um Gott zu finden, eine so vielseitige ist und jede besondere für sich bestehende Existenz
ihre Substanz, ihr Gesetz und Leben in sich hat, so entsteht
auch in der griechischen Religion Vielgötterei und zwar noch
viel mehr als in den orientalischen Religionen, weil der
Grieche jede Existenz und jedes Verhältniss in seiner individuellen Bestimmtheit auffasste und festhielt,
während in dem orientalischen Pantheismus die Unterschiede,
die gemacht werden, sofort sich auch wieder aufheben und
Alles durcheinander gemischt wird. Es fehlt daher aber auch
noch mehr als im Orient an einer Einheit Gottes. Zwar wird
Zeus als derjenige Gott vorgestellt, dessen Amt darin bestehe,
die übrigen Götter zu beherrschen; aber dabei thut doch
jeder der andern Götter, was ihm wohlgefällt. Zeus selbst
ist nichts anders als eine Personifikation von dem Wesen der
politischen Herrschaft. Das Herrschen ist eben so in dem
Reiche des Geistes etwas Substantielles, wie das Licht in der
Natur und diese Substanz der Herrschaft ist im Zeus für
sich hervorgehoben. Bei der unendlichen Zersplitterung der
wirklichen Existenzen, die für sich als göttliche Individuen
vorgestellt werden, fehlt also in der That die absolute Einheit der Gottheit und dieses Bedürfniss nach Einheit, aber
auch ebenso sehr der Mangel der Einheit, existirt in der
griechischen Vorstellung als das Schicksal, die Ate. Das
Schicksal ist von der Vorsehung, an die der Christ glaubt,
absolut verschieden. Die Vorsehung ist eine weisheitsvolle,

---

sind, gleich wie es nichts Auffallendes hat, sondern sich aus der Natur
der Sache ergiebt, dass der Geist, so sehr er einer und derselbe und
sich selbst gleich ist, sein Wesen in dem Unterschiede des theoretischen
und praktischen Geistes, im Erkennen und Wollen, zur Offenbarung
bringt. Es scheint mir daher auch eine unwichtige und zu keinem
Resultate führende Untersuchung zu sein, ob nicht vielleicht der Mythus
der Athene, aus der Vereinigung zweier Götter, die im Oriente getrennt gewesen seien, entstanden sei.

gütige, gnädige, vernünftige und freie Macht eines persönlichen Gottes über die Menschen, aber das Schicksal ist eine zwar absolute, Götter und Menschen bezwingende, aber eine dunkle, blinde, grund- und vernunftlose Macht, eine leere, unbegriffene und trostlose Nothwendigkeit. Wenn Oedipus in der von den griechischen Tragikern wegen ihres ächt hellenischen Gepräges mit so grosser Vorliebe behandelten Fabel ohne sein Wissen und Wollen seinen Vater erschlägt und seine Mutter schändet, so ist das nach griechischer Vorstellung die Bestimmung des Schicksals; er kann nichts dafür und nichts dagegen; er ist der Nothwendigkeit unterworfen. Durch ganze Geschlechter zieht sich Schuld und Verderben in Folge des Schicksals, wie durch das Geschlecht der Atriden und der Labdakiden. Wir sehen schon aus dieser Idee des Schicksals die Schranke, die der Freiheit des griechischen Bewusstseins gesteckt war und die erst im Christenthum absolut aufgehoben ist. Der Grieche setzte sich freilich über die Trostlosigkeit des Schicksals leicht hinweg, indem er sich damit beruhigte: es ist nun einmal so, dawider ist nichts anzufangen, das muss ich mir gefallen lassen. Aber ein solcher Trost ist höchstens ein subjektiver Trost, obgleich er auch in dem Subjekte an Leichtsinn oder kalte Resignation grenzt; das Missverhältniss und die Unfreiheit, welche die ein blindes Schicksal statuirende Weltanschauung sachlich hat, ist damit nicht aufgehoben. Es ist, als wenn ein Kranker sagt: ich bin nun einmal krank, was ist dagegen anzufangen; ich muss das nun eben leiden. Er hat recht, so gesinnet zu sein, aber die Gesundheit wird er doch immer suchen und die Gesundheit bleibt bei aller Resignation des Kranken in der Krankheit doch allein der normale Zustand des Körpers. So kann sich auch der freie Geist des Menschen mit einer Weltanschauung, welche die starre Nothwendigkeit im Hintergrunde hat, auf die Länge nicht befriedigen, er wird vorwärts getrieben, er wird durch die Freiheit, die er in seinem Selbstbewusstsein findet, genöthigt, in der Ate selbst ein freies, vernünftiges und selbstbewusstes Wesen zu finden, aber dieses Finden der Freiheit in der absoluten Nothwendigkeit ist in der pantheistischen Religion überhaupt nicht möglich und daher tragen sie alle den Keim des Todes in sich. Auch die griechische ist nur eine kurze Blüthe gewesen, die

sich selbst vernichtete, um das Christenthum als die Frucht
aus sich hervorgehen zu lassen oder vielmehr nur in dem
von aussen ihm entgegenkommenden Christenthume seine
Vollendung zu finden. In Verhältniss zu den früheren pantheistischen Religionen ist aber die griechische Religion ein
wesentlicher Fortschritt. Der wesentliche Unterschied des
griechischen Pantheismus von dem der andern Religionen,
namentlich der orientalischen, besteht, wie schon oben angedeutet ist, darin, dass die Griechen nicht mehr Natur und
Geist mit einander vermischen, sondern dass sie die geistige
Individualität als die Substanz aller Dinge auffassen. Dass
sie die Gottheit nur als die substantiellen Mächte des natürlichen und geistigen Universums fassen, das ist das Pantheistische in den Griechen, dass sie aber die Geistigkeit und
den Menschen in seiner Geistigkeit als das Wesen der Dinge
wissen und darstellen, das macht die Griechen so gross und
zu Lehrern der Menschheit. Anfangs mögen manche ihrer
Götter nichts Anderes gewesen sein, als Personifikationen
von Naturmächten, und manche derselben sind auch in dem
spätern Bewusstsein nicht viel mehr geworden, wie Neptun,
der Gott des Meeres, oder noch mehr die Nymphen der
Flüsse, Berge und Bäume. Aber schon der Umstand, dass
sie die Naturkräfte personifizirten, beweist, dass sie für
das eigentliche wahre Wesen der Natur die geistige Individualität hielten, doch sind auch bei weitem die meisten
ihrer Götter blos anfangs in dem religiösen Bewusstsein
Natursubstanzen gewesen, während im Verlauf der Entwickelung des Volksbewusstseins das Natürliche in der Vorstellung
mehr oder weniger absorbirt wurde und die Idee der individuellen Geistigkeit an deren Stelle getreten ist. Die Ausdrücke: Zeus regnet, Zeus donnert, zeigen, dass im Zeus
anfangs nichts Anderes personifizirt gewesen sein mag, als
der meteorologische Prozess. Die befruchtende Kraft der
Meteore, und die unwiderstehliche Gewalt mancher derselben,
wie des Gewitters, musste von selbst die Idee von Macht
und Herrschaft erwecken, so dass Zeus der Gott der Herrschaft, der politische Gott, wurde. Apollo war ursprünglich
der Sonnengott, aber wie das Licht das natürliche Abbild
des Wissens, gleichsam der Geist in der Natur ist, so ist
Apollo in der Vorstellung der Griechen der Gott der Weis-

sagung, der Chorführer der Musen und das Sinnbild der
Kraft und Schönheit geworden. So geht die Vorstellung der
Artemis vom Monde aus.*)

Vulkan ist der Gott des Feuers, aber weiter auch be-
sonders der durch das Feuer allein möglichen technischen
Arbeiten, der Schmiedekunst. Im Merkur wird das Wesen
des Handels und aller menschlichen Vermittelung, auch der
Vermittelung der Menschen mit den Göttern als Person gefasst. Die Musen sind zuerst Nymphen, Quellen, die Wellen
und das Geräusch der Bäche gewesen, und sodann erst die
Gesang- und Tanz-Kunst und das Wissen personifizirenden
Göttinnen geworden. Ueberall wird von Naturmächten der
Anfang gemacht, welche dann in Götter mit einem geistigen
Inhalt verwandelt werden. Dieser Fortschritt vom Natürlichen
zum Geistigen erscheint denn sogar in der griechischen Vor-
stellung als eine Geschichte der Götter. Der Grieche unterscheidet alte Götter und neue Götter und hat die Vorstellung
von einem Kriege, in welchem die alten Götter von den
neuen Göttern überwunden werden, so dass diese nun die
Herrschaft der Welt erhalten. Die alten Götter sind die
Naturgötter, die für sich herausgehobenen Natursubstanzen:
Chronos — die Zeit, Uranos — der Himmel, Helios — die
Sonne, Selene — der Mond u. s. w.; auch die Erinnyen als
die für sich genommene Macht des bösen Gewissens, der Eid
und Andere werden zu den ältern Göttern gerechnet. Die
neuen Götter sind die substantiellen Kräfte, die einen geistigen Inhalt haben. Es ist in ihnen eine geistige Substanz
personifizirt. Aber auch die neuen Götter kommen von
der Natur her, sie sind in der Zeit geworden, geboren und

---

*) Ich halte hier die gewöhnliche Meinung, dass Apollo und Diana
ursprünglich Sonne und Mond repräsentirten, fest und kann mich von
der Gründlichkeit der Einwürfe, die gegen diese Meinung, besonders
von Hermann und Voss gemacht worden sind, nicht überzeugen. Denn
dass der Begriff des Sonnengottes bei dem Apollo nach und nach in
den Hintergrund gedrängt worden und die Eigenschaft der Weissagung
so sehr hervorgetreten ist, dass man dann noch einen besonderen Sonnengott, den Helios, als Naturgottheit beibehielt, halte ich so wenig
für unnatürlich, dass dieser Prozess der Umwandlung der Vorstellung
vielmehr dem Entwickelungsgang des griechischen Wesens von der
Natursubstanz aus nach geistiger Gestalt und Freiheit hin zu entsprechen
scheint.

erzogen und haben bei aller Geistigkeit das Naturmoment an
sich: die menschliche Gestalt, natürliche Bedürfnisse und
menschliche Leidenschaften.*)

Aber das Natürliche in den Göttern ist durchdrungen
von der Idee der geistigen Substanz, die in ihnen gefasst
ist. Es liegt daher in der griechischen Religion von Haus
aus ein Element der Kunst, weshalb sie auch von Hegel die
Religion der Schönheit genannt worden ist. Denn zum Begriff des Schönen gehören zwei Momente, ein Sinnliches,
Natürliches, überhaupt Wirkliches — und ein Ideales, Allgemeines, überhaupt ein Gedanke, die so durchdrungen sind,
dass das Sinnliche nicht für sich ist, sondern so gestaltet
und behandelt, dass in ihm nur das Allgemeine und Ideale
zur Erscheinung kommt. Die Göttergestalten der griechischen
Religion sind schöne Gestalten, insofern es Ideen sind, die
in dem Mythus von den Göttern eine der Idee entsprechende
Gestalt gewonnen haben. Aus der Religion entwickelt sich
Kunst und Wissenschaft, Staat und Sittlichkeit und da die
griechischen Göttergestalten schöne Gestalten sind und die
Religion überhaupt die Religion der Schönheit ist, so sind
die Griechen vorzugsweise das Kunstvolk gewesen und Alles,
was sie thun, hat eine künstlerische Tendenz und einen
künstlerischen Ausdruck gewonnen. Sie bilden dadurch Epoche
in der Weltgeschichte, dass sie die Kunst verstanden und
ausübten: das Innerliche äusserlich darzustellen, so dass vom
Innerlichen nichts zurückbleibt, was nicht im Aeusseren seine
Darstellung gefunden hätte und dass auch im Aeusseren
nichts gefunden wird, was nicht eine innerliche Bedeutung
hätte. Die absolute Einheit des Aeussern und Innern, die
formelle Vollendung ist das spezifische Merkmal des griechischen Wesens. Schon ihren Leib bildeten und übten sie
so vielseitig durch die Gymnastik, dass er ein adäquater
Ausdruck wurde von der inwohnenden schönen Seele. In

*) Nägelsbach in seiner lehrreichen homerischen Theologie Nürn-
berg 1840 hat in dem ersten Abschnitte, welcher überschrieben ist:
„Die Gottheit“ anschaulich nachgewiesen und durchgeführt, dass die
homerischen Götter Menschenideale sind, in denen das menschliche
Wesen ebenso sehr seiner unmittelbaren Natürlichkeit, Beschränktheit
und Mangelhaftigkeit entkleidet, als doch andererseits in seiner Gat-
tungs-Allgemeinheit beibehalten erscheint.

einem schönen Leibe eine schöne Seele, — das war die
Bestimmung eines vollkommenen Menschen nach dem hellenischen Bewusstsein. Abgesehen aber von der Leiblichkeit,
deren Idealität die plastische Kunst verfolgte und darstellte,
trägt auch das ganze sonstige Leben des griechischen Alterthums das künstlerische Gepräge. Jeder einzelne Mann, von
dem die griechische Geschichte berichtet, erscheint uns wie
ein Kunstwerk. Man nehme, wen man will, und die sonst
verschiedenartigsten Charaktere; Feldherren und Staatsmänner, wie Themistocles und Pericles, oder Philosophen und
Dichter, wie Sokrates und Sophocles, erhabene Charaktere
und Männer von sittlicher Festigkeit, wie Aristides und Plato,
selbst Organe einer plebejischen Tendenz, wie Kleon und
Diogenes, alle tragen ohne Unterschied jenes plastische Gepräge, nach welchem das Einzelnste und Unmittelbarste
durchleuchtet ist von einer Idee, so dass nichts Trübes und
Undurchdrungenes übrig bleibt, sondern das Innere und
Aeussere, die Idee und ihre Darstellung, zur vollkommensten
Einheit sich verschmilzt. Selbst ihre Staaten und Staatsverfassungen sind in diesem Sinne Kunstwerke zu nennen, insofern die verschiedenen Stämme und Staaten ihre individuelle
Bestimmtheit, in einer freien und klaren Weise durch ihre
Gesetzgebung und Verwaltung darlegten. Daher war Griechenland nun endlich — und das ist die Hauptsache — der
eigentliche Heerd des idealen Kunstlebens und die Baukunst,
die Sculptur und die Poesie trieben unter den Griechen ihre
ersten und unverwelklichen Blüthen. Sie sind die Urheber
und Vollender der Plastik, in welcher sie das Ideal der
menschlichen Gestalt gesucht und gefunden haben. Sie sind
die Erfinder des Epos, in welchem sich ihre ganze Weltanschauung in einer einfachen historischen Erzählung darlegt.
Sie haben in ihren vortrefflichen Dramen die sittlichen Mächte,
welche das Menschenleben bewegen, und namentlich die
ethische Grundlage des pantheistischen Princips zur Darstellung gebracht.

Die Wissenschaft ist aber nur eine weitere Entwickelung
der Kunst. Die Ideen, welche in der Kunst durch Gestalten,
Farben, Töne, Worte und Handlungen veranschaulicht werden, treten in der Wissenschaft für sich, im reinen Elemente
des Denkens in das Bewusstsein. Wie in der Kunst das

Allgemeine individualisirt wird, so wird durch die Wissenschaft das Allgemeine, welches das Individuelle belebt, für sich gefasst. Kunst und Wissenschaft gehen Hand in Hand, und die Griechen sind daher ebenso sehr die Anfänger aller wahren Wissenschaft, wie durch sie die Kunst zu ihrer ersten und unverwelklichen Blüthe gekommen ist. *)

Sie haben die Substanzen der Dinge wissenschaftlich erkannt und ihre Erkenntnisse sind Gemeingut der ganzen gebildeten Menschheit geworden. Auf sie muss immer wieder zurückgegangen werden, um die wesentlichsten Gedanken über die Natur und das Menschenleben und die reinen Ideen in ihrer ersten Frische uns und namentlich der sich heranbildenden und das universelle Geistesleben der Menschheit individuell in sich reproducirenden Jugend immer wieder anzueignen. Ihre Historiker, ihre Philosophen und Mathematiker sind eine unerschöpfliche Quelle von Ideen, in denen das Wesen der Dinge gedacht ist. Sie erkennen die Principien der Dinge, ja sie erheben sich zu der Idee eines Princips

------

*) Plato ist es namentlich, in welchem aus einem nach allen Seiten hin ausgebildeten Leben der Kunst und Schönheit die Idee der Schönheit für sich, abgelöst von den schönen Gestalten, Tönen, Handlungen etc., zum Bewusstsein kam. Plato bildet daher den Uebergang von der Kunst zur Wissenschaft, von dem Ideal zur Idee an und für sich und seine Werke sind um deswillen ein so unschätzbares und unvergleichliches Mittel für wissenschaftliche Ausbildung, weil in ihnen auf eine so anschauliche und anmuthige und doch auch innerlich so begründete Weise die Genesis des Allgemeinen aus seiner empirischen Existenz, die Gewinnung der reinen Idee aus der Wirklichkeit dargestellt wird. Eine vortrefflichere, einleuchtendere und fesselndere philosophische Propädeutik kann es daher für den gebildeten Jüngling, der so weit gelangt ist, das Ideale für sich erfassen zu können, nicht geben, als diese wissenschaftlichen Kunstwerke des platonischen Geistes. Damit soll indess die Möglichkeit einer freieren Form der philosophischen Propädeutik, die sich dem gegenwärtigen Standpunkte der Philosophie anschliesst, keineswegs geleugnet werden, doch liegt bei einem solchen die Gefahr viel näher, entweder in eine trockene Terminologie oder in ein noch bedenklicheres Spiel mit allgemeinen Formeln und Redensarten zu verfallen. Die soeben erschienene philosophische Propädeutik von Diese ist von den mir bekannten die beste und empfiehlt sich wenigstens durch Frische der Darstellung und stete Rücksichtsnahme auf die Quellen, namentlich auf Aristoteles, wenn sich auch öfter eine gewisse Ungleichmässigkeit der Behandlung und ein unvermitteltes Aufnehmen fremder Gedanken bemerklich macht.

der Principien, zu der Idee des νοῦς, aber der νοῦς ist und
bleibt ihnen nur die Substanz aller Dinge, nicht ein von der
Welt unterschiedenes, sich auf sich selbst beziehendes und
in sich seiendes Subject, nicht selbstbewusster Geist. Und
weil daher die griechische Weltanschauung nur eine Seite
Wahrheit hat, so musste sie untergehen, sie konnte nur so
lange bestehen, als sie sich entwickelte. Als sie sich bis zu
ihrer höchsten Vollendung in Geistern wie Socrates, Plato
und Aristoteles entwickelt hatte, und als sie in sich selbst
sich nicht weiter entwickeln konnte, so trat das Unbefrie-
digende und Einseitige, das sie von Anfang an in sich hatte,
so sehr in den Vordergrund, dass kein Friede in derselben
mehr zu finden war und die Menschen warfen sich entweder
dem Sinnendienst in die Arme und vergassen ganz ihre höhere
Bestimmung oder sie suchten sich aus dem Unglück der Zeit
zu retten durch stoische Resignation oder sie fanden ihre
Freiheit darin, dass sie an Allem zweifelten und verzweifel-
ten. Von diesem geistigen Auflösungsprocess des griechischen
Alterthums muss aber weiter unten ausführlicher gesprochen
werden. Aber auch in der Blüthezeit der Griechen lassen
sich die Keime des Verderbens nicht verkennen. Das Unfreie
und Trostlose ihrer Vorstellung vom Schicksal ist schon erwähnt. Dass ihr Streben nach geistiger Freiheit nur auf
dem Boden der Unfreiheit möglich war, davon ist die
Sclaverei, die sogar ihr grösster Philosoph Aristoteles philosophisch zu rechtfertigen sucht, ein schlagender Beweis,
ebenso die Verachtung und Entwürdigung des weiblichen
Geschlechts. Dass die ethische Gesinnung noch nicht ent-
fesselt war von der Naturnothwendigkeit, das zeigen ferner
die Orakel; denn wer wirklich sittliche Selbstbestimmung
hat, der bedarf keines äussern Orakels.

2. Von dem deistischen Religions-Principe.

Den reinen Gegensatz von den pantheistischen Religionen
des Heidenthums bildet das Judenthum, dessen Form und
Entwickelung das alte Testament giebt. Das Judenthum
bildet den Gegensatz vom Heidenthum und daher auch die
Ergänzung zu demselben. Während die pantheistischen
Religionen die Substanz der Dinge als die Gottheit fassen
und daher keine von der Welt wirklich und wesentlich unter-

schiedene Gottheit haben, so ist gerade der Grundgedanke
der jüdischen Religion eine absolute selbstbewusste Person,
die nicht bloss von der Welt und Allem, was in ihr ist,
wesentlich unterschieden und vor und über aller Welt ist,
sondern welche das absolute Prius der Welt ist.

A) Dass Gott zuerst ein in sich seiendes, sich selbst
gegenständliches, sich von sich unterscheidendes und von
der Welt absolut unabhängiges Wesen, eine absolute Person
oder vielmehr die absolute Person ist, diese Wahrheit zieht
sich durch die sämmtlichen alttestamentlichen Schriften hindurch. Der Israelit hat den Gedanken, dass Gott das unendliche Wesen ist, aber ein Wesen, das sich selbst weiss.
Beides müssen wir in dem Gedanken Gottes festhalten, dass
er unendlich ist und dass er Person ist, wirklich und wahrhaft Person, nicht etwa bloss Personification einer Idee, wie
die griechischen Götter, sondern Person, wie wir uns selbst
als Personen wissen, fühlen und bethätigen und Andern
objectiv gegenübertreten, aber als Personen, die, obschon
einer endlosen Entwickelung fähig, doch in bestimmte
Schranken eingeschlossen sind, während Gott unendliche
Person ist. Das Unendliche in der Person Gottes wird
von dem Juden gewusst in seinen Alles durchdringenden
Eigenschaften. Jehovah ist der allmächtige Gott (1. Mos.
17, 1), gross von Rath und mächtig von That. (Jer. 32, 19.)
Er ist allwissend, kein Gedanke ist ihm verborgen. Der
Mensch siehet, was vor Augen ist, Gott aber siehet das
Innere. Er allein kennt das Herz der Menschenkinder. Er
ist in Allem gegenwärtig und er ist sich selbst gegenwärtig.
Bin ich's nicht, der Himmel und Erde erfüllet, — spricht
der Herr. (Jer. 23, 24.) Er ist ewig. Er durchdringet alle
Zeit, aber er selbst ist der Zeitlichkeit und ihrem Werden
entnommen, er hat weder Anfang noch Ende und ist vor
allem Anfange. Ehe denn die Berge wurden, und die Erde
und die Welt geschaffen worden, bist du Gott, von Ewigkeit
zu Ewigkeit. Ps. 90, 2. Insbesondere ist auch noch hierher
zu ziehen die Heiligkeit, unter der die absolute, aller endlichen Schwäche und Sündhaftigkeit entnommene Güte seines
Willens verstanden wird.

Das andere ebenso Wesentliche in dem Gedanken Gottes
ist aber seine Persönlichkeit, d. h. seine selbstbewusste

von der Welt unabhängige Wirklichkeit. Im ganzen alten
Testamente erscheint Gott als ein denkender, als ein sprechender, als ein befehlender. Gott sprach: es werde Licht und
es ward Licht. Gott spricht zu Adam, zu Noah, zu Abraham,
zu Moses und zu den Propheten. Umgekehrt wendet sich
der Mensch zu diesem Gott als zu einer Person, er redet ihn
an mit Du! Blos unter der absoluten Voraussetzung, dass
der Andere eine Person ist, kann ich zu ihm sprechen: Du!
Daher nun diese herrlichen Gebete an Gott, die das alte
Testament, und namentlich die Psalmen enthalten. Beten
kann ich nur zu Gott als zu einer Person und diese innigen,
rührenden, durchdringenden Gebete des alten Testaments sind
eben so viele Beweise von der absoluten Gewissheit ihrer
Verfasser, dass Gott eine Person ist, und umgekehrt könnten,
wenn Gott keine Person wäre, mit welcher der Mensch innerlich im Geiste in Verhältniss träte, solche Gebete überhaupt
nicht existiren.

Dasselbe und ebenso deutlich ergiebt sich, wenn wir
das sittliche Gebiet in Betracht ziehen. Dem Griechen und
dem Pantheisten überhaupt erscheint die allgemeine Regel
alles Thuns als Gesetz, als ein Allgemeines, Unpersönliches,
wie ein Naturgesetz; aber in der jüdischen Religion ist das
Sittengesetz nicht ein solches Abstractum, sondern es ist der
Wille des persönlichen Gottes, das Gebot Gottes. Am bestimmtesten tritt aber die Idee von der Persönlichkeit Gottes
hervor in dem Verhältniss Gottes zur Existenz der Welt. In
den pantheistischen Religionen ist die Materie von Ewigkeit;
ungeschieden bildet sie das Chaos, und aus dem Chaos entstehen alle Bildungen, Naturwesen, Menschen und Götter.
Das Geistige ist hier der Materie immanent und hebt sich
aus dieser nun nach und nach durch eine Reihe von Evolu-
tionen für sich hervor; aber in der jüdischen Religion wird
Gott gewusst als das absolute Prius aller Dinge und der Welt
aller Dinge. Der grosse Gedanke von der Schöpfung der
Welt aus Nichts ist erst dieser Religion eigen. Der Wille
der absoluten Persönlichkeit ist ohne alle andere Vermittelung
der alleinige Grund von der Existenz der Welt. Es heisst:
Im Anfang schuf Gott Himmel und Erde. Im Pantheismus
alter und neuer Zeit erscheint Gott als die Weltseele oder
als das alle Erscheinungen der Welt beseelende Allgemeine,

aber im Judenthum als der persönliche Werkmeister und ihm
gegenüber die Welt, nämlich das ganze sinnliche und geistige
Universum, als sein Werk, etwa wie ein Kunstwerk als das
Werk des Künstlers erscheint, während doch der letztere auch
unabhängig von dem einzelnen Kunstwerk seine selbständige
Existenz hat und behält und nicht etwa in seinen Werken
aufgeht. So viel von dem erhabenen Gedanken der Gottheit
in der jüdischen Religion, der fast ganz in das Christenthum
aufgenommen ist.

B) Es fehlt aber der Erkenntniss Gottes ein wesentliches
Moment, das in dem Heidenthum zur vollsten Ausbildung
gekommen ist, das Moment seiner Innerweltlichkeit. Gott
ist nicht bloss ein absolut für sich seiendes, sich auf sich
beziehendes Wesen, sondern er ist zugleich die Substanz aller
Dinge, des natürlichen und geistigen Universums. Daher
kann sich der Jude nicht mit Liebe und Ueberzeugung der
wirklichen Welt hingeben und in ihr das Allgemeine und
Göttliche herausheben, denn dazu gehört vor Allem der Glaube
an die Immanenz des Göttlichen in der Welt. Der Jude hat
daher keine Wissenschaft und keine Kunst, denn beide verfolgen die Aufgabe, das Allgemeine in dem Wirklichen zu
erkennen und in adäquater Form darzustellen. Alle Kunst
und Wissenschaft ist in dem Momente ihrer Production pantheistisch und alles Pantheistische ist von der jüdischen
Religion in ihrer ursprünglichen Reinheit ausgeschlossen. Am
charakteristischsten ist aber in dieser Hinsicht das Verhältniss
Gottes zur menschlichen Freiheit. Es wird zwar gleich im
Anfang der biblischen Schriften der grosse Gedanke hingestellt, dass der Mensch zu Gottes Ebenbilde geschaffen ist,
aber das ist nur sein ursprüngliches Wesen und seine der-
einstige Bestimmung, dagegen ist er factisch von Gott ab-
gefallen.*) Er ist factisch nichts weniger als ein Gott
gleiches Wesen, sondern entfremdet von Gott und daher in
der Sünde. Denn die Sünde ist die Geschiedenheit von Gott.

—

*) Da der Jude dies Göttliche vorherrschend ausser sich fand, so
konnte in ihm auch nicht das Gefühl der Unverwüstlichkeit des Geistes
entstehen, die das Bewusstsein von der in uns lebendigen Wahrheit
erweckt. Daraus ist es erklärlich, dass der Glaube an die Unsterblichkeit der menschlichen Seele im alten Testamente entweder gar nicht
oder doch nur in undeutlichen Spuren gefunden wird.

Gottes Wille ist ausgesprochen in dem Gesetz und indem
daher der Mensch etwas Anderes thut, als das Gesetz gebietet,
so verfällt er in die Sünde. Das Bewusstsein der Entfremdung
von Gott zieht sich durch die ganze alttestamentliche Offenbarung hindurch und ebenso der Schmerz und die Klage über
diese Entfremdung. Im Christenthum ist das Gefühl der
Sünde allerdings eben so kräftig, ja wegen der hohen Anschauung des sittlichen Ideals noch kräftiger vorhanden, aber
doch nur ein nothwendiger Durchgangspunkt und vorübergehendes Entwickelungsmoment, im Judenthum dagegen habituelle Bestimmtheit. Am schärfsten spricht sich dieses
Gefühl aus in den Psalmen und auch in den Propheten. Und
Gott ist ein heiliger Gott, ein eifriger Gott, der die Uebertretung und Sünde nicht schont, sondern bestraft. Das ist
seine Gerechtigkeit, dass er den Bösen bestraft und alle Noth
und alles Unglück, das die Menschen trifft, ist eine Folge seiner
strafenden Gerechtigkeit. Der Israelit fühlt aber eben so
gut, dass dieser Zwiespalt nicht das ist, was sein sollte, er
sehnt sich nach Aufhebung des Zwiespalts und daher die
häufigen, innigen Bitten um Vergebung der Sünden. Gedenke
nicht der Sünden meiner Jugend und meiner Uebertretung
(Ps. 25, 7.). Errette mich von aller meiner Sünde (Ps. 39, 9).
Tilge alle meine Sünden nach Deiner grossen Barmherzigkeit
(Ps. 51, 3.). Und Gott vergiebt dem Menschen die Sünde
nach seiner Gnade. Aber auch die Gnade Gottes wird im
Judenthum wieder als eine äusserliche und transcendente
gefasst. Die Gnade ist auch ein christlicher Begriff und
besteht in der Mittheilung Gottes an den Menschen oder in
der Herablassung Gottes in das endliche Selbstbewusstsein,
und auch hier wirkt die Gnade Gottes die Sündenvergebung,
aber so, dass der Mensch substantiell umgewandelt wird, indem
er mit Wissen und Willen die göttliche Gnade ergreift und
durch Verwerfen des Bösen einen Gott gleichen Willen, einen
sittlichen Willen in sich zur Entwickelung bringt. Im Judenthum dagegen ist die Gnade von aussen eintretend und erscheint
als Willkür. Sie ist daher nicht allgemein. Es sind nicht
alle Völker ein Gegenstand der göttlichen Gnade, sondern
nur die Juden, während die Heiden von den Juden von Haus
aus als Verworfene angesehen und behandelt werden. So
lebendig das Sündenbewusstsein in den Juden ist, so meinen

sie doch in der Gemeinschaft mit den Heiden verunreinigt
zu werden, und halten sich für das auserwählte Volk. Jakob
wurde gewählt und Esau verworfen. Die Bewohner Canaans
wurden vernichtet und die Juden nahmen das Land ein, und
das aus reiner Gnade. Die äusserliche Auffassung der Gnade,
die von der dem Menschen immanenten sittlichen Umwandlung und Wiedergeburt abstrahirt, zeigt sich unter Anderem
auch darin, dass Gott dem Volke gnädig ist um Abrahams
Willen, um des mit Abraham geschlossenen Bundes, also um
eines Andern willen. Weil es Gott einmal so versprochen
hat, darum geschieht dem israelitischen Volke trotz seiner
tausendfachen Verirrungen Gnade und die Heiden sind sich
selbst überlassen, der Jude weiss nicht, warum und wozu?

Weil die Gnade nur als eine äusserliche, nicht als eine
den Geist von Innen heraus umwandelnde und seine Sittlichkeit erzeugende, gewusst wird, so sind auch die Mittel, der
göttlichen Gnade theilhaftig zu werden, äusserliche. Dahin
gehören die Beschneidung, die Opfer, das Vermeiden gewisser
Speisen, das Heilighalten gewisser Tage und viele andere
Bestimmungen, die das Judenthum trotz seines erhabenen,
aber einseitig festgehaltenen Gottesbegriffs, in einen äusserlichen Formalismus endloser Gebräuche und Gebote verwandeln, welche trotz ihrer Aeusserlichkeit und selbst Härte von
dem Israeliten für Gebote Gottes gehalten werden. Namentlich waren es zur Zeit Christi die Pharisäer, die über einem
solchen äusserlichen Gemisch endloser Gebräuche und Gebote
das Inwendige, nämlich die Gottesfurcht, die Liebe und den
Glauben ganz vergassen.

Aber selbst in solchen äusserlichen, obschon verfehlten
Veranstaltungen und in dem ganzen Gottesdienste des Juden,
ja in seinem innersten Bewusstsein liegt doch überall der
Gedanke zu Grund, dass die wahre Höhe des menschlichen
Daseins darin liegt, mit Gott versöhnt zu sein und das durch
die Sünde verlorene Ebenbild mit Gott wieder herzustellen.
Daher treibt der Deismus unaufhaltsam weiter, um Gott in
sich und in der Welt zu finden, und äussert sich als Hoffnung
auf Befreiung und auf den Befreier.

(⁴) Die Ahnung und Hoffnung an eine Erlösung geht
eben so durch das ganze alte Testament hindurch, wie der
Gedanke Eines persönlichen und überweltlichen Gottes. Die

Männer, in denen diese Erwartung insonderheit Gestalt gewinnt, sind die Propheten. Das gesammte jüdische Alterthum hat Propheten. Schon der Patriarch Abraham heisst ein Prophet, der Gesetzgeber Moses, der Richter Samuel, der über das Gesetz eifernde Elias und sein Schüler Elisa und sodann besonders die 16 Propheten, von denen wir Schriften haben. Die Griechen hatten Weise, Philosophen und Dichter und Staatsmänner, aber keine Propheten, denn die Orakel sind in keiner Weise mit den Prophezeiungen der Juden zusammen zu stellen, da die Orakelsprüche Entscheidungen gaben über individuelle Lebensverhältnisse und Zwecke, während die Prophezeiungen auf die Wahrheit, auf das Heil der menschlichen Seele gehen. Die Propheten sind dem Judenthume eigen und kommen aus dem Principe ihrer religiösen Anschauung. Sie sind nicht etwa weise Männer, die durch vieles Nachdenken manches Allgemeine und Wahre herausfinden, sondern ihr Verhältniss zu Gott ist ein unmittelbares. Ihre Prophezeiungen entspringen aus göttlicher Eingebung. Für den Pantheisten ist ein solches Verhältniss, wie es zwischen Gott und den Propheten stattfand, undenkbar, wie ihm das Princip des Deismus überhaupt undenkbar ist, und daher entweder lächerlich oder ärgerlich, aber nichts desto weniger ist es historisch. Auch Träume und Gesichte sind noch Formen, in denen der Israelit des Willens Gottes sich bewusst wird, aber die Weissagungen finden in dem gewöhnlichen wachen Zustande statt. Die Propheten haben in demselben das Bewusstsein, dass die Worte, die sie selbst aussprechen, ihnen von Gott selbst eingegeben sind, gleich wie ein Mensch, der eine grössere Wissenschaft von einer Sache hat, einem Andern gewisse Kenntnisse mittheilt, die der letztere alsdann wohl versteht und weiter verbreiten kann, aber doch nicht hätte finden können. Dies Prophetenverhältniss setzt einen allwissenden persönlichen Gott voraus, wie Alles im Judenthum. Die Propheten sind gleichsam die Instrumente, die Gottes Geist berührt.*)

---

*) Das unmittelbare Eingreifen der göttlichen Persönlichkeit, auf welchem das Prophetenthum beruht, zeigt sich auch in den Wundern, von denen die jüdische Geschichte so reich ist. Das Wunder setzt einen absoluten überweltlichen Willen voraus, der nach über die Gesetze der Welt und namentlich über die Naturgesetze Macht hat, und infolge

Was aber nun den Inhalt der Prophezeiungen betrifft,
so ist er allerdings auch zum grossen Theil unbestimmter
und allgemeiner Art, und handelt von Hülfe, Trost, Vergebung der Sünden, Tödtung des Todes, Freude, Wonne,
Bekehrung der Gottlosen, Friede und Gerechtigkeit u. s. f.
Auf der andern Seite wird aber auch mit deutlichen Worten
auf einen bestimmten Erretter aus der Noth hingewiesen,
auf den Messias. Der Prophet Jesaias z. B., der erhabenste
aller Propheten, ist reich auch an solchen auf eine bestimmte
Persönlichkeit hindeutenden Stellen, die man messianische
Weissagungen nennt. Man vergleiche z. B. das ganze elfte
Capitel. „Es wird eine Ruthe ausgehen von dem Stamme
Isai und ein Zweig aus seiner Wurzel Frucht bringen. Auf
welchem wird ruhen der Geist des Herrn, der Geist der Wahrheit und des Verstandes, der Geist des Raths und der Stärke,
der Geist der Erkenntniss und der Furcht des Herrn. Er
wird mit Gerechtigkeit richten die Armen und mit Gericht
strafen die Elenden im Lande.“

Trotz dieses ganz geistigen Anfangs werden weiterhin
die Güter, die der Messias bringen wird, sinnlich gefasst:
„Die Wölfe werden bei den Lämmern wohnen und die Pardel
bei den Böcken liegen“ und zur jüdischen Particularität zurückgekehrt in den Worten: „die Feinde Judas werden ausgerottet
werden.“

Aber an andern Stellen erhebt sich der Prophet über das
gewöhnliche jüdische Nationalbewusstsein, nach welchem blos
die Juden des Heils theilhaftig werden sollen, und verkündigt
die Erlösung als eine allen Menschen zu Theil werdende. C. 49
V. 6 heisst es: „Und er spricht: Es ist ein Geringes, dass
Du mein Knecht bist, die Stämme Jakobs aufzurichten und
das Verwahrlosete in Israel wieder zu bringen; sondern ich

---

dieser Macht sie anders bestimmen kann, als sie in sich bestimmt sind.
Die pantheistische Religion kennt keine eigentlichen Wunder, weil die
Substanz der Dinge selbst Gott ist und daher die Substantialität und
Gesetzmässigkeit der Wirklichkeit das Letzte ist, über das nicht hinausgegangen wird. Aber im Deismus wird über die Dinge hinausgegangen
und der persönliche in sich seiende Gott ist der Herr aller Dinge und
kann tödten und lebendig machen, schaffen und vernichten, schalten
und walten mit den Dingen, wie es ihm gefällt. Erst auf dem deistischen Standpunkte ist die Vorstellung des Wunders möglich.

habe Dich auch zum Licht der Heiden gemacht, dass Du
seist mein Heil bis an der Welt Ende." Ebenso an vielen
andern Stellen aller Propheten.

Die Idee der Erlösung, bald in dunkelen Bildern, bald
in sicheren Gedanken, bald in unbestimmter Allgemeinheit, bald
in der Form einer bestimmten Persönlichkeit gefasst, bald
auf das Leibliche, bald auf das Geistige bezogen, ist ein
wesentliches Element in der jüdischen Religion und ein
lindernder Trost in dem Zwiespalt des Bewusstseins, der durch
den einseitig deistischen Religionsbegriff gesetzt ward.

3. Auflösung der vorchristlichen Religionsprincipien.

Die Weltgeschichte ist von Haus aus auf das Christenthum angelegt gewesen. Die beiden Grundprincipien der
vorchristlichen Völker, der Pantheismus und der Deismus,
sind als Momente in das Christenthum aufgenommen worden,
und je näher die Zeit kam, wo Christus erschien, desto mehr
überlebten sich jene Principien, hoben sich selbst auf und
bildeten sich aus sich selbst dergestalt nach der Wahrheit
hin, dass die besseren Gemüther jeder Religion für die Aufnahme und Aneignung des Evangeliums fähig und empfänglich waren. Wenn es in der Schrift heisst: Als die Zeit
erfüllet war, da sandte Gott seinen eingebornen Sohn; so
will das so viel sagen: als die Zeit reif war oder als die
menschliche Entwickelung so weit gekommen war, dass der
menschliche Geist die absolute Wahrheit fassen konnte, da
sandte Gott seinen Sohn. Richten wir unsern Blick auf die
Weltverhältnisse, die dem Eintritt des Christenthums vorausgehen, so begegnen wir dem römischen Reiche, welches in
jener Krisis gerade Weltreich geworden war. Eine allgemeine
Trauer ist über den bekannten Erdkreis verbreitet, weil der
römische Koloss durch seine Herrschaft das individuelle Leben
der einzelnen Völker zerstört hatte. Halten wir uns an die
beiden oben nach ihren religiösen Principien näher charak-
terisirten Hauptvölker des Alterthums, die Juden und die
Griechen, so finden wir zuerst das griechische Leben in seiner
Blüthe zerstört. Unabhängigkeit nach Aussen gehört zu einem
gesunden und kräftigen Volksleben. Wo Unabhängigkeit fehlt,
da hört ein Volk auf, etwas Substantielles in sich selbst zu
sein, wird ein Accidenz eines Andern und ist daher nicht

mehr im Stande, etwas zu produciren, was einen Zweck in
sich selbst hätte. Alle grossen Männer und Werke Griechen-
lands, die noch jetzt zu den wesentlichsten Bildungsmitteln
der modernen Zeit gehören, fallen in die Periode, wo Griechenland unabhängig ist und seine Unabhängigkeit so siegreich
gegen äussere Angriffe behauptet. Als daher die Griechen
durch Philipp und Alexander um ihre politische Selbstständig-
keit gebracht waren, so war auch ihre Kraft und Blüthe
dahin, oder auch umgekehrt, als sich ihr schöner Geist aus-
gelebt hatte, so hatten sie nicht mehr so viel Kraft, sich
für sich festzuhalten und wurden eine Beute des auswärtigen
Eroberers.

Was die Macedonier begonnen hatten, das vollendeten
die Römer gründlich; sie zerstörten die griechische Freiheit
vollends. Mit der Freiheit verfiel aber die Sittlichkeit;
gehässige Leidenschaften und Tyrannei oder rohe sinnliche
Genüsse oder Eitelkeit und Neugier herrschten in Sparta,
Theben und Athen. Je mehr aber das ethische und politische
Leben mit all' seiner Heiterkeit und Freiheit zerfiel, um so
mehr wurden die edelsten Individuen in sich selbst zurück-
gedrängt und genöthigt, in sich selbst einen Trost zu finden
in der allgemeinen Trostlosigkeit. Hiermit hängt die Erscheinung jener drei höchst merkwürdigen Philosophien zusammen,
der stoischen, der epicureischen und der skeptischen, die an
die Stelle der nunmehr verachteten und verworfenen Volks-
religion traten und Jahrhunderte lang den letzten Trost in
der trostlosen Zeit und die einzige Stütze in dem Verfall
aller Verhältnisse für die edelsten und gebildetsten Individuen
jener Uebergangszeit ausmachten, ja nicht blos für einzelne
Individuen, sondern für die ganze Zeit. Denn die Philosophien
sprechen das Princip der Zeit aus und ihre Lehren werden
zunächst zwar von Einzelnen sicher und klar begriffen und
ausgesprochen, aber auch von allen Zeitgenossen mehr oder
weniger deutlich gewusst oder mindestens geahnt und gefühlt
und praktisch angewandt. Alle drei genannten Philosophien,
so verschieden, ja zum Theil einander entgegengesetzt sie
sonst sind, stimmen aber darin mit einander überein, dass
sie die absolute Befriedigung des Menschen, die die Wirklichkeit nicht mehr gab, in das Innere verlegen, in das
subjective Selbstbewusstsein, so dass das existirende Subject

nur in sich selbst seine Freiheit suchen und finden sollte.
Diese subjective Richtung, die dem griechischen Alterthum
ursprünglich fremd war und den vermittelnden Uebergang
vom classischen Alterthum zum Christenthum bildet, beginnt
im Grunde schon mit den Sophisten und mit Socrates, welche
schon durch die bereits beginnende Zerrissenheit des griechischen Wesens in sich selbst aus der plastischen Objectivität
zu der Innerlichkeit des Geistes als solcher hingetrieben
wurden; aber sowohl Socrates als seine grossen Nachfolger
Plato und Aristoteles, in welchen die griechische Philosophie
zu ihrer Epoche machenden Vollendung kam, fassten die
Innerlichkeit des voῦς nicht als eine so abstracte und Alles
in Allem seiende, wie die in Rede stehenden drei philosophischen Schulen, sondern sie hegten noch den redlichen
Glauben, dass in der objectiven Welt, sowohl in der natürlichen, als in der sittlichen des Staatslebens, die Vernunft,
der voῦς, die allgegenwärtige Macht sei und fassten und
entwickelten die substantiellen Ideen, die das objective
Universum durchdringen, bewegen und gestalten. Es ist in
diesen Geistern, die ja auch noch zur Zeit der bestehenden
griechischen Freiheit leben, noch kein Bruch vorhanden
zwischen dem subjectiven Innern und der objectiven Wirklichkeit, sondern sie gehen nur darum in sich, in die Subjectivität zurück und erfassen sie für sich, um von dieser
sichern Basis aus die Vernunft auch in dem äusserlichen
Universum zu begreifen. Ganz anders die Stoiker, Epicureer
und Skeptiker, die zur Zeit des Verfalls griechischer Freiheit
leben und sich tief bis in die trübe römische Kaiserzeit hinein
erstrecken. Das Objective hat für sie kein Interesse und
keinen Werth mehr und nicht bloss die sittliche Objectivität
des Staats- und des Familienlebens hat für sie keine Wahrheit mehr, sondern auch das Naturleben, dem sich die
früheren Griechen mit solcher Liebe hingaben, kann sie
nicht mehr fesseln. Sie zogen sich ganz in sich selbst zurück
und suchten in der Subjectivität als solcher Ruhe, Freiheit,
Frieden und Beständigkeit zu erlangen. Das Interesse an
der Wahrheit, als einer vom empirischen Subjecte unab-
hängigen objectiven Wesenheit, erlischt in diesen Schulen.
Es kommt ihnen nicht mehr darauf an, die Gesetze der Natur-
und Menschenwelt und die an und für sich seienden Ideen

zu erkennen, zu bestimmen und zu entwickeln, sondern es
kommt ihnen lediglich auf die subjective Freiheit an, auf
die Gesetze, auf welchen diese Freiheit beruht und auf die
Mittel und Wege, auf welchen sie erlangt, erhalten und
erhöht wird. Diese Philosophien sind daher wesentlich Moral-
philosophien und was sie an brauchbaren und ewig interessanten
Bestimmungen enthalten, das bezieht sich auf die Darstellung
der Gesinnungen, Eigenschaften und Handlungen, die die
moralische Würde und Freiheit des selbstbewussten Individuums
constituiren.

Auf dieser gemeinsamen subjectiven moralischen Grundlage, die diesen Philosophien ihre weltgeschichtliche Bedeutung
als Aufhebung des Alterthums und Fortführung desselben
zum Christenthum ertheilt, treten sie indess unter einander
in einen Gegensatz. Während sie alle sich auf die Subjectivität concentriren in ihrer empirischen Existenz, so
fassen doch die Stoiker das existirende Subject vorherrschend
von seiner allgemeinen Seite, sie heben das denkende
Moment des existirenden Individuums hervor und betrachten
dieses als den Grund der Unerschütterlichkeit oder der
Ataraxie des Menschen. Die Epicurcer dagegen fassen
das existirende Subject vorzugsweise von der empfindenden
Seite, die der entgegengesetzte und ergänzende Pol ist von
der denkenden Allgemeinheit, und in dem Gefühle, Harmonie
und Freiheit in sich zu erhalten, liegt ihnen das wesentliche
Thun des Weisen, weshalb auch das Vergnügen als das
Princip der epicureischen Philosophie betrachtet werden kann.
Beide aber, der Stoicismus und der Epicureismus, sind darin
schon wesentlich skeptisch, dass sie das Objective als solches
negiren und dasselbe als ein Unwahres, in welchem nicht
das Wesen liege, betrachten. Und diese negative Richtung
auf das Objective, die den beiden Schulen an sich in ihrer
subjectiven Richtung eigen ist, tritt im Skepticismus für
sich hervor. Im Skepticismus ist der philosophische Geist
des Alterthums und mit ihm die Zeit selbst, deren Seele er
bildet, so weit gegangen, dass er geradezu alles Gegenständ-
liche und Seiende oder auch nur für wahr Gehaltene für ein
Nichtseiendes und sich selbst Widersprechendes und durch
den Widerspruch sich Aufhebendes erklärt. Der Skepticismus
ist durch und durch negativ; er hebt alles auf und er hat

die Fertigkeit, in Allem den Widerspruch aufzuweisen und Alles als ein sich Aufhebendes darzustellen, zu einer regelrechten Methode ausgebildet, wie wir sie besonders bei einem der grössten Skeptiker, bei Sextus Empiricus, vor uns haben.

Das einzige Positive, was dem Skepticismus noch übrig bleibt, ist das Alles ausser sich negirende Subject; dieses ist ihm das allein ausserhalb des Widerspruchs stehende und im Widerspruch sich erhaltende Wesen. Aber auch darin täuscht er sich. Auch das einzelne, empirische, menschliche Subject, welches in diesen Philosophien sich in sich selbst zurückzog, hat als solches eben so sehr die Endlichkeit an sich, wie alle Dinge, und auch diese kam endlich zum Bewusstsein durch eine Philosophie, die den Schluss bildet von der antiken Philosophie und der theoretischen Weltanschauung der alten Zeit überhaupt und die unmittelbar in den Strom des Christenthums einmündet, durch die neuplatonische oder alexandrinische Philosophie. In dieser höchst merkwürdigen Philosophie wird das Resultat der frühern Philosophien, dass das Subject das Wahre ist, festgehalten, aber das Subject, welches die Wahrheit ist und der Inbegriff aller Wahrheit, ist nicht mehr, wie in den drei betrachteten Schulen, das endliche Subject, sondern das unendliche Subject, das von allen menschlichen Subjecten unterschiedene, uns wahrhaft und wirklich objective, der Endlichkeit entnommene, das absolute Subject, die Gottheit. Gott wird in dieser Philosophie nun nicht mehr blos als Substanz der Welt gefasst, sondern als in sich seiendes, sich auf sich beziehendes Wesen, als das in sich seiende Wesen, das sich von sich selbst unterscheidet und sich selbst gegenständlich macht. Diese Philosophie kommt daher wieder zu Gott als zu einem für sich seienden Wesen und setzt sich in Verhältniss zu Gott. Da Gott ihr in sich seiendes Subject ist, so hat sich in dieser Philosophie der Pantheismus des griechischen Alterthums zum Deismus emporgebildet und in Alexandrien, wo der Sitz dieser Philosophie war, hat daher auch das Christenthum bereitwillige Anhänger und namentlich auch Männer gefunden, die von der neuplatonischen Philosophie aus die Idee des Christenthums philosophisch zu entwickeln suchten, wie Clemens von Alexandrien, der Lehrer des noch grösseren Origines, und Origines selbst.

Nehmen wir nun auf der andern Seite die Juden, so verlieren sie schon einige Jahrhunderte früher, als die Griechen, durch die Assyrier und die Babylonier ihre individuelle Selbständigkeit und werden in die Gefangenschaft geführt und die Unterdrückung wiederholt sich und steigert sich durch die Seleuciden und die Römer. Der äussere Druck aber erzeugt, wie bei den Griechen, die Sehnsucht nach Freiheit und wirkt daher auf die Fortbildung und Verallgemeinerung ihrer messianischen Ideen. Von der Zeit der babylonischen Gefangenschaft erwacht die Sehnsucht nach dem Messias lebendiger und vom Jahre 800—400 v. Christo fallen die meisten messianischen Weissagungen. Wenn in den letzten vier Jahrhunderten vor Christi Erscheinung keine Propheten mehr auftreten, so kam es daher, dass die Erwartung des Messias allgemeiner Volksglaube geworden ist. Erst trat dieser Glaube in einzelnen Männern besonders kräftig hervor, die darum Propheten hiessen, aber weil sie die Wahrheit an sich verkündigten und zugleich das Bedürfniss Aller aussprachen, so wurde ihr Glaube Substanz des religiösen Volkslebens. Denn ein Prophet gilt nur so lange als Prophet, so lange er etwas Besonderes weiss, was die Andern nicht wissen. Die Juden forschten nun in der Schrift, suchten die Stellen, in denen der Messias verkündigt und beschrieben war, begierig auf und setzten sich aus ihnen ein Bild zusammen von dem Erwarteten. Man braucht nur die Geschichte des Simeon und der Hanna im neuen Testamente zu lesen, oder noch mehr die von Johannes dem Täufer, um sich zu überzeugen, wie innig und gegenwärtig die Hoffnung des Messias in den edelsten Gemüthern vor der Zeit Christi war. Diese Hoffnung wurde aber immer mehr genährt durch den trostlosen Zustand der Gegenwart. Die Selbständigkeit des jüdischen Volks war, wie die der Griechen, längst gebrochen, der Druck der römischen Herrschaft lastete schwer auf ihnen; auf der andern Seite war Gesetz und Gottesdienst verfallen. Der pharisäische Gesetzdünkel, der sich in äusseren Formen genügte und im Innern alles Geistes und Lebens entbehrte, war eben so ein Zeichen des Verfalls, wie der sadducäische Unglaube und skeptische Verstand, sowie auch die contemplative Zurückgezogenheit der Essäer einen Bruch mit der Wirklichkeit andeutet. Die Juden gehen auch in

sofern aus ihrem eigenthümlichen Principe heraus und nähern
sich den Griechen, als in ihnen die philosophische Reflexion
erwacht. Die Interpretation des Gesetzes und der Propheten,
die Vergleichung und Deutung der messianischen Stellen war
einerseits ein Ausdruck der Reflexion und nährte andererseits
die Reflexion. Wie weit die moralische Reflexion gekommen
war, sehen wir z. B. in dem Buche Jesus Sirach und in der
Weisheit Salomons, in denen die Prädicate, die der Weisheit
beigelegt werden, durchaus schon an die griechische Philosophie erinnern. Wie weit die philosophische Speculation
vornehmlich in den hellenistischen Juden gekommen war,
davon geben die Schriften des Alexandriners Philo ein grosses
und lehrreiches Beispiel.

Zuletzt richten wir unsern Blick auf die Römer selbst.
Der römische Staat hat von Anfang an eine Spannung nach
Aussen, eine practische Richtung, die auf die Eroberung erst
der benachbarten Staaten und so immer weiter zuletzt auf
die Eroberung der ganzen damals bekannten Welt hintrieb.
Indem aber die Römer alle übrigen Völkerindividuen unterjochten und deren Eigenthümlichkeiten gleichsam neutralisirten,
so bereiteten sie in den Hauptvölkern des Erdkreises dem
Christenthum den Boden, indem durch den äussern Druck
und durch Vernichtung aller nationalen Güter die Gemüther
der Menschen in sich gekehrt und genöthigt wurden, in sich
selbst im Geiste, im Allgemeinen und Göttlichen an und für
sich, das über alle Nationalität und natürliche Individualität
erhaben ist, den Frieden zu suchen, der in der Welt der
Wirklichkeit nicht mehr zu finden war.

Aber Rom zerbrach nicht blos die verschiedenen Völker-
Individuen, und ebnete daher in ihnen den Boden für das
Christenthum, sondern es löste sich in sich selbst auf; es
verweste in seinen innersten Lebenskeimen. Roms sittliche
Kraft und Haltung dauerte nur so lange, als es noch
Eroberungen zu machen hatte. Die Spannung nach Aussen
hielt die Parteien im Innern zusammen und vereinigte sie
als lebendige Glieder zu dem einen gemeinsamen, grossen
Zweck der Ehre und Grösse des Vaterlandes und liess in den
einzelnen Römern jene bewunderungswürdigen Tugenden der
Tapferkeit, der Aufopferung fürs Vaterland, den Sinn für das
Gemeinwesen und alle damit zusammenhängenden practischen

Eigenschaften zu so schöner Entwickelung kommen, dass sie
uns immer noch als nachahmungswürdige Vorbilder leuchten
und zu gleichem Thun antreiben. Als nun aber Alles erobert
war oder doch die eigentlich gefährlichen Feinde nieder-
geworfen waren und die Thätigkeit nach aussen, in der Roms
Kraft und Sittlichkeit lag, erstarb, da brach die Unsittlichkeit,
das Verderben und die Noth aller Art mit furchtbarer Macht
hervor. Das Ganze wurde nun nur noch durch die Despotie
der Kaiser zusammengehalten, welche so furchtbar war, dass
kein anderer Wille dagegen ein Recht oder eine Geltung
hatte. Wer widersprach, musste sterben und seine Güter
wurden confiscirt. Die republicanischen Formen, so weit sie
überhaupt noch bestanden, waren eitel Schatten und Heuchelei.
Niemand hatte eine eigene Meinung und Niemand durfte eine
haben. Der Kaiser kümmerte sich um Niemand, als etwa
um die Legionen und den Pöbel. Denn da Recht und Sitte
nicht mehr herrschten, so wurde die brutale Gewalt die herrschende Macht der Zeit. Die Legionen fühlten sich nun bald
in ihrem absoluten Einfluss. Sie setzten Kaiser ein und
entsetzten sie wieder. Mit ihnen suchten sich daher die
Kaiser vor allen auf einen guten Fuss zu stellen; ihnen wurde
geschmeichelt und ihnen wurden Geschenke gegeben. Ebenso
musste der Pöbel, der mit Gewalt sich wehrte, besänftigt
werden und es gehörte dazu — so gross war die Sittenlosig-
keit der Zeit — nur Zweierlei: Brot und Spiele. *Panem* und
Circenses! ein weiteres Verlangen hatte der Pöbel nicht. Und
zu was für Greueln liessen sich die Kaiser bestimmen, um
dem Pöbel zu gefallen! Das lieblichste Schauspiel dieses
Pöbels war, Menschen von wilden Thieren zerreissen zu sehen.
Sie sassen oben ganz vergnüglich, und hatten ihre Freude
daran, dass ein Mensch in seiner Todesnoth eine eindringende
Bestie abzuwehren suchte, aber es nicht vermochte. Auch
die persönlich bessern Kaiser thaten weiter nichts, als dass
sie für ihre Person nicht so wütheten und schwelgten, aber
in der Organisation des Staats änderten sie auch nichts, es
blieb derselbe Mangel an aller Organisation; ja die Provinzen,
die den Druck der persönlichen Nähe des Tyrannen nicht
merkten, waren unter den sittlich verdorbenen Kaisern oft
besser daran, als unter den sogenannten guten Kaisern. Wir
finden den ganzen trostlosen politischen Zustand der römischen

Welt unter den ersten Kaisern von Tacitus treffend geschildert, dessen Werke in dieser Beziehung unschätzbar bleiben. Nichts blieb dem Menschen äusserlich übrig, dessen er sich hätte trösten können. Die Zeit der römischen Herrschaft unter den Kaisern ist darum so belehrend, weil sie zeigt, worauf der Mensch nothwendig verfällt, wenn er alles Interesse und alle Freiheit in der Wirklichkeit verloren und sich doch auch noch nicht zu der Idee eines selbstbewussten Gottes erhoben hat, in dessen an und für sich seiendem Wesen er Trost findet in dem Jammer der Endlichkeit. Schon die Beschäftigung so vieler Römer mit Kunst und Wissenschaft hängt mit dem Untergang der Republik zusammen und fällt in die Zeit der schon zum Untergang sich neigenden Republik. Der praetische Römer eignet sich von Haus aus nicht zu der Theorie und Poesie, sondern Staat und was damit zusammenhängt, Recht, Beredtsamkeit u. s. w. ist ihm ursprünglich Alles in Allem. Dass nun aber schon in dem Jahrhundert vor Christi Geburt sich so viele Römer dem Idealen zuwenden, und dass Dichter und Moralphilosophen auftreten, ist ein Zeichen, dass die Römer ihren Blick vom eigentlichen Staatsleben schon abwenden, und sie wenden ihn ab, weil der Staat jetzt nicht mehr ihr volles Interesse erfüllen kann. Die Römer greifen in dieser Zeit so begierig nach den griechischen Schriftstellern, und die ganze Blüthe ihrer Literatur ist aus dem Studium und der Nachahmung der griechischen Werke entstanden. Aber zum Betreiben der Künste und Wissenschaften gehört doch immer noch ein Grad von Freiheit im Aeusseren und daher schrieben die römischen Schriftsteller entweder zur Zeit der doch noch bestehenden Republik oder unter den edleren Kaisern, wie vor Allem unter Augustus und auch später unter Trajan, unter dem z. B. Tacitus und Plinius lebten. Unter der trüben Zeit despotischer Kaiser hielt dieses ideale Interesse auch nicht mehr vor und die Noth trieb die Menschen immer tiefer in sich selbst zurück und liess sie wie die Griechen eine Befriedigung im Innern der Subjectivität aufsuchen. Die subjectiven Philosophien des Stoicismus, des Epicureismus und des Skepticismus fanden auch unter den Römern einen ungeheuern Beifall und die weiteste Verbreitung. Aber der Römer fasste diese Philosophien in Folge seiner praetischen Natur auch meist praetisch auf.

Der Stoicismus erschien als kalte unempfindliche Resignation, der Epicureismus als beispiellose Ueppigkeit und raffinirte Genusssucht und der Skopticismus als practische Verzweiflung, die sich im Selbstmord, der Aufnahme alles Aberglaubens u. s. w. zu erkennen gab. Von dieser Zeit sagt Seneca de ira II. 8: *Omnia sceleribus ac vitiis plena sunt; plus committitur quam quod possit coercitione sanari. Certatur ingenti quodam nequitiae certamine: 'major quotidie peccandi cupiditas, minor verecundia est. Expulso melioris aequiorisque respectu, quocumque visum est, libido se impingit. Nec furtiva jam scelera sunt; praeter oculos eunt: adeoque in publicum missa nequitia est et in omnibus pectoribus exaluit, ut innocentia non rara sed nulla sit.*

Und doch war auch diese Vernichtung aller Verhältnisse und das allgemeine Verderben in der Hand der Vorsehung ein Mittel, dem neuen Lebensprincipe, das in Christo erschien, um von nun an bis ans Ende der Welt die Angel der Weltgeschichte zu bleiben, willige Gemüther zu bereiten. Das Vergehen von Roms Jugend, Kraft und Grösse, die Vernichtung des Herrlichsten und Erhabensten steigerte die Noth und das Unglück der Zeit, hiermit aber auch die Sehnsucht nach Erlösung zu einer solchen Höhe, dass die Menschen die frohe Botschaft, dass Gott erschienen sei im Fleisch, um den Menschen in Gott Vergebung ihrer Sünden, Erlösung von allem Uebel, Friede, Freude, Seligkeit und ewiges Leben zu bringen, mit Leidenschaft ergriffen, ihr Herz damit stillten, und ihr Leben nach dem Urbilde der Vollkommenheit, das ihnen im Glauben gegenwärtig war, neu gestalteten.

III.

Von den Idealen mit besonderer Rücksicht auf die bildende Kunst und die Poesie.*)

Vorwort.

Wenn in der folgenden Abhandlung der Versuch gemacht wird, den Begriff der Ideale mit besonderer Rücksicht auf die bildende Kunst und die Poesie zu entwickeln, so wird dieser Gegenstand für kein ungeeignetes Thema eines Gymnasialprogramms angesehen werden können, weil darin die fruchtbarsten Folgerungen für eine dem Wesen des menschlichen Geistes entsprechende Erziehung und Bildung der reiferen Jugend zu liegen scheinen. Denn wenn alle Bildung schliesslich keinen anderen Zweck zu verfolgen hat, als den Sinn für das Ewige und Allgemeine in dem menschlichen Selbstbewusstsein zur Entwickelung zu bringen, so wird man auch nicht daran zweifeln können, dass die Kunst, welche die Ideale zur Darstellung bringt, und namentlich die Blüthe aller Künste, die Poesie, eins der wesentlichsten Mittel ist, welche angewandt werden müssen, um in der Jugend den Geist zu wecken und zu stärken. Insbesondere für das Jünglingsalter möchte die Poesie das vorzüglichste Bildungsmittel sein. Nach einer sorgfältig geregelten Erziehung ist in diesem Alter durch vorausgegangene grammatische, mathematische und andere Studien und Uebungen der Boden des Geistes schon so gründlich bearbeitet, dass das Verständniss der Ideen, nach welchen in dem Jünglingsalter schon von Haus aus eine Sehnsucht liegt, bereits möglich ist; andererseits ist das Bewusstsein dieses Lebensalters noch zu sinnlich,

---

*) Michaelis 1853 als Programmabhandlung erschienen.

um sich die Ideen in ihrer Reinheit und Allgemeinheit, wie sie in der Philosophie entwickelt werden, zu einem lebendigen Eigenthum machen zu können; vielmehr bedürfen sie zu diesem Behuf noch einer sinnlichen Hülle und einer anschaulichen Existenz. In dieser Form aber erscheinen die Ideen als die Ideale der Kunst, indem dieselbe Gestalten schafft, die einerseits so sehr das volle Gepräge der individuellen Wirklichkeit an sich tragen, dass sie Abbilder der Natur und des menschlichen Lebens zu sein scheinen, andererseits aber auch so beschaffen sind, dass aus ihnen das klare Licht des Allgemeinen und Unendlichen hervorleuchtet. Das echte Kunstwerk giebt das Höchste, was der Mensch kennt und sucht, — die Wahrheit in irgend einem ihrer unerschöpflichen Momente; aber es giebt die Wahrheit nicht als ein abstractes Gedankending, sondern in der vollen Anschaulichkeit des wirklichen Lebens. Wegen dieser lebendigen Anschaulichkeit ist die Kunst nicht blos ein Bildungsmittel für das Jünglings- und Jungfrauenalter, sondern sogar ein allgemeines Bildungsmittel für alle Lebensalter und für alle Menschen, die nur überhaupt über die erste thierische Rohheit emporgedrungen sind und ein Interesse für das rein Menschliche haben. Denn bei der grossen Fülle von Formen, in welche sich die Kunst ganz der Vielgestaltigkeit des Lebens gemäss auseinander gelegt hat, weiss sie die Ideen ebenso sehr dem kindlichen Bewusstsein nahe zu bringen, sowie auch wegen der Unendlichkeit ihres Inhalts bei dem entwickeltsten Manne für sich ein lebendiges Interesse zu erwecken und zu erhalten. Es kann zum Beweis dieser Behauptung schon darauf aufmerksam gemacht werden, wie z. B. die Musik Menschen aller Bildungsstufen mit sich fortreisst und auch in den Gemüthern der rohsten eine Ahnung von dem Ueberirdischen und eine lebendige Sehnsucht danach zu erwecken im Stande ist. Doch wir beschränken uns hier auf die Betrachtung der Dichtkunst und finden schon in dieser eine solche — fast unerschöpfliche — Fülle von Formen, in denen sie das Unendliche gleichsam verleiblicht, dass sogar das erste kindliche Alter in ihr schon eine höhere geistige Nahrung findet und dass auch der entwickeltste Mann nicht davon ablassen kann, sich das Ewige, wonach sich alle Menschen beständig sehnen, in dieser Form zu stets

erneutem Bewusstsein zu bringen. Wem ist es nicht bekannt,
welches lebendige Interesse schon Kinder von 4—6 Jahren
z. B. für die Specter'schen Fabeln empfinden und wie bildend die Poesie überhaupt auf das kindliche Alter wirkt,
wenn sie demselben in den Formen der Fabel, des Mähr-
chens, der Parabel, der Sage, der poetischen Erzählung u. s. w.
auf angemessene Weise nahe gebracht wird. Gewiss! es ist
keinem Zweifel unterworfen, dass die Poesie ein allgemeines
Bildungsmittel der Menschheit ist und dass sie für jedes
Lebensalter und für jede Bildungsstufe eine oder mehrere
Formen darbietet, in welchen die Ideen dem Bewusstsein
zugänglich werden; aber ebenso wenig kann es einem Bedenken unterworfen sein, dass die entwickelteren Formen
derselben, wie das historische Drama, das Volksepos, die
Ode u. s. f. erst dem Jüngling verständlich und ein frucht-
bares Mittel zu seiner Fortbildung sind und dass andererseits
der Mann nicht mehr so das absolute Interesse an der
Poesie findet, als der Jüngling, wenn sie auch fortwährend
eine edle Nahrung für ihn bildet und eine süsse Erholung
und Erheiterung nach schwerer Arbeit. Daher kommt die
Poesie erst im Jünglingsalter, also erst in den höheren Classen des Gymnasiums recht in Betracht; aber auf dieser Bildungsstufe ist sie auch zu einer Hauptsubstanz zu machen,
an der das geistige Leben des Jünglings sich nährt und entwickelt. Es soll mit dieser Behauptung keinem der übrigen
Bildungsmittel, welche durch den Drang der geschichtlichen
Entwickelung der Menschheit den Eingang in die Gymnasien
gefunden haben, ihre Wichtigkeit und Unentbehrlichkeit im
Geringsten bestritten werden; aber ebenso wenig kann davon
abgegegangen werden, dass echtpoetische Meisterwerke in
dieser Zeit das der Grundtendenz dieser Bildungsstufe ange-
messenste und fruchtbarste Bildungsmittel abgeben. Jeder
wird auch aus Erfahrung bestätigt gefunden haben, dass
Jünglinge vorzugsweise an Dichtern zur Selbständigkeit eines
geistigen Selbstbewusstseins erwacht sind. Wie viele deutsche
Jünglinge sind nicht in den letzten 50 Jahren durch das
Studium unseres grossen, freien und edlen Schiller zur
Freiheit des Geistes durchgedrungen! In wie vielen Jünglingen ist nicht seit Jahrhunderten an den unvergleichlich
herrlichen Gedichten Homer's der Sinn für das Schöne und

für das Wahre erweckt und ausgebildet worden! Und es ist
auch nicht anders möglich; es liegt in der Natur des Jünglingsalters, dass die Poesie eine solche Epoche machende
Wichtigkeit für die Bildung desselben hat. Das Jünglingsalter ist das Alter der Ideale und die Poesie befriedigt die
Sehnsucht nach den Idealen und giebt ihr das rechte Maass
und klare Bestimmtheit.

Wenn ich daher in dem Folgenden versucht habe, meine
Ansichten über das Wesen der Ideale auszusprechen, so habe
ich es auch aus pädagogischem Interesse gethan. Ob aber
diese Ansichten das Wesen echter Kunst und Poesie wirklich
ergründen und die wahre Poesie von der Afterpoesie durch
sichere Merkmale unterscheiden, dieses zu entscheiden muss
ich dem Urtheile von Sachkennern überlassen, wenn solche
überhaupt von dieser Abhandlung Kenntniss nehmen sollten.
Ich erlaube mir nur noch zu bemerken, dass ich diese Gedanken über das Ideale auf die einfachste und natürlichste
Weise gewonnen habe, die es wohl überhaupt geben kann,
nämlich durch Abstraction von anerkannten Meisterwerken
der Kunst. Insbesondere ist es Göthe's grosses Meisterwerk:
Hermann und Dorothea gewesen, an welchem ich mir diese
Ueberzeugungen schon vor mehr als 20 Jahren zum klaren
Bewusstsein brachte, nachdem ich dieses nicht genug zu
bewundernde Gedicht sehr oft gelesen und über die Charaktere, die Handlung, die ganze Composition desselben, sowie
über sein Verhältniss zum deutschen Charakter und zur Geschichte des deutschen Volkes nachgedacht hatte. Demnächst
waren es Göthe's Iphigenie auf Tauris, die Balladen desselben Dichters; Shakespeare's Macbeth und mehrere
andere Dramen desselben Dichters; besonders auch Homer's
Ilias und Odyssee und die Antigone und der König Oedipus
von Sophocles, durch die ich dieselben Gedanken bestätigt
fand; nachdem mir schon in dem ersten Jünglingsalter durch
ein enthusiastisches Studium der Schiller'schen Schriften
die ersten zwar noch sehr dunkeln, aber nur um so energischer wirkenden Anregungen für das Ideale zu Theil geworden waren. Auch die Anschauung vollendeter Gemälde
und Bildhauerwerke hat zur Bestätigung dieser Gedanken
manches beigetragen, wie denn z. B. die Madonna di Sixto
von Raphael in der Dresdener Gemäldegallerie einen unaus-

löschlichen Eindruck auf mich gemacht hat. Diese Ansichten über das Schöne sind mir endlich auch ein sicherer Leitstern gewesen durch die Geschichte der deutschen Literatur,
über die ich seit 8 Jahren auf dem hiesigen Gymnasium und
auch einmal vor einem grösseren Publicum Vorträge gehalten
habe. Erst später habe ich ästhetische Schriften gelesen und
an diesen meine Ansichten über das Schöne und Ideale erweitert, näher bestimmt und zum Theil auch berichtigt. In
dieser Beziehung stelle ich oben an: die Poetik von Aristoteles, Winckelmann's Schriften, Lessing's Laokoon und
die Hamburger Dramaturgie desselben Kritikers, Schiller's
ästhetische Abhandlungen, z. B. über die ästhetische Erziehung des Menschengeschlechts, über Anmuth und Würde,
über das Naive und Sentimentale, einige Schriften von Solger, Hegel's Vorlesungen über die Aesthetik und endlich
Vischer's Aesthetik. Was die Vischer'sche Aesthetik betrifft, so ist sie ohne Zweifel immer noch als das Hauptwerk
über die Kunstphilosophie anzusehen und zeichnet sich nicht
blos durch eine Fülle der vortrefflichsten Gedanken aus,
sondern besonders auch durch die Gelehrsamkeit, mit der
alle bedeutenden, von den verschiedensten Standpunkten ausgehenden Ansichten über Kunst und Schönheit beachtet und
gewürdigt werden. Die Form der Darstellung leidet aber in
diesem Werke so sehr an einer schwerfälligen philosophischen
Terminologie, dass sie für den höheren Schulunterricht und
für den Kreis allgemeiner Bildung überhaupt ziemlich un-
brauchbar erscheint.

I.

Von den Idealen im Allgemeinen.

Wenn Solger, einer von den Begründern der gegenwärtigen Aesthetik, den Ausspruch thut, dass im Schönen
die Wirklichkeit ganz von ihrem Begriff erfüllt oder an einer
anderen Stelle: dass das Schöne die vollständige Durchdringung des Begriffs und der Erscheinung sei, welche selbst
erscheine, so liegt diesen Aussprüchen die Voraussetzung zu
Grunde, dass das Schöne auf dem Unterschiede des Begriffs
und der Wirklichkeit und zugleich auf der Möglichkeit be-
ruhe, durch ein Wirkliches diesen Unterschied aufzuheben.

In der That ist alles Schöne und alle Kunst, die es mit der
Darstellung des Schönen zu thun hat, ebenso sehr bedingt
durch den Unterschied des Begriffs (oder besser der Idee) und
der entsprechenden Wirklichkeit, als durch die reale Einheit
beider. Fände zwischen der Wirklichkeit und der Idee gar
kein Unterschied statt, d. h. wäre die Wirklichkeit in allen
ihren Erscheinungen unbedingt ein vollkommenes Abbild der
Idee, so wäre die Kunst überflüssig, denn alle einzelnen Erscheinungen der Natur und des geistigen Lebens wären dann
schon von selbst lebendige Kunstwerke. Bestünde aber
zwischen der Wirklichkeit und der Idee ein unauflöslicher
Gegensatz, d. h. könnte sich die Wirklichkeit unter keiner
Bedingung bis zu der Höhe des Daseins erheben, wo sie ein
leibhaftes Gegenbild der Idee wäre, so wäre die Kunst unmöglich, denn die Kunst verfolgt allein die Aufgabe, die
absolute Harmonie zwischen der Wirklichkeit und der Wahrheit zu finden und darzustellen. Die Kunst löst aber den
Widerspruch, der zwischen dem Wirklichen und der Idee
allerdings in den meisten Fällen besteht, durch Auffindung
oder Erfindung eines Wirklichen, welches ein ungetrübter
und entwickelter Ausdruck der Idee ist, also durch ein Wirkliches, welches, so sehr es räumlich und zeitlich erscheint
und das volle Gepräge individueller Lebendigkeit hat, doch
durch und durch ein entsprechendes Abbild der Wahrheit
ist. Ein solches Wirkliches nun, in welchem das allgemeine
Wesen der Idee lebendig individualisirt erscheint, nenne ich
ein Ideal und von den Idealen in diesem Sinne handle ich
in der ganzen folgenden Abhandlung. Soll aber die eben
gegebene Definition des Ideals eine sichere Grundlage sein
für die Theorie des Schönen und der Kunst; sollen aus ihr
die für das Reich der Schönheit geltenden Wahrheiten mit derselben Nothwendigkeit hergeleitet werden, wie die von dem
Kreise handelnden Lehrsätze aus der Definition des Kreises;
so muss ihr selbst jeder Schein der Unbestimmtheit und Unklarheit genommen werden, indem die ihr zu Grunde liegenden Begriffe fest bestimmt und von allen anderen durch
sichere Merkmale unterschieden werden. Ist es also wahr,
dass das Ideal auf der Harmonie der Wirklichkeit mit der
Idee beruht, so werden wir uns, um zu wissen, was in dieser
Definition Alles liegt, zunächst die Elemente derselben:

die Begriffe der Idee und der Wirklichkeit und ihr Verhältniss zu einander zu einem durchaus deutlichen Bewusstsein zu bringen haben. Ich eröffne daher diese Betrachtungen über die Ideale mit einer möglichst sorgfältigen Erörterung des Begriffs der Idee im Verhältniss zur Wirklichkeit; ich werde sodann die Frage näher zu beantworten suchen, inwiefern das Wirkliche in der Regel hinter der Idee zurückbleibt und meist nur ein verkümmerter Ausdruck der Idee ist; und nach Erledigung dieser beiden Punkte werde ich auf den Begriff des Ideals und die Anwendung dieses Begriffs in der Kunst zurückkommen. Wenn ich allen diesen Erörterungen den möglichsten Grad der Anschaulichkeit zu geben suche, indem ich vornehmlich von Beispielen ausgehe und inductorisch vom Einzelnen zum Allgemeinen fortzuschreiten suche, so wird diese Form der Darstellung dem Zwecke dieser Abhandlung gewiss entsprechend erscheinen.

a) Richten wir unseren Blick mit Aufmerksamkeit auf die objective Welt, d. h. auf die Dinge der Natur und des Menschenlebens, so werden wir in der That an diesen eine Doppelseite des Lebens unterscheiden müssen, die Seite der empirischen Erscheinung und die der Idee. Ein jedes Wesen existirt einerseits wohl in individueller Beschränktheit und entwickelt sich zeitlich und räumlich in endlicher Begrenzung; aber ebenso sehr wohnt und wirkt in ihm ein Allgemeines, ein Unendliches, eine Idee, die, obschon sie ein göttlicher Gedanke und als solcher der endlichen Bestimmtheit enthoben ist, doch das Ding oder das Wirkliche, von dem sie die Idee ist, beherrscht, bewegt, bestimmt und zu einer festen Gesetzen unterworfenen Entwickelung treibt. Wir mögen unsere Aufmerksamkeit auf die Natur richten oder auf das geistige Leben, so werden wir in beiden Fällen die Ueberzeugung gewinnen, dass die Idee der in dem Wirklichen allgegenwärtige göttliche Gedanke ist, welcher die Erscheinungen durchdringt, gestaltet und nach festen Gesetzen sich entwickeln lässt, oder das in dem Besonderen thätige und lebendige Allgemeine, das Unendliche im Endlichen, das Himmlische im Irdischen. Beobachten wir z. B. eine Pflanze, so finden wir an ihr zunächst eine bestimmte Gestalt, eine Menge verschiedener Organe, eine reiche Mannigfaltigkeit von Existenzformen und dazu noch eine Reihe

von Entwickelungsstufen von dem Saamen bis zur Blüthe
und bis zur Frucht, kurz! ein individuelles, materielles Gebilde von räumlicher Begrenzung und zeitlicher Entwickelung;
aber diese grosse Mannigfaltigkeit der einzelnen Existenzformen hält Eine Kraft und Ein Gesetz zusammen und zeigt
sich als die einfache, in sich bleibende Macht, die dieser
bestimmten Pflanze ihre Form und ihre eigenthümliche Entwickelung giebt. Dieses in den einzelnen Erscheinungen einer
bestimmten Pflanze wirksame Allgemeine ist die Idee der
Pflanze. Sie allein giebt der Pflanze Maass und Ziel, Form
und Entwickelung; durch sie allein ist die Pflanze das, was
sie ist, und durch sie unterscheidet sie sich von allen anderen
Wesen. Eine bestimmte Eiche z. B., die wir mit unseren
Augen vor uns sehen, ist zunächst ein empirisch existirendes
Individuum; aber Alles, was an ihr wahrgenommen wird, ist
durch und durch bestimmt von dem Gattungscharakter (der
Idee), um dessen willen dieses Individuum allein eine Eiche
genannt wird; Wurzeln, Holz, Stamm, Blätter, Blüthen,
Früchte, Kräfte und Säfte, Alter, Grösse, Entwickelung,
Wirkungen aller Art sind an diesem Individuum gerade so,
wie es der Gattungscharakter der Eiche mit Nothwendigkeit
mit sich bringt. Der Gattungscharakter der Eiche ist nicht
an diese bestimmte Eiche gebunden, sondern er existirt in
allen anderen Eichen ebenso gut; aber wo er einmal existirt,
da ist er auch die allbeherrschende Macht, das allmächtige
Allgemeine, das sich in dieser individuellen Existenz nach
allen seinen Momenten und Eigenschaften offenbart, also die
Idee dieser bestimmten Pflanze. Dieselben Betrachtungen
würden sich für jedes andere organische Individuum, z. B.
für jedes Thier anstellen lassen, sie gelten aber auch für
ganze Classen und Reiche solcher Individuen, z. B. für das
Pflanzenreich und für das Thierreich. Auch das ganze Pflanzenreich z. B. hat seine Idee, welche sich in den einzelnen
Gattungen und Arten und zuletzt natürlich immer auch in
den einzelnen Pflanzenindividuen realisirt. So sehr sich alle
die zahllosen Pflanzen, die die Natur hervorgebracht hat,
von einander unterscheiden durch ihr Aeusseres und durch
ihr Inneres, durch ihre Grösse und durch ihre Gestalt, durch
die Gestalt des Ganzen und durch die Gestalt jedes einzelnen
Organes, durch die Menge und physikalische Beschaffenheit

5*

der Theile, durch ihre Lebensdauer, durch den Boden und
durch das Clima, in welchem sie allein gedeihen können,
durch den Nutzen, den sie bringen, sowie durch viele
andere Eigenschaften und Merkmale: so geht doch durch
alle noch so verschiedenen Pflanzen das Eine und Gleiche,
was sie eben zu Pflanzen macht, hindurch, ein allgemeines
Gesetz und Wesen, die Idee der Pflanze, die erst in der Fülle
der Pflanzen ihr ganzes unerschöpfliches Leben zur Existenz
bringt, aber doch auch in jeder einzelnen Pflanze ihre allgemeine Natur zum Ausdruck bringt und zu erkennen giebt.

Noch mächtiger und wesentlicher erscheint es aber für
unseren Zweck, das in Rede stehende Verhältniss zwischen
Idee und Wirklichkeit an dem geistigen Leben uns zum Bewusstsein zu bringen. Wir können auch hier entweder ein
einzelnes bestimmtes menschliches Individuum oder eine Gesammtheit von Menschen in der Form z. B. einer Familie
oder eines Volks festhalten; wir werden aber in beiden Formen des geistigen Lebens die Wirklichkeit als das individuelle
Dasein und die Idee als das in dem Wirklichen lebendige
und thätige Allgemeine anerkennen müssen. Wenn jeder
einzelne Mensch schon eine bestimmte leibliche Organisation
und Constitution hat, sodann bestimmte Kenntnisse, Ansichten, Neigungen und Bestrebungen, bestimmte Berufsgeschäfte,
bestimmte Verwandte, Freunde und Bekannte, so macht dieses und Aehnliches in seiner Gesammtheit die Wirklichkeit
desselben aus; aber in allen diesen Erscheinungsformen ist
ein und dasselbe allgemeine Wesen als treibende Macht vorhanden, welches sich zur vollen und ungetrübten Offenbarung
seiner selbst bringen will — die Idee des Menschen, d. h. er selbst
in seiner Wahrheit und Allgemeinheit. Die Idee des Menschen
ist es, die alle seine Erscheinungsformen belebt und durchdringt, die auch alle seine zeitlichen Entwickelungsstufen in
Eins zusammenzieht und als successive Auseinanderlegungen
eines und desselben Allgemeinen erscheinen lässt; sie ist es,
die, ewig sich selbst gleich, den Menschen drängt und treibt,
dass seine zeitliche Erscheinung ein Ausdruck seines ewigen
Wesens werde und die ihm nicht eher Frieden giebt, als bis
er mit seiner Selbstbestimmung realisirt, was in der Idee
und ewigen Wesenheit präformirt gelegen hat. Je entwickelter ein Mensch ist, je mehr er den Zweck seines Daseins

erkennt und erfüllt, desto mehr werden seine Worte und seine Handlungen und überhaupt alle von ihm ausgehenden individuellen Erscheinungen, z. B. auch seine Stimmungen und Gefühle, das Wesen seiner inwohnenden Idee abspiegeln, desto mehr wird die Idee das sein, was sie ihrer Natur nach sein soll, nämlich das in allen besonderen Offenbarungen des geistigen Individuums allgegenwärtige und allmächtige Allgemeine. Wir brauchen aber nicht bei dem einzelnen Menschen stehen zu bleiben, um das Verhältniss der Wirklichkeit zur Idee im geistigen Leben zu erläutern, auch jedes bestimmte Volk ist als ein Individuum zu betrachten, in welchem Begriff und Wirklichkeit zu unterscheiden sind. Die Idee eines Volks entwickelt sich in einer fast zahllosen Menge von Individuen, die theils mit, theils nach einander leben; in einer grossen Reihe von politischen und socialen Einrichtungen und einer Fülle von Anschauungen und Vorstellungen, deren reichster und vollendetster Ausdruck die Volkssprache ist, in einer Reihe von geschichtlichen Perioden, in den mannigfaltigsten Schicksalen, Thaten und Leiden; aber sie ist trotz dieser wunderbaren und unerschöpflichen Mannigfaltigkeit immer und überall eins und dasselbe, in allen Unterschieden sich selbst gleich, nämlich das in allen besonderen Erscheinungsformen sich selbst gleiche lebendige Allgemeine. Der letzte Deutsche, wenn er anders ein wahrer Deutscher ist, hat die Idee des Deutschen — diesen Sinn für das Allgemeine — ebenso gut in sich, wie der erste; die Sprache giebt diese Idee ebenso gut in ihrer Art kund, als die Sitte, die Weltanschauung so gut, als die Anschauung Gottes.

b) Wenn das Verhältniss der Idee zur Wirklichkeit bisher vornehmlich von der Seite dargestellt worden ist, dass die Idee die die Wirklichkeit alldurchdringende und allbeherrschende Macht ist, so ist doch auch schon auf den Punkt hingewiesen worden, dass die Wirklichkeit nicht überall und nicht immer eins ist mit der ihr inwohnenden Idee, dass sie vielmehr in den meisten Fällen hinter ihrer Idee zurückbleibt und dass jedes Wirkliche in der Regel eine grosse Entwickelung durchlaufen muss, ehe es eine Gestalt gewinnt, die ein treues Abbild der Idee ist, wenn es überhaupt jemals zu dieser Stufe der Vollkommenheit durchdringt. Diesem

Unterschied zwischen der Wirklichkeit und der Idee, der
im Geistigen sogar bis zum Gegensatze zwischen beiden sich
steigern und als Böses erscheinen kann, müssen wir nun
eine ganz besonders sorgfältige Beachtung schenken, wenn
der Begriff des Ideals klar und deutlich erfasst werden soll.
Dass die Wirklichkeit in den allermeisten Fällen hinter der
Idee zurückbleibt oder doch in verschiedenen Graden der Vollkommenheit ihr Wesen zur Erscheinung bringt, das liesse
sich durch die Erfahrung hinlänglich constatiren, wenn es
sich auch nicht von vorn herein aus der Natur des Endlichen
ergäbe. Gehen wir auf die Gattungen in dem Reiche des
organischen Lebens zurück, so stellt sich bekanntlich eine
jede derselben in einer grossen Zahl von Individuen dar,
z. B. die Gattung der Eiche in einer unzählbaren Menge
von einzelnen Eichen. Aber so sehr jedes dieser Individuen
eine Verwirklichung der Gattung ist und daher auch sofort
als der Gattung angehörig erkannt wird, so stehen sie zu
ihrem Gattungsbegriff doch insofern in einem sehr verschiedenen Verhältnisse, als das eine Individuum die Gattung
voller, reiner und lebendiger ausprägt, als das andere. Welch
ein gewaltiger Unterschied findet unter den einzelnen Eichen
statt! So viele derselben wir auch vor uns haben mögen,
wir bezeichnen sie einerseits allerdings sofort alle als Eichen
und urtheilen damit, dass die eine so gut wie die andere
ein Ausdruck desselben Gattungsbegriffs ist; andererseits aber
sind wir doch auch darüber sogleich in Gewissheit, dass die
eine ein reicherer, vollerer und vollkommnerer Ausdruck ihrer
Gattung, oder dass die eine schöner sei, als die andere, indem man dasjenige Individuum schön nennt, welches seine
Gattungsallgemeinheit vollkommen realisirt. Der Grund,
warum die Individuen derselben Gattung sich so sehr von
einander unterscheiden und warum sie gemessen mit dem
Maassstabe ihres Gattungsbegriffs so wesentlich hintereinan-
der zurückbleiben, liegt zunächst in den äusseren Bedingungen, unter welchen sie in die Existenz treten und sich
entwickeln. Es liegt zwar — um auf das früher erwähnte
Beispiel zurückzugehen, in jeder Eichel, welche in den Boden
gelegt wird, dasselbe Gattungsprincip, dieselbe Intention,
ein Individuum zu schaffen, welches den Gattungsbegriff der
Eiche vollkommen darstelle, aber die Stoffe, die zur Gestaltung

und zum Wachsthum aus dem Boden gezogen werden müssen,
fördern oder hemmen durch ihre Qualität und durch ihre Quantität den Gestaltungsprozess; dazu kommen Klima, Witterung,
Umgebungen und viele andere Umstände und Zufälle, die
entweder positiv oder negativ auf die Individualisirung der
Gattungsallgemeinheit einwirken können. Göthe, der in
seiner objectiven Anschauung diese Unterschiede der Natur,
wie wohl selten einer, erkannte und auf ein allgemeines
Princip zurückzuführen wusste, äussert sich in den Ge-
sprächen mit Eckermann über diesen Punkt also: „Ich
bin keineswegs der Meinung, dass die Natur in allen ihren
Aeusserungen schön sei; ihre Intentionen sind zwar immer
gut, aber die Bedingungen sind es nicht, die dazu gehören,
sie stets vollkommen zur Erscheinung gelangen zu lassen.
So ist die Eiche ein Baum, der sehr schön sein kann, doch
wie viele günstige Umstände müssen zusammentreffen, ehe
es der Natur einmal gelingt, ihn wahrhaft schön hervorzubringen." Wahrhaft schön aber würde man im Sinne Göthe's
eine solche Eiche nennen müssen, welche ein voller und ungetrübter Ausdruck ihrer Gattungsallgemeinheit wäre oder
durch ihre empirische Existenz ein vollkommenes Abbild ihrer
Idee darstellte, ein Fall, der bekanntlich in der Wirklichkeit
selten gefunden wird. Also schon wegen der verschiedenartigen Einwirkung äusserlicher Bedingungen auf die Entwickelung organischer Individuen entsteht ein sehr verschiedenes Verhältniss des Wirklichen zum Allgemeinen und die
Natur selbst führt auf die Prädikate schön und hässlich, indem wir ein solches Individuum schön nennen, welches seine
Gattungsallgemeinheit ohne Mangel darstellt und hässlich
dasjenige, in welchem das Individuum mit seiner Gattungsallgemeinheit im Widerspruch steht; auch kommen wir auf
diesem Wege dazu, Grade des Schönen und Hässlichen anzunehmen und das eine Individuum schöner als das andere
zu nennen; ja wir können hier schon den Gedanken fassen,
dass eins dieser Individuen das schönste von allen oder dasjenige sei, welches das Allgemeine in absoluter Weise ver-
wirklicht, und dieses Individuum das Ideal in seiner Gattung
nennen.

Aber selbst wenn man ein solches lebendiges Individuum
gefunden hätte, welches in seiner Art schön, d. h. ein reiner

Ausdruck seines Gattungsbegriffs wäre, so ist ferner zu erwägen, dass jedes lebendige Individuum als solches seine
Existenzformen fort und fort ändert, oder dass es sich von
Stufe zu Stufe entwickelt. Lebendig ist überhaupt nur dasjenige, was nicht ist und bleibt, wie es ist, sondern was
sich reproducirt, d. h. was sich erst zu dem macht, was es
sein soll, und in diesem Triebe eine Reihe von Entwickelungsstufen durchläuft, ehe es den Zweck seines Daseins erreicht.
Obgleich nun das Lebensprincip alle Entwickelungsstufen
beherrscht und durchdringt und in einer jeden derselben seine
Natur zu erkennen giebt, so stehen doch diese Stufen nicht
in demselben Verhältnisse zu dem Principe, sondern die eine
realisirt dasselbe vollkommener als die andere. Betrachten
wir z. B. eine bestimmte Pflanze, so entwickelt sie sich vom
Saamen bis zur Frucht durch mehrere Entwickelungsstufen,
von denen aber die Blüthe erst diejenige ist, in der das
eigentliche Selbst der Pflanze in aller ihr möglichen Herrlichkeit in die Erscheinung eintritt. Es ist daher auch in Bezug auf die Schönheit nicht gleichgiltig, welche von den
Entwickelungsstufen eines lebendigen Individuums festgehalten wird; vielmehr ist das Individuum nur auf einer seiner
Entwickelungsstufen vorzugsweise schön und erreicht auf
dieser das Ideal seiner Schönheit, so weit es dasselbe überhaupt erreichen kann. Dieser Punkt der idealen Vollendung
ist z. B. in dem leiblichen Leben des Menschen das entwickelte Jünglings- und Jungfrauenalter.

Aber es ist endlich in Bezug auf die Gattungsallgemeinheit der lebendigen Organismen noch ein dritter Punkt zu
berücksichtigen, nämlich der Unterschied der Gattungen von
einander. Es kann ein Individuum recht wohl das schönste
seiner Art sein, aber die Art oder Gattung selbst ist im
Vergleiche mit anderen Gattungen weniger schön oder geradezu unschön. Die Idee des thierischen Lebens ist durch eine
zahllose Menge von Gattungen dargestellt; diese Kette von
Gattungen ist in diesem Falle als die Wirklichkeit anzusehen
und die Idee des thierischen Lebens als der die Wirklichkeit
bestimmende Begriff. In dieser Stufenfolge von Gattungen
von dem niedrigsten Infusionsthiere bis zum Meisterstück der
Schöpfung, bis zu dem Menschen, findet sich die Idee des
Lebens in den verschiedensten Graden der Vollkommenheit

ausgeprägt und diejenige Gattung ist die schönere, in welcher die Idee des Lebens reiner und vollkommener zur Erscheinung kommt. Wer wollte nicht unter den Thieren des Katzengeschlechtes den Löwen schöner nennen, als den Luchs; wer wollte nicht die Gattung des Pferdes als schöner bezeichnen, als fast alle anderen Gattungen der Thiere; aber wer wollte auch nicht selbst, ohne ein Bewusstsein von den Gründen seines Urtheils zu haben, bekennen, dass die menschliche Gestalt im Allgemeinen die schönste Gestalt ist, in der sich der Begriff des Lebens am vollkommensten realisirt, und dass daher die menschliche Gestalt das Ideal lebendiger Gestalten ist? So viel von den wichtigsten Unterschieden zwischen dem Begriffe und den wirklichen Individuen des natürlichen Lebens, in denen der Begriff zur Erscheinung kommt.

Dieselben Betrachtungen lassen sich nun aber auch und zwar in unendlich grösserer Ausdehnung auf den Geist und auf die geistige Schönheit in Anwendung bringen; auch im geistigen Leben finden wir verschiedene Entwickelungsstufen und Beschränkungen durch äussere Einwirkungen, nur sind die Unterschiede des Wirklichen von dem Begriffe im Gebiete des geistigen Lebens darum unendlich grösser als im Gebiete der Naturnothwendigkeit und der Abstand des Wirklichen von der Wahrheit und die Verkümmerung der Existenz ist hier darum so häufig, weil der Geist nicht blos durch eine äussere Nothwendigkeit bestimmt wird, sondern sich auch selbst bestimmt, oder weil die geistige Wirklichkeit, die der Mensch erhält, nicht blos durch die in ihn gelegte Allgemeinheit der menschlichen Gattung, sowie durch andere Menschen und Verhältnisse bestimmt wird, sondern auch durch die dem Menschen eigene Freiheit, vermöge deren er sich zu dem macht, was er ist und sein will. Da die Freiheit Selbstbestimmung oder die wunderbare, von allen uns bekannten Wesen dem Menschen allein zukommende Fähigkeit ist, sich zu Allem zu entschliessen, jeden Inhalt zum Mittelpunkte seines Selbstbewusstseins und seiner Thätigkeit zu machen, sich in jeden beliebigen Inhalt hineinzulegen und ebenso sich wieder aus jedem Inhalte herauszuziehen, auch dem Handeln jede ihm gut scheinende Form zu geben, so ist die Freiheit ein Hauptfactor in dem Produkte, das der

Mensch in seinen Handlungen, Worten, Beziehungen aller
Art, d. h. in seiner Wirklichkeit als das Resultat seines
Lebens hinterlässt. Freilich ist die Freiheit in dem bisher
angegebenen Sinne, nämlich als die unbedingte Möglichkeit,
sich aus sich selbst heraus zu bestimmen und sich aus sich
zu erfüllen, zunächst nur eine abstrakte Freiheit, Wahlfreiheit
oder Willkür, und sie wird erst dadurch zur concreten, zur
erfüllten Freiheit, wenn der Mensch, obschon in völlig freier
Selbstbestimmung sich doch zu dem bestimmt, was von einer
höheren Hand als seine Idee in ihn hineingelegt worden ist.
Erst derjenige Mensch ist allerdings vollkommen frei, der
sich bei der vollkommensten Fähigkeit, sich zu allem Möglichen zu bestimmen, doch nur nach den allgemeinen in die
menschliche Natur überhaupt hineingelegten Gesetzen und
nach der ihr eigenthümlich gewordenen Lebensidee bestimmt.
Aber trotzdem ist doch auch das streng festzuhalten, dass
der Mensch die abstracte Selbstbestimmung wirklich hat und
haben muss, wenn er überhaupt mit Recht ein Mensch
heissen soll, und dass er gerade in Folge derselben
seine Lebensidee nicht blos in sehr verschiedenartigen Formen
realisiren, sondern sich seiner ihm von Gott gesetzten allgemeinen Bestimmung geradezu entgegensetzen oder wenigstens
aus Schwäche hinter derselben zurückbleiben, ja selbst, was
kein anderes Wesen vermag, von seinem eigenen Dasein
abstrahiren und sich das Leben nehmen kann. Demnach
können geistige Erscheinungen, mögen sie nun als Charaktere, als Handlungen, als Gemüthszustände oder sonst wie
bezeichnet werden, aus einem doppelten Grunde hinter den
Ideen, die ihr allgemeines Wesen bilden, zurückbleiben und
sie nicht zur vollen Darstellung bringen, entweder nämlich
werden sie durch äussere Verhältnisse und Bedingungen in
ihrer Entwickelung aufgehalten und in ihrer Gestaltung ver-
schoben, oder sie werden durch den Missbrauch der inneren
Freiheit verschlechtert und verderbt. Wir können, um die
Sache durch ein Beispiel zu erläutern, von jedem einzelnen
Menschen ohne Zweifel annehmen, dass er deshalb auf die
Welt gesetzt ist, um eine ganz bestimmte Idee zu realisiren.
Aber wie wenigen Menschen gelingt es, dieses wünschens-
werthe Ziel zu erreichen! Entweder lastet die sie umgebende
Wirklichkeit so mächtig auf ihnen und gewährt ihnen so

wenig die Mittel zu ihrer sittlichen und geistigen Ausbildung,
dass sie gleichsam geistige Krüppel bleiben oder sie richten
sich selbst durch den Missbrauch ihrer Freiheit: durch Laster,
Boaheit, Lüge oder Willensschwäche zu Grunde und verun-
stalten durch eigene Schuld das Urbild der Vollkommenheit,
zu dem sie berufen sind. In beiden Fällen bleibt die Wirklichkeit hinter ihrem Begriffe zurück oder steht auch geradezu mit demselben im Widerspruche.

c) Wenn in den bisherigen Betrachtungen auf das Zurückbleiben der Wirklichkeit hinter der Idee hingewiesen worden
ist, so geht aus denselben doch zugleich auch hervor, dass
in allem Wirklichen, so verkümmert und unentwickelt dasselbe oft auch sein möge, immer noch die Intention nach
der Idee vorhanden ist und von dem Geiste, der sich auf die
Ideen versteht, erkannt werden kann. Denn jedes Wirkliche
trägt seinen Begriff — sein lebendiges Allgemeine — und
in Folge dessen auch den Trieb in sich, sich zu vollenden,
d. h. zu einer Realität sich zu entwickeln, in der sich der
volle Begriff der Sache und nichts weiter als der Begriff abspiegelt. Eine solche Realität aber, in welcher die Idee der
Sache zur entwickelten Existenz kommt, ist ein Ideal. Nach
dieser Begriffsbestimmung ist daher das Ideal nichts über die
Wirklichkeit Hinausliegendes, sondern vielmehr die Wirklichkeit selbst in ihrer Wahrheit. Man gebraucht freilich das
Wort Ideal häufig in dem Sinne, als sei das Ideal ein Gebilde, welches hinter und über aller Wirklichkeit liege und
daher auch in der Wirklichkeit niemals erreicht werden
könne. Es ist aber klar, dass diese Erklärung keinen bestimmten Gedanken gewährt, weil sie im Grunde nur angiebt,
was das Ideal nicht ist, und uns auf die Frage, welches denn
nun eigentlich der positive Gehalt des Ideals ist, ohne Antwort
lässt. Es verhält sich mit dieser Erklärung des Ideals, dass
es das Jenseits der Wirklichkeit sei, wenn auch das Wirkliche stets danach strebe, gerade so, wie mit der Erklärung
des Unendlichen, wonach das Unendliche als das über alles
Endliche Hinausgehende gefasst wird, während es als das
Gesetz und die Wahrheit des Endlichen zu fassen ist. Trotz
dem ist der oben erwähnte negative Begriff des Ideals nicht
blos eine Vorstellung ungebildeter Menschen, die die Worte
gebrauchen, ohne bestimmt zu wissen, was sie daran haben,

sondern der ganze Romanticismus ruht im Wesentlichen auf
diesem negativen Begriffe des Ideals und erhält durch denselben jenes Unklare und Phantastische, welches ihn charakterisirt. Jean Paul in seiner Vorschule der Aesthetik erklärt das Romantische als das Schöne ohne Begrenzung und
führt einen verklingenden und in weiter Ferne verschwimmenden Ton, sowie das Zweifellicht des Mondscheins als
Bilder und Beispiele für das Romantische an. Er nennt das
romantische Dichten auch das Ahnen einer grösseren Zukunft,
als sie hienieden Raum hat. Und in der That scheint der
Begriff des Romantischen mit dem Begriffe des Unbegrenzten,
des Verschwimmenden, d. h. mit der Auflösung der Bestimmtheit zusammenzufallen. Aber um dieser Unbestimmtheit willen
ist die sogenannte romantische Kunst höchstens eine Ueber-
gangsform zur wahren und vollendeten Kunst. In solchen
Perioden der Geschichte, in denen die Menschheit schon von
gewissen neuen Ideen eine Ahnung hat, aber dieselben noch
nicht sicher erfasst hat, sondern in halber Bewusstlosigkeit
nach etwas hindrängt, was hinter der Gegenwart liegt, da
tritt die romantische Kunst hervor, als der Ausdruck einer
noch unreifen oder in sich unbefriedigten und mit sich im
Widerspruch stehenden Weltanschauung; wenn wir auch nicht
so weit gehen wollen, als Göthe, der das sogenannte
Romantische geradezu eine Krankheit nennt. Das romantische
Ideal ist im besten Sinne ein Suchen nach dem Unendlichen,
während das Ideal in seiner Wahrheit, welches man auch
das classische Ideal zu nennen pflegt, die leibhafte Gegenwart des Unendlichen im Endlichen oder der in einem individuellen Wirklichen realisirte Begriff ist. Nach dieser Erklärung hat aber der Begriff des Ideals volle Bestimmtheit,
indem hiernach das Ideal nichts über die Wirklichkeit Hinausliegendes, überhaupt nicht blos Negatives, sondern die wahre
Wirklichkeit oder die zu sich selbst gekommene Wirklichkeit
selbst ist. Die allermeisten Erscheinungen des natürlichen
und geistigen Lebens, obgleich man sie gewöhnlich auch mit
dem Namen der Wirklichkeit belegt, sind allerdings nichts
weniger als Ideale; aber das kommt nicht daher, dass die
Ideale etwas Unwirkliches oder etwas über die Wirklichkeit
Hinausliegendes wären, sondern daher, dass die Wirklichkeit
in diesen Erscheinungen ihr wahres Selbst nicht erreicht,

sondern nur in einer mehr oder weniger verschobenen, verkümmerten und verderbten Form existirt. Erst das Ideale
ist die volle und entwickelte Wirklichkeit oder dasjenige
Wirkliche, welches den inwohnenden und treibenden Begriff
so vollständig und ungetrübt zur Anschauung bringt, dass
man in der Anschauung nicht mehr und nicht weniger findet
und hat, als den Begriff in der Fülle seiner Bestimmungen.
Wenn eins von beiden, nämlich das Ideale oder das gewöhnliche der Wahrnehmung sich darbietende unvollkommene
Wirkliche, als unwirklich bezeichnet werden kann, so ist es
nicht das Ideale, sondern das unvollkommene Wirkliche; und
das Unwirkliche der nicht idealen Existenz besteht eben
darin, dass nicht alle Bestimmungen ihrer Idee in die Existenz
eingetreten sind, während in dem Idealen die ganze von
Haus aus in dem Wirklichen liegende Intention ihre Erfüllung gefunden hat. Es ist daher auch als ein Kennzeichen
des Idealen, mag man es im Leben selbst oder gleichsam
wiedergeboren in den Werken der Kunst finden, zu betrachten, dass es durch und durch naturgemäss erscheint, während das Nichtideale gerade insoweit und insofern nichtideal
ist, als es nicht naturgemäss ist. Vergleicht man zwei
gleichartige Erscheinungen, sei es der Natur oder des geistigen
Lebens, von denen die eine ihre Idee in einer vollkommneren
Form realisirt, als die andere, die eine also idealer ist, als
die andere, so ist die idealere auch zugleich immer die
naturgemässere und trägt den Charakter einer grösseren Gesundheit und Ursprünglichkeit. Ein guter Mensch z. B.,
d. h. ein seiner Idee entsprechender Mensch trägt immer
auch das Gepräge der natürlichen Frische und Unmittelbarkeit. Ebenso charakterisiren sich grosse Kunstwerke, in denen
das Ideale dargestellt ist, gerade dadurch, dass sie durch
und durch naturgemäss erscheinen. Liest man Werke von
wirklich künstlerischer Vollendung, wie die homerischen Epen
oder Hermann und Dorothea von Göthe, so hat man durch-
gehends das Gefühl, als wenn sich das Alles nur so von selbst
verstände und der Natur vollkommen nachgebildet wäre; ja
man kommt, wenn man das in diesen Kunstwerken dargestellte Leben mit dem erscheinenden Leben, welches uns die
Erfahrung meistens vorführt, sorgfältig vergleicht, nothwendig zu dem Resultate, dass das in einem classischen Gedichte

dargestellte Leben das natürlichere, gesundere und ursprüng-
lichere Leben ist, während das sogenante wirkliche Leben
meist nur ein Scheinleben ist, welches denn auch vergeht,
ohne eine ewige Spur zu hinterlassen. —

Aus diesem Verhältnisse des Idealen zur Wirklichkeit,
nach dem das Ideale das Wirkliche selbst in seiner Wahrheit
und Wesenheit ist, folgt denn nun auch weiter, dass der
Künstler und zuletzt jeder Mensch, der sich nicht bei dem
Scheine des Lebens beruhigen kann und nach dem Ewigen
und Bleibenden strebt, das Ideale nicht dadurch findet, dass
er sich von der wirklichen Welt abwendet, weil sie angeb-
lich viel zu mangelhaft sei, um durch sie der Wahrheit theilhaftig zu werden, sondern allein dadurch, dass er sich in
das wirkliche Leben der Natur und des Geistes vertieft, seine
Tendenzen mit objectivem Sinne verfolgt und den Punkt
aufsucht, in welchem diese Tendenzen sich ergänzen und
vollenden. Dieser in der erscheinenden Wirklichkeit, so
unvollendet sie in sich selbst sein mag, die vollkommene
Wirklichkeit erschauende Geist ist die Phantasie. Da der
Begriff der Phantasie eben so sehr zur Erläuterung des Be-
griffes des Idealen dienen kann, als umgekehrt, so erscheint
es nicht unzweckmässig, an dieser Stelle einige Worte zur
näheren Destimmung der Phantasie hinzuzufügen. Unsere
Sprache unterscheidet jetzt sehr sachgemäss die Einbildungskraft und die Phantasie. Beide sind darin einander gleich,
dass sie Vorstellungen schaffende Thätigkeiten sind, sie unterscheiden sich aber wesentlich dadurch von einander, dass die
Einbildungskraft nur gegebene Anschauungen innerlich macht,
also reproductiv sich verhält, während die Phantasie solche
individuelle Vorstellungen schafft, in denen sich das Allgemeine
verleiblicht. Wenn ich z. B. den ersten besten Baum in der
Natur betrachte, mir denselben sowohl im Ganzen als nach
seinen einzelnen Theilen zum Bewusstsein bringe und mir
denselben nach allen Kategorien, nach welchen er erscheint,
nach Grösse, Gestalt, Farbe, Stoff, Wachsthum u. s. w. zu
meinem inneren Eigenthum mache, so ist mein Geist als
Einbildungskraft thätig gewesen. Das Resultat der thätigen
Einbildungskraft besteht in diesem Falle darin, dass ein Bild
von dem Baume in meinem Selbstbewusstsein entstanden ist.
Allerdings ist dieser Act der Einbildungskraft insofern ein

schöpferischer, als sich dadurch mein inneres Sein erweitert
und ein neues Wesen in mir entstanden ist, das vorher noch
nicht da war. Aber die schaffende Thätigkeit der Einbildungskraft ist doch nur eine nachschaffende, indem das Bild des
Baums, welches ich in mich hineingesetzt habe, dem Bilde
des Baums, welchen ich äusserlich anschaue, ganz gleich
ist. Sehe ich den Baum, an welchem sich meine Vorstellung
erzeugt hat, von Neuem, so erkenne ich sogleich, dass das
Bild, das ich von ihm in mir trage, absolut gleich ist der
Anschauung, die ich äusserlich vor mir habe. Und wäre
ich ein Maler und könnte ich als solcher das in meinem
Selbstbewusstsein lebende Bild durch Form und Farbe äusserlich darstellen, so würde auch jeder andere Mensch sofort
anerkennen müssen, dass das gemalte Bild mit dem Bilde des
äusserlich anzuschauenden Baumes vollkommen übereinstimme.
So sind alle Erzeugnisse der Einbildungskraft reproductiv und
bestehen in dem treuen Uebersetzen der natürlichen Anschauung
und Erfahrung in das innere Reich der Vorstellung. Hätte
die menschliche Seele weiter nichts als die Einbildungskraft,
so wäre sie mit einer Wachstafel von unendlicher Weichheit
zu vergleichen, auf der sich die mancherlei äusserlichen Eindrücke in aller objectiven Treue abprägten; doch wäre sie
immerhin auch so noch eine Wachstafel von ganz eigenthümlicher und unvergleichlicher Art insofern, als sich die abge-
prägten Bilder nicht verwischen und verwirren, sondern sogar
in demselben Maasse reiner und vollkommener werden, je
mehr man dergleichen in sich aufgenommen hat. Aber der
Vorstellungen schaffende Geist des Menschen ist nicht blos
reproductiv, sondern productiv und schaffend und insofern
nennt man ihn eben die Phantasie. Eine der grossartigsten
Werke der schaffenden Phantasie ist die Sprache, sofern
wir uns nämlich ihre Neuschöpfung denken; denn sofern
wir nur die schon bestehenden Worte in uns aufnehmen,
merken und wieder vorbringen, insofern sind wir wieder nur
mit unserer Einbildungskraft thätig. Man würde sich aber
von der Phantasie eine ganz falsche Vorstellung machen,
wenn man annehmen wollte, dass ihre Erzeugnisse mit den
Objecten der wirklichen Welt nichts zu schaffen hätten.
Schon die Sprache kann diese falsche Annahme widerlegen.
Die Worte sind allerdings ganz neue Vorstellungsformen,

von denen nichts Analoges in der Natur sich vorfindet und
die der Geist aus sich hervorgebracht hat und fort und fort
hervorbringt, aber es sind Vorstellungsformen, in denen die
Begriffe, die der objectiven Wirklichkeit zu Grunde
liegen, vorgestellt werden. Solche vom Geiste geschaffene
Vorstellungen, die weder gegebene Anschauungen nachbilden
noch das Allgemeine der objectiven Welt darstellen, sind
keine Phantasiegebilde mehr, sondern Traumgebilde oder
Phantastereien. Die Phantasie hat es nicht mit wesenlosen
Vorstellungen zu thun, sondern mit Vorstellungen, in denen
objective Ideen veranschaulicht werden, mit Gebilden, in
denen sich das Allgemeine, Ewige und Wesentliche der Wirklichkeit individualisirt Wir nennen sie die bildende, die
musikalische oder die dichtende Phantasie, je nachdem sie
Bilder, Töne oder Worte schafft, in allen Fällen aber nur
dann Phantasie, wenn sie das ewig Wahrhafte und Göttliche
zur Vorstellung bringt. Sie ist also in der Hinsicht neu
schaffend, als sie sich nicht mit den ersten besten Natur-
gebilden und mit den ersten besten Offenbarungen des endlichen Geistes begnügt, sondern das Gegebene umbildet und
neu schafft, aber dieses Umschaffene ist im Grunde nur ein
Ausscheiden des störenden Zufalls und ein Zurückgehen auf
die naturgemässen Formen, die das Leben selbst intendirte,
aber wegen allerlei hindernder Zufälle nicht ganz erreichen
konnte. Die Phantasie schafft diejenigen Vorstellungen, in
denen die Ideen eine freie, ihr volles Wesen ausdrückende
Existenz haben. Die Phantasie ist daher das spezifische
Organ des Schönen, d. h. dasjenige Organ des Geistes, in
welchem das Wirkliche in seiner Wahrheit eine Existenz
gewinnt. Diese Stellung hat die Phantasie in jedem Menschen,
der überhaupt nicht von dieser gottvollen Gabe verlassen ist;
diese Stellung hat sie aber vorzugsweise und insbesondere in
dem Künstler, der nur dadurch zum wahren Künstler wird,
dass sich in ihm der Geist vorzugsweise als Phantasie bethä-
ligt. Das Verhältniss, in welchem die künstlerische Phantasie
zu der Wirklichkeit steht, ist nun aus dem Bisherigen von
selbst klar und braucht nur noch mit wenigen Worten hervorgehoben zu werden. Die wahren Künstler haben kein phan-
tastisches Traumleben gelebt, sondern sie haben sich in das
wirkliche Leben hineingeworfen und haben es nach seiner

ganzen Länge, Breite und Tiefe durchmessen. Sie haben zu
diesem Behuf nicht blos die genaueste Bekanntschaft gemacht
mit der sinnlichen Aussenwelt und durch aufmerksames Hören
und Sehen der mannichfaltigsten Lebensbilder eine Fülle von
Anschauungen sich gesammelt, sondern sie haben damit die
Vertrautheit mit dem Innern des Menschen, mit den Leidenschaften des Gemüths und den Zwecken des menschlichen
Willens verbunden; aber sie sind bei diesem blossen Aufnehmen der äusseren und inneren Erscheinungswelt nicht
stehen geblieben, sondern sie haben in ihrem grossen Geiste
ahnungsvoll die erhabenen Gipfelpunkte der Erscheinungen
erfasst, in welchen die Idee in sich selbst zurückkehrt. Es
ist oben mit einem von Göthe entlehnten Ausdrucke gesagt
worden, dass in allem erscheinenden Wirklichen die Intention
nach der idealen Vollkommenheit liegt, wenn sie auch in
den seltensten Fällen erreicht wird. Der Künstler versteht
nun die idealen Intentionen, die in allem Wirklichen liegen,
und erschaut in seiner Phantasie das Endziel, nach welchem
sie hinstreben. Er ist gleichsam ein Prophet, der den Dingen
ins Herz sieht und aus dem, als was sie erscheinen, dasjenige
vollzieht, was sie sein sollen. Und wenn ihm in dieser Hinsicht auch das Entstellteste und Gemeinste noch Fingerzeige
genug an die Hand giebt, denen folgend er in das Reich der
Schönheit eindringen kann, so wird er sich doch vorzugsweise auf die idealen Höhepunkte des Lebens mit der ganzen
Kraft seiner schaffenden Phantasie werfen und von da die
Impulse zu seiner künstlerischen Thätigkeit entnehmen. Denn
die empirische Wirklichkeit hat, so mangelhaft sie auch in
den meisten Erscheinungen ist, doch auch ihre Höhepunkte,
auf welchen sie, begünstigt durch fördernde Bedingungen
und Umstände, solche individuelle Gebilde hervorbringt, welche,
obschon zeitlich und räumlich begrenzt, doch mehr oder
weniger Gegenbilder der Ideen sind und daher auch mehr
oder weniger als Ideale angesehen werden können. Denn so
häufig auch der Begriff des Schönen gemissbraucht werden
mag, so wenig lässt sich doch leugnen, dass das Schöne
in reicher Fülle über die Natur und das Menschenleben
ausgegossen ist und daher auch von einem offenen Sinne,
der sich auf das Wesen der Dinge versteht und sich durch
manche an den Erscheinungen haftende unschöne Einzeln-

heiten den Blick für das Grosse und Allgemeine nicht verdunkeln lässt, in allen Räumen der Natur und in allen
Perioden der Geschichte gefunden werden kann. Offenbart
sich doch jede Gattung lebender Wesen in einer unerschöpflichen Fülle von Individuen; warum sollten unter diesen nicht
auch solche gefunden werden, die unter so günstigen Bedingungen in die Existenz treten und sich entwickeln, dass
sie wenigstens annähernd als Ideale angesehen werden können?
Und wieder durchläuft jedes lebendige Einzelwesen, namentlich jedes geistige Wesen, z. B. ein einzelner Mensch oder
ein einzelnes Volk, eine so grosse Reihe von einzelnen Entwicklungsstufen, dass nicht abzusehen ist, warum unter den
letzteren nicht auch die eine oder die andere sich finden
sollte, auf welcher das Individuum sich selbst erreicht und
die Harmonie seiner Erscheinung mit seinem Wesen zur Darstellung bringt. Erzeugt nicht ein gebildetes Volk, welches
wenigstens im Grossen und Ganzen seine sittliche Integrität
bewahrt hat, namentlich in Zeiten seiner vollen Kraftan-
strengung eine Menge von Persönlichkeiten, in denen der
allgemeine Volksgeist sich individualisirt? Und kann man
solche Persönlichkeiten, wie viel Staub ihnen nach dem Schicksal alles Endlichen auch noch ankleben mag, nicht im Grossen
und Ganzen als Ideale des Volksgeistes bezeichnen? Die
griechische und römische Geschichte haben namentlich den
eigenthümlichen Vorzug, dass wir in ihr vielen solchen Gestalten begegnen, die gleichsam als lebendige Kunstwerke
erscheinen. Wie wenig möchte daran fehlen, um den Pericles
z. B., wie er von den griechischen Historikern geschildert
wird, als ein Ideal des griechischen Geistes bezeichnen zu
können, wie wenig den Scipionen, um als Ideale des Römer-
thums zu gelten? Was sollte Luthern, als er sich aus den
grössten Anfechtungen heraus zur Höhe eines freien Bewusstseins emporgearbeitet hatte, Wesentliches daran fehlen, um
gleichsam für ein Centralherz des deutschen Volkes erklärt
werden zu können? Und nehmen wir auch andere Individuen,
die ihrem Begriffe und ihrer Bestimmung nach zwar weit
hinter solchen Heroen der Menschheit zurückstehen, die aber
doch nach bestem Wissen und Gewissen nach der ihnen eingepflanzten Wahrheit streben, werden nicht auch auf ihrem
Lebenswege wenigstens manche Entwicklungsstufen zu ent-

decken sein, auf denen sie ihre Bestimmung erreichen und
dann als Ideale ihrer Art zu betrachten sind?

Bietet nun aber das Leben selbst solche Blüthepunkte
der Erscheinung dar, in welcher die Idee gleichsam sich selbst
begrüsst, so braucht sie der Künstler nur festzuhalten und
je nach ihrer Natur in Form eines Bildes oder einer poetischen
Schilderung zu fixiren, um sich als einen echten Maler oder
Dichter zu bewähren. In den meisten Fällen wird er freilich
von der beobachteten, wenn auch noch so vollkommenen,
Erscheinung noch dieses oder jenes weglassen, umformen
oder ergänzen müssen, um einen vollen Ausdruck der Idee
zu gewinnen. In keinem Falle aber wendet der ächte Künstler,
um das Ideale zu gewinnen, seinen Blick von dem erscheinenden Leben ab, sondern er ist der geistvolle Interpret
desselben; er erschaut dasjenige in seiner Vollendung, was
die Wirklichkeit erstrebt, und theilt anderen Menschen, die
weniger klar sehen, zu ihrer Erhebung und Erquickung mit,
was er erschaut hat. Ja der wahre Künstler geht noch weiter
in der Benutzung des wirklichen Lebens; er nimmt auch das
minder vollkommene Wirkliche, ja selbst dasjenige Wirkliche,
welches in geradem Widerspruche mit seiner Idee steht, in
seine Darstellung mit auf, um durch das Nichtideale und
seine Widersprüche die volle Herrlichkeit und ewige Realität
des Idealen zu einem um so deutlicheren Bewusstsein zu
bringen. Denn gleichwie die Blüthe nur neben und nach
den anderen Stufen und Gestaltungen des Pflanzenlebens als
die schönste Entwicklungsstufe erkannt wird, so erscheint
das Ideale als die Wahrheit des Wirklichen erst dann in
seinem vollem Glanze, wenn es in eine zweckmässige Verbindung mit dem minder Vollkommenen gebracht wird und
neben diesem augenscheinlich als das Vollkommenste in seiner
Art hervortritt. Wie würden wir die Schönheit der Rafael-
schen Madonna di Sisto so bewundern, ja nur verstehen
können, wenn der grosse Maler sie nicht mit minder vollkommenen Menschen und mit Engeln in Verbindung gebracht
hätte? Wie würde Achilles in der Ilias als das Ideal eines
Griechen erscheinen können, wenn er nicht neben so vielen
anderen Helden, die in ihrer Art zwar auch vollkommen,
aber der Art nach unter dem schönen Heldenjüngling stehen,
handelnd aufträte und mit dem Maassstabe der anderen

Gestalten gemessen als die vollendetste Gestalt erschiene? Wir können die Höhe eines Culminationspunktes mit unseren menschlichen Augen doch einmal nur dann recht beurtheilen, wenn wir mit dem Blicke auch die anderen Stufen von der untersten an successive durchlaufen und das Höchste mit dem minder Hohen und mit dem Niederen und dem Niedrigsten vergleichen. Wie aber das Helle am hellsten erscheint auf dem dunkelsten Grunde, so auch das Ideale am idealsten im Verhältniss und in Verbindung zu solchen Erscheinungen, welche in geradem Widerspruche mit ihrer Idee stehen. Was mit seiner Idee in directem Widerspruche steht, ist nichtig in sich selbst und führt durch seine Selbstauflösung den Beweis von seiner Nichtigkeit, damit aber auch den Beweis, dass nur das Ideale das Werthvolle und Bleibende ist. Zu diesem Zwecke und zu keinem Anderen bemächtigt sich der Künstler auch des Hässlichen, des Bösen und des Gemeinen und lässt die Träger desselben erscheinen und handelnd auftreten, um dadurch die Nichtigkeit des Nichtigen und damit die ewige Realität des Idealen thatsächlich zu bewähren. Das Tragische so gut wie das Komische in der Kunst ruhen auf der Darstellung des Widerspruchs, der zwischen dem Wirklichen und der Idee stattfindet, nur dass im Tragischen gezeigt wird, wie das Wirkliche an diesem Widerspruche entweder zu Grunde geht oder doch in seiner Existenz gefährdet erscheint, während im Komischen, um mich eines Ausdrucks des Aristoteles zu bedienen, ein αἰσχρὸν ἀνώδυνον d. h. ein Hässliches dargestellt wird, welches keinen Schmerz verursacht, indem nämlich durch die Darstellung eines mehr an der Oberfläche sich haltenden und darum ungefährlichen Widerspruchs das heitere Bewusstsein von der ungetrübten Harmonie, die im Idealen zwischen Begriff und Realität besteht, in dem Betrachtenden erweckt wird. So ist das Ideale so wenig eine Abstraction, so wenig ein Product der die Wirklichkeit überfliegenden Phantasie, dass sie vielmehr die Wahrheit der Wirklichkeit ist und selbst das Schlechte und Gemeine zwingt, diese Wahrheit zu verherrlichen. —

II.

Von den Idealen der Gestalt.

a) Wenn auch unter Gestalt überhaupt ein auf irgend
eine Art begrenzter Stoff verstanden wird, so sprechen wir
hier doch nur von solchen Gestalten, die eine Materie nicht
von aussen, sondern durch die ihr eigene Natur oder durch
ein ihr selbst inwohnendes Gestaltungsprincip erhält. Wenn
das Wasser z. B. durch ein cylinderförmiges Gefäss, in
welches es gegossen wird, selbst die Gestalt eines Cylinders
annimmt, so ist diese Gestalt eine dem Wasser von aussen
aufgedrängte, eine der Natur des Wassers zufällige Gestalt;
wenn aber das in der Luft befindliche Wasser beim Gefrieren
die Gestalt eines sechseckigen Sterns annimmt, so ist diese
Gestalt eine aus der Natur des Wassers selbst hervorgehende
und daher nothwendige Gestalt. An dieser Stelle nun reden
wir nur von den nothwendigen Gestalten. Aber auch die
nothwendigen Gestalten sind in der Natur in zahllosen Individuen, ja in zahllosen Gattungen und Arten ausgegossen,
so dass ein Theil des lebendigen Interesses, welches die
Betrachtung der Natur einflösst, in der unerschöpflichen
Fülle von Gestalten liegt, in die sich die Kraft des Lebens-
princips auseinanderlegt. Zunächst zerfallen die Gestalten in
mineralische, in vegetabilische und in animalische Gestalten;
indem die mineralischen Gestalten, sofern sie durch ein von
innen nach aussen wirkendes Cristallisationsprincip ihre Form
erhalten haben, durch Ebenen und gerade Linien begrenzt
sind; die vegetabilischen Gestalten sich vorherrschend durch
eine Cylinderform charakterisiren; während endlich die animalischen Gestalten durch eine gewisse centrale Abgeschlossenheit dem centralen Dasein des thierischen Lebens entsprechen.
Jeder dieser Grundtypen der natürlichen Gestalten zerfällt
wieder, wie bekannt, in eine zahllose Menge von Modificationen, so dass jede Art von Mineralien eben so sehr ihre
eigenthümliche, der Natur ihrer Materie entsprechende Cristallisation hat, wie jede Art von Pflanzen und jede Art von
Thieren ihre ganz bestimmte, der Individualität der sich
darlebenden Seele gemässe organische Gestalt trägt. Um
nun einen lebendigen Begriff von der Schönheit der Gestalten

und von den Idealen der Gestalten zu fassen, müssen wir
die bereits im ersten Theile dieser Abhandlung gemachte
Bemerkung wiederholen, dass jede Gattung sich in einer,
wie es scheint, grenzenlosen Menge von Individuen darstellt
und dass ferner nicht blos jedes lebendige Individuum, um
seine Bestimmung zu erreichen, eine Reihe von Entwicklungsstufen durchläuft, sondern dass auch die Gattungen der Natur
einen grossartigen und bewunderungswürdigen Entwicklungsgang durchmachen, deren letztes Erzeugniss und somit das
Ziel alles unendlichen Strebens die menschliche Gestalt ist.
Was zunächst die Darstellung einer und derselben Gattung
durch sehr viele Individuen betrifft, so finden wir hiervon
den Beleg in allen drei Reichen der Natur, am einfachsten
und gewissermassen am verständlichsten im Reiche der
Mineralien. In der Natur des Quarzes, des Hauptbestand-
theils des Glases, liegt es z. B., in der Gestalt einer sechs-
seitigen Säule, die an beiden Enden zugespitzt ist und an
den Seiten parallele Querstreifen hat, zu cristallisiren. Ueberall also, wo hinlängliche Quarzmasse vorhanden ist und sonst
keine Hindernisse der Cristallisation sich in den Weg gestellt
haben, individualisirt sich der Quarzstoff zu einer solchen Säule
und in Quarzgebirgen wiederholt sich diese Cristallisation in
zahllosen Exemplaren; ja ganzen Feldern von solchen Quarz-
säulen, die auf einem Mutterkuchen emporgeschossen sind,
begegnet man in solchen Gebirgsmassen. Obgleich aber ein
und dasselbe unverrückbare und nothwendige Gesetz und
Princip alle diese Gestalten gewirkt hat und beherrscht,
so sind doch dieselben von einander äusserst verschieden
nicht blos an Grösse, Durchsichtigkeit und Glätte, sondern
besonders auch in der Hinsicht, ob die Cristallisation sich
zu einer streng stereometrischen Gestalt vollendet hat, in
der alle Begrenzungsflächen Ebenen und alle Begrenzungs-
linien gerade Linien sind; oder ob die Cristallisations-
thätigkeit auf halbem Wege stehen geblieben ist und daher
nur ein mehr oder weniger verkümmertes Product entstanden
ist, indem man jedoch noch jeder Zeit die Tendenz und das
erstrebte Ziel erkennen wird. Dieselben Betrachtungen lassen
sich auf jedes andere Mineral anwenden mit einer anderen,
seiner Natur entsprechenden Cristallgestalt. Durch diesen
Unterschied der Einzelgestalten von einander und von der

Normalgestalt wird man aber schon hier auf den Begriff des Schönen und auf die Vorstellung von verschiedenen Graden der Schönheit hingeführt. Es ist in der Sprache allgemein gebräuchlich, manche Cristalle sowie manche Pflanzen und Thiere schön zu nennen, die eine Gestalt als schöner zu bezeichnen als die andere und vielen Gestalten die Schönheit abzusprechen; und es ist durchaus nicht zu sagen, warum ein solcher Sprachgebrauch nicht durchaus angemessen sein sollte. Eine Cristallgestalt wird mit Recht schön genannt werden, wenn sich in ihr das Cristallisationsprincip, das seiner Materie zukommt, in mangelloser Form individualisirt hat. Allerdings ist schon ein schöner Baum etwas ungleich Schöneres als ein schöner Cristall, weil das vegetabilische Leben etwas unendlich Höheres ist als das mineralische, aber nichtsdestoweniger kann auch ein Cristall schön heissen und zwar schön in seiner Art. Ganz ebenso aber wird jede Pflanze und jedes Thier, jedes lebendiges Wesen schön sein und mit Recht schön genannt werden können, wenn seine Idee vollkommen in die Erscheinung eingetreten ist oder wenn das allgemeine Lebensprincip, das in ihm wohnt und wirkt, in dem Individuum einen seiner würdigen Ausdruck gefunden hat. Die Zahl der Individuen, in welchen das Princip eines lebendigen Wesens sich realisirt, ist nur grösser, als die Zahl der mineralischen Individuen, weil organische Wesen sich fortpflanzen und zwar, wie es scheint, ohne Ende, wenn wir nicht annehmen wollen, dass das Leben auf der Erde und die Erde selbst sich einmal erschöpft. So weit aber unsere jetzige Beobachtung reicht, ist jede einzelne Pflanze und jedes einzelne Thier sterblich, aber die in dem Individuum lebendige Gattung ist unsterblich und erhält sich dadurch, dass sie jedes einzelne Individuum vor seinem Untergange Individuen derselben Art hervorbringen lässt, so dass in dem unendlichen Wechsel der Individuen doch die Idealität der Gattung erhalten wird. Das Gattungsprincip jeder Pflanze und jedes Thiers ist in jedem Individuum die herrschende Macht und wirkt daher in seinem Sinne eben so sehr die eigenthümliche Gestaltung des jedesmaligen Organismus, als es die verschiedenen Entwicklungsstufen des letzteren umfasst und mit vernünftiger Nothwendigkeit auf einander folgen lässt. Das Gattungsprincip hat insofern etwas Allgegen-

würtiges, als es, so sehr es absolut einfach ist, doch in jedem
Organe eines individuellen Organismus wirksam ist; und insofern etwas Ewiges, als es die zeitlichen Entwicklungsstufen
des lebendigen Individuums gleichsam überspringt, so dass
jede vorhergehende Stufe auf die folgende aufs Genaueste
berechnet ist und ganz so sein muss, wie sie ist, wenn die
folgenden existiren sollen, so dass in jeder Stufe eine bewusst-
volle Voraussicht aller folgenden liegt. Bei diesem ideellen,
Zeit und Raum überspringenden Wirken des Gattungsprin-
cips ist es denn auch nicht anders möglich, als 'dass jede
individuelle Gestalt eines lebendigen Organismus Zeugniss
ablegt von dem inwohnenden Gattungsprincip. Nichtsdestoweniger aber sind die lebendigen Individuen, die zu derselben
Gattung gehören, äusserst verschieden, da sie in Berührung
und im Conflict mit vielen anderen Wesen in die natürliche
Existenz eintreten, und so kommt es, dass sie ihr Princip
thatsächlich mehr oder weniger erreichen und daher auch
mehr oder weniger hinter der durch das Princip beabsich-
tigten Gestalt zurückbleiben. In diesem Sinne kann man
deshalb auch auf einzelne Pflanzen und Thiere mit Recht die
Begriffe des Schönen und des Hässlichen anwenden und es
ist daher ganz in der Ordnung, den einen Eichbaum schön
zu nennen, den anderen hässlich und wieder den einen
schöner als den anderen. Auch in diesen Gebieten ist dasjenige Individuum schön, in welchem die Idee vollkommen in
die Existenz tritt, oder in welchem die individuelle Existenz
ein vollkommener und entwickelter Ausdruck des in ihm
thätigen Begriffs ist. Wollte man sich aber genau ausdrücken,
so müsste man von einem solchen lebendigen Individuum
sagen, dass es schön sei in seiner Art. Vergleicht man
aber wieder zwei Individuen von verschiedener Art mit einander, so kann jedes von beiden schön in seiner Art sein
und doch das eine ungleich schöner, als das andere, weil
die Art des einen schöner ist, als die Art des anderen. Man
wird z. B. recht gut von einer schönen Tanne und ebenso
von einer schönen Eiche sprechen können; vergleicht man
aber die Tanne mit der Eiche, so wird man ohne allen
Zweifel die Eiche schöner nennen als die Tanne, ja man
wird, wenn man sie beide unter die Kategorie der Bäume
subsumirt, sich nicht enthalten zu sagen, das die Eiche ein

schöner und die Tanne kein schöner Baum ist. Es kann ein
bestimmter Esel recht wohl schön in seiner Art heissen; vergleicht man aber den Esel mit dem Pferde, so wird er hinsichtlich seiner Schönheit immerhin eine sehr dürftige Rolle
spielen. Und was ist wiederum das schönste Pferd gegen
einen schönen Menschen; oder der schönste Neger gegen
einen schönen Kaukasier? In dieser Beziehung sagt Frauen-
städt in seinen ästhetischen Fragen S. 50 eben so einfach
und klar, als gründlich und wahr: „Nicht die Idee eines
jeden Wesens, das vollkommen in die Erscheinung tritt, ist
eine schöne. Gestalten, Stellungen, Gebärden und Stimmen
von Thieren und Menschen können vollkommen der Idee
derselben entsprechen und doch nicht schön sein, wie z. B.
die Gestalt, Bewegung und das Gequake der Frösche. Gäbe
es nicht eine Stufenleiter der Schönheit schon in der Idee
selbst, so müsste man alles Vollkommene der verschiedensten
Gattungen für gleich schön halten, also ein in seiner Art
vollkommenes Thier für eben so schön, wie ein der Idee des
Menschen entsprechendes menschliches Individuum, eine vollkommene Erscheinung des männlichen Typus für eben so
schön, wie eine vollkommene des weiblichen. Und doch ist
ein vollkommener Mensch schöner, als ein vollkommenes
Thier, ein vollkommenes Weib schöner, als ein vollkommener
Mann. Folglich hängt die Schönheit nicht blos davon ab,
dass die Erscheinung der Idee vollkommen entspricht, sondern
es kommt auch darauf an, welche Idee es ist, die zur Erscheinung kommt!" Noch bestimmter und unzweideutiger
wird das, worauf es hier ankommt, dadurch ausgedrückt,
dass man etwas schön in seiner Art nennen kann, was verglichen mit anderen Arten derselben Gattung für minder schön
oder geradezu für unschön gehalten werden muss. Wie von
den verschiedenen Individuen einer und derselben Art von
Naturwesen (z. B. den verschiedenen Individuen des Hirsch-
geschlechtes) das eine schöner ist als das andere, indem das
eine mehr als das andere ein individueller Ausdruck des allgemeinen Geschlechtscharakters ist, und wie nur das eine oder
das andere den Begriff seiner Gattung ganz erfüllt und vollkommen schön in seiner Art heissen kann; so verhalten sich
auch die verschiedenen Arten von Naturwesen zu einander,
indem die eine Art schöner ist als die andere und nur die

eine oder die andere Art lebender Wesen als ein voller Ausdruck der totalen Lebensidee, die die Natur von dem niedrigsten
Geschöpfe bis zum Menschen hin zu realisiren strebt, erscheint
und daher erst die Gestalt eines Individuums, welches einer
solchen Art angehört und zugleich vollkommen in seiner Art
ist, als absolut schön bezeichnet werden kann. Im Allgemeinen ist nun aber zu sagen, dass unter allen Gestalten
der Natur die menschliche Gestalt die der Art nach schönste
Gestalt oder das Ideal ist von allen Naturgestalten und dass
eine Gestalt der Art nach um so schöner ist, je mehr sie
auf der Stufenreihe der Gestalten der menschlichen sich
nähert; ich sage im Allgemeinen, denn im Besonderen finden
sich sehr merkwürdige Ausnahmen von dieser Grundregel,
von denen sogleich näher die Rede sein wird, wenn wir die
Grundregel erst noch in ein deutlicheres Licht gestellt haben
werden. Es ist das Verdienst der in unseren Tagen ohne
Zweifel zu sehr verachteten und vergessenen Naturphilosophie,
die unendliche Fülle des Naturlebens als die nothwendige
Genesis des Menschen, den Menschen also als die zu sich
selbst gekommene Natur und das System der Natur als eine
successive Entwickelung nach dem Menschen hin begriffen zu
haben. Im Grunde ist diese Anschauung, welche die Naturphilosophie von dem Naturleben hat, von der Anschauung
der christlichen Religion durchaus nicht verschieden; denn
wenn z. B. in dem Römerbriefe 8, 19. 22 von einem
sehnsuchtsvollen Warten der Natur auf die Erlösung der
Kinder Gottes, ja von einem Seufzen und von einem Geburts-
schmerz der Natur bei solcher Sehnsucht nach der Erlösung
geredet wird, so wüsste ich nicht, was in diesen Worten
Anderes angedeutet werden sollte, als der in der Natur vorliegende Entwickelungsprocess von dem niedrigsten Geschöpfe
bis zur Krone der Schöpfung, bis zum Menschen und namentlich bis zum Menschen in seiner Vollendung. Man wird sich
auch das Leben niemals anders denken können als eine
Entwickelung von der einfachsten substantiellen Gestalt des
Saamens bis zu der vollendeten Gestalt, in der die inwohnende
Idee sich selbst begrüsst und gleichsam das Fest des Wieder-
sehens feiert. Und diese Idee der Entwickelung begreift nicht
blos jedes einzelne lebende Wesen, sondern erstreckt sich
auf das gesammte Naturleben. Wie jede einzelne Pflanze

sich successiv, in geordneter zweckmässiger Folge vom Saamen
bis zur Blüthe und Frucht in einer Reihe von Stufen entwickelt und erst in der höchsten Stufe gleichsam ihr wahres
Selbst erreicht; so durchläuft die ganze Natur, getrieben von
einem einfachen Zwecke, eine fast unendliche Reihe von Entwickelungsstufen in vernünftig geordneter Stufenfolge bis zu
ihrem Blüthepunkte, dem Menschen, hin, in welchem sie
ihre Bestimmung erreicht und sich zum Werkzeuge des Geistes
verklärt. Die drei grossen Reiche der Natur und in den
Reichen die Classen, ferner in den Classen die Ordnungen
und in den Ordnungen endlich die Gattungen und Arten
sind gleichsam die einzelnen Stationen auf dem grossen,
wunderbaren, unerschöpflich reichen Entwickelungsgange der
Natur durch alle Stufen und Formen des Lebens bis zum
menschlichen Organismus, dem natürlichen Träger der geistigen
Freiheit. Der menschliche Organismus ist erst der Tempel
Gottes, in welchem der heilige Geist Gottes wohnt oder doch
wohnen soll, und die Gestalt dieses Organismus legt daher
auch in ihrer ganzen Begrenzung und Entwickelung den
Beweis ab, dass in ihr die höchste Art des Lebens, das
geistige Leben, sich darstellt. Die menschliche Gestalt ist
daher das Ideal aller Gestalten oder die vorzugsweise und
über Alles schöne Naturgestalt. Von den übrigen Arten
natürlicher Gestalten wird man im Allgemeinen sagen können,
dass sie um so schöner sind, je näher sie der menschlichen
Gestalt kommen, und daher auch um so würdiger, von der
Kunst ergriffen und nachgeahmt zu werden. Aber hier sind
wir an den Punkt gekommen, wo auf die noch wenig erörterte
und doch für die Kunst wichtige Wahrheit aufmerksam gemacht werden muss, dass die Stufenfolge, in welcher die
Naturwissenschaft die verschiedenen Arten der Naturwesen
nach ihrer mehr oder weniger entwickelten Lebensidee ordnen
wird, in gar mancher Beziehung wesentlich anders sein wird,
als die Stufenfolge, die entstehen würde, wenn die Naturwesen nach dem Gesichtspunkte der Schönheit geordnet werden.
Ohne Zweifel nimmt z. B. das empfindende Leben in der
Rangordnung der Geschöpfe eine höhere Stufe ein als das
vegetabilische Leben und man wird daher auch keineswegs
fehlgreifen, wenn man im Allgemeinen der animalischen Gestalten, zu denen ja auch schliesslich die menschliche Gestalt

gehört, von vornherein für schöner hält als die Pflanzengestalten und doch giebt es so viele Pflanzengestalten, die
entschieden schöner sind, als viele Thiergestalten. Welcher
nur einigermaassen gebildete Mensch wollte nicht auf den
ersten Blick die Eiche für schöner halten, als die Kröte oder
die Rose nicht für schöner, als das Künguru? Ganz dasselbe
wiederholt sich bei den verschiedenen Ordnungen der Thiere
oder der Pflanzen. Im naturhistorischen System der Thiere
nehmen die Affen eine entschieden höhere Rangordnung ein
als die Hufthiere, überhaupt gehen die Affen dem Menschen
unmittelbar voraus und doch wo fände sich eine Affengestalt,
die an Schönheit mit dem Pferde zu vergleichen wäre? Vielmehr ist gewiss mit gutem Grunde zu sagen, dass auch die
vollkommenste Affengestalt fast wie eine Fratze erscheint,
wenn man sie etwa der Gestalt eines arabischen Rosses gegen-
überstellt.

Es würde den Zweck und die Grenzen dieser Abhandlung
weit überschreiten, wenn die Gründe dieser merkwürdigen
Anomalie, dass die Stufenfolge beseelter Naturwesen in dem
Systeme der Naturwissenschaft eine andere ist als im Reiche
der Schönheit, näher auseinander gesetzt werden sollten, vielmehr genügt es, an Beispielen die Thatsache festgestellt zu
haben. Wäre es erlaubt, dieses Verhältniss sich unter einem
Bilde vorzustellen, so könnte es unter dem Bilde einer Art
Schlangenlinie geschehen. Denkt man sich die Entwickelung
des Naturlebens bis zum Menschen hin als ein allmähliges
Emporsteigen von unten nach oben, so ist doch diese all-
mählige bis zum höchsten Gipfel sich erhebende Linie keine
gerade, sondern eine sich schlängelnde, also trotz des allgemeinen Emporsteigens doch im Besonderen bald steigende,
bald fallende krumme Linie. Obgleich also die Natur in allen
ihren Geschlechtern unaufhaltsam nach dem letzten Culminationspunkte — dem Menschen emporstrebt, so giebt es auf
dem Wege relative Culminationspunkte, auf welchen die
Geschöpfe relativ schön sind, wenn sie auch verglichen mit
dem Menschen nur einen untergeordneten Grad der Schönheit haben. Solche Culminationspunkte sind z. B. im Thier-
reiche: das Pferd, der Hirsch, der Löwe u. s. w.; im Pflanzen-
reiche: die Eiche, die Linde, die Rose u. s. w. Dagegen
sind diejenigen Geschöpfe, die zwischen zwei benachbarten

Culminationspunkten die tiefste Stelle einnehmen, unschön; überhaupt sind alle Uebergangsformen unschön, wie z. B. die Amphibien, die den Uebergang von den Wasserthieren zu den Landthieren bilden und so gespalten durch zwei entgegengesetzte Principien in ihrer Gestaltung es nicht zu der Einheit, Kraft und Vollendung bringen können, die zu einer schönen Gestalt erforderlich sind. Oft sind auch gerade solche Gestalten nach unserer Schätzung recht unschön, die dem erwähnten Culminationspunkte am nüchsten liegen, weil man an sie die Gestalten der Culminationspunkte als Maassstab anlegt, mit denen verglichen sie gleichsam nur als Carricaturen erscheinen. So halten wir die Gestalt des Affen gerade deshalb für unschön, weil sie an die Menschengestalt erinnert, ohne sie zu erreichen, ebenso die Gestalt des Esels, weil sie an die des Pferdes erinnert.

b) Der Zweck der bildenden Kunst nun besteht darin, schöne Naturgestalten darzustellen. Wenn es daher der bildende Künstler überhaupt für der Mühe werth erachtet, Thiergestalten zum Gegenstand der Kunst zu machen, so wird er nicht das erste beste Thier abbilden, sondern die Culminationspunkte der thierischen Entwickelung, die Ideale der thierischen Form und auch diese nicht, wie sie in den ersten besten Individuen, die dieser idealen Gattung angehören, erscheinen, sondern blos diejenigen Individuen, in denen der Gattungscharakter am meisten realisirt erscheint; ja er wird in der Natur meistentheils gar keine idealen Individuen finden, sondern er wird sich durch die Phantasie erst die Höhepunkte der Gestalt, die die Individuen erstreben, aber nur mehr oder weniger erreichen, schaffen müssen, doch so, dass die geschaffene Gestalt durchaus naturgemäss ist, d. h. nichts Anderes darstellt, als was die Natur selbst erreichen würde, wenn sie nicht durch allerlei beschränkende Bedingungen in ihrer Entwickelung aufgehalten würde. Aber der bildende Künstler wird Pflanzen und Thiere überhaupt nur selten zum Gegenstande der künstlerischen Thätigkeit machen, sondern der fast ausschliessliche Gegenstand seiner Kunst wird diejenige Gestalt sein, in welcher die Idee des Lebens am vollkommensten erscheint: die menschliche Gestalt. Die plastischen Kunstwerke der Griechen, die die Bildhauerkunst bis zu einer bis jetzt

noch nicht wieder erreichten und noch weniger übertroffenen
Höhe der Vollkommenheit ausgebildet haben, sind fast aus-
schliesslich Menschengestalten und nur hier und da finden
wir Thiergestalten, wie denn z. B. Myron's Kuh im ganzen
Alterthum berühmt ist. Wenn es aber demnach keineswegs
zu bezweifeln ist, dass die Menschengestalt — als das Ideal
aller Gestalten — der wahre und eigentliche Gegenstand der
plastischen Kunst ist, so ist doch wieder nicht die erste beste
Menschengestalt geeignet, den Begriff derselben darzustellen.
Selbst der Portraitmaler, dessen Aufgabe es doch ist, das
wirkliche Bild eines bestimmten Menschen zu fixiren, wird
nicht auf den Namen eines Künstlers Anspruch machen
können, wenn er die erste beste Erscheinungsform dieses
Menschen täuschend treu wiedergiebt, sondern erst derjenige
wird mit Recht ein Künstler genannt werden, der unter den
äusserst verschiedenen Erscheinungsformen, die ein und derselbe Mensch zu verschiedenen Zeiten und in verschiedener
Gemüthssituationen annimmt und durchläuft, diejenige herauszufinden und treu darzustellen versteht, in welcher sich sein
Wesen und Charakter am vollkommensten und ungetrübtesten
zu erkennen giebt. Um wie viel mehr gilt für den Künstler,
der nicht an die beschränkende Bedingung des Portraitmalers
gebunden ist, sondern wahrhaft schöne Gestalten abbilden
will, die Regel, dass er nicht die erste beste Gestalt, sondern
nur solche Gestalten darzustellen hat, in denen das Wesen
des Menschen vollkommen zur Erscheinung kommt. Denn
so sehr die Menschengestalt als solche das Ideal aller Naturgestalten ist, so sehr finden wir doch unter den einzelnen
Menschengestalten wieder das Ringen vom Realen nach dem
Idealen, gleichsam wieder eine Entwickelungscurve, von welcher nur die Höhepunkte der Sphäre der ewigen Schönheit
angehören und daher würdige Objecte der Kunst sind. Gehen
wir von den sogenannten Menschenracen aus, wer wollte
denn leugnen, dass der Neger mit seinem hervortretenden
Unterkiefer, den wulstigen Unterlippen, der schwarzen Haut,
dem wolligen Haupthaar u. s. w. keine so vollkommene und
die Idee des Menschen veranschaulichende Gestalt ist, als
der Kaukasier? Wer wollte leugnen, dass die kaukasische
Race mit ihrem grossen Gesichtswinkel, der die thierischen
Theile des Gesichts zurücktreten und den Geist erscheinen

lässt, mit der ovalen und entwickelten Kopfform, mit der
feinen weissen Haut, mit dem lockigen Haupthaare; wer
wollte leugnen, dass die kaukasische Race durch diese und
ähnliche Eigenschaften und die edlen Formen überhaupt in
ähnlicher Weise das Ideal des Menschengeschlechts ist, wie
die Menschengestalt überhaupt das Ideal aller Naturgestalten
darstellt? Aber wieder unter den Völkern der kaukasischen
Race, welche reiche Mannigfaltigkeit der Gestalten, welche
Entwickelung vom Realen zum Idealen! Das griechische
Volk, welches in so vieler Beziehung eine bevorzugte Stellung unter den Völkern der Menschheit einnahm, hatte auch
die schönsten Gestalten. Daher ist es auch natürlich, dass
von diesem Volke die plastische Kunst zu ihrer höchsten Vollkommenheit ausgebildet worden ist. Waren ja doch die
lebendigen Menschen dieses Volkes so vielfach selbst schon
Kunstwerke! Dazu kam, dass die ganze Erziehung der Hellenen die Tendenz verfolgte, die leibliche Gestalt zur Schönheit zu bilden. Brauchte doch also der Künstler nur ins
Leben hineinzugreifen, um schöne Gestalten zu finden, —
Gestalten, an welchen wenig fehlte, um für eine vollkommene
Versinnlichung der Ideen gehalten werden zu können. Daher
ist auch Winckelmann, der grösste Kenner der plastischen
Kunst der Griechen, der Ansicht, dass gewisse Köpfe der
Gottheiten, von welchen mancher glauben möchte, dass sie
ohne Beobachtung der Wirklichkeit nur mit dem Verstande
aufgefasst und gleichsam, um die Natur zu beschämen, ge-
zeichnet worden, vielleicht nichts sind, als Bildnisse von
Personen, die vor Alters gelebt haben, wie es nach Zeug-
nissen griechischer Schriftsteller kein Zweifel sei, dass einige
Statuen der Venus und anderer Göttinnen nach dem Ebenbilde schöner Weiber gemacht sind. Und doch würden wir
uns sehr irren, wenn wir glauben wollten, dass diese Künstler so leichten Kaufs weggekommen und etwa nur so blind
ins Leben hineingegriffen hätten, um etwa den ersten besten
Menschen, der ihnen gefiel, darzustellen; ebenso wenig aber
haben sie blosse Phantasiegebilde in Erz und Marmor gebildet. Aus Winckelmann's Schriften ersehen wir es
deutlich, wie sauer es sich die griechischen Künstler haben
werden lassen, um Meisterwerke der bildenden Kunst liefern
zu können — Gestalten, in denen Begriff und Existenz in

Eins zusammenfallen, Gestalten, in denen die Wirklichkeit
in der Glorie ihrer ungetrübten und unbeschränkten Gesetzmässigkeit auftritt. Sie sind zu so grossen und bis auf den
heutigen Tag maassgebenden Künstlern dadurch geworden,
dass sie die Tendenzen des Wirklichen nach dem Idealen hin
begriffen und in ihrer schöpferischen Phantasie dasjenige in
seiner Erfüllung schauten, was die Wirklichkeit fast niemals
erreicht. Sie haben zu diesem Behufe die wirklichen Gestalten
aufs Sorgfältigste beobachtet und mit einander verglichen; sie
haben sich aus der Vergleichung des in der Natur Gegebenen
allgemeine Gesetze und Regeln über das Wesen der menschlichen Gestalt abstrahirt; sie sind mit diesen allgemeinen
Ideen wie mit einem Maassstabe immer aufs Neue an die
Wirklichkeit herangegangen und haben dieselbe durch die
letztere fortwährend erweitert und berichtigt; sie haben sich
auch durch Nachbildung des Wirklichen die technische Fertigkeit angeeignet, um Gestalten, die sie mit der Phantasie
erfasst hatten, in Erz und Marmor darzustellen. Auf diesem
Wege ist es ihnen möglich geworden, Gestalten zu liefern,
welche Ideale der Wirklichkeit in dem oben entwickelten
Sinne sind, Gestalten, die ebenso sehr aus der vollen, frischen
und lebendigen Wirklichkeit entsprungen zu sein scheinen,
als sie Ideen versinnlichen; Gestalten, deren Anblick uns
ebenso sehr über die gemeine Wirklichkeit in das göttliche
Reich der Idealwelt erhebt, als sie uns das volle Verständniss
der Wirklichkeit eröffnen. Nichts liegt daher diesen Ideal-
gestalten, wie sie die griechische Phantasie in ihren Bildhauerarbeiten hinterlassen hat, ferner, als die romantische
Abstraction, nach der das Ideal ein Jenseits der Wirklichkeit
sein soll, sondern es tritt in ihnen die volle Kraft natürlicher
Individualität hervor, es sind Menschen von einer ganz bestimmten Individualität, Menschen von einem bestimmten
Geschlechte, von einem bestimmten Alter, in einer bestimmten Thätigkeit und Beschäftigung, in einer bestimmten Ge-
müthssituation, kurz Individuen in einem bestimmten Momente
ihres Daseins, aber Individuen, in denen das Allgemeine individualisirt und die Wirklichkeit zur Wahrheit verklärt ist,
oder in einzelnen Fällen auch wohl Individuen, die im Widerspruch mit der Wesenheit des Menschen stehen und dann
durch ihre Nichtigkeit die Herrlichkeit des Ideals offenbaren.

Wie Winckelmann der Mann war, der uns überhaupt die Einsicht in das Wesen der antiken Plastik eröffnet und hierdurch zur Wiedergeburt unserer Nationalliteratur ein Wesentliches beigetragen hat, so kann man insbesondere aus seinen geistvollen Schriften Belege in Fülle finden für die Behauptung, wie sich in den uns erhaltenen plastischen Werken der Alten die ideale Allgemeinheit und die individuelle Lebendigkeit gegenseitig durchdringen. Insbesondere stellen die Götterbilder die idealen Höhepunkte der männlichen und der weiblichen Gestalt in lebendiger Individualität und charakteristischer Eigenthümlichkeit dar, so dass das Allgemeinste und Idealste in der individuellsten Besonderung zur Anschauung gebracht wird. Wir haben es nicht mit Göttern schlechthin zu thun, sondern die Göttergestalten sind entweder männliche oder weibliche. Die männlichen Göttergestalten wieder sind entweder Knaben oder Jünglinge oder Männer oder Greise und in dieser Unterscheidung der Gestalt nach den Lebensaltern liegt eine weitere Individualisirung des allgemeinen Ideals der menschlichen Gestalt. Aber auch diese Ideale der Lebensalter werden weiter und weiter individualisirt. Bacchus und Apollo z. B. haben das Gemeinsame, dass in ihren beiden Gestalten der ideale Begriff der Jünglingsschönheit veranschaulicht wird, und doch stehen sie sich innerhalb dieser allgemeinen Sphäre fast als diametrale Gegensätze gegenüber; indem in der Gestalt des Bacchus vorwiegend die sinnliche Lust, in der des Apollo dagegen die ideale Geistigkeit und sittliche Grossheit des sich selbst getreuen Jünglings veranschaulicht wird. Aber auch von hier ab wird das Ideal noch unendlich individualisirt, so dass zuletzt unbeschadet der ideellen Allgemeinheit Personen in der vollen Schärfe eines momentanen individuellen Thuns in die Erscheinung treten. Von einer Statue des Bacchus sagt Winckelmann: „Das Bild des Bacchus in der sehr schönen Statue der Villa Medici, sowie in anderen Vorstellungen desselben, ist das eines schon herangewachsenen Jünglings, welcher die Grenzen des Frühlings des Lebens betritt, wenn die Regung der Wollust wie die zarte Spitze einer Pflanze zu keimen anfängt. Er scheint daher in derselben Statue, wie zwischen Schlummer und Wachen, die ihm übrig gebliebenen Bilder eines fröhlichen Traumes, welchen

er eben gehabt hat, nachsinnend zu sammeln, als wünsche
er dieselben wirklich machen zu können. Seine Züge sind
voll lüsterner Süssigkeit, aber dennoch tritt die fröhliche
Seele nicht ganz in das Gesicht.“

Dagegen äussert er sich über die Statue des Apollo im
Belvedere zu Rom unter Anderem so: „Der Künstler hat
dieses Werk gänzlich auf das Ideal gebauet, und er hat nur
eben so viel von der Materie dazu genommen, als nöthig war,
seine Absicht auszuführen und sichtbar zu machen. Ueber
die Menschheit erhaben ist sein Gewächs und sein Stand
zeuget von der ihn erfüllenden Grösse. Ein ewiger Frühling,
wie in dem glücklichen Elysium, bekleidet die reizende
Männlichkeit vollkommener Jahre mit gefälliger Jugend, und
spielet mit sanften Zärtlichkeiten auf dem stolzen Gebäude
seiner Glieder. Gehe mit Deinem Geiste in das Reich un-
körperlicher Schönheiten und versuche ein Schöpfer einer
himmlischen Natur zu werden, um den Geist mit Schönheiten,
die sich über die Natur erheben, zu erfüllen: denn hier ist
nichts Sterbliches, noch was die menschliche Dürftigkeit
erfordert. Keine Adern noch Sehnen erhitzen und regen
diesen Körper, sondern ein himmlischer Geist, der sich wie
ein sanfter Strom ergossen, hat gleichsam die Umschreibung
dieser Figur erfüllet. Er hat den Python, wider welchen er
zuerst seinen Bogen gebraucht, verfolget, und sein mächtiger
Schritt hat ihn erreicht und erleget. Von der Höhe seiner
Genügsamkeit geht sein erhabener Blick, wie ins Unendliche,
weit über seinen Sieg hinaus: Verachtung sitzt auf seinen
Lippen, und der Unmuth, welchen er in sich zieht, blühet
sich in den Nüstern seiner Nase und tritt bis in die stolze
Stirn hinauf. Aber der Friede, welcher in einer seligen Stille
auf derselben schwebet, bleibt ungestört, und sein Auge ist
voll Süssigkeit, wie unter den Musen, die ihn zu umarmen
suchen. — Die einzelnen Schönheiten der übrigen Götter
treten hier, wie bei der Pandora, in Gemeinschaft zusammen.
Eine Stirn des Jupiters, die mit der Göttin der Weisheit
schwanger ist, und Augenbraunen, die durch ihr Winken
ihren Willen erklären: Augen der Königin der Göttinnen
mit Grossheit gewölbet, und ein Mund, welcher denjenigen
bildet, der dem geliebten Bacchus die Wollüste eingeflösset.
Sein weiches Haar spielet, wie die zarten und flüssigen

Schlingen edler Weinreßen, gleichsam von einer sanften Luft bewegt, um dieses göttliche Haupt: es scheint gesalbet mit dem Oel der Götter, und von den Grazien mit holder Pracht auf seinem Scheitel gebunden."

Mit dieser prachtvollen Schilderung schliesse ich diese Betrachtungen über das Ideal der Menschengestalt, wie es zuerst in der schönen Phantasie der Griechen erstand und durch die plastische Kunst dargestellt wurde. So vollkommen das Ideal der Menschengestalt in Erz und Marmor existiren kann, so vollkommen ist es von den Griechen dargestellt worden und die Weltgeschichte hat in dieser Beziehung keinen Fortschritt gemacht.

c) Die Kunst hat aber insofern den grössten Fortschritt gemacht, als sie das Materielle der Gestalt bei Seite warf, den blossen Lichtschein derselben festhielt und ihn zum Ausdruck des Gemüthslebens machte oder vielmehr den Ausdruck des Gemüthslebens, der in dem Lichtschein der Gestalt von selbst schon liegt, in seiner Idealität auffasste und darstellte. Das hat aber die Malerei geleistet und zwar vorzugsweise die Malerei der italienischen Malerschulen im 15. und 16. Jahrhundert. In der Malerei erhält die Gestalt eine ganz andere Bedeutung als in der Plastik und daher ist auch das Ideal der Gestalt in jener ein wesentlich anderes, als in dieser; darin aber sind sie beide einander gleich, dass sie die gegebene Wirklichkeit in ihrer Wahrheit auffassen und darstellen. In den plastischen Kunstwerken erscheint die menschliche Gestalt in ihrer reinen Idealität ohne Bezug auf etwas Inneres oder Aeusseres, die Gestalt selbst wird in ihrer Vollkommenheit dargestellt und die Gestalt als solche erregt das Interesse des Beschauers, nichts Anderes, was hinter und über der Gestalt läge. Aber in der Malerei ist's nicht die Gestalt als solche, welche dargestellt wird und das Interesse erregt, sondern die Gestalt als Träger des inneren geistigen Lebens, die Gestalt in der Bedeutung, dass sie der Wiederschein des Gemüthslebens ist. Treffend heisst es in dieser Beziehung in der Hegel'schen Aesthetik 3. Th. S. 15 in Bezug auf die Malerei, „dass es das Innere des Geistes sei, das sich im Wiederschein der Aeusserlichkeit als Inneres auszudrücken unternehme." Das Gemüthsleben als die Allgemeinheit des menschlichen Gefühls oder das das Allgemeine zu

seinem Inhalte habende Gefühl der menschlichen Seele ist
zunächst allerdings etwas Innerliches, ein Zustand, eine
Stimmung und Bewegung der Seele als solcher im Unterschiede von dem Leibe, aber es ist ein kraftvolles, durchschlagendes Inneres, welches auf die Oberfläche des Leibes
hervorbricht und sich in dem Lichtscheine des Leibes, im
Blick und Mienenspiel und in der Gebärde, einen seiner
Natur entsprechenden sinnlichen Ausdruck giebt. Ob Freude
oder Schmerz, Hoffnung oder Verzweiflung, Liebe oder Hass,
Hochgenuss oder Gleichgiltigkeit, Andacht oder weltliche
Geschäftigkeit oder irgend ein anderes Gefühl das Gemüth
beherrscht und bestimmt, das lässt sich aus der Gebärde,
aus dem Blick und Mienenspiel, überhaupt aus dem Licht-
und Farbenreflex der Oberfläche des Leibes erkennen; das
Gesicht insbesondere und darin wieder vor Allem das Auge
ist ein leibhafter Spiegel des Seelen- und Gemüthslebens und
die momentan vorübergehenden Gefühle des Inneren geben
sich auf dem Gesichte und anderen Theilen ebenso sehr durch
rasch vorübergehende Schlaglichter zu erkennen, als eine
habituelle Gefühls- und Gemüthsbestimmtheit auch habituelle
Züge zur Folge hat und aus diesen habituellen Zügen hinwiederum erforscht und erkannt werden kann.   Und wenn
schon die einzelne menschliche Gestalt in ihren Licht- und
Farbenreflexen einen Ausdruck des inwendigen Gemüthslebens
abgeben kann, so tritt in einer zweckmässigen Gruppirung
der Gestalten, die zu einander in einem bestimmten Verhältnisse stehen, das volle Licht des alle Gemüther bewegenden
Allgemeinen erst recht hervor und selbst die dazu kommende
Naturumgebung wird in diesem Falle bedeutend und bezeich-
nend.   Wenn die Mutter z. B. nicht allein dasteht, sondern
ihr geliebtes Kind anblickt, sich zu ihm hinbiegt, es hält
und trägt, so kann in dem Blick und in den Mienen, so
wie in der ganzen Haltung der Mutter eben so sehr die Tiefe,
die Innigkeit und Seligkeit des ächten Muttergefühls, sowie
in der Haltung, Erregung und Bewegung des Kindes und in
seiner Freudigkeit die belebende Kraft dieses Muttergefühls
durch eine Reihe unsagbarer Lichtreflexe angeschaut und
vorgestellt werden.   So lässt sich die gesellige Freude und
Heiterkeit, die einen ganzen Kreis von Menschen belebt und
verklärt, durch Haltung und Mienenspiel dieser miteinander

geniessenden, spielenden oder in einer anderen Art sich beschäftigenden Menschen hindurch erkennen und ergründen. So tritt die unerschöpfliche Fülle des menschlichen Gefühls- und Gemüthslebens in einer durchaus entsprechenden Fülle von Lichtgestalten hervor, in denen das Innerste des Seelenlebens verleiblicht erscheint. Und von diesem Punkte aus entwickelt sich ein neues Ideal der Gestalt, welches den Gegenstand der Malerei bildet, nämlich die Gestalt als Aequivalent des Gemüthslebens, die Licht- und Farbengestalt, die in ihrer Seelenhaftigkeit allein im Stande ist, das Innerlichste des menschlichen Gefühls als Gestalt äusserlich auszudrücken; denn Ton und Wort sind allerdings noch vollkommnere Ausdrucksmittel der Gemüthszustände und Gemüthsbewegungen, aber in diesen Vorstellungsformen hat sich Alles, was Gestalt genannt werden kann, aufgezehrt.

Da nun die Gestalt nur insofern als ein Gegenstand der idealen Malerei betrachtet werden kann, sofern sie durch das Gemüthsleben auf der Oberfläche des menschlichen Körpers in Licht und Farbe ausgewirkt worden ist; so steht die Entwickelung der Malerei mit der Entwickelung des Gemüthslebens der Menschheit in der innigsten und nothwendigsten Verbindung und insbesondere sind die Ideale der Malerei nichts Anderes, als die Ideale des Gemüthslebens, wie sie sich in den Lichtgestalten menschlicher Leiber sichtbar machen. Nichts in der Weltgeschichte hat aber einen so mächtigen Einfluss auf die Entwickelung des Gemüthslebens ausgeübt und die Innigkeit, Tiefe und Allgemeinheit desselben so lebenskräftig zur Erscheinung gebracht, als die christliche Religion, und daher trat auch die ideale Malerei erst zu der Zeit in das Leben der Menschheit ein, als das Christenthum sich in den Seelen der germanischen Völker festgewurzelt hatte. Die Griechen, welche in der Plastik so unvergleichlich gross dastehen, haben in der idealen Malerei nichts Nennenswerthes geleistet; denn die blossen, wenn auch noch so naturgetreuen Nachbildungen von wirklichen Gegenständen, die wir allerdings auch bei ihnen finden, sind noch keine idealen Gemälde, sondern sie werden erst dann zu solchen, wenn die nachgebildeten Körper und Körpergruppen ein entschiedenes Gemüthsleben aussprechen, also nicht blosse, wenn auch noch so schöne, Körperformen, sondern Symbole des

geistigen Lebens sind. Da aber das eigentliche Gemüthsleben bei den Griechen eben so wenig, wie bei den übrigen
vorchristlichen Völkern, eine intensive Ausbildung erhalten
hatte, so konnte es auf das leibliche Dasein nicht in dem
Maasse durchwirken, dass es in entschiedenen Lichtgestalten
äusserlich hätte bemerkt und von Künstlern idealisch hätte
nachgebildet werden können. Erst im Mittelalter, namentlich
am Ende desselben, waren die das menschliche Herz und
Gemüth bewegenden und erschütternden Ideen des Christenthums in einem solchen Grade ein Eigenthum der Menschheit geworden, dass das von diesem Geiste gebildete und
bewegte Gemüthsleben auch in entsprechenden Lichtgestalten
äusserlich sich reflectiren konnte. Und an diesem Gegenschein des Gemüths in lebendigen Gestalten hat sich die
Kunst angeschlossen und hat so namentlich in Italien die
grössten Triumphe gefeiert durch Werke der Malerei, die
der Menschheit ewig Ehre machen und auch auf die Bildung
der nachfolgenden Geschlechter stets einen lebendigen Einfluss ausüben werden. Denn der Maler hat zur Wirklichkeit
dasselbe Verhältniss, wie der Bildhauer; er schafft sich nicht
etwa eine ganz neue, über das Diesseits erhabene Welt,
sondern er fasst das in der Wirklichkeit Gegebene in seiner
Vollkommenheit und Wahrheit. Bieten sich in der Wirklichkeit selbst Gestalten dar, die ein treuer Ausdruck irgend
eines entschiedenen und werthvollen Zugs des Gemüthslebens
sind, so braucht der Maler nur zuzugreifen und solche Gestalten in der Form von Gemälden zu fixiren, denn solche
treue Verleiblichungen von Gemüthsacten sind wahrhaft ideale
und schöne Gestalten, wie sie die Kunst sucht und zur Erquickung und Tröstung der Mit- und Nachwelt darstellt.
Meistentheils wird aber auch in diesem Falle die Wirklichkeit hinter der Idee zurückbleiben, wenn sie auch das unendliche Streben nach derselben hat. Der Mangel an Idealität
in den Lichtgestalten, wie sie die Wirklichkeit darbietet,
kann aber von zwei Gründen herrühren. Zunächst ist zu
bedenken, dass die leibliche Gestalt nicht den Grad der
Weichheit und Bildsamkeit haben kann, der erforderlich ist,
um dieselbe zu einem treuen Spiegel des zartesten Seelenlebens zu machen. Es ist recht gut möglich, dass ein Mensch
ein inniges, tiefes, allgemeines und sittliches Gemüthsleben

führt, ohne dass es sich doch in seiner ganzen Stärke und Reinheit in der Miene und Geberde zu erkennen giebt. Jedenfalls wird und muss sich das Gemüthsleben auf irgend eine Art ausdrücken, aber es kann sich bei manchen Menschen vorzugsweise das Wort, die Handlung, den Ton zur Ausdrucksform wählen, während ihre Leibesgestalt von Haus aus so hart und spröde sein kann, dass sie nur eine unsichere Darstellung des Innern darbietet. Wie viele Menschen aus den niedrigsten Ständen erheben sich zu der reinsten und feinsten Gemüthsbildung; aber Geburt, Nahrung, Erziehung ihrer ersten, Epoche machenden, Lebensjahre haben ihr leibliches Dasein so hart, spröde, derb, ja plump gemacht, dass dasselbe das Licht auch der tiefsten und kräftigsten Gefühle nur dürftig und unvollkommen, wenn auch immerhin für den Kenner sehr sichtbar, abspiegeln wird. Solche knorrige Körper, in denen die Principien nicht allmächtig gestaltend wirken können, werden daher von dem Maler in ihrer Naturform entweder gar nicht oder nur ungeformt oder vielleicht auch als Gegensätze, neben welchen durchgeistete Gestalten nur um so heller in ihrer Geistigkeit hervorleuchten, dargestellt werden können, wenn auch in solchen Körpern das edelste Herz schlagen möchte.

Aber der ungleich tiefere und wichtigere Grund von dem Mangel an Idealität an den wirklichen Gestalten liegt doch darin, dass die meisten Menschen auch mitten im Christenthum kein so kräftig ausgebildetes Gemüthsleben haben, dass es auf das leibliche Dasein durchschlagend wirken und die leibliche Lichtgestalt zum Abglanz seiner Herrlichkeit machen könnte; vielmehr sind die meisten Gestalten, die wir um uns sehen, gemüthslose oder doch unbestimmte Gestalten, weil den darin wohnenden Seelen Gemüthlichkeit und Charakter fehlen. Wie oft machen wir sogar die Erfahrung, dass uns ein nach seinen natürlichen Formen unschönes Gesicht entschieden anzieht und reizend, anmuthig und gefällig erscheint; während ein anderes, nach seinen von Natur gegebenen Verhältnissen und Formen schönes Gesicht uns entschieden abstösst und ohne allen Liebreiz und jegliche Anmuth zu sein scheint; weil aus dem ersteren der Himmel eines edlen Gemüthslebens herausscheint, während das letztere auf einen kalten, unaufgeschlossenen und lieblosen Charakter hindeutet. So kann

das an sich oder von Natur Unschöne durch das Licht der
geistigen Allgemeinheit so sehr verklärt werden, dass es an
das Ideale nahe herangezogen wird; während das an sich
oder von Natur Schöne durch ein verhärtetes Gemüth in das
Gebiet des Hässlichen herabgesetzt werden kann. Durch
dieses Alles aber soll nur die Wahrheit erläutert werden,
dass der vorherrschende Bestimmungsgrund malerischer Schönheit in den menschlichen Gestalten in der Disposition des
Gemüthslebens liegt, nämlich in der sittlichen Vollkommenheit desselben, so wie in der Energie, mit der die sittliche
Vollkommenheit nach aussen wirkt. Das Ideal malerischer
Schönheit tritt aber dann in die Erscheinung ein, wenn ein
reiner und energischer Gemüthszustand in den Gestalten so
sicher sich ausprägt, dass man in der sinnlichen Erscheinung
nichts Anderes als den Gemüthszustand in seiner Vollkommenheit erkennt. Bei der ausserordentlichen Mannigfaltigkeit
der Gemüthszustände und Gemüthsbewegungen, deren der
Mensch fähig ist, giebt es eine Fülle von Idealen, die würdige
Gegenstände der Malerei abgeben. Niemand wird leugnen,
dass die gesellige Heiterkeit und Fröhlichkeit, die sich über
einen Kreis von Menschen ergiesst, die in Frieden und Einigkeit in Spiel und genussreicher Beschäftigung mit einander
verkehren, ein würdiger Gegenstand der Kunst ist, so wie
der häusliche Frieden, der über die Mitglieder einer Familie,
die in stiller Treue ihre sittlichen Lebenszwecke verfolgt,
ausgebreitet liegt; aber wer wollte solche Gemüthszustände
der Heiterkeit und Fröhlichkeit, die durch ein Aufgehen verschiedener Personen in einer gemeinsamen, das Interesse
fesselnden Thätigkeit entstehen, vergleichen mit den sympathetischen Gefühlen der Liebe, Treue und Freundschaft, die
verwandte Menschen mit Macht zu einander hinreissen und
auch ihre Mienen und Gebärden und ihr ganzes leibliches
Dasein verklären und idealisiren? Die Darstellung zweier
oder mehrerer Personen, in deren gegenseitiger Haltung,
Stellung und Gebärdenspiel sich das Gefühl der Liebe einen
adäquaten Ausdruck giebt, ist daher ohne Zweifel ein ungleich
höheres Ideal der Malerei, als eine Gruppe, in deren Aeusserem
sich nur die gesellige Heiterkeit und Behaglichkeit zu erkennen
giebt. Aber wieder welcher reichen Entwickelung und daher
auch welcher mannigfaltigen Darstellung ist der Gemüthszustand

der Liebe fähig? Man braucht Gattenliebe, bräutliche Liebe, Elternliebe, Kindesliebe, Mutterliebe, Bruderliebe, Schwester-liebe, Freundesliebe, Gottesliebe u. A. nur zu nennen, um sogleich zu fühlen und zu verstehen, wie sich diese Arten von Liebe aufs Bestimmteste von einander unterscheiden und daher auch einen spezifischen, ihrer Natur entsprechenden, äusseren Ausdruck in den Lichtgestalten besitzen. Es wird ein scharfer Unterschied zu machen sein zwischen einer Liebe, bei der es noch auf Besitz und Genuss ankommt und in der also die Begierde ein wesentliches Moment ist, und zwischen einer Liebe, die einen religiösen Charakter hat und in der blos ideellen Gemeinschaft mit dem geliebten Gegenstande und in dem lebendigen Anschauen desselben ihr seliges Ge-nüge hat. Diese uneigennützige, selbstlose, göttliche Liebe, die in der reinsten Selbstentäusserung und Hingebung und durch das ideelle sich Zusammenschliessen mit ihrem heiligen und vollkommenen Gegenstande ihre Seligkeit hat, bildet von den Idealen der Malerei den idealsten. Wird dieses Ideal durch Gruppirung der Gestalten, durch Verhältniss der Farben so lebendig dargestellt, dass man eine volle Erscheinung der Wirklichkeit vor sich zu haben glaubt und doch auch in das Reich der ewigen Liebe und Wahrheit sich versetzt fühlt, so feiert die Malerei ihren höchsten Triumph. Aus dieser Verschmelzung der vollen lebendigen Wirklichkeit mit der inneren Religiösität des Gemüths entsprang die Malerei der italienischen Schulen des sechzehnten Jahrhunderts. Auf der seelenvollen, lebendigen Veranschaulichung der vom Glanze der Religion vergoldeten frommen und uneigennützigen Liebe beruht die Grösse eines Rafael, eines Correggio, eines Leonardo da Vinci und eines Titian. Von ihnen heisst es in den Vorlesungen über Aesthetik von Hegel 3. B. S. 107 mit Recht:

„Wenn man diesen Zug seliger Unabhängigkeit und Freiheit der Seele in der Liebe gefasst hat, so versteht man den Charakter der italienischen grössten Maler. In dieser Freiheit sind sie Meister über die Besonderheit des Ausdrucks, der Situation, auf diesem Flügel des einigen Friedens haben sie zu gebieten über Gestalt, Schönheit, Farbe; in der be-stimmtesten Darstellung der Wirklichkeit und des Charakters, indem sie ganz auf der Erde bleiben und oft nur Portraits

geben oder zu geben scheinen, sind es Gebilde einer anderen
Scene, eines anderen Frühlings, die sie schaffen; es sind
Rosen, die zugleich im Himmel blühen. So ist es ihnen in
der Schönheit selber nicht zu thun um die Schönheit der
Gestalt allein, nicht um die sinnliche in den sinnlichen Körperformen ausgegossene Einheit der Seele mit ihrem Leibe, sondern
um diesen Zug der Liebe und der Versöhnung in jeder Gestalt,
Form und Individualität des Charakters; es ist der Schmetter-
ling, die Psyche, die, im Sommerglanze ihres Himmels, selbst
um verkümmerte Blumen schwebt. Durch diese reiche, freie,
volle Schönheit allein sind sie befähigt worden, die antiken
Ideale unter den Neueren hervorzubringen."

III.

Von den Idealen des geistigen Lebens.

Die Gestalt ist in der Form der menschlichen Gestalt
zwar auch durch den Geist gewirkt und insbesondere ist die
Licht- und Farbengestalt, die den Gegenstand der Malerei
bildet, ein Ausdruck des subjectiven Geisteslebens, des Gemüthslebens; nichtsdestoweniger aber bleibt auch die vollkommenste menschliche Gestalt wegen ihrer räumlichen
Abgeschlossenheit nur eine dürftige Erscheinungsform des
Geistes. So weit der Geist überhaupt in sinnlicher Gestalt
erscheinen kann, so weit erscheint er ohne Zweifel in der
menschlichen Gestalt; wir kennen wenigstens keine andere
Gestalt, die das Absolute treffender zu versinnlichen im Stande
wäre, als die menschliche, können auch in der ahnenden
Phantasie keine Gestalt finden, die die menschliche überträfe,
denn auch die Engelsgestalten, nach denen die menschliche
Phantasie gegriffen hat, um für das der sinnlichen Beschränktheit enthobene Geistige ein entsprechendes Bild zu haben,
sind ideale Menschengestalten, besonders ideale Kinder-
gestalten. Der Geist aber ist ein über die räumliche Be-
grenztheit absolut enthobenes Wesen; er ist das im Selbstbewusstsein thätige Allgemeine und kann daher in
einem räumlich abgeschlossenen Dasein keine entsprechende
Erscheinungsform seines unendlichen Lebens und Strebens
finden, sondern muss nach einem unendlich nachgiebigeren
und bildsameren Mittel greifen, um sich in seiner ganzen

Tiefe und Vielseitigkeit zu offenbaren. Man hat von jeher die Sprache als die vollkommenste Offenbarungsform des Geistes angesehen und den Menschen als ein begeistetes Wesen von allen übrigen Geschöpfen des Universums, so weit wir sie kennen, vornehmlich durch die Sprache unterschieden und gewiss mit vollem Rechte, insofern die Existenz des Geistes als eines für sich seienden Allgemeinen, eines freien Inneren, durch nichts so anschaulich und so vielseitig bewiesen wird, als gerade durch die Sprache. Denn jedes Wort, welches ein Mensch mit Bewusstsein spricht, und sollte es sich auch auf sinnlich wahrnehmbare Gegenstände beziehen, wie die Worte: Tisch, Stuhl, Haus u. s. f., ist das Zeichen für einen Begriff, für etwas freies Allgemeines, und in jedem Worte, welches ich spreche, existirt daher in meinem Bewusstsein ein freies Allgemeines ohne sinnliche Hülle. Zwar ist der Laut des Wortes eine sinnliche Hülle, aber der Laut ist nur ein verschwindendes Zeichen, der nur durch den Geist gewirkt worden ist und durch ihn seine Bedeutung gewinnt; und im Laute habe ich nur den Begriff im Selbstbewusstsein gegenwärtig. Mit dem Worte Tisch z. B. bezeichne ich nicht den ersten besten sinnlich wahrnehmbaren Gegenstand, sondern das allen diesen sinnlich wahrnehmbaren Gegenständen, die wir Tische nennen, Gemeinsame und Allgemeine; das, was den Tisch zum Tisch macht und von allen anderen Dingen unterscheidet. Will ich einen bestimmten, einzelnen Tisch bezeichnen, so kann ich das durch die blosse Sprache nicht bewirken, sondern ich muss mit dem Finger darauf hinzeigen, denn selbst wenn ich sage: dieser Tisch oder dieser Tisch da, so ist das jeder Tisch und für den Anderen wird das allgemeine Wort erst dann das Zeichen für einen ganz bestimmten Tisch, wenn ich mein Wort noch mit einem körperlichen Zeichen verbinde. Sobald also ein Kind das erste Wort mit Bewusstsein spricht, so giebt es sich unabweislich als ein geistiges Wesen d. h. als ein Wesen zu erkennen, in welchem Begriffe oder allgemeine Wesenheiten eine freie Existenz gewonnen haben, während es die sinnliche Gestalt noch mit den Thieren gemein hat. Aber unter den Begriffen und demnach auch unter den Worten, in denen die Begriffe sich verleiblichen, ist wieder eine unendliche Stufenfolge vom Besonderen zum Allgemeinen und ein

Gradunterschied zu bemerken, der auf die Universalität und
Energie des geistigen Lebens den grössten Einfluss hat.
Welch ein unendlicher Abstand hinsichtlich der Begriffs-
allgemeinheit findet z. B. statt zwischen dem Begriffe des
Tisches — also eines zu einem sehr speciellen Zwecke dienenden
Dinges — und zwischen dem Begriffe der Zweckmässigkeit,
welcher Alles umfasst, was einen Zweck hat! Was für ein
Abstand zwischen dem Begriffe eines bestimmten Thieres
z. B. eines Löwen und zwischen dem Begriffe des Organismus!
Welch ein Unterschied zwischen irgend einem aus der Liebe
entspringenden Verhältniss z. B. der Jugendfreundschaft, und
zwischen der Idee der Liebe, die ausser der Freundschaft
noch eine Fülle anderer Verhältnisse in sich fasst! Wenn
nun einerseits allerdings gesagt werden muss, dass jedes in
dem Selbstbewusstsein frei thätige Allgemeine — und wenn
es auch die Vorstellung eines Tisches wäre — den Geist kund
giebt, so ist doch andererseits auch klar, dass der Geist erst
dann in seiner vollen Tiefe, Energie und Herrlichkeit sich
offenbart, wenn in der selbstbewussten Seele des Menschen
jene allgemeinen Begriffe wirksam sind, über welchen nichts
Allgemeineres ist, die Ideen und Principien, z. B. die Ideen
des Wahren, des Guten und Schönen. Ein von diesen Ideen
durchdrungenes und bewegtes Selbstbewusstsein giebt sich
also erst im vollen Maass als Geist zu erkennen.

Aber welchen Grad der Tiefe und des Umfangs das
Allgemeine auch haben möge, welches in dem Selbstbewusst-
sein lebt, immerhin kann man den Geist als nichts Anderes
fassen und bestimmen, als das im Selbstbewusstsein thätige
Allgemeine, und wenn es eine Definition des Geistes giebt,
so ist es diese. Als dieses im Selbstbewusstsein frei thätige
Allgemeine giebt sich der Geist schon in dem einzelnen
Menschen innerlich zu erkennen durch Gemüthszustände,
Gemüthsbewegungen, durch Vorstellungen und Gedanken,
durch Vorsätze und Entschlüsse. Als solches tritt er über den
Einzelnen hinaus und sucht durch Wort und Handlung geistige
Gemeinschaften zu gründen; als solches vereinigt er wirklich
viele selbstbewusste Wesen zu Familien, Ständen, Staaten
und Völkern und wird dann als Geist der Familie, des Standes,
des Staats und des Volkes bezeichnet; als dieses frei thätige
Allgemeine ist er allgegenwärtig in den geschichtlichen

Prozessen der Menschheit und regelt und vollendet ihre Entwickelung; als solches endlich nimmt er sich aus allen seinen Offenbarungen ewig in sich selbst zurück und existirt trotz aller unerschöpflichen Fülle und Mannigfaltigkeit des Lebens unveränderlich in sich als die ewige selbstbewusste Liebe, Wahrheit und Seligkeit.

Mit dem Geiste nun in der eben entwickelten Bedeutung hat es die Poesie, die Blüthe aller Künste, zu thun. Die Poesie hat das geistige Leben darzustellen in seiner ganzen Tiefe und Vielseitigkeit und als Darstellungsmittel bedient sie sich der Sprache. In Bezug auf den substantiellen Inhalt, den sie zur Darstellung zu bringen hat, kann sie die Kunst des Geistes und in Bezug auf die Form und den Stoff, deren sie sich zur Darstellung bedient, kann sie die Kunst der Sprache genannt werden; beide Definitionen fallen aber insofern in eine zusammen, als der Geist in seiner entwickelten Allgemeinheit nur in der Sprache existirt. Durch den rein geistigen Inhalt also unterscheidet sich die Poesie von der bildenden Kunst, die es mit räumlich begrenzten Gestalten zu thun hat; von der Wissenschaft des Geistes aber unterscheidet sich die Poesie dadurch, dass die Wissenschaft den Geist in seiner Allgemeinheit erkennt oder vielmehr der sich selbst in seiner Allgemeinheit denkende und erkennende Geist selbst ist; während die Poesie individuelle Verhältnisse, individuelle Zustände des Geistes, an bestimmte Individuen geknüpfte Handlungen, aber doch nur solche individuelle Verhältnisse, Zustände und Handlungen darstellt, in welchen die geistigen Ideen in ihrer ganzen Wesenheit aufs Klarste sich abspiegeln. Die Wissenschaft stellt das frei thätige Allgemeine in seiner Allgemeinheit dar; die Poesie, wie es sich individualisirt und reflectirt in bestimmten Zuständen, in bestimmten Handlungen, in bestimmten Personen, in bestimmten Charakteren, in bestimmten historischen Prozessen. Die Wissenschaften des Geistes, d. h. die Philosophie, und die Kunst des Geistes unterscheiden sich genau eben so von einander, wie die Ideen von den Idealen; die Wissenschaft des Geistes hat es mit den die Wesenheit des Geistes darstellenden Ideen zu thun, die Poesie dagegen mit den Idealen des Geistes; die Ideale des Geistes sind aber nichts Anderes, als dass die Allgemeinheit des Geistes vollkommen

darstellende Individuelle; die erscheinende Wirklichkeit des
Geistes in seiner Wahrheit; der Geist, so fern er sich in
individuellen Gemüthszuständen, Charakteren und Handlungen
in seiner vollen Wesenheit offenbart. Die Wissenschaft des
subjectiven Geistes, die Psychologie z. B., handelt eben so
vom Charakter und von Charakteren, als die Poesie; aber
beide in unterschiedener, ja entgegengesetzter Weise. Die
Psychologie bestimmt das allgemeine Wesen des Charakters,
sie unterscheidet sodann auch die Arten des Charakters und
kann in dieser Unterscheidung bis ins ganz Besondere und
Einzelne eingehen, z. B. bis zur Bestimmung des Charakters
der einzelnen Völker, ja einzelner Personen; immer aber wird
sie nur die allgemeinen Bestimmungen angeben und entwickeln,
die einen Charakter zu dem machen, was er ist, und von
andern der Art unterscheiden. Dagegen beschäftigt sich die
Poesie nur mit einzelnen Charakteren und auch nicht so, dass
sie deren Eigenschaften in abstracter Weise angäbe, sondern
sie führt die einzelnen Charaktere in individuellen Zuständen
und Handlungen auf und lässt sie handelnd und leidend ihr
allgemeines Wesen zur Erscheinung bringen. Die Wissenschaft bedient sich des Beispiels höchstens zur Erläuterung
und zur Veranschaulichung, um der Auffassung des Lesers
zu Hilfe zu kommen; aber die Poesie hat es nur mit Beispielen zu thun, jedoch mit solchen Beispielen, in denen sich
die ganze Kraft und Fülle der Regel und des Gesetzes aufs
Klarste zu erkennen giebt. Weiter gehört es z. B. sicher
zur Aufgabe der Wissenschaft des Geistes, das Wesen des
Gemüths zu bestimmen, die Gemüthszustände und Gemüthsbewegungen zu unterscheiden und zu charakterisiren, und je
nach dem Umfang und Grenzen, die sich die Wissenschaft
gesteckt hat, wird in dieser Unterscheidung der Zustände
bis ins Feinste und Individuellste hinein gegangen werden
können; immer aber ist es die Begriffsallgemeinheit dieser
Zustände und Bewegungen des Gemüths, welche die Wissenschaft erörtert und begründet; dagegen stellt die Poesie das
Allgemeine eines bestimmten Gemüthszustandes nicht in
allgemeiner Form dar, sondern wie es sich individualisirt in
einer ganz bestimmten Handlung, in dem Verlaufe eines
ganz bestimmten Gesprächs; wie es sich darstellt an einer
individuellen Persönlichkeit in ihrer geistigen Bewegung zu

einer bestimmten Zeit und unter ganz bestimmten Umständen
und Verhältnissen; kurz! es ist die ganze volle individuelle
Aeusserung eines bestimmten Gemüthszustandes, mit der es
die Poesie zu thun hat, aber eine solche Aeusserung, die das
volle Wesen des Gemüths in lichtvoller Klarheit und entwickelter Vollständigkeit zur Erscheinung bringt. Die Philosophie der Geschichte hat es eben so mit weltgeschichtlichen
Handlungen zu thun, als die Poesie, aber wieder in entgegen-
gesetzter Weise. Die Philosophie verfolgt den allgemeinen
Entwickelungsgang der Weltgeschichte, die allgemeinen geistigen Zwecke und deren Realisirung, während ihr die Träger
der weltgeschichtlichen Ideen nur Nebensache sind; aber der
Poesie sind diese individuellen Träger der weltgeschichtlichen
Bewegungen gerade die Hauptsache und ihre einzige Aufgabe
besteht gerade darin, diese Träger in solchen Handlungen
vorzuführen, dass man thatsächlich und anschaulich vor sich
hat, was sie trieb und begeisterte, — das Wesenhafte und
Allgemeine in concret individueller Erscheinung.

Alle bisherigen Betrachtungen über die geistigen Ideale
und ihre Darstellung in der Poesie durch Individuen beruhen
auf der gemeinsamen Voraussetzung, dass der Geist, ohne
etwas von seiner Wesenheit zu verlieren, individualisirt erscheinen könne. Dass diese Voraussetzung aber richtig ist,
das lehrt jede Erfahrung, die wir von dem Leben des Geistes
machen. Es ist ganz gut und wahr, von dem Geiste eines
Volks zu sprechen und darunter das in allen Gliedern des
Volkslebens lebendige Eine und Allgemeine zu verstehen;
aber Existenz hat der Volksgeist allein in menschlichen
Individuen und wo solche Individuen, die den Volksgeist
zur Erscheinung bringen, nicht mehr vorhanden sind, da
kann auch von dem Volksgeist nicht mehr die Rede sein.
Man möchte vielleicht im Widerspruch mit dieser Behauptung
auf die Sprache eines Volkes hinweisen, als eine allgemeine
geistige Substanz, die unabhängig von Individuen existire;
aber die einfachste Beobachtung lehrt, dass auch die Sprache
nur in begeisteten Individuen existirt. Eine Sprache existirt
nur, insofern sie in einem Volke gesprochen wird, so fern
also die verschiedenen zu einem Volke gehörigen Individuen
ihre Träger und Organe sind. Und wollte man sagen, dass
ja doch z. B. die römische und griechische Sprache noch in

Büchern existiren, obgleich die Völker, die sie sprachen, längst untergegangen sind, so ist dagegen zu erwidern, dass sie doch nur insofern und in so weit existiren, als sie von menschlichen Individuen gesprochen und geschrieben, wenigstens verstanden werden. Denkt man sich den Fall, dass kein menschliches Individuum mehr die griechische oder römische Sprache verstände, als wirklich, so denkt man sich auch diese Sprache als völlig verschwunden, und die Bücher, in denen sie jetzt existiren, wären dann blosses Papier, wie jedes andere, welches entweder unbeschrieben oder mit sinnlosen Zeichen beschrieben ist.

Ganz ebenso verhält es sich etwa mit dem Geiste einer Familie, eines Staates, eines Standes, einer historischen Periode; in allen diesen Formen existirt der Geist nur in geistigen Individuen — so gewiss, dass die eigentliche Existenz des Geistes die Individualität desselben ist und dass man überhaupt unter existiren nichts Anderes verstehen kann als: Individuum sein. Am schlagendsten aber tritt diese Wahrheit, dass der Geist nur in einem individuellen Träger existirt, ins Bewusstsein, wenn wir den einzelnen Menschen betrachten. Der Geist ist das im Selbstbewusstsein thätige freie Allgemeine, allein das Selbstbewusstsein ist stets nur ein individuelles, d. h. nur ein bestimmtes Individuum ist selbstbewusst und daher existirt auch der Geist nur individuell. Da nun alle Poesie auf der Individualisirung des Geistes beruht, so liegt die Frage nahe: worin besteht denn dasjenige, was wir unsere geistige Individualität nennen? Man kann zunächst im Allgemeinen darauf antworten: die Individualität besteht darin, dass wir für uns etwas sind, etwas, was uns von allem Anderen aufs Bestimmteste unterscheidet, was nicht weiter in der Welt so da ist, auch niemals so da gewesen ist, auch nicht wieder so da sein wird, eine durch und durch selbständige, ursprüngliche, nur sich selbst gleiche Schöpfung. Eine sehr voreilige Behauptung würde es sein, wenn man diese unendliche Individualität, die jeder einzelne Mensch, ja jedes von Geist beseelte Wesen in sich trägt, blos in der leiblichen Existenz erkennen wollte. Der Körper ist in seiner eigenthümlichen Form in der That der unbedeutendste Ausdruck der Individualität, obschon auch er namentlich durch die Gesichtsbildung, durch

Haltung und Bewegung der Glieder und durch den Ton der
Stimme diese anerschaffene Individualität deutlich genug abspiegelt; die eigentliche Individualität ist vielmehr die innere,
die sich in der eigenthümlichen Form des Denkens, des
Vorstellens, des Sprechens, des Fühlens und des Handelns zu
erkennen giebt; ja diese innere psychische Individualität ist so sehr die einzige und wahre, dass auch der Körper
nur durch diese die Zeichen der individuellen Besonderheit
erhält. Wir brauchen einen Dichter nicht von Angesicht zu
kennen, auch kein Bild desselben vorher gesehen, auch nicht
das Geringste von seiner leiblichen Gestalt zu haben und wir
werden doch bei einem sorgsamen Studium seiner Werke so
vieles Individuelle finden, dass wir uns ein deutliches
Bild von seiner Individualität zum Bewusstsein bringen können.
Obgleich das, was ein wahrer Dichter vorbringt, etwas Allgemeines, rein Geistiges und daher für alle Menschen, die
überhaupt ein geistiges Interesse haben, gesagt ist, so hat
doch die Art und Weise, in welcher er es sagt, etwas so
durch und durch Eigenes, dass seine Werke eben so sehr
auch Zeugniss ablegen von seinem individuellen Sein und
Wirken. So giebt jeder Mensch das Allgemeinste, das Beste
und Grösste — sein geistiges Leben in individueller Form
d. h. so, dass seine geistigen Offenbarungen zugleich Offenbarungen seiner Individualität werden. Das allgemeine und
das individuelle Moment des geistigen Lebens sind gleichsam
die beiden Pole eines Magneten d. h. sie sind ebenso untrennbar mit einander verbunden und stehen in eben der lebendigen
Wechselwirkung mit einander, wie die magnetischen Pole.
Wie das Allgemeine im Menschen, der Geist, nur in einer
individuellen Seele existirt, so wird die individuelle Seele
nur dadurch eine menschliche, dass sie den Geist in sich
trägt. Eine Seele, die das Allgemeine in keiner Weise,
auch nicht in der sprachlichen Form, in sich trüge, sänke
in das Thierische herab, denn die thierische Seele ist gerade
darum thierisch, weil sie das blosse Lebensprincip des sinnlichen Organismus ist und nicht zugleich der Träger des
Allgemeinen und Unendlichen. Eben darum aber stehen auch
das Allgemeine und das Individuelle, der Geist und die Seele,
in so lebendiger Wechselwirkung mit einander, dass mit dem
Wachsthum der allgemeinen geistigen Substanz in uns auch

die Kraft, Schärfe und Bestimmtheit der Individualität zunimmt. Erst ein gebildeter Mensch d. h. ein solcher Mensch,
in welchem der Sinn für das Allgemeine bis zu einem hohen
Grade zur Entwickelung gekommen ist, erst ein solcher hat
eine scharf ausgeprägte Individualität, während sich rohe
Menschen wenig von einander unterscheiden. Schon körperlich tritt die Individualität eines gebildeten Menschen unendlich schärfer hervor, als die eines ungebildeten; Miene, Blick,
Gebärden, Haltung, Gang, Bewegung, Ton der Stimme
und ähnliche Erscheinungen charakterisiren schon sehr bestimmt die Individualität eines gebildeten Menschen; noch
viel mehr aber tritt die Individualität desselben in seinen
geistigen Productionen hervor; namentlich ist unter Anderm
der Stil, in welchem der Gebildete spricht und schreibt, ein
so sicheres Kennzeichen seiner Eigenthümlichkeit, dass man
dem Worte: der Stil ist der Mensch! volle Wahrheit bei-
messen muss. Es folgt übrigens aus dem Wesen der Individualität, dass sie sich vorzüglich in den Handlungen des
Menschen, zu welchen natürlich auch seine zu anderen
Menschen gesprochenen Worte gehören, enthüllen und in
ihren feinsten Unterschieden zu erkennen geben muss; denn
da die Individualität dasjenige am Menschen ist, wodurch er
sich von allen andern Menschen und allen andern Wesen
überhaupt unterscheidet, so muss sie sich besonders deutlich
reflectiren, wenn der Mensch im Handeln aus sich heraus-
geht und mit Anderen in Beziehung tritt.

Nach diesen Betrachtungen über das Verhältniss des
Allgemeinen und Individuellen im Menschen muss es nun
ganz deutlich sein, worein das Wesen des geistigen Ideals
zu setzen ist und was die Poesie für eine Aufgabe hat. Das
Ideal des Geistes ist ein Individuelles, sei es ein individueller
Gemüthszustand oder ein individueller Charakter oder eine
individuelle Handlung, in denen eine Idee einen so vollständigen
Ausdruck findet, dass in dem Individuellen das Allgemeine
nach allen seinen Momenten vollkommen existirt und von
jedem, der überhaupt davon eine Einsicht hat, darin gefunden
und angeschaut wird. Man kann also auch das geistige Ideal,
wie das Ideal der Gestalt, erklären als die Wirklichkeit in
ihrer Wahrheit, nur muss man dabei festhalten, dass die
Wirklichkeit eine geistige ist: Worte und vom Geist beseelte

individuelle Handlungen, und dass die Wahrheit das Gesetz der geistigen Freiheit ist. Soll also etwas mit Recht ein geistiges Ideal heissen, so muss es genau genommen drei Eigenschaften haben:

1) Es muss ein Ausdruck des Geistes sein, ein Act der allgemeinen Geistesfreiheit;

2) aber als ein individueller Ausdruck des Geistes frei von aller Abstraction als eine individuelle Handlung und Entwickelung bestimmter Personen zur Erscheinung kommen;

3) muss die individuelle Handlung eine solche Ausbreitung und Entwickelung haben, dass die allgemeine geistige Idee in ihrer ganzen Fülle und Tiefe darin zur Erscheinung kommt und daher Idee und Handlung, Allgemeines und Individuelles darin identisch ist.

Was in diesem Begriffe des geistigen Ideals verborgen liegt, erkennen wir aber erst dann recht deutlich, wenn wir die wesentlichsten Sphären des geistigen Lebens durchlaufen. Auf diesem Wege finden wir auch die verschiedenen Gattungen und Arten der Poesie, denn jede Sphäre des Geistes hat ihre besonderen Arten des Ideals, und jede besondere Art des Ideals begründet auch eine besondere Art der Poesie. Der Geist bethätigt sich entweder subjectiv in Gemüthszuständen und Gemüthsbewegungen oder objectiv in bestimmten Charakteren, z. B. Volks-Charakteren, oder endlich in Handlungen, in welchen das Subjective in das Objective übersetzt wird und beide Momente lebendig sich vermitteln. Die Poesie des Gemüths ist die lyrische; die des objectiven Geistes die epische und die Poesie der Handlung ist die dramatische.

a) Was zuerst die lyrische Poesie betrifft, so ist sie der Ausdruck von den Idealen des menschlichen Gemüthslebens. Hier ist es kein äusserlicher Verlauf, kein objectives Verhältniss, welches zur Darstellung gebracht wird, sondern die vereinzelte Anschauung, Empfindung und Betrachtung des in sich gehenden Subjects; die Stimmungen und Bewegungen, Zustände und Leidenschaften des menschlichen Gemüths in seiner inneren Abgeschlossenheit. Das menschliche Gemüth ist nicht insofern in sich abgeschlossen, als wenn es mit der äusseren Welt der Natur und mit anderen Menschen in gar keinem Zusammenhange stände; denn ohne diesen Zusammen-

hang des Inneren und Aeusseren, ohne diese Einheit des
Subjects und des Objects existirt überhaupt kein Geist;
sondern das Wesen des Gemüths besteht darin, dass das
Verhältniss, in welchem das selbstbewusste Subject zur objectiven Welt steht, im Gemüthsleben als subjective Stimmung
und Bewegung existirt. Das menschliche Gemüth ist gleichsam ein rein geschliffener Spiegel, in welchem sich das Wesen
der objectiven Welt abspiegelt; oder gleichsam ein See; denn
wie ein See den Eindruck, den ein hineingeworfener Stein
auf ihn macht, durch concentrische Kreisbewegungen zu
erkennen giebt, so giebt das Gemüth jeden objectiven Eindruck durch eine entsprechende Gemüthsbewegung zu erkennen
und zwar um so vollkommener und objectiver, je reiner und
gebildeter das Gemüth ist. Es modificirt sich die Gemüthsbewegung oder Gemüthsstimmung nach der Qualität des objectiven Eindrucks, so dass die Qualität des äusseren Eindrucks
jeder Zeit auch in einer dem völlig entsprechenden qualitativ
bestimmten Gemüthserregung existirt. Die kleinsten Unterschiede der Wirklichkeit finden einen sicheren Widerhall in
den Unterschieden des Gemüthslebens. Das Gefühl ist in
dieser Beziehung der *doctor subtilissimus* genannt worden.
Der ideale Werth der Gemüthserregungen liegt nun aber
theils in dem idealen Werthe des Objects, welcher die Gemüthserregung hervorbringt, theils in der Klarheit und Deut-
lichkeit, mit welcher der Gehalt des empfundenen Objects
im Gemüthe abgespiegelt wird. Das edle und gebildete Gemüth lässt sich nur durch solche Objecte, die in sich einen
allgemeinen Werth haben, entzünden und erregen und bringt
diese Erregungen zu einer klaren Existenz, aus welcher alles
Trübe und Verworrene verschwunden ist. Ueber den Unterschied der Objecte, die einen entsprechenden Unterschied der
Gemüthszustände hervorbringen, werden wir sogleich noch
näher sprechen. Was aber die Klarheit der Gefühle und
Stimmungen des Gemüthslebens betrifft, so besteht das
Criterium, ob diese Eigenschaft vorhanden ist oder nicht,
besonders darin, dass man die Gefühle von dem substantiellen
Mutterschoosse der Subjectivität loslösen und als etwas für
sich Bestehendes, auch Anderen Verständliches aus sich
herausstellen und mittheilen kann. Die unsagbaren Gefühle
sind die trüben, noch unentwickelten, gleichsam noch unaus-

cristallisirten Gefühle, solche Gefühle, in denen sich das in ihnen lebende objective Wesen noch nicht als solches erfasst hat. Diese Objectivirung der Gefühle, wodurch sie allein zur Klarheit sich erheben, braucht nun allerdings nicht gerade durch die Sprache bewirkt zu werden. Im zweiten Theile dieser Abhandlung ist bereits ausgeführt worden, dass auch Mienen und Gebärden, also gewisse Modificationen der leiblichen Gestalt Darstellungen des Gemüthslebens sein können. Eine noch vollkommnere Offenbarung und Darstellung des Gemüthslebens ist das Reich der Töne, deren unendliche Weichheit und Bildsamkeit schon an sich der Natur der Gefühle entspricht und die durch die Möglichkeit, sich in unerschöpflichen Formen zu Harmonien und Melodien zu verbinden, vorzüglich befähigt werden, alles Harmonische und Disharmonische, was sich in dem Labyrinthe der menschlichen Brust herumtreibt, ins Licht des Bewusstseins zu stellen. Die Musik ist daher recht eigentlich die Kunst des Gemüthslebens und bewegt, belebt und entzückt darum die Menschen so sehr und ist darum eine allgemeine Kunst aller Menschen, weil sie die innerste Eigenheit des Menschen, das inwendige Selbst desselben, das Gemüth so eindringlich an-, spricht, erweicht und mit sich versöhnt. Aber die vollkommenste Darstellung des Gemüthslebens ist doch die Sprache, weil durch sie alle dumpfe Innerlichkeit des Gemüths aufgehoben und seine Regungen in das Licht des Allgemeinen emporgehoben werden. Damit ist nun nicht gesagt, dass jene beiden Darstellungen der Gefühle durch Bild und Ton entbehrt werden könnten, wenn der Ausdruck durchs Wort gefunden ist; vielmehr hat das Gefühl eine Wurzel, die nicht ganz im Worte aufgeht und die nur durch die Malerei und die Musik angedeutet werden kann. Darum bedient sich die lyrische Poesie auch der Musik, um sich zu ergänzen und zu vollenden. Das Wort ist aber insofern der vollkommenste Interpret der Gemüthszustände, als in demselben die qualitative Bestimmtheit des Gefühls, der allgemeine Kern desselben zu einer deutlichen und bewussten Vorstellung gebracht ist. Nun kann zwar jeder gebildete Mensch durch Worte sich und Anderen Rechenschaft von seinen Gefühlen geben; aber der genialste Interpret des Gemüthslebens durch Worte ist und bleibt der lyrische Dichter. Er veranschaulicht die

Gefühle in so individuellen und lebenskräftigen Vorstellungen,
dass jeder, der dieselben Gefühle kennt und hat, in der Form
und in dem Verlauf des Gedichts sie in ihrer Wahrheit wieder
erkennt und durch dieses Wiedererkennen seiner selbst im
Innersten gehoben und erfreut wird. Wie aus einem organischen Körper, obgleich er aus lauter sterblichen und verwes-
lichen Stoffen besteht, doch die unsterbliche Idee des Lebens
überall hindurchleuchtet und sich durch die todten Stoffe hindurch zu fühlen und zu erkennen giebt, so leuchtet aus einem
wahren lyrischen Gedichte ein idealer Gemüthszustand hervor
und Alles, was zum Gedichte gehört: die Bilder, Vorstellungen
und Worte, der Rhythmus und der Reim, die Aufeinanderfolge der Vorstellungen, die ganze individuelle Handlung —
Alles giebt nur diesen einen idealen Gemüthszustand zu
erkennen. Wenn der Gemüthszustand, der das lyrische
Gedicht eben so beseelt, wie die Seele den organischen Leib,
ein idealer genannt wird, so soll damit nur gesagt sein, dass
nicht das erste, beste Gefühl der Vorwurf eines lyrischen
Gedichtes sein kann, sondern ein Gefühl, welches den Werth
des allgemeinen Menschlichen hat und, nach irgend einer
Seite hin den Typus des Geistes an sich trägt. Wenn ein
Mensch empfindet, wie ein würdiger, seiner Idee entsprechender Mensch empfinden muss, so ist sein Gefühl erst ein brauch-
barer Gegenstand des lyrischen Dichters. Ein grosser lyrischer
Dichter wird daher gleichsam ein Centralherz der Menschheit
oder wenigstens seines Volkes sein müssen; es werden alle
Gefühle, die des Menschen Brust bewegen und sein Glück
und Unglück bilden können, in seinem Herzen wie in einer
gemeinsamen Spitze zusammenlaufen und dort ihr Verständniss und ihre Verklärung finden: Was nur irgend gefühlt
wird, das wird der lyrische Dichter in seiner Allgemeinheit
und Wahrheit fassen und verstehen und doch auch so individuell und concret darstellen, als wenn es das Gefühl eines
einzelnen, von allen anderen Menschen absolut verschiedenen
Menschen wäre. Der lyrische Dichter wird die Wesenheit
und Wahrheit des menschlichen Gemüthslebens zur Darstellung bringen, dieses aber in einer solchen individuellen Frische
und Lebendigkeit, dass man einen einzelnen wirklichen Fall
vor sich zu haben glaubt oder auch umgekehrt, er wird wirklich den einzelnen erlebten Fall darstellen, aber den Fall, in

welchem das über alle Zeit Erhabene und allgemeine Werthvolle des Gemüthslebens in die Existenz eingetreten ist.

Was nun aber die Objecte betrifft, an denen sich das
Gemüthsleben entzündet und deren ideale Wahrheit der lyrische
Dichter in der Verklärung durch das Gemüthsleben zur Darstellung bringt, so sind sie nach Quantität und Qualität so
unermesslich, so unermesslich das natürliche und geistige
Universum ist. Was nur in der sinnlichen und geistigen
Welt ist und wirkt, jedes Object der Natur und des Geistes
kann in seiner idealen Wahrheit in das Leben eines reinen
und frei gestimmten Gemüths aufgenommen, als Act des Gemüthslebens gefasst und demnächst zur Anschauung gebracht
werden. So begreift sich denn, dass die Ideale der lyrischen
Poesie unerschöpflich reich sind und wir Deutschen, die wir
die entwickeltste und schönste Lyrik unter allen Völkern
haben, wissen es auch aus Erfahrung, wie gross die Zahl
der lyrischen Erzeugnisse sein kann. Wir können aber auch
nach den Hauptsphären des objectiven Daseins auch einige
Hauptformen der Lyrik unterscheiden. Das menschliche Gemüth kann belebt werden durch die Anschauung der Natur
oder durch das Verhältniss zu anderen individuellen Geistern,
also durch das Verhältniss zu seines Gleichen und endlich
durch das Verhältniss zum absoluten Wesen.

Die Schönheit und Kraft des Naturlebens, die Erhabenheit des gestirnten Himmels, die Unendlichkeit des Weltmeers,
die ideale Welt des Lichts und Tons; die Kraft und Eigenthümlichkeit der Elemente, die unerschöpfliche Mannigfaltigkeit von Wald und Berg, das Leben der Jahrzeiten, besonders die Herrlichkeit des Frühlings, das still vollendete Leben
der Pflanzen, das fröhliche Leben der Vögel u. s. w., kurz
alles Leben der Natur macht auf das empfängliche Gemüth
des edlen und gebildeten Menschen einen spezifisch eigenthümlichen Eindruck und erweckt in dem Gemüthe eine Stimmung und Bewegung, die dem Wesen der angeschauten
Naturerscheinung entspricht. Die Ideen der Naturobjecte
verschaffen sich in dem Gemüthe des rein gestimmten Menschen eine verklärte geistige Existenz. Und ein solcher rein
gestimmter Mensch ist der lyrische Dichter. In seinem Gemüthe gewinnen die Ideen des Naturlebens eine klare und
wahre gemüthliche Existenz und er weiss diese seine Natur-

gefühle in so concreter Lebendigkeit und verständlicher Anschaulichkeit zu individualisiren, dass sein Gedicht ebenso
klar und wahr das Wesen des Naturlebens wiedergiebt, als
es von der Innigkeit des Gemüths lebendig durchdrungen ist.
Im Uebrigen aber können die Ideale, die in den lyrischen
Naturgedichten zur Darstellung kommen, alle Stufen des Gemüthslebens durchlaufen von der Objectivität des ersten an
der Natur gewonnenen Eindrucks bis zu der reinsten Innerlichkeit des Gefühls, in welcher der objective Eindruck gleichsam ganz vom Subject absorbirt ist. Wer unsere reiche
lyrische Poesie einigermassen kennt, wird namentlich in den
Gedichten Göthe's, Schiller's, Rückert's, Uhland's
und Anderer zahlreiche Beispiele finden, die die Wahrheit
der bisher gesprochenen Ansichten beweisen können. Die mit
so grosser Neigung von unseren Dichtern behandelte Form
der Ballade z. B. ist nichts Anderes, als eine Art von Naturgedichten, in welchen die mystische Gewalt, die manche
Situationen des bewegten Naturlebens auf das Gemüth ausüben, veranschaulicht wird. Ein wahres Musterbeispiel ist
der Erlkönig von Göthe. Von der mehr objectiven Natur-
lyrik könnte ich z. B. das Gedicht von Wilhelm Müller:
Die Forelle anführen, oder das launige Gedicht von Usteri:
Der Frühlingsbote, das schönste Gedicht auf den Storch.
Doch dürfte es fast unpassend erscheinen, hier Beispiele anzuführen, da des Herrlichen so viel in unserer Lyrik ist, dass
es ungerecht erscheint, wenn nur Einiges erwähnt und das
Andere ebenso Vortreffliche übergangen wird. — Der Mensch
wird aber in seinen Gemüthszuständen und in seinen Gemüthsbewegungen nicht blos durch die Natur bestimmt, sondern noch vielmehr durch das auf ihn einwirkende Geistes-
und Seelenleben anderer Menschen. Es liegt in der Natur
der menschlichen Seele, als einer geistigen, nicht in spröder
Abgeschlossenheit von anderen Seelen verharren zu können,
sondern einen unwiderstehlichen Drang in sich zu tragen,
sich anderen Seelen hinzugeben, in ihnen sich seiner erst
recht bewusst zu werden, ja in ihnen seine Ergänzung und
Vollendung zu finden und zu geniessen. Wir bezeichnen
diese Gemeinschaft zweier Seelen, durch welche die persönliche Eigenheit durchbrochen und zwei Seelen in der That
und Wahrheit lebendig eins werden, im Allgemeinen mit

dem Namen der Liebe. Sie hat die allerverschiedensten Formen und erscheint nicht blos im Allgemeinen als Geschlechtsliebe, als Mutterliebe und Kindesliebe, als Bruder- und Schwesterliebe, als Freundschaft in allen Formen, als Liebe zu denen, mit denen wir zu demselben Volke oder Staat oder Stande u. s. w. gehören, sondern sie nimmt für jeden einzelnen Fall, für jedes Verhältniss zweier bestimmter Menschen einen eigenthümlichen Charakter an, indem die Eigenthümlichkeit der Personen sich mit in das Liebesverhältniss überträgt und einen Factor desselben bildet. In allen Fällen aber bewegt nichts so sehr das innerste Seelenleben als das Gefühl der Liebe. Während in den Naturgefühlen das Gemüth gleichsam nur ein Spiegel ist, welcher die Natureindrücke in objectiver Klarheit abspiegelt, so geht es in der Liebe mit seiner ganzen Wesenheit in den Prozess ein und erleidet durch eine neue Schöpfung in sich eine totale Umwandlung. Daher geben die Gemüthsbewegungen, welche aus der Liebe entspringen, einen unendlich reichhaltigeren und tieferen Stoff zur poetischen Darstellung als die Naturgefühle. Der Dichter wird diese sympathetischen Gefühle, die wir im Allgemeinen mit dem Namen der Liebe bezeichnen, in ihrer idealen Wahrheit zur Darstellung bringen. Das Lied hat im Allgemeinen das sympathetische Gefühl zu seiner Substanz, d. h. die Bewegung, welche in dem Gemüthe entsteht, wenn es in einem anderen Gemüthe seine Ergänzung und Vollendung findet. Fragt man aber nun weiter, worin die ideale Wahrheit der sympathetischen Gemüthszustände, die der lyrische Dichter darzustellen hat, besteht, so wird man zuerst sagen müssen, dass eine Liebe nur dann ideal ist, wenn sie frei von Egoismus ist oder wenn jeder von beiden, die den Liebesbund bilden, sich selbst wirklich vollkommen aufgegeben hat und frei von allem subjectiven Nebeninteresse nur in der Anschauung des Anderen, nur in dem Glück und Frieden des Anderen sein Glück und seinen Frieden findet und um das Glück des Anderen zu begründen und zu fördern kein Opfer für zu gross und zu theuer hält. Aber selbst bei diesem vollen Aufgehen zweier Gemüther in einem Leben giebt es noch unzählig viele Grade der Idealität. Wenn zwei reiche und gebildete Gemüther durch ein prägnantes und durch beide Persönlichkeiten durchgreifendes Liebesgefühl

in einander aufgehen, so wird das Liebesleben ungleich
reicher und entwickelter und somit idealer erscheinen, als
wenn beschränktere und ungebildetere Gemüther in diesen
Bund eintreten. Endlich aber wird der Glanz und die Kraft
der Einmüthigkeit des Liebeslebens um so grösser und lebendiger werden, je grösser der Gegensatz der Factoren war,
die zu dem gemeinsamen geistigen Producte des Liebeslebens
sich vereinigen. Da nun der schärfste Gegensatz, in den sich
die Idee des Menschen auseinanderlegt, der Gegensatz des
Geschlechts ist, so wird daher auch in einer reinen geistigen
Geschlechtsliebe die ideale Blüthe des Liebeslebens am vollkommensten erscheinen. Wir finden daher auch, dass unter
den zahlreichen lyrischen Gedichten, die es mit der Darstellung der Ideale des sympathetischen Gemüthslebens zu thun
haben, die eigentlichen Liebeslieder die häufigsten und inten-
sivsten sind. Unsere Literatur zeichnet sich auch in dieser
Beziehung vor allen anderen aufs Vortheilhafteste aus. Wo
fände man in irgend einer fremden Literatur etwas, was dem
Liebesfrühling von Rückert an die Seite gestellt zu werden verdiente? Wo gäbe es etwas Zarteres und Innigeres
als die Göthe'schen Liebeslieder? Aber auch die Ideale der
anderen sympathetischen Gedichte sind darüber nicht vergessen worden, z. B. die der Freundschaft. Wer fühlte sich
nicht erhoben z. B. durch die Freundschaftslieder des edlen,
idealen Klopstock?

Endlich aber wird das menschliche Gemüth durch das
Göttliche schlechthin in Bewegung gesetzt und über sich
empor gehoben und die Ideale dieser Gemüthserhebung führen
zu einer neuen Art von lyrischen Gedichten, zur Ode. Der
Begriff des Göttlichen wird aber hier noch in der Allgemeinheit verstanden, in welcher der Mensch das Unbedingte und
Unendliche, in Vergleich mit welchem er sich als bedingt
und endlich anerkennen muss, das Göttliche nennt, gleich-
viel ob er dasselbe pantheistisch nur in substantieller Allgemeinheit oder theistisch als unendliche Persönlichkeit erkennt
und verehrt. Wenn der Römer den Staat als sein Ein und
Alles betrachtete und jedes Opfer, auch das Leben, ihm dar-
zubringen sich nicht scheute, so ist das Gefühl, welches ihn
hierbei erfüllte, insofern ein ganz ähnliches Gefühl gewesen,
als das Gefühl des Juden in der Anbetung seines Jehova,

sofern in beiden Fällen ein Unbedingtes und Unendliches anerkannt und verehrt wird, dem gegenüber der Mensch sein Nichts erkennt und sich mit Allem, was er ist und hat, willig zum Opfer darbringt. Solche Gefühle nun, die im Gemüthe entstehen, wenn der Mensch etwas von seiner Person und von jeder endlichen Persönlichkeit unabhängiges Allgemeines und Ewiges zu seinem durchdringenden Pathos hat, kann man religiöse Gefühle nennen und ihnen eine besondere Gattung lyrischer Gedichte widmen. Die schönen patriotischen Gedichte, wie wir sie von Klopstock und Körner besitzen, müssen daher ebenso sehr hierher gerechnet werden, als die Lieder, in welchen es auf die Verherrlichung der Tugend und der Gerechtigkeit abgesehen ist; allerdings aber sind die vollkommensten Lieder der Art diejenigen, die im engeren Sinne religiöse Lieder genannt werden, dergleichen wir in unserer Sprache eine so unerschöpfliche Menge von unsterblichem Werthe haben, wenn auch die meisten derselben mehr den praktischen Zweck haben, beim öffentlichen Gottesdienste in Gebrauch zu kommen, als dass sie auch in formeller Beziehung als ein Ausdruck selbständiger Schönheit betrachtet werden könnten. Die Idealität dieser allgemeinen Gefühle möchte aber vor Allem darin zu suchen sein, dass in der That alle egoistische Persönlichkeit in einem Allgemeinen aufgeht und mit dem Allgemeinen, mag es Vaterland, Tugend oder Gott genannt sein, kein heuchlerisches Spiel getrieben wird. Sodann aber liegen insofern verschiedene Grade der Idealität in diesen Gefühlen, sofern der Begriff, der dem Menschen aufgegangen ist, mehr oder weniger universell sein kann, der universellste Begriff aber vom Absoluten auch immer der idealste ist.

Fassen wir Alles, was bisher von der lyrischen Poesie gesagt worden ist, nochmals zusammen, so werden wir sagen müssen, dass diese Poesie ein Spiegel ist von dem gesammten Gemüthsleben und dass Alles und Jedes, was nur irgend Kräftiges, Werthvolles und Berechtigtes durch das Labyrinth der Brust hindurchgeht und auch nur einen Moment lang das beherrschende Centrum des inneren Lebens ausmacht, von dem lyrischen Dichter gedeutet und veranschaulicht wird mit einer Innigkeit und Lebendigkeit, die der Wärme des bewegten Gefühls gleich kommt, und mit einer Klarheit und

Vollständigkeit, die dem kundigen Leser das Wesen des Gefühls unverhüllt und ungetrübt darlegt, sowie es umgekehrt
kein treueres und vollgültigeres Zeugniss davon geben kann,
was die Völker aller Zeiten gefühlt haben und wie sie gefühlt haben, als ihre Lyrik; das deutsche Gemüth wird sich
durch die lyrischen Gedichte des Mittelalters und der neuesten
Zeit, z. B. durch die Minnegesänge und durch die lyrischen
Gedichte Göthe's, Schiller's, Klopstock's, Rückert's
Uhland's u. A. für alle Zeiten erhalten und erneuern, sowie uns der Mangel an lyrischen Gedichten bei den Alten
ein unabweisliches Zeugniss ist, dass dort noch kein entwickeltes Gemüthsleben vorhanden war.

b) Wie der lyrische Dichter das Wesen der Gemüthswelt
veranschaulicht, so stellt der epische Dichter das objective
Geistesleben in seiner charakterischen Eigenthümlichkeit dar.
Eine der bekanntesten Formen des Epos ist bekanntlich das
Volksepos und es lässt sich daher an diesem am leichtesten
das Wesen des Epos erkennen. Der epische Dichter des
Volksepos weiss in einer individuellen, in sich abgeschlossenen Handlung alle wesentlichen Seiten eines Volkscharakters
abzuspiegeln: das religiöse Bewusstsein desselben; das häusliche und politische Leben, das Verhältniss desselben zur
Natur, Nahrung, Kleidung, Wohnung u. s. w., seine Sitten,
Gewohnheiten und Gebräuche, seine historischen Erinnerungen,
— kurz Alles, was zu einem entwickelten Volksleben gehört,
weiss uns der epische Dichter zu veranschaulichen und zwar
so, dass in allen einzelnen Momenten und Seiten des Volkslebens das Eine und Gleiche, was Alles durchdringt, der
Volkscharakter. in seiner einfachen Tiefe und Klarheit
zum Bewusstsein gebracht wird. Das wahrhafte Volksepos
ist daher nicht etwa ein blosses Werk der Phantasie des
Dichters, sondern es ist aus der Substanz des Volks selbst
erwachsen und der Dichter hat dieser Substanz nur die angemessene poetische Form gegeben. In der Regel sind es
grossartige, den Geist und die Kraft des Volks darstellende
Thaten, die sich im Gedächtniss des Volks erhalten und
durch ihre Fortpflanzung im Volke sich zu Sagen umgestaltet haben, in denen sich die spezifische Eigenthümlichkeit
des Volkscharakters einen reinen und entwickelten Ausdruck
gegeben hat. An solchen Sagen, die den Gegenstand der

Volksepen bilden, hat ein ganzes Volk Jahrhunderte lang
gearbeitet und sein ganzes Wesen, Sinnen und Trachten
hineingelegt; und der Dichter des Volksepos hat gleichsam
diesen kostbaren Cristall der Volkssage nur von dem Staube
gereinigt, der noch daran haftet. Daher erkennt man nun
aber auch in den wahrhaften Epen den Volkscharakter in
einer Reinheit, in der man ihn durch andere Mittel nicht
erkennen kann. Wo gäbe es einen reineren und vollkom-
meneren Spiegel des griechischen Volkscharakters als die
Ilias und die Odyssee? Wo fänden wir einen treueren Ausdruck des ursprünglichen deutschen Wesens als das Nibelungenlied und die Gudrun? Sie bilden einen Schlüssel für das
Verständniss der ganzen deutschen Geschichte und ein Mittel,
durch welches sich der Deutsche über seine Bestimmung fortwährend orientiren kann. Und selbst wenn es sich nur um
einzelne Seiten des Volkslebens handelt, z. B. um das Leben
der Familie oder einzelner Stände und Berufsarten, wo fänden wir das Wesen derselben trefflicher veranschaulicht, als
in guten Epen? In Vossen's Luise z. B., so grosse Mängel
dieses Gedicht auch hinsichtlich der Charakteristik der Personen und der Entwickelung der Handlung darbietet, finden
wir doch das Ideal des Landlebens dargestellt, das in dem
Berufe eines trefflichen Landpredigers die ganze Frische und
Gesundheit der Natur mit der Verklärung und Veredlung des
Geistes vereinigt. Wo könnten wir das Wesen einer ächt
deutschen Landstadt uns besser zum Bewusstsein bringen,
als durch das Studium des idyllischen Epos Hermann und
Dorothea von Göthe, zumal es auch in formeller Hinsicht
ein Meisterwerk erster Grösse ist? Nicht minder sind gute
Romane, die in der modernen Zeit überhaupt die Stelle
des Epos immer mehr einzunehmen scheinen, ideale Spiegel-
bilder des objectiven Geisteslebens. Wer könnte leugnen,
dass die Cooper'schen Romane die charakteristische Eigenthümlichkeit der nordamerikanischen Verhältnisse, vornehmlich den allmählichen Uebergang von der Natur zur Cultur,
uns deutlicher offenbaren, als es auf sonstige Weise geschehen
könnte? Wo erhielten wir deutlichere Bilder von dem Charakter des englischen und schottischen Lebens, als in den vortrefflichen Romanen von Walter Scott? So führt also
auch die epische Poesie in allen ihren Formen ganz und gar

nicht von der Wirklichkeit ab, sondern sie schildert erst die
volle, ganze, entwickelte Wirklichkeit in ihrer Wahrheit —
eine Wirklichkeit also, die zwar in der empirischen Erscheinung nicht immer, ja selten erreicht, aber doch überall erstrebt wird und als die lebendige Idee des Ganzen ebenso
sehr die wesentliche Grundlage des Daseins, als das letzte
Ziel ist, zu dessen Erreichung alles Dasein sich hindrängt.

Alle bisherigen mehr einleitenden Bemerkungen über die
epische Poesie ruhen auf der gemeinsamen Voraussetzung,
dass die epische Poesie Charaktere in ihrer Idealität darzustellen hat, sei es, dass sie individuelle Charaktere, d. h.
Charaktere einzelner Personen darstellt, wie das in den
meisten Romanen geschieht, oder Charaktere einzelner Stände,
Berufsarten und menschlicher Verrichtungen, wie das in dem
sogenannten idyllischen Epos geschieht, oder Charaktere
ganzer Völker, was die Aufgabe des grossartigen Volksepos
ist, oder dass sie endlich den Charakter des allgemeinen, von
aller Particularität des Volkscharakters gereinigten und das
Centrum der Menschheit bildenden Menschen im religiösen
Epos zu schildern unternimmt.

Da die Ideale der epischen Poesie demnach mit den
Idealen des Charakters zusammenfallen, so wären, um eine
deutliche Einsicht in den Organismus und in das Wesen der
epischen Poesie zu geben, nun noch der Begriff des Charakters und seine Unterschiede zu entwickeln. Da aber diese
Abhandlung schon jetzt die gesteckten Grenzen weit über-
schritten hat, so sehe ich mich verhindert, diesen Theil derselben hier abdrucken zu lassen, sowie ich auch die noch
folgenden Erörterungen über das Drama in die engsten Grenzen einzuschliessen genöthigt bin.

c) Auch die dritte und vollendetste Form der Poesie —
die dramatische Poesie — stellt das Ideal der geistigen Wirklichkeit oder die geistige Wirklichkeit in ihrer Wahrheit dar;
nur richtet sie sich auf eine andere Sphäre der geistigen
Wirklichkeit, als die epische und lyrische, nämlich auf die
geistigen Prozesse als solche oder auf die Handlungen
im eigentlichen und wahren Sinne des Worts. Die dramatische Poesie hat die Darstellung idealer Handlungen zu ihrem
Gegenstande. Lessing hat in seinem Lacoon bekanntlich
die Handlung als das Object der Poesie überhaupt bezeichnet

im Unterschiede von den Körpern, mit denen es die bildenden
Künste zu thun haben. Damit es also nicht den Anschein
gewinne, als solle hier eine Lehre aufgestellt werden, die
mit der Ansicht einer so hohen und bis auf den heutigen Tag
noch keineswegs beseitigten Autorität in Widerspruch stehe,
so ist es um so nöthiger, dass wir den Begriff der Handlung
näher feststellen und uns namentlich darüber erklären, inwiefern es das Drama mit Handlungen im engeren Sinne des
Worts zu thun hat, während man doch auch von der Handlung eines Epos oder eines lyrischen Gedichtes zu sprechen
sehr wohl berechtigt ist. Was zunächst Lessing's scharfsinnige Erörterungen in seinem Lacoon betrifft, so fasst er
in denselben den Begriff der Handlung in dem weiteren Sinne,
wonach die Handlung ein successives, in der Zeit sich ent-
wickelndes Geistesleben ist, während der Körper und seine
Theile simultan im Raume existiren. In diesem Sinne müssen
selbst die auf einander folgenden Töne und Melodien eines
Musikstückes als eine Handlung bezeichnet werden und in
der That ist Lessing keineswegs abgeneigt, das Wort Handlung auch in dieser Bedeutung zu gebrauchen. Noch weniger
aber unterliegt es einem Bedenken, in diesem Sinne auch
den Gegenstand jedes lyrischen und jedes epischen Gedichts
als eine Handlung zu bezeichnen, denn die Gemüthszustände
und die Gemüthsbewegungen, welche der lyrische Dichter
schildert, verlaufen ebenso gut in der Zeit in einer in sich
geordneten Aufeinanderfolge der Vorstellungen, wie die Begebenheiten und Situationen, welche der Epiker erzählt, um
durch dieselben den Charakter von Personen und Völkern
deutlich vor das Bewusstsein treten zu lassen Aber ebenso
wenig ist zu verkennen, dass weder in dem lyrischen Gedichte noch in dem Epos die Handlung als solche den bestimmenden Mittelpunkt des Ganzen ausmacht, sondern nur
zum Mittel dient, um einen anderen Zweck zu realisiren. In
dem lyrischen Gedichte ist es das Wesen des Gemüthslebens,
welches in der Aufeinanderfolge der Vorstellungen veranschaulicht werden soll. Die aufeinander folgenden Vorstellungen, in denen sich ein Act des Gemüthslebens einen Ausdruck geben soll, sind gleichsam mit den Regentropfen zu
vergleichen, welche vom Himmel herabfallen; der ideale Act
des Gemüthslebens selbst aber, auf dessen anschauliche Dar-

stellung es allein ankommt, mit dem Regenbogen, der in
majestätischer Ruhe auf den herabeilenden Regentropfen
thront. Wie aus den fallenden Regentropfen, die von der
Sonne beschienen werden, sich die prachtvolle ruhige Erscheinung des Regenbogens herausarbeitet, so muss sich aus
den aufeinander folgenden Vorstellungen eines lyrischen Gedichts das einfache Licht eines idealen Gemüthsacts ergeben; dieser letztere aber ist es allein, der dem lyrischen
Gedichte seinen Begriff und seine Bedeutung giebt, während
die Aufeinanderfolge der Vorstellungen oder die sogenannte
Handlung nur ein untergeordnetes und dienendes Glied in
dem Leben des Ganzen abgiebt.

Ebenso wenig ist das, was man in dem epischen Gedichte die Handlung nennt, als der eigentliche Zweck des
Ganzen oder als die Angel, um die sich Alles bewegt, anzusehen, sondern nur als Mittel zur Zeichnung des Charakters der Personen, der objectiven Zustände, der Völker u. s. w.
Man betrachte nur die unübertrefflichen epischen Meisterwerke
des Homer in dieser Beziehung und man wird leicht finden,
dass die epische Handlung kein von einem einfachen Zwecke
bewegter und auf ein sicheres Ziel unaufhaltsam hinschrei-
tender Prozess ist, sondern nur eine Reihe von Begebenheiten, Situationen, Zuständen und selbst Zufällen, die sonst
in sich oft ganz unverbunden sind und nur die eine Bestimmung haben, den Charakter, auf dessen Schilderung es ankommt, von allen seinen wesentlichen Gesichtspunkten aus
beleuchten zu lassen. Die Odyssee z. B. hat den alleinigen
Zweck, den Charakter des Odysseus und in ihm den Charakter des griechischen Volks, seine Sitten, Gewohnheiten,
Anschauungen, Tugenden und Laster zur lebendigen Darstellung zu bringen. Zu diesem Zwecke ist die Handlung
in allen ihren Theilen vortrefflich erfunden und geordnet und
es könnte keiner dieser Theile fehlen, ohne dass man ein
wesentliches Moment des Totalcharakters vermissen würde;
aber die Handlung hat auch sonst keine Einheit in sich, als
die ihr durch die Beziehung auf den Charakter gegeben wird,
am allerwenigsten aber wird man diese Summe von anein-
ander gereihten Begebenheiten in dem Sinne eine Handlung
nennen, dass darin aus der Willensfreiheit heraus ein Zweck
sicher gefasst und durch alle Hindernisse siegreich zum Ziele

hindurch geführt würde. Die eigentliche Handlung, wie sie
den Gegenstand des Dramas bildet, ist gleichsam mit einer
Geschäftsreise zu vergleichen, auf der auf möglichst kurzem
Wege dem Ziele zugeeilt wird; die epische Handlung dagegen
mit einer Vergnügungsreise, bei der es nicht darauf ankommt,
etwas Bestimmtes zu thun und an einen bestimmten Ort
möglichst bald hinzukommen, sondern darauf, möglichst Vieles
und Interessantes zu sehen und daher auch keinen Umweg
zu scheuen. Homer kündigt daher auch in der Odyssee als
den Zweck seines Werks lediglich die Charakteristik des
Odysseus an: Singe mir, Muse, den Mann, den vielgewandten,
der weit umherirrte, nachdem er Trojas heilige Stadt zerstört hatte. Ebenso bezeichnet er in der Ilias als den Zweck
des Gedichts den Zorn des Achilles. In der Odyssee könnte
man allenfalls noch die Rückkehr des Odysseus nach Ithaka
als Handlung anführen – obschon das auch nur eine Begebenheit, keine eigentliche Handlung ist — aber in der
Ilias hat die Handlung vollends gar kein Ziel für sich, sondern der einzige Zweck der hin und her wogenden Kämpfe
und Verhandlungen ist die Verherrlichung des idealen Heldenjünglings, dessen Zürnen den Griechen Verlust und Nieder-
lagen aller Art und dessen Wiederversöhnung ihnen Rettung
und Sieg bringt. Auch hier ist die Handlung nur darauf
berechnet, dass die Herrlichkeit des Jünglings sich in jedem
Lichte reflectiren sollte; für sich selbst ist die Handlung nichts
weniger als ein einheitlicher Organismus. So verhält sich's
aber mit allen guten Epen und Romanen; die Handlung ist
nur Nebensache und Mittel zum Zwecke; dagegen ist die
Charakteristik die Hauptsache und der Endzweck.

Im Drama dagegen verhält sich's gerade umgekehrt; hier
ist gerade die Handlung die Hauptsache und die Charaktere
sind nur die Träger der Handlung; die Darstellung der Handlung ist der eigentliche Zweck des Dramas und die Charaktere und ihr Verhalten zu einander sind nur dazu da, um
den Zweck der Handlung durchzuführen. Diese Einsicht in
das Wesen des Dramas hat schon Aristoteles in seiner Poetik
aufs Klarste und Entschiedenste ausgesprochen. Alles namentlich, was er in dem sechsten Capitel der Poetik hierüber gesagt hat, ist so treffend und entspringt so sehr aus der Natur der Sache, dass es ohne Zweifel für immer einen wesent-

lichen Bestandtheil jeder ästhetischen Theorie ausmachen
wird; nur muss man das Eine bemerken, dass diese Aussprüche, welche Aristoteles zunächst allerdings nur für die
Tragödie gethan hat, fast durchgängig auch für die andern
Gattungen des Dramas gelten. Aristoteles sagt, dass man
in der Tragödie eigentlich sechs Momente zu beachten habe,
nämlich die Fabel, die Charaktere, die Sprache, die Gedanken,
die Ausführung und die musikalische Begleitung; aber dass
die Hauptsache die Entwicklung der Handlung sei; denn die
Tragödie sei nicht etwa eine Nachahmung von Menschen, sondern von Handlungen, von dem Leben, von
dem Glück und von dem Unglück. „Denn auch das Glück
und das Unglück, führt er fort, liegt in dem Handeln und
der Zweck davon ist ein Handeln, nicht irgend eine qualitative Bestimmtheit. Hinsichtlich des Charakters sind nämlich
die Menschen qualitativ bestimmt; aber in ihren Handlungen
sind sie entweder glücklich oder das Gegentheil. Die also
Handlungen aufführen, thun es nicht deshalb, um Charaktere
nachahmend darzustellen, sondern sie umfassen die Charaktere
im Handeln zugleich mit. Darum sind die Handlungen und
die Fabel der Endzweck der Tragödie; der Endzweck aber
ist die Hauptsache."

Jedes gute Drama bestätigt diesen zuerst von Aristoteles
entwickelten Gedanken, dass das Drama Handlungen darzustellen hat. Jede vernünftige Handlung ist aber als eine
neue Schöpfung des Menschengeistes anzusehen und zwar
deshalb, weil in einer solchen sich nicht etwa die Willkür
und der Trieb eines einzelnen Menschen bethätigt, sondern
ein allgemeiner Zweck ins Dasein tritt und zur Ausführung
kommt. Das spezifische Merkmal des Begriffs der Handlung
ist die Allgemeinheit des Zwecks, der sich in derselben durchführt, und eine Handlung kann nur in dem Falle eine ideale
genannt werden und den Gegenstand eines Dramas bilden,
wenn sie gleichsam die Verleiblichung eines solchen allgemeinen Zweckes ist. Was die belebende und organisirende
Seele der Handlung bildet, muss eine über die endlichen Interessen des einzelnen Menschen erhabene Idee sein, etwas,
was den Menschen als solchen in seiner Wesenheit interessirt,
fesselt und bewegt, oder wenn es endliche, in der endlichen
Sphäre des einzelnen Menschen sich haltende Interessen sind,

die das Motiv der Handlung bilden, wie Ehrgeiz, sinnliche Lust und Aehnliches: so muss durch die Handlung die Selbstvernichtung dieser Tendenzen dargestellt und hierdurch der indirecte Beweis geführt werden, dass nur das Allgemeine bleibende Realität hat. Wie eine Handlung überhaupt nur durch menschliche Individuen vollbracht werden kann, so liegt allerdings auch der erste Anfang von jeder Handlung in der Seele eines einzelnen Menschen oder mehrerer einzelnen Menschen und heisst in dieser Form Vorsatz oder Absicht. Zur eigentlichen und wahren Handlung wird aber der Vorsatz erst dadurch, dass das Individuum, welches den ersten Vorsatz in sich trägt, über sich selbst hinausgeht, sich selbst entäussert und mit andern Individuen, die entweder denselben Vorsatz oder andere, vielleicht sogar entgegengesetzte Vorsätze in sich tragen, in Verhältniss und Wechselwirkung tritt. Durch dieses Hinausgehen der Individuen über sich selbst, durch dieses Wirken und Gegenwirken auf und wider einander, durch dieses Bestimmen und Bestimmtwerden entsteht ein gemeinsames Resultat, welches den blos subjectiven Tendenzen der einzelnen mitwirkenden Individuen entrückt ist, gleich wie durch das Wirken verschiedener Kräfte auf einen Punkt eine gemeinsame mittlere Richtung als Resultat entsteht, die von der Richtung jeder einzelnen Kraft verschieden und doch das Resultat aller ist. Es lässt sich zwar auch der Fall denken, dass die Wirkungen mehrerer auf einander wirkenden Individuen sich aufheben und zerstören, oder dass ein geistig unbedeutendes und werthloses oder geradezu unvernünftiges Resultat entsteht, und dieser Fall ist im gewöhnlichen Leben leider! der bei weitem am häufigsten vorkommende. Aber von einem solchen Resultate handelt das Drama nicht, ein solches Resultat kann auch keine Handlung im wahren Sinne des Wortes genannt werden. Eine wahre Handlung oder eine ideale Handlung ist ein aus der Wechselwirkung von denkenden und wollenden Wesen entstehendes allgemeines vernünftiges Gesammtresultat. Wenn durch die Strebungen und Gegenstrebungen der einzelnen handelnden Individuen hindurch ein Gesammtzweck von allgemein menschlichem Werthe und Interesse sich realisirt, so ist dieser Prozess als eine ideale Handlung, und daher als ein würdiger Gegenstand eines Dramas zu betrachten.

Hieraus geht nun wie von selbst hervor, welche Stellung die Charaktere im Drama einnehmen. Sie sind nicht um ihrer selbst willen da, wie im Epos, sondern ihr Schicksal liegt in der Handlung, sie sind Träger der Handlung. Im Drama kommen die Charaktere nicht nach der vollen Totalität ihres für sich seienden Wesens, sondern nur nach dem in Betracht, was sie im Verhältniss zum Zweck der Handlung sind. Sie sind gleichsam der Leib der sich vollführenden Handlung, die Organe des sich ausführenden allgemeinen Zweckes derselben. Wie die Organe des Leibes und der Leib selbst für sich nichts sind, sondern nur die Träger der belebenden Seele, die sich in ihnen Dasein giebt und zur objectiven Erscheinung bringt, so sind die Charaktere in der Handlung des Dramas für sich nichts, sondern ihr ganzer Gehalt und ihr Schicksal wird durch den Zweck der Handlung bestimmt. Mit dem verschiedenartigen Verhältniss, in welchem die Träger der Handlung zu dem Zwecke der Handlung stehen, hängt denn auch die Unterscheidung des Dramas in Schauspiel, Trauerspiel und Lustspiel zusammen, wenn auch über die bestimmteren Begriffe dieser drei Arten selbst unter Kritikern und Dichtern noch sehr verschiedene Ansichten herrschen. Nach meiner Meinung ist dasjenige Drama ein Schauspiel zu nennen, in welchem sämmtliche handelnde Individuen zuletzt wenigstens den allgemeinen Zweck des Dramas anerkennen und zu dem ihrigen machen, wenn sie auch im Beginn und im Verlauf der Handlung zunächst mancherlei Widerstand leisten und erst durch Erfahrungen, Belehrungen, Leiden aller Art entweder zur vernünftigen Erkenntniss oder wenigstens zur Resignation gebracht werden können. Ein Muster von einem Schauspiel haben wir in unserer Literatur an Göthe's Iphigenie auf Tauris. Der Gedanke des Gedichts, dass der Fluch eines mit schaudervollen Verbrechen beladenen Geschlechts durch die sittliche Hoheit und Wahrheit einer edlen Jungfrau, die selbst diesem Geschlechte entsprossen aus Liebe zu ihm Alles wagt, ausgesöhnt wird; dieser grosse Gedanke wird in der Handlung in der Weise durchgeführt, dass alle handelnden Individuen, so sehr sie im Verlauf demselben entgegenstreben, doch zuletzt mit demselben einverstanden sind und sich demgemäss verhalten und benehmen. Der Zweck der Handlung führt sich daher nicht blos objectiv durch, sondern zuletzt auch subjectiv in den Charakteren, die die Träger der Handlung sind, und darum halte ich die Iphigenie für ein Schauspiel und für ein Muster eines Schauspiels. Stehen aber ein oder mehrere Individuen, die die Träger der Handlung bilden, mit dem allgemeinen Zwecke im Widerspruch, so kann wieder ein doppelter Fall eintreten, von denen der eine das Trauerspiel, der andere das Lustspiel begründet. Geht nämlich das handelnde Individuum an diesem Widerspruche zu Grunde, so entsteht das Trauerspiel; steht aber das handelnde Individuum wohl im Widerspruche mit den objectiven Zwecken der handelnden Menschheit, geht es aber dabei so wenig zu Grunde, dass es trotz des Widerspruchs in sich heiter, ruhig und seiner gewiss bleibt, so entsteht das Lustspiel. Der Unterschied des rein Idealen, des Tragischen und des Komischen zieht sich seiner Natur nach durch alle Arten der Poesie, ja durch alle Künste hindurch; er entwickelt sich aber in dem Drama nur vollständiger, weil das letztere das Grösste, was der Mensch erreichen kann, das Handeln zu seinem Gegenstande hat. Gewiss aber hängt es mit der Natur des Dramas genauer zusammen, die Handlungen nach der Allgemeinheit des zu Grunde liegenden Zweckes zu unterscheiden und hiernach die Arten dieser poetischen Gattung zu bestimmen. Lessing hat in dieser Beziehung z. B. das bürgerliche Drama als eine Art des Dramas aufgestellt und in seiner Miss Sara Sampson das erste, später von vielen Anderen nachgeahmte, Beispiel desselben gegeben. Das Wesen desselben liegt darin, dass der Zweck der Handlung durch die Idee des bürgerlichen Lebens, vornehmlich des Familienlebens, bestimmt wird.

Die allgemeinste und darum vollkommenste Form des Dramas ist nach diesem Gesichtspunkte das historische Drama, weil der darin durch eine Handlung dargestellte Zweck der universellste ist, den wir uns nur denken können. Durch das historische Drama lernen wir die Wahrheit und Wesenheit der weltgeschichtlichen Bewegung und Entwicklung selbst kennen. Der Dichter des historischen Dramas schaut gleichsam hinter den Vorhang der weltgeschichtlichen Erscheinung und erkennt die Zwecke, an deren Realisirung oft Millionen von Menschen gearbeitet haben, so lebendig, dass er die erkannte Wahrheit in individueller Anschaulichkeit auch anderen

zum deutlichsten Bewusstsein bringen kann. Der Kampf des
Guten und des Bösen, des Rechts und der Gewalt, der Freiheit und der Knechtschaft und was für andere ideale Gegensätze das pulsirende Leben der Weltgeschichte bewirken
mögen, wird uns in den Handlungen des historischen Dramas
an einzelnen Personen und Handlungen selbst so augenscheinlich und wahrhaft vorgeführt, dass wir in solchen Meisterwerken das innere Leben und Weben der Weltgeschichte,
befreit von allem täuschenden Schein, gleichsam mit sicht-
lichen Augen vor uns zu sehen glauben. Wem wäre es beim
Lesen der historischen Dramen Shakespeare's und auch unseres Schiller nicht oft so zu Muthe, als wenn das Weltgericht selbst vor unseren Augen abgehalten würde? Die
wirkliche Geschichte verdeckt uns oft durch tausend Zufällig-
keiten die innere Wahrheit der weltgeschichtlichen Entwicklung; der dramatische Dichter reinigt aber die Geschichte
von dem äusseren Scheine, legt die verborgenen treibenden
Kräfte gleichsam blos und enthüllt uns die volle und wesenhafte Wirklichkeit.

IV.

Der Begriff der Bildung mit besonderer Rücksicht auf die höhere Schulbildung der Gegenwart.*)

Alle Schulen, so verschieden sie auch sonst sein mögen in ihren Formen und Tendenzen, sind doch darin eins und gleich, dass sie den gemeinsamen Zweck verfolgen, ihre Schüler zu bilden. Selbst die Berufsschulen, welche für einen bestimmten Stand des bürgerlichen Lebens vorbereiten sollen, z. B. die Handelsschulen u. s. f. verfolgen diese Aufgabe, wenn auch die Bildung, nach der sie streben, durch die Bestimmtheit des betreffenden Berufs eine gewisse Beschränktheit erhält. Noch mehr aber und in allgemeinerer Weise kann man von denjenigen Schulen, welche nicht für einen bestimmten Beruf arbeiten, sondern sich auf das allgemein Menschliche im Menschen beziehen, mit Recht die Behauptung aufstellen, dass die Hervorbringung der Bildung ihr Zweck und ihre Aufgabe ist. Die niedrigste Elementarschule verfolgt ebenso sehr, wie die philosophische Schule, den Zweck, Menschen zu bilden; und der Unterschied dieser Schulen wird nur dadurch begründet, dass der unendlich reichhaltige Begriff der Bildung so verschiedene Grade und Stufen hat, zu deren Darstellung und Realisirung verschiedenartige Anstalten nöthig sind. Wenn es demnach nicht zu leugnen ist, dass der Begriff der Bildung der Grundbegriff ist, der alle Schulen zu Schulen macht und von anderen Gemeinschaften bestimmt unterscheidet, dass es gleichsam die gemeinsame Wurzel, aus welcher alle Schulen erwachsen und

*) Zur Feier der 300jährigen Jubelfeier des Gymnasiums zu Lissa d. 13. Nov. 1855 erschienen in der Mittler'schen Buchhandlung zu Bromberg.

die gemeinsame Blüthe ist, nach welcher sie alle hinstreben,
so scheint es für die Lehrer aller Schulen, insbesondere aber
solcher, die sich die Hervorbringung des höchsten Grades
der Bildung zur Aufgabe machen, von wesentlichem Interesse
zu sein, dass der Begriff der Bildung bestimmt und entwickelt
wird. Auch scheint die Beantwortung der Frage: was ist
Bildung? — wenn sie anders gründlich ist und auf das Wesen
der Sache eingeht —, ein Licht zu werfen auf gar manche
Differenzen, die die heutige Pädagogik bewegen, z. B. auf
den Streit über die Concentration des Unterrichts*), der sich

*) Was die Gymnasien betrifft, so hat der Streit über die Concen-
tration des Unterrichts seit etwa 20 Jahren eine so eigenthümliche und
höchst merkwürdige Umwandlung erlitten, dass die Forderungen, welche
man jetzt zur Hervorbringung der Concentration aufstellt, fast die entgegengesetzten sind von denjenigen der uns noch so nahe liegenden
Zeit. Als Lorinser in den dreissiger Jahren mit seiner Anklage gegen
die Vielheit und Verschiedenartigkeit der Lehrgegenstände auf Gymnasien auftrat und unter den Gebildeten der Nation und zum Theil
unter den höchsten Staatsbehörden so viel Beistimmung fand, so lag
seinem Angriffe die Tendenz zu Grunde, dass die Anforderungen in
den alten Sprachen beschränkt werden sollten. Der Angriff wurde
glücklicher Weise zurückgewiesen und das classische Alterthum und
die alten Sprachen als ein Hauptbildungsmittel der Gymnasien siegreich
geltend gemacht. Gegenwärtig nun scheint man bei dem entgegengesetzten Extrem angekommen zu sein, indem die einflussreichsten
Stimmführer meist ohne allen Beweis die alten Sprachen nicht sowohl
als ein Hauptbildungsmittel, sondern fast als den letzten Zweck und
als das Centrum der Gymnasialbildung hinstellen und von diesem Grundsatz aus die anderen Lehrgegenstände mit einer traurigen Willkür aufs
Aeusserste beschränken oder ganz aufheben wollen. Diese Ansichten
müssten, wenn sie realisirt würden, die Gymnasien in einen Winkel
der Zeit hineinschieben und den ohnehin in den höheren Bildungsanstalten der Gegenwart bestehenden Dualismus noch mächtig steigern.
Die Realschulen, die ihre Bedeutung ohnehin nur grösstentheils einer
einseitigen Tendenz der Gymnasien verdanken, würden es dann zu einer
noch ganz anderen Geltung bei den Gebildeten der Nation bringen,
zumal wenn sie die sorgfältigste Pflege der lateinischen Grammatik
nicht blos beibehielten, sondern noch wesentlich steigerten und die
griechische Literatur wenigstens in guten deutschen Uebersetzungen
zum Eigenthum ihrer Schüler zu machen bemüht wären. Das Centrum
der Gymnasialbildung ist kein einzelner Lehrgegenstand, auch nicht
die lateinische und griechische Sprache und Literatur, obgleich diese
an Umfang und Intensität allen anderen voranstehen, sondern die Idee
der Bildung und nur von dieser im Geiste der gegenwärtigen Wissenschaft erkannten Idee kann ein begründetes Urtheil über die Concen-

so ziemlich auf alle Schulen erstreckt, ebenso auf die Frage: wann denn der Unterricht wahrhaft erziehlich wirke, selbst auch auf das in der Gegenwart so vielfach besprochene Verhältniss der Bildungsanstalten zum Christenthum. — Es ist zunächst bemerkenswerth, dass in dem Begriffe der Bildung, wie derselbe sich in unserem vortrefflichen Worte (Bildung) ausgeprägt hat, zwei wesentlich von einander unterschiedene und doch untrennbar verbundene und in lebendiger Wechselwirkung stehende Momente enthalten sind, ganz eben so, wie in dem griechischen Wort παιδεία, welches ein Aequivalent für unser Wort Bildung ist; indem man darunter einerseits die Thätigkeit oder den Prozess des Bildens, andererseits das Resultat versteht, das durch die bildende Thätigkeit in dem menschlichen Individuum hervorgebracht wird. Fällt man z. B. von einem Menschen das Urtheil, dass er ein gebildeter Mensch ist, so fasst man die Bildung als Resultat eines Prozesses und daher als Qualität eines Menschen, durch die er sich von jedem Ungebildeten aufs Bestimmteste unterscheidet. Wenn man aber von einem Jünglinge sagt, dass er noch in voller Bildung begriffen sei, so meint man damit den Prozess, in welchen jeder eintreten und den jeder unter der Leitung Kundiger durchlaufen muss, damit daraus jenes Resultat hervorgehe. Was zuerst die Bildung in der Bedeutung von bildender Thätigkeit betrifft, so erinnert sie an die bildende Kunst, und die Pädagogik ist in diesem Sinne mit Recht als eine Kunstthätigkeit bezeichnet worden und zwar als die höchste und vollkommenste, die es in der Welt giebt. Wie der bildende Künstler den Marmor zu einer Idealgestalt ausarbeitet, so der Lehrer den Knaben oder Jüngling zu einer Geistesgestalt, in der sich das höhere Wesen des Menschen einen vollkräftigen Ausdruck gegeben hat. Der Stoff der künstlerischen Thätigkeit ist in diesem Falle das menschliche Individuum, wie es auf der Welt erscheint; der Künstler ist der Lehrer und Erzieher, unter dessen Leitung der Knabe sich bildet, und das Kunstwerk ist der erzogene Mensch, der

tration der Unterrichtsmittel gefüllt werden. In welchem Sinne der Verfasser dieses Aufsatzes aber die Concentration des Gymnasialunterrichts versteht, das hat er in seinem Buche: der Gymnasialunterricht nach den wissenschaftlichen Anforderungen der Gegenwart 1837 ausführlich ausgesprochen und zu begründen gesucht.

durch den Prozess der Erziehung zu der idealen Höhe seines
Daseins emporgestiegen ist. Diese Seite der Bildung, wonach
sie Entwickelung und Fortschritt ist, ist denn nun auch seit
den ältesten Zeiten von Philosophen und Erziehern gebührend
hervorgehoben und betrachtet worden, und man braucht nur
die Dialogen des Plato zu lesen, um in dieser Beziehung die
gründlichsten, noch bis auf den heutigen Tag geltenden,
Erörterungen zu finden. Denn es gehört zu den Grundbe-
stimmungen des menschlichen Geistes, dass er nicht von Haus
aus das ist, was er sein soll, sondern dass er sich vielmehr
erst zu dem zu erheben und zu machen hat, was sein ewiges
Wesen ist. Die reale Möglichkeit zu dem Allgemeinen und
Unendlichen, zu dem er bestimmt ist, trägt er zwar von Anfang an ebenso in sich, wie der Same den Lebenskeim der
zukünftigen Pflanze in sich trägt; aber er hat diese Möglichkeit zu einer lebensvollen und entwickelten Wirklichkeit zu
verwandeln und diese Verwandlung und Erhebung ist der
Prozess der Bildung.

Und dieses Werden, sich Verwandeln und Entwickeln
ist nicht blos der Jugendbildung eigen, sondern bleibt ein
Moment aller Bildung, wenn sie auch eine relative Abgeschlossenheit erlangt und das Resultat erreicht hat, das jeder
gebildete Mensch erreichen soll. Die Bildung ist auch als
bleibende Qualität nichts blos Fertiges, sondern zugleich
etwas ewig Werdendes, nicht blos etwas Bestimmtes, sondern
etwas sich fort und fort Bestimmendes. Die Bildung auch
des gebildetsten Menschen ist, so zu sagen, kein fix und
fertiger Kristall — und möchte er auch die vollkommenste
Kristallisation, die reinste Durchsichtigkeit und das schönste
Farbenspiel besitzen, — sondern eine lebendige Pflanze, die,
so sehr sie einen bleibenden Typus der Gestalt und
andere bleibende Eigenschaften hat und sich dadurch
von anderen Pflanzen unterscheidet, doch ebenso sehr lebendig ist und sich als Lebendiges fortwährend umändert und
umwandelt und in einem beständigen Werden begriffen ist.
Auch in dem erzogenen und gebildeten Menschen kann die
Bildung nur als ein Werdendes, d. h. nur dadurch sich behaupten, dass sie sich immer neu erzeugt, sich erweitert,
vertieft und verallgemeinert. Von einem Menschen, der mit
seiner Bildung abschliesst, kann man mit Recht sagen, dass

er immer mehr aufhört, wahrhafte Bildung zu haben; indem seine sogenannte Bildung ohne das Moment der Bewegung immer mehr zu einem leeren Gedächtnisswerk, zu einer Summe dürrer Redensarten und Reflexionen, zu einem Complex von äusserlichen Kenntnissen herabsinkt, denen Geist und Seele fehlt. Vollends aber derjenige, der den Beruf hat, Andere zu bilden, der Lehrer und Erzieher, hat es als eine seiner heiligsten Pflichten zu betrachten, diesen Fluss in seiner Bildung zu erhalten, Neues zu lernen, das Alte in immer neuen Formen in sich zu erzeugen, neue Gesichtspunkte zu fassen und anzuwenden, nichts in sich fest werden zu lassen, sondern das Feste immer wieder flüssig zu machen und daraus frische Gestaltungen hervorgehen zu lassen. Ein Lehrer, der sich nicht durch fortwährendes Studium dieses werdende Element in seiner Bildung erhält, wird sich bald selbst und noch mehr seinen Zöglingen zur Last und kann den letzteren höchstens einige dürftige Kenntnisse einprägen und eine mechanische Dressur ertheilen; aber Bildung kann er nicht geben, weil ihm selbst ein wesentliches Moment der Bildung, der lebendige Fortschritt, fehlt. —

Aber so sehr die Bildung ein Bewegtes und Fortschreitendes ist und daher eine unendliche Zahl von Stufen, Graden und Formen hat, so ist dieselbe doch andererseits auch eine bleibende Bestimmtheit und unwandelbare Beschaffenheit. Hat der Mensch in einer sorgfältig geleiteten Erziehung den Bildungsprozess bis zu einem gewissen Punkte durchlaufen, ist er ausgebildet, so unterscheidet er sich dann auch als Gebildeter von allen Rohen und Ungebildeten. So halten wir z. B. diejenigen Schüler des Gymnasiums für reif zur Universität und befähigt, in jedes höhere Berufsleben einzutreten, welche im vollsten Sinne des Worts gebildet sind. Die Bildung ist also, obschon sie das Moment des Werdens in sich trägt, doch ebenso sehr auch eine bleibende Qualität, ein bestimmter Begriff, dessen Merkmale sich müssen angeben lassen. Und es entsteht nun die Frage, was macht denn eigentlich den Gebildeten zum Gebildeten, welche Merkmale unterscheiden ihn von dem Ungebildeten; was für eine Fassung und Haltung muss die menschliche Seele in sich tragen, wenn ihr mit Recht Bildung zugeschrieben werden soll? — Die Beantwortung dieser Frage ist die Hauptaufgabe

dieses Aufsatzes. Die ersten gründlichen Erörterungen über
den Begriff der Bildung finden wir ebenfalls bei den Griechen*), namentlich war es zur Zeit der Sophisten, des Socrates und Plato eine der Kernfragen: was ist Bildung? Meistentheils setzte man den gebildeten Menschen in Beziehung zum
Staat und nannte denjenigen gebildet, der sich im Staate in
das rechte Verhältniss zu den Menschen zu setzen und sie
zu ihrem Besten zu lenken und zu leiten wusste. Ein gebildeter Staatsmann ist noch nicht der Gebildete schlechthin,
aber es kann uns zum Begriffe der Bildung im Allgemeinen
hinführen, wenn wir den Weg der Induction gehen und zunächst fragen: was ist ein gebildeter Staatsmann? was ein
gebildeter Jurist? u. s. w. und dann aus den besonderen Beispielen das allen gemeinsame Allgemeine herausnehmen. Ein
gebildeter Staatsmann würde aber derjenige sein, der sich in
jedem vorliegenden Falle in die Mitte der Verhältnisse zu
stellen weiss und nicht nach einer beschränkten Maxime handelt, sondern jedes Einzelne nach dem allgemeinen Wesen
des Staats beurtheilt und behandelt. Der Sinn für das allgemeine Wesen des Staatslebens und die daraus hervorgehende
Befähigung, in jedem einzelnen Falle das Allgemeine zu
finden und zur Geltung zu bringen, ist die Bildung eines
Staatsmannes. Ganz ähnliche Betrachtungen lassen sich anstellen über die Bildung jedes anderen besonderen Standes.
In welchem Falle würde man z. B. einen Juristen einen gebildeten Juristen nennen? Gewiss dann, wenn die Idee des
Rechts in ihm eine individuelle Existenz gewonnen hat. Das
ist aber dann der Fall, wenn er nicht blos das Recht und
das Gesetz in seinem ganzen Umfange kennt, sondern wenn
er auch in jedem einzelnen Falle die zweckmässige Anwendung zu machen und jeden einzelnen Fall auf das in ihm
liegende Gesetz zu beziehen weiss. Ein Staatsmann, der nur
eine Idee vom Staate hätte, aber nicht in jedem besonderen
gegebenen Falle danach sich zu verhalten und zu benehmen
wüsste, würde ebenso wenig ein gebildeter Staatsmann zu
nennen sein, als derjenige ein gebildeter Jurist, der zwar

*) In dem Symposion des Plato z. B. finden sich in der dem So-
crates in den Mund gelegten Rede die vortrefflichsten Erörterungen
über Bildung, d. h. den Sinn für die Idee und wie sie erworben wird.

die Gesetze eines Landes aufs Genaueste kennt, aber es den
einzelnen Handlungen nicht sogleich ansähe, welchem Gesetze sie subsumirt werden müssen. Ebenso wenig ist derjenige ein gebildeter Arzt, der alle Krankheiten und die
Mittel, die zu ihrer Heilung dienen, theoretisch kennt, sondern erst derjenige, der die Virtuosität besitzt, seine Erkenntniss des Allgemeinen in jedem einzelnen Falle praktisch
zu üben und anzuwenden.

Die Bildung ist also in den angeführten und in allen
anderen Fällen nicht blos ein Wissen, sondern auch ein
Können, theoretisch und praktisch zugleich, oder eine Qualität des Geistes, die das Wissen und Können gleichmässig in
sich concentrirt und ebenso sehr die Wurzel ist alles Wissens
und Könnens, wie die Blüthe beider. Ein blosses Wissen,
welches nicht die Fähigkeit und den Trieb der Anwendung
in sich trägt, ist abstracte Gelehrsamkeit, keine Bildung;
wie es denn in der That auch zu aller Zeit Gelehrte gegeben
hat, die keine gebildeten Menschen waren. Aber auch ein
blosses Können, eine äussere Fertigkeit, welche im Leben
ausgeübt wird, ohne dass damit das Wissen des betreffenden
Allgemeinen verbunden ist, ist keine Bildung, sondern Dressur; und alle, die ein Geschäft treiben, ohne ein Bewusstsein von den in ihm wirksamen allgemeinen Mächten zu
haben und es mit denselben in Verbindung zu setzen, sind
keine Gebildete, sondern blosse Werkleute. Der Begriff der
Bildung ist ein Begriff, in welchem Theorie und Praxis,
Wissen und Können, Speculation und Anwendung in Eins
zusammenfallen; Bildung ist wohl ein Wissen, aber ein Wissen, welches die unendliche Fähigkeit in sich trägt, in jedem
vorliegenden Falle zweckmässig angewendet werden zu können; und Bildung ist ebenso sehr ein Können, ein Anwenden und Ueben, aber ein solches praktisches Verhalten, das
in jedem einzelnen Falle aus der lebendigen Quelle des Bewusstseins von dem Wesentlichen und Allgemeinen heraus-
fliesst.*)

---

*) Da aller Unterricht zunächst darauf hingeht, in dem Schüler
das Wissen von einem Gegenstande hervorzubringen, so wird die Probe
davon, ob das Wissen in der That ein lebendiges Wissen oder
Bildung geworden ist, wesentlich darin bestehen, dass man versucht,
ob das Wissen auch ein Können geworden ist, d. h. ob das erlangte

Wir haben diesen Begriff der Bildung, nach dem sie ein
lebendiges, in allen Fällen anwendbares Wissen, oder auch
umgekehrt eine auf eine sichere Wissenschaft des Allgemeinen
der Sphäre, auf die sich die Bildung bezieht, begründete
Ausübung ist, und nach dem die wahre Bildung jedenfalls
Wissen und Ausüben in Einem ist, allerdings zunächst aus
einzelnen Kreisen der Bildung abstrahirt, aber dieser Begriff
der Bildung hat eben so sehr seine Wahrheit in der ganz
allgemeinen Sphäre der Bildung, in Bezug auf die
allgemein menschliche Bildung. Wie jeder einzelne
Stand auf gewissen Principien und Ideen beruht, die jeder,
der für diesen Stand gebildet sein will, wissen und üben,
kurz durch seine Person individualisiren muss, so sind es
auch gewisse, nur unbedingt allgemeine, Principien und Ideen,
die ein Volk zum Volke, ja die Menschheit zur Menschheit
machen und in denen jeder, der im allgemeinen Sinne des
Wortes ein Gebildeter heissen soll, aufgehen, d. h. die er
eben so lebendig wissen als praktisch üben muss, so dass
auch in diesem allgemeinen Sinne unter Bildung nichts Anderes zu verstehen ist, als das in einem menschlichen Individuum lebendige und wirksame Princip, das ein Volk zum
Volke, ja noch mehr, das die Menschheit zur Menschheit
macht. — Betrachten wir zunächst diejenige Form der allge-

Wissen in der betreffenden Sphäre mit Fertigkeit angewandt werden
kann. Ob einer die grammatischen Regeln im Lateinischen lebendig
weiss, d. h. so weiss, dass sie zu seiner Geistesbildung und Urtheilsfähigkeit etwas gewirkt haben, das kann man erst daraus erkennen,
wenn er sie bei der Uebersetzung aus dem Deutschen ins Lateinische
ohne Anstoss und Irrthum anzuwenden weiss. Ebenso weiss ein Schüler
nicht dann schon etwas Lebendiges von der Geometrie, wenn er die
Sätze und ihre Beweise anzugeben weiss, sondern erst dann sind die
geometrischen Sätze ein lebendiges Element seiner Bildung, wenn er
sie so gewandt in Fluss zu setzen weiss, dass er danach einschlagende
Aufgaben selbständig lösen kann. Diese Bemerkung gilt nicht blos für
die Behandlung aller Lehrgegenstände, sondern giebt auch einen sichern
Maassstab für alle Prüfungen. Die letzteren verdienen nur dann ihren
Namen, wenn sie dem zu Prüfenden Veranlassung geben, sein Kön-
nen zu zeigen, während durch alles Fragen nach äusserlichen Notizen,
Regeln, Sätzen, Namen, Jahrzahlen und Resultaten nicht die wahre
Bildung, sondern nur das Äusserliche, meistens sehr billig erworbene
Gedächtniss-Wissen erkannt wird. Diese Bemerkung gilt auch, und
zwar vorzüglich, für Abiturientenprüfungen.

meinen Bildung, welche wir Volksbildung nennen, so werden
wir schon hier eine Bestätigung finden von der Bestimmung
des Begriffs, der bisher von der Bildung gegeben worden ist.
Nehmen wir das Volk, dem wir anzugehören die Ehre haben,
das Epoche machende, herrliche und doch vom Schicksale
oft so hart darnieder gehaltene Volk der Deutschen, so wird
es nur dadurch zu diesem lebendigen, einheitlichen und un-
trennbaren Ganzen, dass ein gemeinsames Grundprincip, ein
Geist und Charakter, bewusst oder unbewusst alle durchdringt, die diesem Volke angehören, ihm angehört haben
oder angehören werden. Diesen eigenthümlichen deutschen
Geist und Charakter hat man als den Geist individueller Freiheit bezeichnet und als besondere Erscheinungen dieses Geistes
angeführt: Die Innigkeit, die Weichheit und Reichhaltigkeit
des Gemüthslebens; die innere Selbständigkeit des Geistes;
die Reinheit, Treue und Seligkeit des Familienlebens; die
Freiheit des Glaubens, der Ueberzeugung und der Rede; die
Tapferkeit, mit der jede Unterdrückung der Freiheit von
aussen abgewehrt wird, aber auch die Gerechtigkeit, mit der
die Freiheit und Selbständigkeit in jedem anderen Volke geachtet wird. Dieser Geist ist es, der schon in dem deutschen
Lande wohl eine entsprechende natürliche Basis wird gefunden haben, der sich aber ungleich mehr in der deutschen
Sitte immerfort gestaltet; der ferner in der fast zweitausend-
jährigen Geschichte des deutschen Volkes so grosse Thaten
geschaffen hat, der aber sein Wesen ganz besonders in der
deutschen Sprache und Literatur in der tiefsten und umfassendsten Form zur Erscheinung gebracht hat und immerfort
zur Erscheinung bringt. Hiernach aber würde man nur demjenigen deutsche Volksbildung zuschreiben können, in welchem
der allgemeine deutsche Volksgeist eine individuelle, persönliche Existenz gefunden hat. Der
gebildete Deutsche ist ein lebendiges Kunstwerk; der Stoff
des Kunstwerks ist das selbstbewusste Individuum mit allen
seinen Kräften und Fähigkeiten; die Idee aber, die das Kunstwerk durchdringt, bestimmt und gestaltet, das ist der Geist
des deutschen Volks, wie er sich in seiner Literatur, in
seiner Geschichte und in seiner Sitte offenbart. Soll also die
Volksbildung wirklich vorhanden sein, so muss das Individuum in seinem innersten Centrum von dem Volksgeiste er-

griffen und durchdrungen sein; so dass alle Kräfte und Fähigkeiten, die der menschlichen Seele eigen sind, gleichmässig
jenen allgemeinen Volksgeist abspiegeln und von ihm im
Grössten und Kleinsten Zeugniss ablegen und ihn nach innen
und nach aussen bethätigen. Dem Volksgeiste gegenüber
verhält sich der Einzelne als ein Einfaches. Die Volksbildung bezieht sich daher noch nicht auf den Menschen, sofern er in unterschiedene Seelenkräfte und Geistesthätigkeiten,
wie Erkennen, Wollen und Fühlen zerlegt gedacht wird;
Bildung ist vielmehr das einfache, sich selbst gleiche, das
menschliche Individuum in seinem ganzen Umkreise durchdringende Allgemeine des Volksgeistes. Auch die Volksbildung ist daher, um auf den Grundgegensatz zurück zu kommen,
zugleich ein Wissen und ein Können oder vielmehr ein über
diesem Gegensatze liegendes Allgemeine. Die deutsche Volksbildung ist daher allerdings ein Wissen von dem deutschen
Volksgeiste, aber ein lebendiges Wissen, welches das
ganze Individuum durchdrungen hat und daher ebenso sehr
zu einer praktischen Kraft geworden ist, die Herz und
Gemüth bewegt und als Gesinnung und Handlungsweise in
jedem Momente des Lebens und unter den verschiedenartigsten Verhältnissen rein und frei hervortritt. Der Deutsche,
dem man wirklich deutsche Bildung zuschreiben soll, muss
nicht blos wissen, was den Deutschen zum Deutschen macht,
sondern er muss auch deutsch gesinnt sein, er muss als ein
Deutscher wollen, handeln und fühlen. Wie unser körperlicher Organismus aus verschiedenartigen Organen besteht,
von denen jedes seine ganz eigenthümliche Function hat,
während doch alle Organe ein und derselbe Lebenszweck
durchdringt und in allen eine und dieselbe Seele gegenwärtig
ist; so bethätigt sich der gebildete Deutsche in der verschiedensten Weise, theoretisch und praktisch, und jeder einzelne Fall der theoretischen Betrachtung und des praktischen
Handelns hat wieder sein Eigenthümliches, dem Rechnung
getragen werden muss; aber in allen Unterschieden ist es
doch dasselbe Allgemeine, dieselbe befreiende Kraft, welche
Alles bewegt und bestimmt, nämlich der lebendige Volksgeist, dem wir Alle dienen sollen.

Was die Hervorbringung der Volksbildung in den Individuen, die zu dem Volke gehören, betrifft, so wird nicht

geleugnet werden können, dass das ganze Leben dazu mit-
wirkt, dieselbe zu entwickeln und zu fördern; aber ebenso
wenig ist zu verkennen, dass die Schulen den ersten sichern
Grund dazu legen sollen. Ins Besondere hat der Unterricht
in der deutschen Geschichte und in noch ungleich höherem
Grade in der Muttersprache und der classischen Literatur
unseres Volks keinen höheren Zweck, als dem Knaben und
Jüngling die Volksbildung anzueignen. Wie die Sprache
und die classische Literatur die würdigste Erscheinung von
dem Wesen des Nationalgeistes ausmachen, so giebt es auch
kein geeigneteres Mittel, in die Tiefe des Volksgeistes und
Volkscharakters einzudringen, als ein gründliches Studium
der Muttersprache und ihrer Literatur. Gründlich nenne ich
aber ein solches Studium, wenn es sich auf einzelne, werthvolle und musterhafte, vom deutschen Volksgeist beseelte
Erscheinungen bezieht, die nach den verschiedensten in der
Sache liegenden und dem Standpunkte des Schülers gemässen
Gesichtspunkten so lange betrachtet werden, bis sich in dem
Betrachter eine lebendige Vorstellung und ein lebendiges
Interesse an dem in dem Werke enthaltenen Allgemeinen
feststellt; und dass man andererseits auch den Schüler gewöhnt, das in ihm erzeugte Gefühl, den von ihm gewonnenen
Begriff in eigenen Productionen aus sich herauszustellen, und
so zu beweisen, dass das Gelernte nicht ein abstractes Wissen,
sondern eine lebendige Fertigkeit geworden ist.*) Die Grie-

*) Es liegt dieser Abhandlung fern, von der Lehrmethode, die zu
lebendiger Bildung, also z. B. auch zur Nationalbildung, nothwendig
hinführt, ausführlicher zu sprechen. Aber es kann doch bemerkt werden,
dass die Lehrmethode aus dem Begriffe der Bildung als eine nothwendige Folgerung sich ergiebt und dass, wie die Bildung ein Allgemeines
ist, ein Wissen und Können zugleich, auch die Lehrmethode nicht blos
das Wissen der Sache bewirken, sondern das Wissen in allen Fällen
zu einem fertigen Können fortführen muss. Ein Wissen wird aber durch
die Erhebung vom Einzelnen zum Allgemeinen und ein Können umgekehrt durch die Anwendung des Allgemeinen auf entsprechende einzelne Fälle gewonnen. Ein bildender Unterricht in der lateinischen
Grammatik besteht zunächst darin, dass die Regel aus einer Fülle von
lateinischen Beispielen von dem Schüler selbstthätig abstrahirt wird;
sodann aber zweitens auch darin, dass die klar erkannte und scharf
und bestimmt ausgesprochene Regel auf eine Fülle von Beispielen, die
aus dem Deutschen ins Lateinische zu übersetzen sind, angewandt wird.
Ebenso besteht ein bildender mathematischer Unterricht zuerst darin,

chen gewannen bekanntlich ihre einzig vortreffliche Volksbildung vornehmlich an den homerischen Gedichten, in
denen der Kern des griechischen Volksgeistes enthalten ist.
Sie gewannen diese Bildung aber dadurch, dass sie mit dem
Studium des Homer einen rechten Ernst machten, dass sie
ihn durch und durch kennen lernten und erkannten, dass sie
in Folge einer so lebendigen Erkenntniss von den in dem
Dichterwerke enthaltenen Charakteren und Ideen sich berühren
liessen, mit Liebe und Enthusiasmus sich dafür erfüllten und
das, was ihr Herz so lebendig erfüllte, in Rede und That
zur Anwendung brachten. Auf diesem Wege allein können
wir auch unserer Jugend eine lebendige Nationalbildung verschaffen, so weit sie durch die Schulen hervorgebracht werden kann. Wir müssen sie in die classischen Nationalwerke
und an ihnen auch in die Muttersprache einweihen; müssen
ihnen durch eine sorgfältige Induction klare Vorstellungen
von den darin enthaltenen Grundideen verschaffen, müssen

dass die allgemeinen Sätze aus einer Fülle von Beispielen heraus oder
aus der Anschauung gefunden und durch den Beweis zu einer unum-
stösslichen Gewissheit der Erkenntniss erhoben werden; zweitens aber
darin, dass jeder einzelne Satz auf möglichst viele Beispiele angewandt
und durch entsprechende Aufgaben eingeübt wird. So würde ferner
die Bildung, die an einem classischen Werke der Literatur erworben
wird, zuerst darin bestehen, dass das Buch sorgfältig gelesen, womöglich oft gelesen und nach den verschiedensten, grammatischen, stilisti-
schen, historischen, ästhetischen und anderen Gesichtspunkten unter
der Leitung des Lehrers vom Schüler betrachtet wird; sodann aber
auch darin, dass der Schüler veranlasst und gewöhnt wird, das durch
die Betrachtung des Werks in ihm angesetzte Resultat mündlich und
schriftlich zu reproduciren und in seiner Weise anzuwenden. Was bisher über die Lehrmethode in Bezug auf die Grammatik, die Mathematik und die Literatur kurz angedeutet worden ist, das gilt für alle
Lehrgegenstände, wenn sie für den Schüler ein wirkliches Bildungs-
element werden sollen. Alle Lehrmethode ist sowohl Induction als Anwendung und wirkt nur dann bildend, wenn beide Thätigkeiten sich
entsprechen und gegenseitig ergänzen und vollenden. Die Induction
besteht aber darin, dass durch eine sorgfältige, behutsame, vielseitige
und geordnete Betrachtung der einzelnen Fälle und durch die Vergleichung der einzelnen Fälle eine Vorstellung von dem im Einzelnen
lebendigen Allgemeinen erzeugt wird; die Anwendung dagegen darin,
dass die durch das inductive Verfahren gewonnene allgemeine Vorstellung von der Sache wieder aufs Mannigfaltigste individualisirt, d. h. in
einer Menge einzelner Fälle zur Darstellung gebracht wird.

ihr Herz für diese Nationalschätze erwärmen und sie gewöhnen, Alles, was sie an diesen Kernwerken fühlen und
denken, zusammenhängend auszusprechen, anzuwenden, ihr
Leben danach zu reguliren. Erst wenn es so weit gekommen
sein wird, dass unsere deutsche Jugend und zwar unsere
ganze deutsche Jugend — denn wir wollen und sollen keine
geistigen Proletarier unter uns dulden — in Nationalwerke,
wie das Nibelungenlied und Gudrun, Göthe's Hermann und
Dorothea und Iphigenie, Schiller's von der ächten deutschen,
sittlichen Freiheit erfüllte Werke, Uhland's Balladen, Körner's Leier und Schwert, Lessing's Werke, Claudius und
Aehnliches, so lebendig eingeweiht wird, dass sie den in
diesen Werken enthaltenen Sinn und Geist nicht blos erkennen,
sondern im Innersten fühlen, sich dafür begeistern und ihr .
Leben danach einrichten lernt: erst dann werden wir eine
wahre Nationalbildung haben, erst dann wird aber auch der
Nationalgeist nicht blos ein Eigenthum Einzelner sein, sondern würde zur Weltkraft werden, durch welche die geschicht-
liche Bewegung des Welttheils mit bestimmt wird.

Doch wir haben nicht zu vergessen, dass bei dem gegenwärtigen Standpunkte der weltgeschichtlichen Entwickelung
die Nationalbildung noch nicht das Letzte ist, sondern dass
es etwas Allgemeineres und Umfassenderes giebt — nämlich
die allgemeine (humane) Bildung, in welcher der Begriff der
Bildung erst vollkommen realisirt erscheint. Die Nationalbildung bleibt unter allen Umständen die Wurzel aller Bildung und alle allgemeine Bildung hat sich, wenn sie nicht
ein Abstractum bleiben und gleichsam in der Luft schweben
soll, fort und fort aus der Nationalbildung zu erheben; aber
das Letzte und Höchste ist sie nach dem gegenwärtigen
Standpunkte der Menschheit nicht mehr. Vor dem Eintritt
des Christenthums in die Weltgeschichte war alle Bildung
allerdings im Wesentlichen nur noch Nationalbildung. Die
griechische Bildung, ebenso die römische Bildung, ist Nationalbildung, wenigstens so lange, als diese beiden Völker in
der Blüthe ihrer Kraft standen und sich noch nicht zu ihrem
Verfalle hinneigten. Als sie aber mit auswärtigen Völkern
in Verhältniss traten, ihre Eigenthümlichkeiten mit denen
anderer Völker verglichen und sich durch diese Vergleichung
zum Bewusstsein eines höheren Allgemeinen erhoben, erst

da zeigten sich auch in diesen Culturvölkern die Anfänge
einer allgemein menschlichen Bildung.

Als den Punkt, wo wenigstens in einzelnen Individuen
z. B. des griechischen Volks die allgemein menschliche Bildung ins Dasein tritt, kann man die Entstehung der Wissenschaften ansehen, ins Besondere die Entstehung der Mathematik, der Naturwissenschaften, der Philosophie und der
Sprachwissenschaften. Denn erst von den Wissenschaften kann man sagen, dass sie das allgemein Menschliche
gestalten oder dass sie allgemeine Ideen entwickeln, die sich
über das blos Nationale im angegebenen Sinne des Worts
erheben und daher allen Völkern, welche sich zur Stufe der
Humanität erheben, gemeinsam sind. Zwar giebt es auch
wissenschaftliche Leistungen, die noch das Gepräge der Nationalität an sich tragen, wie z. B. die platonischen Dialoge,
die noch ein Ausdruck des griechischen Volksgeistes sind;
aber solche Werke sind auch noch keine reine Wissenschaft,
sondern geben das Allgemeine noch mehr in Kunstform, also
in einer mehr nationalen Form, denn die Kunst ist der Ausdruck der Idee in nationaler Form. Aber schon die Philosophie des Aristoteles hat das Nationale abgestreift und giebt
die allgemeinen Ideen in allgemein menschlicher Form; noch
viel weniger wird man den naturwissenschaftlichen Werken
desselben grossen Mannes, oder der Geometrie des Euclid
und Apollonius Pergäus, oder den grammatischen Arbeiten
der Stoiker und der alexandrinischen Gelehrten den Charakter
des rein und allgemein Menschlichen absprechen und in ihnen
einen Ausdruck der allgemein menschlichen Bildung vermissen
können. Auch wird man nicht leugnen können, dass die
Griechen und die Römer in ihrer späteren Zeit eine allgemein menschliche Bildung angestrebt und ihre Erziehung
der Jugend darauf hingerichtet haben, obgleich das Resultat
derselben ein sehr unsicheres war und ihre Nationalität mehr
zerstörte als erneuerte und verklärte. Und es war auch kein
besseres Resultat möglich, denn das Christenthum war noch
nicht in die Weltgeschichte eingetreten und daher hatten sie
zwar ein Bewusstsein von allgemein menschlichen Ideen, aber
ein Bewusstsein von der Idee aller Ideen, von dem Princip
aller Principien, von dem Geist aller Geister, der in der
Welt der Natur und des Geistes die Fülle seiner Herrlich-

keit ausgiesst, — ein Bewusstsein von dem Gott, der Geist
und Liebe ist, hatten sie noch nicht. Im Christenthum ist
erst das Princip der allgemein menschlichen Bildung gefunden,
nämlich das Bewusstsein von dem absoluten Geiste, der sich
auch in dem einzelnen Menschen in seiner Wahrheit und
Herrlichkeit zu empfinden und zu erkennen giebt, wenn sich der
Mensch nur selbst aufgiebt und in unbedingter Selbstverleugnung in sich gleichsam erstirbt, damit Gott in ihm lebe
und sein Ebenbild erzeuge.

Erst im Christenthum ist eine allgemein menschliche
Bildung möglich, weil im Christenthum erst die absolut allgemeine Idee gefunden ist, deren wirksame Gegenwart in dem
einzelnen Menschen allein wahrhaft allgemeine Bildung genannt werden kann. Denn wenn die Volksbildung darin bestand, dass der Volksgeist eine wirksame Macht in dem Individuum wurde, so ist die wahrhaft allgemeine Bildung die
thätige Wirksamkeit des göttlichen Geistes im einzelnen
Menschen, so dass der letztere ein freies Werkzeug dieses
Geistes ist. Damit die allgemeine Bildung somit ebenso, wie
die Volksbildung das ganze Individuum durchdringe, so ist
sie ebenso wenig, wie diese, ein blosses abstractes Wissen,
sondern ebenso sehr eine practische Kraft, die sich in jedem
einzelnen Falle zu benehmen und geltend zu machen weiss;
zunächst also wohl ein Wissen, aber ein lebendiges Wissen,
welches das Herz erwärmt und mit Interesse und Liebe erfüllt, mit einer Liebe, die die Quelle aller grossen und edlen
Handlungen ist. Das Christenthum hat gerade wegen der
Unendlichkeit seiner Idee und seines Geistes das Schicksal
gehabt, entweder zu einem todten Dogma, dem die praktisch
treibende und belebende Kraft fehlt, oder zu einem blinden
Fanatismus des Gefühls, dem das klare Verständniss seines
Inhalts abgeht, herabgewürdigt zu werden. Um beiderlei
Verirrungen zu vermeiden, um den Geist des Christenthums
zu einem lebendigen und darum thatkräftigen Wissen zu er-
heben, muss das Individuum einen methodisch geleiteten
Entwicklungsgang durchlaufen, um in sich den Sinn fürs
Allgemeine sicher auszubilden, der zur Auffassung des absolut
Allgemeinen durchaus erforderlich ist. Ein gewisses sicheres
Gefühl von der Idee des Christenthums und ein Handeln nach
diesem Gefühl ist zwar auch ohne weitere Studien möglich, so

wie sie die Volksbildung erfordert; besonders ist das dem
deutschen Volke möglich, das in seiner vortrefflichen Lutherischen Bibelübersetzung das Christenthum in echt nationaler
Form besitzt; aber ein klares und entwickeltes Bewusstsein
von der unendlichen Idee des Christenthums ist nur erst solchen möglich, die in sich den Sinn für das Allgemeine ausgebildet haben. Der menschliche Geist muss sich durch viele
und umfassende Studien geweitet und von der Sinnlichkeit
gereinigt haben, wenn er ein Gefäss werden soll, welches
weit genug ist, das absolut Allgemeine und Heilige in sich
aufzunehmen. Die höchste Idee, die wir Menschen kennen,
die Idee des Christenthums, kann nur derjenige Menschengeist als begriffene Idee in sich aufnehmen, in dem der ideale
Sinn durch anderweitige Studien entwickelt worden ist.

Die höheren Schulen bedienen sich zur Ausbildung dieses
Sinnes für das Allgemeine, den man auch die formelle
Bildung nennt, vorzugsweise der fremden, besonders der
alten Sprachen und Literaturen und einiger Wissenschaften,
z. B. und vor Allem der Mathematik, und man muss sagen,
dass es ein unendlich richtiger Instinct gewesen ist, der die
Schulen dazu gebracht hat, gerade diese Gegenstände zu
wählen, um der Jugend eine höhere formelle Bildung zu
geben, d. h. den Boden der Seele urbar zu machen, damit
die Pflanze des göttlichen Geistes unverkümmert darin aufwachsen kann. Denn was zunächst die fremden Sprachen
betrifft, so sind sie es vorzugsweise, durch deren gründliches
Studium die reinen Begriffe, Kategorien und Principien, die
allem menschlichen Denken zu Grunde liegen und die Auffassung aller Dinge Himmels und der Erde allein möglich
machen, dem Geiste zum Bewusstsein kommen. Denn wie
man überhaupt durch Vergleichung der Unterschiede das
höhere Allgemeine findet, das in diesen Unterschieden lebendig
ist, so findet und erkennt man durch Vergleichung zweier
Sprachen, sofern sie gründlich und methodisch angestellt
wird, das höhere Allgemeine, welches in allen menschlichen
Sprachen sich eine besondere Gestalt gegeben hat, nämlich
das allgemeine menschliche Denken, welches die
Wurzel von allem besondern Denken unter allen Völkern ist.
Schon wenn man für einen und denselben Begriff in zweien
oder mehreren Sprachen verschiedene Worte kennen lernt,

wird man genöthigt, den Begriff von dem Worte, in welchem
sich der Begriff in einer besondern Sprache darstellt, zu sondern, und den Begriff für sich zum Bewusstsein zu bringen.
Wenn man aber ferner die verschiedenen Sätze, Ausdrucksformen und Redeweisen, die zwei verschiedene Sprachen haben, um ihre Empfindungen, Anschauungen und Gedanken
darzustellen, mit einander vergleicht und ihren Unterschied
und ihre Uebereinstimmung sich zu einem lebendigen Bewusstsein bringt und sich darin übt, die Ausdrucksformen
der einen Sprache in die der andern überzusetzen, so erhebt
man sich mit Nothwendigkeit zu den allgemeinen Denk- und
Urtheilsformen, die aller menschlichen Thätigkeit zu Grunde
liegen; man erkennt sie und übt sie praktisch ein, so dass
dieser gemeinsame Pulsschlag jeder Menschenseele, das in
jedem Menschen thätige Allgemeine — das Denken — durch
methodisch geordnete Sprachstudien in dem Zögling nicht
blos von aller Trübheit gereinigt und zu klarer Bestimmtheit
erhoben, sondern zu einer praktischen Kraft wird, die der
Mensch dann in allen Gebieten mit Erfolg zur Anwendung
bringt. Dieses Bildungsresultat hat schon das grammatische
Studium einer fremden Sprache — vorausgesetzt, dass man
es nicht so stoffartig betreibt, wie es häufig geschieht, sondern von einer sicheren und stets zu erweiternden und zu
vertiefenden Kenntniss der Muttersprache aus die Gesetze der
fremden Sprache durch Induction sich zum Bewusstsein bringt
und durch Uebersetzungen auf die besondersten Erscheinungen anwendet und zu einer praktischen Fertigkeit macht.
Wenn man aber vollends das Studium nicht blos auf die
fremde Sprache als blosse Sprache beschränkt und also
nicht blos bei den lexicalischen und grammatischen und sti-
listischen Gesichtspunkten stehen bleibt, sondern die Literatur des fremden Volks durcharbeitet und durchdringt; da
kann es nicht fehlen, dass durch ein solches anhaltendes und
erfolgreiches Bemühen das Licht des allgemeinen Menschengeistes zuerst als eine ferne Morgenröthe, aber je länger je
mehr als eine Lebenssonne aufleuchtet. Denn die Literatur
jedes Volks ist ein Ausdruck des Volksgeistes und wenn ich
daher von dem vaterländischen Geiste und Bewusstsein aus
die Literatur eines fremden Volkes mit Fleiss studire, so
kommen zwei Volksgeister mit einander in Berührung, die

nur in dem über allen Volksgeistern liegenden gemeinschaftlichen Menschengeiste ihre Vermittlung, ihre Verständigung
und ihre Vereinigung finden. Läge nicht den verschiedenen
Sprachen und den Literaturen verschiedener Völker das gemeinsame Menschliche — das Denken — zu Grunde, so
würde ein Volk die Sprache und Literatur eines andern Volkes
schon nicht verstehen; andererseits aber wird durch ein Studium der fremden Literaturen das gemeinsam Menschliche in
den Vordergrund des Bewusstseins gestellt und zum praktisch
wirksamen Princip der menschlichen Thätigkeit gemacht. Es
liegt diesem Aufsatze fern, genauer zu untersuchen, welche
Sprachen denn dazu vorzugsweise geeignet erscheinen, um
den Begriff der Humanität in der Jugend zu erwecken. Aber
auf Eins kann doch aufmerksam gemacht werden. Man wird
einerseits zugeben müssen, dass das gründliche Studium jeder
fremden Sprache bis auf einen gewissen Grad das erwähnte
allgemeine Bildungsresultat nothwendig zur Folge haben wird;
man wird andererseits aber auch nicht leugnen können, dass
eine fremde Sprache mit einer reichen und vollendeten Literatur und mit gebildeten und dabei anschaulichen Formen sich
zu diesem Zwecke mehr eignen wird, als eine andere, die
diese Eigenschaften in geringerem Maasse besitzt; und dass
die Kraft der resultirenden Allgemeinheit des Geistes auch
dadurch grösser wird, wenn der fremde Volksgeist in seiner
Weltanschauung dem vaterländischen Geiste möglichst fern
liegt. Aus diesem Allen aber wird nicht schwer sein zu fol-
gern, dass die beiden alten Sprachen, die griechische und
die römische, die in eminentem Maasse bildenden Sprachen
sind und bleiben müssen.*)

---

*) Die Wirksamkeit eines gründlichen, umfassenden und methodisch
geordneten Studiums der beiden alten Sprachen ist in der That zur
Entwickelung des Sinnes für das Allgemeine im Menschen oder der
Humanität in ihm, die der Träger des göttlichen Geistes sein soll, von
unendlicher Bedeutung und durch keinen anderen Gegenstand auch nur
annähernd zu ersetzen. Die bildende Kraft dieser Sprachstudien liegt
aber zunächst — besonders in den unteren und mittleren Classen der
Gymnasien — in der Grammatik, namentlich in der lateinischen Grammatik, zu der die Grammatik der griechischen Sprache zur ergänzend
und vergleichend hinzuzutreten hat. Die grammatische Bildung allein
reinigt den Boden der Menschenseele von der sinnlichen, noch mehr

Wenn nun aber so das Studium der fremden Sprache
Allgemeinheit des Geistes, die Schärfe und Tiefe des Urtheils

— ——

stoffartigen Auffassung der Dinge, bereitet einen allgemeinen Boden für
die Ideen, erweckt ein Bewusstsein von den Kategorien, mittelst deren
alle Dinge erfasst werden und übt aufs Vielseitigste im Urtheilen und
schärft und verfeinert daher die Urtheilskraft. — In den beiden oberen
Classen sind es sodann aber vorzüglich die classischen Meisterwerke der
Römer und noch vielmehr der Griechen, die einen unerschöpflichen
Schatz von Bildung für den jungen Geist enthalten, der in ihnen recht
einheimisch wird. Was lässt sich schon aus dem einzigen Homer
Grosses für die Jugendbildung gewinnen! Wie kann sich der Sinn für
Anmuth, Angemessenheit und Schönheit, für Klarheit der Auffassung
des Natur- und des Menschenlebens schon an diesem einzig grossen
Dichter entwickeln und wie kann er, wenn er schon einigermassen ent-
wickelt ist, sich daran so recht von Herzen erquicken! — Welche
Grossheit der Anschauungen, welche unerbittliche Gerechtigkeit tritt
uns in dem grossen Historiker Tacitus entgegen! Ist es uns nicht,
wenn wir ihn mit Sinn lesen, als wenn ein Weltgericht über die ver-
dorbene Kaiserzeit gehalten würde? Muss nicht ein Jüngling, dessen
Seele von diesem Geiste berührt worden ist, zu erhabenen und freien
Vorsätzen begeistert werden? Und Aehnliches lässt sich von so manchem anderen grossen Schriftstellern dieser Völker sagen: von Herodot
und Thucydides, von Sophocles und Aristophanes, von Plato und Aristoteles, von Demosthenes und Cicero. Verglichen aber mit solchen Wirkungen, die das gründliche Studium auch nur eines oder des anderen
dieser Meisterwerke der alten Literatur auf den jugendlichen Geist
ausübt, steht der Nutzen des wirklichen Schreibens und Sprechens der
lateinischen Sprache und vollends der in der neuesten Zeit wieder
ernstlich empfohlenen metrischen Uebungen erst in zweiter Linie und
besteht vornehmlich nur in einer Ergänzung des grammatischen Studiums. Die lateinische Sprache ist — Gott sei Dank! — nicht mehr
das Organ unseres Denkens und Empfindens, sondern die Muttersprache
ist statt dessen in ihre wohlbegründeten Rechte eingetreten. Die Reformation hat unter anderem das grosse Verdienst, um die deutsche
Sprache zur heiligen Sprache erhoben zu haben, in der wir Gott erkennen und anbeten. Thomasius und seine Nachfolger haben die deutsche
Sprache nach und nach auch zur Sprache der Wissenschaft gemacht,
zum grossen Segen unseres Volks; denn erst seitdem finden wir eine
selbständige Entwickelung der deutschen Wissenschaft und Kunst. Gegenwärtig bedienen sich der lateinischen Sprache kaum noch einzelne
Philologen in ihren Commentaren zu den alten Classikern, abgesehen
von dem barbarischen Gebrauch derselben zu Doctordissertationen.
Und während nun die deutsche Religion, Kunst und Wissenschaft sich
von der lateinischen Sprache emancipirt haben und ihre Ideen in
deutscher Sprache darstellen und schon so lange darstellen, dass es
nicht mehr möglich wäre, diese Werke ins Lateinische zu übersetzen,

zur Folge hat, so gewöhnt die Mathematik, abgesehen davon,
dass sie die allgemeinsten Grundanschauungen des Naturlebens
giebt, wie die Sprache die des geistigen Lebens, an die Nothwendigkeit des Denkens und Erkennens*) und Beides zusammen: nämlich die Allgemeinheit und Nothwendigkeit des
Denkens und sodann die praktische Fertigkeit, dem Gedanken
die für jeden gegebenen Fall angemessene Gestalt zu geben
— dies ist es, was man mit dem Ausdruck der formellen
Bildung bezeichnet. Es ist die zur praktischen Virtuosität
gewordene Fähigkeit, in allen Fällen des Lebens denkend
sich zu verhalten und denkend sich zurecht zu finden. Die
Kenntniss der allgemeinen Gesichtspunkte, nach denen die
Dinge beurtheilt werden müssen, und die Gewandtheit, sie in
jedem gegebenen Falle zweckmässig anzuwenden; die Klarheit, Bestimmtheit und Schärfe des theoretischen und praktischen Urtheils, die Fähigkeit, logisch zusammenhängend
zu denken und den Zusammenhang jedes gegebenen Falls in
seiner eigenthümlichen Färbung zu finden, die Richtigkeit,
die Gewandtheit, ja Schönheit der Rede und die Fertigkeit,
in jedem Falle, wo gesprochen oder geschrieben werden muss,
diejenige Form der Rede anzuwenden, welche die sicherste
Wirkung hervorbringen muss, — kurz! was die Alten mit
den zwei Worten *sapere et fari* zu bezeichnen pflegten,
das ist es, was man mit dem Worte der formellen Bildung
bezeichnet. Was aber oben von der Bildung überhaupt gesagt worden ist, nämlich dass sie nothwendig theoretisch und
praktisch zugleich ist oder in einer Sphäre liegt, in der
Theorie und Praxis coincidiren, das gilt nun auch von diesem
Haupttheil der allgemeinen Bildung, welchen man formelle
Bildung nennt. Nicht der ist schon gebildet, der die allge-

---

da sollte es noch möglich sein, den Schülern der obersten Classen die
lateinische Sprache wieder als Organ ihres wissenschaftlichen Denkens
und ihres Empfindens aufzudrängen und den deutschen Aufsatz, in dem
allein das Innere einen entsprechenden Ausdruck finden kann, zu beschränken?

*) Nur muss die Mathematik, um diesen Zweck zu erreichen, nicht
so dürftig betrieben werden, wie in einer auch sonst an gewagten Be-
hauptungen reichen Broschüre „zur Revision des Lehrplans höherer
Schulen" von Landfermann vorgeschlagen wird, nach welcher selbst die
Trigonometrie aus dem mathematischen Lehrplane der Gymnasien ge-
strichen werden soll.

meinen Gesichtspunkte des Denkens blos weiss, sondern erst
derjenige, der dieselben in jedem einzelnen Falle zweckmässig
anwenden kann; nicht derjenige ist schon gebildet, der die
Urtheilsformen kennt und sie auch in vielen Fällen geübt
hat, sondern der die Kraft des Urtheils in sich trägt, die
sich in keinem einzelnen Falle verleugnet und sollte sich
seine Urtheilsfähigkeit auch blos darin äussern, dass er die
Grenzen seiner Urtheilsfähigkeit erkennt; nicht derjenige ist
schon gebildet, der die Muttersprache kennt, sondern erst
derjenige, der die Gewandtheit im Sprechen und Schreiben
hat, dass er für jeden Inhalt, der in der Rede zu behandeln
ist, die klarste, anschaulichste, wirksamste und schönste
Redeform zu finden weiss. Kurz! diese Fähigkeit des *sapere*
und *fari*, die die formelle Bildung ausmacht, muss zur schlag-
fertigen Gewandtheit, zur praktischen Geistesgegenwart geworden sein, wenn sie wirklich werthvoll und für das innere
und äussere Leben brauchbar sein und in Wahrheit Bildung
heissen soll. Und dass diese formelle Bildung einen unschätzbaren Werth hat und ein unentbehrlicher Bestandtheil der
allgemeinen Bildung ist, wer wollte es leugnen? Mindestens
alle höheren Stände, alle Vertreter allgemeiner Angelegenheiten, die Leiter und Erzieher des Volks bedürfen dieso
Bildung, um ihren Lebenszweck würdig zu erfüllen.

Aber ein Letztes ist die formelle Bildung nicht, sondern
eine, wenn auch unentbehrliche Kraft, die zu allen möglichen Zwecken verwandt werden kann, selbst zu solchen,
die der absoluten Bestimmung der Menschheit nicht blos fern
liegen, sondern damit im Widerspruch stehen. Es hat bekanntlich genug Menschen gegeben und giebt es noch, denen
man die formelle Bildung — die praktische Kraft zu denken
und zu reden — in hohem Maasse beilegen musste und die
doch die höchsten Interessen der Sittlichkeit und des Geistes
verletzten. Die Sophisten waren formell höchst gebildete
Menschen, aber meistentheils Menschen, denen das Gefühl
und der Zweck der Wahrheit verloren gegangen war und
die daher ihre Bildung theoretisch dazu verwandten, um bald
das Eine bald das reine Gegentheil davon zu beweisen; praktisch aber, um sich recht viel Geld zu erwerben oder sich
wegen ihrer Klugheit von den Menschen anstaunen zu lassen.
Auch die Jesuiten waren meist formell sehr gebildete Leute,

aber Leute, die ihre Bildung dazu verwandten, um der Bildung im absoluten Sinne des Worts den Garaus zu machen und den aus dem evangelischen Geiste erwachsenen Protestantismus zu Grunde zu richten. Die formelle Bildung ist eine Kraft, die in den Dienst der verschiedensten Zwecke gestellt werden kann, die aber nur in dem Falle ein berechtigtes, dann aber auch ein durchaus unentbehrliches Moment der Bildung schlechthin ist, wenn sie ihren Zweck in den absoluten Zweck der Menschheit stellt und dem Geiste dienstbar ist. Die blos formelle Bildung kann kluge, witzige und gewandte, aber keine grossen, geistvollen, edlen und guten Menschen erzeugen, sie schafft gute Werkzeuge zu äusseren Zwecken, aber keine selbständigen Geister von absolutem Werthe und Endzwecke in sich selbst. Die formelle Bildung muss sich in den Dienst einer Idee stellen, wenn sie ein gesundes und segensreich wirksames Moment in der allgemeinen Bildung, von der hier die Rede ist, werden soll. Diese Idee kann nun allerdings auch eine solche sein, die noch mehr oder weniger den Charakter der Relativität hat; es kann z. B. die Idee des Vaterlands sein, so dass Alles, was der Mensch denkt und thut und wozu er seine Bildung verwendet, den letzten Zweck hat, dem Vaterlande zu dienen, und es ist oben schon angedeutet worden, dass die Idee des Vaterlandes der Ausgang jeder Bildung sein muss und dass der Patriotismus auch auf dem allgemeinsten Standpunkte der Bildung noch wirksam bleiben wird, wenn auch verklärt und idealisirt in der allgemeinen Idee der Menschheit; aber seit dem Eintritt des Christenthums ist doch die Menschheit dem blos nationalen Standpunkte entwachsen und der nationale Standpunkt lässt sich daher auch jetzt nicht mehr als der letzte festhalten. Andere finden in der Idee einer bestimmten Wissenschaft oder Kunst den letzten Zweck, für den sie arbeiten und die Kraft ihrer formellen Bildung schliesslich verwenden; es sind das edle vortreffliche Menschen, wenn sie frei von Eitelkeit sind; aber das absolute Ziel des Menschen können solche specielle Ideen nicht bilden.

Dieses leistet allein das Grundprincip der Menschheit, das Princip des Christenthums. Jeder, der das Christenthum erkannt hat, etwa aus dem unvergleichlichen Römerbriefe des neuen Testaments, wird zugeben, dass dasselbe nicht

etwa blos aus einer Summe von religiösen und moralischen
Lehren besteht, sondern dass es ein Lebensprincip ist und
zwar das höchste Lebensprincip, welches alle anderweitigen
Principien in sich aufnimmt und so nichts verloren gehen
lässt, was unter den Menschen jemals mit Recht als wahr,
gut, edel und schön bezeichnet worden ist. Man kann das
Princip des Christenthums als das Princip der Liebe bezeichnen gemäss dem Ausspruche des neuen Testaments:
Gott ist die Liebe und wer in der Liebe bleibt, der bleibt
in Gott und Gott in ihm. Oder man kann sein Wesen in
die Erkenntniss Gottes setzen gemäss dem Ausspruche: Darin
besteht das ewige Leben, dass sie Dich, der Du allein wahrer Gott bist, und den Du gesandt hast, Jesum Christum
erkennen. Oder man kann den Geist als den Begriff und
Zweck dieser Religion bezeichnen und zwar nun nicht mehr
als Familiengeist oder als Volksgeist oder als Menschengeist,
sondern als absolut göttliche Substanz im Sinne des Aus-
spruchs: Gott ist ein Geist und die ihn anbeten, müssen
ihn im Geist und in der Wahrheit anbeten. Oder man kann,
wenn man vom Menschen ausgeht, das Wesen des Christenthums in die Selbstentäusserung, in den Tod der Ichheit
setzen, insofern der Mensch nur durch diesen Tod des Todes
ein freies Werkzeug des göttlichen Geistes und ein Abbild
Jesu Christi, des Urbildes menschlicher Vollkommenheit und
des Ebenbildes der Gottheit, werden kann. Auf welche
Weise man aber den Kern des Christenthums bezeichnen
möge — und alle Bezeichnungen weisen zuletzt auf einen
und denselben Punkt hin, der vielleicht nicht mit einem
einzigen Worte bezeichnet werden kann —, immer ist das
Christenthum ein unendliches Princip, also nicht blos Praktisches, ebenso wenig aber auch etwas blos Theoretisches,
sondern etwas Allgemeines und zwar das unbedingt Allgemeine, welches sich zwar in den verschiedensten menschlichen
Verhältnissen, Thätigkeiten, Völkern und Individuen aufs
Reichhaltigste, ja in unerschöpflichen Formen individualisirt,
aber in allen seinen Offenbarungsformen sich selbst gleich
bleibt, derselbe Geist der Wahrheit, der Liebe und des Friedens, dasselbe Licht der ewigen Wesenheit. Und dieses
Princip des Christenthums, welches das Princip aller Principien, die Idee ist, in der sich alle anderen Ideen centrali-

siren, ist denn nun auch das Princip der absoluten Bildung, in welcher alle anderweitige Bildung aufgeht. Gebildet aber in diesem absoluten Sinne ist derjenige, in welchem das Princip des Christenthums — der Geist der Wahrheit und der Liebe — eine freie und lebenskräftige Gestalt gewonnen hat. Die christliche Bildung ist also zunächst darin aller sonstigen Bildung gleich, dass sie ein inneres Sein und Leben ist, welches nicht etwa blos in einzelnen bestimmten Vermögen und Thätigkeitsformen des Menschen wirksam ist, sondern alle Vermögen und Thätigkeitsformen durchdringt und mit einander in lebendige Wechselwirkung bringt. Die christliche Bildung ist also zunächst ein Wissen und eine Gewissheit von dem christlichen Princip, also ein Wissen von Gottes absolutem Wesen, von der menschlichen Bestimmung und von der Gemeinschaft des Menschen mit Gott; aber kein blosses abstractes Wissen, sondern ein lebendiges Wissen, welches in die Gesinnung des Menschen eindringt und ihn in dem ganzen Umkreise seines Daseins zu einer thätigen Wirksamkeit in dem christlichen Geiste bestimmt und kräftigt. Ebenso ist die christliche Bildung ein Wollen und Handeln, aber kein solches Wollen und Handeln, welches seinen Bestimmungsgrund in etwas Aeusserlichem hätte und überhaupt für sich selbst etwas werth wäre und bedeutete, also keine Werkheiligkeit, sondern ein geistvolles Wollen und Handeln, welches ein lebendiger Ausfluss und nothwendiger Wiederschein des inneren Glaubens und Wissens ist.

Diese lebendige Einheit des Inneren und des Aeusseren, des Wissens und des Thuns, der Wahrheit und der Sittlichkeit hat die christliche Bildung mit aller Bildung gemein, denn diese lebendige Wechselwirkung zwischen den beiden Extremen der menschlichen Thätigkeit liegt in dem Begriff der Bildung überhaupt; aber die christliche Bildung unterscheidet sich von jeder andern Form der Bildung durch ihre Universalität, die eine Folge ihres absoluten Princips ist. Sie nimmt als die schlechthin allgemeine Bildung alle besonderen Formen der Bildung in sich auf und verwendet sie zu ihrem Dienste. Sie bedarf, um die absolute Wahrheit zu erkennen, der entwickeltsten Denkkraft, des schärfsten Urtheils und des consequentesten Schlussvermögens, selbst auch der vorzüglichsten Gewandtheit der Sprache und fasst also inso-

fern auf den Resultaten der formellen Bildung. Sie bedarf
aber auch, um ihren Geist zur praktischen Ausübung zu
bringen, der verschiedenen Sphären der menschlichen Gemeinschaft: der Familie, des Staats, des Vaterlands, der
Gemeinde, um der Liebe in allen Formen eine praktische
Gestalt zu geben, und ruht insofern auf der Familiensitte
und auf der Nationalbildung. Aber umgekehrt müssen sich
alle anderen Formen und Arten der Bildung zuletzt in den
Dienst der christlichen Bildung begeben und in ihr ihre
Wahrheit und Vollendung finden, wenn sie nicht endlichen
und selbstsüchtigen Zwecken und Interessen verfallen, oder
doch wenigstens in einer Relativität des Seins und Wirkens
verharren sollen, die, wenn sie auch in sich Werth hat,
doch keinen absoluten und durch Noth und Tod hindurch-
reichenden Frieden geben kann. Diesen giebt allein die
christliche Bildung, die daher als die Wahrheit und der
Endzweck aller Bildung bezeichnet werden muss.*)

*) Die christliche Bildung in dem oben angedeuteten Sinne ist
durch die Familienerziehung zu begründen und erst durch die Arbeit
des ganzen Lebens zu vollenden; aber auch die Schulen haben ihren
Theil zu leisten, diese Bildung zu entwickeln, namentlich gilt das auch
von den Gymnasien. Wie das Christenthum das allbestimmende Weltprincip sein soll, so sollen auch die Gymnasien christlich sein. Sie sind
es aber, wenn 1) der ganze wissenschaftliche Unterricht dieser Anstalten nicht auf äusserliche Zwecke irdischer Nützlichkeit geht,
sondern durchaus das reine Interesse der allgemeinen Bildung und Erkenntniss der Wahrheit festhält, weil die Seele allein durch eine solche
uninteressirte und uneigennützige Bildung ein brauchbares Werkzeug für
das Vollkommene werden kann; wenn aber auch 2) das Christenthum·
in den Gymnasien aus den Grundquellen lebendig erkannt und in
dem Schulleben geübt wird. In diesem Sinne sollen alle Gymnasien
der Gegenwart christliche Schulen sein. Wenn aber in der neuesten
Zeit nur einigen wenigen Anstalten der Art der Name christlicher Gymnasien beigelegt werden soll, so wird man sich zweier Bemerkungen
nicht entschlagen können. Zuerst muss es etwas Verletzendes für die
anderen Gymnasien haben, wenn ihnen dadurch indirect gewissermassen
das Christenthum abgesprochen werden soll. Und zweitens ist denn
doch auch zu bemerken, dass das Ziel eines christlichen Gymnasiums
ein so grosses und schwer zu erreichendes ist, dass man schon herzlich
froh wird sein können, wenn eine Anstalt auch nur die Tendenz nach
dem christlichen Geiste aufrichtig festhält und behauptet. Der Name
ist in diesem Falle noch nicht die Sache und der Name kann, wenn er
nicht lebenskräftig die Sache in seinem Hintergrunde hat, sogar leicht
als ein blosses Aushängeschild erscheinen und so genommen werden.

V.

Der Begriff der Religion.*)

Es ist sehr gewöhnlich, dass man unter denjenigen
Eigenschaften oder Merkmalen, durch welche sich der Mensch
von allen uns näher bekannten Wesen unterscheidet, die
Religion in die erste Linie stellt. Und in der That wird
man bekennen müssen, dass triftige Gründe für diese Annahme existiren, mag man nun entweder die Geschichte
der ganzen Menschheit betrachten oder die Geschichte eines
einzelnen Menschenlebens. Denn was zuerst die Geschichte
der Menschheit betrifft, so möchte man bisher schwerlich ein
Volk gefunden haben, welches, wenn es sich nur einigermassen über die thierische Rohheit erhoben hat, nicht gewisse religiöse Anschauungen gehegt und danach sein Leben
gestaltet hätte. Und wenn man auch bisweilen hört und
liest, dass zu manchen Zeiten und unter manchen Völkern
die Religion in den Hintergrund getreten ist oder mehr oder
weniger verschwunden geschienen, so kann man sich doch
auch bei näherer Betrachtung überzeugen, dass solche Be-
hauptungen in der Regel nur auf einem äusseren Schein beruhen. Theils nämlich verwechselt man gar häufig das Verschwinden gewisser religiöser Vorstellungen mit dem
Verschwinden der Religion überhaupt. Theils aber bildet ein solcher scheinbarer Mangel der Religion zu einer
Zeit oder in einem Volke die Vorbereitung einer um so grösseren Energie des religiösen Geistes zu einer anderen Zeit
oder in einem anderen Volke. Die Menschheit fühlt diesen
Mangel an Religion, wie er auch entstanden sein möge und
ersetzt ihn bald darauf durch eine um so grössere Fülle.

*) Michaelis 1855 als Programmabhandlung erschienen.

Ebenso finden sich auch in dem Leben eines einzelnen Menschen wohl Momente oder auch ganze Zeitperioden, wo das religiöse Gefühl schwach wird oder ganz zu verschwinden scheint, um aber dann zu anderen Zeiten und unter anderen Verhältnissen nur um so energischer hervorzubrechen und das Leben zu durchdringen. Und selbst wenn man auch zugeben mag, dass manchem Menschen das religiöse Bewusstsein fast ganz abhanden gekommen zu sein scheint, so wird man auch finden, dass einem solchen Leben der letzte Halt fehlt, der dem Menschen absolute Freiheit und Zuversicht giebt und ihn befähigt, wahrhaft und in vollem Maasse ein Mensch zu sein, so dass demnach der Mangel der Religion mehr als etwas Anderes beweist, dass die Religion ein wesentlicher und unentbehrlicher Bestandtheil ist von der menschlichen Vollkommenheit. Ob übrigens ein einzelner Mensch Religion hat oder nicht und in welchem Maasse er sie hat, darüber können andere Menschen nicht vollgültig urtheilen, und zwar um so weniger, je fanatischer sie einer bestimmten religiösen Anschauung ergeben sind. Darüber kann zuletzt nur der Allwissende vollkommen urtheilen. Was manche Menschen von einer determinirten Richtung an anderen Menschen Irreligiosität nennen, das ist in vielen Fällen nur eine andere Form und Art der Religion, als die ist, welche der Verurtheilende für die allein wahre hält. Der sogenannte Atheismus, dessen der berühmte Philosoph Fichte von Seiten der geistlichen Oberbehörde des Kurfürstenthums Sachsen ehedem bezüchtigt wurde, war nur eine andere und, wie mir scheint, viel tiefere Form der Religion, als die leblose kursächsische Orthodoxie verlangte; und gegenwärtig wird Fichte von Niemandem, der ihn näher kennt, für einen irreligiösen Menschen gehalten, sondern man rechnet ihn, wie hinsichtlich seines Patriotismus, seiner Geistesschärfe und seines sittlichen Charakters, so auch hinsichtlich seiner Religiosität mit Recht zu den edelsten Söhnen unseres deutschen Vaterlandes. Die Wahrheit ist, dass die Religion sehr verschiedene Formen und Gestalten, sowie unendlich verschiedene Grade der Intensität annehmen und daher unter ganz besonders ungünstigen Umständen bis zur blossen Anlage zusammenschrumpfen, aber auch umgekehrt unter ganz besonders günstigen Verhältnissen jene gewaltigen religiösen Virtuosen, wie die Apostel

und die Reformatoren erzeugen kann, die mit ihrem religiösen Geiste alle Zeiten erleuchten; aber trotz aller dieser Unterschiede wird man die Religion doch stets als etwas allgemein Menschliches betrachten müssen, das den Menschen
ebenso bestimmt charakterisirt, als die Vernunft und die
Sprache. Wenn es aber wahr ist, dass die Religion zur
Substanz des Menschen wesentlich mitgehört, und wenn
es wahr ist, dass die Haltung und Freiheit des Lebens eines
Menschen grösstentheils, wo nicht ganz und gar, von dem religiösen Bewusstsein, welches ihn beseelt, abhängig ist, so
wird auch, wie ich hoffen darf, eine wissenschaftliche Betrachtung über den Begriff der Religion für jeden Gebildeten
von Interesse sein müssen, vorausgesetzt, dass sie nicht blosse
Worte und äusserliche Vorstellungen enthält, sondern das
Wesen der Sache berührt und dasjenige mit Klarheit und im
Zusammenhange ausspricht, was jeder wahrhaft religiöse
Mensch in seinem Innersten fühlt und sich vorstellt und wonach er strebt.

Wenn ich mir nun aber gerade diese Aufgabe stelle, den
Begriff der Religion zu bestimmen und zu entwickeln, so
verstehe ich das Wort Begriff in dem prägnanten Sinne,
in welchem es in der neueren deutschen Philosophie, vor
Allem in der Hegelschen Philosophie, gefasst worden ist
und in welchem es im Grunde von jeher jede gründliche
Wissenschaft und selbst der Sprachgebrauch stets gefasst hat.
Hiernach aber versteht man unter dem Begriff einer Sache
nicht etwa blos etwas Formelles, was mit der Sache in keiner lebendigen Beziehung steht, sondern das innerste
Wesen der Sache selbst, das die Sache zu dem macht,
was sie ist, und das sie von allen anderen Sachen in der
Welt aufs Bestimmteste unterscheidet; — das *punctum saliens*
gleichsam, von welchem die Sache ihre eigenthümliche Form
und Bedeutung und ihre naturgemässe Entwickelung empfängt.
Der Begriff einer Sache ist mit dem Lebenskeim einer Pflanze
zu vergleichen. Wie in einem solchen Lebenskeime die ganze
Eigenthümlichkeit und die wesentlichen Eigenschaften der
Pflanze präformirt liegen, und keine Gestalt und keine Entwickelung im Verlauf der Zeit in der Pflanze hervortreten
kann, die in diesem Keime nicht schon von Haus aus der
Anlage nach gelegen hätte, so liegt auch in dem Begriff

einer Sache die volle Eigenthümlichkeit und Wesenheit derselben, und was nur irgend von ihr mit Grund gesagt werden kann und darf, das muss schon in einfacher Bestimmtheit in dem Begriffe derselben gelegen haben und muss durch
eine gründliche Schlussfolge aus diesem Begriffe hervorgehen.
Es ist bekannt, dass die Wissenschaft der Mathematik sich
durch ganz besonders scharfe Begriffsbestimmungen auszeichnet; aber es ist auch nicht minder bekannt, dass diese mathematischen Begriffsbestimmungen durch die reichhaltigsten
Folgerungen sich auszeichnen und das sichere Fundament von
einer abgerundeten und durch und durch bewiesenen Wissenschaft bilden. Der Mathematiker giebt z. B. den Begriff des
Kreises mit musterhafter Klarheit und Bestimmtheit, aber er
setzt sich dadurch auch in den Stand, die so schön abgerun-
dete und durch und durch begründete Kreislehre mit ihren
reichen, interessanten und bedeutsamen Sätzen herzuleiten,
die in wohlgeordneter Folge aus dem Begriffe des Kreises
gleichsam hervorwachsen, wie Stamm, Blätter, Blüthen und
Früchte eines Baumes aus seiner Wurzel. So beruhen alle
gründlichen Wissenschaften auf klar und sicher bestimmten
Begriffen, und so auch die Religionslehre und die Religionswissenschaft auf dem richtig gefassten Begriffe der Religion.
Der Begriff der Religion ist noch nicht die Religionslehre
selbst, gleich wie der Begriff des Kreises noch nicht die
Kreislehre und der Begriff der Seele noch nicht die Psychologie ist; aber eine gründliche Religionslehre ruht ganz und
gar auf dem Religionsbegriffe und folgt mit logischer Nothwendigkeit aus diesem Begriffe und ist nichts Anderes als
der nach allen seinen Momenten entwickelte Begriff. Der
Begriff der Religion ist daher der nothwendige Vorläufer jeder
gründlichen Religionslehre. Was die Ouvertüre von einer
Oper ist, das ist der Religionsbegriff von der Religionslehre
und Religionswissenschaft. Wie eine gute Ouvertüre alle
Melodien und Motive der Oper schon in elementarer Einfachheit enthält, so dass man darin die ganze Oper wie im Keime
— gleichsam *in nuce* — erhält, so liegt in dem Begriffe der
Religion in einfacher Bestimmtheit die ganze Religionslehre
zusammengedrängt, und die Religionslehre selbst hat gleichsam nur die Fäden auseinander zu legen und zu einem sym-
metrischen Gewebe auszuspannen, die in dem Begriffe der

Religion noch in einem Punkte zusammengedrängt liegen.
Was in dem Begriffe der Religion liegt, das hat dann die
Religionslehre mit logischer Nothwendigkeit herauszuheben
und zu entwickeln und dabei ebenso sehr herkömmliche und
trivial gewordene Redensarten zu vermeiden, als dunkele und
zweideutige philosophische Floskeln, denn wer das Wesen
einer Sache erkannt hat, der spricht sie eben so lebendig
als klar aus und zur Klarheit gehört auch, dass er dunkele
und zweideutige philosophische Floskeln vermeidet. Von
einer Begriffsbestimmung der Religion ist daher zu verlangen,
dass sie das Wesen der Religion scharf, bestimmt, klar und
vollständig darstellt und daher auch die Quintessenz einer
systematischen Religionslehre enthält, ihre Bestandtheile sicher
andeutet und in allgemeinen Umrissen umschreibt, wenn auch
ein ganzer Cyclus von Vorträgen dazu gehören würde, um
Alles zu entwickeln, was in diesen Andeutungen der Begriffsbestimmung liegt.

Es wäre nun schon eine besondere und zwar sehr interes-
sante und lehrreiche Aufgabe der Forschung, wenn man die
verschiedenen Begriffsbestimmungen, die die Denker aller
Religionen und Zeiten von der Religion gegeben haben, verfolgen und mit einander vergleichen möchte. Man würde
dann einen Reichthum und eine Mannigfaltigkeit der Bestimmungen finden, die jeden in Erstaunen setzen möchte und
die nur aus der Fülle des Geistes, der in diesem Begriffe
verborgen liegt, erklärt werden könnte. Aber ebenso auffallend und bemerkenswerth ist die andere Beobachtung, dass
in allen Unterschieden dieser Bestimmungen auch eine feste
Gleichheit und Uebereinstimmung sich findet, welche uns die
Ueberzeugung giebt, dass die Urheber dieser Definitionen
einen und denselben Gegenstand vor Augen hatten — ein
und dasselbe Licht, das nur je nach der individuellen Natur
und Beschaffenheit ihres inneren Auges verschieden gebrochen
wurde und in verschiedenen Farben leuchtete. Alle Definitionen nämlich, die jemals von dem Begriff der Religion
gegeben worden sind, lassen sich auf den allgemeinen Satz
zurückführen, dass die Religion ein Verhältniss des Menschen
zu Gott oder auch umgekehrt ein Verhältniss Gottes zu dem
Menschen ist. Das ist gleichsam die Grundformel aller Begriffsbestimmungen von der Religion; das Eine und Gleiche

in allen noch so verschiedenen Bestimmungen des Religionsbegriffs. Denn mögen wir die Religion erklären als die Gemeinschaft des Menschen mit Gott, oder als die Art und
Weise, wie der Mensch Gott erkennt und verehrt, oder als
das Gefühl der absoluten Abhängigkeit des Menschen von
Gott, oder als das Bewusstsein des Menschen von Gott, oder
als das Leben des Menschen in Gott, oder das Leben Gottes
im Menschen, oder sonst wie — immer liegt diesen und
allen anderen Erklärungen das Gemeinsame zu Grunde, dass
die Religion in einem eigenthümlichen Verhältnisse besteht,
welches den Menschen mit Gott verbindet. Es sind demnach
drei Begriffe, auf welche der Begriff der Religion bei Allen,
die ihn bestimmt haben, zurückgeführt wurde; nämlich der
Begriff Gottes, der Begriff des Menschen und der Begriff des
Verhältnisses beider zu einander, mag nun dieses Verhältniss als Gemeinschaft, als Gefühl, als Gedanken, als Leben
oder sonst wie bestimmt werden. Dass aber nun trotz dieser
Gleichheit in den Begriffsbestimmungen der Religion die verschiedenen Menschen doch so höchst Verschiedenes sich unter
der Religion denken und so ganz verschiedene, ja oft gerade
entgegengesetzte und feindlich sich bekämpfende Systeme
der Religion aufstellen, das kommt daher, dass die allgemeineren Begriffe, auf welche der Begriff der Religion zurückgeführt wird, wieder einer sehr verschiedenen und verschiedenartigen Auffassung fähig sind und wirklich auch in der
verschiedensten Weise verstanden werden. Denn nehmen wir
von den oben angeführten Begriffsbestimmungen eine heraus,
etwa diejenige, die ich für die umfassendste und intensivste
halte (und diesem Vortrag zu Grunde legen werde), nämlich
dass die Religion das Leben des Menschen in Gott oder das
Leben Gottes in dem Menschen ist, so kann sie trotz ihrer
Einfachheit und Präcision doch aufs Verschiedenartigste verstanden und daher auch zu ganz verschiedenen Religions-
systemen entwickelt werden, je nachdem die Grundbegriffe,
von denen Alles abhängig ist, nämlich die Begriffe: Gott,
Mensch und Leben verstanden und gefasst werden. Wie
laut dem Menschen auch das Herz schlagen mag, wenn er
an Gott denkt, welchen Trost es ihm auch gewähren mag
im Leben und im Sterben, wenn er Gott mit seinem Herzen
festhält; so lässt sich doch andererseits auch nicht leugnen,

dass verschiedene Menschen je nach ihrer Bildung, Einsicht, Erziehung, Nationalität und Confession von Gott ganz verschiedene Ideen haben. Wie ganz anders wird der Inhalt und Geist der Religion, je nachdem man sich Gott denkt als die absolute Macht oder als die absolute Liebe, je nachdem man sich Gott vorstellt als den absoluten Herrn oder als den ewig liebenden und als Liebe sich offenbarenden Vater? Und wie noch ganz anders wird der Begriff der Religion, je nachdem man sich Gott entweder als blosse Naturmacht oder als Geist denkt? Es unterliegt keinem Zweifel, dass die verschiedenen Religionen, die im Verlaufe der Geschichte der Menschheit hervorgetreten sind oder noch bestehen, grösstentheils von den verschiedenen Begriffen abhängen, die die Menschen von Gott in sich tragen. Die Naturreligionen sind diejenigen, in welchen Gott mehr oder weniger und auf die eine oder die andere Art als Naturmacht gewusst wird, während man in den Geistesreligionen Gott als geistiges Wesen begreift. Und wenn man auch das Judenthum und das Christenthum beide als Geistesreligionen bezeichnen kann, so unterscheiden sie sich doch wieder wesentlich von einander durch die wesentlich verschiedene Anschauung, die beide von dem höchsten Geiste haben und nach allen Seiten hin geltend machen. Denn so verwandte Elemente auch beide Religionen haben und so sehr sie beide auf einander hinweisen mögen, so wird doch in der jüdischen Religion, wie sie uns in dem alten Testamente vorliegt, Gott vornämlich als blosser Herr, aber im Christenthum, wie wir dasselbe im neuen Testamente dargestellt finden, als alliebender Vater aufgefasst, der sein ganzes unendliches Wesen seinen Kindern aufschliesst und mittheilt und insbesondere in seinem eingebornen Sohne die ganze Fülle seiner Herrlichkeit offenbar macht.

Zu ganz ähnlichen Resultaten gelangen wir, wenn wir den zweiten Grundbegriff, auf welchem der Begriff der Religion als Leben des Menschen in Gott beruht, nämlich den Begriff des Lebens erwägen. So bestimmt sich auch das Leben von dem Tode unterscheidet, und so schauerlich dem Menschen zu Muthe wird, wenn er den Tod vor Augen hat, und so heiter und froh er ist, wenn er Leben vor sich sieht oder in sich trägt, so hat doch auch der Begriff des

Lebens sehr verschiedene Formen und Momente in sich, und je nachdem man den Begriff so oder so versteht, je nachdem wird auch der Begriff der Religion ein anderer, oder wenigstens ein reicherer oder ärmerer, obgleich man ihn immerhin auf dieselbe Art bestimmt, nämlich als das Leben Gottes in dem Menschen. Denn der Begriff des Lebens ist ein höchst universeller, vieldeutiger und vielseitiger Begriff. Wie so wesentlich anders ist das Leben unseres Leibes in der Seele, als das Liebesleben, welches zwei sich innig liebende Menschen mit einander verbindet. Das Leben des Leibes in der Seele charakterisirt sich, wenigstens so lange volle Gesundheit herrscht, besonders dadurch, dass der Leib von der Seele durch und durch gestaltet, bestimmt, bewegt und von Stufe zu Stufe entwickelt wird. Sobald der Leib in der Seele nicht aufgeht, so hat das eigentliche Leben aufgehört und der Leib ist zum Leichnam geworden; so lange er noch wirklich ein Leib ist, so lange ist er von dem Seelenprincip durch und durch in Beschlag genommen und hat sich in ihm ganz aufgegeben; dennoch hat auch der Leib ein gewisses Fürsichsein der Seele gegenüber und macht dadurch der Seele oft viel zu schaffen. Wie ganz anders aber ist das Liebesleben, das zwei Seelen leben, die in dem Verhältniss der innigsten Freundschaft zu einander stehen, wie unendlich selbständiger sind doch hier die beiden Factoren des Lebensprocesses, und doch auch wiederum wie unendlich inniger ihr Ineinandersein. Eins geht wohl in dem andern auf, wie auch der Leib in der Seele aufgeht, aber jedes findet sich in dem andern wieder, die Selbständigkeit wird durch das gegenseitige sich Aufgeben und sich Aufheben so wenig vernichtet, dass sie sich dadurch vielmehr erst recht bestätigt und befestigt. Wenden wir nun auch nur die beiden soeben bezeichneten Bedeutungen des Lebens auf die Religion an, so kommen wir zu zwei ganz verschiedenen Auffassungen des Religionsbegriffs. Wenn der Mensch in der Weise in Gott lebte, wie der Leib in der Seele lebt, so verlöre er durch die Religion den Haupttheil seiner Selbständigkeit, er gäbe sich selbst in Gott absolut auf, ohne sich in ihm neugeboren wieder zu finden, der Mensch wäre in dieser Weise ein blosses Organ Gottes, damit Gott Alles in Allem wäre. Und diese Religion, in welcher der Mensch

zu Gott sich verhält, wie unser Leib zu unserer Seele,
ist nicht etwa blos eine fingirte Religion, sondern sie hat
seit Jahrtausenden bestanden und sie besteht noch. Es
ist das die Religion des Pantheismus, die selbst wieder in
tausend und aber tausend verschiedenen Formen existirt. Das
Brahmanenthum in Ostindien ist z. B. eine der ursprüng-
lichsten und reinsten Formen dieser pantheistischen Religion.
In diesem indischen Pantheismus kommt es daher nicht zu
dem Gedanken von einer vollen Selbständigkeit der Welt,
und am wenigsten zu dem Gedanken von der vollen Selbständigkeit der menschlichen Seele, sondern Alles verschwindet
in Gott, Alles verzehrt sich in Gott, Alles ist ein blosses
Accidens in Gott, während Gott die absolute Substanz
ist. Die Vernichtung aller Bestimmtheit und alles Fürsich-
seins im Menschen und sein Verschwinden in Gott ist
auf diesem Standpunkte die höchste menschliche Vollkommenheit und die lebendige Religiosität. Wie unendlich anders ist die Religion oder besser der Begriff der Religion,
wenn das Leben des Menschen in Gott ein Leben der Liebe
ist! Auch in diesem Falle giebt der Mensch allerdings sich
auf, leistet auf sich Verzicht, entäussert sich selbst und
giebt sich Gott in absoluter Weise hin; aber er verliert sich
dadurch nicht, er verschwimmt nicht in dieser absoluten
Fülle, wie ein Tropfen in dem Weltmeere, sondern er erhält sich; er findet sein wahres, volles, geläutertes, sünd-
loses Selbst in Gott wieder, er ergänzt und vollendet sich
in Gott und bleibt, so sehr er sich in Gott aufgiebt und mit
Gott eins ist, doch ewig ein sich auf sich beziehendes, ein
selbstbewusstes Wesen, ein in Gott existirendes Selbst. So
unendlich verschieden ist die Bedeutung des Religionsbegriffs,
je nachdem man das Leben als ein substantielles Naturleben
oder als ein geistiges Liebesleben versteht, obwohl in beiden
Fällen die Religion nichts Anderes, als ein Leben des
Menschen in Gott, oder ein Leben Gottes in dem Menschen ist. Und doch haben wir in den bisherigen Erörterungen nur erst zwei Bedeutungen von dem Begriffe des
Lebens hervorgehoben; das Wort Leben hat noch andere Bedeutungen, von denen eine z. B. auf das Denken sich bezieht, wie wenn wir sagen: der Forscher lebt nur in seiner
Wissenschaft.

Aber wir wollen unsere Aufmerksamkeit vorläufig auch
noch auf den dritten von den Grundbegriffen, auf die der
Religionsbegriff zurückgeführt worden ist, hinrichten, näm-
lich auf den Begriff des Menschen. Die Religion ist das
Leben des Menschen in Gott; aber was ist denn nun der
Mensch, der in dieses Verhältniss zu Gott eintreten soll?
Ist es denn der ganze Mensch mit Leib und Seele, der in
das Verhältniss zu Gott tritt, oder ist es nur das innere
Selbst des Menschen, das man gewöhnlich die Seele nennt?
Und wiederum kann man fragen, ist es denn die ganze
Seele, die Seele in ihrer Totalität, welche religiös gestimmt
und bestimmt wird, oder ist es gleichsam nur ein Bestandtheil der Seele, die Seele in einer besonderen Thätigkeit, in
einem bestimmten Momente ihrer Bethätigung? Schleier-
macher erklärt die Religion für das Gefühl der schlecht-
hinnigen Abhängigkeit des Menschen von Gott und setzt
also die Religion in das Gefühl der menschlichen Seele.
Hegel polemisirt gewiss all zu sehr gegen diese Definition
und verlegt die Religion in das Denken. Neander erklärt
die Religion für etwas durchaus Praktisches und verlegt sie
also vornämlich in den Willen. Wir sehen also, dass der
Mensch, der in den religiösen Prozess eintreten soll, sehr
verschieden bestimmt werden kann, und dass auch hierdurch
der Religionsbegriff sehr bedeutende Modificationen erleiden
kann. Wenn wir also den Begriff der Religion suchen, so
wollen wir uns nicht mit einer so kurzen und vieldeutigen
Definition begnügen, sondern wir wollen uns den vollen und
klaren Sinn dieser Idee nach allen ihren Momenten zum
deutlichsten Bewusstsein bringen, und im Folgenden soll
eben der Versuch gemacht werden, dieses zu leisten.

1) Wenn die bisherigen Erörterungen hinlänglich zeigen,
dass der Geist und der Inhalt des Religionsbegriffs von der
Bedeutung abhängig ist, die in jedes seiner Momente gelegt
wird, so wird man doch nicht leugnen können, dass die
Idee, die der Mensch von Gott hat, bei weitem das Hauptgewicht hat, während die Begriffe, die man von der Natur
des Menschen und von der eigenthümlichen Form des religiösen Lebens hat, erst in zweiter Linie stehen, ja sogar
durch den Begriff Gottes mitbestimmt werden. Selbst die
Existenz der Religion ist von der Idee Gottes abhängig.

Wenn die Religion das Verhältniss des Menschen zu Gott
oder das Leben des Menschen in Gott ist, so muss der Mensch,
der sich religiös bestimmt fühlen soll, die absolute Zuversicht
haben, dass Gott ein absolut selbständiges und für sich seiendes Wesen ist, und doch auch die Zuversicht, dass Gott nicht
in der Weise für sich und der Welt enthoben ist, dass er
sich nicht dem Menschen mittheilte und mit ihm in Gemeinschaft träte. Denn dieses Beides liegt in jedem Verhältniss,
dass die beiden Factoren, die zu einander in Verhältniss
treten sollen, jeder für sich sind und von einander unterschieden und sich daher auch ausser einander halten und
doch wieder auch nicht absolut von einander getrennt sind,
sondern in einander übergreifen, mit einander in Gemeinschaft treten und eine Einheit bilden. Wenn wir z. B. von
einem Liebesverhältnisse des Vaters zu seinem Sohne reden
sollen, so müssen beide als wirkliche und selbständige Personen, die ewig von einander unterschieden bleiben, vorausgesetzt werden und doch müssen sie andererseits auch im
Innersten eins sein mit einander, in einander aufgehen und
in einander sich finden. Und Jedermann, der in einem solchen Liebesverhältniss gestanden hat, weiss, dass beide
Eigenschaften eines wahrhaften Verhältnisses so wenig sich
aufheben, dass sie sich vielmehr gegenseitig steigern, denn
je inniger ich mit einem andern Menschen verbunden bin,
desto bestimmter stellt es sich heraus, wie sehr ich mich
von ihm unterscheide, und die volle Individualität eines
Menschen stellt sich gerade in einem innigen Verhältnisse
der Einheit mit einem andern Menschen am Bestimmtesten
heraus und entwickelt sich von Stufe zu Stufe. Soll also ein
Verhältniss des Menschen zu Gott, d. h. Religion, nur überhaupt möglich sein, so muss Gott als ein selbständiges und
für sich seiendes Wesen vorausgesetzt werden, und doch auch
als ein Wesen, das sich von dem Menschen nicht absolut
abschliesst, sondern übergreift in seine Sphäre und mit ihm
in Gemeinschaft tritt, ja sich ihm wesentlich mittheilt. Der
Begriff der Religion wird aufgehoben und unmöglich gemacht,
sowohl in dem Falle, dass man Gott keine absolut selbständige und von der Welt und insbesondere von dem Menschen
unabhängige Existenz zuschreibt, als auch in dem Falle, wo
man zwischen Gott und dem Menschen eine so unendliche

Kluft befestigt glaubt, dass der Mensch Gott gar nicht erreichen könne; denn in beiden Fällen ist kein Verhältniss des Menschen zu Gott, kein Leben des Menschen in Gott möglich. Es muss mit beiden Gedanken, nämlich dem Gedanken der absoluten Selbständigkeit Gottes und dem Gedanken von der Selbstmittheilung Gottes an den Menschen ein unbedingter Ernst sein, wenn die Religion nicht ganz abgeschwächt oder völlig aufgehoben werden soll.

Was den ersten Gedanken, nämlich den von der absoluten Selbständigkeit und dem Fürsichsein Gottes betrifft, so ist mit demselben von einem Theile der neueren Philosophen ein täuschendes Spiel getrieben worden, indem sie Gottes Selbständigkeit zu einer blossen Eigenschaft der Welt verflüchtigten, damit aber in der That die Aseität Gottes verloren. Denn wenn z. B. ein Philosoph Gott als die Weltseele erklärt, in der Weise nämlich, dass Gott nichts weiter sei, als die Weltseele, so hat er damit wirklich die absolute Selbständigkeit Gottes geleugnet. Denn wenn man Gott als Weltseele definirt, so geht man von der Voraussetzung aus, dass die Welt ein lebendiger Organismus ist, der, wie jeder Organismus, aus Leib und Seele besteht; aber wenn die Welt wirklich das ist, so gehört ihr die Seele ebenso gut an, als der Leib, und es ist eine leere und todte Abstraction des Menschen, wenn er die Seele in seiner Reflexion absondert und mit dem Namen Gottes bezeichnet. Gott als Weltseele hat kein Fürsichsein und der Mensch kann sich auch, wenn er nichts Anderes von ihm weiss, nicht an ihn wenden, nicht zu ihm beten, überhaupt nicht mit ihm in Gemeinschaft treten. Ebenso misslich steht es um die Selbständigkeit Gottes, wenn Gott erklärt wird als das Wesen der Menschen, oder als der Geist der Menschheit, oder als das Gesetz des Universums; denn das Wesen des Menschen ist ein Bestandtheil des Menschen, der Geist der Menschheit ist eine der Menschheit angehörige Bestimmung, und ebenso ist das Gesetz des Universums eine Eigenschaft des Universums, und kein selbständiges Wesen, zu dem der Mensch in ein reales Verhältniss treten könnte.

Aber auch diejenigen heben den Begriff der Religion auf, die Gott der Welt und dem Menschen so absolut entrücken, dass zwischen Gott und Mensch eine absolute Kluft

befestigt wäre, die kein Mensch überspringen kann; denn
wie sollte denn der Mensch auch nur das Geringste von Gott
wissen, ja auch nur die entfernteste Ahnung von ihm haben,
wenn Gott nicht hereinreichte in die Menschenseele, sich ihr
aufschlösse und mit ihr in lebendige Berührung träte. Wer
also nur von einem Gott zu sagen weiss, zwischen dem und
dem Menschen eine absolute und übersteigliche Kluft befestigt
wäre, der hat in der That keinen lebendigen, d. h. überhaupt keinen Gott. Also die feste Zuversicht von der
Existenz eines selbständigen, aber lebendigen und dem
Menschen sich mittheilenden Gottes ist die allererste Bedingung, unter welcher allein der Begriff der Religion nicht
blos, sondern die Religion selbst im Gemüthe des Menschen
möglich ist. Erst wenn diese Zuversicht absolut ist,
erst dann kann die Religion in der menschlichen Seele Wurzel fassen und Frucht bringen. Dagegen je unsicherer diese
Ueberzeugung wird, je mehr sich Zweifel und Bedenken in
dieselbe einmischen, d. h. je weniger sie das ist, was das
Wort „Zuversicht" sagt, desto mehr wird auch der Religion gleichsam der Boden unter den Füssen hinweggezogen.
— Wollen wir uns prüfen, ob diese Grundbedingung aller
Religion in uns erfüllt ist, so brauchen wir uns nur zu
fragen, ob unsere Zuversicht von der selbständigen Existenz
eines lebendigen Gottes so absolut gewiss ist, als das Allergewisseste, d. h. das unbedingt Gewisse, das uns trägt und
hält.

Fragen wir aber näher, welche Existenz denn uns absolut gewiss ist und daher der letzte Maassstab aller Zuversicht,
so würden wohl viele Menschen sagen, dass es die sinnliche Gewissheit sei, d. h. die Gewissheit von der Existenz
der uns umgebenden sinnlichen Dinge. Dass dieses Papier,
welches ich mit meiner Hand berühre, dass diese Töne, die
ich höre, dass dies Licht, diese Menschen, die ich vor mir
sehe, dass alle diese Dinge, die ich durch meine Sinne wahr-
nehme, wirklich und wahrhaft existiren und auf mich einwirken, das gilt dem Menschen für absolut sicher. Und
wenn einer sagen wollte, diese Menschen, die ich dort vor
mir sehe, brauchen gar nicht zu existiren, es kann nur eine
Einbildung sein, die ich mir mache, so würden ihn die
meisten Menschen verlachen, oder vielleicht gar an der Ge-

sundheit seines Verstandes zweifeln. Dessenungeachtet hat
die sinnliche Gewissheit ihre Schranken; denn die Sinne
täuschen uns in der That nicht selten und bringen uns
auf den Glauben, dass gewisse Erscheinungen existiren,
die doch bei näherer Prüfung nicht existiren. Es giebt
eine ganz andere Zuversicht von der Existenz der Dinge, die
keiner Sinnentäuschung unterworfen ist, und die auch das
letzte Criterium aller sinnlichen Gewissheit abgiebt, und das
ist die Zuversicht von unserer eigenen Existenz.
Dass ich bin, das ist mir in der That absolut und ohne alle
Einschränkung gewiss und sicher. Meine Meinungen, meine
Anschauungen und Gedanken, meine Vorsätze und Bestrebungen können sich im Verlauf meiner Entwickelung ändern,
aber dass ich bin, das ist das absolut Feste, Sichere
und Bleibende; diese Zuversicht, dass ich bin, diese Zuversicht des Selbstbewusstseins ist ohne alle Einschränkung
absolut, daher auch der Maassstab von jeder andern Zuversicht. Erst dann ist mir die Existenz von etwas Anderem
absolut gewiss, wenn sie mir so gewiss ist, als ich meines
eigenen Selbstbewusstseins gewiss bin. So ist denn uns nun
auch die selbständige und lebendige Existenz Gottes erst dann
absolut gewiss, wenn sie uns so gewiss ist, als unser eigenes
Sein, d. h. wenn wir sagen können, dass ein Gott lebt,
ist mir ebenso absolut gewiss, als dass ich bin.
Diese absolute Zuversicht von einem lebendigen Gotte bildet
den Grund und Boden von jeder Religion; ist sie nicht
vorhanden, so ist auch keine Religion möglich, ist sie aber
vorhanden, so ist auch der Religionsbegriff nahe daran, sich
in der menschlichen Seele festzuwurzeln und das menschliche
Leben in seinem Sinne zu gestalten.

Um so mehr aber entsteht die Frage, auf welchem Wege
wir zu dieser absoluten Zuversicht von der Existenz Gottes
gelangen, da wir Gott doch nicht so sehen können, wie die
sinnlichen Dinge. Die nächste Quelle nun, aus der wir unser
Wissen und Glauben von Gott entnehmen, ist die Ueberlie-
ferung, wie sie uns durch unsere Eltern, durch Lehrer, Prediger, Bücher u. s. w., also durch Familie, Schule, Kirche
und Volksgeist vermittelt wird. Noch ehe wir im eigentlichen Sinne des Worts denken und im eigentlichen Sinne
des Worts zweifeln können, also in der Kindheit, wird

uns von mündigen und selbständigen Menschen mitgetheilt, dass ein Gott ist, und was Gott ist, und wir nehmen es in Treu und Glauben auf und richten uns danach. Je inniger und feuriger diejenigen, welche wir zu Lehrern in diesen Dingen haben, von ihren Lehren überzeugt sind, desto mehr und tiefer senkt sich ihr Glaube auch in unsere Seelen. Wie die Muttersprache das Eigenthum unserer Seele wird, so wird auch der Glaube an einen lebendigen Gott uns angeeignet, ehe wir es noch recht wissen und verstehen. Und wie die Muttersprache ist eine solche durch die Autorität uns vermittelte Religion in der That eine werthvolle Substanz, aus welcher heraus sich ein reiches und freies Geistesleben entwickeln kann. Dennoch aber sind die auf dem Wege der blossen Autorität gewonnenen Ueberzeugungen noch nicht das Letzte und absolut und für alle Zeit Gewisse. Die auf blosse Autorität gewonnene religiöse Gewissheit ist einem reflectirten Lichte zu vergleichen, wie es z. B. unser Mond hat, der sein Licht von der Sonne empfängt. Dieses reflectirte Licht ist auch Licht, welches leuchtet, aber da es erst von ursprünglichem Lichte abgeleitet ist, so hat es doch verhältnissmässig nur eine geringe Leuchtkraft und Wärme, und Leben verbreitet es fast gar nicht über andere Geschöpfe. Erst diejenigen Weltkörper haben das rechte, urkräftige und Leben schaffende Licht, die aus sich selbst herausleuchten, wie wir das in einem so eminenten Maasse an unserer Sonne wahrnehmen. So ziemt es auch dem Menschen, sich in seiner religiösen Ueberzeugung nicht blos mit dem Lichte zu begnügen, das er von andern Menschen erhalten hat, sondern selbst zu leuchten oder das Licht aus seiner eigenen Tiefe zu schöpfen. Hat der Mensch die naturgemässen geistigen Entwickelungsstufen der Familienpietät, der Nationalität und der Humanität durchgemacht und ist durch dieselben zu einer gewissen Freiheit und Selbständigkeit des Sinnens und Denkens, des Dichtens und Trachtens gekommen, so begnügt er sich auch in der That nicht mehr mit den Ueberzeugungen, die ihm durch die Mittheilung und Autorität anderer Menschen zu Theil geworden sind, sondern er sehnt sich danach, mit eigenen Augen zu sehen und mit seinem eigenen Geiste sich zu versichern, dass ein Gott lebt. Und diese Zuversicht erlangt der Mensch durch die Offenbarungen Gottes, die er sowohl ausser sich in der Natur und in der Geschichte als auch besonders in seinem eigenen Leben und in sich — in seinem Geiste — findet, wenn er nur recht beobachtet und das Wesentliche von dem Unwesentlichen unterscheidet. Zu den Offenbarungen Gottes in der Geschichte gehört auch die Geschichte der Religion und vor Allem die Geschichte des Christenthums von seinem ersten Eintritt an. Wie wir Gott nicht unmittelbar wahrnehmen können, so können wir ja auch den Geist und die Gesinnung eines andern Menschen nicht unmittelbar sehen oder sonst wahrnehmen; nichts desto weniger wissen wir es von allen Menschen mit absoluter Zuversicht, dass ein Geist in ihnen wohnt, und von vielen Menschen auch näher, was für ein Geist in ihnen wohnt, und was für Gesinnungen sie wohl im Allgemeinen als im Besonderen gegen uns hegen. Woher kommt diese absolute Sicherheit? Daher, dass sich der Geist und die Gesinnung des Menschen, obschon sie ihrem Wesen nach für uns ein Mysterium sind, durch ihre Handlungen offenbar macht, und dass wir in Folge unserer Denkkraft die Fähigkeit in uns tragen, aus den einzelnen Handlungen eines Menschen, ja in glücklichen Fällen selbst schon aus einer einzelnen besonders prägnanten Handlung ihr allgemeines Wesen und ihre unsichtbare Gesinnung als eine lebenskräftige und sich mittheilende Macht zu erkennen. Nicht anders verhält es sich mit unserer Zuversicht von Gottes Dasein und Wesen. Wir gewinnen sie aus seinen Offenbarungen. Gottes Offenbarung für uns ist aber die Welt im umfassendsten Sinne des Worts; die ganze, räumlich und zeitlich unbegrenzte und unerschöpfliche Welt, und zwar die natürliche und äusserliche Welt so gut, wie die Geschichte der Menschheit, und besonders auch unsere eigene, innere, geistige Welt, in der sich Gott am unmittelbarsten und eingreifendsten kund thut, wenn wir nur seine Zeichen verstehen. Ist dem Menschen der Blick für das Höhere und Unendliche erst einmal geschärft, und hat er erst einmal die Nähe Gottes urkräftig in sich selbst empfunden, so kann er auch im Kleinsten ausser sich Gottes Wirksamkeit erkennen. Als Vanini schon auf dem Scheiterhaufen stund, der sein leibliches Dasein verzehren sollte, da ergriff er einen Strohhalm und bewies aus dem-

selben Gottes Dasein — und ein Strohhalm ist doch das Ge-
ringfügigste und Vergänglichste, was man sich nur denken
kann. Aber es muss sich in der That aus jedem Einzelnen
Gottes wirksame Existenz beweisen lassen; jedoch noch mehr,
wenn wir das Ganze mit erleuchtetem Blicke betrachten.

Es kann uns ein hohes und heiliges Erstaunen ergreifen,
wenn wir das uns sichtbare und erkennbare Universum betrachten. Schon unsere Erde, die uns zeitweilig zum Wohn-
sitz angewiesen ist, ist unerschöpflich voll von Wunderwerken
aller Art. Und was ist unsere Erde im Verhältniss zum
ganzen Universum? Ein Tropfen in dem Ocean, ein Punkt
in der Unendlichkeit des Weltraums. Schon unser unbewaff-
netes Auge zeigt uns eine Fülle von Welten, und wie mehren
sie sich erst fast ins Unermessliche, wenn wir den Himmel
durch ein Fernrohr betrachten. Und was für eine unendliche
Gewalt und Fülle des Lichts müssen sie haben, dass sie in
einer Entfernung von Billionen von Meilen noch so hell
leuchten. Wenn wir nun ferner erwägen, dass jeder derselben, ja jeder Punkt in der Unermesslichkeit des Raums eine
Quelle unerschöpflichen Lebens ist, wie wir das an jedem
Punkte unserer Erde beobachten, sollte uns da nicht schon
ein religiöses Gefühl anwandeln und sollten wir im Drange
unseres Herzens nicht ausrufen: ja! es ist ein Gott, und zwar
ein Gott von unendlicher Macht und Schöpferfülle. Und
doch ist dies erst die eine Seite dieser Betrachtung. Wie das
Universum räumlich unendlich ist, so ist es auch unendlich
in der Zeit. Wie wir uns kein Ende vom Raume denken
können, so auch keinen Anfang und kein Ende in der Zeit,
und wie jeder Raumpunkt bezeichnet ist durch ein reiches
Leben, so auch jeder Moment in der zeitlichen Entwickelung.
Wir überblicken nur einen kleinen Theil der zeitlichen Entwickelung auf dieser unserer Erde, so weit die menschliche
Geschichte davon Zeugniss ablegt, aber welche Fülle von
natürlichem und von geistigem Leben, welche Fülle von Gestalten, Thatsachen und Werken ist in diesem kurzen Zeitraum schon eingeschlossen. Und wenn wir denn nun, wie
wir doch müssen, die endlose Zeit — von Ewigkeit zu
Ewigkeit — mit Leben und mit Geist in derselben Art aus-
gefüllt und durchdrungen denken, welche Anschauung gewinnen wir dann von der unerschöpflichen Grösse des Welt-

alls. Ist es denn zu verwundern, wenn der Psalmist in der
Grösse dieser Anschauung ausruft (Ps. 19, 2—3): Die Himmel erzählen die Ehre Gottes und die Veste verkündiget seiner
Hände Werk. Ein Tag sagt es dem andern, und eine Nacht
thut es kund der andern. Oder wenn der Apostel Paulus im
Römerbrief spricht: Denn dass man weiss, dass Gott sei, ist
ihnen offenbar; denn Gott hat es ihnen geoffenbart; damit,
dass Gottes unsichtbares Wesen, das ist seine ewige Kraft
und Gottheit, wird ersehen, indem man sie erkennt aus seinen
Werken, nämlich aus der Schöpfung der Welt; also dass sie
keine Entschuldigung haben.

Und was so unser unmittelbares Gefühl bei der Betrachtung des Universums ohne viele Prüfung in seiner frischen
und lebendigen Erregung uns zuruft, das bestätigt die tiefer
sinnende, mit wissenschaftlicher Gründlichkeit die Welt er-
forschende Vernunft. Das eigentliche Wesen der wissenschaftlichen Forschung besteht in der Aufsuchung und in der Auffindung der Gründe von den Erscheinungen, der Ursachen
von den Wirkungen. Wenn sich der Mensch allein durch das
Denken von allen andern Wesen, die wir auf dieser Erde
kennen, unterscheidet, so liegt der eigentliche Nerv des Denkens wieder in dem Forschen nach den Gründen. Keine Erscheinung des Lebens, kein Ding, keine Existenz gilt dem
denkenden Menschen unmittelbar etwas, vielmehr gehen wir
über jede Erscheinung hinaus und suchen einen Grund, eine
Ursache, durch welche die Erscheinung hervorgebracht und
bestimmt ist. Meistentheils aber ist das, was wir als den
Grund einer bestimmten Erscheinung finden, in sich selbst
wieder eine Erscheinung, und wir suchen daher von dieser
wieder einen neuen Grund und fahren in dieser Weise fort
und ruhen und rasten nicht eher, als bis wir einen Grund
gefunden haben, der nicht weiter über sich hinausweist,
sondern der Grund seiner selbst ist und alles Andere ausser
ihm begründet, oder mit der anderen der oben angeführten
Kategorien ausgedrückt, bis man eine Ursache gefunden hat,
die die Ursache ihrer selbst ist und alles Andere ausser ihr
bewirkt — die absolute Ursache, die Endursache. Und diese
Ursache seiner selbst, die alles Andere ausser sich, d. h. das
ganze Universum mit seiner unerschöpflichen Fülle der mannigfaltigsten Existenzen verursacht, — dieser Grund, der sich

selbst und die ganze Welt begründet, das ist Gott, der lebendige Gott, der allein auf sich selbst ruht, während alles Andere in ihm ruht, der allein sich selbst hervorbringt, während alles Andere von ihm hervorgebracht wird.

Diese Betrachtungen werden anschaulicher und daher für viele Menschen zwingender, wenn wir sie nicht, wie bisher, in abstract logischer Form anstellen, sondern auf die uns umgebende Welt und auf uns selbst, die wir ein Theil der Welt sind, anwenden. Halten wir uns bei unserer Betrachtung an dasjenige Object der Welt, welches von allen das würdigste ist, an den einzelnen Menschen, so ist es natürlich und erfahrungsgemäss, ihn nach seinem unmittelbaren Dasein als die Wirkung einer ausser ihm liegenden Ursache zu betrachten. Jeder einzelne Mensch betrachtet mit Recht seine Eltern als die Urheber seines Daseins, und das giebt den Eltern eine so hohe Würde und Bedeutung, dass sie in Bezug auf die Kinder gleichsam die schaffende Kraft Gottes vertreten und daher auch als die Stellvertreter Gottes auf Erden verehrt werden sollen. Aber ob das individuelle Dasein eines Menschen dadurch vollständig erklärt ist, dass man es als Wirkung auf die Eltern als die Ursache der Wirkung zurückführt, das ist dadurch sehr zu bezweifeln. Denn jeder einzelne Mensch erscheint nach seinem geistigen Dasein als eine selbständige Gattung, als eine originelle Idee, die nicht etwa aus einer Combination von zweien andern Menschen, die wir Eltern nennen, erklärt werden kann, sondern unmittelbar auf die erste Ursache, auf Gott zurückzuführen ist. Jeder einzelne Mensch muss, so gewiss er ein selbständiges, mit nichts Anderem zu vergleichendes Wesen, eine Gattung für sich ist, auch bekennen, dass er von Gott geschaffen ist. Doch sehen wir von diesem Punkte ab, der in der theologischen Wissenschaft noch keineswegs hinlänglich erörtert ist, und halten wir es fest, dass der einzelne Mensch wenigstens nach einer Seite hin die Wirkung ist von den Eltern, so gilt dieses doch ebenso gut wieder von den Eltern, dass sie von den Voreltern abstammen, und so wird man, den Causalnexus verfolgend, von Generation zu Generation zurückgetrieben, bis man auf die ersten Menschen zurückkommt: denn dass die Menschen nicht von Ewigkeit her auf dieser Erde existiren, sondern dass gewisse Menschen

die ersten gewesen sind auf diesem Planeten, das lässt sich
durch die Geologie thatsächlich erweisen. Woher sind nun
diese gekommen? Es widerstreitet aller Erfahrung, aller Ana-
logie und aller Vernunft, dass Menschen von Thieren, oder
Thiere von Menschen, ja nur eine Gattung von Thieren oder
Pflanzen von einer andern Gattung von Thieren oder Pflanzen hervorgebracht werden können; vielmehr ruht jede Gattung auf einer selbständigen Idee, die nicht von der Idee
einer andern Gattung abgeleitet werden kann. Und so ergiebt sich mit Nothwendigkeit, dass wenigstens die ersten
Menschen nicht durch Zeugung entstanden sein können, sondern auf die oberste schaffende Kraft zurückgeführt werden
müssen. Ganz dasselbe gilt auch von den ersten Thieren, von
den ersten Pflanzen und von allen ersten Gebilden dieser Erde.
Auch Pflanzen und Thiere entstehen zunächst durch Zeugung
von Pflanzen und Thieren derselben Art, so geht es von Generation zu Generation, wir wissen nicht, wie viele Tausende
von Jahren; aber zuletzt bricht doch die Reihe ab; wir kommen zuletzt auf die ersten Thierarten und weiter auf die ersten
Pflanzenarten, die nicht durch Zeugung entstanden sein können, und deren Grund wir also in dem suchen müssen,
der sein eigener Grund ist und alles Andere begründet. Aber
dieselben Betrachtungen gelten auch für die unorganischen
Gebilde, ja zuletzt für die Erde selbst. Wir können die Erde
in ihrer Entwickelung etwa soweit zurück verfolgen, wo auf
ihr schlechterdings noch nichts Bestimmtes war, sondern sie
etwa nur als ein glühender Gasball existirte; doch auch bei
diesem können wir nicht stehen bleiben, wie auch bei keinem
andern Weltkörper in seinem primitiven Zustande, sondern
sie alle sind Erscheinungen, Wirkungen, begründete Wesen,
die über sich hinausweisen und höhere Ursachen und Gründe
als ihre schaffenden Kräfte voraussetzen. So werden wir
denn auch durch die Gesetze des Denkens ebenso sehr, als
durch die wenn auch noch so beschränkten Erfahrungen, die
wir während unseres kurzen Erdenlebens machen, unaufhaltsam getrieben, alles Daseiende als ein Gewordenes anzusehen,
das seinen Grund nicht in sich selbst trägt, und eine letzte
Ursache zu setzen, die der Grund ist von der ganzen Erscheinungswelt und ihren Gesetzen, ihren Individuen und
Gattungen und ihre eigene Ursache. So führt denn die That-

sache der Weltexistenz mit Nothwendigkeit dahin, dass ein
Gott existirt und nicht blos, dass Gott ist, sondern auch,
was Gott ist, nämlich dahin, dass Gott der Grund seiner
selbst ist, und der Grund von Allem, was ausser ihm ist,
oder dass Gott die Ursache seiner selbst ist, und die Ursache
von Allem, was ausser ihm ist. So abstract und unentwickelt
dieser Begriff von der Gottheit auch noch ist, so ist es doch
schon ein würdiger Begriff, der das menschliche Herz mit
Sicherheit und Trost erfüllen kann, denn was könnte es
Tröstlicheres geben, als ein Wesen zu wissen, welches bei
diesem Rausch von Veränderungen, die wir um uns bemerken
und in die wir selbst hineingezogen werden, in sich selbst
verharrt, seine eigene Ursache ist, dem Wechsel entnommen
ist, und doch alle diese Veränderungen bewirkt und ihnen
hierdurch eine Wurzel und ein Gepräge des Unvergänglichen
verleiht und auch den vergänglichen Wesen das Unvergäng-
liche zu geniessen giebt. Und es ist nicht blos ein würdiger
Begriff, sondern, worauf es hier vor Allem ankommt, ein
Begriff, der nicht blos eine menschliche Meinung und Phantasterei oder eine von Anderen auf Autorität hingenommene
Vorstellung ist, sondern aus der Weltexistenz mit Nothwendigkeit hervorgeht und daher ebenso sicher ist, als der Glaube
an die Weltexistenz und an unsere eigene Existenz.

Aber dieser Beweis von der Existenz Gottes, der von
dem Causalnexus der Dinge hergenommen ist, ist keineswegs
der einzige objective Beweis; auch nicht einmal der vollkommenste. Diejenigen Philosophen der neuesten Zeit, die sich
bemüht haben, auf wissenschaftlichem Wege das Dasein Gottes zu beweisen, wie z. B. der jüngere Fichte,*) haben
besonders die Zweckmässigkeit der Dinge in den Vordergrund
gestellt, um daraus herzuleiten, dass ein oberstes zwecksetzen-
des Wesen, das mit seinem Geiste das Weltall durchdringt,
ohne doch darin aufzugehen, so gewiss existirt, als die Welt
selbst existirt.

*) Grundzüge zum Systeme der Philosophie. Dritte Abtheilung.
Die speculative Theologie oder allgemeine Religionslehre von J. H. Fichte,
Heidelberg, 1846 und 1847. — Ein Werk, welches den physico-teleolo-
gischen Beweis vom Dasein Gottes mit grosser Gründlichkeit und Vollständigkeit behandelt und gewiss noch mehr Einfluss sich würde erworben haben, wenn es präciser geschrieben wäre.

Es wandelt uns schon ein eigenthümliches Hochgefühl
an, wenn wir von der zweckmässigen Bildung auch nur eines
einzelnen Thieres oder einer einzelnen Pflanze Einsicht gewinnen; es ist uns, als würde uns ein Blick in eine höhere
Welt dadurch eröffnet — in die Werkstätte Gottes. Jedes
Thier und jede Pflanze ist durch und durch zweckmässig;
ein Zweck belebt das Ganze vom Grössten bis zum Kleinsten.
Die zahllosen Stoffe, Materien, Kräfte, die in einem und demselben Organismus thätig sind, werden von einem Zwecke
gebändigt, bestimmt, bewegt, gestaltet und entwickelt. Aber
so verhält sich's nicht blos mit einzelnen Organismen, sondern mit dem ganzen Weltall. Das ganze Weltall ist ein
Kosmos, ein von einem Zwecke gehaltenes und bewegtes
Ganzes, und nun sollte nicht mit Nothwendigkeit daraus folgen, dass ein oberstes, Zwecke setzendes — Wesen existirte?
Aber man kann diesem Beweise noch eine andere Wendung
geben, durch die er nicht blos noch etwas Zwingenderes erhält, sondern auch auf das geistige Leben der menschlichen
Geschichte eine äusserst fruchtbare Anwendung erleidet. Es
ist schon oben erwähnt, dass das Universum nicht blos ein
simultanes, ein im Raume coexistirendes Ganzes ist, sondern
auch successiv in der Zeit verläuft, so dass an demselben
auch ein Früher und ein Später zu unterscheiden ist. Bleiben
wir nur auf unserer Erde stehen, so sind die Elemente früher
gewesen als die Organismen, die Pflanzen wieder früher als
die Thiere, und alle anderen Geschöpfe früher als der Mensch.
Der Mensch kann aber schon als natürliches Wesen als der
Endzweck des gesammten Erdlebens betrachtet werden. Auf
den Menschen ist die ganze Natur berechnet und um ihm
seine natürliche und geistige Existenz möglich zu machen,
ist Alles in der Natur eingerichtet und vorbereitet. Die Pflanzen haben allerdings auch auf der einen Seite einen Zweck
in sich selbst und sie haben auf der Erde gelebt und können
auf der Erde leben, ohne die Thiere und ohne Menschen;
aber sie sind auf der anderen Seite ebenso sehr auch Mittel
zu einem höheren Zwecke; ebenso sind die Thiere, obgleich
sie auch eine gewisse Selbständigkeit in sich haben, zu einem
höheren Zwecke da, nämlich um dem Menschen das Leben
auf der Erde möglich zu machen. Ohne alle die Vorstufen
des Naturlebens, die dem Menschen vorausgehen, ins Beson-

dere ohne die Pflanzen und die Thiere wäre die Existenz
des Menschen auf der Erde eine Unmöglichkeit; aber unter
Voraussetzung dieser Vorstufen ist dem Menschen leiblich
und geistig das vollkommenste Leben möglich. So sind denn
also diese Vorstufen der Natur, namentlich die Thiere und
die Pflanzen, die Mittel zum Zwecke des menschlichen Lebens,
und das ist ihre höchste Bestimmung, dem menschlichen
Leben als Mittel zu dienen. Thiere und Pflanzen wissen aber
nichts von dieser ihrer Bestimmung, sie haben sich dieselbe
nicht selbst gegeben, sondern sie ist ihnen durch ein höheres
ausserweltliches Wesen gegeben. Der in den Mitteln zeitlich
voraus wirkende Zweck weist also den Menschen über die
Welt hinaus auf ein Zwecke setzendes Wesen. Aber auch
für die Geschichte lassen sich ähnliche Betrachtungen anstellen, die wo möglich noch wirksamer sind, da sie sich auf
das geistige Leben beziehen. In der Geschichte der Menschheit tritt das Christenthum verhältnissmässig sehr spät auf;
aber es konnte auch nicht früher auftreten, da es zu seiner
Existenz der vorhergehenden Völkergeschichte nothwendig
bedurfte. Das Christenthum ruht auf dem Judenthum, dem
Griechenthum und auch auf dem Römerthum. Hätten die Römer nicht die Welt erobert und dadurch die besonderen Völker
individuell neutralisirt und sie nach der Vernichtung ihrer
Besonderheit nach dem allgemein menschlichen, als ihrem
letzten Troste hingedrängt; wie hätte denn das Christenthum,
die allgemein menschliche-Religion, einen Boden finden können in den besonderen Volksreligionen? Und wenn nicht
das Volk der Juden den Gedanken von dem Messias gehegt
und ausgebildet hätte — den Gedanken von einem Menschen,
in dem Gottes Geist und Gnade sich den Menschen mittheilen sollte, wie hätte Christus Glauben und Verständniss finden
können unter den Menschen seiner Zeit? Und wenn die
Griechen und Römer nicht durch Kunst und Wissenschaft
die substantiellen, göttlichen Kräfte der Natur und des Menschenlebens erkannt und dargestellt und im Staatsleben gestaltet hätten, wie wäre es möglich gewesen, den unendlichen
Geist des Christenthums in das menschliche Leben einzuführen? Die Geschichte lehrt es, dass das Christenthum als
Endzweck der menschlichen Geschichte das Judenthum und
das Heidenthum als Mittel gebraucht und ihrer nicht ent-

behren kann, wenn es selbst existiren soll. Aber die Griechen selbst wussten nichts von diesem Zwecke, ebenso wenig die Römer und sehr wenig die Juden, und noch weniger wussten diese drei Völker, dass sie zusammen gehörten, um einen höheren Zweck zu verwirklichen; wussten doch die Juden so gut wie nichts von den Griechen und von den Römern, und ebenso wenig die Griechen und die Römer von den Juden! Und Griechen, Römer und Juden wussten nichts von dem Zwecke, zu dessen Verwirklichung sie doch nothwendige Mittel waren. Sie sind Organe zu einem Zwecke, den sie selbst nicht verstehen. Das den Zweck setzende und durch sie diesen Zweck verwirklichende Wesen ist Gott. So lehrt uns die Natur und die Geschichte überall, wenn wir sie nur mit Verstand betrachten, dass Gott ein absolut vernünftiges Wesen ist, der das natürliche und geistige Universum nach seinen Zwecken leitet, der jedes Volk an seine bestimmte Stelle stellt, jeder Zeit ihre Aufgabe anweist und jedem einzelnen Menschen die seinige in seiner Zeit; ein Wesen, das durchgreift durch das natürliche und das geistige Universum und selbst das Böse, welches freie Wesen thun, nur dazu gebraucht, um das Gute nur um so herrlicher leuchten zu lassen und zu Kraft zu bringen. Wie aus einem Kunstwerk der Geist des Künstlers, der es gemacht hat, im Grossen und Ganzen sowie in jedem einzelnen Theile desselben hervorleuchtet für jeden, der sich auf ein solches Kunstwerk versteht, so leuchtet uns dem natürlichen und geistigen Universum Gottes Geist und Wesen in noch viel glänzenderem Lichte, als es nur irgend ein Menschenwerk gewähren kann, hervor für jeden, der die Sprache des Universums versteht. Je gründlicher, d. h. je wissenschaftlicher wir uns auf die Erforschung des Universums einlassen, desto vernehmlicher muss uns von allen Seiten das Wort entgegen tönen, dass ein Gott ist, und was Gott ist. Und wie nun aus dem kleinsten Theile eines Kunstwerks den Geist eines Künstlers erkennen kann, so auch aus dem kleinsten Theile des Universums die Macht und Weisheit Gottes.

Ist aber irgend ein Theil des Universums für den einzelnen Menschen geeignet, sich von Gottes Existenz und Wesen absolut zu vergewissern, so ist es sein eigenes Leben. Nichts greift doch so tief in unser Ich ein, als was wir un-

mittelbar an uns selbst erfahren, erleiden und empfinden.
Die Offenbarungen Gottes, die sich in unserem eigenen Leben
ausprägen, machen uns daher Gott vorzugsweise offenbar
und erwecken in uns die absolute Gewissheit, dass ein Gott
ist, der die Welt regiert und auch in jedem Menschenleben
und in jeder Menschenseele wirksam gegenwärtig ist. Diese
Gewissheit geht uns vor Allem in solchen Momenten unseres
Lebens auf, wo wir uns in unserer absoluten Bedingtheit
fühlen. Daher ist vorzugsweise die Noth des Lebens, die
leibliche und die geistige Noth, die lebendige Quelle des
Gottesbewusstseins, und diejenigen Menschen, die in ihrer
Seele einen gewaltigen Druck spüren, und sei es der Druck
ihrer eigenen Sünde und Schande, sind am meisten geneigt,
mit dem Gottesgedanken einen rechten Ernst zu machen,
während es von den Reichen, die in stolzer Selbstgenügsam-
keit dahin leben, heisst, dass es leichter sei, dass ein Kameel
durch ein Nadelöhr gehe, als dass ein solcher in das Reich
Gottes eingehe. Das Bewusstsein von den Schranken unseres
individuellen Daseins treibt uns unaufhaltsam, in dem Unbedingten unsere Rettung und unseren Trost zu suchen. Und
Gott ist nicht fern von einem Jeden, nicht etwa über den
Wolken, dass wir etwa laut schreien müssten, um ihn zu
finden, sondern er ist allgegenwärtig, in jeder Menschenseele
gegenwärtig und jedem Menschen so nahe, als er sich selbst
nur irgend nahe sein kann. Und wenn also der Mensch sich
in seiner Bedingtheit erkennt, so erkennt er auch das ihn
erfüllende unbedingte Wesen so unbedingt sicher, als er sich
selbst erkennt. Gott theilt sich ihm lebendig mit, wie sollte
ihm nun im Entferntesten der Zweifel entstehen, ob ein Gott
ist? Er fühlt ihn, er erkennt ihn, und es kommt ihm nun
darauf an, sich seiner möglichst würdig zu machen und die
Schranken immer mehr wegzuräumen, die die Gemeinschaft
Gottes und des Menschen verdunkeln oder verkümmern. Und
in einem solchen Zustande ist der Begriff der Religion realisirt, denn der Mensch ist Gottes absolut gewiss, er lebt in
ihm und sucht sein Wesen möglichst rein in sich zur Darstellung zu bringen. Dieses Wesen, das ich als das für sich
seiende unbedingte, aber sich in seiner Fülle mir mittheilende Wesen so sicher fühle und erkenne, als ich mich selbst
fühle und erkenne, und das zu einer so unzweifelhaften

Gegenwart in meiner Seele kommt, dass ich es dreist mit
Du anreden kann, dieses Wesen ist Gott.

2) Wir haben bisher von dem einen Momente des Religionsbegriffs und zwar dem ungleich bedeutendsten — dem
Gedanken der Gottheit gesprochen. Aber die Religion ist
das Leben Gottes im Menschen oder das Leben des Menschen in Gott und es ist darum zur Bestimmung des Religionsbegriffs durchaus erforderlich, dass wir uns einen deutlichen Begriff von dem Menschen machen, so fern derselbe
ein Bestandtheil ist von dem religiösen Leben. Ist's denn
der ganze Mensch, der in den religiösen Prozess eingeht,
oder ist's nur eine Seite seines Wesens? Und wenn es nur
ein Theil seines Wesens wäre, welcher ist es denn und wie
verhalten sich dabei die anderen? Reflectiren wir nun auf
uns, so fern wir Menschen sind, so finden wir zunächst an
uns das natürliche Dasein, — den leiblichen Organismus mit
seinen Gliedern und Kräften. Es kann aber vor Allem als
zugestanden angesehen werden, dass der Leib nichts mit dem
religiösen Leben zu schaffen hat. Das leibliche Dasein des
Menschen ist von der Natur der Thiere nicht wesentlich
unterschieden, und so wenig die Thiere Religion haben, so
wenig können wir unserem leiblichen Organismus Religion
zuschreiben. Wenn der Leib des Menschen von allen thierischen Gebilden das erhabenste, schönste und edelste ist,
so verdankt er dieses dem Umstande, dass er das Organ ist
eines in ihm wohnenden, über Natur und Leiblichkeit unendlich hinausgehenden Geistes, denn auch die Natur
ist einer gewissen Perfectibilität fähig, wenn sich der Geist
ihrer als seines dienenden Werkzeugs bemächtigt. Der eigentliche und alleinige Sitz der Religion ist also der innere
Mensch, das innere Selbst, das, ohne selbst sinnlich
zu sein, sich des sinnlichen Leibes bedient, um seine Zwecke
nach aussen zu realisiren. Dieses innere Sein des Menschen,
sein wahres Selbst, ist aber das Selbstbewusstsein,
die Ehre des menschlichen Wesens, die Quelle aller menschlichen Vollkommenheit. Im Selbstbewusstsein ist der Mensch
allen äusseren Mächten und aller Naturnothwendigkeit entzogen, im Selbstbewusstsein hat er ein Sein in sich, ein
Fürsichsein, denn im Selbstbewusstsein hat er sich selbst
zum Gegenstande, unterscheidet sich von sich

selbst, ist gleichsam eine in sich geschlossene Unendlichkeit. Im Selbstbewusstsein hat der Mensch auch die Freiheit
und Selbstbestimmung, die man in der Regel als ein Criterium seines Wesens betrachtet, als selbstbewusstes Wesen
kann er sich allen äusseren Fesseln entziehen, kann auf alles
Aeussere verzichten, kann selbst sein Leben aufopfern und
abwerfen, kann aus sich selbst handeln und denken, kann
selbst das Böse thun, so sehr er auch damit seiner wahren
ewigen Bestimmung entgegen handelt. Dieses Unendliche
und Freie im Menschen — das lichte Selbstbewusstsein —
die Ichheit — das Ich — ist denn nun auch der Sitz der
Religion. Wenn der Mensch Religion hat, so hat er sie im
Selbstbewusstsein; wenn er in ein Verhältniss zu Gott tritt,
so thut er es als Ich, als innerliches, sich auf sich beziehendes und sich selbst erfassendes Wesen. Aber das Selbstbewusstsein hat in sich wieder seine bestimmten Unterschiede
und es gehört wesentlich mit zu unserer Aufgabe, dass wir
erwägen, in welchem Verhältnisse die Religion zu diesen
unterschiedenen Thätigkeiten des selbstbewussten Ichs steht.
Das menschliche Ich ist ein wahres *perpetuum mobile;* es ist
ewig thätig, ein Heerd unerschöpflicher geistiger Bewegung,
eine unerschöpfliche Quelle des geistigen Lebens, ja eine
Quelle, die immer reichhaltigeres Leben in sich zeigt, je
mehr aus ihr geschöpft wird. In dieser unerschöpflichen
Thätigkeit des Ichs treten aber die bestimmten Unterschiede
hervor, die unser Seelenleben charakterisiren. Wie das einfache Sonnenlicht in Berührung mit einem durchsichtigen
Medium sich in Farben bricht, die jede auf eine speci-
fische Art das Licht darstellen, so stellt sich das einfache
Selbstbewusstsein, wenn es sich in Berührung mit der objectiven Welt bethätigt, in unterschiedenen Kräften dar, von
denen jede in specifischer Weise die allgemeine Natur des
Selbstbewusstseins individualisirt. Diese Kräfte bezeichnet
man bekanntlich als die Erkenntniss, den Willen und
das Gefühl. Sie unterscheiden sich aufs Bestimmteste von
einander und lassen sich schlechterdings nicht mit einander
verwechseln und doch sind sie auch, wie sie ewig aus der
Einen Quelle des Selbstbewusstseins hervorfliessen, untrennbar
mit einander verbunden, leben und weben in einander und
bilden in ihrem Unterschiede und ihrer lebendigen

Einheit gleichsam die heilige Dreieinigkeit der menschlichen Seele. Wenn unser Ich sich auf ein Object der äusseren oder der inneren Welt hinrichtet, in dasselbe eindringt und das Wesen desselben zu seinem Eigenthum macht, so verhält es sich erkennend, geht dagegen das Ich von sich aus und wirkt gestaltend und bestimmend auf ein Object ein, so verhält es sich wollend; das Gefühl endlich ist die Beziehung des Ichs auf sich in aller seiner Thätigkeit, die subjective Stimmung der Seele in allem ihrem Sein und Wirken. Aber jede dieser Thätigkeiten enthält die anderen beiden als Momente in sich. Wer erkennt, muss fort und fort erkennen wollen, ohne dieses im Erkennen lebende Wollen würde auch das Erkennen sofort aufhören zu existiren. Aber auch fühlend verhält sich der Mensch während des Erkennens, ein Gefühl der Freiheit oder der Unfreiheit, der Freude oder des Schmerzes, der Klarheit oder der Unklarheit begleitet jegliches Erkennen. Ebenso enthält jeder Willensact die Erkenntniss und das Gefühl als lebendige Momente stets in sich und kann ohne sie nicht bestehen. Wenn ich wahrhaft will, so muss ich etwas wollen und dieses etwas muss ich erkannt haben, und wenn man es nicht erkennt, so sinkt der Willensact in sich selbst zusammen; ebenso ist mit jedem Willensact, gleich wie mit jeder Erkenntniss, ein bestimmtes Gefühl verbunden, ein Gefühl der Freiheit, wenn das mit dem Wollen verbundene Handeln die Zwecke sicher durchführt, im Gegentheil ein Gefühl der Unfreiheit. Dass endlich auch das Gefühl das Erkennen und das Wollen als Momente in sich trägt, wird jedem klar, der nur eins seiner Gefühle beobachten will. Das Gefühl der Liebe z. B. setzt die Erkenntniss dessen, was ich liebe, theils voraus, theils drängt sie fort und fort dazu, dasselbe immer tiefer kennen zu lernen; ebenso fordert das Gefühl der Liebe fortwährend zum Wollen und zum Handeln heraus und ist selbst ein fortgehendes Wollen und Handeln für den, den ich liebe; das Wohlwollen ist z. B. ein Wollen, das mit der Liebe unzertrennlich verbunden ist.

Das ist also der innere Mensch, der der Träger des religiösen Lebens ist und selbst ein Factor des Religionsbegriffs; er ist das selbstbewusste Ich, welches erkennt, will und fühlt, und wenn es auch vorwiegend erkennt, doch

auch wollend und fühlend sich verhüllt und als wollendes auch
das Gefühl und die Erkenntniss zu seinen Momenten hat und
als fühlendes Ich ewig auch das Erkennen und Wollen als
Mittel benutzt, um seinem Gefühle Raum zu schaffen und es
zu realisiren.

Diese Betrachtungen über den inneren Menschen erscheinen nun überaus fruchtbar für die Bestimmung des Religionsbegriffs. Wenn die Religion oben erklärt wurde als das Leben
des Menschen in Gott, so wissen wir nun, dass wir unter
dem religiös bestimmten Menschen den inneren Menschen,
das selbstbewusste Ich, zu verstehen haben, das denkend,
wollend und fühlend sich bethätigt, aber in allen noch so
verschiedenen Thätigkeiten sich selbst gleich bleibt. Dieses
Ich, dieses ewige Selbst, diese selbstbewusste Persönlichkeit
ist der Träger des religiösen Geistes, der eine Factor der
Religion. Wenn dieses innere Selbst sich Gott unbedingt
hingiebt, in Gott aufgebt, in Gott lebt, so ist es religiös
bestimmt, und dieses Leben des innern Menschen in Gott
ist und heisst eben Religion. Hiermit ist aber auch zugleich
die oben schon berührte Streitfrage beantwortet, ob denn
die Religion entweder Sache der Erkenntniss oder des Willens oder des Gefühls ist. Es ist darauf zu antworten: weder
das eine noch das andere, und doch auch wiederum: sowohl
das eine als auch das andere. Ich sage zuerst: weder das
eine noch das andere. Denn die Religion ist eine Bestimmtheit der selbstbewussten Persönlichkeit in ihrer Totalität und diese einfache und in sich concentrirte Persönlichkeit steht über allem Denken, Fühlen und Wollen und
ist die gemeinsame, für sich noch indifferente Wurzel von
allen diesen und ähnlichen Prozessen, durch welche die
menschliche Seele ihr Wesen offenbar macht. Andererseits
aber sind diese geistigen Prozesse des Erkennens, des Wollens und des Fühlens Bethätigungen dieser einfachen,
selbstbewussten Persönlichkeit und die Natur und
Bestimmtheit dieser Persönlichkeit trägt sich daher in diese
drei Prozesse über und macht sich in ihnen offenbar. Wie
die einfache Natur eines Baumes sich zu erkennen giebt an
den Früchten, die er trägt, so giebt sich auch der religiöse
Geist, der ein Selbstbewusstsein belebt, in allen seinen Offenbarungen zu erkennen; die wesentlichen und primitiven Offen-

barungen des geistigen Selbsts sind aber eben die Gedanken, die Willensacte und die Gefühle und Empfindungen. Wenn also einmal das einfache Selbst eines Menschen religiös bestimmt ist, d. h. wenn das einfache Selbst in dem göttlichen Wesen lebt und webt, so legen auch die Erkenntnisse, die Bestrebungen und Gefühle von diesem Leben in ihrer Art Zeugniss ab. Die Erkenntniss eines echt religiösen Menschen wird nicht mehr ein unsicheres menschliches Meinen und Wähnen sein, sondern klare und sichere Erkenntniss der göttlichen Wahrheit; der Wille wird frei sein von Willkür, Eigennutz und Selbstsucht, und nur das wollen und thun, was Gott will, d. h. das Ewige, Unendliche und an und für sich Werthvolle, und das Gefühl endlich wird frei sein von jener Trübung und Unglückseligkeit, die das Gefühl des Menschen hat, wenn er seiner Endlichkeit Preis gegeben ist, und wird sich erheben zu jener Freiheit, Freudigkeit und Seligkeit, die nur dem absoluten Wesen zukommt und aus ihm allen endlichen Geistern zuströmt, die mit ihm eins sind im Geiste. Je nach diesen drei Grundformen der menschlichen Thätigkeit — nämlich der Erkenntniss, des Willens und des Gefühls — erhält allerdings auch die religiöse Thätigkeit des Menschen drei Grundgestalten. Das religiöse Leben als Erkenntniss ist Theologie — Gotteswissenschaft; das religiöse Leben als Willensthätigkeit ist Sittlichkeit und die Wissenschaft davon Moral oder Ethik, und das religiöse Leben als Gefühl ist die Erbauung oder der Cultus, oder nach unserer christlichen Terminologie das kirchliche Leben. Da diese Unterschiede eine klare Uebersicht über das ganze religiöse Leben gewähren und eine naturgemässe Eintheilung desselben begründen, so soll davon sogleich näher die Rede sein.

Es könnte aber noch eine Frage aufgeworfen werden, die zur Erkenntniss des Religionsbegriffs von nicht geringer Wichtigkeit zu sein scheint, nämlich die Frage: ob denn das religiöse Leben nicht auch in seiner Allgemeinheit, wo es noch nicht Erkenntniss, aber auch noch nicht Gefühl und ebenso wenig Wille ist und doch diese drei Thätigkeiten dem Keime nach in sich hält, ob also dieses religiöse Leben in seiner Allgemeinheit, wie es sich in dem einfachen, noch nicht näher specificirten geistigen Selbst findet, nicht auch

einen allgemeinen, aber doch angebbaren Ausdruck hat. Man
könnte etwa sagen: nun das Wort Religion ist eben dieser
Ausdruck; aber erstens ist das ein fremdes, aus der lateinischen Sprache entlehntes und daher unverständliches Wort
und dann finden auch solche, die mit diesem Worte aus der
lateinischen Sprache bekannt sind, in ihm nicht die Keime
des Erkennens, des Wollens und des Fühlens, die doch darin
liegen müssten, wenn es die Wurzel von allen dreien Thätigkeiten und also der Ausdruck von der centralen religiösen
Thätigkeit sein sollte. In der That aber haben wir in unserer
deutschen Sprache einen Ausdruck, der das religiöse Leben
in seiner Allgemeinheit aufs Schönste und Treffendste bezeichnet; dieser Ausdruck ist das Wort: der Glaube. Wir
brauchen dieses Wort auch für andere Gebiete des geistigen
Lebens, als für das religiöse; wir reden z. B. auch von dem
Glauben, den wir auf einen Menschen setzen, von dem
Glauben an unser Vaterland, von dem Glauben an die Gesetzmässigkeit der Natur und auch in solchen und ähnlichen
Fällen wird man finden, dass der Glaube ein Fühlen, ein
Wollen und ein Erkennen zugleich ist, oder gleichsam die
Wurzel von diesen drei Thätigkeiten. Der Glaube an unser
Vaterland setzt eine Kenntniss und Erkenntniss desselben
voraus und reizt und treibt uns auch unablässig, das Wesen
des Vaterlandes immer klarer zu erkennen, denn woran ich
nicht von Herzen als etwas Grosses und Werthvolles glaube,
das suche ich auch nicht näher zu erkennen. Der Glaube ist
aber auch etwas Praktisches und greift als solches in die
Willenssphäre ein; denn der wahre Glaube ist auch Vertrauen, Hingebung an das, woran ich glaube, und in dieser
Bedeutung ein unendlicher Reiz, für das, woran ich glaube,
zu handeln und zu streben, zu leben und zu sterben. Wer
für irgend eine praktische Thätigkeit, die als solche aus dem
Willen fliesst, keinen Glauben hat, dem fehlt die eigentlich
belebende Seele der Thätigkeit und er bringt keine Früchte.
Wer den Glauben hat an sein Vaterland, der sorgt, strebt,
arbeitet, lebt und stirbt für dasselbe; im Glauben liegt also
eine praktische Kraft, die den Willen mächtig bestimmt und
ihm eine sichere Direction giebt. Im Glauben liegt aber endlich drittens auch das Gefühl; ja der Glaube selbst ist ein
Gefühl, denn die Sicherheit, die Unbedingtheit, die Zweifel-

losigkeit, die Zuversicht, die dem Glauben eigen ist, ist eine
Bestimmtheit des Gefühlslebens. Der Glaube ist die allgemeinste und daher mächtigste Geistesthätigkeit, und deshalb
in allen Dingen die unversiegbare Quelle alles Grossen im
Leben. Aber wahrhaft unendlich ist die Kraft und Bedeutung
des Glaubens, wenn er auf das unendliche Wesen — auf
Gott sich bezieht. Dieser Glaube ist der eigentliche Höhepunkt des religiösen Lebens. Dieser Glaube ist es gewesen,
durch den die Apostel Christi die Welt überwunden und eine
ganz neue Gestaltung aller menschlichen Verhältnisse herbeigeführt haben. Dieser Glaube ist es gewesen, durch den Luther ein neues Zeitalter herbeigeführt hat, in dem wir noch
immer stehen. Diesem Glauben ist Alles möglich, denn er ist
die Gegenwart Gottes in der menschlichen Seele, oder die reale
Versenkung der menschlichen Seele in die göttliche Substanz.
Er ist von dem religiösen Wissen und Handeln so verschieden, wie das Allgemeine von dem Besonderen verschieden ist, aber der ächte Glaube ist in allem Wissen und Wollen
als die beseelende Kraft enthalten und befriedigt sich nur
dadurch, dass er die menschliche Seele unablässig treibt, die
Wahrheit zu erkennen und zu thun, und über sie entzückt
zu sein. Ein Wissen, welches nicht den Glauben zu seiner
Seele hat, artet in eine äusserliche Reflexion und tolle Gelehrsamkeit aus; ein Wollen und Handeln, das nicht vom
lebendigen Glauben getragen wird, verfällt selbstsüchtigen
Motiven oder artet in Tugendstolz aus; aber auch das Gefühl einer Liebe, die nicht vom Glauben durchdrungen ist,
ist in Gefahr, Würde und Selbständigkeit zu verlieren. Umgekehrt aber ist auch der Glaube nur dann das, was das
Wort besagt, wenn er sich nach allen Seiten hin fruchtbar
beweist. Man hat Luthern, der unaufhörlich auf den Glauben
drang und in dem Glauben allein seine Seligkeit und seine
Rettung fand, oft vorgehalten, dass es auch auf die Werke
ankomme, und man meinte, mit einer auch in unserer Zeit
noch vorhandenen Halbheit, der Mensch werde selig durch
den Glauben und durch die Werke. Was antwortet der glau-
benskräftige Mann darauf? Wir finden seine Antwort unter
Anderem in seiner Vorrede zu dem Römerbriefe. „Glaube, sagt
er, ist ein göttlich Werk in uns, das uns wandelt und neu-
gebiert aus Gott, und tödtet den alten Adam, machet aus

uns ganz andere Menschen von Herzen, Muth, Sinn und
Kräften. O! es ist ein lebendig, schäftig, thätig, mächtig
Ding um den Glauben: dass unmöglich ist, dass es nicht
ohne Unterlass sollte Gutes wirken. Er fraget auch nicht, ob
gute Werke zu thun sind, sondern ehe man fragt, hat er
sie schon gethan und ist immer im Thun. Glaube ist eine
lebendige, verwegene Zuversicht auf Gottes Gnade, so gewiss, dass er tausendmal darüber stürbe. Und solche Zuversicht und Erkenntniss göttlicher Gnade macht fröhlich, trotzig
und lustig gegen Gott und alle Creaturen, welches der Heilige Geist thut im Glauben. Daher der Mensch ohne Zwang
willig und lustig wird, Jedermann Gutes zu thun, Jedermann
zu dienen u. s. w., also dass unmöglich ist, Werke vom
Glauben scheiden, ja so unmöglich, als Brennen und Leuchten vom Feuer mag geschieden werden." So spricht ein Mann,
der wusste, was der Glaube ist, und im Glauben das grösste
Werk der neueren Zeit vollbrachte. Er bestimmt in den angeführten Worten theils das Wesen des Glaubens im Allgemeinen, theils bezeichnet er seine besonderen Wirkungen
und Eigenschaften. Der Glaube ist ein göttlich Werk in uns,
ein Werk Gottes im Menschen — das ist sein allgemeines
Wesen, also dasselbe, was wir oben das Leben Gottes im
Menschen nannten. Als ein göttliches Werk im Menschen
ist es nichts Todtes, sondern ewiges Leben, das unablässig
wirket, oder wie Luther sagt, ein lebendig, schäftig, thätig,
mächtig Ding. Unter seinen Wirkungen wird aber von Luther
besonders die auf das Wollen und Handeln hervorgehoben,
weil diese Wirkung zu seiner Zeit vor Allem bezweifelt wurde;
daher heisst es vom Glauben, dass er willig und lustig macht,
Jedermann Gutes zu thun, Jedermann zu dienen, allerlei zu
leiden, Gott zu Liebe und zu Lobe, der ihm solche Gnade
erzeiget hat. Aber auch die Wirkungen des Glaubens im Gefühl und Erkennen werden darüber nicht vergessen. Der
Glaube erweist sich im Gefühl als eine lebendige, verwegene
Zuversicht auf Gottes Gnade, so gewiss, dass er tausendmal darüber stürbe, und in dieser Zuversicht ist der Mensch
fröhlich, lustig, trotzig gegen Gott und alle Creaturen.
Aber der Glaube bezieht sich auch auf ein Object und ist in
dieser Beziehung Erkenntniss, Luther nennt das Object des
Glaubens die Gnade Gottes, d. h. die sich in den Menschen

herabsenkende Liebe Gottes und erklärt daher den Glauben
als eine Erkenntniss der göttlichen Gnade. Wir sehen hieraus also, dass schon Luther, obschon er sich fast ausschliess-
lich in der Allgemeinheit des Glaubens hält und auf das Besondere weniger eingeht, doch drei grosse Wirkungen des
Glaubens unterscheidet, die den drei psychologischen Thätigkeiten des Menschen — dem Erkennen, dem Wollen und
dem Fühlen entsprechen, und dass daher der Begriff der Religion drei Momente hat, und die allgemeine Religionslehre
drei Theile.

Das erste Moment in dem Religionsbegriffe besteht also
darin, dass ich eine klare Erkenntniss oder wenigstens eine
Vorstellung von dem Wesen habe, welches in mir leben soll.
Darin zwar sind alle Religionen eins und gleich, dass sie
Gott für das unendliche Wesen halten und verlangen,
dass dieses Wesen unbedingt über den Menschen herrschen
soll; aber in der näheren Bestimmung und Erkenntniss des
Unendlichen in Gott unterscheiden sich doch die verschiedenen Religionen ungeheuer von einander, und der Fetischismus, wie wir ihn bei manchen afrikanischen Völkern finden,
verhält sich zum Christenthum etwa wie ein trübes Lampen-
licht zu dem herrlichen und prachtvollen Sonnenlichte, obgleich man Fetischismus und Christenthum doch gewiss unter dem gemeinschaftlichen Namen „der Religionen“ zusammen-
fassen kann. Woher kommt dieser ungeheure Unterschied
unter den Religionen? Nirgends anders woher als von der
verschiedenen Auffassung Gottes. Daher ist das Allererste
in jeder Religionslehre die Erkenntniss, was denn der Gott
ist, dem wir dienen sollen, also die Gotteslehre, die Theologie, d. h. eine klare, vollständige und gründlich nach allen
Seiten entwickelte Antwort auf die Frage: Was ist Gott?
Jeder, der Religion hat, hat auch mehr oder weniger deutlich einen Begriff Gottes, d. h. er denkt sich etwas unter
Gott, stellt sich etwas vor unter Gottes Wesen. Aber diese
Gotteserkenntniss — die Theologie — ist um so vollkommener, je mehr sie einen wissenschaftlichen Charakter annimmt,
d. h. je mehr sie von einem sicheren und zweifellosen Grundbegriffe ausgeht und von diesem Grunde aus auf dem Wege
wissenschaftlicher Nothwendigkeit der Erkenntniss Gottes
mehr oder weniger den Charakter eines Systems, eines geisti-

gen Organismus ertheilt, in welchem jedes Glied von der
Seele des Ganzen bedingt wird und mit allen andern Gliedern in Wechselwirkung steht.

Zweitens aber muss die Religionsidee, wenn sie nicht zu
einer trockenen Abstraction versinken, sondern lebendig bleiben soll, sich fort und fort auch in dem menschlichen Gefühl reflectiren. Der Mensch muss den Gott fühlen, den
er denkt. Während die Erkenntniss Gottes objectiv und
allgemein ist, und daher auch jedem, der sonst die nöthige
Vorbildung hat, mitgetheilt werden kann, so ist das Gefühl
Gottes das Subjectivste und Individuellste, was es nur irgend
geben kann. Es besteht darin, dass der Mensch in seiner
innersten Subjectivität mit Gott in Berührung tritt, sich zu
ihm erhebt, sich an ihn wendet, seine individuellsten Bedürfnisse, Mängel und Nothstände ihm offen ausspricht und sich
dadurch immerfort reinigt, regenerirt und frei macht. Wir
bezeichnen diesen Prozess, der in einer religiösen Gefühlserhebung besteht, im Allgemeinen mit dem Namen des Cultus oder der Erbauung; Erbauung deshalb, weil durch diesen
Prozess gleichsam das geistige Haus des Menschen immer
wieder aufgebaut, ergänzt und erweitert wird. Es ist der Prozess, in welchem der Mensch immer von Neuem die Nichtigkeit des Nichtigen in sich anerkennt und zur Aufnahme des
ewig Realen sich vorbereitet. Der Mensch kann den religiösen
Cultus üben für sich allein oder in Gemeinschaft, er kann
ihn auch durch künstliche Mittel noch besonders fördern und
ihm eine bestimmte Haltung geben. Was man Andacht nennt,
besonders das Gebet, ist eine der wesentlichsten Formen des
Cultus; aber auch die Betrachtung, das Lesen inhaltsvoller
religiöser Schriften, wenn sie besonders auf das Gefühl wirken und zur Erbauung dienen. Besonders aber wird diese
religiöse Gefühlserhebung bewirkt in der Gemeinschaft
Gleichgesinnter. Wenn Viele zusammenkommen und ihr
Gefühl aussprechen oder sich anregen lassen, so wächst die
Kraft der Erregung in einem ganz unverhältnissmässigen
Grade. Darin liegt die Bedeutung des öffentlichen Gottesdienstes,
wenn er recht eingerichtet ist. Ein wesentliches Element desselben ist auch die Kunst, namentlich Musik und Gesang,
die das Gemüth im höchsten Maasse anregen und ihm einen
Schwung nach dem Unendlichen geben. Auch der öffentliche

Cultus hat es nicht mit der Belehrung zu thun, sondern mit
der Erbauung, d. h. mit der Läuterung, Befestigung und
Erhebung des religiösen Gefühls. Wer dieses auf einem wahren Gottesbegriff beruhende Gefühl in sich trägt, der hat
eine unerschöpfliche Freudigkeit und Seligkeit.

Das dritte Moment in dem Begriff der Religion ist die
Sittlichkeit. Alle religiöse Erkenntniss und aller religiöser
Cultus ist etwas Unvollendetes, wo nicht gar etwas Unwahres, wenn sie nicht mit einer entsprechenden Sittlichkeit
verbunden ist. Die Sittlichkeit hat aber ihre Wurzel im Willen. Wenn das religiöse Prinzip, das ich erkenne und das
ich im Cultus fort und fort mit meinem innersten Gefühle
vermittele, wenn dieses Prinzip, die Kraft und Richtung
meines Willens und Handelns bestimmt, so bin ich sittlich.
Die Sittlichkeit ist ein Wollen und Thun dessen, was ich
als das Wahre weiss und fühle. „So ihr solches wisset, selig
seid ihr, wenn ihr es thut." Der Mensch hat seine bestimmte
Sphäre im Leben; er tritt in Verhältniss zu andern Menschen,
zur Familie, zum Staate, zur Natur, auch zu seinem eigenen
Leibe; und nun kommt es darauf an, diesen reichen Lebens-
stoff mit seinem religiösen Prinzip zu gestalten und zu durchdringen. Wenn die Wahrheit, an die ich glaube, die ich erkenne und die ich fühle, in diesem meinem ganzen Leben
eine Gestalt gewonnen hat, so bin ich sittlich, und ich bin
es in demselben Maasse, in welchem mir diese Gestaltung
und Durchdringung gelungen ist. Weil dieses sittliche Moment des religiösen Lebens vorzugsweise der Anschauung und
der Erkenntniss anderer Menschen Preis gegeben ist, so beurtheilt man danach auch mit Recht vorzugsweise das religiöse Leben des Menschen, und es heisst daher mit Recht:
„An ihren Früchten sollt ihr sie erkennen; es werden nicht
Alle, die zu mir sagen: Herr! Herr!, in das Himmelreich
kommen, sondern die den Willen thun meines Vaters im
Himmel." So verschieden aber die Gotteserkenntniss, die Sittlichkeit und der Cultus von einander sind, so entspringen sie
doch aus einer und derselben Quelle und müssen daher ebenso in einander sein und in Wechselwirkung stehen, wie Denken, Wollen und Fühlen in einander sind und mit einander
in Wechselwirkung stehen, obgleich sie sich doch auch aufs
Bestimmteste von einander unterscheiden. Die rechte Gottes-

erkenntniss ist nichts weniger als ein abstrakter Dogmatis-
mus, sondern muss auch das Gefühl anfeuern und den Willen
stärken; ebenso darf der Cultus nicht etwa ein blosser Ge-
fühlserguss bleiben, sondern muss die Erkenntniss erweitern
und zu einem tugendhaften Leben mächtig antreiben, und
endlich muss die Sittlichkeit auf einer bewussten Gotteserkenntniss ruhen und die ganze Weichheit des Gemüthslebens in
sich tragen. Kurz diese drei Momente unseres höchsten Seins
und Thuns müssen stets in lebendiger Wechselwirkung mit
einander stehen und sich gegenseitig fördern und ergänzen.

3) Doch ich wende mich nun zu dem dritten Theile meiner Betrachtung. Während ich bisher die Idee Gottes und
die Idee des Menschen, also die beiden Seiten des Religionsbegriffs betrachtet habe, so gilt es jetzt, das Verhältniss beider zu einander oder das Leben Gottes im Menschen näher
zu erörtern. Wenn wir in den bisherigen Betrachtungen schon
mehr oder weniger auf christliche Vorstellungen hingeführt
wurden, so erscheint dieses ganz natürlich und nothwendig;
denn in der That ist das Christenthum die Religion der Vollkommenheit oder diejenige Religion, in welcher der Begriff
der Religion seine volle Realität gefunden hat. Man würde
dieses schon aus der absoluten Bedeutung schliessen können,
die sich die christliche Religion in der Weltgeschichte errungen hat und die sie fortwährend behauptet. Sie hat das
Judenthum und das Heidenthum überwunden, nicht durch
äussere Kräfte und Mittel, — denn ihre Anhänger waren
ursprünglich arm und schwach, — sondern allein durch die
ihr inwohnende Kraft des Geistes; sie hat alle Lebensverhältnisse umgestaltet; sie hat allen Versuchen, die gemacht wurden, die Religion der Freiheit als Hilfsmittel zur Unterdrückung
der Menschen zu missbrauchen, siegreich widerstanden und
ist aus aller Finsterniss, mit der man sie zeitweilig zu be-
decken suchte, immer wieder als eine hellleuchtende Sonne
hervorgegangen; sie ist die Religion der Culturvölker geworden, in denen gegenwärtig das Leben der Menschheit pulsirt;
sie steht auch jetzt mit einer Kraft und Würde da, die uns
mehr als je die Zuversicht geben, dass sie die Weltreligion
werden und alle Völker der Erde ihrem Scepter unterwerfen
werde. Sollten wir aus dem Allen nicht den Schluss ziehen,
dass das Christenthum die Religion sei, in welcher der Be-

griff der Religion seine höchste Realität erreicht hat? Doch es
ist nicht Sache dieser Abhandlung, diesen historischen Beweis
zu führen, sondern wir halten uns an den oben aufgestellten
Begriff der Religion und werden finden, dass das Christenthum ihn erfüllt, und dass die Gegensätze, zu welchen eine
einseitige Auffassung desselben hinführt, im Christenthum
aufgelöst und zu der absoluten Geistesharmonie, die das
Criterium der göttlichen Wahrheit ist, erhoben ist. Wenn
die Religion das Leben des Menschen in Gott ist, so ist
Beides gleich nothwendig, nämlich 1) dass der Mensch von
Gott unterschieden und doch 2) nicht von ihm geschieden
ist, und es können daher, je nachdem das eine oder das
andere Moment einseitig urgirt und das entgegengesetzte
übersehen wird, zwei entgegengesetzte religiöse Anschauungen
entstehen, die beide von der Wahrheit abweichen. Man bezeichnet dieselben als den Pantheismus und den Deismus. Der Gegensatz zwischen dem Pantheismus und dem
Deismus zieht sich durch die ganze Geschichte der Menschheit, und von den verschiedenen Religionen*), von denen die
Geschichte berichtet und die noch bestehen, liegen die einen
auf der Seite des Pantheismus und die andern auf der Seite
des Deismus, wenn auch die deistischen Religionen ebenso
sehr das Bestreben haben, das pantheistische Element in sich
aufzunehmen, wie sich die pantheistischen Religionen durch
das deistische Element zu ergänzen suchen. Das Christenthum ist aber die einzige Religion, welche das Wahre von
beiden Anschauungen in sich aufnimmt und sich über beide
erhebt.

Unter dem Pantheismus verstehe ich nämlich die Ueberzeugung, dass Gott nicht ein ausser der Welt wohnendes
Wesen ist, sondern die Substanz der Welt, die Substanz des
sinnlichen und sittlichen Universums, und somit auch die
Substanz unseres eigenen Seins, also dasjenige absolute

---

*) Unter den vorchristlichen Religionen ist die griechische Religion
die schönste und geistigste Form des Pantheismus, indem in ihr die Substanzen des natürlichen und geistigen Universums personificirt werden;
die jüdische Religion aber ist der erhabenste Deismus. Der Verfasser hat
diesen Gedanken in der Abhandlung zu dem Bromberger Gymnasial-
Programm von 1845 erörtert: „Ueber den Gegensatz des Pantheismus
und des Deismus in den vorchristlichen Religionen." (S. oben p. 18.)

Wesen, in welchem wir allein entstehen, sind und vergehen,
und dem gegenüber wir nichts sind, sondern verschwinden.
Unter dem Deismus aber verstehe ich die Ueberzeugung, dass
Gott nicht ein in der Welt aufgehendes, sondern vielmehr
ein der Welt enthobenes, sich auf sich beziehendes und auch
ausser der Welt in sich selbständiges, also ein persönliches Wesen ist. Beide Ueberzeugungen müssen in dem Begriffe der Religion, wenn wir uns denselben in seiner Vollendung denken, enthalten sein und sich gegenseitig durchdringen. Denn gehen wir auf die früher angeführte und
erörterte Definition zurück, dass die Religion das Leben des
Menschen in Gott ist, so liegt zuerst das pantheistische Element darin, indem der Mensch in sich selbst nichts sein,
sondern sich ganz und gar Gott ergeben soll. Die Religiosität unterscheidet sich eben dadurch von der Irreligiosität,
dass sich der religiöse Mensch von dem, was er als Gott erkannt hat, absolut bestimmen und durchdringen lässt, gleich
wie ein durchsichtiger Kristall alle seine Theile von dem
reinen Lichte durchströmen lässt, während der irreligiöse
Mensch etwas ausser Gott sein will und eben hierdurch in
Egoismus und Sinnlichkeit verfällt. Wenn es sich aber demnach nicht leugnen lässt, dass es eine durchaus nothwendige
und wesentliche Eigenschaft des religiösen Menschen ist, dass
er ein Träger und Organ Gottes ist, dass nicht er eigentlich
ist, sondern Gott in ihm, dass er, wie es heisst, in Gott
lebt, webt und ist, so ist damit eben nichts Anderes gesagt,
als dass der Pantheismus ein wesentlicher Factor der Religion
ist, denn der Pantheismus besteht ja nach dem Obigen darin,
dass Gott Alles in Allem ist, dass Alles in ihm sich aufhebt
und verschwindet, dass Alles und also auch der Mensch nur
eine Erscheinungsform ist seines ewigen Wesens. Aber indem
der Mensch in Gott sich aufgiebt, so hört er damit nicht
auf, selbständig zu sein oder überhaupt zu existiren, vielmehr erlangt er durch diese Selbstentäusserung erst seine
volle Selbständigkeit. Gleich wie der Same, indem er zu
Grunde geht und verwest, erst recht sein vollkommenes
Pflanzenleben erreicht, so wird auch der Mensch durch den
geistigen Tod der Selbstentäusserung an Gott nicht etwa ein
blosses Nichts, sondern eine volle, klare, freie und selbständige Persönlichkeit. Gleichwie ein gutes und vollkommenes

Kind, welches seinen Vater über Alles liebt und sich ihm
unbedingt hingiebt, in ihm lebt und nur seinen Willen thut
und seiner Einsicht vertraut, nicht etwa die Selbständigkeit
oder gar die geistige Existenz verliert, sondern diese erst
gewinnt und auf dem Wege eines freien Lebens mächtig
fortschreitet, so hört der Mensch, indem er sich Gott ganz
und gar hingiebt, nicht etwa auf, eine in sich geschlossene,
freie, selbständige Persönlichkeit zu sein, sondern er erreicht
so erst die absolute Freiheit, Selbständigkeit und Selbstbestimmung. Selbst in den innigsten und prägnantesten religiösen Momenten, wie in der Andacht und im Gebet, bleibt
der Mensch ein sich auf sich beziehendes, selbtbewusstes und
sich selbst bestimmendes Ich, welches sich von Gott unterscheidet und Gott als ein Anderes seiner sich gegenübersetzt,
gleichwie auch in der Liebe zweier Menschen gegen einander,
so innig sie eins sind und so durch und durch sie in einander aufgehen, doch jeder ein selbständiges, sich auf sich beziehendes Ich ist und bleibt, ja erst die volle Selbständigkeit
gewinnt. Diese Unterscheidung aber meiner von Gott, diese
Beziehung auf mich, die zugleich ein Versetzen Gottes in
ein Jenseits ist, ist das deistische Element in der Religion.
Wenn Jemand fragen möchte, wie in aller Welt ist es möglich, dass der Mensch dem unendlichen Wesen gegenüber
etwas für sich sein und eine Selbständigkeit und Selbstbestimmung erhalten kann, da er doch von Gott geschaffen
ist und nur in ihm lebt und ist; wenn Jemand so fragen
möchte, so wäre diese Frage der anderen Frage ganz ähnlich, wie geht es zu, dass gerade die freisten, geistvollsten
und grössten Menschen die selbständigsten Werke hinterlassen? Es ist das ganz natürlich und versteht sich von selbst.
Schon das Werk eines freien und tüchtigen Menschen löst
sich von seinem Urheber los und hat etwas Selbständiges
für sich, während schwächliche und beschränkte Menschen
auch nur erbärmliche Werke schaffen, die bald wieder zerfallen, weil sie kein Sein in sich haben. Wie sollen wir
nicht viel mehr von dem Wesen aller Wesen glauben, dass
es etwas von seinem Geiste und seinen Eigenschaften in
seine Werke legt, und wenn die Selbständigkeit eine
der Grundeigenschaften Gottes ist, dass er auch seinen Geschöpfen etwas von dieser Selbständigkeit mittheilt und zwar

jedem in seinem Maasse und in seiner Art? Und wenn es
wahr ist — wie es ja selbst die wissenschaftliche Betrachtung
der Natur beweist — dass der Mensch die Krone der Schöpfung ist, d. h. dasjenige Geschöpf, in welchem Gott das
Ebenbild seines Wesens schaffen und die ganze Fülle seiner
Eigenschaften und seines Geistes offenbaren wollte, sollte es
uns dann noch Wunder nehmen, dass die Selbständigkeit
Gottes gerade in dem Menschen seinen vollen Ausdruck findet,
und dass er — gerade als Gottes Meisterwerk — nun auch
Gott gegenüber etwas ist und bleibt? Als dieses höchste
Werk der göttlichen Schöpferkraft, welches wir kennen, ist
er also selbständig, frei und bestimmt sich selbst, geht aber
eben darum nicht in Gott auf, wie ein Tropfen im Ocean,
sondern unterscheidet sich von ihm in alle Ewigkeit, so innig
er auch überzeugt ist, dass er nur durch Gott ist, was er
ist, und ihm also nur das wiedergiebt, was er von ihm erst
erhalten hat.

Diese bleibende Unterscheidung nun des Menschen von
Gott und die Ueberzeugung, dass Gott ein dem Menschen
und der Welt enthobenes Wesen ist, nennen wir das deistische
Element der Religion. Es ist der Religion eben so nothwendig, als das pantheistische. Ich muss auf das Gewisseste
wissen, dass Gott in sich ist und für sich existirt, und nicht
meiner, nicht irgend eines Menschen oder einer anderen
Creatur bedarf, um zu existiren, wenn Religion möglich sein
soll. Wie der Dichter in jedem seiner Werke lebt, aber doch
noch etwas ganz Anderes ist, als seine Werke, und wie er
eine selbständige Person bliebe, wenn er auch keines von
diesen Werken geschaffen hätte, so lebt Gott in dem nach
Zeit und Raum unendlichen Universum, aber er ist auch
schlechterdings von allen seinen — so unaussprechlich grossen
und unerschöpflichen — Werken geschieden; er ist eine unendliche, unerschöpfliche Quelle von Werken, aber doch auch
ausser seinen Werken, ein Jenseits der Welt und ein Jenseits
des Menschen. — Aber dieses deistische Element der Religion
kann auch so einseitig aufgefasst werden, dass man neben
demselben die reale Gemeinschaft Gottes mit allen seinen
Werken und insbesondere die reale Gemeinschaft Gottes mit
dem Menschen entweder übersieht oder doch ganz in den
Hintergrund stellt. In diesem Falle veräussert der Mensch

die Religion; er sucht dann Gott blos ausser sich, während
er ihn doch vor Allem in sich, in seinem Herzen, in seinem
Gewissen, in seinem Geiste, in seinem Leben suchen sollte.
Er sucht Gott blos in einem Jenseits, zu welchem er etwa
erst nach diesem Leben zu gelangen gedenkt, während ihm
die unerschöpflichen Spuren seiner Wirksamkeit in dem Diesseits, in der Natur und in der Geschichte auf jedem Punkte
entgegenleuchten sollten. Und weil er die reale Gegenwart
Gottes und seine unendlich lebensvolle Wirksamkeit in der
Welt nicht erkennt, sondern Gott in ein blosses Jenseits
versetzt, so erscheint ihm die Welt als ein Jammerthal, als
gottlos, ja vielleicht gar als der eigentliche Sitz und die
Domäne eines Teufels, während Gott im Himmel sein Wesen
haben soll. Zu einer so trüben Anschauung und zu so traurigen Resultaten kann es führen, wenn das deistische Element der Religion, welches nur ein Theil des Ganzen sein
darf, zum Ganzen gemacht wird.

Aber zu nicht minder grossen Einseitigkeiten und Gefahren führt es hin, wenn das pantheistische Moment des
Religionsbegriffs zur ganzen Religion gemacht wird. Nach
dieser einseitigen pantheistischen Ansicht ist Gott nichts
weiter, als die absolute Substanz der Welt, zu der auch der
Mensch gehört, und die Welt — also auch jeder Mensch —
etwas Accidentelles, ein verschwindendes Dasein, in welchem
Gott nur erscheint, ohne dass er ein selbständiges Fürsichsein hätte. Nach dieser Ansicht hat der Mensch keine Selbständigkeit in sich, er ist nur ein verschwindender Schein,
der nur dazu da ist, um das Wesen Gottes zu offenbaren;
er hat also nichts Ewiges, von einer Unsterblichkeit desselben kann nicht länger die Rede sein. Der Mensch hat aber
auch keine wirkliche Selbstbestimmung, da er nur ein blindes Werkzeug der göttlichen Substanz ist; es giebt daher
auch nichts Böses in der Welt, der Unterschied von Gut
und Böse hört auf, da ein Wirken gegen die göttliche Substanz
unmöglich ist. Aber da es nicht möglich ist, dass bei dieser
Anschauung lange stehen geblieben werden kann, so nimmt
der Pantheismus, wenn er anders nicht zum Christenthum
einlenkt, bald die Wendung, dass er zum Materialismus oder
gar Atheismus herabsinkt. Ich sage zunächst, dass es unmöglich ist, bei dieser Anschauung stehen zu bleiben; denn

der Mensch fühlt schon in sich selbst zu apodictisch die Kraft, sich aus sich selbst zu bestimmen, als dass er sich zu einem blossen Accidens herabsetzen liesse, auch fühlt er sich für das Gute und Böse, was er thut, verantwortlich; ebenso macht er alle Anderen verantwortlich für ihre Handlungen und findet das Böse als eine reale Macht in sich und ausser sich und bekämpft sie als solche. Und sodann leisten selbst die unvernünftigen Dinge in ihrer Art zu bestimmt einen realen Widerstand und behaupten zu fest ein individuelles Dasein, als dass man selbst ihnen ein nur verschwindendes Sein zuschreiben könnte. Daher macht man die Erfahrung, dass Viele, die ursprünglich vom Pantheismus, z. B. dem Spinozismus, ausgegangen sind, doch bald dahin kommen, dass sie die Welt für das Selbständige halten und wenn sie auch zunächst ihr Gottesbewusstsein noch dadurch retten wollen, dass sie Gott die Ehre erweisen, das Wesen der Welt oder die Weltseele zu sein, so schwindet doch auch dieser Rest des theologischen Bewusstseins bald rettungslos dahin. Denn wenn man einmal Gott als wirkliche Person aufgegeben und nun die Welt als ein wahrhaft selbständiges, etwa auch ewiges Wesen betrachtet, so kommt man consequent darauf, dass Gott gar nicht existirt. Denn jedes selbständige Sein hat nothwendig beide Seiten: die Erscheinung und das Wesen in Einem in sich, und jede lebendige Existenz Leib und Seele zugleich. Ist also die Welt eine solche selbständige Existenz, so hat sie ein Wesen und eine Erscheinung, eine Seele und einen Leib, und es ist widersinnig und unlogisch, das Wesen der Welt von der Welt zu sondern und es Gott zu nennen, gleich wie es widersinnig wäre, die Seele des Menschen seinen Gott zu nennen, wenn man damit etwas vom Menschen selbst Unterschiedenes bezeichnen will, denn die Seele ist so gut ein Factor des Menschen als sein Leib. Wer daher auf diesem Standpunkte angekommen ist, dass er Gott eine überweltliche Selbständigkeit absprechen zu müssen meint und vielmehr die Welt als für das allein Selbständige hält, der verliert damit auch die Gottesidee, wenn er auch das Wort beibehalten sollte, und handelt dann auch consequent so, als wenn kein Gott im Himmel wäre. Das sind also die beiden diametralen Gegensätze, zu denen die Menschheit nicht etwa blos heute, sondern zu aller Zeit hingetrieben worden ist, wenn sie eines der Momente des Religionsbegriffs isolirt und das andere verwirft. Das Christenthum aber ist seiner Natur nach die Lösung dieses Gegensatzes zwischen dem Pantheismus und dem Deismus, und es löst auch im Verlauf der Zeit immer wieder diesen Gegensatz, wo er sich irgend aufs Neue herausbildet; ja es erscheint gerade nach der Ueberwindung solcher Gegensätze in seinem vollen Glanze.

Nehmen wir jene Schriften vor, in denen uns die ursprünglichste und darum frischeste, intensivste und prägnanteste Gestalt des Christenthums aufbewahrt ist, also etwa das Evangelium des Johannes oder den Brief des Paulus an die Römer, so begegnen wir einerseits Aussprüchen, die für sich festgehalten als ein Ausdruck des Pantheismus erscheinen können, andererseits aber wieder solchen, die einem dualistischen Deismus anzugehören scheinen; aber schliesslich durchwaltet diese wie jene ein höheres, unendliches Prinzip, in dem der Pantheismus und der Deismus als Momente einer lebensvollen Einheit erscheinen, eine Seele und ein Leib in einem und demselben Organismus, die trotz ihres Gegensatzes e i n s sind. Wenn wir in dem Römerbriefe von Gott lesen, dass von ihm und in ihm und zu ihm alle Dinge sind, klingt das nicht ganz pantheistisch? Denn was liegt denn Anderes darin, als dass Gott der Ursprung aller Dinge ist und die beseelende Kraft aller Dinge und der Endzweck aller Dinge — oder mit anderen Worten, dass Gott der Anfang und die Mitte und das Ende aller Dinge ist, oder dass alle Dinge, d. h. die ganze Welt, in ihm anfangen, an ihm gehalten bleiben und zu ihm emporstreben und sich vollenden? Und kann man darin nicht den Pantheismus in seiner schönsten Gestalt finden, wonach Gott die Substanz der Welt ist? Wenn es ferner bei demselben Apostel heisst: In ihm leben, weben und sind wir; oder an einer anderen Stelle: Leben wir, so leben wir dem Herrn, sterben wir, so sterben wir dem Herrn; darum wir leben oder sterben, so sind wir des Herrn: ist denn da nicht mit deutlichen Worten gesagt, dass der Mensch für sich nichts ist, dass er nur in Gott ist, was er ist, der Träger seiner Macht und Herrlichkeit: das Organ seines Geistes? Aber dass diese und viele andere Aussprüche der Art nicht abstract pantheistisch zu nehmen, sondern gleich-

sam als Factoren von einem umfassenderen Producte betrachtet werden sollen, das erkennt man sogleich, wenn man die
vielen andern Aussprüche damit zusammennimmt, die eine
deistische Ueberzeugung so scharf aussprechen, als sich dieselbe nur immer aussprechen lässt. Von einem Verschwimmen
des Menschen in Gott, wie es der Pantheismus lehrt, sei es
schon in diesem Leben oder nach diesem Leben, ist im
Christenthum schlechterdings nicht die Rede. Der Mensch
gilt als eine selbständige, stets und vollkommen von Gott
unterschiedene und von ihm getrennte Substanz. Mit Bezug
hierauf schreibt das Christenthum dem Menschen eine unver-
wüstliche Existenz zu, auch nach dem Tode dieses Leibes,
und die Unsterblichkeit ist, obschon sie in andern Religionen
schon mehr oder weniger geahnt wurde, doch erst im Christenthum eine klare, zuversichtliche Ueberzeugung geworden.
Aber auch in dieser Welt ist der Mensch nicht etwa blos ein
willenloses Werkzeug Gottes, sondern er ist der eigene
Schöpfer seines Selbst, der Urheber seiner Handlungen. Das
Gute, das er thut, ist sein Verdienst, und das Böse, das
er begeht, seine Schuld. Gott vergilt, wie es bei demselben
Apostel Paulus heisst, einem Jeden nach seinen Werken;
denen nämlich, die in der ausdauernden Verfolgung eines
guten Werks ihren Werth, ihre Ehre und unvergängliches
Wesen suchen, schenkt Gott das ewige Leben; diejenigen
aber, die aus selbstsüchtigen Motiven handeln und der Wahrheit ungehorsam sind, dagegen der Ungerechtigkeit gehorchen,
trifft die gerechte Strafe. Daher ist es nun auch ein charakteristisches Kennzeichen des Christenthums, dass das Böse
und die Sünde aufs Stärkste urgirt wird. Der Mensch wird
als ein so absolut freies Wesen angenommen, dass er sich
sogar Gott, aus dessen Hand er dieses unendlich schätzbare
Geschenk der Freiheit erhalten hat, widersetzen kann. Während für den Pantheisten das Gute und das Böse in einander
fliessen, und das Böse gar nicht real existirt, sondern nur
in Folge einer schiefen Auffassung angenommen wird, so ist
das Böse in der christlichen Anschauung eine Realität, die
der Mensch mit entschiedener Kraft zu bekämpfen und zu
vernichten hat, um in die freie Situation des religiösen Lebens überhaupt hineinzukommen. Aber selbst der von der
Sünde erlöste Mensch ist auch nach der christlichen An-

schauung, wenn auch in Frieden mit Gott, doch schlechterdings von ihm unterschieden. Das Gebet spielt im Christenthum eine unendlich grosse Rolle; es wird den Christen zur Pflicht gemacht: „Betet ohne Unterlass", aber selbst im Gebet und im Feuer der Andacht erhält sich aufs Bestimmteste das Bewusstsein, dass der Mensch etwas absolut Anderes, als Gott, und dass Gott etwas absolut Anderes ist, als der Mensch, denn im Gebete ist mir Gott ein Du, d. h. eine andere Person, ein objectives Wesen ausser mir und über mir, wie ich mich ausser Gott halte und empfinde, wenn ich mich auch etwa wie ein Kind zu seinem Vater verhalte, der zwar von dem Kinde wesentlich geschieden und unterschieden ist, aber doch auch das Kind durchschaut, es versteht und mit seinem Geiste durchdringt.

So liesse es sich denn durch alle Gebiete hindurch nachweisen, dass das Christenthum das deistische Moment, nach dem der Mensch von Gott absolut unterschieden ist, in aller Strenge festhält, und doch bleibt auch das Andere, dass wir in ihm leben, weben und sind, und dass aus ihm, in ihm und zu ihm alle Dinge und alle Menschen sind. Der Pantheismus und der Deismus sind im Christenthum Factoren eines höhern Products, Momente einer übergreifenden Totalität. Und diese Totalität ist nicht etwa etwas Dunkeles, sondern wird aufs Klarste und Bestimmteste und zwar in den verschiedenartigsten und reichhaltigsten Formen und Wendungen ausgesprochen. Eine der schönsten Formen ist der Satz: Gott ist die Liebe, und wer in der Liebe bleibt, der bleibt in Gott und Gott in ihm. Die Liebe also ist es, die diesen Unterschied zwischen Gott und dem Menschen setzt, und ihn doch ebenso sehr auch aufhebt und das unerschöpfliche Leben des Menschen in Gott vermittelt, und zwar ist es zuerst und ursprünglich die Liebe Gottes und sodann nachbildlich die Liebe des Menschen. Die Liebe aber ist Wesensmittheilung, und wenn es daher von Gott heisst, dass er die Liebe ist, so heisst das: er theilt dem Menschen sein ewiges Wesen mit, indem er ihn schafft, indem er ihn erlöst und heiligt und der Fülle seines Geistes theilhaftig macht; aber eben darum ist es auch des Menschen höchste Pflicht, und nicht blos höchste Pflicht, sondern die höchste Freude, Freiheit und Seligkeit: Gott zu lieben von ganzem

Herzen, von ganzer Seele, von ganzem Gemüthe, und aus allen seinen Kräften, und zwar in Gesinnung und That, in Worten und Werken, in Kunst und Wissenschaft und was für andere Gestalten der menschliche Geist nur irgend annehmen kann. Darin liegt der letzte Zweck und Grund unseres Daseins, dass wir uns Gottes unerschöpflicher Liebe bewusst werden und ihn wieder lieben, nicht blos mit der Zunge, sondern mit der That und der Wahrheit. Aber wie es schon von der Liebe, die zwei Menschen mit einander verbindet, ein wesentliches Merkmal ist, dass jedem die Liebe als etwas völlig Unverdientes und als eine freie Gabe des sich bestimmenden Selbst erscheint, so erscheint dem Menschen erst recht die Liebe Gottes, der er ja schon seine Existenz verdankt, als etwas durchaus Unverdientes. Daher spielt im Christenthum die Gnade eine so grosse Rolle und wird namentlich von Paulus besonders häufig zum Ausdruck des religiösen Lebens genommen; denn die Gnade ist eben die unverdiente, die freie Liebe, die nicht etwa darum liebt, weil der Andere so liebenswürdig wäre, sondern weil es ihre Natur so ist, unerschöpflich zu lieben, was sich nur irgend lieben lassen will, und weil sie durch ihre Unerschöpflichkeit ersetzen möchte, was dem Gegenstande der Liebe etwa an Würdigkeit fehlen möchte. Und sie ersetzt es auch. Die Gnade Gottes als die Liebe gegen den unwürdigen, ja sündigen und verkommenen Menschen ist eine umwandelnde, heiligende und vollendende Kraft, die den Menschen, der ihr mit der reinen Empfänglichkeit des Glaubens entgegentritt, neu gebiert und Gott ähnlich, ja gleich macht und zum Ebenbild Gottes vollendet, zu welchem er ursprünglich geschaffen ist. Denn so unverdient und ganz frei die göttliche Liebe ist, so duldet sie doch nichts ausser sich, was mit ihrer Heiligkeit und Klarheit in Widerspruch steht, sie sucht sich selbst — nämlich die Gegenliebe — in dem Andern, und so lange sie sich noch nicht in dem Andern wiederfindet, so manifestirt sie sich ihm als eine negative Kraft, als Zorn, als Gerechtigkeit, als Strafe, und das Christenthum weiss daher auch etwas vom Zorne Gottes zu reden, unter welchem es aber nicht die subjective Erregung eines Menschen versteht, der etwa verletzt ist und darum ungestüm herausbricht, sondern die strafende Gerechtigkeit, die alles Unrechte

und Böse verzehren will, damit die göttliche Liebe in dem
Menschen Platz finden könne. Wäre aber der Mensch erlöst
von seiner Eigenheit und Selbstsucht, dann würde sich in
ihm erst recht vollkommen die göttliche Liebe offenbaren und
ein Leben in ihm vollenden, von welchem in der That und
in der Wahrheit gesagt werden könnte, dass Gott wirklich
in dem Menschen lebte, und der Mensch in Gott, und daher
der Begriff, den wir von der Religion aufgestellt und nach
allen seinen Momenten erläutert haben, realisirt wäre.

VI.

Gemüthsleben und Gemüthsbildung.*)

Der sinnige Mensch kann schon in ein heiliges Erstaunen
versetzt werden, wenn er das äussere Universum mit
Aufmerksamkeit betrachtet. Welch ein grosses und wunderbares Schauspiel bietet sich ihm hier dar! Welche Fülle,
welche Mannigfaltigkeit, welche Zweckmässigkeit drängt sich
ihm da auf vom grössten Weltkörper bis zum kleinsten Sand-
korne, von dem niedrigsten Infusionsthierchen bis zum Menschen herauf, der Krone der Schöpfung! Wer könnte sie aufzählen — diese zahllosen Wunder der unserer Anschauung
eröffneten äusseren Welt und wer könnte Alles erschöpfen,
was jedes dieser Wesen für sich wieder der Forschung und
der Erkenntniss darbietet!

Und doch ist diese äussere Welt erst nur der eine Theil

*) Mich. 1861 als Programmabhandlung erschienen. Der Verfasser
sagt im Vorworte: Die folgende Abhandlung gehört zu den Vorlesungen,
welche im letzten Winter von mir und meinen Herrn Collegen zum
Besten unserer Wittwenstiftung gehalten worden. Es ist damals von
mehreren Seiten der Wunsch ausgesprochen worden, dass ich sie dem
Drucke übergehen möchte, und ich willfahre diesem Wunsche jetzt um
so bereitwilliger, da die Lehre von dem Gemüthsleben in den mir bekannten Psychologien noch keineswegs mit derjenigen Klarheit und
Gründlichkeit behandelt worden ist, die dieser Gegenstand namentlich
um der Erziehung willen in so hohem Maasse verdient. Mehrere von
den Hauptgedanken, die sich in dieser Vorlesung finden, habe ich schon
in einer Abhandlung über das Gemüth, die in der von K. A. Schmid
herausgegebenen Encyclopädie der pädagogischen Wissenschaften mitgetheilt ist, ausgesprochen, doch sind sie in der vorliegenden Vorlesung fester begründet, ausführlicher entwickelt und besonders auch
durch Beispiele erläutert und veranschaulicht, so dass sie jetzt, wie ich
hoffe und wünsche, auch dem Verständniss der Schüler der ersten
Classe nahe liegen und von Nutzen sein können.

der Welt, der wir angehören; gleichsam nur erst die eine Hälfte der Welt; — ein anderes Universum, eine andere Welt entdecken wir, wenn wir in uns blicken, in unser Inneres, in unsere Seele, in unseren Geist. Da finden wir andere Wunder, die den Wundern des gestirnten Himmels und den Wundern des organischen Lebens weder an Fülle und Mannigfaltigkeit noch an Herrlichkeit und Bedeutung etwas nachgeben; da finden wir andere Räthsel, die noch schwieriger zu lösen sind, als die Räthsel, welche uns die äusseren Naturerscheinungen darbieten. Eins von diesen Wundern, auf die wir bei der Betrachtung unseres Innern stossen, und keins von den geringsten, ist aber unser Gemüthsleben. Die wissenschaftliche Betrachtung des Gemüthslebens hat aber nicht blos das allgemeine Interesse, das die Betrachtung aller Dinge Himmels und der Erde dem denkenden Menschen darbietet, sondern für uns Deutsche noch das besondere Interesse, dass wir unser innerstes Wesen erkennen, wenn wir das Gemüthsleben erkennen. Denn wenn auch einerseits anzuerkennen ist, dass das Gemüth etwas allgemein Menschliches ist und daher mehr oder weniger bei allen Völkern sich finden muss und wirklich sich findet, so ist doch andererseits ebenso wenig zu leugnen, dass es in vorzüglicher Fülle und Reinheit in dem deutschen Volke vorhanden ist. Schon das merkwürdige Wort „Gemüth" kann uns diese Wahrheit einigermassen bestätigen; auch der Umstand, dass wir dieses Wort so ausserordentlich häufig gebrauchen sowohl im gemeinen Leben als in den Gebieten der Religion, der Kunst und der Wissenschaft, kann uns schon darauf aufmerksam machen, dass dieses Wort Etwas bezeichnet, was sich uns Deutschen überall aufdrängt und sich überall geltend macht. Wie oft sprechen wir von Gemüthsarten, von Gemüthsstimmungen, Gemüthszuständen, Gemüthsbewegungen, Gemüthsstörungen und anderen Erscheinungsformen des Gemüths? Dazu kommt aber noch, dass sich dieses Wort schwerlich durch ein Wort irgend einer anderen Sprache treffend übersetzen lässt und daher auch um deswillen ein vorzugsweise der deutschen Nation eigenthümliches Wesen zu bezeichnen scheint. Aber auch abgesehn von dieser sprachlichen Betrachtung wird es als eine historische Erfahrung müssen angesehn werden, dass dasjenige, was man Gemüth

nennt, vorzugsweise unserem Volke, dem grossen und edlen
deutschen Volke, zukomme und sich bei diesem Volke in der
grössten Fülle und in den reinsten Formen vorfinde. Zeigten
nicht schon unsere Altvorderen, wie uns z. B. von Tacitus
in seiner Germania geschildert worden, die deutlichsten Spuren des schönsten Gemüthslebens? Sind nicht ihre Verehrung
gegen die Frauen, ihr religiöser Sinn, ihre Empfänglichkeit
für Gastfreundschaft, ihre Treue unverkennbare Offenbarungen des Gemüthslebens? Und so hat sich der Deutsche im
weiteren Verlauf der Geschichte stets als der Hauptträger
des Gemüthslebens bewährt. Wenn es dem Deutschen nicht
ins Gemüth greift, so erscheint er leicht passiv, träge, bis
zum Uebermaasse geduldig; werden aber seine Gemüthsinter-
essen verletzt, so erscheint er im höchsten Grade tapfer,
todesmuthig, ausdauernd und unwiderstehlich. Aus dem deutschen Gemüthe sind die wichtigsten und innerlichsten Um-
wandlungen in der Weltgeschichte entsprungen. Die Reformation z. B. ist die mächtige Reaction des religiösen Gemüths eines Deutschen gegen die äusserlichen Satzungen der
päpstlichen Kirche, und Luther selbst, der grosse Reformator, ist gewiss als das Ideal des deutschen Gemüths in seiner
ganzen Innigkeit und in seiner unwiderstehlichen Kraft anzusehen. Aus dem deutschen Gemüthe sind zum grossen Theile
die ausserordentlichen Leistungen in der Musik geflossen;
dem deutschen Gemüthe fast ganz allein verdankt die Welt
die einzig herrliche Ausbildung der lyrischen Poesie, die eben
die Aufgabe hat, ideale Gemüthszustände zu veranschaulichen.
Der grossartige Aufschwung des deutschen Volks in den Freiheitskriegen ist vornehmlich aus der Entrüstung und Empö-
rung zu erklären, in die das deutsche Gemüth über den Druck
und die Tyrannei gerathen war, unter der das deutsche Vaterland so lange seufzen musste. Diese Bemerkungen, die durch
viele ähnliche vermehrt werden könnten, sollten darauf hinweisen, wie die Beachtung des Gemüthslebens vorzugsweise
deutschen Männern und deutschen Frauen nahe liegen müsse,
da die Deutschen das Gemüthsleben in so hohem Maasse in
sich tragen.

Aber man kann recht wohl etwas in sich tragen, ohne
ein deutliches Bewusstsein davon zu haben, was es denn
eigentlich ist. Man kann recht wohl ein bestimmtes Gefühl

und eine bestimmte Vorstellung von einer Sache in sich tragen, ohne doch einen deutlichen Begriff davon angeben zu können. So verhält es sich mit dem Gemüth. Gar viele Menschen, in denen das Gemüthsleben in einem hohen Maasse thätig ist und die nicht blos das Wort Gemüth sehr oft gebrauchen, sondern auch allerlei richtige Urtheile darüber fällen, würden doch stutzen, wenn sie gefragt würden, was sie denn eigentlich unter dem Gemüthe verstehen, und um eine genügende Antwort verlegen sein. Wer aber eine wissenschaftliche Betrachtung über das Gemüthsleben anstellen will, der darf sich nicht mit einer blos allgemeinen Vorstellung vom Gemüthe begnügen, sondern er muss sich einen klaren und deutlichen Begriff des Gemüths verschaffen und daher bestimmt wissen und deutlich angeben, was das Gemüth zu dem macht, was es ist, und wodurch es sich von allen anderen Thätigkeiten und Kräften unserer Seele unterscheidet. Es wird darum in dieser Abhandlung über das Gemüthsleben zuerst der Begriff des Gemüths und sein Verhältniss zu den anderen Geisteskräften erörtert werden, und erst von dieser Grundlage aus wird es möglich sein, um so bestimmter die wichtigsten Erscheinungsformen des Gemüthslebens und die Bildungsmittel des Gemüths anzugeben und zu erklären.

I. Begriff des Gemüths.

Richten wir unsere Aufmerksamkeit auf unser Inneres, auf unser inneres Bewusstsein, so werden wir einen reichen geistigen Inhalt bemerken, der die Seele ausfüllt und ihr als geistiges Eigenthum angehört. Ist ein Mensch auch nur einigermassen gebildet, so hat er — man möchte fast sagen — einen fast unerschöpflichen Inhalt, eine fast unendlich grosse geistige Substanz in sich, — so gross, dass die meisten Menschen, die noch nicht recht über sich nachgedacht haben, in Erstaunen gerathen, wenn man sie darauf aufmerksam macht, was denn Alles in dem tiefen Schachte ihres Bewusstseins liegt. Denn zuerst tragen wir alle die Anschauungen, die wir in der äusseren Natur gehabt und gründlich beachtet und beobachtet haben, als Bilder in uns. Von allen den Gegenden, Flüssen und Bergen, von den Pflanzen, Thieren und Menschen, von den Häusern, Geräthschaften u. s. w., kurz von allen äusseren Gegenständen, die wir mit unseren Sinnen wiederholt und genau beobachtet haben, tragen wir Bilder als ein bleibendes Eigenthum in unserer Seele, so sicher, dass wir bei dem erneuerten Anblick der äusseren Gegenstände sofort uns erinnern, dass wir die Bilder derselben schon in uns tragen, — so deutlich, dass wir, wenn wir Maler wären, diese Bilder aus uns heraus auf Papier oder Leinewand hinwerfen könnten. Schon diese Bilder, die wir von den Gegenständen der äusseren Natur vornehmlich durch unsere Augen in uns aufgenommen haben, sind fast zahllos, und doch bilden sie noch den geringsten Theil unserer geistigen Substanz; schon wichtiger sind alle Geschichten, Vorfälle und Ereignisse, die wir entweder selbst erlebt oder von Andern mündlich erfahren oder in Büchern gelesen haben; auch diese Zeitereignisse, Processe und Handlungen sind, wenn wir sie einmal mit ganzer Seele durchlebt haben, ein bleibendes Eigenthum unserer Seele, und wir können sie mittelst unseres Gedächtnisses jeder Zeit wieder in unser Bewusstsein hereinrufen und zum Gegenstande erneuerter Betrachtung machen, wenn wir es zu irgend einem Zwecke für erforderlich halten. Aber den allerwichtigsten Theil der geistigen Substanz, die in unserer Seele lebt, bilden die Worte, Gedanken und Ideen. Jeder erwachsene Mensch hat mindestens den grossartigen Schatz seiner Muttersprache mit den vielen Tausenden von Worten, Redensarten und Wendungen in sich und besitzt sie als ein so festes und sicheres Eigenthum, dass die Worte zu jeder Zeit, wenn wir sie zu irgend einem Zwecke sei es zur eigenen Betrachtung oder zum Gespräch mit Andern gebrauchen, mit reissender Geschwindigkeit aus unserem Inneren ins Centrum des Selbstbewusstseins gleichsam hereinspringen und uns zu jedem beliebigen Gebrauche zu Gebote stehen. Und wie viele Menschen giebt es nicht, die ausser der Muttersprache noch eine beträchtliche Anzahl von fremden Sprachen in sich tragen und dazu noch eine Zahl von Wissenschaften, Künsten, Gedanken und Erfahrungen aller Art, Vorsätzen, Zwecken, Ueberzeugungen. Muss uns nicht ein hohes Erstaunen ergreifen, wenn wir an die Fülle der geistigen Substanz denken, die Männer wie Aristoteles, Melanchthon, Leibnitz, Kant, Hegel, Humboldt u. A. in sich trugen, auch noch ganz abgesehen davon, was

sie von dieser Fülle für einen Gebrauch machten? Man bezeichnet den Inbegriff der geistigen Substanz, die Jeder in
sich trägt, auch wohl mit dem Namen seiner Vorstellungswelt; die selbstbewusste Seele aber ist es, die inmitten dieser
Vorstellungswelt als das thätige Allgemeine wirkt und schafft.
Die menschliche Seele hat sich diese Vorstellungswelt als
einen ihrer Natur entsprechenden geistigen Leib geschaffen,
sie beherrscht ihn und gebraucht ihn zu ihren weiteren
Zwecken und Unternehmungen und sie erweitert und verklärt
ihn von Stufe zu Stufe.

Aber die Seele steht nicht zu allen Theilen ihrer Vorstellungswelt in einem gleichen Verhältnisse, vielmehr lassen
sich zwei wesentlich verschiedene Verhältnisse der Seele zu
derselben unterscheiden, von denen das eine auf das Gemüthsleben hinführt. Wir wollen die Sache zunächst an einigen
Beispielen erläutern, um sodann das Gleiche und Gemeinsame aus diesen Beispielen herauszuheben. Jeder gebildete
Mensch trägt deutliche Vorstellungen von vielen anderen
Menschen in sich und nicht blos die Vorstellung von ihrer
leiblichen Gestalt, sondern auch von ihrem inneren Sein und
Wesen, von ihrer Denkweise und ihrem Charakter; aber unser
Verhältniss zu diesen verschiedenen Menschen ist doch insofern ein wesentlich verschiedenes, insofern mit den einen
unser ganzes persönliches Interesse verflochten ist,
während wir die anderen nur kennen und erkennen, ohne
dass wir für sie fühlen. Nehmen wir von den vielen Menschen, die wir kennen und daher auch in unserer Vorstellungswelt tragen, einen Freund heraus, so kennen wir ihn
nicht blos nach seiner Gestalt und nach seinem Charakter,
sondern wir interessiren uns auch lebendig für ihn; wir
fühlen mit ihm und für ihn; sein Wohl und Wehe ist unser
Wohl und Wehe; wir freuen uns mit ihm, wenn es ihm wohl
geht, wir leiden mit ihm, wenn es ihm übel geht; kurz wir
behandeln und betrachten ihn nicht blos als Object unseres
theoretischen Bewusstseins, sondern wir betrachten ihn als
einen Bestandtheil unseres eigenen Selbsts, als eine
Erweiterung unserer eigenen Persönlichkeit. Ein
solcher Mensch, in dem ich mich selbst wiederfinde, ist ein
Theil meines Gemüthslebens, der gleichsam den Kern meiner
Vorstellungswelt bildet. Doch sollen erst noch einige Bei-

spiele aus anderen Gebieten gegeben werden, ehe daraus ein
Inductionsschluss gezogen wird. Zu dem Inhalte des Bewusstseins eines einigermaassen gebildeten Menschen gehören auch
die Thatsachen der Weltgeschichte; aber wie verschieden verhalten wir uns zu diesen verschiedenen Thatsachen. Ich weiss
z. B. von ziemlich früher Jugend an die Geschichte der As-
syrer und auch die Geschichte der deutschen Freiheitskriege,
aber wie unendlich verschieden ist das Verhältniss, in welchem
ich zu der einen und zu der anderen stehe. Die Thatsachen
der assyrischen Geschichte sind für mich eine Sache des Gedächtnisses, der Kenntniss und Erkenntniss — also ein blosses
Object, mit dem meine Persönlichkeit nicht zusammengeht;
dagegen erregen die Personen und Ereignisse der deutschen
Freiheitskriege mein innigstes persönliches Interesse,
ich bin bei dieser grossartigen Entwickelung des deutschen
Geistes mit meinem ganzen persönlichen Gefühl betheiligt;
es ist meine Sache, um die es sich handelt, ich lege meine
Persönlichkeit in sie hinein; ich bin hocherfreut über die
grossen Helden, die auftraten, und die grossen Thaten, die
sie verrichteten; es ist gleichsam Fleisch von meinem Fleisch
und Bein von meinem Bein, und eben in diesem Aufgehen
meines persönlichen Gefühls in den Thatsachen
liegt das Leben des Gemüths in diesem Falle. Ist
aber irgend etwas geeignet, auf die Natur und das Wesen
des Gemüthslebens ein deutliches Licht zu werfen, so sind
es die allgemeinen Ideen, zu denen der Mensch in Beziehung
treten kann. Nehmen wir z. B. die religiösen Wahrheiten
des Christenthums, wie: dass Gott Geist, dass Gott die Liebe
ist, dass sich Gott als Mensch offenbaret hat, so sind sie zunächst ein Gedankenmaterial, das der Mensch in sein Gedächtniss und in seinen reflectirenden Verstand aufnehmen
kann, ohne dass das Gemüth etwas damit zu thun hätte.
Tritt aber der Punkt ein, wo dieser Inhalt mein innerstes
persönliches Interesse wird, wo ich für ihn lebe und
sterbe, wo ich ihn also mit nichten mehr von meiner Subjectivität trenne, sondern als einen lebendigen Inhalt fest-
halte, der mein ganzes Ich durchleuchtet und der umgekehrt
von meinem Ich durchleuchtet ist, dann ist dieser Inhalt
Sache des Gemüths oder Glaube geworden.

So verschiedenen Sphären die oben angeführten Beispiele

entlehnt sind, so zeigen sie doch alle dieselbe Natur des Gemüthslebens, und wir brauchen blos das in allen Gleiche und
Allgemeine aus ihnen herauszunehmen, um eine Vorstellung
von dem Gemüthe zu gewinnen. Es geht aber daraus hervor,
dass das Gemüthsleben aus zwei Factoren besteht, die sich
gegenseitig durchdringen und zu einer höheren Einheit zusammenschliessen. Der eine Factor ist ein von mir unterschiedener Inhalt, den ich in mein Selbstbewusstsein
aufgenommen habe, sei es eine individuelle Person oder Sache
oder eine allgemeine Idee; der andere Factor ist mein persönliches Gefühl, welches ich für etwas habe; und das
Gemüthsleben besteht eben darin, dass ich für den objectiven
Inhalt fühle, oder dass der objective Inhalt ein lebendiger
Bestandtheil meines persönlichen Gefühls geworden ist. Das
Wesen des Gemüths liegt also in der Durchdringung eines
objectiven Inhalts durch das Gefühl, so dass das Gefühl ebenso sehr in dem objectiven Inhalte, als der objective Inhalt
aufgeht in dem Gefühl, oder mit anderen Worten, dass ein
objectiver Inhalt die Innigkeit des persönlichen Gefühls erlangt, oder umgekehrt, dass die Innigkeit des persönlichen
Gefühls sich zu einem objectiven Dasein erweitert. Gleich wie
Sauerstoff und Wasserstoff sich gegenseitig durchdringen und
in dieser Durchdringung das helle, klare, durchsichtige Wasser
geben, so muss ein objectiver Inhalt von meinem Gefühl erfasst und durchdrungen werden, wenn er ein Bestandtheil
meines Gemüthslebens werden soll. Meine Gemüthswelt ist
demnach ein Theil meiner Vorstellungswelt und zwar derjenige Theil, der durch mein Gefühl durchleuchtet und verklärt ist, so dass er zu einem bleibenden Bestandtheil meiner
Persönlichkeit erhoben worden ist. Während also das Gedächtniss in der Aufbewahrung unserer inneren Vorstellungswelt besteht, der Verstand die einzelnen Theile dieser Vorstellungswelt unterscheidet, ordnet und verbindet, die Einbildungskraft diese Welt von aussen und die Vernunft und
Phantasie von innen erweitert und vertieft, so bezieht sich
das Gemüth auf unsere innerste Persönlichkeit, die in dem
Gefühl sich kund giebt, auf das eigentliche Selbst unserer Seele,
und besteht darin, dass unsere Persönlichkeit sich entäussert
und in einem von ihr verschiedenen Object sich selbst wieder-

findet. Dieses Beisichsein unseres innersten Selbsts in einem Anderen ist das Gemüth.

Nichts ist geeigneter, die eigenthümliche Natur und Thätigkeit des Gemüths offenbar zu machen, als die Liebe. Wer etwas wahrhaft liebt, der hat Gemüth, und die Liebe selbst ist das thätige Gemüth. Denn wer einen Gegenstand wahrhaft liebt, der giebt sich mit seinem ganzen Gefühle ihm hin, lebt und webt in dem Gegenstande, findet also in ihm nichts Fremdes und von sich selbst Geschiedenes mehr, sondern sein anderes Selbst, die Ergänzung und Vollendung seiner eigenen Persönlichkeit. In der Liebe tritt also das Beisichsein unseres innersten Selbsts in einem Anderen, wie ich das Gemüth oben bezeichnet habe, ins Leben und in das Dasein; die Liebe ist demnach eine Bethätigung des Gemüths und zwar eine der herzlichsten, reichsten und umfassendsten. Wer nicht blos sich selbst liebt, sondern auch etwas Anderes, der hat Gemüth; wer eine Fülle von Personen, Gegenständen und Ideen liebt, der hat ein reiches Gemüth, wer die höchsten Ideen, die wir Menschen kennen, wie Tugend, Freiheit und Wahrheit, liebt, der hat ein tiefes und edles Gemüth. Wenn einer ein Gefühl nur für diejenigen Menschen hätte, mit denen er durch die Bande des Bluts verbunden ist, so wäre sein Gemüthsleben noch ein ziemlich dürftiges und armseliges. Wer aber von sich sagen könnte, dass ihm das Wohl und Wehe aller Menschen am Herzen läge, wer alle Menschen als seine Freunde und Brüder betrachtete, der hätte ein sehr reiches Gemüth. Doch zeigt sich das Gemüth erst dann in seiner ganzen Glorie und Kraft, wenn es nicht so sehr einzelne Personen und Gegenstände sind, in denen das persönliche Gefühl aufgeht, sondern wenn es allgemeine Ideen und Principien, in denen das Selbst seine Erfüllung und Befriedigung findet. Eine solche allgemeine Idee ist z. B. auch das Vaterland. Wer das Vaterland mit seinem ganzen Gefühl erfasste, so dass das Wohl und Wehe des Vaterlandes sein Wohl und Wehe, die Grösse des Vaterlandes sein Stolz, die Freiheit des Vaterlandes seine Freiheit und sein Streben wäre, wer also mit seinem ganzen Selbst im Vaterlande lebte und für dasselbe dächte und arbeitete, der hätte Gemüth und zwar ein patriotisches Gemüth.

Aus den bisherigen Betrachtungen geht aber hervor, dass

das Gemüth das persönliche Centrum ist von unserem ganzen geistigen Leben. Wie die Sonne der Mittelpunkt des Planetensystems ist und von diesem Mittelpunkte aus durch ihr Licht und durch ihre Wärme auf Alles, was dem Planeten-system angehört, mächtig einwirkt und Alles belebt und zur Entwickelung anfacht, so ist das Gemüth der persönliche Mittelpunkt von dem ganzen geistigen Leben, das wir uns im Verlauf der Zeit angeeignet haben, — unsere eigentliche Innerlichkeit — und wirkt von diesem Mittelpunkte aus belebend und entwickelnd auf alle Theile dieses Lebens. Wir erkennen daher das Wesen des Gemüths noch von einer neuen Seite, wenn wir sein Verhältniss zu unseren übrigen Seelenkräften und die Wechselwirkung, in welcher es mit diesen steht, erkennen.

Wir unterscheiden an unserem Dasein zunächst Leib und Seele, indem wir unter dem Leibe den natürlichen Organismus verstehen, der uns in Verhältniss bringt zu den anderen Naturwesen und Naturkräften, unter der Seele aber das innere Selbstbewusstsein, welches einerseits den Leib belebt, andererseits aber sich eine eigene ideale Welt von Anschauungen, Gedanken, Bestrebungen und Zwecken bereitet und erweitert.

Das Gemüth nun ist der lebendige Mittelpunkt von diesem ganzen äusseren und inneren Leben unseres Daseins und erstreckt daher seine Wirksamkeit auf Alles ohne Unterschied, was wir sonst noch sind und haben. Obgleich der Körper der vergängliche Theil unseres Wesens ist und einer wesentlich anderen Sphäre angehört als der Geist, so steht er doch, so lange wir ihn noch an uns tragen, in einer bestimmten Wechselwirkung mit unserer Seele und daher erstreckt das Gemüth seine Wirksamkeit auch auf den Körper. Der grosse Philosoph Kant hat eine schöne Abhandlung geschrieben von der Macht des Gemüths, durch den blossen Vorsatz seiner krankhaften Gefühle Meister zu sein, in der er nachweist, dass eine richtige Verfassung des Gemüths uns die Kraft giebt, hypochondrische Launen, an denen die meisten Menschen leiden, oder die Grillenkrankheit, wie Kant die Hypochondrie bezeichnet, zu überwinden, dem Schlafe die rechte Dauer zu geben und ihn willkürlich anzufangen und zu endigen, auch im Essen und Trinken durch einen festen Vorsatz heilsame Angewohnheiten, die die Gesundheit fördern, sich zu verschaffen, ja wie man gewisse krankhafte Zufälle schon durch den festen Vorsatz des Gemüths im Athemziehen heben und verhüten könne. Kant war einer der scharfsinnigsten Männer, die je gelebt haben, und führte bis in die achtziger Jahre seines Alters ein sehr geordnetes, heiteres und gesundes Leben, und man kann es ihm daher schon glauben, dass das Gemüth und seine Verfassung selbst auf unser leibliches Dasein den grössten Einfluss ausübt. Und wie wahr das ist, das kann ausserdem jeder am besten an sich selbst erfahren, wenn er nur wirklich auf sich achten will. Denn was man körperliche Uebel nennt, das sind entweder eingebildete oder wirkliche Uebel. Die meisten körperlichen Uebel, über die die Menschen klagen, sind wohl für eingebildetete Uebel zu halten, andere aber sind wirkliche Uebel. So halte ich das, was man als Hypochondrie und als Hysterie bezeichnet, für ein eingebildetes Uebel, wenigstens ist es gar kein körperliches Uebel, wofür man es doch hält, sondern ein psychisches Uebel, nämlich die psychische Unfähigkeit, von sich selbst loszukommen; die unglückselige Neigung, auf sein körperliches Theil fortwährend zu reflectiren und zu vigiliren und daher jedes kleine Nervenzucken und Blutaufwallen für eine äusserst wichtige Sache zu halten und sich darum immer für krank anzusehen. Aber Schwindsucht, Nervenfieber u. s. w. sind wirkliche Uebel. Um nun auf das Gemüth zurückzukommen, so übt dasselbe ebenso sehr auf die eingebildeten als auf die wirklichen Uebel des Körpers den grössten Einfluss aus.

Kommt das Gemüth in die normale Verfassung, so verschwinden die eingebildeten Uebel; die wirklichen Uebel dagegen werden mit Geduld ertragen, gemildert, auch wohl, wenn sie nicht momentan zerstörend sind, ganz vergessen. Der berühmte Philosoph Spinoza — ein Mann von einer sehr edlen und ruhigen Gemüthsverfassung — hatte viele Jahre die Schwindsucht, nichts desto weniger verfasste er in dieser Zeit seine tiefsinnigsten philosophischen Werke, während ein anderer von schwachem Gemüthe sich vielleicht ins Bett gelegt und seiner Familie oder seinen Aerzten etwas vorgejammert hätte. Doch hat der Einfluss des Gemüths auf das

Körperliche natürlich seine bedeutenden Grenzen, dagegen
äussert er sich in Bezug auf die anderen Geistesthätigkeiten
fast unbedingt. Von allen Geistesthätigkeiten scheint das
Gedächtniss, diese bewundernswürdige Kraft, die Vorstellungen in das Bewusstsein aufzunehmen, sie darin festzuhalten und sich daran zu jeder Zeit zu erinnern, dem Gemüthe
am fernsten zu liegen und am wenigsten von dem Gemüthe
abzuhängen, und doch wie täuscht dieser Schein! Denn in
der That wächst die Gedächtnisskraft mit dem gemüthlichen Interesse, das ich für die Gegenstände habe, die
in das Gedächtniss aufgenommen werden sollen. Das menschliche Gedächtniss ist zwar so organisirt, dass man Alles, auch
das Aeusserlichste, Gleichgiltigste und Interesseloseste in das
Gedächtniss aufnehmen kann. Man würde, wenn es erfordert
würde, auch die Reihe der chinesischen Kaiser oder der
römischen Päbste mit ihrer Regierungszeit, ja kauder-
wälsche chinesische Laute, deren Sinn man gar nicht wüsste,
in das Gedächtniss aufnehmen können; aber erstlich würde
diese Aufnahme sehr schwer und mit den grössten Anstrengungen verbunden sein und zweitens würden diese sinn-
und interesselosen Notizen ebenso rasch wieder aus dem Gedächtniss verschwinden. Was dem Gemüthe nicht zu-
sagt, das fällt in der Regel auch so geschwind aus dem
Gedächtnisse, wie die Körner aus einem Siebe, wenn es ge-
schüttelt wird. Wird dagegen eine Vorstellung oder eine Erfahrung in das Gedächtniss aufgenommen, die in das Gemüth eingreift, so verwächst sie mit unserer innersten
Persönlichkeit und verbleibt für alle Zeiten. Was mich
lebendig interessirt, das brauche ich gar nicht auswendig
zu lernen, weil ich es von Haus aus inwendig besitze. Ja,
wenn irgend eine Anschauung oder Erfahrung unser Gemüth gewaltsam erschüttert, so wird das Gedächtniss
ein vollkommner Sclave des Gemüths. In der Regel nämlich liegt es, wie jeder aus Erfahrung weiss, in unserer
Willkür, die Vorstellungen, die unsere Vorstellungswelt ausmachen, zu jeder Zeit aus dem dunkeln Schachte unserer
Seele ins Bewusstsein zu rufen und ebenso rasch sie wieder zu
verabschieden, wenn wir sie zu unseren Denkoperationen nicht
mehr gebrauchen. Aber wenn das Gemüth von irgend einer
Vorstellung leidenschaftlich erregt ist, so kommt diese Vor-

stellung von selbst ins Gedächtniss, wir können sie oft nicht
los werden und zur Ruhe bringen, so gern wir es wollen
und so sehr wir uns bemühen, und wir können vor ihr oft
Tag und Nacht keine Ruhe finden, weil sie unser ganzes
Gedächtniss beherrscht, statt ein vorübergehendes Moment
desselben zu sein.

Aber in einem noch viel höheren Grade, als auf das
Gedächtniss, wirkt das Gemüth auf den eigentlichen Geist,
nämlich auf das Erkennen und auf das Wollen, und besonders
in Bezug auf diese beiden Grundthätigkeiten unseres Geistes
beweist sich das Gemüth als die inwendige Lebenssonne,
welche alle Richtungen und Thätigkeiten unseres Seelenlebens
erleuchtet und belebt und so recht das Inwendige oder die
Innerlichkeit unseres ganzen Seelenlebens ist. Um zunächst
von der Erkenntniss zu sprechen, so unterscheidet sie sich
allerdings wesentlich von den Zuständen und Bewegungen
des Gemüths, insofern die Erkenntniss darauf gerichtet ist,
die objectiven Gesetze der Erscheinungswelt frei von aller particularen Subjectivität und Persönlichkeit in ihrer Allgemeinheit auszusprechen und in ihrer Nothwendigkeit zu beweisen.
Als der berühmte Philosoph Pythagoras den nach ihm be-
nannten Pythagoreischen Lehrsatz fand, so sprach er damit
eine objective Wahrheit aus, die von allen rechtwinkligen
Dreiecken gilt und daher von allen subjectiven Zuständen
und Gemüthserregungen unabhängig ist. So sind alle Erkenntnisse objectiv und allgemein, von der individuellen
Subjectivität unabhängig und die wahre Erkenntniss besteht
eben darin, die Wahrheit von aller subjectiven Meinung und
Ansicht unabhängig zu machen und als objective Allgemeinheit hinzustellen und zu beweisen. — Nichts desto weniger
sind alle einzelnen Erkenntnissacte vom Gemüthsleben durchdrungen, nicht blos insofern, dass keine Erkenntniss gewonnen werden kann, wenn während des Erkenntnissactes das
Gemüth nicht Ruhe und Frieden hat, sondern auch insofern,
als das Interesse für Wahrheit das ganze Gemüth beleben
muss, wenn die Erkenntniss grosse Früchte tragen soll.

Alle grossen Forscher der Wahrheit haben zu ihren wissenschaftlichen Forschungen einen lebendigen Glauben und
eine lebendige Liebe zur Wahrheit herangebracht, und je
energischer dieser Glaube und diese Liebe waren, desto

fruchtbarere Entdeckungen haben sie gemacht. Glaube und
Liebe sind aber Bestimmungen des Gemüths, nicht des Verstandes. Aber auch solche, welche die Wahrheiten, die grosse
Denker zuerst gefunden haben, nachdenken, werden in
ihrer Erkenntniss durch das Gemüth mächtig gefördert oder
gehemmt, je nachdem der Zustand des Gemüths beschaffen
ist. Wer Lust und Liebe, Interesse und Wohlgefallen zu
einer Wissenschaft mitbringt, der macht grosse und fruchtbare Fortschritte in derselben, der hält in seinen Betrachtungen aus, liegt ihr mit vollem Fleisse ob, bringt seiner
Erkenntniss auch jedes Opfer, während demjenigen, der keine
Lust und Liebe, kein Interesse und Wohlgefallen mitbringt,
die Wissenschaft blos zu einer todten Gedächtnisssache wird;
— aber Lust und Liebe, Interesse und Wohlgefallen sind
Alles Bestimmungen des Gemüthslebens. Daher besteht auch
der höchste Triumph der Lehrkunst darin, dass der Lehrer
dem Schüler Interesse für eine Kunst und Wissenschaft
einflösst, d. h. dass er ihm die Erkenntniss zu einer Sache
des Gemüths macht. Ein Schüler, der mit dem Herzen bei
der Sache ist, der braucht nicht mehr äusserlich zur Erkenntniss getrieben zu werden, wobei nichts Solides zum Vorschein
kommt, sondern er treibt sich selbst, und die Erkenntniss
der Wahrheit ist ihm ein persönliches Interesse, er findet
darin seine Lust und seine Ehre und dieses Gemüthsinteresse
befruchtet und fördert die Erkenntniss der Wahrheit aufs
Mächtigste.

Aber ebenso wird auch der Wille nebst allen Thätigkeiten und Handlungen, in denen sich der Wille realisirt
und einen Ausdruck giebt, durch das Gemüth befruchtet,
gekräftigt und befestigt. Die Mutterliebe ist doch gewiss ein
Zustand des Gemüths; aber wie mächtig wird durch denselben der Wille gekräftigt, und wie fühlt sich eine Mutter
hierdurch zu Handlungen und Sorgen für ihr Kind getrieben!
Selbst der Körper wird durch diese Verfassung des Gemüths wunderbar gekräftigt. Manche Mutter kann in
Folge davon viele Nächte wachen und die Tage dazu sorgen
und handeln, was schlechterdings unmöglich wäre, wenn
das Gemüth dabei nicht betheiligt wäre. So ist der Enthusiasmus überhaupt der Schöpfer grosser Thaten, — und wer
nicht in seinem Gemüthe mächtig für etwas interessirt ist,

der wird auch keine nachhaltige Kraft zum Handeln besitzen,
sondern bald ermatten, wenn sich ernstliche Schwierigkeiten
zeigen oder persönliche Opfer zu bringen sind. Selbst in dem
Falle, wenn man Andere durch Worte zu etwas bestimmen
und ihren Willen nach irgend einer Seite hin lenken will,
muss man selbst ein warmes Herz haben und dieses in
seine Worte hineinlegen, so dass es ein durchaus
wahres Wort ist: *pectus facit disertum*, d. h. das Herz ist es,
das beredt macht; das Herz ist aber nichts Anderes, als
das Gemüth, sofern dieses eine praktische Richtung genommen hat.

Aber wie das Gemüthsleben, als das persönliche Centrum
unserer Seele, so auf alle anderen Geistesthätigkeiten, die
gleichsam die Peripherie der Seele bilden, die bestimmtesten
Wirkungen ausübt, so üben auch diese anderen Geistesthätigkeiten hinwiederum eine bestimmte Rückwirkung auf die
Seele aus, denn alle Seelenkräfte stehen mit einander in einer
lebendigen Wechselwirkung, indem es eine und dieselbe Seele
ist, welche denkt und will, welche fühlt und sich erinnert
und sich durch alle diese Operationen eine ideale Lebensge-
stalt bereitet. Wenn man z. B eine Wissenschaft oder Kunst,
welche es auch sei, mit rechter Gründlichkeit und Ausdauer
studirt und übt, so erwirbt sich nicht blos der Verstand
einen werthvollen Inhalt aus dem Gebiete der allgemeinen
Wahrheit, sondern auch das Gemüth gewinnt dadurch an
Klarheit, Freiheit und Freudigkeit. Man versenke sich nur
einmal mit rechter Energie in ein wirklich gutes Buch und
mache sich in demselben durch wiederholtes Lesen und dergleichen recht einheimisch, so wird man, wenn man sich
auch vielleicht Anfangs einigermaassen dazu zwingen musste,
bald finden, wie sich das Gemüth dadurch befreit und be-
glückt, ja unter Umständen gleichsam neugeboren fühlt; denn
dieser gute Geist, der in einem solchen Buche lebt, kommt
durch die Erkenntniss nach und nach in das Gemüth und
giebt diesem einen idealen Schwung und eine göttliche Freiheit. Ebenso auch wenn man mit rechter Selbstentäusserung
in einem praktischen Berufe arbeitet, so gestaltet man sich
nicht blos sein eigenes Leben und das Leben Anderer vernünftiger, sondern macht auch, so schwer und lästig es einem
Anfangs und unter manchen Verhältnissen werden mag, nach

und nach das Gemüth zufrieden und glücklich; denn der Lohn jeder tüchtigen Arbeit wird im Gemüth empfunden, aber freilich auch die Strafe jeder leichtsinnigen oder selbstsüchtigen Thätigkeit.

Fragte nun aber Jemand noch, in welchem Verhältniss steht das Gemüth zum Gefühl, so ist die Antwort auf diese Frage im Wesentlichen schon oben gegeben. Das Gefühl ist ein Factor des Gemüths, und es giebt daher kein Gemüth ohne Gefühl, wohl aber Gefühle aller Art ohne Gemüth. Das Gefühl für sich ist nichts Anderes als die Kundgebung unserer Persönlichkeit, wenn sie mit etwas Anderem in Berührung kommt. Wie eine Glocke, wenn sie angeschlagen wird, einen Ton hervorbringt, der gleichsam ihre Innerlichkeit kund giebt, so ist das Gefühl im Allgemeinen eine Kundgebung unserer Subjectivität. Die Anschauung der grünen Farbe der Wiese, sagt Kant, z. B. ist Sache der Erkenntniss, das Wohlthuende derselben aber für das Auge ist Sache des Gefühls. Ebenso ist die Auffassung einer Nachricht, die uns mitgetheilt, oder einer Rede, die uns gehalten wird, Sache der Erkenntniss; aber die Stimmung, in die unsere Subjectivität durch diese Auffassung versetzt wird, ist Gefühl. Es ist aber diese Stimmung entweder nur angenehm oder unangenehm, entweder Lust oder Unlust, je nachdem der Gegenstand, der einen Eindruck auf unsere Subjectivität macht, entweder den subjectiven Bedingungen unseres Lebens entspricht oder ihnen widerspricht. So gewiss ein Mensch Mensch ist, so gewiss hat er wenigstens in seinem wachen Leben fortwährend Gefühle und zwar Gefühle von Lust oder von Unlust; aber nur solche Gefühle sind ein Ausdruck des Gemüthslebens, in welchen ein Mensch für ein Anderes fühlt. Ein solches Gefühl dagegen, welches nur von meinem abstracten Ich Kunde giebt, ist ein egoistisches Gefühl, kein Gemüthsleben und keine Gemüthsbewegung. Zum Ausdruck des Gemüths wird das Gefühl erst dadurch, dass das Gefühl von einem Anderen, als ich selbst bin, gleichsam gesättigt ist. Zum Gemüth gehört also ein von mir wesentlich verschiedenes Object, für welches ich fühle. Zum Ausdruck des Gemüths wird das Gefühl erst dadurch, dass ich in dem Gefühl über mein abstractes Selbst erhoben und zum Träger des Allgemeinen werde.

So viel von dem Wesen des Gemüths und von seinem
Verhältniss zu den übrigen Seelenkräften.

II. Von den Erscheinungsformen des Gemüths.

Alles, was bisher über das Gemüthsleben gesagt worden,
hält sich noch ganz im Allgemeinen, wenn auch zur Erläuterung der abstracten Bestimmungen mancherlei Beispiele
aus dem concreten Leben genommen wurden. Aber das Gemüth hat ungeachtet seines allgemeinen sich selbst gleichen
Wesens doch auch unzählig verschiedenartige Erscheinungsformen, indem es theils in verschiedenen Menschen von Haus
aus ganz verschiedene Gestalten hat, theils auch in einem
und demselben Menschen zu verschiedenen Zeiten die bedeutendsten Veränderungen erleidet. Gleichwie die Pflanze trotz
ihres allgemeinen, sich gleichbleibenden und von dem Thiere
und von dem Minerale sie unterscheidenden Wesens doch
in vielen Tausenden von Pflanzenarten zur Erscheinung kommt und wiederum in jeder einzelnen Pflanze in
Folge des inwendigen Lebens eine beträchtliche Zahl von
Zuständen und Entwickelungsstufen durchläuft,
so stellt sich auch das Wesen des menschlichen Gemüths in
den verschiedenen Menschen in unzählig vielen Arten und
wieder an demselben Menschen zu verschiedenen Zeiten in
sehr verschiedenen Zuständen und Entwickelungsstufen dar. Von den verschiedenen Gemüthsarten der Menschen zu sprechen, habe ich mir hier nicht zur Aufgabe gemacht. Es ist das auch ein ganz unerschöpfliches Thema,
an dessen Behandlung sich die grössten Dichter und Roman-
schreiber, Philosophen und Pädagogen versucht. Denn es
gilt hier nicht blos die Gemüthsarten der verschiedenen Völker, Stämme und Geschlechter zu kennen, sondern es handelt sich dabei zuletzt auch noch um die Gemüthsarten der
einzelnen Menschen. Denn jeder einzelne Mensch ist eine
besondere Gattung, eine neue schöpferische Idee, von allen
anderen Menschen innerlich und äusserlich aufs Allerbestimmteste unterschieden, und daher hat auch jeder eine ganz
eigenthümliche, originelle Gemüthsart oder vielmehr die Anlage zu einer bestimmten Gemüthsart aus der Hand des
Schöpfers erhalten, die er gestalten und ausbilden soll. Wenn

sich nun schon ein Botaniker freut, eine neue Pflanzenspecies
kennen zu lernen, ein wie viel grösseres Entzücken muss
es uns gewähren, neue Gemüthsarten zu finden, in denen
sich das eine, aber unerschöpfliche Menschenwesen in immer
neuen Formen zur Erscheinung bringt. Wie glücklich ist
eine Mutter von einer Schaar von Kindern zu preisen, da
sie so reichliche Gelegenheit hat, die Gemüther dieser zum
ewigen Leben bestimmten Wesen kennen zu lernen und auf
sie einzuwirken, wie glücklich ein Lehrer, der seine Schüler
genau kennt und zu schätzen weiss, da sich in jedem dasselbe ewige Licht des Geistes in einer neuen, ganz eigenthümlichen und noch nie dagewesenen Brechung offenbar
macht. Möchten wir nur die Gabe haben, die Gemüthsarten
der Menschen, mit denen wir zusammen kommen, sicher zu
erforschen und zu erkennen, und möchten andererseits nicht
so viele Menschen ihre eigenthümliche Gemüthsart verstecken
oder dieselbe in einem so verkümmerten Zustande belassen;
dann möchte auch der gesellige Umgang ein noch ganz
anderes Glück und eine noch ganz andere Belehrung gewähren; es müsste dann ein unendlich höherer Hochgenuss
sein, unter Menschen zu wandeln und mit ihnen zu
sprechen und zu verkehren, als inmitten der schönsten Gegend
die schönsten Blumen und Bäume, die erhabensten Gebirge
oder sonstige Naturscenen zu betrachten; denn der Mensch
ist doch einmal die Krone der Schöpfung, und kein Anblick
geht über den Anblick eines edlen und ausgebildeten Men-
schengemüths. Wir verehren daher grosse Dichter auch um
deswillen so hoch, weil sie die gleichsam prophetische
Gabe hatten, Menschengemüther zu durchschauen, und
die schöpferische Phantasie, um das Geschaute in ihren
Werken in einer Reihe von Charakterbildern darzustellen. Wie viele Typen des weiblichen Gemüths z. B. findet
man allein in den Werken Göthe's und Shakespeare's, und
welche Männercharaktere z. B. in den Werken Homer's und
Schiller's. Doch ist es, wie schon bemerkt, nicht die Aufgabe dieses Vortrags, von den Gemüthsarten zu sprechen,
wohl aber hängt es aufs Genaueste mit der Gemüthsbildung,
von der zuletzt gehandelt werden soll, zusammen, die Zustände und Veränderungen zu betrachten, die das Gemüthsleben in jedem einzelnen Menschen erfährt und

erleidet. Das menschliche Gemüth ist aber etwas ausserordentlich Weiches, Empfängliches und Bestimmbares; nichts kann an dasselbe von aussen und von innen herankommen, ohne dass dadurch im Gemüthe sofort der bestimmteste Eindruck hervorgebracht würde. Der berühmte Theolog Daub, der zu seiner Zeit eine der grössten Zierden der Universität Heidelberg war, verglich das menschliche Gemüth mit einem See, dessen Wasser auch durch das leiseste Lüftchen sofort in entsprechende Bewegung versetzt wird. Man könnte aber das Gemüth auch wohl ebenso gut mit der Luft selbst vergleichen, die durch die geringste Zu- oder Abnahme der Wärme sogleich sich ausdehnt oder zusammenzieht und in beiden Fällen in eine Bewegung versetzt wird. Oder man könnte das Gemüth auch als das allerfeinste Seelenbarometer bezeichnen; denn wie das Quecksilberbarometer den Zustand der Witterung und die Veränderungen derselben in der einfachsten Weise anzeigt, so giebt das menschliche Gemüth die Verfassung des Seelenlebens und die geringsten Veränderungen, die dasselbe erleidet, sofort aufs Bestimmteste zu erkennen. Obgleich nun alle Veränderungen, die das Gemüth durch äussere oder innere Eindrücke erführt, im Allgemeinen als Bewegungen bezeichnet werden können, so sind sie doch dem Grade und der Art nach wieder so verschieden, dass man dafür verschiedene Worte und Kategorieen eingeführt hat, obgleich in dieser Beziehung unter den Psychologen noch keineswegs die wünschenswerthe Uebereinstimmung herrscht. Nach meiner Ansicht lassen sich zunächst sehr wohl: 1) die Gemüthsstimmungen, 2) die Gemüthsbewegungen oder die Affecte, und 3) die Gemüthserhebungen von einander unterscheiden.

Ich werde nun zunächst diese drei Formen des Gemüthslebens von einander unterscheiden und dann jede einzeln für sich betrachten.

In den Gemüthsstimmungen, die, wenn sie längere Zeit andauern, auch Gemüthszustände werden, wird das Gemüth zwar auch durch einen äusseren Eindruck bewegt, aber es verharrt doch dabei in sich, es wird nicht aus sich herausgerissen, sondern es findet sich nur bestimmt, das Verhältniss, in welchem seine Wesenheit zu dem äusseren

Eindruck steht, durch ein bestimmtes Gefühl oder durch eine
eigenthümliche Stimmung kund zu geben. Die Nachricht z. B.
von dem Glücke, das einer mir werthen Person zu Theil geworden ist, erweckt das Gefühl der Freude in dem Gemüthe.
Anders verhält sich das Gemüth bei den eigentlichen Gemüthsbewegungen oder, wie man sie gewöhnlich nennt,
den Affecten und Leidenschaften. In ihnen wird das Gemüth
mit einer gewissen Gewalt über sich hinausgerissen und zu
einer anderen Person oder Sache entweder hingezogen oder
von ihnen zurückgestossen. Liebe und Hass gehören ins Besondere zu diesen Gemüthsbewegungen, durch welche das
Gemüth über sich hinausgerissen und in eine heftige Wallung
versetzt wird, so wie jede Leidenschaft den Menschen, der
von ihr ergriffen ist, dazu bringt, seine ganze Persönlichkeit in eine andere Person oder Sache hineinzulegen und so
gewissermaassen sich selbst zu verlieren.

Die Gemüthserhebungen endlich bestehen darin,
dass das Gemüth sich einem höheren Allgemeinen hingiebt, worin es seine Substanz und seinen Werth findet. Der
Patriotismus z. B. ist eine Gemüthserhebung, in der das Gemüth sich der Idee des Vaterlandes ganz hingiebt, auch die
Andacht ist eine Gemüthserhebung, in der das Gemüth in
der Gottheit sein absolutes Wesen und seinen letzten Zweck
findet.

Die Gemüthserhebungen sind daher gewissermaassen
die Vereinigung der Gemüthszustände und der Affecte,
denn sie sind insofern Affecte, insofern das Gemüth durch
sie über sich hinausgehoben wird und sich selbst verlässt,
aber insofern das Object, in welches das Gemüth sich versenkt, das Allgemeine ist in irgend einer seiner Formen, so
kehrt das Gemüth in einer seiner Erhebungen zu seinem
wahren Selbst zurück, denn das wahre Selbst des
Menschen ist das Allgemeine.

Was nun die Gemüthsstimmungen ins Besondere
betrifft, so sind sehr viele derselben von der Beschaffenheit,
dass sie das Gemüth nur sehr äusserlich berühren und gleichsam nur seine Oberfläche kräuseln, und es gehört daher mit
zu dem Wesen eines gebildeten Menschen, dass er solche
Stimmungen, namentlich die unangenehmen, auch nur als
etwas Oberflächliches betrachtet und behandelt und sie rasch

wieder auszuscheiden und zu neutralisiren weiss, damit seine
Musse und Kraft nicht von demselben über die Gebühr in
Anspruch genommen und wesentlicheren Thätigkeiten entzogen wird. Tausenderlei solche Stimmungen durchziehen das
Gemüth eines Menschen schon innerhalb eines Tages, denn
das Gemüth des Menschen und namentlich das Gemüth eines
einigermaassen gebildeten Menschen ist auch für die leisesten
Eindrücke empfänglich und reflectirt dieselben in sich in
ihrer eigenthümlichen Bestimmtheit. Trübes oder heiteres
Wetter, Hitze oder Kälte, eine freundliche oder öde Gegend,
in der wir uns gerade befinden, diese oder jene Menschen,
mit denen wir gerade sprechen und umgehen, die Nachrichten,
die wir in der Zeitung lesen, Gewinn oder Verlust beim
Spiel, Gesundheitsdispositionen, ein gesunder Schlaf oder
Nachtwachen, übermässige Arbeit oder eine freie Musse, die
Ankunft von Briefen, die uns das Wohlsein befreundeter
Menschen melden, oder von Geschäftsbriefen, die neue mechanische Arbeiten von uns verlangen, und tausenderlei andere
Dinge, die mit der eigentlichen Substanz des Gemüthes in
keinem tieferen Zusammenhange stehen, erregen solche an-
genehme oder unangenehme Gemüthsstimmungen, die nur
oberflächlich über den See unseres Gemüths dahinstreichen.
Nur schwächliche Menschen lassen sich von solchen äusserlichen Gemüthsstörungen, namentlich von den unangenehmen
lange in Beschlag nehmen; der sittlich und geistig gebildete
Mensch weiss sich ihrer rasch zu entledigen. Jede ernste
Thätigkeit, die sich auf ein würdiges Object z. B. die Wissenschaft, die Kunst oder die Religion oder auf das Berufsleben
bezieht, hat die Kraft in sich, solche leichte Stimmungen und
namentlich Verstimmungen zu heben und diese leichten Bewegungen des Gemüths durch eine kräftigere, in das Innere
eindringende Gegenbewegung ausser Wirksamkeit zu setzen.

Aber solche Stimmungen können auch bleibender werden,
wenn die Eindrücke, durch die sie hervorgebracht werden,
entweder an sich stärker sind und intensiver in das Gemüth
eingreifen, oder auch durch öftere Wiederholung sich
stärken; in diesem Falle werden die Gemüthsstimmungen
zu Gemüthszuständen, die nichts weiter sind, als
längere Zeit verharrende Stimmungen des Gemüths.
Wenn ein Mensch in seinem Leben recht viel Glück erfährt

oder, was noch einfacher zu haben ist, das überwiegende Glück, welches das Leben trotz aller Sorgen und Trübsale immer noch darbietet, herauszufinden und fortwährend sich zum Bewusstsein zu bringen weiss, so kommt er wohl durch die vielen heiteren Gemüthsstimmungen, in die ihn solche glücklichen Wahrnehmungen und Erfahrungen versetzen, in eine bleibende Heiterkeit des Gemüths, die ihn auf allen seinen Lebenswegen begleitet. Im entgegengesetzten Falle aber kann sich seiner ein bleibender Trübsinn und Missmuth bemächtigen und sein Inneres ihm selbst und seiner Umgebung zur Last machen. In beiden Fällen wird aus den wiederholten vorbeiziehenden Gemüthsstimmungen ein bleibender Gemüthszustand. Indess muss schon hier bemerkt werden, dass das höchste Gut des Lebens: Heiterkeit und Freudigkeit des Gemüths gewiss nur höchst selten durch die wiederholte Erfahrung glücklicher äusserer Eindrücke, sondern allein sicher durch die Gemüthserhebungen gewonnen wird, von denen ich zuletzt sprechen werde.

Wenn ich nun zweitens zu den eigentlichen Gemüthsbewegungen oder zu den Affecten übergehe, so will ich fürs Erste wiederholen, dass ich unter den Affecten solche Gemüthserregungen verstehe, durch die das Gemüth über sich hinausgerissen wird und in einem Objecte ausser sich seine Ergänzung sucht.

Erreicht der Affect seinen höchsten Grad, indem das Gemüth seine Subsistenz in sich ganz verliert und seine Existenz nur in dem Objecte findet, auf das sich der Affect bezieht, also sich ganz und gar in dasselbe zu versenken sucht, so wird er zur Leidenschaft. Die Leidenschaft ist an sich noch weder gut noch böse, sondern eine psychologische Bestimmung, indem sie nur in der totalen Versenkung der Subjectivität in ein bestimmtes Object besteht und daher nur die grösste Energie des Gemüthslebens bezeichnet, und es ist daher wohl ganz richtig, dass nichts Grosses ohne Leidenschaft vollbracht worden ist; denn ohne diese volle Concentration des Gemüths auf eine Sache wird nun und nimmer etwas Bleibendes und Werthvolles geleistet werden. Ist aber das Object, welches die Leidenschaft verfolgt, ein der geistigen Hoheit des Menschen völlig unwürdiges oder von der Art, dass sich der Mensch dessen nicht bemäch-

tigen kann oder darf, so entstehen die traurigsten Con-
flicte des Gemüths, die den Menschen geistig und moralisch,
sogar oft auch physisch zu Grunde richten. Wirft die Leidenschaft sich auf etwas Ungeistiges und Unwürdiges, wie auf
den Besitz oder den sinnlichen Genuss, oder auf die abstracte
Ehre, so entstehen die niedrigen Leidenschaften, denen unsere
Sprache den Beisatz der Sucht verleiht, nämlich die Habsucht und der Geiz, in der der Mensch sein Herz zum Steine
verhärtet, oder die Trunksucht, in der er sich zum Thiere
erniedrigt, oder die Ehrsucht, durch die er sich in der lächer-
lichsten Weise zu seinem eigenen Abgotte macht. Weil der
Mensch in allen diesen eben angegebenen Fällen eigentlich
gar nicht über sein abstractes Selbst hinauskommt, sondern
nur seiner Lust und seiner Ehre dient, so hört darin das
Gemüth auf in seiner Wahrheit zu existiren, und wir bezeichnen daher den Geizhals z. B. mit Recht als einen ge-
müthlosen Menschen. Bezieht sich aber die Leidenschaft auf
ein wirkliches Gut, das der Mensch nicht erreichen und mit
dem er sich nicht vereinigen darf, wie das in vielen Fällen
mit der Leidenschaft der Liebe der Fall ist, so entsteht in
dem Gemüthe des Menschen, der nichts Höheres kennt
und der nicht gelernt hat, einem Höheren zu Gefallen
auf irdische Güter zu resigniren, jener furchtbare
Zwiespalt, der mit Gemüthsstörungen oder Selbstmord endigen
kann. Aber selbst in dem Falle, wo die Leidenschaft des
Gemüths auf einen ebenbürtigen Gegenstand sich bezieht,
der erreicht werden darf, hat doch die Leidenschaft nur dann
ein freies und vernünftiges Resultat, wenn in der Befriedigung der Leidenschaft zugleich einem höheren Allgemeinen gedient wird, wie denn z. B. die Geschlechtsliebe durch die Ehe, das Familienleben, die Kindererziehung,
durch gegenseitige Bildung und Heiligung des Sinnes der
Gatten für die höchsten Zwecke des Lebens einen ewigen
Werth gewinnt. So müssen denn die Affecte und Leidenschaften, wenn sie den Menschen nicht unglücklich machen
oder zerstören sollen, in die Gemüthserhebungen mün-
den, diesen dienen und durch sie sich verklären. Die Gemüthserhebungen unterscheiden sich aber von den Gemüthszuständen und von den Affecten und eigentlichen Leidenschaften
nicht nur dadurch, dass sie sich nicht auf bestimmte Personen

und Sachen beziehen, sondern auch dadurch, dass sich das
Gemüth zu einem Unendlichen und Allgemeinen, wie es sonst
auch bestimmt sein möge, hinbewegt und in ihm seine Ergänzung und Vollendung findet. Da es des Menschen letzte
Aufgabe ist, der Träger des Unendlichen und Allgemeinen
zu sein, so erreicht er in jeder Gemüthserhebung seine
Bestimmung und findet daher Ruhe, Frieden und Seligkeit. In jeder Gemüthserhebung erhebt sich der Mensch
fortwährend über sein endliches Wesen und findet sich doch
ebenso fortwährend wieder in seiner Wahrheit und Unendlichkeit. Er geht über sein empirisches Selbst hinaus
und findet sein wahres, ewiges Selbst.

In der Gemüthserhebung vereinigt sich die Ruhe des
Gemüths mit der Bewegung des Gemüths und zwar nicht
etwa so, dass die Ruhe erst nach der Bewegung oder die Bewegung nach der Ruhe einträte, sondern die Ruhe ist stets
in der Bewegung und die Bewegung stets in der Ruhe; die
Bewegung ist die Erhebung des Endlichen zum Unendlichen,
die Ruhe aber besteht darin, dass der endliche Mensch in
dieser Fortbewegung zum Unendlichen sich vom Drucke der
Endlichkeit befreit und seine Bestimmung erreicht. Dass in
jeder Gemüthsbewegung die Bewegung niemals aufhören
kann, liegt in der Unerschöpflichkeit des Unendlichen begründet, denn je mehr der Mensch sich in das Göttliche
und ewig Wahre versenkt, desto mehr findet er, wie unendlich Vieles ihm noch zu ergründen bleibt; dass aber die Ruhe
in der Gemüthserhebung nimmermehr aufhört, liegt darin
begründet, dass das Gemüth in der Erfassung des Ewigen
stets seine Bestimmung erreicht. Die Andacht z. B. ist eine
Gemüthserhebung, in welcher das menschliche Gemüth sich
in ein lebendiges Verhältniss zu Gott setzt, zu ihm sich erhebt und ihn nicht blos sucht, sondern auch findet, hierdurch
aber ebenso sehr in die lebendigste Bewegung und Wallung
versetzt wird, als auch zugleich das seligste Genügen und
die reinste Ruhe findet. Die lebendigste Bewegung des Gemüths ist aber die Andacht um deswillen, weil in derselben
der Mensch über sich in seiner Endlichkeit hinausgehen,
sich selbst entäussern, sich als ein Endliches und Nichtiges anerkennen, gleichsam in sich ersterben muss; die reinste
Ruhe und das seligste Genügen aber ist die Andacht um

deswillen, weil dieses Ersterben der Endlichkeit zugleich das
Aufleben des Unendlichen in ihm ist, in dem er seinen letzten
Trost und seine einzige Stütze findet. Aber auch jeder Gedanke, der von Gott kommt und daher das Gepräge des Unendlichen trägt, jede Idee also kann eine Gemüthserhebung
bewirken. Die Ideen der Wahrheit, der Schönheit, der Freiheit, der Sittlichkeit, der Gerechtigkeit, aber auch die Ideen
des Vaterlandes, der Familienpietät, der Freundschaft erheben
das Gemüth, das sich in diese Ideen versenkt, versetzen dasselbe in die lebendigste Bewegung und erfüllen es zugleich
mit der süssesten Ruhe; mit der lebendigsten Bewegung,
weil es sich fort und fort diesen Ideen aufopfert und hingiebt, mit der süssesten Ruhe aber desshalb, weil das Gemüth in der Erforschung oder Realisirung dieser Ideen in
seine ewige Heimath einkehrt und schon auf dieser Erde des
Himmels Glück geniesst. Der gründliche Erforscher der Wahrheit, der echte Philosoph befindet sich in einer fortwährenden
Gemüthserhebung, denn er erkennt die Idee der Wahrheit
und spricht sie aus, aber auch der echte Dichter, indem er
die Ideen in seinen Geist einkehren lässt und sie durch seine
lebendige Phantasie individualisirt; aber auch der Patriot,
der für das Vaterland denkt, sorgt, arbeitet und duldet; aber
auch die Familienmutter, die sorgt und arbeitet, wacht und
betet, damit ihre Kinder vor allem Bösen bewahrt, zu allem
Guten gebildet, dass sie zu Kindern Gottes werden, in welchen der Sohn Gottes gleichsam eine Gestalt gewinne.

III. Von den Mitteln der Gemüthsbildung.

Aus den bisherigen Erörterungen wird, wie ich hoffe,
deutlich zu ersehen sein, welche unendliche Bedeutung das
Gemüth für das Menschenleben hat und wie die Tiefe und
Innerlichkeit der menschlichen Seele, ihre Ruhe und Freiheit,
ihre Kraft und Wirksamkeit, ihre Lebendigkeit und Vollkommenheit in dem Gemüthe ruhen und aus dem Gemüthe
entspringen. Ja man kann in der That sagen, dass das höchste
Glück und das grässlichste Unglück, die göttlichste Harmonie
und die traurigste Disharmonie, die idealste Bildung und die
sinnlichste Rohheit, dass geistiges Leben und geistiger Tod,
sittliche Vollkommenheit und moralisches Verderben, ja dass

ewige Seligkeit und ewige Verdammniss des Menschen in
dem Gemüthe desselben liegen und aus diesem kommen.
Um so wichtiger aber erscheint darum die Frage, wie das
Gemüth zu bilden, d. h. durch was für Mittel und Wege
dem Gemüth eine solche Verfassung zu geben ist, wie sie
der von der Gottheit dem Menschen eingepflanzten Idee entspricht. Zur Beantwortung dieser Frage dienen die folgenden
Andeutungen. Die Frage, wie denn das menschliche Gemüth zu bilden sei, ist nicht blos die wichtigste Frage für
jeden Erzieher, sondern auch für jeden Menschen,
welchem Stande und Berufe er auch angehören und welche
Stufe der Bildung und Gesittung er auch erstiegen haben
möge. Kenntnisse, Fertigkeiten und Geschicklichkeiten aller
Art sind dem Menschen allerdings nothwendig und er kann
sich deren nicht genug erwerben, aber dennoch haben sie
nur einen relativen Werth; — was sie wahrhaft und wesentlich werth sind, das ergiebt sich aus der Gemüthsverfassung des Menschen, der sie hat. Für denjenigen Menschen, der ein edles Gemüth hat, sind Kenntnisse und Fertigkeiten vortreffliche Mittel zu einem vortrefflichen Zwecke,
aber für den Menschen, der ein schlechtes Herz hat, werden
sie Mittel zu seinem eigenen Verderben und zum Schaden
und Verderben vieler anderen Menschen. Daher ist der letzte
Zweck aller Bildung in die Gemüthsbildung zu setzen und
wir haben diesen Zweck nicht blos in dem Falle festzuhalten,
wenn wir Andere bilden sollen, also wenn wir Eltern, Lehrer
oder Erzieher sind, sondern auch bei unserer Selbstbildung.
Denn wie gebildet auch ein Mensch schon sein möge, er bedarf dessenungeachtet einer steten, energischen Fortbildung.
Die wahre Bildung ist ein Lebendiges und hat wie alles Lebendige nicht ein blosses Sein, sondern auch ein stetiges
Werden, eine stetige Entwicklung. Eine Bildung, die etwas
Fertiges und Abgeschlossenes wäre, die wäre eben damit
etwas Todtes, etwas Abgestandenes und Interesseloses; die
wahre Bildung erweitert sich, vertieft sich, vervollkommnet
sich fortwährend, ohne ihrem Principe untreu zu werden.

So kann auch das Gemüth bis auf einen hohen Grad
schon gebildet sein und bedarf doch in alle Ewigkeit der
Fortbildung, wenn es nicht in einem gewissen beschränkten
Zustande erstarren und vertrocknen soll. In diesem Sinne

muss es also das tägliche und stündliche Bemühen auch des gebildetsten und edelsten Menschen sein, sein Gemüth zu bilden. — Worin aber der Begriff der wahren Gemüthsbildung zu suchen sei, und was man also in seiner Gemüthsbildung fort und fort zu erstreben habe, das ist im Wesentlichen oben schon in dem Abschnitte gesagt, der von den Gemüthserhebungen handelte. Der Mensch ist zwar ein Einzelwesen, ein Individuum und schliesst als solches alle andern Einzelwesen von sich aus; aber er ist dasjenige Einzelwesen, welches die Bestimmung hat, der Träger des Allgemeinen, des Unendlichen, des Göttlichen, der Träger der Ideen des Guten und des Wahren zu sein und sich als solcher zu bethätigen. Wie ein echtes Kunstwerk eine Idee individualisirt, so soll jeder Mensch das absolut Allgemeine individualisiren; wie ein lebendiger Organismus in allen seinen Gliedern eine und dieselbe Seele verleiblicht, so soll jeder Mensch das Vollkommene in seinem Sein und seiner Thätigkeit verleiblichen und daher besteht die wahre Gemüthsbildung darin, dass meine individuelle Persönlichkeit sich zu einem freien Träger des Allgemeinen macht, dass das Dichten und Trachten, das Sinnen und Handeln der individuellen Persönlichkeit nur auf das Gute und Wahre gerichtet ist. Und die Frage: auf welche Art wird das Gemüth gebildet? reducirt sich daher auf die andere: durch welche Mittel wird es bewirkt, dass das Allgemeine, das Gute und Wahre die volle beseelende Kraft meiner individuellen Persönlichkeit werde, so dass das allgemein Gute und Wahre mein ganzes Gemüthsinteresse ausmacht, als das allein Werthvolle empfunden und mit warmer Begeisterung festgehalten und realisirt wird? Ich meine nun, dass man zunächst zwei verschiedenartige Mittel und Wege der Gemüthsbildung zu unterscheiden hat, die, wie verschieden sie auch übrigens von einander sind, sich doch gegenseitig ergänzen. Die eine Art der Gemüthsbildung ist die mittelbare und die andere die unmittelbare; die mittelbare besteht darin, dass das Gemüth indirect durch den Verstand oder den Willen angeregt und zum Allgemeinen erhoben, die unmittelbare aber darin, dass das Gefühl für das Allgemeine direct angeregt wird.

Was die mittelbare Gemüthsbildung anbetrifft, so ist

davon schon oben Einiges angeführt worden, als von der
Rückwirkung der anderen Geisteskräfte auf das Gemüth die
Rede war. Für Schulen steht die Erhebung des Gemüths
durch die wissenschaftliche Erkenntniss entschieden
oben an. Wer eine Sprache, eine Wissenschaft oder was sonst
das Object einer Erkenntniss sei, in der rechten Art und
bis auf den tiefsten Grund studirt, der bildet dadurch auch
nothwendig sein Gemüth. Denn wenn hierdurch zuvörderst
auch nur das Gedächtniss und weiter der reflectirende Verstand und das Urtheils- und Schlussvermögen in Anspruch
genommen werden, so bleibt es doch keineswegs dabei, wenn
Alles mit rechten Dingen zugeht, sondern der Lernende interessirt sich auch bald für das, was er lernt, wenn es ihm
nur in der rechten Weise vorgetragen und eingeübt wird, er
fühlt bald auch für das, was er denkt und weiss, er findet
sein inneres Selbst dadurch angesprochen und erhoben. Und
wenn die Erkenntnissthätigkeit diese Folge hat, so bildet sie
zugleich das Gemüth. Alle wissenschaftlichen Erkenntnisse,
welcher Art sie auch sonst sein mögen, tragen diese gemüth-
bildende Kraft in sich, und es ist nur die Schuld entweder
des Lehrenden oder des Lernenden, wenn diese Kraft in so
vielen einzelnen Fällen nicht in Wirksamkeit tritt.

Es ist oben schon von der Mathematik die Rede gewesen,
und ich komme hier auf sie zurück, dass auch sie eine Gemüth bildende Kraft hat, so sehr man sie ziemlich allgemein
für die abstracteste Verstandes-Wissenschaft hält. Gewiss ist
sie auch eine Wissenschaft des abstracten Verstandes, und
in der ersten Auffassung der mathematischen Sätze und ihrer
Beweise, sowie bei der kunstgerechten Auflösung ihrer Aufgaben wird allerdings vor Allem der reflectirende Verstand,
das Schlussvermögen und eine gewisse Combinationsgabe
in Thätigkeit gesetzt und so gebildet. Bei Vielen, die die
Mathematik betreiben, bleibt es auch dabei, aber diese haben
auch noch nicht die volle Frucht gewonnen, die diese Wissenschaft zu tragen im Stande ist. Wird dagegen der mathematische Unterricht in der rechten Art ertheilt, so dass der
Schüler successive vom Einzelnen zum Allgemeinen sich erhebt, den inneren Zusammenhang der Sache durchschaut und
erkennt und sich desselben so bemächtigt, dass er davon selbständige Anwendungen machen kann, so schlägt er auch

in das Gemüth ein, erweckt ein Gefühl der Wahrheit,
der sicheren Ueberzeugung und macht das Gemüth klar
und rein.

Je tiefer und umfassender die Idee einer Wissenschaft
ist, desto reichhaltiger ist auch die Nahrung, die sie dem
Gemüth gewährt, wenn sie recht betrieben wird. In dieser
Beziehung kann man vor allen von der Wissenschaft der
Wissenschaften, d. h. von der Philosophie sagen, dass sie
für das Gemüth eine ganz unerschöpfliche Nahrungsquelle ist,
wenn sie gründlich betrieben wird, wenn man also nicht
etwa blos dasjenige nachspricht, was Andere einem vorgesagt
haben, auch nicht blos sich begnügt, phantastische Behaup-
tungen aufzustellen, ohne nach Ergründung des Zusammen-
hanges der Ideen und scharfer Beweisführung zu streben,
sondern wenn man so recht von innen heraus nach der Wahrheit forscht und, sowie jedes Gebiet des Lebens in sich ein
organisches Ganze ist, so auch sich bemüht, der Erkenntniss
einen organischen Zusammenhang zu geben. Unter dieser Bedingung füllt sich das Gemüth durch die philosophische Forschung mit der edelsten Substanz und mit einer klaren und
sicheren Zuversicht auf das Ewige und an und für sich
Seiende. Aehnliche Bemerkungen gelten von allen anderen
Wissenschaften und Erkenntnissformen. Aber nicht blos durch
die Erkenntniss kann das Gemüth mittelbar oder indirect
gebildet und veredelt werden, sondern auch dadurch, dass
der Wille in der rechten Art bestimmt und bearbeitet
wird. Wir nennen diese vernünftige Bestimmung und Beschränkung des Willens Zucht oder Gewöhnung, auch wohl
ganz im Allgemeinen Erziehung; und wenn sie auch vor
Allem auf die Jugend ihre Anwendung findet, so bedarf sie
doch auch der erwachsene und unabhängige Mensch ebenso
sehr, da jeder es nöthig hat, sich fort und fort zu züchtigen
und zu erziehen, und da uns, wenn wir es selbst an uns
fehlen lassen, dann das Schicksal dazu zwingt, wozu wir uns
selbst hätten zwingen sollen. Alle Zucht des Willens besteht
aber darin, dass der individuelle Wille bestimmt und wenn
es erforderlich ist, genöthigt und gezwungen wird, sich
einem allgemeinen Willen oder dem Gesetz zu unterwerfen. Wird dieses aber erreicht, kommt in meinem individuellen Willen ein allgemeiner, vernünftiger Wille zur

Herrschaft, so komme ich dadurch zu meinem wahren Selbst, welches in der Allgemeinheit und Vernünftigkeit seine Wurzel hat, und in dieser Einkehr zu seinem wahren Selbst athmet auch mein Gemüth frei auf. Alle Erfahrung lehrt daher auch, dass jede Ueberwindung des particularen Willens zu Gunsten einer höheren, vernünftigen Nothwendigkeit nicht etwa zu einer Knechtschaft, sondern zur Freiheit des Gemüths führt, wenigstens ist die Knechtschaft nur momentan, nur ein Weg zur Freiheit. Die Selbstüberwindung, die Brechung unseres particularen Willens ist das sicherste Mittel zur Freiheit des Gemüths, und je unbedingter diese Selbstüberwindung und Entsagung ist, desto unbedingter ist auch die Freiheit, die daraus entspringt. Es giebt keine Kindererziehung, ohne dass den Kindern der particulare Wille gebrochen wird, und dass sie entweder keine oder auch, wenn es erforderlich ist, mit aller Kraft genöthigt werden, dem höheren und vernünftigen Willen der Eltern und Erzieher ihren Willen zu unterwerfen und ihnen einen unbedingten Gehorsam zu erweisen. Je weniger die Zucht als eine gewaltsame Thätigkeit hervortritt, je mehr sie als eine stille, aber unfehlbare Leitung und Entwicklung des Zöglings erscheint, desto vorzüglicher ist sie. Je öfter in der Erziehung äusserliche Strafen nöthig werden, desto mangelhafter ist sie. Lehrer z. B., die in den Lehrstunden sehr oft zu Strafen ihre Zuflucht nehmen, beweisen dadurch, dass sie den Schülern äusserlich gegenüberstehen und nicht der bewegende Mittelpunkt der Klasse sind, von dem aus alle Schüler so lebendig bewegt werden müssen, wie die Planeten von der Sonne. Noch schlimmer steht es aber mit solchen Lehrern, die auch durch Schelten und Schlagen keine Ordnung sich zu verschaffen im Stande sind. Die Wirksamkeit des Lehrers bleibt ohne Frucht und Segen. Der Wille des Erziehers muss sich in dem Zögling zu unbedingter Geltung bringen. Aber diese Geltendmachung des höheren Willens macht die Kinder nur momentan unfrei und unglücklich; in Wahrheit werden sie dadurch von der allerschlimmsten Knechtschaft, nämlich von Eigensinn und Selbstsucht befreit und empfinden bald diese höhere Freiheit selbst, wenn die Zucht nicht auf halbem Wege stehen bleibt, sondern mit Consequenz und Festigkeit durchgeführt wird. Streng erzogene Kinder sind daher auch immer die freiesten und glücklichsten, zeigen in ihrem ganzen Wesen und Thun die grösste Sicherheit, achten und lieben auch ihre Erzieher am herzlichsten und zeigen durch dieses Alles, dass die strengste Zucht die freieste Gemüthsbildung zur Frucht hat. Die Zucht der Kinder artet erst in dem Falle in Härte aus, wenn der Erzieher selbst keinen vernünftigen Willen hat und daher seinen Eigensinn in dem Kinde zur Geltung bringen will. In diesem Falle bricht er das Bäumchen, dass er nur gerade biegen soll. Aber auch jeder erwachsene Mensch kann täglich erfahren, wie eine sichere Beschränkung des individuellen Willens eine edle Freiheit und Freudigkeit des Gemüths zur Folge hat.

Jeder erwachsene Mensch lebt in einem bestimmten Berufe, der mit seinen Anforderungen und Gesetzen an den Menschen täglich herantritt und ihn zwingt, sich diesen Anforderungen und Gesetzen zu fügen. Fast jeder Beruf hat neben vielem Innerlichen auch so viel Aeusserliches und Lästiges, dass wir oft, indem wir uns bemühen, dem Berufe treu zu sein, mehr die Lasten und Qualen desselben fühlen, als sein Glück und seine Freude. Aber dennoch liegt dieses Glück stets sicher im Hintergrunde. Verzichtet der Mensch nur redlich auf sich selbst, verzehrt er nur seine Kräfte, um den Anforderungen des Berufs zu genügen, füllt er durch solche Verzichtleistung auf seine particularen Wünsche und durch Anstrengung aller seiner Kräfte den Beruf wirklich aus, so empfindet er dann eine um so grössere Zufriedenheit in seinem Gemüthe, je grösser seine Anstrengungen vorher gewesen sind. Denn jeder Beruf ist mit Allem, was zu ihm gehört, etwas Allgemeines, irgend ein Bestandtheil des allgemeinen Menschenlebens und wer sich daher durch und durch in seinen Beruf einarbeitet, wer ihn ausfüllt, über den kommt das Licht des Allgemeinen in irgend einer Form und erquickt und erfreut das Gemüth. So kann also in allen praktischen Sphären des Lebens durch Beschränkung und Bestimmung des Willens auf Gemüthsfreiheit hingewirkt werden.

Aber das Gemüth kann nicht blos mittelbar durch die Erkenntniss und den Willen, sondern auch unmittelbar oder direct angeregt und gebildet werden. Wir können zu diesen unmittelbaren oder directen Bildungsmitteln des Gemüths schon das Leben in der menschlichen Gemeinschaft rechnen. Betrachten wir zu diesem Behufe die ursprünglichste und wichtigste dieser Verbindungen — nämlich die Familie, so werden wir es reichlich bestätigt finden, dass der Einzelne durch das Leben in der Familie in seiner Innerlichkeit wesentlich bestimmt wird. Denn jede solche Gemeinschaft durchweht ein gewisser Geist, eine gewisse Sitte, eine gewisse Bildung, ein Geist, der zwar ursprünglich hauptsächlich von dem Vater und der Mutter — vornehmlich von der Mutter — erzeugt worden ist, aber sich in Allem, was zum Familienleben und zur Familiensitte gehört, ein objectives Dasein gegeben hat, so dass er als eine selbstständige genau charakterisirte Macht auf jeden einwirkt, der auch nur kurze Zeit ein Glied der Familie wird. Die ganze Ordnung des Hauswesens, die feststehenden Sitten und Gewohnheiten, die Art und Weise, wie alles behandelt und besprochen wird, die Gesinnungen, die sich auf den Gesichtern abspiegeln und selbst in dem Tone und der Modulation der Stimme zu hören sind — Alles giebt in einer gebildeten Familie ein so ganz bestimmtes allgemeines Wesen, einen so eigenthümlichen Geist kund, dass sich selbst jeder Fremde, der auch nur eine Zeitlang in der Familie zu leben Gelegenheit hat, ganz eigenthümlich angesprochen und bewegt fühlt und zwar unmittelbar, gleichsam magisch oder sympathetisch, ohne dass etwa seine Erkenntniss oder sein Wille besonders bearbeitet und bestimmt würde. Man wird zwar durch seine Erkenntniss nach und nach herausbringen und angeben können, worin denn die eigenthümliche Bestimmtheit eines solchen Familiengeistes liegt, aber aller Erkenntniss geht das Gefühl voraus, ein Gemüthszustand, der sich unmittelbar und ohne besondere Reflexion in jedem ausprägt, der mit einem solchen Familiengeiste in Berührung tritt. Wie unendlich mächtig wirkt daher der Familiengeist vollends auf die Kinder ein, da sie beständig diese geistige Atmosphäre einathmen, von dem Familienleben so durch und durch abhängig sind und noch die ganze Empfänglichkeit und Bestimmbarkeit der kindlichen Natur besitzen. Die Eltern wirken natürlich auch durch Zucht und Unterricht auf die Kinder ein, aber das geschieht nebenbei und erscheint nicht als die Hauptsache; die Hauptsache ist der ganze Familiengeist, in dem die Kinder aufwachsen; der ihnen namentlich in den Handlungen, Gewohnheiten und der ganzen Art und Weise stündlich entgegentritt und sich ihren Gemüthern unauslöschlich einprägt. Das Beispiel der Eltern ist daher maassgebend für die erste Gestaltung des kindlichen Gemüthes. Wenn den Kindern der Geist des Fleisses und der Ordnung, der Geist des Wohlwollens und der Gerechtigkeit und der Geist des Gottvertrauens aus den Worten und Handlungen, aus Manier und Blick, aus dem ganzen Verhalten der Eltern immer und überall entgegenleuchtet, so fühlen sich die Gemüther derselben ganz unmittelbar erhoben und die fortwährenden Erhebungen werden nachgerade zu Sitten und bleibenden Eigenschaften. Die Macht des Familiengeistes über die Gemüther der Kinder ist so gross und gewaltig, dass dadurch in vielen Fällen der Gehalt und Werth des späteren Lebens bestimmt wird. Namentlich ist das Beispiel der Mutter auf die Gemüther der Kinder von unaussprechlich grossem Einflusse und die meisten grossen Männer, die in ihren reiferen Mannesjahren bestimmend auf die geistige Entwickelung ihres Volkes eingewirkt haben, haben es dankbar anerkannt, dass sie nur den lebendigen Saamen, den ihre Mütter in der Jugend in ihre Gemüther eingesenkt haben, zur Entwickelung gebracht und zu Blüthen und Früchten erhoben haben. So können Frauen in ihren Söhnen zu weltgeschichtlicher Bedeutung emporsteigen, wenn sie zunächst auch nur innerhalb des Hauses wirken und in das öffentliche Leben des Staats, der Kirche und der Kunst und Wissenschaft direct fast gar nicht eingreifen können.

Wie das Familienleben, so wirkt auch jede andere Gemeinschaft, die von einem edlen Principe getragen wird, ja jeder edle Mensch auf das Gemüth derjenigen, die mit ihm in Berührung kommen, unmittelbar bildend ein. Daher ist es so wichtig und wesentlich für das innere Glück des Menschen, sich solchen Verbindungen, in die er durch Amt und Beruf gesetzt ist, lebendig hinzugeben und solche geselligen Kreise, in denen ein freier und edler Geist lebt, aufzusuchen. Solche Gemeinschaft macht das Gemüth frei, sicher und edel. Wer sich aber isolirt und sich auf sich selbst zurückzieht, der versumpft auch leicht in sich und Vertrauen und Freudigkeit des Gemüths gehen gar bald verloren. Aber auch das öftere Zusammensein mit einem Menschen, der ein edles Streben hat, giebt dem Gemüthe einen idealen Schwung und was auch das Gemüth bedrücken möge, man spricht sich in solcher Umgebung bald frei. Auch hier ist die Wirkung auf das Gemüth eine unmittelbare. Ein solcher Mensch, dessen Umgang wir suchen, wirkt nicht etwa als Lehrer oder Erzieher auf unsere Erkenntniss und auf unseren Willen ein, wenigstens ist das im Umgang eine verschwindende Grösse, sondern das Gemüth spricht unmittelbar an das Gemüth, und darin liegt das Beglückende, Erhebende, Veredelnde und Befreiende eines guten Umganges. Es ist nicht der Inhalt der Reden und die Bedeutung der Handlungen, was diese Wirkungen hervorbringt, — das fänden wir viel vortrefflicher in wissenschaftlichen Werken und in der Weltgeschichte — sondern weil in der ganzen Haltung des Menschen, in dem Mienenspiel, in dem Ausdruck der Augen, in dem Tone der Stimme, in gewissen Nüancen der Rede ein edles Gemüth sich kund giebt, das unser Gemüth direct anspricht, bewegt und erhebt. Die Lichtgestalt eines Menschen und der Ton seiner Stimme sind es besonders, die sein Gemüth unmittelbar hervortreten lassen und daher auch unmittelbar das Gemüth anderer Menschen ansprechen. — Dieser Mittel hat sich denn nun auch die Kunst bemächtigt, um das Gemüthsleben darzustellen, insbesondere die Malerei, die Musik und die Poesie und durch diese Mittel werden dann auch Kunstwerke zu unmittelbaren Bildungskräften für das Gemüthsleben. Das Gemüthsleben, als die von allgemeinen Ideen bewegte Subjectivität des Menschen, ist zunächst allerdings etwas rein Inwendiges, aber es ist ein kraftvolles, durchschlagendes Inneres, welches auf die Oberfläche des Leibes mächtig hervorbricht und sich in dem Lichtscheine des Leibes, im Blick und Mienenspiel und in der Geberde einen seiner Natur entsprechenden sinnlichen Ausdruck giebt. Ob Freude oder Schmerz, Hoffnung oder Verzweiflung, Liebe oder Hass, lebendiges Interesse oder Gleichgiltigkeit, göttliche Andacht oder weltliche Geschäftigkeit das Gemüth beherrscht und bestimmt, das lässt sich aus der Geberde, aus dem Blick und Mienenspiel, überhaupt aus dem Licht und Farbenreflex der Oberfläche des Leibes erkennen; das Gesicht insbesondere und darin wieder vor Allem das Auge ist ein leibhaftiger

Spiegel des Gemüthslebens und die momentan vorübergehenden
Gefühle des Innern geben sich auf dem Gesichte ebenso sehr
durch rasch vorübergehende Schlaglichter zu erkennen, als
eine habituelle Gefühls- und Gemüthsbestimmtheit auch habituelle Züge zur Folge hat und aus diesen habituellen Zügen
auch unmittelbar erkannt werden kann. Diese Identität der
äusseren Lichtgestalt mit dem inneren Gemüthsleben ist das
Princip der idealen Malerei, von welcher uns namentlich
die Italiener im 15. und 16. Jahrhundert unsterbliche Meisterwerke geliefert haben. Insbesondere haben sie es meisterhaft
verstanden, die vom Glanze der christlichen Religion vergol-
dete reine und uneigennützige Mutterliebe in der Madonna
aufs Seelenvollste und Lebendigste zu veranschaulichen. Daher aber sprechen solche Gemälde das Gemüth des Betrach-
ters so mächtig an, und erheben, beseligen und befreien es.
Wer hätte z. B. die Madonna di Sisto von Rafael in der
Dresdener Bildergallerie gesehen und wäre nicht innerlich
beseligt worden und hätte sich nicht momentan wie in den
Himmel versetzt gefühlt?

Eine noch vollkommenere Offenbarung und Darstellung
des Gemüthslebens ist aber das Reich der Töne, deren unendliche Weichheit und Bildsamkeit schon an sich der Natur
des Gemüths entspricht und die durch die Möglichkeit, sich
in unerschöpflichen Formen zu Harmonieen und Melodieen
zu verbinden vorzüglich befähigt werden, alles Harmonische
und Disharmonische, was sich im Labyrinthe des menschlichen
Gemüths herumtreibt, ans Licht des Bewusstseins zu setzen.
Die Musik ist daher recht eigentlich die Kunst des Gemüthslebens und bewegt, belebt und entzückt die Menschen so
sehr, weil sie die Unendlichkeit des Menschen so lebendig ausspricht und daher auch so mächtig anspricht.
Gehaltvolle Musik erhebt und erbaut das Gemüth unmittelbar, ohne dass ich dabei etwas denke oder spreche oder in
Handlungen meinen Willen äussere; in dem Eindrucke, den
gute Musiken auf den Menschen machen, schweigt das theoretische und das praktische Vermögen, nur das ideale Gefühl,
das Gemüth ist dabei in Anspruch genommen und erfrischt
und erbaut sich. Wer nur irgend einen Sinn für Musik hat,
der wird es oft erfahren haben, wie das aufmerksame Anhören
und fruchtbare Aufnehmen von classischer Musik das Gemüth

so recht im Innersten erfasst, alle Trübungen, die sich etwa
darin befinden, aufhellt und mit Freudigkeit und Hoffnung
erfüllt. Es giebt Menschen, die z. B. keine Symphonie von
Haydn anhören können, ohne im Innersten frei zu werden
und sich zu allem Guten begeistert zu fühlen. Aehnliches
gilt von der Kunst der Künste, von der Poesie. Auch die
Poesie weiss die Ideen durch die Sprache, durch Rhythmus
und Reim, durch Bild und Wort so zu gestalten, dass das
Gefühl des Menschen, der nur irgend einen Sinn dafür hat,
lebendig berührt und angesprochen wird; aber eben darum
ist auch die wahre Poesie, die nicht der Sinnenlust und
Eitelkeit, sondern der Wahrheit dient, ein kräftiges Mittel,
das Gefühl zu jenen Idealen, die sie veranschaulicht hat, hin-
zuführen und es also zu idealisiren und wahrhaft zu bilden.

Die Kraft der Kunst, mit der sie das Gemüth veredelt,
ist aber um so grösser, je erhabener und reiner die Ideen
sind, die sich in den Kunstwerken veranschaulichen; die
erhabensten Ideen aber sind die religiösen Ideen*),
daher wirkt die Kunst um so veredelnder und heiligender auf
das Gemüth, je mehr sie sich mit der echten Religion in
Verbindung setzt. Wie schon die Malerei ihren Triumph
feierte, indem sie mit der christlichen Religion sich verband
und namentlich das Göttliche der Mutterliebe in unzähligen
ebenso erhabenen als anmuthigen Formen feierte, so wirkt
auch die Musik und die Poesie aufs Tiefste und Schönste,
wenn sie das Lob Gottes dem menschlichen Gefühle recht
nahe bringt. Auf diese Weise wird das Gemüth befreit, ge-

---

*) Das eigentlich Religiöse in der Religion liegt überhaupt nicht in
der Erkenntniss im engeren Sinne, obschon auch diese niemals fehlen
kann und wird, sondern in der Erfüllung des Gemüths durch
das Unendliche. Daher erhält das Neue Testament für alle Zeiten Epoche
machende Bedeutung, weil sich überall ein vom Höchsten durchdrungenes Gemüth ausspricht und daher auch jedes empfängliche Gemüth der
Menschen, die in der Welt der Vergänglichkeit keine ewige Stätte
suchen, so lebendig und energisch anspricht. Der Orthodoxe hält an
den äusserlichen Geschichten und Lehren der Bibel fest und ist äusserlich ungläubig, wenn ihm die Kritik etwas von diesen äusserlichen
Stützen wegnimmt; dem wahrhaft Religiösen dagegen ist es ziemlich
gleichgiltig, ob sich z. B. die Erzählungen der Synoptiker und des Johannes in manchen Fällen widersprechen, ihm ist das Neue Testament
um deswillen ein so unvergleichlicher Schatz, weil ihn aus demselben
ein vom reinsten Geiste durchdrungenes Gemüthsleben anspricht.

tröstet, mit Enthusiasmus für das Wahre und mit Zuversicht
für das Ewige erfüllt. Schon eins von jenen unsterblichen
Paul Gerhard'schen Liedern kann unter Umständen und für
viele Menschen zu einer heilsamen Arzenei des Gemüths
werden, aber die Wirkung davon wird noch intensiver, wenn
es als Choral von einer zahlreichen Gemeinde gesungen wird.
So ist die Kunst überhaupt, namentlich auch im Bunde mit
der Religion, eine mächtige Erzieherin des Gemüthslebens.

In welche organische Verbindung übrigens die verschiedenen bisher betrachteten Mittel der Gemüthsbildung gebracht
und in welcher Stufenfolge sie angewendet werden müssen,
um bei der Jugenderziehung unter gegebenen Verhältnissen
das günstigste Resultat hervorzubringen, dieses zu erkennen
und zu ordnen ist Sache der Erziehungs- und Unterrichts-
kunst und ein viel zu umfassender und intensiver Gegenstand,
als dass er in einer so beschränkten Vorlesung mit gebührender Gründlichkeit behandelt werden könnte. Hier kam es
mir nur darauf an, diese Mittel der Gemüthsbildung gründlich zu charakterisiren und mit dem Wesen des Gemüths in
Verbindung zu bringen. Nur diese eine, wie mir scheint,
praktisch nicht unwichtige Bemerkung erlaube ich mir zum
Schluss dieser Abhandlung noch hinzuzusetzen, dass zur Bildung des weiblichen Gemüths vorzugsweise die unmittelbaren und zur Bildung des männlichen Gemüths vorzugsweise die mittelbaren Bildungsmittel in Anwendung
kommen. Denn in dem Manne ist das Gemüthsleben, sofern
es überhaupt vorhanden ist, vornehmlich durch die objectiven
Prozesse des gründlichen Denkens und des energischen Handelns vermittelt, während sich die Frau in der Regel in der
Ursprünglichkeit und Unmittelbarkeit des Gemüthslebens hält,
wie es die Wurzel aller Thätigkeit ist. Die Frau denkt und
handelt auch, und zwar oft sogar klarer und energischer als
manche Männer, aber sie verlässt in ihren Thätigkeiten in
der Regel nicht den Mutterschoose des Gemüthslebens, sondern dichtet und trachtet, denkt und handelt in diesem
einfachen Lichte des Gefühls; dagegen ist der Mann auf den
Kampf mit der objectiven Welt hingewiesen und ist berufen,
durch gründliche und allseitige Erforschung der Dinge und
durch Ueberwindung der sich darbietenden Gegensätze, durch
Anstrengung aller seiner Willens- und Thatkräfte sich den

Schatz des Gemüthslebens gleichsam erst zu erobern. Daher wird auch das Gemüth des Knaben und Jünglings mehr durch strenge Zucht und Brechung des Willens, das Gemüth des Mädchens und der Jungfrau mehr durch stille Sitte und Gewöhnung erzogen; der Knabe und Jüngling muss hinaus ins öffentliche Leben des Staats und der bürgerlichen Gesellschaft und kämpfen und streiten, um sich den Sieg der Freiheit und des Gemüths zu erkämpfen; dem Mädchen und der Jungfrau dagegen genügt im Ganzen das Haus und das Familienleben, um die Schätze ihres Gemüths zu heben; der Knabe und Jüngling muss, um zur Vollendung zu kommen, die Wissenschaften studiren und die abstractesten, wie Mathematik und Philosophie, am meisten; aber das Mädchen und die Jungfrau meidet im Ganzen diese Abstractionen und bemächtigt sich der Ideen und Ideale auf dem Wege der Kunstanschauung und des religiösen Lebens. So zieht sich ein ziemlich deutlicher Unterschied durch die männliche und weibliche Gemüthsbildung hindurch, wenn sie auch Vieles gemein haben, z. B. die Bildung durch Sprachstudien; aber das Resultat muss bei beiden dasselbe sein; der Mensch — sei es Mann oder Weib — ist erst dann erzogen, wenn das Gemüth gebildet und entwickelt ist, erst dann frei, wenn das Gemüth in der rechten Verfassung ist.

VII.

Keppler's Leben und Charakter.*)

Der ausserordentliche Mann, auf welchen ich die Aufmerksamkeit der geehrten Versammlung heute hinlenken werde, verdient in mehr als einer Beziehung unsere vollste Bewunderung. Betrachten wir ihn als ein Glied der geschichtlichen Entwickelung der Menschheit, so werden wir ihm vor Allen die Bedeutung beilegen müssen, dass er die Consequenzen der Reformation aufs Grossartigste im Gebiete der Wissenschaften gezogen hat. Die universelle Bedeutung der Reformation lag darin, dass der Druck äusserlicher Autorität vernichtet, Glaubens- und Gewissensfreiheit siegreich geltend gemacht und so der Mensch sich selbst wieder gegeben und frei wurde in der Wahrheit. Die Reformatoren selbst beschränkten aber ihre grossartige Wirksamkeit noch auf die Religion im engeren Sinne und thaten Recht daran, da die Religion die tiefste Wurzel des geistigen Lebens der Menschheit ist und da alle andere Freiheit, mag sie wissenschaftliche oder politische oder sociale Freiheit heissen, die religiöse Freiheit zu ihrer Voraussetzung hat. Als nun aber die religiöse Freiheit wenigstens im Grossen und Ganzen errungen war, da zeigten sich die Folgen dieser grossen That nach allen Seiten und in allen Gebieten. Vor Allem aber fingen die Wissenschaften an, auf diesem Boden der Freiheit ein grossartiges Leben zu entwickeln, und unter den Heroen, die in diesem Sinne nun bereits über dreihundert Jahre die Wissenschaften ausgebildet haben, ist Keppler einer der ersten und grössten, wo nicht der grösste. Er hat Entdeckungen

---

*) Eine auf dem Gymnasialsaale vor einem gebildeten Publicum d. 6. Dec. 1862 gehaltene Vorlesung.

über Entdeckungen gemacht vor Allem in der Astronomie,
aber auch in allen anderen Naturwissenschaften. Er ist der
eigentliche Schöpfer der Astronomie, denn wenn auch vor
ihm Copernicus schon den Gedanken aussprach, dass die Erde
sich um die Sonne und um sich selbst bewege gleich den
übrigen Planeten, so war damit noch wenig gewonnen. Um
das wunderbare Getriebe der Sternenwelt im Allgemeinen
und dem Planetensystem insbesondere gründlich zu verstehen,
mussten bestimmtere Gesetze dieser Bewegungen gefunden
werden. Und Keppler ist der grosse Mann, der sie gefunden
hat. Die drei Himmelsgesetze, die er entdeckt hat, bilden
das unzerstörbare Fundament der Astronomie. Hätte ein
Mann auch nur eins dieser Gesetze gefunden, sein Name
würde unsterblich sein für alle Zeiten, aber Johann Keppler
hat drei solcher Grundgesetze entdeckt und auch sonst noch
neues Leben und Licht in alle Gebiete der Naturwissenschaften hineingebracht. So ist dieser Mann in der Geschichte
der Wissenschaften ein Stern erster Grösse und namentlich
ein Stern, in welchem die Freiheit der Reformation zuerst
auf dem Gebiet der Naturwissenschaften in einem einzig
hellen Lichte aufleuchtete.

Aber Keppler macht nicht blos in der Geschichte des
geistigen Lebens der Menschheit Epoche, indem er die Consequenzen der reformatorischen Freiheit für das Gebiet der
Wissenschaften zog, sondern Keppler ist auch abgesehen von
der Geschichte der Wissenschaften in sich selbst ein höchst
merkwürdiger und bedeutsamer Mann, dessen Leben und
Wirken, dessen Gesinnungen und Handlungen zu betrachten,
auch für solche höchst lehrreich und interessant sein kann,
die von Astronomie und Naturwissenschaft nichts Genaueres
wissen und keine solchen Studien gemacht haben, dass sie
beurtheilen könnten, welche Bedeutung Keppler in der Geschichte der Wissenschaften und des Geisteslebens überhaupt
zuzuschreiben ist. Man hört so oft das bedeutsame Wort:
ein jeder Mensch ist seines Glückes Schmied, aber die meisten
glauben nicht an die Wahrheit dieses Wortes, sondern suchen
ihr Glück und ihren Halt in äusserlichen Dingen, wie in
Geld und Gut, in der Verbindung mit solchen, die Macht
und Einfluss haben, in Weltklugheit und allerlei Pfiffigkeit.
Das Beispiel Keppler's könnte aber Allen die Wahrheit lehren,

dass ein Mann, der es recht anfängt, aus sich selbst Alles machen und Alles werden und zu Glück und Grösse, zu Macht und Einfluss kommen kann, ich meine nämlich zu geistiger Macht und geistiger Grösse und zu dem unaussprechlichen Glücke, welches im Besitz und im Dienste der Wahrheit gefunden wird. Denn Keppler stammt von armen Eltern und musste auch Zeitlebens mit materieller Noth kämpfen, er hatte einen fast schwächlichen Körper; das Schicksal verfolgte ihn auch sonst in mannichfaltiger Weise, aber er widerstand nicht blos allen diesen Hindernissen der geistigen Entwickelung, sondern er stählte sogar an ihnen seine Kraft und wusste alles Ungemach zu einem Mittel für seine hohen Zwecke gleichsam zu einer Stufe zu machen, die ihn zu einer um so freieren Höhe emporhob. Dieses leistete er aber allein dadurch, dass er der Wahrheit treu blieb, dass er sich zum Träger der Wahrheit machte und sich ihren Anforderungen stets demüthig unterordnete, dass er mit Aufbietung aller seiner Kräfte die Interessen der Wahrheit vertrat und, wenn es ihre Sache galt, kein Opfer scheute. Er erhob sich zu der glänzenden Gestalt, in der wir ihn heute erblicken, durch seine echte Religiosität, indem er Gott in Allem suchte, dass er sich von Herzen freute, ja bisweilen förmlich jubelte, wenn er Gott in der Natur fand und dass er auch durch ein echt sittliches Leben Gott pries und verherrlichte. Ein solcher Mann ist ein Eigenthum der ganzen gebildeten Menschheit und jeder kann von ihm lernen und an ihm sich bilden, wer sich nur bemüht, seine Bedeutung zu erkennen. Darum ist das Leben und der Charakter Keppler's jedenfalls ein würdiger Gegenstand unserer Betrachtung und ich wünsche nur, dass meine schwache Darstellung nicht allzu weit hinter seiner Grösse zurückstehen möge. Die Entwickelung Keppler's ist aber eine so normale, dass wir, um des Mannes Grösse recht zu erkennen, nur sein Leben Schritt für Schritt zu verfolgen und mit Aufmerksamkeit nachzusehen haben, was sich im Verlauf desselben nach und nach herausstellte und was er that und wie er selbst sich über das ausprach, was er dachte und wonach er strebte.

Johann Keppler wurde den 27. December 1571 in einer kleinen Stadt Württembergs Weil oder nach der Meinung Anderer auf einem Dorfe Magstatt nicht weit von Weil

geboren und war das älteste von den vier Kindern seiner
dem lutherischen Glaubensbekenntnisse angehörigen Eltern.
Sein Vater war ein unruhiger Kopf, der mehr Neigung
hatte, in der weiten Welt sich etwas zu versuchen, als in
der Stille des Familienlebens ein einsames Werk zu betreiben.
Er verliess kurze Zeit nach der Geburt seines Erstgebornen
seine Familie und focht unter dem blutigen Panier des Herzogs Alba; seine Frau begleitete ihn dahin, indem sie
das Kind, nämlich unsern Keppler, der Pflege der Gross-
eltern in Weil übergab. Als er zurückgekehrt war und einen
Verlust an seinem Vermögen erlitten hatte, pachtete er
eine Wirthschaft, und als ihm auch dieses nicht gefiel, verliess er 1589 seine Familie für immer, indem er unter die
österreichischen Soldaten trat und als solcher an den Feld-
zügen gegen die Türken Theil nahm, in denen er wahrscheinlich
seinen Tod fand. Keppler's Mutter war ein seltsames und
unruhiges Wesen, wurde von dem Wunderbaren und Ge-
heimnissvollen sehr angezogen, curirte mit Kräutern und
machte sich durch ihre Eigenschaften später so verdächtig,
dass sie als Hexe angeklagt wurde und nur durch die ausser-
ordentlichsten Anstrengungen ihres grossen Sohnes vor dem
Feuertode gerettet werden konnte. Keppler selbst war klein
und hager, blieb Zeitlebens schwächlich, was wahrscheinlich
eine Folge seiner zu frühen Geburt war, denn er war ein
Siebenmonatskind, und unterlag in allen Abschnitten seines
Lebens mancherlei Krankheiten, z. B. Fiebern; insbesondere
litt er auch sehr an den Augen, was ihm in seinen astronomischen Beobachtungen oft sehr hinderlich war. Nach
dem Bilde, welches ich von ihm besitze, zu urtheilen, hatte
er eine ziemlich schmale Stirne, sehr helle und scharfblickende
Augen, eine grosse, ziemlich gerade herunter laufende Nase
und einen etwas aufgeworfenen Mund; das Gesicht ist mit
einem mächtigen Barte eingefasst, auch von den Lippen
hängt auf beiden Seiten ein langer Schnauzbart herab. In
diesem so schwächlichen Körper wohnte aber ein Geist und
ein Charakter, wie sie in der Welt nur höchst selten gefunden werden. Unsere weitere Erörterung soll eben darthun,
wie sein Inneres beschaffen gewesen ist, nur mag hier gleich
im Allgemeinen angedeutet werden, dass sowohl in seinem
Geiste, als in seinem Charakter eine Harmonie von entgegen-

gesetzten Eigenschaften sich zeigte, die seiner Erscheinung eben einen so hohen und unaussprechlichen Reiz giebt und ihm ausser unserer Bewunderung auch unsere Liebe zuwendet.

Was seinen Geist betrifft, so finden wir in ihm die allerlebendigste und kühnste Einbildungskraft, wie sie nur der grösste Dichter besitzen kann, mit dem schärfsten und klarsten Verstande harmonisch verbunden. Seine lebendige Einbildungskraft liess ihn Combinationen über Combinationen, Hypothesen über Hypothesen machen über die Ordnung der Dinge, und es entquollen ihm in Folge derselben die kühnsten Ideen und die überschwänglichsten Vorstellungen. Hätte er weiter nichts gehabt als dieses, so hätte er ein gewaltiger Phantast werden können; aber daneben oder vielmehr darin lebte ein äusserst klarer Verstand, der die objectiven Thatsachen aufs Schärfste sonderte und ordnete und sich stets aufs Bestimmteste bewusst war, wie weit die gegebenen objectiven Thatsachen seinen subjectiven Hypothesen entsprachen oder widersprachen und der alles noch so Grosse, Schöne und Erhabene, was er ersonnen hatte, rücksichtslos verwarf, wenn es die Probe der verständig zurecht gelegten Thatsachen nicht bestand. So war er zum grossen Forscher wie geboren, indem ihm seine feurige Einbildungskraft unzählige Möglichkeiten, wie gegebene Erscheinungen der Natur erklärt werden können, vorhielt, während sein scharfer Verstand oft mit grosser Mühe und Arbeit nur das Thatsächliche herausnahm. So erhob sich der wunderbare Mann stets in die Welt des Unendlichen, in das Reich des Idealen und doch ging er auch Schritt für Schritt in dem Gebiete der Beobachtung und der Wirklichkeit vorwärts und ruhte und rastete nicht eher, als bis er die Coincidenz der subjectiven Ideen und Ideale mit der natürlichen Wirklichkeit gefunden hatte. In ähnlicher Art war auch sein Charakter eine Einheit von Gegensätzen. Er verband eine ausserordentliche Festigkeit und Energie des Charakters mit Milde, Sanftmuth und der Weichheit. Er verfolgte sichere Zwecke und liess sich durch nichts abbringen, ihnen zu leben und für sie zu arbeiten, daher hat sein Leben Consequenz, Zusammenhang, sichere Resultate; aber doch fand sich in ihm nichts von jener Härte, die so oft ausserordentliche Männer begleitet; er war vielmehr mild, hingebend, freundlich und gelassen.

Er hatte in dieser Beziehung etwas von Luther, der eine unendliche Festigkeit des Charakters mit Milde und Weichheit verband.

Um die seltenen geistigen Gaben, mit denen Keppler ausgerüstet war, auszubilden, fand sich wenigstens in seinem Jünglingsalter gute Gelegenheit. Die Schuleinrichtungen Würtembergs gehören zu den besten in ganz Deutschland, ausser ihrer zweckmässigen Organisation zeichnen sie sich auch dadurch aus, dass den Armen, wenn sie Talent zeigen, Gelegenheit gegeben ist, ohne Kosten sich die höchste Bildung zu erwerben. Ausser den Klosterschulen, die ungefähr, was die Lehreinrichtung betrifft, unseren Gymnasien gleichen mögen, befindet sich auch ein theologisches Stift in Tübingen, aus welchem eine grosse Zahl bedeutender Theologen und Philosophen hervorgegangen sind. Keppler besuchte erst die Klosterschule zu Maulbronn und dann das theologische Stift zu Tübingen; er studirte danach, nachdem er sich eine tüchtige allgemeine Bildung erworben hatte, Theologie und zeichnete sich durch seine Beredsamkeit aus; auch lag ihm die Religion sehr am Herzen und er machte die gründlichsten und selbständigsten theologischen Studien; wenngleich eben deshalb, weil er ein selbständiger Geist war, sein theologisches System mit der gerade herrschenden Orthodoxie nicht überall übereinstimmte und ihn daher mehr als einmal mit der Kirche oder vielmehr mit der Geistlichkeit in Conflict brachte. Neben der Theologie studirte er aber auch mit vielem Fleiss die Astronomie. Hierzu fand er die beste Gelegenheit bei seinem Lehrer Möstlin in Tübingen, der ein Anhänger des Copernicanischen Systems war, wenn er auch öffentlich das Ptolomäische System vortragen musste, nach welchem die Erde feststehe und alle anderen Planeten und die Sonne sich um die Erde bewegen sollen. Da dieses System der Natur direct widerstreitet, so musste man, um die Erscheinungen danach zu erklären, zu den wunderlichsten Hypothesen und Hilfshypothesen seine Zuflucht nehmen und so entstand dieses künstliche und verworrene System, welches mit der grossartigen Einfachheit, mit der die Natur sonst wirkt, im directesten Widerspruch steht. Um so mehr muss man sich wundern, dass dieses System so viele Jahrhunderte festgehalten wurde. Ja selbst dann noch, als Copernicus die Grundlagen des mit der Natur übereinstimmenden astronomischen Systems gefunden hatte, ging man von dem Ptolemäischen System noch nicht ab, weil die Behauptung, dass die Sonne stille stehe mit den Aussprüchen der Bibel nicht zusammenstimmte. Die Wissenschaft hatte sich von der Autoritätstheologie noch nicht losgemacht und daher traute man seiner Vernunft weniger, als den Aussprüchen der Bibel, ohne zu bedenken, dass die Bibel ein Religionsbuch ist, kein Handbuch der Astronomie und dass sie von anderen Dingen, die mit der Religion und Sittlichkeit nicht in directem Verhältnisse stehn, nach der gewöhnlichen Meinung der Menschen spricht und nach dem Scheine, wie wir auch jetzt noch sprechen: die Sonne geht auf, die Sonne bewegt sich, die Sonne geht unter, obgleich wir jetzt wissen, dass diese Bewegung nur scheinbar ist und dass in Wahrheit sich die Erde bewegt. Es ist oben von mir gesagt worden, dass das Princip der Reformation als das Princip der Freiheit erst eine selbständige, voraussetzungslose Wissenschaft wieder möglich gemacht, aber es dauert längere Zeit, ehe sich eine solche Weltanschauung losreisst von allen Fäden der Vergangenheit, und so ist es denn auch erklärlich, dass fast hundert Jahre nach der Reformation die Wissenschaften überhaupt und die Astronomie ins Besondere sich noch nicht von dem Mutterschooss alt hergebrachter theologischer Vorstellungen losmachen konnten. Es waren nicht blos die katholischen Geistlichen, welche sich der freien Entwicklung der Wissenschaften in den Weg stellten, sondern es bestand auch noch eine protestantische Hierarchie, die den Gang der Wissenschaften zu bevormunden suchte. Nicht blos der Katholik Galilei musste auf Befehl der Geistlichkeit seiner Ueberzeugung gradezu ins Gesicht schlagen und förmlich widerrufen, dass die Erde sich um die Sonne bewege, sondern auch die protestantischen Lehrer der Wissenschaften mussten sich vor der Kirche geniren und öffentlich etwas Anderes lehren, als was sie für wahr hielten, wenn sie sich nicht Amtsentsetzungen und andere Uebel zuziehen wollten. So dauerte es z. B. sehr lange, ehe der verbesserte Gregorianische Kalender in den protestantischen Ländern Eingang fand, da sich die protestantischen Geistlichen der Einführung desselben widersetzten, weil diese Ver-

besserung von einem Papst ausgegangen oder vielmehr nur
veranlasst worden war, indem der Papst nur Sachkundige
zusammengerufen und durch sie den Kalender hatte verbessern lassen. Der academische Senat in Tübingen schrieb
in dieser Angelegenheit an den Herzog Ludwig: „Der neue
Kalender sei offenbar zur Beförderung des abgöttischen pa-
pistischen Wesens gemacht," und fügt hinzu: „wir halten
den Papst billig für einen gräulichen reissenden Bärwolf.
Nehmen wir seinen Kalender an, so müssen wir in die Kirche
gehen, wenn er uns in dieselbe läuten lässt. Sollte es ihm
gelingen, uns seinen Kalender unter Kaiserlicher Autorität
an den Hals zu werfen, so würde er uns das Band dergestalt
an die Hörner bringen, dass wir uns seiner Tyrannei in der
Kirche Gottes nicht lange erwehren möchten."

Möstlin musste daher auf Befehl des academischen Se-
nats gegen den Gregorianischen Kalender schreiben und erhielt, als er mit der sauren, seiner Ueberzeugung wider-
streitenden Arbeit zauderte, einen scharfen Verweis.*)

Ich würde diese Bemerkungen über den eigenthümlichen
Geist jener Zeit nicht ausgesprochen haben, wenn sie nicht
in dem innigsten Verhältniss zur Wirksamkeit Keppler's
ständen. Denn Keppler ist es gewesen, der die Selbständigkeit der Wissenschaft, die absolut sein muss, wenn der
Wissenschaft nicht die Lebenswurzeln abgegraben werden
sollen, zuerst siegreich geltend gemacht, der sich durch keine
Macht der Erde hat bestimmen lassen, seine Ueberzeugungen
zu verleugnen, der dann, um auf die obenerwähnten Dinge
zurückzukommen, das Copernicanische System und die Gregorianische Zeitrechnung mit solcher Entschiedenheit in seinen
Schriften und mündlich lehrte und mit den unwiderleglichsten
Argumenten begründete, dass die Zeit dieser Ueberzeugungen
bald nicht mehr widerstehen konnte. Diese seine Arbeit für
die Freiheit der Wissenschaft und namentlich für die Freiheit der Naturwissenschaft begann denn nun bald, nachdem
er seine akademischen Studien vollendet hatte, und setzte
sich sein ganzes Leben fort mit immer glänzenderen Resultaten.

Als er kaum 22 Jahr alt war, wurde er den Ständen

*) S. Keppler's Leben und Wirken von Breitschwert S. 28.

des Herzogthums Steiermark als Lehrer der Mathematik und
der Moral am Gymnasium zu Gratz überlassen. Er hatte sich,
wie oben erwähnt worden ist, dem Studium der Theologie
gewidmet und sich vorgenommen, in seinem Vaterlande dereinst als Prediger zu wirken. Durch diese Berufung bekam
aber sein Leben eine ganz andere Richtung und Entwicklung,
als er sich gedacht hatte. Wie oft geschieht dieses in dem
Leben eines Menschen, dass er, wie man das zu bezeichnen
pflegt, durch einen Zufall in eine Lebensbahn hinneingeworfen
wird, die von der von ihm gedachten und vorher bestimmten
wesentlich verschieden ist. Es ist von Interesse bei der Charakteristik Keppler's, zu hören, was er von solchen sogenannten
Zufällen für eine Ansicht hat. Keppler betrachtet das, was
man Zufall zu nennen pflegt, nicht als etwas, was so oder
anders sein kann, sondern als eine Wirksamkeit der göttlichen Vorsehung, die unabhängig von aller menschlichen
Reflexion und menschlichem Vorsatz ihr Werk betreibt, aber
doch so betreibt, dass es dem Menschen, der ihrer Leitung
folgt, zum grössten Segen gereicht. Es sagt in dieser Beziehung in dem Werke die Stelle Martis S. 209: Ein ver-
borgenes Schicksal treibt den einen Menschen zu diesem,
den andern zu jenem Beruf und überzeugt sie, dass sie, wie
sie ein Theil des Schöpfungswerkes sind, so auch unter der
Leitung der göttlichen Vorsehung stehen. Als ich alt genug
war, die Süssigkeit der Philosophie zu schmecken, umfasste
ich alle Theile derselben mit grosser Begierde, ohne mich
auf die Astronomie besonders zu legen. Ich hatte Anlagen
dazu; und ich begriff geometrische und astronomische Gegenstände, die in der Schule gelehrt wurden, gestützt auf Figuren, Zahlen und Verhältnisse, mit Leichtigkeit. Aber es
waren das mehr Studien, die ich — getrieben von der Schul-
ordnung — unternahm, als dass sie eine besondere Neigung
zur Astronomie bewiesen hätten. Als ich auf Kosten des Herzogs von Württemberg erzogen wurde und bemerkte, dass
meine Studiengenossen, die der Fürst auf Ersuchen in verschiedene Länder zu schicken pflegte, sich unter mancherlei
Vorwänden weigerten zu gehen, weil sie durch die Liebe zum
Vaterlande zurückgehalten wurden, da beschloss ich meiner-
seits, da ich kein so weiches Gemüth hatte, mit voller Bereitwilligkeit dahin zu gehen, wohin man mich entsenden

werde. Es fand sich zuerst eine astronomische Stelle, in welche ich durch das Zureden meiner Lehrer gleichsam mit Gewalt hineingedrängt wurde; nicht etwa weil mich die grosse Entfernung des Ortes zurückgeschreckt hätte — hatte ich ja doch diese Furcht an Andern gemissbilligt, sondern weil diese Art des Berufs mir völlig unerwartet war und in keiner Achtung stand und weil ich in diesem Theile der Philosophie geringe Kenntnisse hatte. So übernahm ich mehr mit Anlagen als mit Kenntnissen ausgerüstet diese Stelle, jedoch unter der ausdrücklichen Verwahrung, dass ich meinem Rechte auf eine, wie mir schien, glänzendere Laufbahn keineswegs entsage.

So religiös und zugleich so bescheiden spricht sich Keppler über seinen Uebergang von der Theologie zur Astronomie aus.

Als Keppler sein neues Amt in Gratz angetreten hatte und nun seinen ganzen Geist der himmlischen Wissenschaft widmen konnte, da fing sein Genius an sich mächtig zu regen und er wandelte von nun an eine strahlende Lichtbahn der Wahrheit, wie sie nur selten ein Sterblicher gewandelt hat. Das erste glänzende Zeugniss seines Scharfsinnes legte er nieder in seiner ersten Schrift, die den Titel trägt: *Prodromus dissertationum cosmographicarum continens mysterium cosmographicum de admirabili proportione orbium coelestium deque causis coelorum numeri, magnitudinis, motuumque periodicorum genuinis et propriis, demonstratum per quinque regularia corpora geometrica a. M. Joanne Kepplero Tubingae 1596* zu deutsch: Vorläufer von den Abhandlungen über die Weltbeschreibung, enthaltend ein Mysterium der Weltbeschreibung, betreffend das bewunderungswürdige Verhältniss der himmlischen Kreise (d. h. der Planetenbewegungen) und von den eigenthümlichen Ursachen der Zahl, der Grösse und den periodischen Bewegungen der Himmelskörper dargestellt durch die 5 regelmässigen Körper der Geometrie von Keppler, der erlauchten Provinzialstände Steyermarks Mathematiker. Das Buch wird von Keppler als ein Vorläufer der Himmelsbeschreibung bezeichnet. Er ahnte, dass sich in seinem Geiste die Wissenschaft von den Bewegungen der Himmelskörper aufbauen werde. Und so geschah es denn auch, und von den nachfolgenden Werken sind es namentlich zwei, in denen die Fundamente der Astronomie für alle Zeiten gelegt worden sind, nämlich das Werk über den Planeten Mars 1609 und fünf Bücher über die Harmonie der Welt 1619, ausserdem etwa noch sein Inbegriff (Auszug?) der Astronomie (*epitome Astronomiae*) 1620. Von den genannten Werken Keppler's, die er nach der damaligen Sitte alle in lateinischer Sprache schrieb, und zwar in einer sehr klaren, fliessenden und gebildeten lateinischen Sprache, ist das zuerst erwähnte allerdings insofern das unbedeutendste, als sich die darin aufgestellte Hypothese, mittelst welcher Keppler die himmlischen Verhältnisse zu begreifen dachte, nicht bewährt hat, und doch bleibt das Werk auch in dieser Form äusserst denkwürdig und auf jeder Seite desselben ist der Flügelschlag eines seiner selbst gewissen grossen Geistes zu erkennen. Um zunächst über die Hypothese, die die Grundlage dieses Werkes bildet, einige Worte zu sagen, so müssen wir uns zum Verständniss derselben erinnern, dass man zu Keppler's Zeiten nur 6 Planeten, d. h. 6 Weltkörper kannte, die sich um die Sonne bewegen, nämlich Merkur, Venus, Erde, Mars, Jupiter und Saturn. Keppler ging nun von der Anschauung aus, dass die göttliche Weisheit in der Welt Alles aufs Zweckmässigste und nach bestimmten vernünftigen Gesetzen geordnet hat und dass demnach auch die Entfernungen der Planeten von einander nicht zufällig sein können, sondern auf einem bestimmten Gesetze beruhen müssen. Dieses Gesetz glaubte nun der grosse Astronom in den fünf regelmässigen Körpern gefunden zu haben. Ein regelmässiger Körper ist nämlich ein solcher Körper, der von lauter congruenten, d. h. völlig einander gleichen gleichseitigen und gleichwinkligen, geradlinigten Figuren begrenzt wird. Jedermann kennt wenigstens einen regelmässigen Körper ganz genau, nämlich den Würfel, der von 6 congruenten Quadraten begrenzt wird. Die Geometrie beweist, dass es überhaupt nur fünf solcher regelmässigen Körper giebt, nämlich ausser dem erwähnten Würfel noch das Tetraeder, welches von 4 einander congruenten gleichseitigen Dreiecken begrenzt ist, das Octaeder, begrenzt von 8 congruenten gleichseitigen Dreiecken, das Icosaeder, begrenzt von 20 congruenten und gleichseitigen Dreiecken, und endlich das Dodecaeder begrenzt von 12 regelmässigen, d. h. gleichseitigen und gleichwinkligen und einander congruenten Fünfecken. Auf diese fünf regelmässigen

Körper stützte Keppler seine Hypothese. Um sie aussprechen
zu können, muss man noch erwägen, dass die regelmässigen
Körper in einem merkwürdigen Verhältniss zur Kugel stehen.
Die Kugel ist Jedermann bekannt. Sie hat die Eigenschaft,
dass alle Punkte ihrer Oberfläche von einem in ihrem Inneren
liegenden Punkte gleich weit entfernt sind. Sie entsteht aber
dadurch, dass man einen Kreis um seinen Durchmesser herum-
dreht. Dieser Kreis, durch dessen Drehung man sich eine
Kugel gebildet denken kann, heisst der Hauptkreis der Kugel
oder schlechthin der Kreis der Kugel. Denken wir uns nun
einen regelmässigen Körper, z. B. den Würfel, so ist leicht
zu begreifen, dass man sich immer eine Kugel um den
Würfel beschreiben kann, deren Oberfläche genau durch alle
8 Eckpunkte der Kugel geht und wieder eine andere Kugel,
die die 8 Quadrate des Würfels jedes blos in einem Punkte
berührt. Ganz ebenso verhält es sich mit jedem anderen regelmässigen Körper; man kann stets eine Kugel um denselben und
in denselben beschreiben und jede dieser Kugeln hat ihren bestimmten Kreis oder Hauptkreis. Denken wir uns z. B. das
Tetraeder, d. h. den von drei regelmässigen in congruenten
Dreiecken begrenzten Körper, so lässt sich durch seine 4
Ecken eine Kugel construiren und ebenso eine Kugel, die
jedes von den 4 Dreiecken in einem Punkte berührt. Keppler
nahm nun damals mit Kopernicus und allen anderen Astronomen noch an, dass jeder Planet um die Sonne einen Kreis
beschriebe und drückte die Hypothese, die er in seinem Prodromus auseinandersetzte, in folgender Weise aus: Geht man
von der Erdbahn aus, ergänzt diesen Kreis zu einer Kugel
und beschreibt um diese Kugel ein regelmässiges Dodecaeder
und um dieses wieder eine Kugel, so ist der Kreis dieser
Kugel die Bahn des Mars. Beschreibt man ferner um die zur
Kugel ergänzte Marsbahn ein regelmässiges Tetraeder, so ist
der Kreis, der zu der um dieses Tetraeder umschriebenen
Kugel gehört, die Bahn des Jupiter. Beschriebe man um die
Jupitersbahn, als Kugel gedacht, einen Würfel, so ist der
Kreis der Kugel um diesen Würfel die Bahn des Saturnus.
Beschreibt man in die, zum Kreise der Erdbahn gehörige
Kugel ein Icosaeder, so ist der Kreis der in das Icosaeder
eingeschriebenen Kugel die Bahn der Venus und wenn man
endlich in die zur Kugel ergänzten Venusbahn ein Octaeder

beschreibt und in dieses eine Kugel, so ist der Kreis dieser
Kugel die Bahn des Mercur. — Es ist schon erwähnt worden,
dass diese ingeniöse Hypothese sich nicht bewährte; nichtsdestoweniger verdient das Erstlingswerk Keppler's, in welchem
diese Hypothese vorgetragen wird, auch heute noch in mehr
als einer Beziehung unsere vollste Beachtung, zuerst schon
um deswillen, weil der Geist, der den Prodromus durchweht,
bis auf den heutigen Tag als der wahre Geist der Wissenschaft gilt und für alle Zeiten gelten wird. Als ein wesentlicher Bestandtheil dieses Geistes ist schon der unendliche,
innige und unerschütterliche Glaube anzusehen, dass die Welt
auf göttlichen Gesetzen ruhe und dass der Mensch den Beruf und die Fähigkeit habe, diese Gesetze zu entdecken und
auszusprechen. Dieser Glaube beseelte Kepplern in einem so
eminenten Maasse, dass ich keinen Forscher in der Weltgeschichte wüsste, der in dieser Beziehung über Keppler zu
stellen wäre. Ein zweiter Bestandtheil des wissenschaftlichen
Geistes, der in diesem Werke weht, ist die objective Prüfung der Forschung. Was man in der Natur beobachtet und
beobachten kann, das sind nur einzelne Erscheinungen, keine
allgemeinen Gesetze; Gesetze kann man nicht mit den
Sinnen und nicht mit den Instrumenten wahrnehmen, sondern kann sie nur im Geiste und durch den Geist finden.
Aber da liegt die Gefahr nahe, blosse Hypothesen zu erdich-
ten, wie denn z. B. das Ptolomäische System der Astronomie
eine solche erdichtete Hypothese ist, mit der die Menschen
viele Jahrhunderte die Naturerscheinungen, so zu sagen, ge-
misshandelt haben. Soll der Forscher der Natur also nicht
irre gehen und uns statt der Naturgesetze subjective Phantastereien auftischen, so muss er seine Hypothesen stets mit
den Naturerscheinungen zusammenhalten und nachsehen, ob
die Natur sie bestätigt, denn ein wirkliches Gesetz muss sich
in allen einzelnen Erscheinungen bestätigen und bewähren,
sonst hat es nur den Werth einer Fiction. Diese objective
Bewährung des Gedachten und der Hypothese finden wir nun
bei Keppler im höchsten Maasse, ja er gehört zu den grossen
Männern, die diese objective Bewährung zum Princip der
Naturwissenschaften erhoben und ihnen hierdurch eine feste
Entwicklung sicherten. „Hypothesen, sagt er, sind blosse Ein-
bildungen, ich nehme nur dasjenige für wahr an, was reell

physisch wahr ist. Dieses Verfahren ist mein Vergnügen und mein Ruhm, der mir nachfolgen wird." Keppler war ein ausserordentlich geistreicher Mann und er konnte keinen Blick in ein Gebiet der Naturerscheinungen thun, ohne dass sein Geist sich sofort tausend Möglichkeiten aussann, wie man sich den Zusammenhang der Erscheinungen denken könne, aber damit verband er, wie ich schon in der Einleitung bemerkte, eine scharfe Beobachtung des Einzelnen und er liess daher keine Hypothese gelten, zu der die Erscheinungen, die er rein auffasste, nicht gleichsam Ja! und Amen! sagten. Er hatte einen so bestimmten Sinn für das objectiv Wahre, dass er zu sagen pflegte, es begleite ihn ein Genius, welcher ihm die Wahrheiten von Ferne zuspiele. Dass er dessen ungeachtet in dem vorliegenden Falle fehl griff, lag nicht daran, dass er seine Hypothese nicht tausendfach an den Thatsachen geprüft hätte, sondern daran, dass man die Entfernungen der Planeten damals noch nicht so genau kannte, dass man sie als objectiv ausgemachte Thatsachen hätte ansehen können. Als er die Thatsachen später genauer erkannte und einsah, dass sich seine Hypothese den Thatsachen gegenüber nicht halten könne, war er der erste, der sie verwarf. Noch eine dritte Eigenschaft der echt wissenschaftlichen Forschung finden wir in dem Prodromus Keppler's, wie in allen folgenden Schriften, nämlich das reine Interesse an der Wahrheit, ohne Rücksicht auf den äusseren Nutzen. Man kann ja die Wissenschaften auch um gewisser praktischer Interessen und des Nutzens willen betreiben. So bekümmerte man sich zu Keppler's Zeit meistentheils nur um deswillen um die Astronomie, weil man sie dazu benutzen wollte, um aus der Stellung der Gestirne das Schicksal einzelner Menschen und ganzer Staaten und Völker herauszulesen. Man betrieb also die Astronomie meistentheils um des astrologischen Aberglaubens willen. Keppler beschäftigte sich nun allerdings auch mit Astrologie, aber der höchste Zweck und Geist, in dem er die Astronomie betrieb, war das reine Interesse an der Wahrheit oder der Ehre Gottes, der seine Weisheit auch in den gestirnten Himmel hineingelegt hat. Davon legt gleich seine erste Schrift das deutlichste Zeugniss ab. Es lohnt der Mühe, in dieser Beziehung eine Stelle aus der Dedication der ersten Ausgabe dieser Schrift mitzutheilen, in welcher er die Ueberzeugung geltend macht, dass die Forschungen nach den himmlischen Gesetzen nicht um eines Anderen willen angestellt werden dürfen, sondern ihren Werth in sich tragen und, abgesehen von allem Anderen, die schönste Nahrung für den Geist bilden. „Wie wir, so sagt er, nicht fragen, um welches Nutzens willen der Vogel singt, da wir wissen, dass in dem Gesange selbst für den Vogel eine Lust liegt, weil er zum Gesange geschaffen ist, so dürfen wir auch nicht fragen, warum der menschliche Geist so viele Mühe auf die Erforschung der himmlischen Geheimnisse verwende. Denn unser Schöpfer hat uns zu unserer Sinnenthätigkeit den Geist beigelegt, nicht etwa blos, damit der Mensch sich physisch erhalte, was andere Geschöpfe mit ihrem thierischen Verstande viel besser vermögen; sondern damit wir von dem, was wir mit unseren Augen sehen, zu den Ursachen emporsteigen, weshalb Alles ist und geschieht, obgleich wir von solchen Forschungen keinen äusserlichen Nutzen haben. Und wie die übrigen Thiere und der leibliche Organismus des Menschen selbst durch Speise und Trank sich erhalten, so wird auch der Geist des Menschen, der etwas vom Menschen selbst Verschiedenes ist, belebt, er wächst und entwickelt sich durch diese Nahrung der Erkenntniss und er ist einem todten Wesen ähnlicher als einem lebendigen, wenn er nicht von dem Verlangen nach solcher Erkenntniss berührt wird. Und wir dürfen mit Recht sagen, dass um deswillen eine so ausserordentliche Mannigfaltigkeit in den Dingen und so verborgene Schätze in der Organisation der Himmel gefunden werden, damit dem menschlichen Geiste niemals frische Nahrung fehle, dass er an dem Abgelebten nicht etwa einen Ekel habe und dass er niemals ruhe und raste und in dieser Welt eine beständige Werkstätte habe, seinen Geist zu üben!“ So sprach der Mann schon als 24jähriger Jüngling! Sein ganzes erstes Buch ist trotz der verfehlten Hypothese so voll von grossen Gedanken und einem edlen Enthusiasmus für Wahrheit, dass er sofort von den ersten Männern der Zeit, z. B. von Tycho de Brahe und von Galileo Galilei als ein ebenbürtiger Forscher im Reiche der Wahrheit begrüsst wurde und dieses Erstlingswerk des Jünglings gab auch die Veranlassung, dass er später mit Tycho in ein noch näheres

Verhältniss trat, welches, wie wir später sehen werden, für
seine astronomischen Entdeckungen entscheidend werden
sollte. Der Bericht, den sein edler und um ihn verdienter
Lehrer Mästlin, über dieses Buch abfasste, war ein wirklicher
Panegyricus und musste überall die glänzendsten Erwartungen
von Keppler's dereinstigen Leistungen erregen.

Jetzt wollen wir diesen Punkt seiner Lebensentwicklung
noch fest halten, um Keppler's Ansichten über die Astrologie
näher kennen zu lernen. Es ist schon oben erwähnt worden
und auch sonst allgemein bekannt, dass in der Zeit, in der
Keppler lebte, kaum Jemand war, der nicht an den Einfluss
der Sterne auf das Schicksal der Menschen glaubte, gleich
wie man auch allgemein glaubte, dass es Hexen gäbe. Es
ist nun von grossem Interesse, zu sehen, welche Stellung sich
ein so scharfsinniger und geistreicher Mann, wie Keppler
war, zu dem allgemeinen Aberglauben der Zeit gab. Sein
Amt selbst nöthigte ihn dazu, eine feste Position zu dieser
abergläubischen Richtung, der oft die am höchsten Stehenden
am meisten unterworfen waren, einzunehmen. Als Mathematicus der Steierschen Stände hatte er unter Anderem auch
die Pflicht, alle Jahr einen Kalender herauszugeben. In den
Werken Keppler's, die in den letzten Jahren von Prof. Frisch
in Stuttgart herausgegeben worden sind, finden sich auch
noch einige Kalender von Keppler. Aus diesen Kalendern ersehen wir, dass die Kalender jener Zeit nicht blos die Himmelserscheinungen, die in das betreffende Jahr fallen, z. B.
die Finsternisse der Sonne und des Mondes aufzuführen, sondern sich auch auf allerlei Prophezeiungen von Witterungs-
erscheinungen, ja auch von Krankheiten, Hungersnoth und
Krieg einzulassen hatten. Ein Kalender ohne diese Prophezeiungen würde von den Leuten damals ohne Zweifel unwillig
bei Seite geworfen sein, wie ja auch sogar noch zur Zeit
Friedrichs des Grossen die Bauern einen Kalender nicht
kauften, in welchem keine Witterungsprophezeiungen enthalten waren. Der Keppler'sche Kalender vom Jahre 1599
trägt dem zu Folge folgende Ueberschriften: 1) von Finster-
nissen, 2) vom Gewitter, Früchten und Krankheiten, 3) von
allerlei Zuständen im weltlichen Regiment. Unter diesem Ab-
schnitt findet sich z. B. die Angabe, dass am 14. Jan. 1599 die
Planeten Mars und Jupiter in den Gegenschein treten und

dass dieser Gegenschein gemeiniglich einen grossen Schrecken
verursache. „Ich achte, setzt Keppler hinzu, es werde einem
geistlichen Haupt oder hohen Potentaten das Leben gelten.“

Er schliesst diesen Kalender mit den Worten: „will hie-
durch Männiglich ein Freudenreich neu Jahr von Gott, dem
Vater des Lichts, der es allein über und wider alle Natur
zu geben vermag, von Herzen gewünscht haben.“ Schon aus
diesem Wunsche erkennen wir, dass er den Einfluss der Natur und ins Besondere der Sterne sehr beschränkt, indem er
sagt, dass Gott über und wider alle Natur dem Menschen
Gutes zu geben vermag. An einer anderen Stelle legt er
das Hauptgewicht in den Schicksalen des Menschen auf die
Selbstbestimmung des Menschen, so dass ihm das Leben des
Menschen aus dreien Factoren: der Vorsehung Gottes, dem
Einflusse der Natur und der freien Selbstbestimmung zusam-
mengewoben erscheint. Keppler will den Einfluss der Gestirne, ins Besondere der Sonne, des Mondes und der Planeten zunächst auf das Wetter, sodann aber auch auf menschliche Ereignisse nicht abgeleugnet haben, aber zuerst soll
man die Schranken dieses Einflusses anerkennen und dann
soll man diesen Einfluss aus der Erfahrung beweisen oder
widerlegen. Er vergleicht in der letzteren Beziehung die
Astrologie mit der Arzeneikunde, die durch Erfahrung herausgebracht hat, dass gewisse Kräuter Heilmittel gegen gewisse Krankheiten sind, und diese Erfahrungen bei der Heilung der Kranken benutzt. So soll nach Keppler auch die
Astrologie, was sie ist, nur durch Erfahrung sein und darum
dringt Keppler so sehr darauf, z. B. Witterungsbeobachtungen
anzustellen und diese Beobachtungen mit der jedesmaligen
Stellung der Gestirne zu dieser Zeit zu vergleichen und nachzusehen, ob sich aus Erfahrung ein Zusammenhang zwischen
beiden ergebe.

Ferner aber meint er, dass durch den sternguckerischen
Aberglauben, der die ganze Zeit beherrsche und der den
Leuten allein ein Interesse für die Astronomie einflösse, die
edle Wissenschaft der Astronomie den grössten Nutzen ziehe
und dass demnach, wie so oft, aus etwas so vielfach Irrigem
und Abergläubischem etwas Gutes komme. In dem Buche
Keppler's: *Tertius interveniens* das ist Warnung an elliche
Theologos, Medicos und *Philosophos* sonderlich D. Philippum

Teschium, dass sie bei billiger Verwerfung des sternguckerischen Aberglaubens nicht das Kind mit dem Bade ausschütten; in diesem, in deutscher Sprache abgefassten, Buche, das 1610 zu Prag erschien, kommt unter Anderem folgende Stelle vor: „Es ist wohl diese Astrologie ein närrisches Töchterlein, aber lieber Gott, wo wollt ihre Mutter, die hochvernünftige Astronomie, bleiben, wenn sie diese ihre närrische Tochter nicht hätte; ist doch die Welt noch viel närrischer und so närrisch, dass derselben zu ihrem selbst Frommen diese alte verständige Mutter, die Astronomie, durch der Tochter Narrentaydung nur eingeschwatzt und eingelogen werden muss. Und seynd sonsten der Mathematicorum *salaria* so seltsam und gering, dass die Mutter gewisslich Hunger leiden müsste, wenn die Tochter nichts erwürbe." So spricht sich Keppler über das Trügerische der Astrologie überall offen aus, wendet sich mit grosser Schärfe gegen solche, die bis über die Ohren in dem dicken Aberglauben stecken, in welcher Beziehung besonders die witzige und geistreiche Schrift gegen Röslinus zu bemerken ist, steht aber doch insofern nicht über seiner Zeit, als er den Einfluss der Gestirne auf die Erde nicht leugnet. Er unterscheidet sich aber dadurch von den andern Astrologen, dass er sich von aller Phantasterei und unbegründeten Annahmen frei zu halten und auch die Astrologie auf das Gebiet wissenschaftlicher Beobachtung zu versetzen sucht.

Diese Begierde, seine Speculationen auf wirkliche, sorgfältige Beobachtungen zu stützen, war es denn auch, die ihn eine Einladung des Tycho de Brahe an ihn, dass er nach Prag kommen und ihm in seinen astronomischen Arbeiten auf der dortigen Sternwarte behülflich sein möchte, annehmen liess, obgleich seine dortige Stellung, so lange der stolze Tycho lebte, etwas Unfreies hatte. Ihn reizte aber der Schatz von astronomischen Beobachtungen, die Tycho mehr als 30 Jahre lang mit der grössten Sorgfalt geführt hatte. Auf Grund dieser Beobachtungen glaubte er sein System der himmlischen Bewegungsgesetze vollenden zu können und dieser Glaube hat ihn nicht getäuscht.

Doch ehe wir ihn nach Prag begleiten, welches der glänzendste Schauplatz seiner Thätigkeit werden sollte, müssen wir noch vorher sein Leben in Gratz betrachten, welches

durch die Religionsverfolgungen zerrissen wurde. Er zeigte
sich auch in diesen Conflicten als ein zuverlässiger Charakter
und als ein Mann, der der Wahrheit zu Liebe jedes irdische
Opfer zu bringen im Stande ist.

Im Jahre 1597 — also in dem 26. Jahre seines Lebens
— verheirathete sich Keppler mit Barbara Müller von Mühleck
aus einer der Augsburgischen Confession ergebenen Familie
in Steyermark, welche bedeutende Güter besass, die aber in
den bald folgenden politischen Wirren verloren gegangen zu
sein scheinen, wenigstens finden wir, dass Keppler später
immer mit Noth zu kämpfen hatte. Es war die Zeit, wo
Steiermark das Privilegium der freien Religionsübung besass
und wo sich in Folge dessen der Protestantismus weit ausgebreitet hatte. Aber bald sollte der despotische Religions-
druck folgen und auch Kepplern, der durch seine Frau eine
feste Stütze und bleibende Heimath gefunden zu haben glaubte,
heimathlos und flüchtig werden lassen. Der Erzherzog
Ferdinand von Oesterreich, dem Steiermark gehörte, war in
Ingolstadt bei den Jesuiten erzogen worden und hatte von
ihnen den verwerflichen Glaubenshass gegen die Protestanten
eingesogen, ja sogar, als er mündig geworden war, der Jungfrau Maria in Loretto geschworen, dass er in seinen Erb-
ländern den Protestantismus ausrotten werde. Und dieses
gelobte Werk hat er auch redlich vollbracht und hierdurch
viel Unheil und Verwirrung in Deutschland hervorgebracht.
Er erklärte den Freiheitsbrief, den sein Vater den Ständen
in Steiermark gegeben, für aufgehoben und befahl ihnen
die evangelischen Lehrer innerhalb 14 Tagen zu entlassen.*)
Am 17. Sept. 1598 liess der Fürst den Lehrern, natürlich
auch Geistlichen, ankündigen, dass sie bei Todesstrafe die
Stadt vor Sonnenuntergang räumen sollten. Keppler begab
sich demzufolge mit den Anderen an die croatische und
ungarische Grenze. Nach einem Monate kehrte aber Keppler
auf Befehl des Ministers nach Gratz zurück, ohne jedoch
wieder als Lehrer wirken zu dürfen. Dass ihm vor den
anderen Lehrern zunächst eine solche Begünstigung zu Theil
wurde, lag daran, dass die Jesuiten, die von jetzt an das
Land beherrschten, vor seinen astronomischen Leistungen

---

*) Breitschwert S. 16.

den grössten Respect hatten und ihn für sich zu gewinnen
und seinem protestantischen Glauben abtrünnig zu machen
suchten. Gerade damals hatte der Jesuitengeneral Aquaviva
bei dem Pabst Gregor VIII. für seinen Orden die Gewalt
ausgewirkt, wichtigen Personen zu erlauben, den Ketzereien
öffentlich anzuhängen und heimlich sich zur katholischen
Kirche zu bekennen. Kepplern glaubte man an seiner
schwachen Seite, an seinem grenzenlosen Enthusiasmus für
die Astronomie, fassen zu können und meinte, dass er eine
Glaubensänderung für gleichgiltig ansehen werde, wenn er
nur ungestört seinen astronomischen Beschäftigungen leben
könne. Bekanntlich ist es dem katholischen Bekehrungseifer
gelungen, manchen der protestantischen Kirche angehörigen
Gelehrten durch die Aussicht auf eine grössere und unge-
hinderte wissenschaftliche Thätigkeit zu bestimmen, äusserlich zu der katholischen Kirche überzutreten; ein hervor-
leuchtendes Beispiel der Art ist Winckelmann, der äusserlich
zur katholischen Kirche übertrat, weil er durch diesen Ueber-
tritt allein die Mittel gewinnen konnte, nach Italien zu
reisen und dort an den ersten Quellen seinen Kunststudien
zu leben. Ganz anders Keppler. Er war ein ganzer Mann;
er unterdrückte nicht auf Unkosten der einen Thätigkeit
des Geistes die andere; in ihm stand vielmehr Alles in voller
Harmonie und wie er innerlich war, so zeigte er sich äusserlich vor der Welt; eine seiner schützenswerthesten Eigenschaften bestand gerade darin, dass er niemals hinter dem
Berge hielt, sondern mit dem, was er glaubte und wusste,
stets offen und entschieden vor der Welt heraustrat. Seine
religiösen Ueberzeugungen, die er dem protestantischen Principe verdankte, waren ihm mindestens ebenso theuer, als
sein Enthusiasmus für die astronomische Wissenschaft; ja
seine wissenschaftliche Grösse wurzelt so recht eigentlich in
dem Principe der protestantischen Freiheit; wie hätte er also
die Wurzel abschneiden können, aus der diese herrliche
Blüthe der productivsten Wissenschaft erwachsen war? Als
ihm daher die Musse für wissenschaftliche Beschäftigungen
in Gratz wiedergegeben war und es ihm nun nahe gelegt
wurde, zum Katholicismus überzutreten, da zeigt er sich
als einen freien Mann, der unter allen Umständen für seine
Ueberzeugungen eintritt, mag äusserlich daraus entstehen,

was du will. Gegen den Affilirten der Jesuiten, den bairischen Geheimen Rath Herwart von Hohenburg erklärte er sich daher: „Ich bin ein Christ, ich habe das Augsburgische Glaubensbekenntniss aus dem elterlichen Unterricht, aus oftmals wiederholter genauer Prüfung, aus täglichen Uebungen der Versuchungen, ihm hange ich an, heucheln habe ich nicht gelernt, Glaubenssachen behandle ich mit Ernst, nicht wie ein Spiel; darum bekümmere ich mich auch ernstlich um die Uebung der Religion und um den Gebrauch der Sacramente." Durch diese unumwundene Erklärung verlor aber Keppler die Unterstützung der Jesuiten sofort, die allgemeinen Verfolgungsmassregeln wurden nun auch auf ihn angewandt und ihm, wie er an seinen Lehrer Möstlin schreibt, auferlegt, die Güter seiner Gattin innerhalb 45 Tagen entweder zu verkaufen oder zu verpachten und aus dem Lande zu ziehen. Er wählte die Verpachtung, erhielt aber nur einen unbedeutenden Pachtschilling, von dem er noch den zehnten Theil an den Fiscus überlassen musste, und wanderte aus. Wir müssen diese Festigkeit im protestantischen Glauben, die Keppler bei dieser Gelegenheit und in seinem ganzen Leben zeigte, um so mehr anerkennen und hervorheben, da er von den damaligen Würdeträgern der protestantischen Kirche keineswegs beschützt und begünstigt, sondern vielmehr gar oft hart und unduldsam behandelt wurde. In Ulm wurde ihm sogar der Genuss des heiligen Abendmahls verweigert, weil er gewisse ketzerische Ansichten habe, und als er sich deshalb bei der obersten protestantischen Kirchenbehörde in Württemberg beklagte, wurde dem protestantischen Fanatiker in Ulm nicht blos Recht gegeben, sondern Keppler wurde sogar noch in einer harten Weise zurecht gesetzt und abgekanzelt. Die missliebige Gesinnung, die die theologische Facultät in Tübingen gegen den grossen Mann hegte, zeigte sich schon darin, dass er nach der Vollendung seines theologischen Studiums kein anderes Zeugniss erhielt, als dass er sich durch sein rednerisches Talent ausgezeichnet habe und sonst für untauglich gehalten wurde, Mitarbeiter an der Württembergischen Kirche zu sein. Und als er später von aller Welt verlassen war und in der philosophischen Facultät der Universität Tübingen eine Professur zu erhalten wünschte, da wurde ihm auch dieser Wunsch nicht gewährt, weil er in dem Geruch der Ketzerei stand. Sollte man hiernach nicht meinen, Keppler sei entweder ein ungläubiger oder abergläubischer Mann gewesen und habe demnach in der einen oder anderen Verfassung keine ehrenvolle Stelle im Schoosse der protestantischen Kirche verdient? Aber dem ist keineswegs so, vielmehr ist Keppler beseelt von dem lebendigsten Glauben an die Wahrheit — so sehr, dass dieser Glaube die eigentliche Lebensluft selbst seiner wissenschaftlichen Werke ausmacht und sich an manchen Stellen, wo er sich der Wahrheit bemächtigt hat, selbst zu einem brünstigen Gebete steigert. Auch sein ganzes Leben legte durch die strengste Sittlichkeit und durch den unbedingten Gehorsam, den er der Wahrheit leistete, das vollgültige Zeugniss eines echten Glaubens ab. Was war es denn nun, was ihn bei den Vorgesetzten seiner lutherischen Kirche missliebig machte?

Nichts Anderes, als weil sein Glaube zu allgemein war, als dass er in den enggezogenen Grenzen der damaligen lutherischen Orthodoxie hätte Platz oder gar Anerkennung finden können. Die Zeit, in der Keppler lebte, war die Zeit der erbittertsten confessionellen Gegensätze und Streitigkeiten; eine Zeit, wo die unendliche Glaubenskraft, die in Luther und den übrigen Reformatoren lebte, sich abschwächte in fixirte Glaubensbestimmungen, die mit Hass und Verachtung gegen Andersgläubige geltend gemacht wurden. Dieser fixirte und negative Glaube, der das Leben klein und enge macht, statt es gross und unendlich zu machen, der Hass säet und daher auch Hass erntet, statt den Liebesgeist in der Menschheit fest zu pflanzen, fand einen Ausdruck in der sogenannten Concordienformel, die deshalb eher Discordienformel heissen sollte. Keppler verdarb es daher insbesondere auch dadurch mit der lutherischen Orthodoxie seiner Zeit, dass er gegen einzelne Theile der Concordienformel schrieb, z. B. gegen die zu einem Glaubensartikel erhobene Lehre von der Ubiquität des Leibes Christi und um seine Ansichten über diesen Punkt zusammenhängend darzulegen, eine Schrift *de coena domini* „von dem Abendmahle des Herrn“ abfasste. Am widerlichsten waren ihm die Streitereien über eine Religion, welche Versöhnung predigt und die Liebe zu ihrem letzten Principe hat. An Markgraf Ernst Friedrich von Baden, gegen den die württembergischen Theologen sich erhoben, weil er die Concordienformel angegriffen hatte, schrieb Keppler in dieser Beziehung*): „das Uebel, welches Deutschland drückt, rührt grösstentheils von dem Uebermuth einiger Geistlichen her, welche lieber regieren, als lehren. Gewisse zum Lehramt berufene Doctoren wollen Bischöfe sein, suchen in ihrem unzeitigen Eifer alles umzukehren und verleiten ihre Fürsten zu unzeitigen Schritten. Der Geist der Einigkeit und wechselseitiger Liebe wird vermisst." Als die Grundlage seines Glaubens betrachtete Keppler die heilige Schrift und fand in ihr das Criterium für das Wahre in den Confessionen." Ich ehre, sagt er, in allen drei christlichen Religionsbekenntnissen das, was ich mit dem Worte Gottes übereinstimmend finde, protestire aber ebensowohl gegen neue Lehren, als gegen alte Ketzereien." Wie er damit sich auf den eigentlich protestantischen Standpunkt stellte, so war er bei aller Scheu vor theologischen Zänkereien und confessionellen Gegensätzen von Herzen ein Protestant. Er protestirte daher gegen alle äusserliche Autorität und gegen religiösen Druck und es ging ihm daher auch sehr zu Herzen, wenn einzelne seiner Freunde in den Schooss der katholischen Kirche zurückkehrten, wie das Beispiel seines Freundes Besold beweist, den er von diesem Schritte mit allem Eifer zurückzuhalten suchte, ohne es zu vermögen. Denn Besold schwor 1630 seinen Glauben erst heimlich ab und trat 1631 öffentlich zum Katholizismus über, als Oestreich nach der Nördlinger Schlacht Württemberg besetzte, nachdem er 4 Jahre lang als geheimer Katholik und als offener Protestant und vom Staate bestellter Vertreter des Protestantismus im Streite Württembergs mit den Katholiken um die aufgehobenen Klöster dem Katholizismus Dienste geleistet hatte.

Im Jahre 1601 siedelte Keppler nach Prag über, wohin er, wie bereits erwähnt, durch den berühmten Astronomen Tycho de Brahe berufen wurde, der ihn dem Kaiser zu seinem Gehilfen bei seinen astronomischen Beobachtungen und Untersuchungen vorgeschlagen hatte. Für seine wissenschaftlichen Entdeckungen war diese Wendung seines Lebens von Epoche machender Bedeutung, denn eine vortrefflichere Gelegenheit, seinen grossen Forschergeist leuchten zu lassen,

---

*) Breitschwert S. 23.

hätte er in der ganzen Welt nicht finden können. Tycho
de Brahe hatte, wie schon oben erwähnt ist, einige 30 Jahre
lang den Himmel aufs Sorgfältigste beobachtet und dieser
einzig grosse Schatz vielseitiger und zuverlässiger Beobachtungen kam nun in die Hände des scharfsinnigsten Mannes,
der aus ihnen die grossartigsten Resultate heraus zu ziehen
wusste. In der That drängt, während Keppler in Prag lebte,
eine grosse Entdeckung die andere. In dieser Zeit schuf er
das astronomische System, welches sich nun mehrere Jahrhunderte bewährt hat und ebenso als absolute Wahrheit gilt,
wie die geometrischen Lehrsätze des Euclid. Vornehmlich
sind es die drei Kepplerschen Gesetze, die er hier entdeckte,
nämlich 1) dass die Planeten in Ellipsen sich bewegen, in deren
einem Brennpunkte die Sonne steht, 2) dass die Flächen-
räume der Ellipsensectoren, die zu den in gleichen Zeiten
beschriebenen Bogen gehören, gleich gross sind und 3) dass
die Quadrate der Umlaufszeiten zweier Planeten sich verhalten, wie die dritten Potenzen ihrer mittleren Entfernungen
von der Sonne. Das sind Gesetze, auf denen die erhabene
Wissenschaft der Astronomie noch bis auf den heutigen Tag
beruht und nach denen man Alles, was sich auf die Planeten
bezieht, aufs Genaueste berechnen kann und berechnet. Da
ich mir vorgenommen habe, die astronomischen Entdeckungen
des grossen Mannes zusammenzufassen und in einer allgemein verständlichen Form in meiner nächsten Vorlesung ihn als den eigentlichen und wahren Reformator der
Astronomie dem geehrten Publicum vorzulegen, so spreche
ich von seinen astronomischen Arbeiten hier nur im Allgemeinen. In diese Prager Zeit fällt, ausser den sonstigen
astronomischen Entdeckungen, die Berechnung der Rudol-
phinischen Tafeln, so genannt nach dem Kaiser Rudolf II,
der ihn nach Prag berufen hatte. Das waren die ersten
brauchbaren Himmelstafeln, nach denen man die Himmelserscheinungen berechnen konnte, da sie auf dem System der
Natur beruhten und nicht auf künstlichen Hypothesen; selbst
die Prutenischen Tafeln, die Copernicus besorgt hatte, waren
nicht zu gebrauchen, da ihnen die Hypothese zu Grunde
lag, dass sich die Planeten in Kreisen um die Sonne bewegen.
Nach des Laplace, eines der grössten Mathematiker und
Astronomen der Neuzeit, Urtheil werden diese Rudolphini-

schen Tafeln ewig merkwürdig bleiben. Sie waren ein Werk
der scharfsinnigsten Combinationen und des grenzenlosesten
Fleisses, durch sie wurden die Astronomen Europas erst in
den Stand gesetzt, astronomische Rechnungen mit Leichtigkeit zu führen und daher fanden sie den lautesten und un-
getheiltesten Beifall, und Fürsten und Universitäten schickten
für einzelne Exemplare Summen, über deren Grösse er selber
erstaunte. *)

In dieser Prager Zeit schreibt er seine weltberühmten
astronomischen Schriften, wie vor allen seine schon erwähnte
*astronomia nova seu physica coelestis tradita commentariis de
motibus stellae Martis 1609*, seine *epitome astronomiae Coper-
nicanae 1614 — 1622* und seine *harmonice mundi 1619*. In der
ersten von diesen drei Schriften hat er die beiden ersten
seiner grossen Gesetze mitgetheilt und in der letzten das
dritte. In dieser Prager Zeit hat er die mit der Astronomie
in untrennbarem Zusammenhange stehende Wissenschaft von
der Bewegung des Lichts oder die Optik ganz neu entwickelt
und von Grund aus reformirt und zwei Werke über diese
Wissenschaft geschrieben, die in der Geschichte dieser Wissenschaft Epoche machen, nämlich seine *Paralipomena ad Vi-
tellionem 1604* (Vitellio war ein früherer Optiker) und seine
Dioptrik 1611. Diese optischen Schriften Keppler's enthalten
eine solche Menge wichtiger Entdeckungen, dass man ihn,
wie in der Geschichte der Optik von Wilde bemerkt wird,
nicht blos den Erneuerer und Förderer der Dioptrik, sondern
mit Recht als den eigentlichen Begründer derselben bezeichnen muss. Denn, um nur Einiges davon anzuführen, Keppler
ist es gewesen, der zuerst eine richtige Theorie des Sehens
aufgestellt hat, indem er die einzelnen Theile des Auges genau beschreibt und ihren Gebrauch beim Sehen erläutert,
namentlich betrachtet er die hinter der Pupille liegende Kry-
stalllinse genauer, durch die das Licht, welches durch die
Pupille in das Innere des Auges eindringt, so gebrochen
wird, dass auf der Netzhaut, die das eigentlich empfindende
Organ ist, ein deutliches Bild abgespiegelt wird. Er lässt
sich auf gar manche Erscheinungen beim Sehen, die vom
Erste wunderbar erscheinen müssen, aufs Scharfsinnigste ein

* Breitschwert S. 161.

und giebt die Gründe derselben so sicher an, dass sie bis auf den heutigen Tag noch nicht widerlegt sind. So erklärt er die Erscheinung, dass wir, trotzdem dass wir mit zwei Augen sehen und daher zwei Lichtbilder auf der Netzhaut haben, doch nur einfach sehen, dadurch, dass die völlig gleichen Bilder den Eindruck eines einzigen auf die Vorstellung machen müssen. Denn in der That sieht jedes der beiden Augen den Gegenstand von derselben Grösse, von derselben Gestalt, in derselben Richtung und Lage, in derselben Entfernung, von derselben Helligkeit, mit denselben Farben; wie sollte die Seele darauf kommen, zwei Gegenstände anzunehmen und nicht vielmehr in der absoluten Identität der beiden Bilder einen und denselben Gegenstand zu erblicken? Aendert man eins von diesen Momenten, so sieht man auch gleich zwei Bilder, z. B. wenn man schielt, wobei die beiden Augenaxen nicht auf einen Punkt hingerichtet sind und also die Richtung der beiden Bilder verschieden ist. Keppler begründet auch die Erscheinung, dass wir alle Gegenstände aufrecht sehen, während die Bilder der Gegenstände doch in der Netzhaut sich umgekehrt abspiegeln, so dass das Oberste des Gegenstandes im Bilde der Netzhaut das Unterste und das Unterste des Gegenstandes das Oberste im Bilde der Netzhaut ist. Er lässt sich auch weitläufig darauf ein, wie es doch zugehe, dass wir mittelst des blossen Sehens schon ein Urtheil über die Entfernung der Gegenstände fällen können, da wir doch keinen Maassstab anlegen, um diese Entfernungen zu messen. Mit anderen Worten er erklärt sich darüber, dass wir ein Augenmaass für die Entfernungen der Gegenstände besitzen. Er findet den wesentlichen Grund darin, dass wir zwei Augen haben, denn indem wir die beiden Augenaxen auf einen gewissen Gegenstand hinrichten, so entsteht ein Dreieck, dessen Grundlinie die Entfernung der beiden Augen ist und dessen Spitze in dem betrachteten Gegenstande liegt. Je weiter nun dieser Gegenstand von uns entfernt ist, desto kleiner ist der Winkel an der Spitze dieses Dreiecks und umgekehrt schliessen wir daher, je kleiner dieser Winkel ist, desto entfernter liegt der Gegenstand. Eins der wichtigsten Gesetze, die Keppler in der Lehre von dem Lichte entdeckt hat, bezieht sich auf die Lichtstärken. Jeder von uns weiss, dass eine Lampe um so

heller leuchtet, je näher wir uns an derselben befinden. Das
Gesetz dieser verschiedenen Lichtstärken ist von Keppler entdeckt und bewiesen worden und lautet so: Die Lichtstärken
divergirender Strahlen nehmen im umgekehrten Verhältnisse
der auffangenden Ebenen ab. Es liegt in diesem Gesetze die
unmittelbare Folgerung, dass die Lichtstärke eines leuchtenden Punktes abnimmt mit dem Quadrate der Entfernung,
d. h. für ein Beispiel: eine Lampe, die in einer Entfernung
von einem Fusse von mir steht, leuchtet viermal so stark,
als in einer Entfernung von zwei Fussen und neunmal so
stark, wie in einer Entfernung von 3 Fussen. Die allergrösten
Verdienste hat sich aber Keppler durch seine Untersuchungen
über die Brechung des Lichts erworben. In dieser Beziehung
hat er in seinem classischen Werke der Dioptrik, das mit
musterhafter Klarheit und Gründlichkeit geschrieben ist, viele
alte Irrthümer beseitigt, eine Menge neuer Wahrheiten entdeckt und ins Besondere von allen Naturforschern zuerst eine
gründliche Theorie der Fernröhre aufgestellt. Er machte
auch sofort eine sehr wichtige praktische Anwendung von
seinen dioptrischen Untersuchungen und erfand das nach
ihm benannte Kepplersche oder das astronomische Fernrohr,
während Galilei für den Entdecker des sogenannten terrestri-
schen Fernrohrs gilt.

Mit den astronomischen und optischen Entdeckungen,
die Keppler in Prag macht, noch nicht befriedigt, wendet
sich sein Geist nach vielen anderen Seiten hin. Er schrieb
noch folgende Bücher: eins über die Crystallisation des
Schnees *(de nive sexangula)*, über die Kometen, über die
Astrologie die schon oben angeführte Schrift; er gab eine
logarithmische Tafel heraus unter dem Namen *Chilias loga-
rithmorum 1624*, nachdem die Logarithmen soeben von Neper
erfunden worden waren, und beabsichtigte sich als einer der
ersten der logarithmischen Rechnung zu seinen astronomischen
Untersuchungen, während er früher auf die gewöhnliche
höchst mühsame Weise seine Rechnungen hatte führen müssen
und daher viele Foliobände vollgerechnet hatte. Er schrieb
in dieser Zeit auch ein höchst wichtiges stereometrisches
Werk: die *stereometria doliorum*. Auch in der Chronologie
arbeitete er und entdeckte unter Anderem, dass Christus 4—5
Jahre früher geboren sein müsse, als unsere Zeitrechnung

anfängt. Daneben führte er einen höchst ausgebreiteten Briefwechsel mit den ausgezeichnetsten Männern seiner Zeit, z. B.
auch mit Galilei. Schon Hansschke hat einen dicken Folioband
des Kepplerschen Briefwechsels herausgegeben und auch in
seinem ungedruckten Nachlasse hat man eine grosse Menge
von Kepplerschen Briefen gefunden. Es ist eine wahre
Lust, Kepplersche Briefe zu lesen. Das sichere Urtheil über
allerlei Verhältnisse, der klare und geistreiche Ausdruck, der
heitere, frohe Sinn des grossen Mannes leuchten aus allen
hervor. Auch sind seine Briefe um deswillen von dem höchsten Interesse, weil man in denselben die Geschichte seiner
grossen Entdeckungen verfolgen kann; denn alle seine Entdeckungen entwickeln sich allmählig und successiv, von einem
hellen Lichtschimmer bis zur vollen aufgehenden Sonne der
Wahrheit. Fassen wir dieses Alles zusammen, so müssen wir
aufs Höchste erstaunen über den Geist, den Scharfsinn, die
Arbeitskraft und den Fleiss dieses grossen Mannes und können nicht anstehen, dieses erste Viertel des 17. Jahrhunderts
wegen der ausserordentlichen Entdeckungen Kepplers, die
Schlag auf Schlag aufeinander folgen, zu den wichtigsten der
ganzen Geschichte der Wissenschaften zu rechnen. Es drängt
sich in diesem einen Manne und in der kurzen Zeit, wo er
so recht im Zuge war, eine solche Fülle von Geist und Wahrheit zusammen, wie man sonst bisweilen während ganzer
Jahrhunderte nicht findet. Keppler's Beispiel zeigt auch, dass
mit einem grossen Genie auch stets grosser Fleiss verbunden
ist. Seine Rechnungen umfassen viele Foliobände. Er sagt
selbst einmal: „wen das Durchlesen dieser mühsamen Rechnungen lange Weile macht, der mag mit Recht Mitleid mit
mir haben, der ich sie alle wenigstens 70 Mal mit grossem
Zeitverluste durchgegangen bin, und er wird sich dann nicht
mehr wundern, dass ich mich schon fünf ganzer Jahre damit beschäftige." Eine dieser Rechnungen, die er nach seiner
Versicherung 70 Mal wiederholte, nimmt 10 Folioseiten ein.
Es begegnete ihm bisweilen auch, dass er sich verrechnete
und dieser Umstand machte die Arbeit nur um so grösser.
Es kann in dieser Beziehung erwähnt werden, dass er das
dritte seiner Himmelsgesetze schon am 8. März 1618 fand,
dass er sich aber verrechnete. Einige Wochen darauf glaubte
er sich zu erinnern, dass er damals von seiner Ungeduld ge-

trieben, etwas zu schnell gerechnet und sich auch vielleicht verrechnet haben möchte. Er nahm daher am 15. Mai 1618 diese Untersuchung noch einmal vor, rechnete jetzt bedächtiger und fand nun wirklich, dass die Quadrate der Umlaufszeiten sich verhielten, wie die Würfel der mittleren Entfernungen der Planeten von der Sonne. Kaum traute er seinen Augen und in der Freude seiner Seele fürchtete er wieder einen Rechenfehler; er wiederholte die Rechnung zum dritten Male, wandte sie auf alle Planeten an und fand nun, dass seine 17jährige Arbeit mit dem glänzendsten Erfolge gekrönt war. „Und als nun, sagt er bei dieser Gelegenheit, die Finsterniss meines Geistes verscheucht war und als meine 17jährige Mühe, die ich auf die Beobachtungen des Tycho de Brahe verwandt hatte, mit meinen Speculationen so wunderbar übereinstimmte, da glaubte ich Anfangs vor Entzücken zu träumen."

Und nun müssen wir noch eins dazu nehmen, was die Bewunderung des grossen Geistes und Charakters, die den Mann zu einer der schönsten Lichtgestalten aller Jahrhunderte machen, noch um ein Wesentliches steigern muss. Während Keppler mit solcher Virtuosität und mit so beispiellosen Erfolgen in den idealen Sphären der Wissenschaft sich bewegte, war sein sonstiges Leben mit einer Kette der tiefsten und mannigfaltigsten Leiden durchzogen. Wir werden das näher erkennen, wenn wir sein äusseres Leben weiter verfolgen. Schon sein Verhältniss zu Tycho de Brahe war kein glückliches. Tycho war ein stolzer Mann und das Verhältniss zu ihm war auch insofern drückend, als Keppler seine Remuneration oft thalerweise von ihm fordern musste und dieser war schon damals in Geldverlegenheit, die sich später oft noch weit mehr steigerte. Auch lag er mit Tycho wegen des neuen, aber falschen Systems, das dieser aufgestellt hatte, in Streit. Tycho wünschte über Allen, dass der scharfsinnige Keppler neue Argumente für dieses System auffinden möchte, aber Keppler überzeugte sich bald von dessen völliger Haltlosigkeit. Er schreibt in einem Briefe: „jede Beobachtung auf der Sternwarte ist eine Widerlegung des Tychonischen Systems." Sie würden wahrscheinlich ganz auseinandergetreten sein, wenn sie weiter hätten zusammen arbeiten sollen, auch ihre Charaktere passten nicht zusammen. Es

muss daher als ein Glück für Kepplern und für die Astronomie angesehen werden, dass Tycho dem Keppler Platz machte.
Er starb nämlich im October 1601 und Keppler wurde nun
kaiserlicher Mathematicus auf der Sternwarte zu Prag. Als
ihn der Kaiser fragte, was für eine Besoldung er verlange,
so forderte der Bescheidene nur die Hälfte von dem, was
Tycho gehabt hatte, nämlich 1500 Gulden. Indess wäre diese
Stellung für die damalige Zeit immer noch recht günstig gewesen, wenn er seinen Gehalt nur richtig hätte ausgezahlt
erhalten. Aber daran fehlte es ganz und gar; die kaiserlichen
Kassen waren sowohl unter Rudolf II. als unter Matthias
und später für Keppler fast immer leer. Beim Tode Rudolf's II.
betrugen die Rückstände seines Gehalts 4000 Thlr. und unter
der Regierung des Matthias schwollen sie sogar auf 12000 Thlr.
heran. Er hatte mit Noth und Armuth zu kämpfen; das in
unserer Zeit so probat gefundene Mittel, seine Schuldforde-
rungen an Geldleute um ein Geringes zu verkaufen, um wenigstens klingende Münze zu erhalten, konnte er ja doch
gegen den Kaiser nicht in Ausführung bringen, auch scheint
man es damals noch nicht gekannt zu haben. Man verwies
Kepplern auch später mit seinen Forderungen so zu sagen
von Pontius an Pilatus, z. B. an Reichsstädte, die ihm aber
nichts gaben, und noch später überliess man ihn dem Wallenstein, der die Schuld berichtigen sollte, der aber auch keine
Lust hatte und ihn durch eine Professur in Rostock ent-
schädigen wollte, die hinwiederum Keppler nicht annahm.
Doch das fällt in spätere Zeit, von der wir jetzt noch nicht
reden. Er musste schon in Prag, um nur seinen Lebensunterhalt für sich und seine zahlreiche Familie zu erwerben, nichts-
würdige Kalender mit Vorhersagungen schreiben, was, wie
er selbst sagt, nur etwas besser ist, als betteln. Auch der
Kaiser Rudolf, der dem astrologischen Aberglauben sehr
ergeben war, quälte ihn sehr oft mit astrologischen Auf-
trägen. Die Quelle seines Gehalts versiegte endlich so sehr,
dass er sich genöthigt sah, zeitweilig eine Professur der
Mathematik zu Linz 1611 anzunehmen, wofür er doch wenigstens einen Gehalt von den Ständen erhielt, die die Stelle
zu vergeben hatten. Dabei hatte er den Schmerz, dass ihm
seine erste Frau starb, sowie ein sehr geliebtes Kind, was
ihn so erschütterte, dass er, wie er selbst in einem Briefe

bekennt, sich nur durch die eifrigste Betreibung seiner astronomischen Studien trösten konnte, indem er die *harmonice
mundi* schrieb. Er heirathete 1613 zum zweitenmal und erhielt von dieser Frau 7 Kinder, die übrigens alle frühzeitig
starben; von der ersten Frau blieben 2 Kinder am Leben,
eine sehr schöne Tochter Susanna und ein Sohn Ludwig, der
als Arzt in Königsberg starb. Zu allen diesen Unglücksfällen:
Armuth, Noth, Tod, Krankheit kam dann noch die oben
schon kurz erwähnte Anklage seiner Mutter auf Hexerei, die
durch die Bosheit ihrer Feinde und durch den dicken Aberglauben der Zeit eine so überaus üble Wendung nahm, dass
die alte Frau schon gefoltert werden sollte und ohne Zweifel
zum Feuertod verurtheilt worden wäre, wenn sie nicht den
grossen Sohn gehabt hätte, der aus einer Entfernung von
70 Meilen nach Württemberg eilte, die Sache selbst in die
Hand nahm, den Prozess führte und bei den Verhandlungen
gegenwärtig war und alle Wege der Bosheit und Dummheit
Schritt vor Schritt verfolgte und so dem Prozess — wenn
auch langsam, denn Keppler blieb 1½ Jahr desshalb in
Württemberg — eine andere Wendung gab, dass die Folte-
rung unterblieb und das Leben der Mutter gerettet wurde.
Man hat früher von dieser wichtigen Begebenheit durchaus
nichts gewusst, so viel man auch über das in so vieler Beziehung merkwürdige Leben geschrieben hat; erst die Biographie Keppler's von Breitschwert, erschienen 1831, giebt
von diesem Prozess ausführliche Kunde und theilt sogar die
Actenstücke über den Prozess vollständig mit. Es sind sehr
merkwürdige Documente, welche uns einen Blick thun lassen in
die Finsterniss der Zeit, die von Bosheit und Dummheit an-
gefüllt ist; aber wir sehen daraus auch, was ein scharfsinniger und edel denkender Mann vermag, der dieser Finsterniss mit Besonnenheit und Klugheit entgegentritt. Es
muss ein erhebendes Bewusstsein für den grossen Mann gewesen sein, als er es — freilich nach gewaltigen Kämpfen
und Arbeiten — endlich dahin brachte, derjenigen das Leben
zu retten, die ihm selbst das Leben gegeben hatte. Es ist
von Interesse, den Bericht Keppler's über diesen traurigen
Handel zu hören, zumal dieser Bericht die Hauptmomente der gerichtlichen Acten vollkommen richtig wiedergiebt. Er findet sich
in einem Briefe, den Keppler 1624 von Prag nach Linz schrieb.

„Was von meiner Mutter erzählt wird, ist nur allzu wahr. Diese Frau, von rauhen Sitten und im 70. Lebensjahr noch unruhiger Natur, zog sich im Jahr 1615 aus Veranlassung von allerlei Zänkereien die Feindschaft einer ehemaligen Freundin zu, einer Weibsperson, die damals gerade häufig an gewaltigen Kopfschmerzen litt, den Folgen ihres lüderlichen Lebens. Durch Vorwerfung ihrer früheren Lebensart von meiner Mutter aufs Heftigste gereizt, fing sie an, meiner Mutter bei ihren Landsleuten die Bereitung eines Zaubertranks Schuld zu geben, der diese Schmerzen erzeugt habe. Die Mutter vertheidigte sich, belangte jene vor Gericht und stiess gerade auf einen jungen Doctor, der die erste Probe seiner Kunst zu unserem grössten Schaden in dieser Sache machte. Fünf Jahre lang dauerte der Prozess, das Gericht schlich weiter und weiter, die Person des Beamten änderte sich auch und der neu Eintretende ward von meiner Mutter gekränkt, denn als er ihren Wünschen weniger entsprach, warf sie ihm seine frühere Armuth und jetzigen plötzlichen Reichthum vor. Endlich vereinigte man sich zum Verderben der Unglücklichen. Das andere Weib, aus einer fünfjährigen Angeklagten zur Klägerin geworden, berief sich nun auf eben die Zeugen, unter denen sie selbst seit fünf Jahren obiges ehrenrühriges Gerücht erweckt und genährt hatte. Als am 24. Juli 1620 die Baiern Linz in Besitz nahmen, wurde sie am 5. August darauf dem vereinigten Betrieb der Gegnerin und des Beamten gemäss gefangen gesetzt und förmlich die Tortur über sie verhängt (besser wohl: beschlossen). Nichts Geringeres war zu thun, als dass ich von 70 Meilen Entfernung herbeieilte, und als ich kam, fand ich sogar meinen Bruder, durch leichtfertig listige Zusammenstellung aller Anzeigen von Seiten der Gegner mit dem Verdacht angesteckt in seiner Unerfahrenheit, die ihn bei hinzukommendem unleidlichem Betragen meiner Mutter selbst gegen Auswärtige nicht vorsichtig genug erhielt. Die Sache machte zu schaffen bis zum 4. Nov. 1621; da wurde meine Mutter durch ein förmliches Urtheil von der Tortur losgesprochen und aus dem Gefängniss befreit und ich eilte auf der Stelle nach Linz zurück. Bereits war auch ein Injurien- und Kosten-Prozess gegen die Klägerin eingeleitet, als am 13. April 1622 Gott mit dem Leben meiner Mutter im 75. Jahre ihres Alters

auch dem Prozess ein Ende machte." Soweit Keppler. *) — Es
findet sich an diesem Hexenprozesse gegen die Mutter Keppler's
gar vieles Denkwürdige, ich erlaube mir aber nur noch auf
zwei Dinge hinzuweisen, die mir darin ganz besonders auffällig gewesen sind. Zuerst ist es auffallend, dass Keppler
in seiner Vertheidigung der Mutter nirgends die Möglichkeit
der Hexerei bestreitet, obgleich er selbst nach einer Stelle
des mitgetheilten Briefes nicht mehr daran glaubte. Hätte
er aber die Möglichkeit der Hexerei bestritten, so würde das
von den damaligen Gerichten ohne Zweifel ebenso als eine
leere Ausflucht, hinter der man nur die Schuld zu verstecken
suche, betrachtet worden sein, wie unsere gegenwärtigen
Gerichte ohne Zweifel, einen Verbrecher verurtheilen würden,
der zu seiner Entschuldigung nichts weiter vorzubringen
wüsste, als dass er von Jemandem behext sei. Das Zweite, was
in dem Kepplerschen Hexenprozesse auffällig ist, besteht
darin, dass es dem Untersuchungsrichter sehr unlieb und un-
bequem war, dass Keppler die Sache seiner Mutter führte
und in den Terminen persönlich erschien. Das müssen wir
nämlich daraus schliessen, dass eins der Sitzungsprotocolle
mit den Worten anfängt: Heute erschien die Angeschuldigte
leider! (sage leider) wieder in Begleitung ihres Sohnes,
des kaiserlichen Mathematicus Joh. Keppler. Die Sache
musste übrigens Kepplern nicht blos um deswillen aufs Tiefste
bewegen, weil es sich um das Leben der Mutter handelte,
sondern auch um deswillen, weil auf ihn und seine ganze
Familie nach der damaligen Ansicht ein bleibender Flecken
gefallen wäre, wenn sie als Unholdin verurtheilt worden
wäre. Es ist aber ein Zeichen seines klaren, über die Wolken
des gewöhnlichen Lebens unendlich erhabenen Charakters,
dass er sich in dem ganzen niederträchtigen Handel, der ihn
doch hätte aufs Tiefste empören können, wenn er ein gewöhnlicher Mensch gewesen wäre, sich frei hielt von aller
Leidenschaftlichkeit und die Klarheit seines Geistes und den
Zweck seines Lebens auch hierbei nicht einen Augenblick
verlor. Während er den Prozess führte, setzte er sogar seine
astronomischen Arbeiten gewissenhaft fort und schrieb nicht
blos zwei Berichte über zwei Mondfinsternisse, sondern auch

*) Breitschwert S. 113.

drei Bücher seines Inbegriffs des Copernikanischen Systems. Ja diese himmlischen Arbeiten waren für Keppler das bewährte Mittel, sein Gemüth von den Widerwärtigkeiten des Lebens, denen er, wie selten Einer, unterworfen war, völlig frei zu halten und mit seiner Seele in dem reinen Aether des Geistes, der Wahrheit, Freiheit und Liebe ist, zu bleiben, während sein natürliches Selbst Noth und Unglück aller Art zu tragen hatte. Er selbst schreibt von der Astronomie, sie sei die edelste Beschäftigung, weil sie die Weisheit des Schöpfers verherrliche; gäbe es daher Etwas, was den Menschen in diesem niederbeugenden Exil aufrichten könne, so sei es diese Wissenschaft. Und es kann hier noch gesagt werden, dass durch alle Schriften des grossen Mannes das energische Bewusstsein hindurchgreift, dass er in seiner Wissenschaft ein göttliches Werk treibt und Gott selbst verherrlicht. Bei aller mathematischen Strenge, bei aller Sicherheit der Beweise und der strengsten Objectivität der Thatsachen und Beobachtungen, durch die die Kepplerschen Schriften sich auszeichnen, macht sich doch auch dieses echt religiöse Gefühl fort und fort geltend, dass es sich in seiner Wissenschaft nicht um endliche Interessen und menschliche Bedürfnisse handelt, sondern dass es das reine Interesse der Wahrheit und die Ehre Gottes ist, die der Forscher vor Augen haben soll. Es zieht sich daher durch Keppler's Schriften ein heiliger Enthusiasmus hindurch und an manchen Stellen, wo er sich bewusst ist, eine Wahrheit gefunden zu haben, scheut er sich auch nicht, ihn mit warmen Worten auszusprechen und so in seiner Thätigkeit gleichsam einen Augenblick Sonntagsruhe zu halten. Es gehört zu diesen religiösen Ergüssen z. B. der Schluss seiner *harmonice mundi*, in welchem er, wie erwähnt, das dritte und wichtigste seiner Gesetze mitgetheilt und bewiesen hatte. Er lautet: „Ich sage dir Dank, Herr und Schöpfer, dass du mich erfreut hast durch deine Schöpfung, da ich entzückt war über die Werke deiner Hände. Ich habe den Ruhm deiner Werke offenbart, soviel mein beschränkter Geist deine Unendlichkeit fassen konnte. Ist etwas von mir vorgebracht worden, das deiner unwürdig ist, oder habe ich eigene Ehre gesucht, so verzeihe mir gnädiglich."

Diese Gesinnung bewahrte Keppler bis an sein Ende und durch sie triumphirte er über sein irdisches Schicksal,

das gegen das Ende seines Lebens unter den unheilvollen
Wirrnissen des dreissigjährigen Kriegs und den erbitterten
Religionsstreitigkeiten womöglich noch immer trauriger wurde.
Keppler verlor seine Stelle als kaiserlicher Mathematicus auf
der Sternwarte in Prag und wusste nicht, wohin er seinen
Fuss wenden sollte. Er als Protestant hatte in dem fana-
tisch katholischen Kaiserreiche keine Aussichten mehr. In
Oesterreich befand sich ein zur Vollziehung der kaiserlichen
Reformation niedergesetztes Landgericht, das jeden Ketzer
wie die spanische Inquisition behandelte.*) Keppler selbst
schrieb damals an seinen vertrauten und geliebten Freund
Berneker in Strassburg: „Die Reden und Handlungen des
Kaisers werden immer drohender. Welchen Ort soll ich
wählen, einen verheerten oder einen der Verheerung ausge-
setzten? Ich will den Willen des Kaisers erforschen." Er
dachte daran, sich im Nothfalle zunächst zu seinem Freunde
Berneker in Strassburg zu begeben. Dieser Berneker gehörte
zu denjenigen, die er aufs Innigste liebte und denen er das
vollste Vertrauen schenkte. Keppler's Briefe an ihn kamen
aus dem innersten Herzensgrunde und man lernt den grossen
Mann aus ihnen daher auch besonders von der gemüthlichen
Seite kennen. Ihm übertrug er auch die Verheirathung seiner
schönen Tochter Susanne an den Professor Bartsch in Strassburg 1630, und Berneker hielt die Hochzeit in seinem Hause,
an der Keppler selbst nicht Theil nehmen konnte, da er nicht
wusste, woher und wohin. Aber der treue Freund war aufs
Aeusserste erfreut, dass er dem Freunde einen so schönen
Freundschaftsdienst erweisen konnte. Er schrieb an ihn:
„Wie glücklich bin ich, deine Tochter in meinem Hause zu
besitzen, es ist nur ein Kleines weniger, als dich selbst zu
bewirthen. Sie ist ein würdiges Bild eines solchen Mannes, aus
ihrem Angesicht, aus ihrer Unterhaltung leuchten Bescheidenheit, Frömmigkeit und Klugheit hervor." Keppler war ein
Mann, der sich durch seinen grossen Geist nicht blos die Bewunderung Aller erwarb, sondern auch durch sein edles, inniges,
freies und heiteres Gemüth Alle, die ihn näher kennen lernten, unwiderstehlich an sich zog und an sich fesselte. Zu
diesen Freunden, die er durch sein Gemüth sich gewann,

*) Breitschwert S. 165.

gehört dieser Professor Berneker in Strassburg. Und es ist daher auch nicht zu verwundern, dass sich Keppler Berneker's Haus als bestes Asyl vorbehielt, wenn er sein Haupt nirgends mehr würde niederlegen können. Aber bei seiner männlichen und tapferen Gesinnung würde er gewiss nur im aller äussersten Nothfalle diese Zuflucht gesucht haben und es kam nicht so weit mit ihm. Seine astronomische Grösse und wohl auch die allerdings falsche Betrachtung, dass ja die Naturwissenschaft dem katholischen Glauben nicht schädlich sein würde, waren die Gründe, weshalb man ihn in Wien nicht mit gleicher Härte und Grausamkeit behandelte, als die meisten anderen Protestanten und auch eine Zahl von Keppler's Freunden und Verwandten, die er zu seiner Qual zu Grunde gehen sah. In Oesterreich selbst zwar erhielt er keine weiteren Anstellungen. Da aber gerade mit Wallenstein über das eroberte Herzogthum Mecklenburg verhandelt wurde, so wurde Keppler's Besoldung und der Rückstand von 12000 Gulden auf die Einkünfte des Herzogthums Mecklenburg decretirt und Keppler selbst dem grossen Feldherrn mit in Kauf gegeben, was sich Wallenstein gefallen liess, weil er ein eifriger Anhänger der Astrologie war und an Keppler einen Gehilfen für seine astrologischen Träumereien zu finden hoffte. Keppler begab sich zu Wallenstein nach Sagan in Schlesien, wo verhältnissmässig noch die meiste Religionsfreiheit herrschte, wie sich ja auch Wallenstein überhaupt in dieser Beziehung ziemlich indifferent verhielt. Aber Keppler's wissenschaftlicher Geist und Sinn für Wahrheit passte nicht zu den Absichten Wallensteins, der die Astronomie zur Sclavin und Kupplerin der Astrologie erniedrigen wollte; sie kamen daher bald aus einander und Wallenstein bediente sich zu seinen astrologischen Arbeiten nicht Keppler's, sondern des Zeno oder Seni. Den rückständigen Sold zahlte er Kepplern auch nicht aus, und als er zweimal von dem freimüthigen Keppler, der keine Menschenfurcht kannte, daran erinnert wurde, so befahl er dem academischen Senat in Rostock, Kepplern den Lehrstuhl der Mathematik an der dortigen Universität zu übertragen; aber Keppler erklärte dem Manne, vor dem damals ganz Deutschland zitterte, er werde diesem Rufe nicht eher folgen, als bis er, der Herzog selbst, die kaiserliche Genehmigung aus-

gewirkt haben und bis der ihm schuldige Rückstand bezahlt
sein werde. Er erzählt dieses selbst in einem Briefe an
Berneker und setzt hinzu: „Sie werden über meine Kühnheit
staunen und lachen, allein der Herzog ist über seine Gnade
Herr und Meister, das Glück aber (setzt er fast prophetisch
hinzu) über den Herzog." Da Wallenstein diese Bedingung
nicht erfüllte, so blieb Keppler zunächst in Sagan und schrieb
astronomische Ephemeriden und Anderes, so auch eine kleine
Schrift, in welcher er verkündigte, dass im Jahr 1671 die
Venus an der Sonnenscheibe vorübergehen würde, welche Erscheinung von keinem Astronomen, so lange die Welt stand,
beobachtet worden war und die besonders auch um deswillen
wichtig ist, weil durch sie die Entfernung der Erde von
der Sonne bestimmt werden kann. Aber er konnte nichts
drucken lassen, da sich wegen der Kriegsunruhen kein Drucker
nach Sagan wagte. Um seine gerechten Forderungen, die er
an den Kaiser hatte, durchzusetzen, begab sich Keppler zu
Pferde auf den tumultuarischen Reichstag zu Regensburg,
auf welchem Wallenstein abgesetzt wurde; aber er fand kein
Gehör, verfiel in Folge der Anstrengungen seiner Reise
und weil er durch die Zurückweisung gekränkt wurde, in
eine schwere Krankheit, starb den 15. November 1630 in
Regensburg in einem Alter von 59 Jahren und wurde daselbst auf dem Gottesacker von St. Peter begraben. Sein
Grab erhielt die Aufschrift, die er sich selbst gemacht hatte:

Mensus eram coelos, nunc terrae metior umbras;
Mens coelestis erat, corporis umbra jacet;

welches Distichon man etwa so übersetzen könnte:

Lebend mass ich die Himmel, jetzt mess' ich das
Dunkel der Erde,
Himmelan stieg mein Geist, das, was hier liegt,
ist nur Staub.

Sein Nachlass, der in Regensburg gerichtlich festgestellt
wurde, ist gar nicht unbedeutend, wenigstens nicht so,
dass Kästner's bekanntes Epigramm gerechtfertigt erscheinen
könnte: So hoch war noch kein Sterblicher gestiegen, als
Keppler stieg, und starb den Hungerstod; er wusste nur die
Geister zu vergnügen, drum liessen ihn die Körper ohne Brot.
Wie dürftig aber doch die Lage seiner hinterlassenen Familie
war, geht schon daraus hervor, dass seine Wittwe mit 4 un-

unmündigen Kindern und einem Manuscript des Verstorbenen zu dessen Sohn Ludwig aus erster Ehe ging und ihn bat, den Druck des Manuscriptes zu besorgen, damit sie etwas zur Erziehung der Kinder erhalte. 1634 kam dieses Buch heraus: *Jo. Keppleri somnium seu opus posthumum de astronomia lunari vulgatum a M. Lud. Kepplero filio med. cand.*

Im Jahre 1808 wurde ihm von Dalberg auch ein Denkmal in Regensburg gesetzt und jetzt soll ihm ein grösseres in Weil gesetzt werden, zu dem unser Bromberg ja auch seinen Beitrag gegeben hat.

Aber das unvergänglichste Denkmal hat er sich selbst gesetzt durch seine grossen wissenschaftlichen Entdeckungen, durch sein sittlich erhabenes Leben, durch seinen grossen Charakter. So lange die Menschheit die Heroen des Geistes ehrt, die die Wahrheit um einen wesentlichen Schritt vorwärts gebracht haben, so lange wird auch Keppler's Andenken dauern, ja er wird unter der geringen Zahl derer, die als Entdecker bezeichnet werden, eine der obersten Stellen einnehmen. Wir Deutschen aber wollen uns freuen, dass der grosse Mann, der der ganzen Menschheit angehört, auf deutscher Erde geboren, mit deutschem Geiste und Gemüthe genährt und grossgezogen worden und den deutschen Namen verherrlicht hat. Und wir können um so mehr stolz sein auf den unvergänglichen Mann, weil er das Grösste leistete, was ein Mensch leisten kann, während er von den widrigsten Schicksalen gebeugt und hin- und hergeworfen wurde, so dass wir nicht wissen, ob wir mehr seinen grossen Geist oder seinen unerschütterlichen Charakter bewundern sollen, und weiter, ob wir mehr seine Geistesgrösse verehren, als seine Herzensgüte und Gemüthsfreiheit lieben sollen. Hiermit schliesse ich meine heutige Vorlesung und behalte mir, wie schon bemerkt, vor, in der heute über 8 Tage angesetzten Vorlesung in einer populären und allgemein verständlichen Darstellung meist aus Keppler's eigenen so klar geschriebenen Schriften nachzuweisen, dass Keppler der eigentliche und wahre Reformator der Astronomie ist und in der Geschichte der astronomischen Wissenschaft dieselbe Stellung einnimmt als Columbus in der Geschichte der geographischen Entdeckungen und als Luther in der Geschichte der Religion.

VIII.

Keppler als der wahre Reformator der Astronomie.*)

Die Betrachtung der Sternwelt hat aus mehr als einem Grunde von den ältesten Zeiten an das höchste Interesse für die Menschheit gehabt und wird dieses Interesse gewiss für alle Zeiten behalten. Schon der blosse Anblick des gestirnten Himmels muss das menschliche Gemüth bewegen und in ihm das Gefühl des Erhabenen, des Grossen und Unendlichen erwecken. Dieses Gefühl ist aber die Wurzel jeder wahren Religion und man kann daher mit Recht sagen, dass der Anblick des gestirnten Himmels mit der reichen Lichtwelt, die aus demselben entströmt und mit seinen unermesslichen Dimensionen, die bis ins Unendliche reichen, einen gewaltigen Anstoss für den Menschen abgiebt, den in seinem Geiste liegenden Keim der Religion zur Entwicklung zu bringen. Dieses Bewusstsein des Menschen, dass es etwas Ueberirdisches und Jenseitiges giebt, das der Mensch in der Welt des irdischen Daseins nicht findet, das er aber noch einmal zu erreichen hoffen darf, hat sich an der Betrachtung des gestirnten Himmels entwickelt und entwickelt sich in jedem, der sich in der rechten Stimmung diesem Anblick hingiebt; ja der Gegensatz des Irdischen und des Himmlischen, des Zeitlichen und des Ewigen, der verschwindenden Gegenwart und der inhaltsreichen Zukunft hat gewiss an dem Gegensatz der irdischen Welt zur Lichtwelt der Sterne, an dem Gegensatz der endlichen und begrenzten Erde zu der unbegrenzten Welt des Himmelszeltes mit seinen zahllosen Sternen seinen

____

*) Eine auf dem Gymnasialsaale vor einem gebildeten Publicum den 13. Dec. 1862 gehaltene Vorlesung.

ersten sinnlichen Halt und Ausdruck gefunden. Aber das
Interesse an der Sternwelt knüpft sich noch an gar manches
Andere, und wenn ich auch nicht Alles hier erschöpfen kann,
was in dieser Beziehung von Bedeutung ist, so erlaube ich
mir doch wenigstens auf einen doppelten Einfluss aufmerksam zu machen, den die Himmelserscheinungen und die
Sternwelt auf die Erde im Allgemeinen und auf das menschliche Leben ins Besondere ausüben. Gewiss wird jeder denkende Mensch zugeben, dass alle Ordnung in den menschlichen Verhältnissen wesentlich von der Zeit und von der
Zeitmessung abhängig ist. Der Anfang und das Ende aller
menschlichen Thätigkeiten, ihre Aufeinanderfolge, ihr Maass
und ihre Grenzen sind durch die Zeit bestimmt und ohne
ein solches Zeitmaass würde alle menschliche Thätigkeit ein
Chaos, ein rohes und blindes Durcheinander sein. Woher aber
nehmen wir die Zeit und das Maass der Zeit? Nirgends anders woher als vom Himmel, von den Bewegungen der Himmelskörper. Die scheinbare Bewegung der Sterne um die
Erde giebt uns das Zeitmaass eines Tages, die scheinbare
Bewegung der Sonne um die Erde in der sogenannten Ekliptik giebt das Zeitmaass eines Jahres und die Bewegung des
Mondes um die Erde das Zeitmaass eines Monats. Das aller-
wichtigste Interesse aber gewinnt die Betrachtung des Himmels, wenn wir bedenken, dass alles Leben auf der Erde
von dem Himmel kommt, wenigstens durch den Himmel erregt wird. In dieser Beziehung concentrirt sich aber unser
Interesse besonders auf die Sonne. Von ihr gehen Licht und
Wärme aus, und durch diese Kräfte wird sie die Quelle alles
Lebens auf der Erde. „Die Kraft der Sonne, sagt Keppler,
ist unglaublich und fast göttlich", und mit Recht, denn von
ihr geht alle Bewegung, alles Leben, alle Entwicklung der
irdischen Wesen aus. Ohne die Sonne gäbe es keine Pflanze
und kein Thier und keinen Menschen auf der Erde, ohne
die Sonne wäre der Erdkörper nichts weiter, als ein Eis-
klumpen und vielleicht auch dieses nicht einmal.

Bei diesem vielseitigen Einflusse, den die Himmelskörper
auf die Erde und die Menschenwelt ausüben, ist es daher
kein Wunder, dass die Menschen den Himmel von den ältesten
Zeiten an mit dem höchsten Interesse betrachtet haben. Wir
finden, dass schon in dem grauesten Alterthum die Babylonier

und Chaldäer, ebenso die Aegypter sorgfältig den Himmel
betrachtet und ihm gar Manches abgelernt haben; ferner
haben die Griechen auch in dieser Beziehung Bedeutendes
geleistet, sie haben den Fixsternhimmel genau sich betrachtet
und die grosse Menge von Sternen zur leichteren Uebersicht
in Sternbilder getheilt und auch die Bewegung der Sonne,
des Mondes und der Planeten sorgfältig beobachtet und daraus Schlüsse gezogen. Im Mittelalter zeichnet sich das auch
in anderer Hinsicht so gebildete Volk der Araber durch seine
astronomischen Studien aus und in der neueren Zeit haben
sich alle Culturvölker, vor allen die Deutschen, mit Eifer
und Erfolg darauf geworfen, die Himmelsgesetze zu finden
und die gefundenen zu erweitern und Anwendungen davon
zu machen. Durch diese Bemühungen der Menschen im Verlauf vieler Jahrhunderte ist denn nun die erhabene Wissenschaft der Astronomie entstanden. Wenn aber diese Wissenschaft in der Entwicklung und Ausbildung, die sie gegenwärtig hat, ein Zeugniss davon ablegt, was dem menschlichen Geiste und Scharfsinne Alles möglich ist, so zeigt doch
andererseits auch vor Allem die Geschichte dieser Wissenschaft, wie lange es dauert, ehe die wahren Gesetze des
Universums entdeckt werden und wie die Menschheit oft viele
Jahrhunderte mit den Trübern des Irrthums sich nährt, ehe
ihr das Licht der Wahrheit aufgeht.

Ein solcher Irrthum, der die Menschheit wohl an
1600 Jahre befangen hielt, ist das Ptolomäische System der
Astronomie, welches von einem Astronomen Ptolomäus zu
Alexandrien in Aegypten, also von einem Griechen in der
späteren Zeit des Griechenthums, seinen Namen hat. Es bezieht sich auf das Sonnensystem, d. h. auf die Bewegungen
der Sonne, des Mondes und der Planeten, deren man
ausser der Erde nur 5 kannte, nämlich: den Merkur, die
Venus, den Mars, den Jupiter und den Saturn. Schon die
ältesten Völker haben diese Sterne aus dem zahllosen Heere
der übrigen Sterne sicher herausgefunden. Denn in der That
unterscheiden sie sich sowohl durch ihre Bewegung als auch
durch ihr Licht aufs Bestimmteste von den anderen Sternen
und zeigen, dass sie zu einem System zusammengehören,
das mit unserer Erde in der engsten Verbindung steht. Denn
was die Bewegung betrifft, so haben sie allerdings mit allen

anderen Sternen die sogenannte tägliche Bewegung von
Osten nach Westen gemeinsam und vollenden diese immer
in 24 Stunden. Jeder Mensch, der den Himmel nur kurze
Zeit beobachtet hat, findet nämlich sofort, dass alle Sterne
des Himmels: Sonne, Mond, Planeten, Kometen und Fixsterne
sich gleichmässig von Osten nach Westen fort und fort her-
umdrehen und Kreise beschreiben, indem sie nach 24 Stunden
an denselben Ort zurückkehren. Der sichtbare Himmel sieht
bekanntlich wie eine Halbkugel aus oder vielmehr, wenn wir
den andern durch die Erde verdeckten Theil dazunehmen,
wie eine hohle Kugel, an der die sämmtlichen Sterne ange-
heftet zu sein scheinen, und diese ganze Kugel scheint sich
um eine mitten hindurch gehende gerade Linie, die man die
Himmelsaxe nennt, herum zu gehen, so dass sie in 24 Stunden in die frühere Lage zurückkommt. Man braucht nur
einen gewöhnlichen Erdglobus zu nehmen und ihn um seinen
Durchmesser herumzudrehen, um ein deutliches Bild von der
täglichen Bewegung der Himmelskugel zu haben. Bei dieser
Bewegung einer Kugel um sich selbst stehen zwei Punkte
still, die man Pole nennt, während jeder andere Punkt einen
Kreis beschreibt, der um so kleiner ist, je näher er einem der
beiden Pole steht und um so grösser, je mehr er sich von
einem der beiden Pole entfernt; derjenige Kreis aber, der von
beiden Polen gleichweit entfernt ist, heisst der Aequator.
Alle diese Bemerkungen gelten für die hohle unendliche
Himmelskugel, in deren Tiefen wir hinein schauen und an
welcher wir das unendliche Heer der Sterne gleichsam an-
geheftet sehen. Da die ganze Himmelskugel sich nun um
ihre Axe bewegt, so beschreibt jeder der Sterne einen Kreis,
nur zwei Punkte an der Himmelskugel stehen still, in deren
einem der Polarstern steht. Die beiden leuchtenden Sterne
z. B., die man die Zwillinge nennt, stehen so ziemlich gleich
weit von den beiden Polen und beschreiben daher den grössten Kreis, den sogenannten Himmelsäquator. Aber man
braucht diese Bewegung der Gestirne nicht lange zu beobachten, um zu bemerken, dass doch nicht alle Sterne dieselbe Entfernung von einander behalten, sondern dass einzelne und das sind eben die Sterne unseres Sonnensystems:
also die Sonne selbst, der Mond, die Planeten und auch die
Kometen — ausser der täglichen Bewegung, die sie mit allen

anderen Sternen theilen, noch eine besondere Bewegung haben, während alle anderen Sterne ihren Stand gegen einander festhalten und daher Fixsterne heissen.

Da man somit den Weltkörpern unseres Sonnensystems eine sogenannte doppelte Bewegung zuschreibt, so muss man sich diesen Begriff zuerst deutlich machen, um zu verstehen, was das Ptolomäische System für einen Sinn und Zweck hat und inwiefern Copernicus und ins Besondere unser grosser Keppler einen Irrthum, der mehr als ein Jahrtausend wie ein Uebel in den Köpfen der Menschen gelegen hatte, vertrieben und das Licht der Wahrheit, das nun für alle Zeiten feststeht, fanden und aussprachen. Die allergewöhnlichsten Beispiele können uns den Begriff einer doppelten Bewegung erläutern. Befinden wir uns z. B. auf einem Dampfboote, das sich nach einer bestimmten Seite hin — wir wollen einmal sagen, auf dem Rheine nach Norden hin — bewegt, und wir gehen auf dem Verdecke dieses Bootes noch hin und her, so hat unser Körper eine doppelte Bewegung, nämlich eine, die er sich selbst durch den Willen der Seele aus eigener Lebenskraft giebt, und dann noch die andere, die er durch die Fortbewegung des Bootes erhält. Hat ein Körper zwei Bewegungen, so können sie entweder beide nach derselben Richtung hingehen oder nach entgegengesetzter Richtung, im ersteren Falle verstärken sie die Geschwindigkeit, mit der sich ein Körper fortbewegt, im letzteren Falle wird die Geschwindigkeit der schnelleren Bewegung um so viel verringert, als die langsamere Bewegung beträgt. Befindet sich z. B. ein Kahn auf einem Strome und wird sich selbst überlassen, so bewegt er sich mit derselben Geschwindigkeit fort, wie der Strom. Wird er aber noch durch Rudern nach derselben Seite hin bewegt wie der Strom, so wird die Geschwindigkeit, mit der sich der Kahn bewegt, um so viel grösser als die des Wassers, wie die Kraft des Ruderns beträgt. Wird er aber rückwärts gerudert mit einer Kraft, die grösser ist als die bewegende Kraft des Wassers, so geht es dann rückwärts mit einer Geschwindigkeit, die dem Unterschied beider Geschwindigkeiten gleich ist. Wäre die Kraft des Ruderns aber kleiner als die des Wassers, so würde der Kahn mit dem Wasser schwimmen, ebenfalls mit einer Geschwindigkeit, die dem Unterschied beider Geschwindigkeiten gleich wäre. Wären endlich beide Kräfte gleich, so käme der Kahn nicht von der Stelle. Eine solche doppelte Bewegung bemerkt man nun an den genannten Himmelskörpern, die zu unserem Sonnensysteme gehören. So hat also die Sonne fürs Erste, wie es scheint, nicht blos eine tägliche Bewegung von Osten nach Westen mit allen Fixsternen gemein, sondern sie rückt auch alle Tage zugleich noch um ein Stück von Westen nach Osten vor und geht also täglich um ein Stück von den Fixsternen, mit denen sie am vorigen Tage zusammen stand, nach Osten fort und so geht es regelmässig fort, so dass sie auf dieser ihrer Bewegung von Westen nach Osten in 365 Tagen oder in einem Jahre, genau 365 T. 5 St. 48' 51" herumkommt und einen grössten Kreis am Himmel beschreibt, der den Himmelsäquator unter einem Winkel von $23\frac{1}{2}°$ durchschneidet und die Ekliptik genannt wird. Bleiben wir zunächst einmal bei diesen beiden Bewegungen stehen, so können wir schon einen der wichtigsten Lehrsätze des Ptolomäischen Systems aussprechen. Er lautet so: die Sonne hat eine doppelte Bewegung um die Erde — eine tägliche von Osten nach Westen mit allen anderen Sternen des Universums und eine jährliche allein in 365 T. 5 St. 48' 51". Dieser Lehrsatz ist, wie man sieht, nichts Anderes, als die Behauptung, dass die scheinbare Bewegung eine wirkliche Bewegung, dass der Schein Wahrheit sei, und man hat an dieser Behauptung so viele Jahrhunderte festgehalten, ohne daran zu denken, dass es nothwendig ist, zunächst festzustellen, ob denn die scheinbare Bewegung auch eine wirkliche Bewegung ist.

Wir erleben den Unterschied zwischen der scheinbaren und wirklichen Bewegung alle Tage. Wenn ein Wagen in einem Walde auf der Chaussee hinfährt, so ist das eine wirkliche Bewegung, wenn aber ein Mensch auf dem bewegten Wagen sitzt, so sieht er die Bäume sich nach der entgegengesetzten Seite bewegen und spricht diesen Schein auch wohl als Thatsache aus, indem er sagt: die Bäume bewegen sich, während er recht wohl weiss, dass diese Bewegung nur scheinbar ist und dass sie sich von dem Wagen zu entfernen scheinen, während in der That der Wagen sich nur von den ruhenden Bäume nach der entgegengesetzten Seite entfernt. Die Erscheinung, dass sich die Sonne nebst

allen anderen Sternen alle Tage von Osten nach Westen
zu bewegen scheint, würde also genau dieselbe sein, wenn
die Erde in derselben Zeit von Westen nach Osten um ihre
Axe sich bewegte. Und ebenso würde die Erscheinung, dass
die Sonne sich in einem Jahre von Westen nach Osten um
die Erde zu bewegen scheint, dieselbe sein, wenn die Erde
in derselben Zeit von Osten nach Westen sich um die Sonne
bewegte. Es ist nun bekanntlich das grosse Verdienst des
Copernicus († 1543), dass er die beiden Sätze geltend gemacht hat: nicht die Sterne bewegen sich alle Tage um die Erde,
wie es den äusseren Anschein hat, sondern die Erde bewegt
sich alle Tage um ihre Axe von Westen nach Osten; und nicht
die Sonne bewegt sich in 365 Tagen von Westen nach Osten um
die Erde, wie es den äusseren Anschein hat, sondern die Erde
bewegt sich in dieser Zeit von Osten nach Westen um die Sonne.

Diese beiden Sätze bilden die Grundlage des astronomischen
Systems, welches Copernicus aufstellte und in seiner bald
nach seinem Tode erschienenen Schrift *de revolutionibus
orbium coelestium*, die er dem Papst Paul III. zueignete, bekannt machte. Man darf diese Entdeckung des Copernicus in
ihrer Bedeutung nicht unterschätzen; man soll sie aber auch
nicht überschätzen, wie es häufig genug geschieht, indem
man durch eine solche Ueberschätzung das unsterbliche Verdienst Keppler's um die Reformation der Astronomie schmä-
lert und in den Schatten stellt. Sprechen wir zuerst einige
Worte von der ausserordentlichen Wichtigkeit der Copernicanischen Entdeckung. Durch diese Entdeckung ist die ganze
Anschauung von dem Sternsystem erst eine naturgemässe
und eine überhaupt erst denkbare, aber auch die Anschauung
von unserer Erde selbst erst eine würdige und lebendige geworden. Wir wissen jetzt, dass unsere Sonne eine ganz un-
geheuere Grösse hat, gegen welche die Grösse unserer Erde
rein verschwindet; denn der Durchmesser der Erdkugel beträgt nur 1720 geographische Meilen, der Durchmesser der
Sonnenkugel dagegen an 100,000 Meilen. Dächte man sich
die Sonnenkugel ausgehöhlt, und unsere Erdkugel in ihre
Mitte versetzt, so könnte sich der Mond darin um die Erdkugel bewegen, ohne an die Oberfläche der Sonnenkugel anzustossen, ja der Mond könnte fast noch einmal so weit
von der Erde entfernt sein, als er es in der That ist, und könnte

sich immer noch innerhalb der hohlen Sonnenkugel um die Erde
bewegen, ohne an die Oberfläche der Sonne anzustossen. Wir
wissen aber auch jetzt, dass die sogenannten Fixsterne eben
solche Sonnen sind wie unsere Sonne, nur dass sie ungleich
weiter von uns entfernt sind als unsere Sonne. Schon Keppler
sprach den Satz aus, dass die Fixsterne unmessbar weit entfernt sind, während er die Sonne für viel näher hielt, als sie wirklich ist. Die Sonne ist von der Erde in runder Summe um 20
Millionen Meilen weit entfernt und die nächsten Fixsterne —
deren Entfernung man bisher allein hat ausmessen können —
8 — 11 Billionen Meilen weit — eine Entfernung, die so über alle
Vorstellung gross ist, dass das Licht, obgleich es in einer Secunde nicht weniger als 40,000 Meilen durchläuft, Jahre lang
braucht, um diesen Raum von dem nächsten Fixsterne bis zu uns
zu durchmessen. Und diese ungeheuren Weltkörper, gegen die
unsere Erde verschwindet, sollten sich wie auf ein militäri-
sches Commando um die winzige Erde herumbewegen und
dann die Sonne jährlich noch einmal! Eine solche Annahme
ist unnatürlich und widerspricht allen sonstigen Bewegungs-
gesetzen. Es giebt jetzt noch andere und zwar directe Beweise dafür, dass sich die Erde um sich selbst und um die
Sonne bewegt, doch reicht das Gesagte hin, um das Naturgemässe der Copernicanischen Annahme zu beweisen. Aber
auch von unserer Erde erhält man durch das System des
Copernicus eine unendlich würdigere und lebendigere Vorstellung, als man nach der früheren Hypothese haben konnte.
Nach der Hypothese des Ptolomäus und seiner Nachfolger
war die Erde ein ruhender, unbeweglicher und daher todter
Koloss, nach Copernicus wird sie ein lebendiges Individuum. Denn diese Bewegung um sich und um ein grösseres Ganzes ist so recht der Typus eines naturgemässen
Lebens und dieser Typus wiederholt sich überall, selbst bis
in das geistigste Leben hinein. Auch der Mensch ist ja
nur dann wahrhaft lebendig, wenn er sich ebenso sehr auf
sich bezieht als auf ein unendlich höheres Allgemeines,
welches wir Gott nennen, wenn er ebenso sehr sich aus sich
selbst bestimmt, als auch von Gott bestimmt wird, wenn er
frei ist in sich und doch auch einer höheren vernünftigen
Nothwendigkeit sich unterwirft oder, um mit der Kategorie
der Bewegung dasselbe auszudrücken, wenn er sich um sich

selbst und zugleich auch um das Wesen aller Wesen
bewegt. So ist jedes Lebendige in der Natur ein Ganzes für
sich und doch auch ein Glied eines höheren Ganzen, hat
einen Zweck für sich und dient doch zugleich auch einem
höheren Zweck und diesen grossartigen und durchgreifenden
Typus des Lebens finden wir in der Copernicanischen Anschauung von der Bewegung der Erde, an deren Wahrheit
jetzt kein Vernünftiger mehr zweifelt. Es ist ein lebendiger
und erhebender Gedanke, wenn man sich nun die Erde vorstellt, wie sie sich fort und fort mit grosser Geschwindigkeit
um sich selbst und zugleich mit noch ungleich grösserer Geschwindigkeit um ihren Centralkörper bewegt, von dem sie
Licht und Wärme und Leben empfängt.

Aber man muss diesen allerdings grossen und wahren
Gedanken des Copernicus nicht zu hoch anschlagen, namentlich in Verhältniss zu dem, was Keppler entdeckt hat. Ich
will in dieser Beziehung noch gar keinen besondern Werth
auf den Umstand legen, dass der Gedanke des Copernicus
nicht ganz neu war, während die von Keppler entdeckten
Gesetze vor ihm noch in keines Menschen Sinn gekommen
waren. Nämlich der Satz, dass die Erde sich um die Sonne
bewegt, war schon von Pythagoras und insbesondere von
dessen Schüler Philolaus ausgesprochen worden; aber das
verringert das Verdienst des Copernicus nicht wesentlich;
denn es kommt nicht so sehr darauf an, einen bestimmten
Gedanken auszusprechen, als besonders darauf, ihn geltend
zu machen und durchzuführen. Der Gedanke, dass jenseits
des Weltmeeres noch ein unbekanntes Land liege, war auch
schon vor Columbus ausgesprochen worden, aber Columbus
allein ist der Entdecker von Amerika, indem er mit vieler
Mühe den Weg dahin suchte und fand und so eine ganz
neue Periode für Handel und Schifffahrt eröffnete. So hat
auch Copernicus dem Gedanken der Pythagoräer, dass die
Erde sich um die Sonne bewegt, durch vieljährige Beobachtungen erst eine bestimmte Gestalt gegeben und ihn in die
Wissenschaft und das Weltleben eingeführt. Aber andererseits fehlte doch diesem einfachen Gedanken von der Bewegung der Erde um sich und um die Sonne noch fast Alles,
um die Erscheinungen des Himmels zu erklären und ein in
sich abgerundetes System zu geben. Es war gleichsam nur

ein Saame, der erst in die Erde gethan, beregnet, erwärmt
und beleuchtet werden musste, um eine lebendige, vollkommene Pflanze hervorzubringen. Diese Entwicklung des Copernicanischen Gedankens zu einem System, auf welchem unsere
ganze Astronomie bis auf den heutigen Tag ruht, verdanken
wir aber dem grossen Geiste unseres Keppler. Er hat erst
unser neues astronomisches System geschaffen und dieses
System verdiente daher wohl mit viel grösserem Rechte den
Namen des Kepplerschen Systems, als den Namen des
Copernicanischen. Wie Amerika nach seinem Entdecker
eigentlich Columbia heissen müsste, so das astronomische
System, welches mit der Natur übereinstimmt, das Kepplersche, weil Keppler durch die Entdeckung seiner drei Gesetze der Schöpfer desselben ist. Aber Keppler hat selbst
die Veranlassung dazu gegeben, dass das astronomische
System mit dem Namen des Copernicanischen geschmückt
wird; denn obgleich er sich in allen seinen Schriften weit
über Copernicus erhebt und gleichsam der Phidias ist, der
aus dem Marmor, welchen Copernicus aus den Bergwerken
der Wissenschaft hervorgeholt hatte, die schöne Bildsäule
machte, die nun alle Welt bewundert, so nannte er selbst
doch dieses System stets das Copernicanische und bei dieser
Benennung ist es denn bis auf den heutigen Tag geblieben.
Dass aber Keppler es erst war, der die Copernicanische
Astronomie zu einem auf die Natur begründeten, abgerundeten und in sich zusammenhängenden Systeme machte, nach
welchem nun erst alle Erscheinungen erklärlich werden, das
lässt sich auch von jedem Laien in der Astronomie begreifen.

Wir müssen aber, um dieses zu beweisen, noch einmal
auf die Erscheinungen, die der Himmel dem Beobachter darbietet, zurückgehn. Man mag nämlich annehmen, dass die
Erde sich um die Sonne bewegt, wie Copernicus annimmt,
oder die Sonne um die Erde, wie in dem Ptolomäischen
Systeme vorausgesetzt wird, so bleiben in beiden Fällen zwei
grosse Ungleichheiten in der Bewegung der Weltkörper zu erklären. Von diesen Ungleichheiten handelt denn
auch die Astronomie alle Jahrhunderte hindurch. Um sie zu
erklären, nahm Ptolomäus zu den unnatürlichsten und unver-
nünftigsten Hypothesen und Hilfshypothesen seine Zuflucht,
ohne sie doch erklären zu können, und auch Copernicus

wusste sich in Bezug auf diese Ungleichheiten in der Bewegung der Himmelskörper nicht anders zu helfen, als dass er zu jenen wunderlichen Hypothesen und Hilfshypothesen seine Zuflucht nahm und insofern wieder in das Ptolomäische System zurückfiel, ohne jedoch die Erscheinungen des Himmels begründen und erklären zu können. Vielmehr ergab sich, je länger man beobachtete und je genauer man beobachtete, dass der Himmel mit diesen Hypothesen nichts zu schaffen habe und dass daher auch das Copernicanische System trotz seiner beiden Hauptsätze, dass die Erde sich um sich und um die Sonne bewege, noch einer Reformation bedürfe. Welches sind nun aber die beiden Ungleichheiten in der Bewegung der Weltkörper, die den Astronomen aller Jahrhunderte so viel zu schaffen machten? Die erste derselben besteht darin, dass die Entfernung eines Weltkörpers von seinem Centralkörper, um welchen er sich bewegt, fortwährend sich ändert. Schon die griechischen Astronomen wussten es, dass die Entfernung der Erde von der Sonne im Verlauf des Jahres fort und fort sich ändert. Wir wissen jetzt, dass der Unterschied der grössten und kleinsten Entfernung der Erde von der Sonne fast zwei Millionen Meilen beträgt. So genau wussten das die Alten nicht und auch Copernicus, Tycho de Brahe und selbst Keppler wussten das noch nicht so genau; aber dass diese Entfernung successiv sich ändere, das wusste man genau und schloss dieses unter Anderem aus der verschiedenen Grösse, die die Sonnenscheibe im Verlauf des Jahres hat. Denn wie Jedermann bekannt ist, sieht man einen Gegenstand um so kleiner, je entfernter er von uns ist, und es ist das auch ganz natürlich und nothwendig, weil wir die Grösse eines Gegenstandes in der Ferne nach dem Gesichtswinkel beurtheilen, der für einen und denselben Gegenstand um so kleiner wird, je weiter er von uns entfernt ist. Ein Thurm z. B. erscheint uns um so kleiner, je weiter wir uns von ihm entfernen, und um so grösser, je mehr wir uns ihm nähern. Umgekehrt schliessen wir ganz sicher und nothwendig, dass, wenn uns ein und derselbe Gegenstand zu verschiedenen Zeiten von verschiedener Grösse erscheint, er dann in verschiedenen Entfernungen von uns gestanden hat, nämlich in grösserer Entfernung, wenn er kleiner erscheint, und in kleinerer Entfernung, wenn er grösser erscheint. Dieses findet aber statt mit der Sonnenscheibe. Sie hat das ganze Jahr über sehr verschiedene Grösse oder, wie man sich besser ausdrückt, sehr verschiedenen Durchmesser, die Sonnenscheibe ist z. B. in unserem Winter grösser als in unserem Sommer, zum Beweise, dass sie uns im Winter näher steht als im Sommer, und so ändert sich die Grösse der Sonnenscheibe das ganze Jahr über zum Zeichen, dass sie das ganze Jahr über ihre Entfernung von der Erde ändert oder richtiger nach dem Copernicanischen System ausgedrückt, dass die Erde fortwährend ihre Entfernung von der Sonne ändert. Fangen wir von dem Moment an, wo die Erde ihre grösste Entfernung von der Sonne hat, so nähert sie sich ein volles halbes Jahr fort und fort der Sonne, bis sie die kleinste Entfernung von ihr hat, dann aber entfernt sie sich successiv wieder von der Sonne, bis sie ihren jährlichen Umlauf vollendet und wieder die grösste Entfernung von der Sonne erreicht hat. Dasselbe gilt von den Entfernungen jedes anderen Planeten von der Sonne. Dieses ist die erste sogenannte Ungleichheit in der Bewegung der Körper des Planetensystems.

Die zweite Ungleichheit in der Bewegung der Weltkörper besteht darin, dass sie sich nicht mit gleichförmiger Geschwindigkeit bewegen, sondern dass die Geschwindigkeit, mit der sie sich bewegen, bald zunimmt, bald abnimmt. Man sagt nämlich, dass ein Körper sich gleichförmig bewegt, wenn er in gleichen Zeiten gleiche Räume zurücklegt; so bewegen sich z. B. die Uhrzeiger auf dem Zifferblatte einer Uhr, weil jeder Zeiger in derselben Zeit immer einen gleichen Bogen zurücklegt. Dagegen heisst die Bewegung eines Körpers ungleichförmig, wenn er in gleichen Zeiten ungleiche Räume zurücklegt; so ist z. B. der Fall eines Steins aus der Luft zur Erde hin eine ungleichförmige Bewegung; denn je länger er fällt, desto schneller fällt er, nämlich in der ersten Secunde seines Fallens durchläuft er einen Raum von etwa 15 Fuss, in der zweiten Secunde schon 30 Fuss mehr und so in jeder folgenden Secunde 30 Fuss mehr, als in der nächst vorhergehenden. Die Bewegung der Weltkörper ist nun, wie gesagt, eine ungleichförmige; sie ändern fortwährend die Geschwindigkeit ihrer Bewegung. Wir sehen dieses wieder am einfachsten an der Bewegung der Sonne um die

Erde oder nach Copernicus an der Bewegung der Erde um
die Sonne. In unserem Winter z. B. läuft die Sonne scheinbar viel rascher um die Erde als im Sommer, so dass unser
Winterhalbjahr bekanntlich einige Tage kürzer ist, als das
Sommerhalbjahr. Am aller verwickeltsten und aller unbe-
greiflichsten erscheint diese ungleichförmige Bewegung an
den übrigen Planeten. Während die Sonne doch wenigstens
immer nach einer und derselben Seite sich um die Erde zu
bewegen scheint oder, um dasselbe nach dem Copernicanischen
Systeme zu sagen, während sich die Erde um die Sonne
doch wenigstens immer nach einer und derselben Seite fortbewegt, obgleich erst immer geschwinder und dann wenn
der Moment der grössten Geschwindigkeit erreicht ist, wieder
immer langsamer und langsamer bis zu dem Moment der geringsten Geschwindigkeit, so bieten die anderen Planeten
dem Beobachter das höchst sonderbare Schauspiel dar, dass
sie sich nicht blos bald schneller, bald langsamer unter den
Fixsternen fortbewegen, sondern manchmal sogar still stehen,
ja bisweilen rückwärts gehen, dann aber auf einmal sich
besinnen und wieder ihren Lauf vorwärts nehmen.

Das eigentliche Problem der Astronomie hat nun von jeher darin bestanden, den eigentlichen Grund dieser beiden
Ungleichheiten zu finden, und das erste classische Werk
Keppler's *de stella Martis* handelt von diesen beiden Ungleichheiten und einer Erklärung derselben, die nun für alle Zeiten
als absolute Wahrheit gelten muss. Wir müssen aber auf die
höchst sonderbaren, geschraubten und ungenügenden Erklärungen dieser Erscheinungen nach dem Ptolomäischen System
zurückgeben, dem Copernicus in dieser Hinsicht im Wesentlichen
beistimmte, um einzusehen, welchen Augiasstall Keppler erst
ausmisten musste, ehe er das wahre System der Astronomie
aufstellen konnte. Ptolomäus stellte zur Erklärung der Ungleichheiten 2 Hypothesen auf, von denen die eine allenfalls
noch erträglich, die andere aber ganz unnatürlich ist und
doch so viele Jahrhunderte und selbst von Copernicus angenommen und geglaubt worden ist. Die eine dieser Hypothesen
ist die von dem excentrischen Kreise und die andere von den
Epicyclen; durch die erstere Hypothese suchte Ptolomäus die
Verschiedenheit der Entfernungen von der Sonne zu erklären und durch die andere die Ungleichförmigkeit der

scheinbaren Planetenbewegungen. Die Lehre von dem sogenannten excentrischen Kreise beruht, um zunächst bei dem
Verhältniss der Erde zur Sonne stehen zu bleiben, darauf,
dass Ptolomäus annahm, die Erde bewege sich allerdings in
einem Kreise um die Sonne (von dieser fixen Idee, dass alle
Bewegungen der Weltkörper Kreisbewegungen sind, war auch
Copernicus nicht abzubringen), aber die Sonne stehe nicht
in dem Mittelpunkte (dem Centrum) dieses Kreises, sondern
ausserhalb desselben, also excentrisch. Durch diese Annahme wird demnach die Erscheinung, dass die Erde im
Verlauf des Jahres so verschiedene Entfernungen von der
Sonne hat, nothdürftig erklärt, denn construirt man sich
einen Kreis, so hat zwar der Mittelpunkt desselben von jedem
Punkte des Umfangs gleiche Entfernungen, aber irgend ein
anderer vom Mittelpunkte verschiedener Punkt hat
sehr verschiedene Entfernungen von dem Umfang oder der
Peripherie. Die zweite Hypothese von den Epicyclen (d. h.
eigentlich den Kreisen auf den Kreisen) ist aber so höchst
wunderlich und sonderbar, dass man sie wohl für eine reine
Phantasterei ansehen kann und als ein ganz verfehltes Unternehmen, da diese Hypothese, durch welche man die Erscheinungen der Planetenbewegungen zu erklären sucht, viel un-
erklärlicher ist, als die Erscheinungen selbst.*) Nach dieser
Hypothese von den Epicykeln sollte sich ein Planet zunächst
im Kreise um einen gewissen Mittelpunkt herumbewegen und
dieser Mittelpunkt sollte sich wieder um die Erde herum-
drehen. Der erste dieser Kreise hiess der Epicykel, d. h. der
Kreis auf dem Kreise, und der grosse Kreis, auf dem sich
der Mittelpunkt des Epicykels um den Centralkörper fort bewegt, ist der excentrische Kreis, der um die Erde oder nach

---

*) Da ich hier keine Zeichnung machen kann, um auch nur die
Vorstellung der Epicykel klar zu machen, so will ich doch wenigstens
an etwas erinnern in der alltäglichen Erfahrung, das mit den Epicykeln
Aehnlichkeit hat, nämlich an einen fahrenden Wagen. Der von den
Pferden gezogene Wagen kann die Bewegung eines Planeten um seinen
Centralkörper vorstellen, aber die Bewegung jedes Rades im Kreise
den Epicykel. Denkt man sich nämlich einen Punkt auf einem Wagen-
rade, so bewegt sich dieser 1) in der Peripherie des Rades herum (und
das ist sein Epicykel) und 2) mit dem ganzen Wagen vorwärts, diese
Bewegung kann mit der Bewegung des Planeten um den Centralkörper
verglichen werden.

Copernicus um die Sonne beschrieben wird. Der Epicykel wird sehr oft beschrieben, ehe der excentrische Kreis durch den Mittelpunkt des Epicykels beschrieben wird. Auch diese Hypothese erklärt manche der unregelmässigen Planeten-bewegungen, namentlich die genannte, dass ein Planet bald vorwärts geht, bald stille steht, bald geradezu rückwärts geht. Denn nimmt man z. B. an, dass der Mittelpunkt des Epicykels um die Erde von Westen nach Osten sich bewege, so kann der Planet im Epicykel selbst bisweilen geradezu in entgegen-gesetzter Richtung von Osten nach Westen sich bewegen und daher die erste Bewegung aufheben oder überwiegen. Das ganz Unnatürliche dieser Hypothese besteht nun aber, wie Jedermann sehen muss, darin, dass der Planet, ein so grosser Weltkörper, sich um einen gedachten Punkt bewegen soll. Doch so unnatürlich eine solche Hypothese ist, man möchte sie sich immerhin noch gefallen lassen, wenn durch sie die Erscheinungen wären erklärt worden. Aber das war keineswegs der Fall. Je genauer man die Erscheinungen kennen lernte, desto entschiedener widersprachen sie diesem phantastischen Systeme. Man musste daher noch immer mehr Hypothesen machen, um den Grundirrthum zu behaupten; so wurde ein dritter Kreis angenommen, der sogenannte Aus-gleicher, von dem aus die Bewegungen gleichförmig erschei-nen sollten, und als auch dieses dem Uebelstande nicht völlig abhalf, nahm man seine Zuflucht zu neuen Epicykeln und Ausflüchten. Man gesellte den Planeten sogar sogenannte Intelligenzen zu, mittelst deren sie durch den Himmel hin-durch steuern mussten, und schloss sie in solide Sphären ein, die wie die Zwiebelschichten in einander steckten und deren Zahl sich zuletzt auf 55 belief.

Dieses Alles geschah aber, weil man zwei irrige Voraus-setzungen schlechterdings nicht aufgeben wollte, nämlich, 1) dass jeder Weltkörper sich stets in einem Kreise bewegen müsse, und 2) dass die Bewegung der Himmelskörper stets eine gleichförmige sei, d. h., dass in gleichen Zeiten gleiche Räume zurückgelegt werden. Das Verdienst des Copernicus besteht nur darin, durch seinen Satz, dass die Erde sich um sich selbst und um die Sonne bewegt, die tägliche Bewegung sämmtlicher Himmelskörper um die Erde und die jährliche Bewegung der Sonne um die Erde als einen blossen Schein

bewiesen zu haben. Dagegen behielt er die beiden falschen
Voraussetzungen, dass nämlich die Planeten sich nur in
Kreisen und gleichförmig bewegen, bei und daher war er
auch genöthigt, die sonderbaren Hypothesen des Ptolomäus
von den excentrischen Kreisen und von den Epicykeln bei-
zubehalten. Deshalb war auch das System des Copernicus unnatürlich und auch nach diesem System wollten sich die
Erscheinungen nicht den Hypothesen fügen, sondern der
Widerspruch zwischen beiden wurde immer grösser, je genauer die Beobachtungen wurden. Daher wurde dieses System
in der Form, wie es Copernicus aufstellte, nicht blos von
der Kirche verworfen, weil es mit der heiligen Schrift im
Widerspruche stehe, sondern auch von grossen Astronomen
jener Zeit, weil die Beobachtungen damit nicht überein-
stimmten. Namentlich war es der schon erwähnte bei Keppler's Auftreten bei weitem bedeutendste Astronom Tycho de
Brahe, der sich durch seine Beobachtungen von der Unhalt-
barkeit des damaligen Copernicanischen Systems überzeugte
und ein anderes aufstellte, nach dem die anderen Planeten
ausser der Erde um die Sonne, die Sonne aber und alle
anderen Himmelskörper sich, wie es der Schein aussagt, um
die Erde bewegen sollten. Tycho hegte und pflegte diese
Hypothese wie ein Lieblingskind und suchte sie durch seine
vieljährigen höchst gründlichen und verdienstvollen Beobachtungen zu bestätigen. Besonders wünschte er, dass der
geistvolle Keppler ein Anwalt dieser Hypothese werden möchte,
und berief ihn auch deshalb mit nach Prag, aber Keppler
überzeugte sich durch jede Beobachtung immer mehr, dass
auch diese Hypothese völlig unhaltbar sei, und ehe Tycho
starb, war auch ihr Schicksal für alle Zeiten entschieden.
Keppler war es, der auf Grund der Tychonischen Beobachtungen das von subjectiven Hypothesen befreite, mit der
Natur selbst übereinstimmende System der Himmelskunde
schuf, das sich dann auch für alle Zeiten bewährt hat und für
so gewiss und unfehlbar gehalten wird, als dass $2 \times 2 = 4$ ist.

Zunächst hielt er die Grundanschauung des Copernicanischen Systems fest, nach der die Erde sich um sich selbst
und um die Sonne bewegt, und vertheidigte diese Grundanschauung mit seinem ganzen grossen Geiste und mit seinem
offenen und energischen Charakter gegen die Anfechtungen

sowohl der katholischen als der protestantischen Kirche, sowie gegen die Einwendungen der Astronomen aus der Ptolomäischen und Tychonischen Schule. Im Uebrigen aber ging er ganz von Copernicus ab, er hielt nur diese Grundlage von dessen astronomischem Gebäude bei, brach aber das andere Gebäude ab und erbaute auf jener Grundlage ein völlig neues. Die ersten und wichtigsten Resultate dieses neuen Systems theilte er in seinem classischen und unsterblichen Werke mit, welches 1609 in Prag erschien und den Titel hat: *Astronomia nova αἰτιολόγητος seu physica coelestis tradita commentariis de motibus stellae Martis ex observationibus Tychonis Brahe. Jussu et sumtibus Rudolphi II Romanorum imperatoris. Plurium annorum pertinaci studio elaborata Pragae a sanctae Caesareae Majestatis Mathematico Joanne Keplero anno 1609*, zu deutsch: Die neue wohlbegründete Astronomie oder die Naturlehre des Himmels, mitgetheilt in Bemerkungen über die Bewegungen des Planeten Mars nach den Beobachtungen des Tycho Brahe auf Befehl und Kosten des Kaisers Rudolf II nach mehrjährigen und anhaltenden Studien ausgearbeitet zu Prag von dem kaiserlichen Mathematicus Johann Keppler. Ein sehr langer Titel, der aber auch alles Wesentliche ausspricht, was wir in dem einzig vortrefflichen Werke zu suchen haben und wirklich finden und bei dem ich daher noch eine kleine Weile stehen bleibe.

Keppler verspricht in seinem Buche eine völlig neue Astronomie und so ist's auch, wenn wir näher nachsehen, was er darin geleistet hat. Völlig neu und vor Keppler noch in keines Menschen Seele gekommen sind vor Allem die beiden grossen Himmelsgesetze, die Keppler in diesem Werke zuerst bekannt gemacht hat und von denen ich gleich näher reden werde; völlig neu die haarscharfe und unwiderlegliche Kritik, mit der er alle bisher aufgestellten Hypothesen und Theorien über die Planetenbewegungen durch die Thatsachen prüft und sie in ihrer Nichtigkeit für alle Zeiten nachweist; völlig neu ist ferner die genetische Methode, wie er jene Gesetze mit der grössten Behutsamkeit und Gründlichkeit entwickelt und durch die Thatsachen der Himmelserscheinungen rechtfertigt; neu ist ferner der grenzenlose Fleiss, mit dem die mühseligsten und zeitraubendsten Rechnungen durchgeführt werden, wenn es gilt, einen falschen Satz zu wider-

legen oder einen richtigen durch den Calcul zu beweisen;
neu ist ferner der Scharfsinn und die Kühnheit, mit der er
die beobachteten Thatsachen und die darin enthaltenen Gesetze auf letzte Bewegungsprincipien zurückführt und dadurch
eine neue Wissenschaft, nämlich die physische Astronomie
anbahnt; neu ist endlich die blühende, schöne Sprache, in
der die abstractesten Sätze der Wissenschaft abgehandelt
werden, und der glühende Gefühlsenthusiasmus, der sich mit
dem kältesten und besonnendsten Verstande paart.

Wenn Keppler seine Astronomie ἀιτιολόγητος, d. h. eine
wohlbegründete, oder *physica coelestis*, d. h. eine Physik des
Himmels nennt, so will er damit andeuten, was sein Werk
auch vom Anfang bis zum Ende leistet, dass hier zuerst
eine in sich und durch die objectiven Erscheinungen der
Natur begründete Wissenschaft aufgestellt ist und dass die
vor ihm so beliebte und selbst in der Gegenwart noch so
gebräuchliche Manier, die Naturerscheinungen durch künstliche Hypothesen zu erklären, beseitigt und verworfen ist.
Dass er gerade den Planeten Mars von allen Planeten herausnahm und an diesem Planetenindividuum die Gesetze für
alle Planeten erforschte, hing damit zusammen, dass Tycho
zu der Zeit, als Keppler zu ihm nach Prag übersiedelte, seine
Beobachtungen gerade auf diesen Planeten concentrirte und
Keppler veranlasste, auch seine Beobachtungen und Speculationen diesem Weltkörper zu widmen. Keppler selbst betrachtet diese Veranlassung, die viele andere Menschen einen
Zufall nennen, als einen Act der Providenz, denn in der That
hätte er bei der sorgfältigsten Ueberlegung keinen anderen
Planeten finden können, der sich so vortrefflich dazu geeignet hätte, um an seinen Bewegungen die Gesetze der Planetenbewegungen zu entdecken. Wenn er endlich auf dem
Titel seiner meisterhaften Schrift die Beobachtungen des
Tycho aufführt, auf die er sein Werk begründet, und den
Kaiser Rudolf II, auf dessen Befehl und Kosten er sein
Werk herausgegeben, so erkennen wir daraus die Dankbar-
keit des Mannes, die mit zu den vielen sittlichen Eigenschaften gehört, die ihn auszeichnen. In allen seinen Schriften
legt er auf die Beobachtungen des Tycho den höchsten Werth
und fühlt sich zum höchsten Dank verpflichtet, dass ihm die
Einsicht in dieselben und der Gebrauch derselben gestattet

gewesen. Und in der That müssen wir es als ein ganz besonderes Glück ansehen, dass dem grossen Geiste Keppler's ein so vortrefflicher Stoff gegeben wurde, auf den sich seine Speculationen erstrecken konnten; aber darüber haben wir nicht zu vergessen, dass Tycho mit diesem Schatze von Beobachtungen nichts Anderes anzufangen wusste, als dass er eine unglückliche Hypothese daraus zog, während sie Keppler so im Innersten durchschaute, dass sich an demselben zwei der grössten Naturgesetze in seinem Geiste entwickelten. Die Blüthe dieses Werkes sind nun allerdings die beiden grossen Gesetze, aber auch nur die Blüthe, während das ganze Werk die lebendige Pflanze ist, die von Stufe zu Stufe wächst und zuletzt diese herrlichen Blüthen hervorbringt. Denn, um das noch zu sagen, da es zur Charakteristik von Keppler's Geist wesentlich mitgehört, man würde sich von Keppler's Werk und Verdienst eine durch und durch falsche Vorstellung machen, wenn man meinte, er habe nur so, wie man sagt, speculirt, und sei nur so auf gut Glück auf seine Entdeckungen gekommen; für keinen Entdecker gilt das weniger als für Keppler; er war ein objectiver Geist und hielt sich an das Objective.

Das Objective waren in diesem Falle die gründlichen Beobachtungen Tycho's; diese reducirte er, da sie auf der Erde gemacht sind, auf die Sonne, d. h. er machte, da nach Copernicus die Sonne im Mittelpunkte des Planetensystems steht, es sich klar, wie sich diese verwickelten Erscheinungen von der Sonne ausnehmen, von wo aus sie natürlich unendlich einfacher aussehen müssen als von der Erde aus, prüfte dann die bisher von Ptolomäus, von Copernicus und von Tycho aufgestellten Hypothesen aufs Sorgfältigste und mit dem ganzen Aufwand seines Scharfsinnes und sah, was sie leisteten und was sie nicht leisteten, und überzeugte sich, dass sie mit der Natur nicht übereinstimmen. Dann aber ging er daran, die den Beobachtungen entsprechende Linie, die der Planet um die Sonne beschreibt, nachzuconstruiren und war zuerst der Meinung, es ergebe sich eine Eilinie, d. h. eine krumme Linie, die entsteht, wenn man ein Ei nach seiner Längsseite durchschneidet, aber als er nun auch diese Construction mit der Wirklichkeit zusammenhielt und fand, dass die Planetenlinie auf der einen Seite keineswegs näher zusammengeht oder eine geringere Breite hat, als an

der anderen Seite, wie das doch bei der Eilinie der Fall ist,
so corrigirte er dann auch diesen Mangel und stellte zuletzt
den Satz auf: die Bahn, die der Mars beschreibt, ist eine
Ellipse, ein Satz, der sich nun nicht blos durch alle an dem
Mars gemachten Beobachtungen bestätigte, sondern auch von
Keppler für alle Planeten als ein gemeinsames Gesetz bewährt und nothwendig gefunden wurde, ja ein Gesetz, das
für alle Himmelskörper, die eine freie Bewegung im Weltraume haben, z. B. für die Kometen und die Monde als
gültig befunden und sich daher als ein ewiges Gesetz durch
alle bisher gemachten Beobachtungen glänzend herausgestellt
hat. Seitdem Keppler die grosse Entdeckung gemacht hat,
dass alle Weltkörper, die sich im freien Weltraume um einen
Centralkörper bewegen, Ellipsen beschreiben, seitdem hat die
mathematische Linie der Ellipse eine universelle Bedeutung
gewonnen, während früher nur die eigentlichen Mathematiker
sie betrachteten, und wir müssen auch hier dieser Figur eine
Weile unsere Aufmerksamkeit widmen, weil wir sonst weder
das erste Kepplersche Gesetz, dass die Planeten Ellipsen beschreiben, in seiner ganzen Bestimmtheit und Vollständigkeit
und noch viel weniger das zweite verstehen können, demnach
der Flächeninhalt zweier Ellipsensectoren, die zu gleichen
Zeiten gehören, gleich ist.

Die erste und zwar höchst gründliche Betrachtung der
Ellipse finden wir, wie alles Erste und Gründliche in den
Wissenschaften, bei den Griechen und es ist uns ein
Hauptwerk über die Kegelschnitte von Apollonius Pergäus
überliefert, in welchem die Haupteigenschaften der Ellipse
aufgestellt und bewiesen sind, und Keppler bezieht sich in
seinem Kernwerke *de stella Martis* häufig auf den Apollonius.
Die Griechen leiteten die Ellipse vom Kegel ab. Ein Zucker-
hut z. B. hat die Gestalt eines Kegels; die Fläche, auf welcher
der Kegel ruht, ist ein Kreis und die gerade Linie, die den
Mittelpunkt dieses Kreises mit der Spitze des Kegels verbindet, heisst die Axe des Kegels. Durchschneidet man nun
den Kegel schief gegen die Axe, doch nicht parallel mit der
Seitenkante, so ist die Durchschnittsfigur eine Ellipse. Also
wenn man z. B. den an der Spitze des Zuckerhutes liegenden
Theil mit einem scharfen Messer schief gegen die Axe abschnitte, so erhielte man eine Ellipse als Durchschnittsfigur.

Viele unserer Präsentirteller haben die Form einer Ellipse.
Um denjenigen, die noch nicht hinlänglich mit der Form
der Ellipse bekannt sein sollten, eine deutliche Anschauung
dieser unendlich wichtigen Curve zu geben, habe ich eine
Zeichnung derselben mitgebracht, die ich anzusehen bitte.
Man kann sich sehr einfach eine Ellipse selbst zeichnen.
Man steckt sich nämlich auf ein ebenes und fest aufliegendes
Papier zwei Stecknadeln oder zwei andere Spitzen senkrecht
auf und nimmt einen in sich zurücklaufenden Faden, der länger
ist, als die doppelte Entfernung der beiden Stecknadeln. Nun
hängt man diesen Faden um die Stecknadeln und spannt ihn
mit einem Bleistift an und führt die Spitze des Bleistifts
ringsherum, indem der Faden immer fest angespannt bleibt.
Unter diesen Voraussetzungen beschreibt die Spitze des Blei-
stiftes die Ellipse. Je näher die Stecknadeln an einander
stehen, desto mehr nähert sich die Ellipse einem Kreis, dagegen je weiter die Stecknadeln auseinander liegen, desto ge-
schweifter und niedergedrückter ist die Ellipse. Diese beiden
Punkte, in denen nach der eben angeführten Construction der
Ellipse die Stecknadeln stehen, also die beiden Punkte, aus
welchen die Ellipse beschrieben gedacht wird, sind von ganz
besonderer Wichtigkeit und heissen die Brennpunkte der
Ellipse.

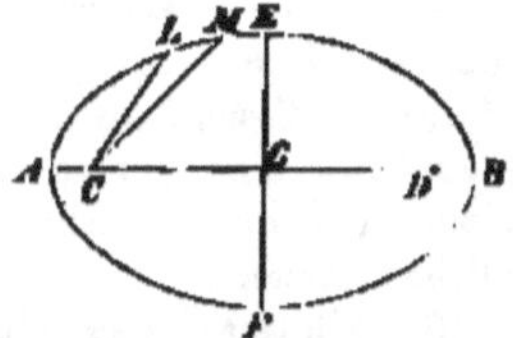

Die nebenstehende Figur ist
eine Ellipse, *C* und *D* sind die
Brennpunkte derselben, die gerade Linie, die die beiden Brennpunkte verbindet und bis zum
Durchschnitte mit der Ellipsenlinie verlängert wird, also in der
Figur *AB*, heisst die grosse Axe der Ellipse, *G* der Mittelpunkt, und die auf *AB* in *G* senkrechte Linie *FE* die kleine
Axe und alle von einem der Brennpunkte nach der Peripherie
der Ellipse gezogenen Linien heissen Leitstrahlen oder *Radii
vectores*, endlich der Raum, den zwei solcher Leitstrahlen
und der dazu gehörige Bogen der Ellipsenlinie begrenzen,
heisst ein Sector der Ellipse, z. B. *LCM* oder auch *ACL*.
Zu jedem Bogen, den der Planet beschreibt, gehört ein
Sector; die Sectoren werden alle von dem einen Brennpunkte aus gerechnet, in welchem die Sonne steht.

Diese wenigen Erklärungen reichen vollkommen hin, um
nun zunächst das erste Kepplersche Gesetz in seiner vollkommnen Schärfe auszusprechen. Das Gesetz heisst nun nämlich nicht blos so: jeder Planet (auch jeder Komet), z. B. die
Erde, der Mars, der Jupiter u. s. w. bewegt sich in einer
Ellipse um die Sonne, sondern es muss noch hinzu gesetzt
werden, dass die Sonne, um welche diese Bewegung geschieht,
in dem einen Brennpunkt der Ellipse steht. Es ist schon erwähnt, dass Keppler zuerst am Mars die Entdeckung machte,
dass er sich in einer Ellipse um die Sonne bewege, die stets
in dem einen Brennpunkt der Ellipse steht und dass er dieses
Gesetz an allen anderen Planeten, die man damals kannte,
also an Mercur, Venus, Erde, Jupiter und Saturn bestätigt
fand und zwar mit einer solchen Schärfe bestätigt fand, dass
nun zum erstenmale die Theorie mit den Beobachtungen
übereinstimmte oder vielmehr, dass die Theorie nichts weiter
war, als die aus den höchst verwickelten Erscheinungen her-
ausgewickelte einfache und grossartige Thatsache. Es muss
noch bemerkt werden, dass die elliptischen Planetenbahnen
nicht in derselben Ebene liegen, sondern sehr verschiedene
Winkel mit einander machen, aber den einen Brennpunkt,
in dem die Sonne steht, haben sie alle mit einander gemein
und das gilt auch von allen nach Keppler entdeckten zahlreichen Planeten — deren wir jetzt (1862) einige 70 kennen —
und endlich von allen den beinahe zahllosen Kometen, die unserem Planetensystem angehören. Jeder von diesen Tausenden
von Weltkörpern, denn die Kometen kann man gewiss zu
Tausenden zählen, beschreibt die seiner Natur gemässe Ellipse
und liegt auch in seiner eigenthümlichen Ebene, die Kometen
z. B. beschreiben sehr langgeschweifte Ellipsen; aber alle
diese Ellipsen haben in der feststehenden Sonne einen gemeinsamen Brennpunkt, von dem sie gehalten und bewegt werden
und Licht und Wärme und Leben erhalten. Auch die Monde
bewegen sich in Ellipsen um ihre Planeten und der eine
Brennpunkt auch dieser Ellipsen liegt in dem Centralkörper;
so beschreibt unser Mond eine Ellipse um unsere Erde und
der eine Brennpunkt dieser Ellipse liegt in unserer Erde. Das
ist also das erste grosse Kepplersche Gesetz, durch welches
die ganze Astronomie reformirt worden ist. Es geht übrigens
aus diesem Gesetze, wie kaum noch erwähnt zu werden

braucht, hervor, dass die Entfernung eines Planeten von der
Sonne im Verlauf des Jahres successiv sich ändert, wie denn
die Entfernung der Erde von der Sonne ungefähr zwischen 19
und 21 Millionen Meilen successiv auf und ab sich ändert. Steht
nun, auf die frühere Figur zurückzukommen, ein Planet z. B.
in *A*, so hat er die geringste Entfernung von der in *C* stehenden Sonne (die Sonnennähe, das *Perihelium*), steht er
in *B*, so hat er die grösste Entfernung, die Sonnenferne,
Aphelium. Aus der elliptischen Bahn der Planeten folgt demnach mit Nothwendigkeit, dass ihre Entfernung von der
Sonne täglich sich ändert und dass also die sogenannte erste
Ungleichheit — nämlich die Ungleichheit der Entfernungen
der Himmelskörper von dem Centralkörper — erklärt ist.

Aber Keppler geht noch weiter und lässt keine Schwierigkeit und keine Unregelmässigkeit in den himmlischen Bewegungen unerledigt und unerklärt. Jeder Planet bewegt
sich nämlich nicht blos um sich selbst und um den Centralkörper in einer Ellipse, sondern diese Bewegung in der elliptischen Bewegung ist zweitens auch eine ungleichförmige
Bewegung und zwar in folgender Weise: Der Planet bewegt
sich nämlich am langsamsten an dem Punkte seiner Bahn,
wo er von der Sonne am entferntesten ist, in der sogenannten Sonnenferne; die Bewegung wird aber rascher und
rascher, je näher er der Sonne kommt und die Bewegung
ist am geschwindesten in der Sonnennähe; von da ab
wird sie successiv wieder immer langsamer und langsamer,
bis sie in der Sonnenferne wieder am langsamsten ist; hier
fängt das vorhin erwähnte Spiel von Neuem an und es wiederholt sich alle Jahr in derselben Weise, dass nämlich die Geschwindigkeit von einem Minimum anfängt und successiv
wächst bis zu einem Maximum und dann wieder successiv
abnimmt bis zu dem erwähnten Minimum. Wir finden, so
viel ich weiss, auf der Erde keine Bewegung, die mit dieser
Bewegung der Planeten und Kometen und Monde in ihren
elliptischen Bahnen um ihre Centralkörper zu vergleichen
wäre, denn wenn wir auch auf der Erde ungleichförmige
Bewegungen finden, so sind sie doch nicht so in sich zurück-
kehrend und einmal stetig wachsend und dann wieder stetig
abnehmend. Etwa ein Stein, der in die Luft geschleudert wird,
hat, abgesehen davon, dass er keine in sich zurücklau-

fende Linie beschreibt, etwas Analoges mit der Planetenbewegung, denn die Geschwindigkeit des geworfenen Steins wird nach oben hin successiv immer geringer bis er an einem Punkte umkehrt und von da aus die Geschwindigkeit sich immerfort steigert, bis er auf der Erde ankommt.

Aber Keppler begnügte sich keineswegs mit der Beobachtung, dass der Planet sich um so geschwinder bewegt, je näher er der Sonne kommt, und um so langsamer, je weiter er sich von ihr entfernt, sondern er fand auch das Gesetz dieser Zunahme und Abnahme und dieses Gesetz ist das zweite Kepplersche Gesetz und eine der grossen Grundlagen der Astronomie. Nach den oben gegebenen Erläuterungen über die Ellipse ist es nun leicht, dieses Gesetz auszusprechen. Denken wir uns nämlich in der Ellipsenlinie mehrere Bogen, die von einem Planeten in gleichen Zeiten beschrieben sind, z. B. mehrere Bogen, von denen ein jeder in 24 Stunden von der Erde beschrieben ist und man verbindet die Endpunkte dieser Bogen mit dem Brennpunkte der Ellipse, in welchem die Sonne steht, durch gerade Linien, so entstehen dadurch lauter gleich grosse (d. h. nach dem Flächeninhalte gleich grosse) Ellipsenausschnitte oder Ellipsensectoren. Das Gesetz lautet also so: die Ellipsenausschnitte, die der Planet in gleichen Zeiten beschreibt, sind an Flächeninhalt alle einander gleich. Denken wir uns, um das Gesagte auf ein Beispiel anzuwenden, unsere Erde, so durchläuft sie ihre Ellipse um die Sonne, wie bekannt, in 365 T. (5 St. 48 M. 51 Sec.) und beschreibt also an jedem Tage einen Bogen und zu jedem dieser Bogen gehört ein Ellipsensector. Alle diese 365 Ellipsensectoren sind an Flächeninhalt einander gleich, denn obgleich diejenigen, die an der Sonnenferne liegen, viel länger sind als die an der Sonnennähe liegenden, so sind sie in demselben Verhältniss schmaler; da die Geschwindigkeit, mit der sich ein Planet um die Sonne bewegt, genau in demselben Verhältniss zunimmt, in welchem er sich der Sonne nähert. Die Kürze der Sectoren in der Sonnennähe wird durch die grösseren Bogen ersetzt. Es verhält sich mit diesem merkwürdigen Gesetze gerade so, wie mit zwei viereckigen Tischen, die gleich gross sind, indem der eine zwar eine kleinere Grundlinie hat, als der andere, während er aber eine in demselben Verhältniss grössere

Breite hat, so dass sich Beides mit einander ausgleicht.
Keppler selbst vergleicht sein merkwürdiges Gesetz mit einem
ähnlichen Gesetze, das bei der Wage beobachtet wird und
das jedem, der es noch nicht kennen sollte, sehr leicht verständlich gemacht werden kann. Eine Wage besteht bekanntlich aus dem Wagebalken, der Scheere, der Zunge und
aus den Schalen, die am Balken hängen. Bekanntlich hängt
man in der Regel den Wagebalken in der Mitte auf und
dann müssen, wenn die Wage im Gleichgewicht stehen soll,
auf beide Schalen gleiche Gewichte gelegt werden. Wird aber
der Wagebalken nicht in der Mitte aufgehängt, sondern
z. B. so, dass der eine Theil des Wagebalkens doppelt so
lang ist, als der andere, so muss man an den kürzern noch
einmal so viel Gewicht auflegen als auf den längeren, wenn
Gleichgewicht entstehen soll, oder mit anderen Worten:
Gleichgewicht hat die Wage dann, wenn die Gewichte mit
der Länge der dazu gehörigen Theile des Wagebalkens
multiplicirt in beiden Fällen gleiche Producte geben. Je länger
der eine Wagebalken, desto geringer das dazu gehörige Gewicht; gerade so, wie am Himmel: je weiter der Planet von
der Sonne ist, desto kürzer der zu einer bestimmten Zeit
beschriebene Bogen, damit gleiche Ellipsensectoren entstehen.

Das war also das zweite grosse Kepplersche Himmelsgesetz. Der grosse Mann war durch die Entdeckung dieser
beiden Himmelsgesetze mit der Bewegung jedes einzelnen
Planeten ins Reine gekommen und wusste Alles, was man
wissen muss, um sich von der Bewegung eines Planeten eine
deutliche Vorstellung zu machen. Dennoch ruhte und rastete
er nicht. Ein neues Jahrzehnt verlebte er, in dem er die
sorgfältigsten Beobachtungen, die mühsamsten Rechnungen
und die scharfsinnigsten Speculationen anstellte, die alle den
Zweck hatten, das Verhältniss der Planetenbewegungen zu einander zu finden. Um an einem Beispiele
zu erläutern, worauf es ankommt, so können wir z. B. anführen, dass die Erde sich in 365 Tagen um die Sonne bewegt, der Mars etwa in 687 Tagen und dass die Erde von der
Sonne etwa 20 Millionen Meilen weit entfernt ist, der Mars aber
ungefähr 30 Millionen Meilen; es fragt sich nun, in welchem
Verhältniss stehen diese Zahlen zu einander? Und Keppler
beantwortete diese Frage, indem er sein drittes grosses

Himmelsgesetz entdeckte, nach dem die Quadrate der
Umlaufzeiten zweier Planeten sich zu einander verhalten,
wie die dritten Potenzen ihrer mittleren Entfernungen von
der Sonne. Er hat dieses Gesetz mitgetheilt in seiner Schrift
harmonices mundi. Ich habe dieses Werk — das von Kennern
für das wichtigste Werk Keppler's nach dem oben vielerwähn-
ten *de stella Martis* gehalten wird — bisher noch nicht kennen
gelernt, indem die neue, durch den Professor Frisch in Stuttgart besorgte Ausgabe von Keppler's sämmtlichen Werken
noch nicht bis zu diesem Hauptwerke vorgerückt ist, und ich
habe daher auch keine Gelegenheit gehabt, den jedenfalls
recht gründlichen und geistreichen Weg kennen zu lernen,
auf welchem Keppler diese grösste seiner Entdeckungen gemacht hat. Ich stehe daher schon um deswillen davon ab,
dieses Gesetz näher zu betrachten und zwar umsomehr, da
einer solchen Betrachtung einige mathematische Vorbegriffe
müssten vorausgeschickt werden, zu denen ich nun keine Zeit
mehr habe, wenn ich meine verehrten Zuhörer nicht zu lange
in Anspruch nehmen will. Dennoch kann ich nicht schliessen,
ohne noch eine andere Seite von Keppler's unsterblichen
Verdiensten wenigstens in ganz allgemeinen Umrissen geschildert zu haben, die selbst in astronomischen Büchern sehr
wenig oder gar nicht beachtet zu werden pflegt. Dieses Verdienst Keppler's besteht aber, um es zunächst mit einem
Wort zu sagen, darin, dass Keppler der erste Begründer der
sogenannten physischen Astronomie ist, während man dieses
Verdienst in der Regel nur dem Engländer Newton zuschreibt,
ohne dabei Keppler's auch nur ehrend zu erwähnen. Man
pflegt nämlich die Astronomie, abgesehen von der sogenannten praktischen Astronomie, die sich besonders mit der Kenntniss und dem Gebrauch der astronomischen Instrumente beschäftigt, in drei Theile zu theilen, nämlich in die sphärische,
die theorische und die physische Astronomie. Die sphärische
Astronomie, die ihren Namen von dem griechischen Worte:
σφαῖρα = die Kugel erhalten hat, beschäftigt sich mit
den scheinbaren Stellungen und Bewegungen der Sterne
an der Himmelskugel; die theorische Astronomie dagegen
mit den wirklichen Bewegungen der Himmelskörper und den
Gesetzen dieser Bewegungen; die physische Astronomie endlich mit den bewegenden Kräften oder mit den letzten Kräften

und Principien, die diese wirklichen Bewegungen und ihre
Gesetze bedingen. Wir sehen hieraus, dass fast Alles, was
bisher von den Entdeckungen unseres grossen Keppler mitgetheilt worden ist, in das Gebiet der theorischen Astronomie gehört; denn er hat aus dem verwickelten und wider-
spruchsvollen Getriebe der scheinbaren Bewegungen der
Sterne die wirklichen Bewegungen herausgefunden und die
Gesetze, nach denen sich diese richten, entdeckt. In der
That sind die drei Kepplerschen Gesetze, oder wie man sie
auch bezeichnet: die drei Kepplerschen Analogien der Haupt-
inhalt der theorischen Astronomie. Aber mit diesen Gesetzen
hat man noch keineswegs die letzten Kräfte und Principien,
durch welche die Bewegungen geregelt werden, entdeckt.
Nehmen wir eins dieser Gesetze, z. B. das erste, dass jeder
Planet um die Sonne eine Ellipse beschreibt, in deren einem
Brennpunkt die Sonne steht und zwar so, dass er sich ungleichförmig bewegt, nämlich um so rascher, je näher er
der Sonne kommt, und um so langsamer, je mehr er sich von
ihr entfernt. Es ist in der That ein unendlich wichtiges
Weltgesetz, ein Grundpfeiler der astronomischen Wissenschaft.
Dennoch können wir uns mit diesem Gesetze noch nicht beruhigen, sondern wir müssen weiter forschen. Denn wir werden uns fragen: Wie in aller Welt geht es doch zu, dass
die Sonne alle Planeten zwingt, sich um sie fort und fort zu
bewegen? Und warum müssen die Planeten gerade Ellipsen
beschreiben? Ferner: woher rührt doch das, dass die Planeten
bald rascher, bald langsamer sich bewegen? Wenn die Sonne
durch ihre ganz unverhältnissmässige Grösse die Planeten und
alle anderen Körper des Sonnensystems an sich zieht, warum
fallen denn die Planeten nicht in die Sonne hinein, wie
ja doch ein fallender Stein nicht um die Erde kreist, sondern
zur Erde herab kommt? Die Beantwortung dieser Fragen ist
der Gegenstand der physischen Astronomie. Solche und ähnliche Fragen interessirten nun unseren Keppler aufs Allerlebendigste; er ist sehr weitläufig und gründlich in der
Beantwortung derselben und es erscheint sehr Unrecht, wenn
man das, was er auch in dieser Beziehung geleistet hat,
nicht als den sichern Anfang der physischen Astronomie
betrachtet, und noch weniger ist es zu rechtfertigen, wenn
man sein Verdienst einem Andern zuschreibt. Ich habe schon

oben mein Bedauern ausgesprochen, dass ich sein Werk: *harmonice mundi* noch nicht benutzen kann, da darin nach Allem, was ich darüber gelesen habe, auch über diese Dinge viel gehandelt wird. Aber auch das Werk *de stella Martis* ist reich an Betrachtungen über die physische Astronomie und wenn Keppler seinem Werke auch den Titel *physica coelestis* giebt, so bezieht sich dieser recht eigentlich auf die Principien der physischen Astronomie. Mögen denn also einige der wichtigsten dieser Betrachtungen hier ihren Platz finden und den Schluss dieser Vorlesung bilden.

Keppler ist es zuerst gewesen, der die Bewegungen der Himmelskörper auf die Anziehungskraft zurückgeführt, ja der deutlich erkannt hat, dass die Anziehungskraft die eigentliche Grundkraft der Körper oder die das Wesen der Körper offenbarende Kraft ist. Die Art und Weise, wie er von dieser Kraft spricht, ist deshalb so interessant, weil der neue Gedanke, den er von dieser universellen Kraft gefasst hat, ihn selbst mit dem lebendigsten Interesse erfüllt und weil er sich, um die Natur derselben recht klar und anschaulich zu machen, nach allerlei analogen Kräften umsieht, mit denen man diese damals noch wenig oder gar nicht bekannte Kraft vergleichen kann. Er vergleicht sie z. B. mit der Kraft eines Magneten, der Eisen und einen anderen Magneten an sich zieht; auch mit der Kraft des Lichtes, die Jahrtausend nach Jahrtausend von der Sonne ausfliesst, ohne dass der Körper der Sonne an Masse sich vermindert. So hat nach Keppler auch jeder Körper als Körper Anziehungskraft, die er auf alle ihm verwandten Körper, die in seine Nähe kommen, ausübt. Diese Kraft wirkt mit unmessbarer Geschwindigkeit, entzieht aber trotz ihrer mächtigen Wirksamkeit dem Körper, von dem sie ausgeht, n i c h t s, indem sie wirkt. Dass die Steine zur Erde fallen, hat man natürlich vom Anfang an bemerkt, und Galilei hat die Gesetze dieses Falles entdeckt, und in dieser Thatsache liegt allerdings schon eine Aeusserung der Anziehungskraft, die die Erde auf den Stein ausübt; aber dass jeder Körper als solcher Anziehungskraft hat, ja durch und durch Anziehungskraft ist und dass er ohne die Anziehungskraft aufhört ein Körper zu sein, das hat zuerst Keppler erkannt und er hat auch, wie wir gleich sehen werden, die ersten Grundgesetze dieser Anziehungskraft gefunden.

Zuerst erlaube ich mir die Erklärung anzuführen, die Keppler
von der Anziehungskraft giebt, und die Thatsachen, die er
aufführt, um zu beweisen, dass jeder Körper als solcher, er
sei so gross oder so klein als er wolle, Anziehungskraft besitzt. Ich bemerke vorher noch, dass er diese Kraft mit verschiedenen Namen bezeichnet, bald mit dem Namen *virtus
tractatoria*, was so viel bedeutet, als unsere Anziehungskraft,
bald als *gravitas*, was unsere Schwere bezeichnet; bald als
vis movens, d. h. bewegende Kraft. Denn die alleinige Wirkung dieser Kraft besteht darin, dass ein anderer Körper
hierdurch bestimmt wird, sich nach dem Körper, von dem
die Anziehungskraft ausgeht, hin zu bewegen; aber da auch
der andere Körper als Körper mit derselben Anziehungskraft
ausgerüstet ist, so zieht er auch seinerseits den Körper an,
von dem er angezogen wird, und so äussert sich die Anziehungskraft darin, dass jeder der beiden Körper zugleich anzieht und angezogen wird und daher beide sich zu einander
hinbewegen und sich in einem Punkte der zwischen beiden
gezogenen geraden Linie treffen. Keppler erklärt daher die
Schwere als einen gegenseitigen Trieb verwandter Körper,
sich zu verbinden und zu vereinigen. In dieser Erklärung
verdient noch das Wort der Verwandtschaft einer vorzüg-
lichen Beachtung. Es liegt in diesem Worte nämlich der Sinn,
dass die Anziehungskraft eines Körpers nur auf andere Körper wirkt, die auch Anziehungskraft haben, und für andere
Dinge so gut, als nicht vorhanden ist. Keppler vergleicht die
Schwere auch in dieser Beziehung mit der magnetischen
Kraft und mit dem Lichte. Die magnetische Kraft wirkt nur
auf Eisen, das von ihr herangezogen wird, und ist für alle
anderen Körper so gut, als nicht vorhanden, denn eine Kraft,
die nicht wirkt, ist keine Kraft. Ebenso leuchtet das Licht,
das von der Sonne oder einem anderen Körper ausgeht, erst
dann, wenn es auf einen materiellen Körper trifft, im leeren
Raume leuchtet es nicht. Doch dieses erwähnt Keppler nur
beiläufig, der Hauptpunkt, auf den es ihm in seiner Theorie
der Schwere besonders ankommt, besteht darin, dass jeder
Körper als Körper Anziehungskraft hat und dass also die
Anziehung stets gegenseitig ist. Um dieses nachzuweisen,
dazu konnte der Fall der Steine nach der Erde nicht dienen,
weil die Grösse jedes Steins gegen den Coloss der Erde so

sehr verschwindet, dass der Einfluss des Steins auf die Erde
nicht bemerkbar werden kann. Dagegen zeigt sich diese
gegenseitige Anziehung an einer anderen Erscheinung auf
der Erde, die daher Keppler mit besonderer Ausführlichkeit
behandelt, nämlich an der Ebbe und Fluth. Nach Keppler
wird der Mond von der Erde angezogen, dass aber auch der
Mond seinerseits wieder die Erde anzieht, so klein er auch
verhältnissmässig ist, das zeigt sich an der Fluth, d. h.
darin, dass die Gewässer der Meere sich etwas erheben, wenn
der Mond über ihnen steht. Die Hauptanziehungskraft übt
natürlich die Erde auf ihre Gewässer aus und darum erheben
sie sich nur wenig nach dem Monde hin und fallen wieder
nach der Erde hin, wenn der Mond sich entfernt hat. Keppler
setzt hinzu: wenn die Erde aufhörte, ihre Gewässer an sich
zu ziehen, so würde alles Meerwasser emporgehoben werden
und sich auf den Körper des Mondes ergiessen. Er giebt dann
eine ausführlichere Theorie der Ebbe und Fluth — jetzt all-
bekannte Sachen, die aber hier erwähnt werden müssen, um
Keppler's Verdienste zu würdigen, der auch in dieser Beziehung zuerst die Bahn gebrochen hat, während man in der
Regel alles Verdienst in diesem Gebiete dem Newton zuschreibt. Das geschieht namentlich auch mit dem einen grossen
Gesetze der allgemeinen Schwere. Ich habe von Jugend auf
gelernt, das Gesetz, dass die Stärke der Anziehungskraft der
Körper in directem Verhältnisse zu den Massen der betreffenden Körper stehe, so dass demnach ein Körper, der eine
doppelte Masse von einem anderen hat, auch eine doppelt so
grosse Anziehungskraft ausübt — dieses Gesetz sei zuerst
von Newton ausgesprochen. Um so mehr bin ich erstaunt gewesen, als ich dieses Gesetz in Keppler's vielerwähntem
Werke *de stella Martis* mit dürren Worten angeführt fand.
Es kommt unter Anderem folgende Stelle vor: „Würden zwei
Steine an irgend einem Punkte des Weltraums nahe einander
gebracht und so, dass sie nicht der Einwirkung eines dritten
Körpers unterworfen wären, so würden jene Steine gleich
zweien magnetischen Körpern an einem dazwischen liegenden
Orte zusammenkommen, indem jeder derselben einen solchen
Raum nach dem anderen zurücklegte, der mit der Masse des
andern Körpers im Verhältniss stände, d. h. mit anderen
Worten doch wohl nichts Anderes, als dass die anziehenden

Kräfte zweier Körper sich verhalten wie ihre Massen und
dass also, um ein Zahlenbeispiel zu geben, wenn die Masse
des einen von den im Weltraum angenommenen Steinen noch
einmal so gross wäre als die des anderen, der grössere den
kleineren doppelt so weit an sich zieht, als der kleinere den
grösseren." Auch von dem zweiten Gesetz der allgemeinen
Gravitation, welches dem Newton zugeschrieben wird, finden
sich in Keppler's Werk *de stella Martis* sichere Andeutungen,
wenn es auch nicht so bestimmt und scharf ausgesprochen
wird, als das zuerst genannte. Dieses Gesetz lautet: die anziehenden Kräfte der Körper verhalten sich umgekehrt, wie
die Quadrate der Entfernungen der angezogenen Körper, oder
auf ein Zahlenbeispiel angewandt: die anziehende Kraft eines
Körpers ist in doppelter Entfernung viermal so klein, als in
einfacher, in dreifacher Entfernung neunmal so klein als in
einfacher u. s. f.

Dass diese Gesetze der allgemeinen Gravitation gar Manches in den Bewegungen der Himmelskörper erklären, ist
wieder zuerst von Keppler ausgesprochen worden. So ist es
natürlich, dass die Sonne vorzugsweise die Planeten an sich
zieht und sie zwingt, sich um die Sonne zu bewegen, weil
die Sonne, wie schon Kepplern bekannt war, eine ganz un-
verhältnissmässig grössere Masse hat als die Planeten und
wie man jetzt genau weiss, eine Masse, die $1\frac{1}{2}$ Millionen
mal so gross ist, als die der Erde, und ebenso ist's natürlich,
dass der Mond vorzugsweise von der Erde angezogen wird
und sich um sie bewegt, da die körperliche Grösse unseres
Mondes nur $\frac{1}{50}$ ist von der körperlichen Grösse der Erde.
Aber so bedeutend diese Entdeckung der Anziehungskraft
auch ist und so viel Licht sie über viele Erscheinungen verbreitet, so reicht sie doch noch keineswegs hin, um die harmonisch geordneten Bewegungen des Planetensystems vollständig zu erklären. Ja wenn nur diese eine Kraft existirte,
so müsste das ganze Planetensystem in einen einzigen grossen
Körper zusammenstürzen. Denn wenn die Erde und Sonne
z. B. nur in diesem Verhältniss der Gravitation zu einander
ständen, so müsste die Erde alsbald wie ein Stein nach der
Sonne hinfallen, während die Sonne nur sehr wenig von ihrer
Lage nach der Erde hin sich bewegte, weil die Masse der
Erde zu der Masse der Sonne in einem verschwindenden

Verhältniss steht. Und dennoch laufen die Planeten in ihrer
Ordnung von Jahrtausend zu Jahrtausend um die Sonne und
die Monden um ihre Planeten, ohne in die Centralkörper hin-
einzufallen, und trotz aller genauen Beobachtungen hat man
nicht entdecken können, dass sich im Verlauf der Zeiten in
dieser Ordnung etwas geändert hätte. Es muss also eine andere Kraft sein, die der Anziehungskraft entgegensteht und
sie so weit aufhebt, dass als mittlere Bewegung aus beiden
Kräften die oben betrachteten Ellipsen sich ergeben. Dieses
hat Niemand deutlicher erkannt als Keppler, und er hat sich
über diesen Punkt in seinem Werke über den Mars bei den
verschiedensten Veranlassungen aufs Deutlichste ausgesprochen.
Besonders instructiv ist in dieser Beziehung eine Stelle, die
sich auf die gegenseitige Anziehung der Erde und des Mondes bezieht. Er nimmt an, dass die Erde 54mal so gross ist,
als der Mond; macht man nur noch die Voraussetzung, dass
sie gleiche Dichtigkeit haben, so hat die Erde nach dem ersten
Gravitationsgesetze eine 54mal so grosse Anziehungskraft als
der Mond und die Folge müsste demnach sein, dass die Erde
$^{1}/_{54}$ des Zwischenraums nach dem Monde hin und der Mond
$^{53}/_{54}$ des Zwischenraums nach der Erde hin sich bewegten
und dass sie an diesem Punkte zusammenfielen und einen
einzigen Körper bildeten. Das geschieht nun bekanntlich nicht,
sondern der Mond bewegt sich jetzt noch ebenso genau um
die Erde, wie zu den Zeiten der Erzväter und der Griechen
und Römer. Und was hat das für einen Grund? Im Allgemeinen kann man sagen, es muss in beiden Weltkörpern
etwas liegen, was sie ebenso sehr von einander fern hält
und von einander abstösst, wie die Anziehungskraft sie
zu einander hinzieht und zusammenhält. Keppler bezeichnet
diese unbekante Kraft, welche die Körper des Planetensystems
auseinanderhält, an der Stelle, von der ich soeben gesprochen
habe, als die innere Lebenskraft der Weltkörper, aber fühlt
sogleich, dass das doch nicht der ganz richtige Ausdruck für
die unbekannte Kraft ist, dass er zu dem Ausdrucke: ihre
innere Lebenskraft, sogleich hinzufügt: oder eine andere gleich
mächtige Kraft. Die ganze Stelle lautet nämlich so: „Wenn
der Mond und die Erde nicht durch ihre innere Lebenskraft
(*vis animalis*) oder durch eine gleich mächtige Kraft jedes
in ihrem Umlaufe zurückgehalten würden, so würde die Erde

zum Monde den 54. Theil des Zwischenraums emporsteigen, der Mond aber etwa 53 Theile des Zwischenraums herabsteigen und sich daselbst vereinigen; wobei jedoch vorausgesetzt wird, dass die Substanz beider Körper gleich dicht ist." Dasselbe gilt natürlich für das Verhältniss jedes Planeten zur Sonne, nur drückt Keppler die geheimnissvolle Kraft, die die Sonne und die Planeten ewig auseinanderhält und sie nimmermehr zu einem einzigen Körper sich verbinden lässt, mit anderen Namen aus. An mehreren Stellen, die ich mir aus Keppler's Werken ausgezogen habe, nennt er die den Planeten inwohnenden Kräfte, die es nicht dazu kommen lassen, dass Planet und Sonne in Folge der gegenseitigen Anziehungskraft zusammenfallen, *motores*. d. h. die Beweger. Am liebsten aber vergleicht er diese abhaltende, zurücktreibende Kraft der Planeten und der Sonne selbst mit der magnetischen Kraft und geht bisweilen soweit, dass er die Sonne und die Planeten geradezu Magnete nennt. Bekanntlich richtet sich jeder Magnet, wenn er in seinem Schwerpunkte unterstützt wird, mit der einen Spitze nach Norden und mit der anderen nach Süden und daher heisst jene der Nordpol des Magnets und diese der Südpol. Nähert man nun zwei Magnete einander mit den gleichnamigen Polen, z. B. mit den Nordpolen, so stossen sie sich gegenseitig ab; dagegen ziehen sie sich an, wenn man sie mit den ungleichnamigen Polen zusammenbringt. Wir sehen also, dass es in der Natur Körper giebt, die sich zugleich anziehen und abstossen, je nachdem man sie einander nähert. Sollte nun — so ist offenbar Keppler's Meinung — nicht ein analoges Verhältniss zwischen einem Planeten und der Sonne statt finden, dass sie sich zu gleicher Zeit anziehen und doch auch abstossen oder wenigstens sich nicht mit einander vereinigen, sondern als zwei unterschiedene und getrennte Individuen sich behaupten? Diese Kraft, nach der Keppler so eifrig sucht, um die wunderbare Erscheinung, dass die kleinen Planeten sich gegen die Sonne wehren und nicht in sie hineinfallen, und die er in der verschiedensten Weise bezeichnet, ist bekanntlich später von Newton die Centrifugalkraft genannt worden, ohne dass man in der eigentlichen Erklärung der Sache dadurch um einen Schritt weiter gekommen wäre als Keppler. Wenigstens sind in Keppler's Schriften die Grundlagen zu der neuen Theorie gegeben. Das Neue, was die physische Astronomie seitdem aufgenommen hat, wäre etwa nur die Lehre von den Perturbationen, d. h. die Lehre, dass jeder Planet und Mond von allen anderen, die in seine Nähe kommen, von dem Lauf um seinen Centralkörper etwas abgezogen und dass demnach die ihnen zukommende Ellipse etwas unregelmässig gemacht wird. So ist's bekannt, dass der gewaltige Jupiter, wenn er in die Nähe anderer Planeten kommt, diese von ihrem regelmässigen elliptischen Laufe um die Sonne etwas an sich heranzieht und dass man diese Störung mit in Rechnung nehmen muss, wenn man die Bahn des betreffenden Planeten vollkommen richtig construiren will; aber auch der Jupiter selbst wird von dem Planeten, in dessen Nähe er kommt, so klein dieser auch verhältnissmässig sein mag, in seinem Laufe gestört, wenn auch natürlich in viel geringerem Grade, als der kleinere Planet. Um dieser Störungen willen hat man bekanntlich längst vermuthet, dass jenseits des Uranus noch ein sehr grosser Planet sein müsse, weil Uranus und Saturn so sehr in ihrem regelmässigen Laufe gestört wurden, und ein französischer Astronom Leverrier hat aus diesen Störungen berechnet, wo dieser Planet stehen müsse, und einer meiner ältesten Schüler, der jetzige Director der Sternwarte in Breslau und Professor an der Universität Galle, hat ihn aufgefunden und Neptun genannt. Ich sagte, diese Lehre von den Perturbationen oder von den Störungen sei etwas Neues, was Keppler noch nicht gekannt, und doch ist auch diese Behauptung nur zum Theil wahr, denn in dem von Keppler gefundenen und oben ausführlich betrachteten Princip, nach dem sich zwei Körper als Körper gegenseitig anziehen müssen, liegt die Lehre von den Perturbationen oder von den Störungen als eine nothwendige Folgerung oder diese Lehre ist nur eine leichte Anwendung von diesem Princip.

So ist denn der grosse Keppler der eigentliche Träger der astronomischen Wissenschaft und wie man unter den Mathematikern des Alterthums besonders einen auszeichnete, nämlich den Verfasser der Kegelschnitte Apollonius Pergäus und ihn den grossen Geometer (ὁ γεωμέτρης ὁ μέγας) nannte, so müsste man vor allen Astronomen aller Zeiten den Johann Keppler hervorheben und ihn vorzugsweise den grossen Astronomen nennen. Im Grunde wollen die Worte, die der berühmte Astronom Littrow über Keppler ausspricht, dasselbe sagen und ich schliesse daher meine Vorlesungen mit diesen Worten, um mich auf eine anerkannte Autorität zu stützen: „Jahrtausende gingen vorüber, während welcher die Gesetze, die Keppler entdeckte, in den Feuerzügen der Bahnen jener leuchtenden Kugeln unlesbar für das ganze Menschengeschlecht am Himmel standen, bis endlich der Scharfsinn und die unermüdliche Geduld dieses Mannes jene Charaktere glücklich entziffert und dadurch selbst mit ebenso unvergänglichen Zügen seinen eigenen unsterblichen Namen an dem gestirnten Himmel eingegraben hat. Dort werden ihn unsere späten Enkel lesen, so oft sie ihre Blicke aufwärts erheben; eine dankbare Nachwelt wird, so lange sie den Sinn für Wissenschaft bewahrt, auch das Andenken an ihn und seine grossen, wahrhaft himmlischen Entdeckungen bewahren, und das von ihm aufgestellte Gesetzbuch der Natur wird bestehen, wenn der Codex Justinians und der Napoleons längst schon vergessen sein werden."

IX.

Ueber die Vernunftgründe für die Unsterblichkeit der menschlichen Seele.*)

Wenn ich mir hier die Aufgabe stelle, die Vernunftgründe für die Unsterblichkeit der menschlichen Seele zu entwickeln oder, wie man sich auch ausdrücken kann, die Unsterblichkeit der menschlichen Seele zu beweisen, so erscheint es vor Allem nothwendig, den Sinn dieser Aufgabe vorher genau zu bestimmen und zu begrenzen, damit jeder wisse, was geleistet werden soll oder doch zu leisten versucht werden soll, und demnächst beurtheilen könne, ob die Aufgabe wirklich gelöst ist oder nicht. Ich verstehe aber unter

*) Mich. 1863 als Programmabhandlung erschienen. Der Verfasser sagt im Vorwort: „Die folgende Abhandlung gehört zu denjenigen Vorträgen, welche während des verflossenen Winters von mehreren Lehrern des hiesigen Gymnasiums zum Besten unserer Wittwen- und Waisenstiftung gehalten worden sind. Ich wählte dieses Thema zu einer Zeit, wo ein mir sehr theures Leben dem Tode rasch entgegeneilte, und wo es mir ein Trost sein musste, mich an die Hoffnung der Unsterblichkeit zu halten. Da ich zu gleicher Zeit den Primanern unseres Gymnasiums den Phädon von Plato zu erklären hatte, so war es für mich von wissenschaftlichem Interesse zu untersuchen, inwieweit die Vernunftgründe, die man vom Standpunkte der heutigen Psychologie und der heutigen Wissenschaft überhaupt für die Unsterblichkeit der menschlichen Seele anzuführen hat, sich noch auf Plato stützen und inwiefern sie diesen hinter sich lassen und sicherer gebahnte Wege gehen. Auf diese Weise ist die gegenwärtige Abhandlung entstanden, und nachdem ich sie geschrieben habe, ist es mir selbst ein Bedürfniss, sie einem grösseren Kreise mitzutheilen, als für den sie zunächst bestimmt war, auch bin ich von sachkundigen Freunden, die sie gelesen haben, nachdrücklich aufgefordert worden, sie zu veröffentlichen. Möge sie denn bei denen, die es der Mühe werth halten, sie zu lesen, Beistimmung finden!“

der Unsterblichkeit der menschlichen Seele die individuelle
Fortdauer der menschlichen Seele nach dem Tode des sinnlichen Leibes, also nicht etwa blos eine Fortdauer im ganzen
Menschengeschlecht d. h. eine Fortdauer in der Gattung,
auch nicht eine Fortdauer in Kindern und Enkeln, ebenso
wenig eine Fortdauer in den Wirkungen, die ich durch mein
Leben hervorgebracht habe, und in der Erinnerung anderer
Menschen, endlich auch nicht blos eine Fortdauer in der
göttlichen Substanz, wie sich die Pantheisten ausdrücken,
sondern eine persönliche Fortdauer mit Bewusstsein und Erinnerung. Unter Vernunftgründen für die so gedachte und
erklärte Unsterblichkeit verstehe ich aber solche Gründe, die
aus der Natur der Seele selbst hervorgehen und die also jeder
denkende Mensch finden und begreifen muss, der die Thätigkeiten und Wirkungen seiner Seele gründlich beobachtet.
Vernunftgründe unterscheiden sich aber von Erfahrungs-
gründen und Autoritätsgründen d. h. von Gründen, die auf
der Erfahrung und auf der Autorität beruhen. Um zunächst
von den Gründen zu sprechen, die auf der Erfahrung beruhen, so ist's Jedermann bekannt, dass man gar viele Dinge
mit seiner Vernunft nicht begreift, die sich aber durch die
Erfahrung so unbedingt geltend machen, dass man an ihrer
Existenz schlechterdings nicht zweifeln kann. Wie wenige
Menschen begreifen wohl mit ihrer Vernunft das Leben, das
Wachsthum, die Empfindung oder den Schlaf und viele andere Erscheinungen an den Pflanzen und an den Thieren
und doch sind das alles Erfahrungsthatsachen, deren Existenz
wir eben hinnehmen müssen, wir mögen sie mit unserer Vernunft nun begreifen oder nicht begreifen. Wenden wir diese
auf unseren Gegenstand an, so scheint es für die Unsterblichkeit der menschlichen Seele keine Erfahrungsgründe zu
geben, wenigstens würden sich die etwaigen Erfahrungsgründe
sogleich auf Autoritätsgründe reduciren. Erfahrungsgründe
für die Unsterblichkeit der menschlichen Seele würde man
etwa dadurch erhalten, dass ein Verstorbener wieder auf der
Erde erschiene und Zeugniss ablegte von einer andern Welt
oder von einem anderen Orte, wo die für diese irdische Welt
Verstorbenen mit Bewusstsein fortleben. Aber keiner von uns
wird eine solche Erfahrung gemacht haben und wohl ziemlich alle werden sogar daran zweifeln, ob sie überhaupt auf

dieser Welt gemacht werden könne. Es hat zwar Menschen
gegeben, die behauptet haben, dass sie mit abgeschiedenen
Geistern in Verkehr ständen. Das hat z. B. Schwedenborg behauptet, derselbe hat eine förmliche Topographie von dem Jenseits gegeben und die Zustände geschildert, welche die Verstorbenen dort erwarten, je nachdem sie in diesem Leben gelebt
haben. Aber was kann uns dieses helfen? Schwedenborg ist
schon von den Meisten seiner Zeitgenossen für einen Phan-
tasten gehalten worden, z. B. von unserem scharfsinnigen
Philosophen Immanuel Kant, so sehr diesem Anfangs die
Mittheilungen von Schwedenborg und über Schwedenborg
imponirten. Aber auch gesetzt den Fall, Schwedenborg habe
sich nicht getäuscht, wie er denn im Leben ein sehr nüch-
terner und klarer Mensch und sogar ein namhafter Mathematiker war, so wären seine Anschauungen für ihn selbst
allerdings ein Erfahrungsbeweis von der Fortdauer der menschlichen Seele nach dem Tode gewesen, für alle Anderen aber,
die diese Erfahrungen nicht gemacht haben, die aber den
Schwedenborg für einen glaubwürdigen Mann und für einen
zuverlässigen Beobachter halten und seinen Versicherungen
vom Jenseits Glauben schenken, würde der Beweis von der
Unsterblichkeit der menschlichen Seele ein auf die Autorität
Schwedenborgs begründeter, also ein Autoritätsbeweis sein.
Ein Autoritätsbeweis für die Unsterblichkeit der menschlichen
Seele würde für mich allein darin bestehen, dass ein Anderer,
auf dessen Einsicht und Urtheilsfähigkeit ich ein unbedingtes
Vertrauen setze, es mir versichert, dass die Seele jedes Menschen unsterblich sei. Einen solchen Autoritätsbeweis haben
wir Christen an den Aussprüchen Christi, dessen Religionslehre, wie sie in den neutestamentlichen Evangelien vorliegt,
durch und durch auf der Ueberzeugung ruht, dass die Seele
eines jeden Menschen nach dem natürlichen Tode nicht blos
fortlebt, sondern auch näher geschilderte Zustände und Schicksale erfährt, die von der Führung dieses irdischen Lebens
abhängig sind. Wer also der Wahrheit des Christenthums
unbedingten Glauben schenkt, der wird auch den Glauben
an die Unsterblichkeit der menschlichen Seele, die ein so
wesentlicher und mit allen anderen Lehren aufs Innigste zusammenhängender Bestandtheil des Christenthums ist, mit in
sich aufnehmen und zwar zunächst auf die Autorität Christi

gestützt. Aber auch abgesehen von dieser höchsten Autorität
hat der Autoritätsbeweis auch sonst eine grosse Kraft. Namentlich spielt der Autoritätsbeweis in der Kindheit und in
Culturzuständen, die der Kindheit ähnlich sind, eine ganz
ungeheure Rolle. Wenn ein Kind oft von seinen Eltern hört,
dass wir nach dem Tode noch fortexistiren und mit dem den
Kindern eigenen Wahrheitsgefühl bemerkt, dass das nicht
blosse Worte sind, sondern wahrhafte Ueberzeugungen, die
in der innersten Seele wurzeln, so wird es bald dasselbe
glauben, weil es seine Eltern für ausserordentlich glaubwür-
dige und einsichtsvolle Menschen hält. Aber auch für einen
erwachsenen Menschen hat die Autorität, wenn sie rechter
Art ist, in dieser, wie in jeder anderen Hinsicht etwas Imponirendes. Man höre nur einmal einen sittlich und geistig
hochstehenden Mann etwa in folgender Art sich aussprechen:
„dass wir nach dem Tode noch fortexistiren, ist so gewiss,
so gewiss die Sonne am Himmel steht, ja noch viel tausendmal gewisser", wie ich diese Aeusserung in der That einmal
von einem höchst ehrenwerthen Manne gehört habe, man
höre eine solche Aeusserung im Tone des zuverlässigsten
Wahrheitsgefühles aussprechen und man wird sich, selbst
wenn man an unserer Lehre Zweifel hegen möchte, der
Macht einer solchen fest in sich begründeten Ueberzeugung
nicht wohl verschliessen können.

Die Zuversicht, mit der Sokrates von einem zukünftigen
Leben des Menschen sprach, und die Furchtlosigkeit, ja Freudigkeit, mit der er kraft dieser Zuversicht dem nahen gewalt-
samen Tode ins Auge sah und ihn sogar als seinen Befreier
begrüsste, hatte für alle seine Schüler, die ihn hörten, etwas
höchst Imponirendes und schlug alle Zweifel nieder, die sie
sonst wohl hegen mochten. Aber so höchst bedeutend und
unentbehrlich die Autoritätsgründe sind, so darf man doch
nicht verkennen, dass sie theils schon nach einer Seite hin
auf Vernunftgründen ruhen — denn wie sollte mir denn überhaupt die Ueberzeugung eines Anderen eine Autorität sein,
wenn ich nicht für die Einsicht, Glaubwürdigkeit und geistige
Bedeutung desselben ganz bestimmte Vernunftgründe hätte? —,
theils aber müssen solche auf Autorität hingenommene Ueberzeugungen — wenigstens für manche Menschen und zu manchen Zeiten — durch wirkliche Vernunftgründe, d. h. durch

Gründe, die aus dem Wesen der Sache mit Nothwendigkeit hervorgehen, befestigt werden, wenn sie nicht nach und nach schwächer werden und in Zweifel und Unglauben übergehen sollen. Welcher denkende Mensch würde denn zuletzt noch auf die Autorität Anderer hin an die Wahrheit der Bibel glauben, wenn er sich nicht zuletzt selbst mittelst seines Geistes und seiner Vernunft oder, sollen wir lieber sagen, mittelst des in seiner Seele wirksamen göttlichen Geistes von der absoluten Vortrefflichkeit des Inhalts der Bibel oder doch wenigstens zunächst von der absoluten Vortrefflichkeit eines grossen Theils ihres Inhalts, z. B. der engelreinen Moral selbständig überzeugte oder — mit anderen Worten dasselbe gesagt — wenn ihm dasjenige, was ihm hier zunächst von einem Anderen verkündigt wird, nicht zuletzt aus den innersten Tiefen seines eigenen Geistes als absolute Wahrheit entgegenträte, und wenn dieser Andere, der ihm eine absolute Autorität war, nicht als das Licht und die Wahrheit in seiner eigenen Seele Platz gewönne? Wenn einer die Lehre von der Unsterblichkeit der menschlichen Seele nicht anders zu begründen wüsste, als dass sie in der Bibel bezeugt wird und nicht von sich aus, d. h. von seinem innersten vernünftigen Denken und Fühlen aus, ein lebendiges Zeugniss dafür ablegen und objective, aus der Natur der menschlichen Seele geschöpfte Gründe dafür geltend zu machen wüsste, dessen Glaube könnte wohl gar bald auf schwachen Füssen stehen und durch das erste beste Argument, welches ein dreister Materialist vorbringt, wankend gemacht werden. Irgend einmal muss wenigstens bei jedem selbständigen Menschen der Zeitpunkt eintreten, wo der Autoritätsglaube, innerlicher, aus der Tiefe der eigenen Seele hervorquellender Glaube wird, so dass er, wie es in dem Evangelium heisst, das Bekenntniss ablegt: jetzt glauben wir nicht mehr um deiner Rede willen, denn wir haben es selbst gehört und erkannt. Wer den Gott, von dem in den Schriften der weisesten und frömmsten Männer Zeugniss abgelegt wird, nicht in sich selbst als eine unerschöpfliche Lebensquelle findet und mit ihm in ein lebendiges Verhältniss tritt, der wird ihn am Ende auch nicht mehr in diesen Schriften finden, und wer den Glauben an die Unsterblichkeit, der von so vielen grossen Männern und Religionsstiftern bezeugt wird,

nicht mehr und mehr aus der Tiefe seiner eigenen Seele
durch gründliche Selbsterkenntniss und Selbstbenbachtung
zur festen Zuversicht erhebt, dem möchten auch nachgerade
die Quellen des Autoritätsglaubens kein lebendiges Wasser
mehr liefern, das den Durst der Seele nach Unsterblichkeit
wirklich stillen kann. Wenn sich aus dieser Betrachtung der
Werth der Vernunftbeweise für die Unsterblichkeit der
menschlichen Seele schon ganz im Allgemeinen ergeben
möchte, so sind doch solche Beweise von ganz besonderem
Werthe und Interesse in Zeiten, in denen die Wogen des Materialismus hoch gehen und jedes Bewusstsein von geistiger Selbständigkeit der menschlichen Seele — der Naturgewalt gegenüber — zu vernichten suchen, besonders wenn die bis dahin
bestehenden Autoritäten nicht mehr gelten und andere sich
noch nicht geltend gemacht haben. In solchen Zeiten bleibt
nichts weiter übrig, als direct an die Vernunft zu appelliren,
und in solchen Zeiten tritt denn auch dasjenige hervor, was
man Vernunftbeweise für die Unsterblichkeit der menschlichen
Seele nennt. Es lassen sich mehrere solche Zeitepochen in
der Geschichte der Menschheit angeben, wo der Glaube an
die Unsterblichkeit der Seele in einem Theile der Zeitgenossen
wo nicht schwand, so doch unsicher wurde, und wo dann
geistvolle Philosophen auftraten, um diese Lehre durch Vernunftgründe zu beweisen. So gehörte, um doch wenigstens
das Eine oder das Andere aus der Geschichte auzuführen,
der Glaube an die Unsterblichkeit der Seele ursprünglich
mit zu dem Religionssystem des geistvollsten Volkes, das
wohl bisher auf dieser Erde gelebt hat, des Volkes der alten
Griechen. Als aber bei fortschreitender Bildung des Volkes
der Glaube an dieses einseitige, weil wesentlich pantheistische,
Religionssystem immer mehr schwand, da erhoben sich auch
Zweifel an der Unsterblichkeit der Seele. Aber in diese Zeit
fällt auch die Erscheinung des ersten reinen Vernunftbeweises
für die Unsterblichkeit, den wir auch jetzt noch nicht ohne
gründliche Belehrung, ja nicht ohne Bewunderung für den
darin zu Tage tretenden Scharfsinn lesen können und gerne
immer wieder lesen. Es ist der Beweis, der sich in dem
„Phädon" überschriebenen Dialoge des unsterblichen Philosophen Plato findet und der hauptsächlich auf die Lehre von
den Ideen begründet ist. Als etwa drei Jahrhunderte später

das Christenthum mit siegreicher Gewalt in die Menschheit
eintrat, und die Idee eines persönlichen, der Welt enthobenen
und doch mit seinem Geiste in der Welt gegenwärtigen Gottes
in den Gemüthern der Völker Wurzel fasste, als dieses Gefühl von der Gegenwart Gottes in der Seele auch das Gefühl der Unverwüstlichkeit der Seele zur Folge hatte, da
wurde auch der Glaube an die Unsterblichkeit der menschlichen Seele so allgemein und fest, dass von einem ernsten
Zweifel an dieser Lehre nicht länger die Rede sein konnte,
und die Folge davon war, dass auch das Bedürfniss, durch
Vernunftgründe diese Lehre zu beweisen, nicht mehr empfunden wurde. Ja bei der weiteren Ausbildung und eintretenden
Veräusserung der christlichen Kirche im Mittelalter reflectirte
man beinahe lieber über das Jenseits, statt, was wichtiger
gewesen wäre, das Diesseits nach allen Seiten hin im Geiste
des Christenthums zu gestalten und es entstanden theils erst
die Vorstellungen von Himmel, Hölle und Fegefeuer, theils
wurden sie wenigstens aufs Phantastischste ausgebildet und
die Kirche regulirte ein förmliches Verhältniss zwischen dem
Diesseits und dem Jenseits, indem sie sich z. B. die Kraft
beilegte, durch Messen die Seelen aus dem Fegefeuer zu befreien. Diese und ähnliche Auswüchse beseitigte die Reformation und führte den Glauben an die Unsterblichkeit der
menschlichen Seele auf die biblischen Grundlagen zurück,
wodurch er nur an Wahrheit und Innigkeit gewinnen konnte.
Auch traten wohl zwei bis drei Jahrhunderte nach der Reformation keine tiefer und allgemeiner um sich greifenden
Zweifel an dieser Lehre hervor, wenn auch solche z. B. von
dem Philosophen Spinoza in seiner Ethik ausgesprochen wurden
und ausgesprochen werden mussten in Folge seines pantheistischen Princips, nach dem nur die absolute Substanz ist
und alles Individuelle in ihr verzehrt wird. Als aber zu Ende
des vorigen Jahrhunderts in Frankreich alle Autorität des
Christenthums in den gebildeten Ständen, so fern sie sich
nicht mit bigotter Hartnäckigkeit an das katholische Dogma
anklammerten, theils geschwächt, theils verschwunden war,
als Sinnenlust und fleischliches Weltleben so um sich griff,
dass man den Geist und seine Selbständigkeit vergass, da
wurde die Meinung, dass der Mensch ein blosses Naturpro-
duct, ja eine Maschine sei, unverhüllt ausgesprochen und der

Glaube an die Unsterblichkeit der Seele dem zu Folge von Vielen für ein blosses Kindermährchen gehalten. Das war aber auch die Zeit, wo wieder geistvolle Männer die Unsterblichkeit der Seele durch Vernunftgründe bewiesen, namentlich finden wir solche in unserm deutschen Volke. Allerdings erhob sich auch in unserem Deutschland zu derselben Zeit der Geist der Kritik mit einer Kühnheit und Rücksichtslosigkeit, von der die Franzosen gar keine Ahnung hatten, und die Folge davon war, dass auch bei uns alle äussere Autorität verworfen wurde und die sinnende Vernunft sich auf sich selbst stellte, aber was sich bei uns für Vernunft ausgab, das war auch wirklich Vernunft und lieferte daher auch positiv vernünftige Resultate. Es muss in dieser Beziehung an den einzig grossen Mann erinnert werden, der als der Schöpfer der neuen Philosophie dasteht, an Immanuel Kant. Obgleich er schlechterdings keine andere Autorität anerkannte, als das vernünftige Denken, so lieferte doch sein philosophisches System ganz andere Resultate als die englische Freidenkerei oder gar die französische Frivolität. Und zu diesen Resultaten gehörte auch die Lehre von der Unsterblichkeit der menschlichen Seele, die er in dem einen seiner Hauptwerke: „Kritik der praktischen Vernunft" durch die Idee der sittlichen Freiheit begründete. Kant hatte auf das geistige Leben unserer Nation einen ausserordentlichen Einfluss; er gewann alle denkenden Männer der Nation für sich, und durch diese verbreiteten sich seine Principien in die weitesten Kreise. Seine grossen Ideen: Gott, Freiheit und Unsterblichkeit wurden das Programm der grossen Richtung, die man mit dem Namen des Rationalismus bezeichnete, und die zu Ende des vorigen und zu Anfang des jetzigen Jahrhunderts eine fast unbeschränkte Herrschaft in Deutschland ausgeübt hat. Aber die Verhältnisse haben sich seitdem wieder mächtig geändert. Es kam dann der fürchterliche Druck Deutschlands unter Napoleon, der die Gemüther nöthigte, in der Religion ihren Halt und Trost zu suchen und eine lebendige Erneuerung und Kräftigung des Christenthums und seiner Lehren, wozu auch die der Unsterblichkeit gehört, zu Stande brachte, wovon die Spuren bis auf die Gegenwart sich erstrecken. Dann aber kam die mächtige und so heilsame Ausbildung der Naturwissenschaften, in Folge dessen aber auch die einseitige Berücksichtigung und Voranstellung des Naturlebens im Verhältniss zum Geistesleben. Denn zu unserer Zeit ist es dahin gekommen, dass eine physiologische, von einzelnen Philosophen unterstützte Schule entstanden ist, die den Menschen nur als Naturorganismus ansieht und daher die Unsterblichkeit der menschlichen Seele bezweifeln muss. Aber eine nothwendige Folge hiervon ist es gewesen, dass man sich zu unserer Zeit auch wieder lebhafter damit beschäftigt hat, die Selbständigkeit des Geistes dem Naturleben gegenüber zu begründen und demnach auch die vernünftigen Argumente für die Unsterblichkeit der menschlichen Seele geltend zu machen und in ein deutlicheres Licht zu stellen. Namentlich haben diejenigen Philosophen, deren Arbeiten zum grösseren Theil in der von dem jüngeren Fichte herausgegebenen philosophischen Zeitschrift veröffentlicht worden, wie Fichte selbst, sodann Weisse, Wirth, Ulrici, Schaller u. A. in besonderen Schriften den Materialismus auch auf diesem Gebiete aus dem Felde zu schlagen versucht, und sie haben namentlich in dem Selbstbewusstsein des Menschen diejenige Thatsache des menschlichen Lebens hervorgehoben, die sich auf materiellem Wege in keiner Art erklären lässt und daher auch in ihrer Weise eine vernünftige Garantie für die Unsterblichkeit darbietet. Wir sehen daraus, dass dieser Gegenstand nicht blos an und für sich von absoluter Bedeutung ist, sondern auch ein sehr wesentliches Zeitinteresse hat. In der That, meine ich, würde sich derjenige, der die Unsterblichkeit der menschlichen Seele mit wissenschaftlicher Gründlichkeit und Klarheit bewiese, um unsere Zeit ein Verdienst erwerben, indem er viel Ungewissheit, schwankendes Wesen und Zweifelhaftigkeit aufheben und über einen Punkt Sicherheit geben könnte, über den man in der That Sicherheit haben muss, wenn das Leben Kraft und Entwickelung erhalten soll. Da ich mich nun eine Reihe von Jahren mit diesem Gegenstande beschäftigt und die wichtigsten Schriften für und wider gelesen habe, so ist es mir nicht ohne Interesse erschienen, einem gebildeten Publikum einmal einen Theil meiner Ansichten über diesen Punkt im Zusammenhang, wenn auch in gedrängter Kürze, wie sie durch die diesen Vorträgen zu widmende Zeit geboten wird, vorzulegen, wenn ich auch keineswegs der

Meinung sein kann, diese schwierige Untersuchung nach
allen Seiten hin zu Ende geführt zu haben. Ich halte mich
aber bei dieser Untersuchung fern von jeder metaphysischen
Speculation und stelle mich lediglich auf den Standpunkt der
empirischen Psychologie und setze auch von dieser nur so
viel voraus, als jeder Gebildete durch eine aufmerksame Selbstbeobachtung nothwendig finden muss, und nenne eben die
aus einer klaren und gründlichen Selbstbeobachtung nothwendig sich ergebenden Gründe für die Unsterblichkeit Vernunftgründe.

Fasst man aber die Vernunftgründe, die sich auf diesem
Wege ergeben, zusammen, so lassen sie sich, meines Erachtens, so verschiedenartig sie auch sonst sind und lauten,
doch schliesslich auf folgenden Schluss zurückführen: Der
Tod ist ein Process, der sich nur an dem Sinnlichen vollzieht; die menschliche Seele ist aber ihrem wahren Wesen
nach etwas Uebersinnliches, also kann sie dem Tode nicht
unterworfen sein. Dieser Schluss nimmt nur äusserlich
eine andere Form an, ohne dem Wesen nach anders zu
werden, wenn man statt der Kategorie des Sinnlichen andere
ziemlich gleichbedeutende Kategorien gebraucht, z. B. die
Kategorie des Materiellen oder desjenigen, was der Naturnothwendigkeit unterworfen ist, oder des im Raume und in
der Zeit aussereinander Seienden. Brauchen wir z. B. statt
der Kategorie des Sinnlichen, d. h. des mit unseren Sinnen
Wahrnehmbaren die andere damit ziemlich gleichbedeutende
Kategorie, nämlich die des Materiellen, so heisst der oben-
erwähnte Schluss, von welchem der Beweis für die Unsterblichkeit abhängig ist, so: Der Tod trifft nur das Materielle,
aber die menschliche Seele ist ihrem wahren Wesen nach
immateriell, also kann der Tod sie nicht vernichten. Findet
man aber den Grundcharakter des Materiellen oder Sinnlichen
darin, dass es einer äusseren Nothwendigkeit unterworfen
ist, so lautet der obige Schluss so: Der Tod ist ein Act der
Naturnothwendigkeit; das Wesen der menschlichen Seele ist
aber die Freiheit, also kann sie dem Tode nicht unterworfen
sein. Wieder Andere finden das Wesen des Materiellen in
dem Aussereinandersein der Theile, hiernach würde der mehr-
erwähnte Schluss folgende Form haben: Der Tod bezieht sich
nur auf das Aussereinanderseiende; die Seele des Menschen

ist aber wesentlich ein Insichsein und kann daher nicht
sterben. Jeder denkende Mensch begreift nun leicht, dass
die Richtigkeit des erwähnten Schlusses von der Richtigkeit
und Wahrheit seiner beiden Prämissen abhängig ist, davon
also, ob 1) der Tod in der That nur dasjenige trifft, was
wir das Sinnliche oder Materielle oder der Naturnothwendigkeit Unterworfene oder das Aussereinanderseiende nennen,
und dass 2) die Seele nichts von dem Allen ist, sondern
vielmehr das Gegentheil davon, d. h. Obersinnlich, immateriell, ein freies, ein in sich seiendes Wesen. Die Richtigkeit der ersten Prämisse, nach der nur das Sinnliche stirbt,
wird aber von Jedermann ohne Schwierigkeit zugegeben, der
eine deutliche Vorstellung vom Tode hat. Der Tod wird oft
als ein Knochenmann abgebildet, in der That aber ist es
kein Mann, sondern was wir Tod und Sterben nennen, ist
ein Process, der an den sinnlichen Organismen der Natur
durch andere Naturkräfte bewirkt wird. Die Pflanzen sterben, die Thiere sterben und ebenso stirbt der thierische
Organismus, den wir den menschlichen Leib nennen; und
der Tod besteht in allen diesen Fällen zwar nicht darin, dass
Alles an diesen Wesen vernichtet wird, denn die einfachen
chemischen Bestandtheile derselben werden erhalten, treten
für sich hervor, und werden dann von der Natur zu anderen
Zwecken verwandt; wohl aber besteht der Tod in der Vernichtung des individuellen sinnlichen Organismus, in welchem jene chemischen Stoffe verklärt waren.
Also noch einmal! Die sinnlichen Organismen sterben; wenn
ihre Zeit vorüber ist, so sinken sie unaufhaltsam in den Staub
dahin; der Tod ist das unvermeidliche Ende jedes einzelnen
organischen Individuums, wie die Zeugung der Anfang desselben war. Das lehrt alle Beobachtung, wenn es auch Niemand mit seiner Vernunft begreifen möchte. So weit nun
der Mensch ein natürlicher Organismus ist und als solcher
der sinnlichen Natur angehört und ein materielles Dasein
hat, so weit gilt auch für ihn das eherne Gesetz: Du musst
sterben; er muss durch die Kräfte der Natur sterben und
die Natur lässt sich ihr Recht auf ihn nicht nehmen. Wäre
er also nichts weiter als Natur, nichts weiter als ein organisches Wesen, wie viel vollkommener er übrigens auch
organisirt sein möchte als die meisten Thiere, so würde er

zwar auch in der Gattung Mensch fortleben, wie die Thiere
und Pflanzen in ihren Gattungen fortleben, aber als Individuum müsste er sterben; für ihn als organisches Individuum würde die Stunde des natürlichen Todes das Ende
seiner Existenz sein, der Tod würde für ihn als dieses organische Individuum so viel als ewige Vernichtung bedeuten.
Findet sich dagegen im Menschen etwas von seinem Naturorganismus und von dem Naturleben überhaupt Unabhängiges,
etwas Uebersinnliches, Immaterielles, etwas Insichseiendes
und Freies, und ist dieses Freie das eigentliche Selbst des
Menschen, so kann dieses Selbst auch nicht durch Naturprocesse untergehen. Die Unsterblichkeit der menschlichen
Seele nachweisen, heisst demnach die zweite Prämisse des
oben angeführten Schlusses beweisen, d. h. in jeder einzelnen
Menschenseele Wesenheiten, Substanzen und Thätigkeiten
nachweisen, die etwas wesentlich Anderes sind als das
Naturleben und daher auch den Processen des Naturlebens, zu
denen der Tod gehört, nicht unterworfen sein können. Wer
also die Unsterblichkeit der menschlichen Seele in dieser Art
beweisen will, der muss sich selbst beobachten und in den
Kräften und Thätigkeiten seiner Seele etwas über die Sphäre
der Natur Hinausliegendes und daher Unsterbliches aufzufinden
verstehen. Aber wenn wir an jeden Menschen, wenigstens
jeden gebildeten Menschen die Anforderung stellen, seine
eigene Seele zum Gegenstande seines Nachdenkens und seiner
Forschung zu machen, so setzen wir sogleich eine der Grund-
kräfte der menschlichen Seele voraus, die sie über alle Naturwesen erhebt und sie daher auch den zerstörenden Mächten
der Natur enthebt. Dieses ist die Kraft des Selbstbewusstseins, mit dessen Betrachtung ich daher meine Erörterungen beginnen will.

Diese Fähigkeit des Menschen, seine eigene Seele und
ihre Thätigkeiten zu betrachten, ist in der That eine der
wunderbarsten Eigenschaften unserer Seele, deshalb so wunderbar, weil wir in der übrigen Natur nichts ihr Gleiches
oder auch nur Aehnliches vorfinden und weil sie durch die
Naturkräfte nicht erklärt werden kann. Denn man denke
doch, welches Wunder sich begiebt, wenn wir über unsere
Seele und ihre Thätigkeit nachdenken! Was ist der Gegenstand unseres Nachdenkens? Nichts Anderes, als unsere

Seele! Und wer ist es denn, der über die Seele nachdenkt, sie betrachtet und erforscht? Wieder nichts Anderes, als unsere Seele selbst. So hat denn unsere Seele, wie jeder Mensch weiss und bekennt, die wunderbare Eigenschaft, sich selbst zum Gegenstand zu machen, und diese Eigenschaft bezeichnen wir eben mit dem Namen: Selbstbewusstsein. Betrachten wir die Thierwelt, so finden wir, dass jedes Thier in Folge seiner Empfindungs- und Sinnenthätigkeit, die sich in dem Gehirn concentrirt, sich von jedem sinnlichen Gegenstande ausser ihm aufs Bestimmteste unterscheidet, mit diesen sinnlichen Objecten in Verhältniss tritt und sie entweder zu seinen Lebenszwecken benutzt oder sie meidet, wenn sie ihm Gefahr bringen können. Diese sinnlich empfindende Thätigkeit hat der Mensch auch schon als sinnliches Wesen. Mittelst seiner Sinne tritt er als ein bestimmtes Subject den unendlich vielen natürlichen Objecten der Aussenwelt gegenüber, unterscheidet diese Objecte von sich selbst und macht sie zu Gegenständen seiner Thätigkeit; aber er erhebt sich auch im Verlauf seiner Entwicklung über diese der Sinnlichkeit eigene Schranke des Dualismus und unterscheidet sich von sich selbst, was kein Thier kann und was auch der Mensch als blos sinnliches Naturwesen nicht kann, macht sich selbst zum Gegenstande, d. h. er ist das Subject und das Object der Thätigkeit in einer Person. Diese Unterscheidung von sich selbst, diese Kraft, sich selbst Gegenstand zu sein, diese Fähigkeit, in sich selbst seine Erfüllung und seinen Inhalt zu haben, ist eben das Selbstbewusstsein. Wir brauchen uns nur in dem allereinfachsten Acte unseres Denkens zu beobachten, nämlich in dem Acte, wo wir „ich" sagen, um eine ganz deutliche Vorstellung von dem rein menschlichen Acte des Selbstbewusstseins zu erhalten. Denn indem ich „ich" sage, bin ich Subject und Object in einer Person, ich unterscheide mich von mir selbst, ich bin mir selbst der Gegenstand meines Denkens; ich habe einen Inhalt, aber dieser Inhalt bin ich selbst, ich erfülle mich mit mir selbst, ich bin Inhalt und Form in Einem. Durch das Selbstbewusstsein oder die Ichheit wird die menschliche Seele, um einen Ausdruck von Tieck zu gebrauchen, Schauspieler und Zuschauer in einer

Person, denn indem die menschliche Seele in irgend einer
Weise thätig ist, steht sie doch auch zugleich über dieser
Thätigkeit, beschaut diese Thätigkeit, beobachtet sie, leitet
sie. Die Seele als selbstbewusstes Wesen denkt z. B. über
etwas nach, forscht nach etwas, wie wir jetzt z. B. über die
Lehre von der Unsterblichkeit Forschungen anstellen; sie
giebt sich dieser Thätigkeit des Forschens ganz hin, zugleich
aber steht sie über dieser Thätigkeit, beobachtet sie, ist sich
deren bewusst, leitet sie dahin und dorthin, hält die wesentlichen Resultate dieses Forschens fest, erinnert sich ihrer
und benutzt sie zu ihren weiteren Zwecken. Als denkende
Thätigkeit ist die Seele also gleichsam ein Schauspieler, der
etwas producirt, aber als sich dieser Thätigkeit bewusste
Kraft ist sie zugleich der Zuschauer, der das Schauspiel betrachtet. Oder betrachten wir die menschliche Seele in einer
praktischen Thätigkeit, so werden wir denselben Grundcharakter derselben entdecken, nämlich dass sie sich von sich
selbst unterscheidet. Stellen wir uns vor, dass die menschliche Seele nach etwas strebt, dass sie etwas will und in
Folge dessen handelt und gewisse Zwecke verfolgt, die sich
nur durch energisches Handeln erreichen lassen; so ist sie
auch in diesem Falle das thätige, das producirende, das
handelnde Wesen, zugleich aber ist sie sich auch dieser
Thätigkeit bewusst, beobachtet sie, reflectirt darauf; sie steht
in der Thätigkeit und steht doch auch zugleich als Beobachter darüber, sie hat auch in diesem Falle wieder einen
Gegenstand, der sie selbst ist.

Das ist die jedem Menschen wohlbekannte und doch so
unendlich wunderbare und an Folgerungen unerschöpfliche
Thatsache des Selbstbewusstseins, dass der Mensch sich von
sich selbst unterscheidet oder sich selbst zum Gegenstand
und Inhalt hat, das Beisichsein oder das Insichsein.
Und sollte nicht schon diese Thatsache die menschliche Seele
über Alles, was wir Natürliches und Materielles nennen,
unendlich erheben und sie in eine Sphäre des reinen Seins
versetzen, in die kein Tod und keine Sterblichkeit eindringen
kann? Wir wollen sehen! Die Kraft und Thätigkeit des
Selbstbewusstseins ist doch wohl keine sinnliche Kraft und
überhaupt nichts Sinnliches? Denn was ist das Sinnliche?
Worin besteht das Sinnliche? Sinnlich ist, was durch

die Sinne wahrgenommen wird, also was gesehen, gehört, gerochen, geschmeckt, gefühlt, überhaupt was mit dem Centralorgan, in dem alle Sinnesthätigkeiten sich concentriren, mit dem Gehirne empfunden wird. In jeder sinnlichen Thätigkeit ist stets ein Dualismus vorhanden zwischen dem Empfindungsorgane, welches empfindet, und dem natürlichen Gegenstande, welcher empfunden wird; der empfundene Gegenstand ist etwas wesentlich anderes, als das Empfindungsorgan, und die Empfindung entsteht allein dadurch, dass der natürliche Gegenstand als etwas Anderes auf das empfindende Organ einen äusseren Eindruck macht. Sobald keine selbständige äusserliche, d. h. ausserhalb des Organismus befindliche Materie vorhanden ist, die von aussen auf das Empfindungsorgan einwirkt, so entsteht keine Empfindung. Ein absolutes Anderssein wird also neben und ausserhalb des Empfindungsorgans vorausgesetzt, wenn eine Empfindung durch die Sinne entstehen soll. Selbst auch in dem Falle, wenn wir Schmerzen in dem eigenen Körper empfinden, wie bei Krankheiten, selbst in diesem Falle wird etwas dem Organismus Aeusserliches empfunden, denn alle Krankheit entsteht ja wohl dadurch, dass etwas dem körperlichen Organismus Aeusserliches, ein fremder Stoff oder Kraft, in dem Organismus Platz greift; wo dieses nicht der Fall ist, da ist auch keine Empfindung; die reine Gesundheit wird nicht schmerzlich, überhaupt nicht empfunden. Die Kraft und Thätigkeit des Selbstbewusstseins ist aber von alle dem das reine Gegentheil, keine für die Sinnlichkeit passende Eigenschaft findet sich in der selbstbewussten Thätigkeit. Hier ist nicht die Rede von einem Unterschiede zwischen einem Subject, welches empfindet, und einem Object, welches empfunden wird, und es ist ferner überhaupt nicht mehr von Empfindung die Rede. Denn das Ich oder das selbstbewusste Wesen hat nicht einen anderen von ihm unterschiedenen Gegenstand, sondern es ist sich selbst Gegenstand, oder seine eigene Thätigkeit ist ihm Gegenstand, nichts von aussen an dasselbe Herankommendes. Der Dualismus, auf dem alle sinnliche Empfindung beruht, ist im Selbstbewusstsein aufgehoben, die Thätigkeit des Selbstbewusstseins besteht darin, dass das Ich bei sich ist, nicht auf ein Aeusseres sich bezieht und hinwendet, sondern sich auf sich bezieht

und in sich selbst ist. Auch ist die Thätigkeit des Selbstbewusstseins gar kein Empfinden mehr und kann mit keiner
Empfindung verglichen werden; dazu fehlt es an einem Eindruck, der von aussen kommt und der entweder Freude
oder Schmerz bereitet; das Selbstbewusstsein ist reine Klarheit, absolute Einfachheit, eine Continuität in sich selbst,
die alles Fremde ausschliesst und daher auch nichts Empfin-
dungsartiges in sich hat; — ein Licht, das sich selbst be-
scheint, ein Licht, das in sich und aus sich selbst leuchtet.
Also etwas Sinnliches ist das Selbstbewusstsein nicht und
daher auch nichts Materielles, sofern man ja in der Regel
das Materielle als das Sinnliche, d. h. als das durch die Sinne
Wahrnehmbare erklärt. Aber man giebt von dem Materiellen
wohl auch andere Eigenschaften an, die nicht ohne Weiteres
auf die Sinne bezogen werden. Jedoch keine Eigenschaft, durch
die man das Materielle charakterisirt, ist eine Eigenschaft
des Selbstbewusstseins; das Selbstbewusstsein ist allen der
Materie zukommenden Eigenschaften und Merkmalen absolut
entwachsen, ein der eigentlichen Naturthätigkeit enthobenes
Wesen. Es hat Philosophen gegeben, die das Materielle als
das Aussereinanderseiende erklärt haben, und in der That
charakterisirt sich jedes Materielle dadurch, dass jeder, auch
der kleinste Theil einen bestimmten Raum einnimmt und
alle anderen Theile von sich ausschliesst, wodurch eben diese
ungeheuer grosse Aeusserlichkeit entsteht, die wir Natur und
das Natürliche nennen. Ist aber diese Bestimmung, dass das
Materielle das Aussereinanderseiende ist, richtig — und sie
wird wohl richtig sein —, so ist das Selbstbewusstsein sowohl in sich selbst, als in seinen Thätigkeiten und Wirkungen etwas wesentlich und absolut Anderes, als die Materie
und ihre Eigenschaften; denn das Selbstbewusstsein ist seinem Wesen nach ein Insichsein, ein Beisichsein, ein Sich-
aufsichbeziehen, in welchem alles Aussereinandersein ausgeschlossen ist. Und wie es in sich selbst das Insichsein ist,
und wie alle seine Thätigkeiten aus ihm selbst fliessen und
in seiner Einfachheit gehalten sind, so macht es dieses sein
Wesen auch nach aussen geltend. Es hat die Kraft, alles
Andere sich anzueignen, sich in allem Anderen wieder zu
finden und in allem Anderen gleichsam bei sich einzukehren.
Die Liebe und die Erkenntniss sind z. B. solche Acte des

auch in anderen Wesen sich realisirenden Selbstbewusstseins.
Denn in der Liebe findet ein Ich in dem andern Ich sein
anderes Selbst und feiert sein Wesen, welches in dem Insichsein besteht, auch ausser sich, indem es in einem anderen
selbstbewussten Wesen gleichsam sich selbst hat, und wie
in sich ist. Ebenso besteht die Erkenntniss in einer Verwirklichung des Selbstbewusstseins, indem alle Erkenntniss
darin besteht, dem Anfangs Fremden die Fremdheit zu benehmen und in dem Gegenstand der Erkenntniss einheimisch
zu sein. Aber wohl noch deutlicher und einfacher erkennt
man, dass das Selbstbewusstsein als ein über alle Natur und
Sinnlichkeit und über alle Processe der Natur und der Sinnlichkeit erhabenes Wesen ist, wenn man die allen Naturwesen
eigenen Merkmale des Raumes und der Zeit in Betrachtung
zieht. Man sagt: Das Materielle ist das den Raum Erfüllende
und das in der Zeit sich Verändernde, und ich wüsste nicht,
was sich dagegen einwenden liesse. Denn was zuerst das
Räumliche betrifft, so ist selbst die vollkommenste Materie,
nämlich die Materie des thierischen Organismus, wie die des
menschlichen Leibes, räumlich in sich geschieden und
besteht als ein Nebeneinander. Der Kopf nimmt räumlich
einen anderen Ort ein als der Rumpf und dieser wieder einen
anderen Ort als die Glieder, und ebenso wieder die Neben-
theile von diesen drei Haupttheilen; alle Theile hängen wohl
zusammen, ja stehen in dem lebendigen Organismus mit
einander in Wechselwirkung, aber sie sind und bleiben doch
räumlich von einander geschieden. Wie unendlich anders
verhält sich dieses bei dem Selbstbewusstsein. Das Ich, welches das Subject des Selbstbewusstseins bildet, ist von dem
Ich, welches den Gegenstand des Bewusstseins ausmacht,
nicht räumlich geschieden, sie liegen nicht etwa nebeneinander — es wäre ein Unsinn, so zu sprechen; sie sind
wohl unterschieden, aber sie sind zugleich absolut identisch
oder es ist vielmehr nur ein und dasselbe Ich, das sich in
sich selbst unterscheidet. Ich kann und muss ferner wohl
das selbstbewusste Ich von seiner Thätigkeit, z. B. der Thätigkeit des Denkens oder der Thätigkeit des Wollens unterscheiden; aber das Ich und die Denkthätigkeit des Ichs liegen
wieder nicht neben einander oder ausser einander, sondern
das Ich ist in der Denkthätigkeit, ja das Ich ist selbst die

denkende Thätigkeit, so sehr es sich in seiner Allgemeinheit von dieser seiner besonderen Thätigkeit unterscheidet. So triumphirt die selbstbewusste Thätigkeit über das räumliche Nebeneinander, sie triumphirt aber auch über das zeitliche Nacheinander. Wir verändern uns ja allerdings in der Zeit, wir entwickeln uns von Stufe zu Stufe in der Zeit, erweitern unsere Kenntnisse, verändern und vertiefen unsere Ansichten, bessern uns oder verschlechtern uns, gehen durch Glück und Unglück hindurch — Alles in der Zeit, und doch triumphirt das Selbstbewusstsein über alle Zeit und giebt uns den Begriff der Ewigkeit. Das Ich ist von dem ersten Anfange, wo sich das Licht desselben in dem Bewusstsein zusammenfasste, bis jetzt und in alle Zukunft ein und dasselbe, unveränderlich und zeitlos. So grosse Veränderungen ich in diesem Leben durchgemacht habe; — ich, als selbstbewusstes Wesen, bin zu allen Zeiten derselbe, und weiss mich als identisch durch alle Zeitveränderungen hindurch und alle Acte der Seele, die der Vergangenheit angehörten, sind in der That nicht vergangen, sondern in der Erinnerung gegenwärtig; es ist dasselbe Ich, welches heute die Unsterblichkeit der menschlichen Seele psychologisch zu begründen sucht und welches vor 40 Jahren von Psychologie so gut als nichts wusste und über diese Dinge ganz anders sprach und dachte und welches sich doch zugleich aller früheren Zustände bewusst ist und sie in sich hat, so dass sie der Zeit entnommen sind. Das Ich ist das in der Zeitentwickelung Zeitlose, das absolut Unveränderliche in aller Veränderung, das Ewige mitten in der Zeitlichkeit und alles Zeitliche vereinigende, das Unendliche im Endlichen. Doch müssen wir gleich einem Einwande begegnen, der hier gemacht werden kann und der auch in späteren Betrachtungen in anderen Formen wiederkehren wird. Denn wenn auch in der bisherigen Entwickelung nachgewiesen worden wäre, dass das Selbstbewusstsein ein allem materiellen und sinnlichen Dasein entnommenes Wesen ist, dass es keine der Eigenschaften, welche die Materie charakterisiren, besitzt und daher auch nicht den Processen der Sinnlichkeit, zu denen der Tod gehört, unterworfen sein kann, so könnte uns doch die Erfahrung wieder zweifelhaft machen, dass ja doch das Selbstbewusstsein jedes Menschen auch erst in der Zeit entsteht und selbst wenn es entstan-

den ist, auch zeitweise wieder verdunkelt wird. Denn die
Erfahrung lehrt, dass der Mensch nicht gleich bei seinem
Entstehen selbstbewusst ist, sondern es erst wird, wenn er
sich schon Jahre lang in der Welt umgesehen hat. Sodann
ist bekannt, dass das Selbstbewusstsein alle Tage während
des Schlafs verdunkelt wird. Dieser Einwand stützt sich auf
die allgemeine — und zwar festbegründete und unabweis-
liche — Erfahrung, dass das Höchste, was wir in uns finden
und was wir als ein Uebersinnliches und damit als ein Unsterbliches bezeichnen — also Selbstbewusstsein, Vernunft,
Freiheit, Sittlichkeit, Religion — dass dieses Alles nicht unmittelbar bei der Geburt in uns ist, sondern erst durch das
Mittel der sinnlichen Thätigkeit erwacht und sich erneut.
Der Mensch muss viel sehen und hören und alle anderen
sinnlichen Thätigkeiten seines Körpers in Bewegung setzen,
damit der Geist in ihm erwache, sich entwickele und voll-
ende. Der Körper ist ein unentbehrliches Mittel, um in
dieser Welt des halb sinnlichen, halb geistigen Lebens den
geistigen Zweck zu realisiren. Ist aber der Zweck realisirt,
so wird das Mittel weggeworfen. Der Irrthum, in welchen
diejenigen verfallen, die in der Unentbehrlichkeit des Körpers
zur Entwickelung des Selbstbewusstseins und des Geistes
überhaupt eine Instanz gegen die Unsterblichkeit der Seele
finden, besteht darin, dass sie das Mittel mit dem Zwecke
auf gleiche Stufe der Dignität setzen. Um deutlich
zu machen, wie das gemeint ist, erlaube ich mir auf ein
analoges Beispiel hinzuweisen. Der Bildhauer braucht, um
die schöne Statue aus dem Marmor zu fertigen, auch des
Meissels und anderer sinnlicher Werkzeuge, aber diese Werkzeuge sind nur dienende Mittel, um die Statue, die zunächst
im Geiste des Künstlers als blosse Idee existirt, ins wirkliche
Leben zu rufen. Ist die Statue fertig, so werden diese dienenden Werkzeuge weggeworfen, und die Statue ist dann
etwas für sich und dient für sich zur Erhebung und Erbauung der Beschauer, die den Geist des Künstlers, der die
Statue geschaffen hat, bewundern und ihm allein die Urheber-
schaft des schönen Werkes zuschreiben und mit Recht nicht
mehr an die sinnlichen Werkzeuge denken, deren er sich
bei der Arbeit bedient hat. So denke ich mir das Verhältniss
eines dienenden Mittels zu dem seiner Natur nach unendlich

höher stehenden Zwecke, der, wenn er realisirt ist, selbständige Existenz hat und das dienende Mittel nicht mehr bedarf,
sondern dasselbe dann bei Seite wirft. Der körperliche Organismus, den wir an uns tragen, nebst allen sinnlichen Thätigkeiten desselben ist ein dienendes Mittel und Werkzeug,
um das Anfangs in uns schlummernde Seelenprincip zu
einem selbständigen Fürsichsein zu bringen, worauf
dann das körperliche Organ als unnütz bei Seite geworfen
und der verdienten Vernichtung Preis gegeben wird. Auf
diesem Princip, dass gewisse Kräfte als dienende Mittel und
Werkzeuge zur Realisirung eines dem Wesen und der Art
nach unendlich höher stehenden Zweckes gebraucht werden,
ruht schon die stufenmässige Entwickelung der ganzen Natur.
Im Menschen wird dieses Princip nur in der Weise angewandt, dass hier die ganze Natur als dienendes Mittel und
Werkzeug zur Realisirung eines über der Natur unendlich
erhabenen Zweckes verwandt wird. Ein Blick in die Natur
reicht hin, um zu erkennen, dass stets das Niedere zum dienenden Mittel für das dem Princip und dem Wesen nach
Höhere verwandt wird, und dass das Höhere zwar niemals
aus dem Niederen entsteht, wohl aber durch seine Hülfe
sich entwickelt. Die Pflanze ist doch offenbar etwas qualitativ Anderes und dem Principe nach Höheres als die leblosen Stoffe, z. B. als Wasser, Luft und alle chemischen
Stoffe; die herrliche Organisation der Pflanze, ihr Wachsthum,
ihre Fortpflanzung und alles dasjenige, was wir als Leben
bezeichnen, ist etwas unendlich Höheres, als Steine und
chemische Elemente sind, auch entsteht aus einem Steine
oder aus einer Flüssigkeit nimmermehr eine Pflanze, was man
auch mit ihr vornehmen möge; aber um den Keim des
Lebens, der in dem Samen der Pflanze liegt, zur Entwickelung zu bringen, bedarf die Pflanze jener leblosen Stoffe und
Elemente als dienende Mittel zur Realisirung ihres Zweckes.
Licht, Luft, Wärme und Feuchtigkeit müssen an den Samen
herankommen und seine leblose Hülle zersprengen, um den
in ihm schlummernden Lebenskeim zu wecken und ihn von
Stufe zu Stufe bis zur Blüthe und Fruchtbildung zu entwickeln. Doch alle diese Säfte, Elemente und Kräfte sind
weder in sich selbst das Leben und können daher auch
nun und nimmermehr zu einer Pflanze werden, noch bringen

sie in irgend einem anderen Wesen das Leben zur Entwickelung, als in dem Pflanzensamen; — sie würden durch alle
ihre Einflüsse aus einem Steine, wenn er auch im flüssigen
Zustande sich befände, kein Pflanzenleben wecken, sondern
nur aus dem Pflanzensamen locken sie das Pflanzenleben
hervor, weil in diesem allein, der Potenz nach, das Pflanzenleben schon liegt. Ja man kann schon gar nicht eigentlich sagen, dass jene Stoffe das Leben im Samen wecken,
sondern der Keim im Samen bemächtigt sich vielmehr
der an ihn herankommenden Stoffe, um durch Aneignung
und Bewältigung derselben sich aus seiner Verschlossenheit
herauszuheben und aus der realen Möglichkeit des Lebens
in die Wirklichkeit des Lebens einzutreten. Und nicht blos
die reale Möglichkeit einer Pflanze im Allgemeinen
liegt in dem Samen, sondern auch stets eine besondere
Gattung und Art von Pflanzen, und jene Säfte und Stoffe
werden stets nur dazu verwandt, um diese bestimmte Gattung und Art frei zu machen; dieselben Kräfte und Säfte
dienen dazu, um aus verschiedenen Samenkernen verschiedene Pflanzen hervorzubringen, z. B. aus einer Eichel eine
Eiche und aus dem Apfelkern einen Apfelbaum. Was an
diesem Beispiele ausgeführt worden ist, gilt für alle. Das
Thier ist offenbar etwas wesentlich Anderes und Höheres als
die Pflanze, da das Thier Empfindung und willkürliche Bewegung hat, die der Pflanze fehlen, aber dennoch braucht
das Thier nicht blos die anorganischen Stoffe, um sein Leben
zur Entwickelung zu bringen, sondern es benutzt auch die
Pflanzen als Nahrungsmittel, um sein Leben zu erhalten und
gross zu ziehen. Die Pflanzen sind nicht selbst animalisches
Leben und werden auch durch keine Kräfte der Welt und
durch keinen Process zu Thieren, sondern sie sind wieder
nur dienende Mittel, die das Thier ergreift, um sein unima-
lisches Leben zu entwickeln, wie die höheren Thiere auch
wieder niedere Thiere verzehren. So verhält es sich nun auch
mit dem Menschen. Er ist die Krone der Schöpfung, das
Ziel des Naturlebens und trägt das materielle Naturleben in
der allervollkommensten Form in seinem Körper mit
sich herum, aber sein eigentliches Wesen und Princip
liegt, wie schon an dem Selbstbewusstsein nachgewiesen ist
und an der Intelligenz und Willensfreiheit noch wird nach-

gewiesen werden, über der Natur, und der Zweck des Menschenlebens auf dieser Erde besteht allein darin, dieses
Uebernatürliche, Uebersinnliche oder Immaterielle
zur grösstmöglichen Entwickelung zu bringen. Der Mensch
benutzt aber, um diese Entwickelung des Geistes aus sich
zu Stande zu bringen, das gesammte Naturleben und
insbesondere das organische Leben seines eigenen Leibes als
dienendes Mittel und Werkzeug und als Stoff. Sobald der
Mensch in die irdische Existenz eintritt, liegt der Keim des
geistigen Lebens, also der Keim des Selbstbewusstseins, der
Vernunft, der Willensfreiheit in ihm verschlossen und dieser
Keim ist etwas unendlich Höheres als Alles, was sonst in
der Natur gefunden wird; aber um diese Anlage zum Unendlichen aus ihrer Anfangs noch verschlossenen Tiefe hervor-
zuheben und für sich zu gestalten, dazu dient auch das Verhältniss zur Natur, dazu dienen insbesondere die Sinnesthätigkeiten, namentlich die Thätigkeiten des Sehens und
Hörens und vor Allem die des Centralorgans — des Gehirns,
sowie der ganze übrige Körper, der seiner ganzen Bestimmung nach nur ein Werkzeug für die Seele ist. Der menschliche Körper ist für sich zunächst nur ein animalisches Wesen
und durchläuft als solches alle Thätigkeiten und Zustände des
animalischen Lebens, aber alle diese Zustände und Thätigkeiten dienen schliesslich nur dazu, den Menschen aus der
Natur zum Geist zu erheben und den Geist zu entbinden.
Wenden wir dieses auf den Schlaf und ähnliche Zustände an,
so finden wir es bestätigt. Der Wechsel zwischen Schlafen
und Wachen ist eine Eigenschaft des animalischen Lebens
und der Mensch theilt ihn mit den Thieren, aber im Menschen wird er doch auch etwas ganz Anderes und unendlich
Höheres, nämlich zu einem Mittel, um den selbstbewussten
Geist aus seiner verschlossenen Tiefe hervorgehen zu lassen.
Wie der Mensch zuerst im Grossen und Ganzen aus der abso-
luten Bewusstlosigkeit, in der er im Mutterleibe gefangen
liegt, auf der Leiter der Natur und durch das Mittel der
Naturprocesse sich zum vernünftigen Selbstbewusstsein erhebt,
so wiederholt sich dieser Uebergang täglich. Der menschliche
Schlaf ist daher nicht blos wie bei den Thieren eine blosse
Stärkung und Erquickung des Körpers, sondern auch eine
Erfrischung, Erneuerung und Stärkung des Selbstbewusstseins

und aller seiner Thätigkeiten. Das Leben des Menschen im
Mutterleibe ist noch ein beständiger Schlaf, eine absolute
Bewusstlosigkeit. Mit dem Eintritt in die Welt fangen die
Sinne an wirksam zu werden, es entsteht und entwickelt
sich das Bewusstsein von der Aussenwelt und an diesem Bewusstsein der Aussenwelt das Licht des Selbstbewusstseins
und alle Vernunftthätigkeit. Diese Einheit mit sich, die das
Selbstbewusstsein ist, und diese Einheit des Selbstbewusstseins
mit der Welt oder die Vernunft würde aber nicht hervorgetreten sein, wenn sie nicht als Keim von Haus aus im Menschen gelegen hätte und durch alle animalischen Zustände und
Thätigkeiten hindurch gewirkt und sie zu dem Ziele des In-
sichseins hin dirigirt hätte; andererseits aber würde dieses
Insichsein des Menschen ebensowenig gewonnen worden sein,
wenn er nicht durch seine Sinnesthätigkeit in Spannung und
Differenz mit der Aussenwelt getreten wäre, denn erst durch
Aufhebung dieser Differenz entsteht die Einheit mit sich. So
erhebt sich der Mensch schon im Grossen und Ganzen mit
Hilfe der Sinnesthätigkeit aus der Bewusstlosigkeit zum Selbstbewusstsein und dieser Uebergang wiederholt sich täglich.
Der menschliche Schlaf ist daher nicht blos eine Stärkung
und Erquickung des Körpers, sondern auch eine Erneuerung,
Erfrischung und Stärkung des Selbstbewusstseins und aller
seiner Thätigkeiten — und eben weil der menschliche Schlaf,
obschon er etwas Natürliches ist, auch das Geistige vermittelt,
weil durch ihn der Geist täglich neu und schöner sich erhebt
aus dem Dunkel der Bewusstlosigkeit, wie die leuchtende
Sonne aus dem Dunkel der Nacht, so wirkt auch schon das
Geistige in den menschlichen Schlaf hinein und der menschliche Schlaf bietet daher viele höchst merkwürdige geistige
Erscheinungen dar, die wir im Schlafe der Thiere absolut
nicht finden. Zu diesen Erscheinungen rechne ich zum Theil
schon den Traum, aber vor Allem den Somnabulismus und
den thierischen Magnetismus, bei dem die Menschen im Schlafe
herumgehen, verständig geordnete Handlungen verrichten,
zusammenhängend sprechen, ja in die Ferne sehen und in
einer wunderbaren Weise Zeit und Raum überspringen, wie
es im wachen Zustande nicht möglich ist, so dass diese Zustände in gar mancher Beziehung viel vollkommener sind,
als die jetzigen Zustände des wachen Lebens, weshalb sie

auch von einigen Psychologen als Anticipationen des zukünftigen Lebens, aber eben darum auch als abnorme und selbst krankhafte Zustände des Diesseits bezeichnet worden sind.

Nun verhalten sich aber, um diese Betrachtung über das Verhältniss des Natürlichen im Menschen zum Uebernatürlichen zu schliessen, die leiblichen Zustände und Thätigkeiten zum Geiste immer so, dass sie Mittel und Werkzeuge sind, deren der Geist sich bedient, um zu sich selbst zu kommen. Mögen wir uns also an die mancherlei Einwände, die von diesen natürlichen Zuständen aus gegen die Selbständigkeit der Seele gemacht worden, nicht kehren; durch allerlei körperliche Zustände hindurch erhält sich der Geist, und wenn er durch Schwäche und Krankheit des Körpers auch verhindert wird, mit voller Energie sich nach aussen hin zu bethätigen, da diese Bethätigung nach aussen ein Naturmoment an sich hat, wobei der Körper als Werkzeug gebraucht wird, so verhält sich das gerade so, als wenn ein sonst kräftiger und gesunder Arbeiter mit einem zu schweren oder unzweckmässig eingerichteten Werkzeuge körperlich arbeiten soll; er vermag es dann nicht, aber das liegt nicht an ihm, sondern an der Unbrauchbarkeit des Werkzeugs. Er bleibt derselbe kräftige Arbeiter, auch wenn er nicht arbeitet, ja er stärkt sich noch durch die Ruhe in seiner Kraft; so sammelt sich die selbstbewusste Seele bei solcher Hemmung ihrer Thätigkeit durch die Schwäche des Körpers um so mehr nach innen und sie tritt, wenn diese körperlichen Hemmnisse gehoben sind, sei es durch die natürliche Genesung von einer Krankheit oder durch den Tod, bei dem das nicht länger brauchbare Organ abgeworfen wird, mit um so lebendigerer Energie hervor, wie die Bäume im Frühling um so frischer blühen und grünen, nachdem sie im Winter gleichsam einen Todesschlaf geschlafen haben. Aber möchten auch diese Erörterungen über das Verhältniss des Natürlichen zum Geistigen im Menschen nicht überall genügen oder der rechten Vollständigkeit ermangeln, so bleibt doch die Thatsache des Selbstbewusstseins selbst als einer übersinnlichen und auf dem natürlichen Wege unerklärlichen Wesenheit stehen, es müsste denn das Gehirn, auf das jetzt die Materialisten allen Werth legen, sich von sich selbst unterscheiden, sich verdoppeln und doch in dieser Verdoppelung absolut einfach

sein, was allem Materiellen widerstreitet. Auch sind die Materialisten bis jetzt nicht im Stande gewesen, zur Erklärung
des Selbstbewusstseins von dem materiellen Standpunkte aus
etwas, das ihnen selbst nur genügte, zu sagen, so leicht sie
sich es sonst machen, wenn sie auf psychologische Dinge zu
sprechen kommen, und so höchst oberflächlich und unwissen-
schaftlich sie überhaupt verfahren, wenn sie von Dingen
sprechen, die sie nicht mit dem Mikroskop beschauen oder
mit dem Secirmesser zerlegen können. Aber das Selbstbewusstsein ist keineswegs der einzige, ja nicht einmal der deutlichste Beweis von der Gegenwart eines Uebersinnlichen in
uns, welches daher als solches dem Prozess des Todes, der
sich nur an sinnlichen Existenzen vollzieht, nicht unterworfen
sein kann. Wir brauchen nur in unser Seelenleben und seine
Thätigkeiten hinein zu greifen und, was wir dort finden,
gründlich zu betrachten, um noch ganz andere Vernunftgründe
für die Unsterblichkeit unserer Seele zu finden. Es ist ebenso
gewöhnlich, als in der Natur der Sache begründet, dass man
in unserer Seelenthätigkeit das Erkennen und das Wollen
oder das theoretische Vermögen und das praktische Vermögen
unterscheidet. Es widerspricht zwar allen Begriffen von den
Seelenthätigkeiten, wenn man sie sich so denkt, als lägen sie
ausser- und nebeneinander, vielmehr sind sie, so sehr sie sich
unterscheiden, doch ebenso sehr auch ineinander, und
in jeder einzigen wirken alle anderen zugleich mit, und es
liegt in diesem absoluten Ineinander der Seelenthätigkeiten,
so sehr sie sich von einander unterscheiden, ein neuer Beweis
von dem schon erwähnten Insichsein der menschlichen Seele,
das über alles Aussereinandersein des materiellen Daseins gründlich triumphirt. So ist es z. B. undenkbar und völlig unmöglich, dass man etwas erkennen könne, ohne dass man zugleich und fort und fort auch erkennen will, und die Sprache
hat sogar für den im Erkennen unaufhörlich gegenwärtigen
und wirksamen Willen einen eigenen Namen gefunden,
den Namen der Aufmerksamkeit, ohne welche es bekanntlich keine Erkenntniss giebt. Aber auch das Wollen ist unmöglich, ohne die darin zugleich und fort und fort wirkende
Erkenntniss. Denn soll das Wollen möglich sein, so muss
ich etwas wollen, dieses Etwas ist aber eine Anschauung
oder eine Vorstellung oder ein Gedanke, kurz eine Erkennt-

niss; ich muss durchaus wissen, was ich will, sonst wird
das Wollen selbst ein Nichts und hat kein Resultat. Diese
Eigenschaft gilt für alle sogenannten Seelenkräfte oder Geistesthätigkeiten; sie sind von einander unterschieden und sind
doch zugleich in einander und untrennbar eins; sie schliessen
sich gegenseitig ein, während die materiellen Kräfte und
Thätigkeiten und Existenzen sich stets ausschliessen und selbst
diese Eigenschaft des Ineinanderseins der Seelenthätigkeiten
zeigt, dass die Geistesthätigkeiten einer Sphäre angehören,
die über die materielle Natursphäre erhaben ist. Doch verfolgen wir diese Betrachtung, so interessant sie ist, hier nicht
weiter, sondern nehmen die Erkenntniss und den Willen als
unterschiedene Seelenthätigkeiten vor, wie sie denn in der
That trotz aller Einheit auch unterschieden sind, und betrachten sie jede einzeln für sich, um uns zu überzeugen, dass in
jeder Thätigkeit und ihren Resultaten eine Garantie für die
Unsterblichkeit der Seele liegt.

Die Erkenntniss ist diejenige Thätigkeit, durch die wir
uns eine innere Vorstellungswelt erwerben; die Vorstellungswelt ist das Resultat der Erkenntnissthätigkeit. Für
unseren gegenwärtigen Zweck ist es nun ebenso wichtig, dass
wir die Thätigkeit selbst und das Resultat — nämlich
die innere Vorstellungswelt — in Betrachtung ziehen. Wir
beginnen mit der Betrachtung der Vorstellungswelt. Wir verstehen aber unter unserer Vorstellungswelt alle Anschauungen,
Vorstellungen, Gedanken, Ideen, Ueberzeugungen, Kenntnisse,
Erfahrungen, Erinnerungen, Zwecke und Tendenzen, die wir
als ein lebendiges Eigenthum in unserer Seele tragen. Schon
die Fülle dieser Welt kann uns in Erstaunen setzen, noch
wichtiger ist es aber für unseren Zweck, dass wir die quali-
tativen Unterschiede dieser Vorstellungswelt und die Art und
Weise betrachten, wie sie entsteht. Um zuerst eine ungefähre
Ansicht von der Fülle der Vorstellungen zu erhalten, die jeder
einigermaassen gebildete Mensch in sich trägt, so bemerke ich,
dass dazu zuerst die zahllosen Bilder von Gegenständen allerlei
Art gehören, die der Mensch zu seinem bleibenden Eigen-
thume macht, wenn er sie wiederholt und sorgfältig betrachtet.
In der That befinden sich schon zahllose Bilder in unserem
Innern: von Menschen, von Thieren, Pflanzen, Steinen, Ber-
gen, Thälern, Flüssen, Wäldern, ganzen Gegenden und Land-

schaften, von Häusern, Städten, Dörfern, Geräthschaften, Instrumenten, von Gemälden, Bildhauerarbeiten, Kunstwerken aller Art und vielen anderen im Raume befindlichen Dingen. Die Aneignung aller dieser räumlichen Gegenstände ist hauptsächlich durch das Gesicht vermittelt. Aber auch Alles, was wir oft und mit Aufmerksamkeit hören, lässt unvertilgbare Spuren in unserm Innern zurück. Jeder Ton eines Vogels oder Säugethiers von bestimmter Art, der Ton jedes Menschen, jede Melodie, die wir deutlich und genau hören, dauert in uns fort, so dass wir uns daran erinnern, wenn wir sie wieder hören, dass wir sie schon in uns tragen, ja sie auch mit oder ohne äussere Veranlassung durch die Stimme reproduciren können. Diese Melodien, die wir in uns aufbewahren, unterscheiden sich von den obenerwähnten Bildern dadurch, dass sie sich auf Gegenstände beziehen, die in der Zeit verlaufen, während sich die Bilder auf Gegenstände beziehen, die einen Raum einnehmen. Ausser den Tönen nimmt der Mensch aber auch viel tausend andere in der Zeit ausser ihm verlaufende Processe in sich auf, so den Verlauf von Naturprocessen, z. B. von dem Gewitter, die Handlungen der Menschen, die wir gründlich beobachtet haben, Wohlthaten oder Misshandlungen, die uns oder Anderen zu Theil geworden sind, historische Ereignisse u. s. w. Aber mit allen diesen Bildern von räumlichen Naturgegenständen und mit allen diesen Vorstellungen von Zeitprocessen z. B. Tönen, Bewegungen, überhaupt einzelne Handlungen, sind wir noch nicht einmal über den Vorhof unserer inneren Vorstellungswelt hinausgekommen. Alle bisher angeführten Vorstellungen unseres Innern beziehen sich nämlich auf individuelle Gegenstände und Ereignisse und sind selbst individuell; aber unendlich grösser und für unseren Zweck besonders wichtig sind die allgemeinen Vorstellungen oder die Vorstellungen des Allgemeinen, auch wohl Ideen genannt. Wenn ich mir z. B. die schöne Linde auf dem katholischen Kirchhofe in der Nähe des Gymnasiums genau und oft betrachte, so entsteht in meiner Seele ein bestimmtes Bild von dieser einzelnen Linde und dieses Bild ist daher auch eine individuelle Vorstellung meiner Seele. Wenn ich mir aber sehr viele Linden oft und genau betrachte, sie mit einander vergleiche und das allen einzelnen Linden Gleiche und Gemeinsame heraushebe

und dieses Allgemeine und Gleiche eben mit dem Worte
Linde bezeichne, so habe ich dann eine allgemeine Vorstellung in meiner Seele. So sind alle Worte der Sprache
Zeichen für allgemeine Vorstellungen oder für Begriffe
und Ideen. So bezeichnet das Wort „Mensch" nicht diesen
oder jenen individuellen Menschen, auch nicht alle Menschenindividuen zusammen genommen, sondern das allen Menschen
Gleiche und Wesentliche, das durch alle Menschen hindurch-
greifende Allgemeine, was sie zu Menschen macht und von
allen anderen Wesen unterscheidet. Und diese Welt der allgemeinen Vorstellungen, die durch die Sprache bezeichnet
werden, ist das Grösste, Tiefste und Bedeutendste in unserer
Vorstellungswelt, ja das für den Menschen allein Bedeutende,
das ihm, wie wir sehen werden, die Garantie der Unsterblichkeit giebt. Ja man kann sagen, dass der Mensch nur
solche allgemeinen Vorstellungen hat, denn selbst die individuellen Vorstellungen hält er allein fest in der Kraft
dieses Allgemeinen. Es kann allerdings nicht geleugnet werden, dass gewisse Menschenindividuen von ausserordent-
licher Wichtigkeit für unsere Vorstellungswelt, ja für unser
ganzes Sein und Wesen sind, aber näher besehen finden wir, dass
es gewisse allgemeine Eigenschaften, Tugenden, Begriffe
und Ideen, gewisse allgemeine Maximen des Handelns sind,
die sie uns so unendlich wichtig machen.

Das Allgemeine ist es, was der Vorstellungswelt des
Menschen Wesen und Charakter ertheilt, und das Individuelle
darin ist nur ein Träger des Allgemeinen. Und diese allgemeine Substanz ist es daher auch vorzugsweise, die unsere
Vorstellungswelt ausmacht. Jeder Mensch trägt als eine solche
allgemeine Substanz wenigstens den unendlich reichen
Schatz seiner Muttersprache in sich mit ihren vielen Tausenden von Worten, Wendungen, Redensarten, Zeichen, Sprüch-
wörtern, grammatischen Formen, Erzeugnissen in Poesie und
Prosa; und alles dieses hat die Form des Allgemeinen und
ist selbst ein Allgemeines. Ausserdem aber trägt ja jeder gebildete Mensch noch mehrere fremde Sprachen in sich mit
ihren lexicalischen Schätzen, mit ihren grammatischen Formen
und mit vielen darin geschriebenen Werken; dazu kommen
noch die verschiedenen Wissenschaften, die auch nur allgemeine Principien, Gesetze und Wahrheiten enthalten, ferner

die Künste, die es auch nur mit allgemeinen Ideen zu thun
haben, die religiösen, sittlichen, ästhetischen, politischen
Ueberzeugungen, die auch alle einen allgemeinen Charakter
in sich tragen. Kurz! jeder Mensch trägt eine unsagbare
Fülle von Vorstellungen in sich und zwar namentlich von
allgemeinen Vorstellungen, von Begriffen, Ideen und Idealen.
Ich werde die Unsterblichkeit der menschlichen Seele aus der
Existenz der allgemeinen Vorstellungswelt in ihr zu beweisen
suchen. Aber sehen wir zunächst auch von diesem Charakter
der Allgemeinheit noch ab, so könnte schon diese unaussprech-
liche Fülle unserer Vorstellungen, mögen sie nun individueller
oder allgemeiner Art sein, in uns die Ueberzeugung wecken,
dass unsere Vorstellungswelt etwas von dem gewöhnlichen
materiellen Sein völlig und wesentlich Verschiedenes ist. Denn
wo und wie sollen denn diese zahllosen Vorstellungen eigentlich existiren? Denn dass sie wirklich und wahrhaft in uns
existiren und fort und fort existiren, davon überzeugen wir
uns ja in jedem Momente, denn in jedem Momente holen wir
eine grosse Menge von Bildern, Worten und Gedanken meist
mit reissender Geschwindigkeit aus unserem Innern hervor,
wie wir sie eben zu unseren vernünftigen Zwecken gebrauchen.
Also noch einmal, wo und wie sollen diese zahllosen Vorstellungen existiren, und zwar materiell existiren, wenn denn
nun einmal Alles am Menschen materiell existiren soll? Der
Materialist antwortet darauf dreistweg: im Gehirn existiren
alle Vorstellungen und unsere gesammte Vorstellungswelt.
Aber das Gehirn ist eine fein organisirte, weiche Materie,
die diese zahllose Menge von Vorstellungen nur dadurch in
sich bewahren könnte, dass sie Spuren oder Eindrücke von
den Vorstellungen in sich aufnähme, also etwa so, wie man
auf das weiche Wachs die Form des Petschafts abdrückt.
Aber diese Millionen von Abdrücken und Spuren in einem
und demselben Gehirn müssten sich gegenseitig verwirren
und undeutlich machen; je grösser die Zahl derselben würde,
desto undeutlicher müssten sie werden; aber man bemerkt
gerade im Gegentheil, dass die Seele um so klarer, um so
schärfer, um so bestimmter denkt, je mehr Kenntnisse, Sprachen, Wissenschaften, je mehr Vorstellungen sie überhaupt
in sich aufnimmt. — Sodann ist das Gehirn in steter Bewegung, die Masse des Gehirns setzt sich stets um, ändert sich,

erneuert sich, reproducirt sich; wo bleiben da die Spuren und
Eindrücke, die die Vorstellungen sein und festhalten sollen?
Diese müssten doch wohl ebenso sicher aufgelöst und ver-
wischt werden, wie die Bewegungen, die ein ins Wasser ge-
worfener Stein in dem Wasser hervorbringt, sich bald wieder
auflösen, und doch bemerken wir nichts von alle dem, sondern die einmal sicher gewonnenen Vorstellungen bleiben für
alle Zeiten. Ferner: das Gehirn ist ein materielles Nebeneinander! Wie soll es denn möglich sein, dass die Vorstellungen, die sich auf ein Nacheinander beziehen, also ebenso
gut Naturprocesse als menschliche Handlungen, die beide in
der Zeit verlaufen, auf diesem Nebeneinander des Gehirns
fixirt werden. Wir wollen nur das allergewöhnlichste Nacheinander betrachten z. B. das Gewitter, wie soll dieser Prozess als Vorstellung in dem Gehirne existiren? Wir wollen
uns einmal auf den materialistischen Standpunkt stellen, um
uns die Sache zu erklären. Also zuerst kommen die Gewitterwolken, die ich betrachte; die mögen eine Spur auf dem Gehirn zurücklassen und diese Spur möge die Vorstellung von
den Gewitterwolken heissen. Dann kommt der Gewitterwind,
auch er habe eine Spur im Gehirn, dann der Blitz, auch er
bekomme seinen Eindruck im Gehirn, ebenso der Donner,
der Regen, der Hagel und was sonst noch zum Gewitter gehört, endlich die Erquickung der Natur. Diese verschiedenen,
in der Zeit aufeinander folgenden Acte sollen — wir wollen
es den Materialisten einmal aufs Wort glauben — im Gehirne
neben- und übereinander liegende Spuren hinterlassen; aber
nun kommt es wesentlich darauf an, wenn man sich an das
Gewitter erinnern und die Vorstellung desselben reproduciren
will, dass man dieses Nebeneinander der Spuren und Zeichen
im Gehirn als ein zeitliches Nacheinander der äusseren Erscheinungen fasse; wer bewirkt denn diese Uebersetzung des
Simultanen, wie es im Gehirn vorliegt, in das Successive,
das es bedeutet? Das kann diese räumlich ausgebreitete
Nervenmasse des Gehirns nicht selbst thun, ohne sich selbst
gegenständlich und damit selbstbewusst und immateriell zu
werden, sondern das kann nur ein anderes Wesen bewirken,
das über dem Gehirn steht und sich des Gehirns nur bedient
als seines Organs zur Empfindung der Aussenwelt. Diese
Widersprüche entstehen schon in dem Falle, wenn man nur

individuelle, aber in der Zeit verlaufende Vorstellungen betrachtet. Und doch liesse sich's für individuelle Vorstellungen,
wenigstens für solche, die sich auf räumlich begrenzte Gegenstände beziehen, noch am leichtesten denken, dass es Gehirn-
eindrücke sind, die sich längere Zeit erhalten. Aber allgemeine Vorstellungen auf materiellem Wege zu erklären, ist
vollends ganz unmöglich, und diese sind es denn also
vorzugsweise, die uns unabweislich zwingen, eine übersinnliche, immaterielle Substanz in der menschlichen Seele anzunehmen und darin einen Hauptgrund für ihre Unsterblichkeit
zu finden.

Dieser Begründung bitte ich nun meine hochverehrten
Zuhörer ihre Aufmerksamkeit zuwenden zu wollen. Sie wird
aber um so einleuchtender werden, je einfacher die psychologischen Thatsachen sind, auf welche unsere Argumente sich
stützen. Wir nehmen zu diesem Zwecke eine aus der Sinnlichkeit abstrahirte allgemeine Vorstellung näher vor, z. B.
die Vorstellung der Pflanze. Man versteht unter diesem
Worte das allen Pflanzen Gemeinsame, das allgemeine Wesen
sämmtlicher Pflanzen oder das, was eine Pflanze zur Pflanze
macht und von den Thieren einerseits und von den Mineralien andererseits, sowie von allen anderen Wesen unterscheidet.
Das Wort „Pflanze", das ich spreche oder schreibe oder das
ich gesprochen höre und geschrieben sehe, ist nur ein äusseres
Zeichen für dieses allgemeine Wesen der Pflanze. Mit
dem Ohre kann ich den Laut des Wortes „Pflanze" hören
und dieser Laut pflanzt sich, wenn ich ihn höre, auch bis
zum Gehirn fort und bringt als sinnlicher Laut auch einen
Eindruck oder eine Spur in dem Gehirn hervor, ebenso pflanzt
sich das geschriebene Wort „Pflanze", wenn ich es sehe, zum
Gehirn fort und bringt auch dort einen Eindruck hervor;
aber was er bedeutet, ist kein einzelner Laut, kein einzelnes
Bild, keine einzelne Spur im Gehirn, überhaupt nichts empirisch Einzelnes, sondern etwas der sinnlichen Einzelnheit und
der Einzelnheit überhaupt Entnommenes, etwas Allgemeines, ein Begriff, nämlich der Begriff der Pflanze. Wer sich
einmal den Begriff der Pflanze denkt, der weiss auch, dass
er sich nichts Sinnliches dabei denkt, nichts Räumliches, das
einen bestimmten Ort im Raume — ein Hier oder ein Da —
einnähme, nichts Zeitliches, das etwa nur zu einer Zeit wäre,

zu einer andern Zeit aber nicht, nichts Materielles, sondern
etwas Allgemeines, das zwar eine grosse Klasse von materiellen Individuen, nämlich alle einzelnen Pflanzen durchdringt,
aber selbst über alles Einzelne erhaben ist. So ist jedes ge-
sprochene Wort als Laut — etwas Sinnliches und wird sinnlich vernommen und auch als Sinnliches im Gehirn empfunden: was es aber bedeutet, das ist nichts Sinnliches, kann
nicht gesehen, gehört, geschmeckt, gerochen oder gefühlt
werden, kann sich auch nirgends sinnlich zu empfinden geben
und kann keinen materiellen Eindruck machen, sondern ist
etwas den Sinnen und allen materiellen Processen Entnommenes, etwas Uebersinnliches, etwas Allgemeines, eine Idee.
Einzelne von diesen allgemeinen Wesenheiten erinnern wenigstens noch an die Sinnlichkeit, weil sie das Allgemeine von
gewissen sinnlichen Processen darstellen, wie die Begriffe, die
man mit dem oben betrachteten Worte „Pflanze" oder mit
den anderen Worten: Thier, Stein, Regen, Wind u. s. w. verbindet, aber die meisten von diesen allgemeinen Wesenheiten
erinnern auch nicht einmal mehr an das Reich der Sinnlichkeit, sondern sind rein geistig. Was hätten die Ideen der
Gerechtigkeit, der Sittlichkeit, der Wahrheit, Freiheit, Seligkeit, Liebe, Treue, Freundschaft und die unendliche Fülle von
anderen Ideen, die ihnen untergeordnet sind, mit dem Naturleben zu thun? Die Idee der Gerechtigkeit z. B. ist das allgemeine Wesen aller menschlichen Handlungen, die so sind,
wie sie sein sollen. Der Laut „Gerechtigkeit" kann zwar mit
dem sinnlichen Ohre gehört werden, kann auch eine sinnliche Spur im Gehirn zurücklassen, und um das Wort „Gerechtigkeit" auszusprechen, brauche ich Nerven und Muskeln,
Gaumen, Zunge und Lippen; also dieser Laut fällt in das
Bereich der Sinnlichkeit und der Materie; aber auf diesen
Laut kommt es nicht im Geringsten an, er ist auch in jeder
besonderen Sprache ein anderer, sondern auf das kommt es
an, was er bedeutet, und dieses, nämlich die Idee der Gerechtigkeit, ist nichts Sinnliches, nimmt keinen Raum ein, verläuft nicht in der Zeit, hat keine Schwere, keine Härte, keine
Undurchdringlichkeit, tönt nicht, leuchtet nicht, riecht und
schmeckt nicht, wird nicht gesehen oder gehört, ist keiner
Naturnothwendigkeit unterworfen — ist also etwas der
blossen Sinnlichkeit und Materialität völlig Enthobenes, etwas

Uebersinnliches, Immaterielles, etwas Freies und Geistiges.
Als solche allgemeine, immaterielle, übersinnliche Wesenheiten können daher die Ideen an den sinnlichen Processen
nicht Theil nehmen, sie können auch nicht sterben, denn
wie sollte das wohl zugehen, dass die Idee der Gerechtigkeit
oder der Freiheit oder sonst eine Idee sinnlich ersterben
sollte? Und nun besteht die in jedem Menschen vorhandene
Vorstellungswelt vorzugsweise aus solchen allgemeinen, immateriellen, übersinnlichen Ideen, und selbst das Individuelle,
das in unserer Seele wohnt, ist durchdrungen von solchen
allgemeinen Wesenheiten; diese allgemeinen Wesenheiten,
die der Sterblichkeit und allen anderen Naturprocessen entnommen sind, bilden den eigentlichen Gehalt und die Substanz unserer Seele; sollten wir nicht schon hieraus den
Schluss machen dürfen, dass die menschliche Seele, die diesen
unsterblichen Inhalt als ihren besten Schatz in sich trägt,
auch selbst unsterblich sein müsse? Denn wie sollte sie des
Unsterblichen fähig und mächtig sein und es begreifen und
benutzen, ohne selbst unsterblich zu sein! Wie sollte sie
sterben können, da dasjenige, was sie in sich trägt, unsterblich ist? Doch wir wollen auf diesen Schluss erst später
zurückkommen, wenn wir noch einen andern damit in Verbindung stehenden und ebenso wichtigen Punkt in Erwägung
gezogen haben.

Die allgemeinen Vorstellungen — oder wir wollen lieber
gleich sagen — die Ideen, die den Haupttheil unserer Vorstellungswelt und das eigentlich Menschliche in unserer Seele
ausmachen, kommen nicht von aussen her erst in unsere Seele
hinein, sondern gehören ihr ursprünglich an und entwickeln
sich aus ihr. Das menschliche Individuum ist der Schöpfer
der Ideen und stellt seine Wesenheit in den Ideen
ebenbildlich dar. Wie der Keim der Pflanze nicht von
aussen her in den Samen hineinkommt, obgleich er durch
äussere Kräfte, wie Licht, Wärme, Luft und Wasser geweckt
wird, so hat auch die menschliche Seele den Keim zu dem
unendlichen Reiche der Ideen von Haus aus in sich und erhält nichts Ideales von aussen, sondern schafft es von Innen
heraus, wenn die Ideen auch durch das Verhältniss der Menschen zur Natur und zu anderen Menschen in ihm erst geweckt werden und in ihm zum Bewusstsein kommen. Diesen

Punkt muss jeder scharf ins Auge fassen, der von der Unsterblichkeit der Seele den rechten Begriff fassen will, denn
nichts schadet dem Glauben an die Unsterblichkeit so sehr,
als die Meinung, dass unsere Seele gleichsam eine weiche
Wachstafel sei, auf die das Gute und Grosse, das sie erlangt,
von aussen abgedruckt und ausgeprägt wird, während unsere
Seele von Haus aus die Fülle alles Allgemeinen, Unendlichen
und Unsterblichen dem Keime nach vollkommen in sich
trägt und auf dieser Welt nur die Aufgabe hat, das, was
in ihr liegt, möglichst zu entwickeln, sich zum Bewusstsein
zu bringen und ausser sich zu realisiren. Ich berühre hier
einen Punkt, der, wenn irgend etwas, von Plato — wenn
auch in allerlei mythischen Vorstellungen und in mancherlei
Sprüngen — aber dem Wesen nach doch so gründlich erledigt
worden ist, dass man nur den von ihm gezeigten Weg zu
gehen braucht, um sich nicht zu verirren. Doch spreche ich
immer, so auch hier, meine eigene Sprache und stelle die
Sache in der Form dar, in welcher sie meinem Geiste am
meisten klar geworden ist. Ich gehe daher wieder von solchen
allgemeinen Vorstellungen aus, die noch mit der Sinnlichkeit
in Verbindung stehen. Selbst diese gewinnen wir keineswegs
von aussen, sondern durch die eigene innere Selbstthätigkeit
der Seele, obwohl sie sich auf die Natur hinrichten und
mit der Natur in Verbindung treten muss, wenn die Ideen
aus dem dunkelen Schachte der Seele wirklich in das Licht
des Selbstbewusstseins hereintreten sollen. Wir bemerken mit
unseren Sinnen in der Natur niemals etwas Allgemeines, sondern immer nur etwas empirisch Einzelnes, also z. B.
niemals den Begriff der Pflanze, sondern immer nur eine ganz
bestimmte Pflanze an einem bestimmten Orte, zu einer bestimmten Zeit, in einem ganz bestimmten Zustande. Ja noch
mehr! nicht einmal das auf eine bestimmte Pflanze bezüg-
liche Urtheil: das ist eine Pflanze! kann ich durch die blosse
sinnliche Wahrnehmung fällen, sondern dieses Urtheil kommt
allein durch die von innen heraus wirkende thätige Seele zu
Stande, die den allgemeinen Begriff der Pflanze schon in
sich trägt und ihn der von den Sinnen wahrgenommenen
Einzelheit als allgemeines Prädicat beilegt. Die Sinne bemerken absolut nur das sinnlich Einzelne und pflanzen die
Eindrücke von diesen Empfindungen auf das Gehirn fort und

bei diesen sinnlichen Gehirneindrücken würde der ganze
Prozess stehen bleiben, wenn nicht etwas von der Sinnlichkeit wesentlich Unterschiedenes durch die Sinneneindrücke
hindurchwirkte, sie ordnete, sie unterschiede und zugleich
das in allen Unterschieden Gleiche und Allgemeine hervor-
höbe, wie in dem obigen Beispiele aus den zahllosen Ein-
drücken das Allgemeine und Gemeinsame der Pflanze herausgehoben wird. Nicht einen Moment kann der Mensch sinnlich thätig sein, ohne dass die aus dem Innern hervor-
brechende übersinnliche Kraft das Einzelne, das empfunden
worden ist, zusammenhielte, vergliche und das Gleiche und
Allgemeine darin erfasste. Die blosse Empfindung würde niemals zu einem Allgemeinen, mag es Gattung oder Art oder
Gesetz oder sonst wie heissen, kommen, wenn der Sinn für
das Allgemeine nicht in der menschlichen Seele läge und an
den sinnlichen Erscheinungen das Allgemeine producirte, indem sie das ihr durch die Sinne vorgelegte sinnliche Material nach allgemeinen Gesichtspunkten verarbeitete. Und doch
sind diese auf das sinnliche Leben bezogenen Allgemeinheiten,
Gattungsbegriffe und Gesetze noch das geringste und schwächste
Product der aus sich selbst herauswirkenden Thätigkeit der
menschlichen Seele. Höher liegen schon solche allgemeine
Wesenheiten und Kategorien, die sich ebenso sehr auf das
sinnliche Naturleben, wie auf das psychische und geistige
Leben anwenden lassen. Eine solche Kategorie, deren wir
uns täglich und stündlich bedienen, ist die Kategorie der
Causalität oder der Ursache und der Wirkung. Mit unseren
sämmtlichen Sinnen und mit dem Centralorgan aller Sinnenthätigkeit — mit dem Gehirn — bemerken wir weder in der
Natur noch im Menschenleben Ursachen und Wirkungen,
sondern nur einzelne Erscheinungen und einzelne Handlungen,
die auf einander folgen; dass wir diese Erscheinungen und Handlungen mit einander vergleichen und verbinden und die eine
die Ursache und die andere die Wirkung nennen, das geschieht allein deshalb, weil dieser Begriff des Causalnexus
von Haus aus in unserer Seele liegt und darum auf alles
Einzelne, was wir mit den Sinnen wahrnehmen, angewandt
wird. Die Sinneswahrnehmungen sind nothwendig, denn sie
bilden das Material, an dessen Verarbeitung der ordnende,
verbindende und verallgemeinernde Geist der Seele zur Ent-

wicklung und in Uebung kommt, gleich wie, um ein oben
schon gebrauchtes Gleichniss nochmals anzuführen, Wärme,
Licht und Regen nothwendig sind, um den in dem Pflanzensamen liegenden Keim zu entfalten. Unglücklich ist also der
Mensch, der keine gesunden Sinne hat, denn er wird sehr
gehindert, die Empfindungsthätigkeiten zu vollziehen, die
dem Menschen den sinnlichen Stoff liefern, an dem das in
ihm liegende thätige Allgemeine sich entwickeln kann, gleich
wie ein grosser Bildhauer zu bedauern wäre, der keinen Marmor hätte, um seine Ideen zu gestalten und sich mit blossem
Thon oder Lehm begnügen müsste. Aber etwas wesentlich
und absolut Anderes ist das Sehen und Hören durch Auge
und Ohr und das Empfinden des Einzelnen durch das Gehirn; und etwas wesentlich und absolut Anderes das Vergleichen des Einzelnen und das Herausheben der allgemeinen Wesenheiten und Gesetze, das nur durch ein Heran-
bringen eines in der Seele lebendigen Allgemeinen möglich
ist. Schon in dem leisesten Wunsch oder Trieb der Seele,
gewisse Einzelnheiten des natürlichen oder geistigen Lebens
zu vergleichen, liegt sofort das Bewusstsein eines Allgemeinen,
unter welches jene Einzelnheiten subsumirt werden sollen,
und wenn dieses Allgemeine auch nur der Gedanke wäre,
dass alles Einzelne sich nach Gesetzen richtet oder dass jede
einzelne Erscheinung die Wirkung einer bestimmten Ursache
sei. Durch Beobachtung der Einzelnheiten wird diese allgemeine Kategorie, mit der die Seele an die Erscheinungswelt
herangeht, allerdings näher bestimmt; aus dem Bewusstsein
und Verlangen der Gesetzmässigkeit überhaupt, z. B.
entwickelt sich durch die Beobachtungen in der Seele ein
bestimmtes Gesetz, das für eine gewisse Sphäre von Erscheinungen gilt, z. B. die Kepplerschen Gesetze für die
Planetenbewegungen; aber auch diese bestimmten Gesetze
hat die Seele von innen heraus entdeckt, d. h. von diesem thätigen Allgemeinen in ihr und nicht durch blosse Empfindungen.

In ein noch ganz anderes und helleres Licht stellt sich
unsere Wahrheit, dass die menschliche Seele die Ideen aus
sich erzeugt, aus ihrer ureigenen Tiefe, wenn wir solche
Ideen betrachten, die dem eigentlichen Naturleben gar nicht
mehr angehören, wie die Ideen der Gerechtigkeit, der Sittlichkeit, der Liebe, der Wahrheit, der Freiheit oder noch

weiter des Unendlichen, des Ewigen, des Absoluten, des
Unbedingten oder um Alles in Allem zu sagen, der Idee der
Gottheit. Wie in aller Welt sollte die Idee des Unendlichen,
oder des Unbedingten, oder der Gottheit in dem materiellen
Gehirn des Menschen einen Platz finden oder von ihm producirt sein? Zwar werden auch solche und ähnliche Ideen
in den meisten Fällen dadurch zum Bewusstsein gebracht,
dass sie durch andere Menschen, also durch mündliche Lehre
oder durch Schriften an ihn herangebracht werden. Aber es
verhält sich hier zunächst eben so, wie weiter oben an den
durch die Naturbetrachtung im Menschen erweckten Ideen
ausgeführt worden ist. Hätte der einzelne Mensch jene Ideen
nicht von Hause aus in sich, so würde ihm der Boden für
jedes Verständniss derselben völlig fehlen; sie würden ihm
dann ein Thohu Wabohu bleiben, wie den Thieren, selbst
wenn sie ihnen auch in der allerklarsten, anschaulichsten
und eindringlichsten Form mitgetheilt würden. Selbst mit
dem blossen Gedächtnisse würde er diese Ideen nicht in sich
aufnehmen können, wenn sie nicht in ihm lägen. Aber Jedermann weiss es ausserdem, dass es selbst auf ein solches äusserliches Aufnehmen mit dem Gedächtniss hier nicht ankommt,
sondern Jeder kann und soll sich derselben von Innen heraus
bemächtigen, sie gleichsam erst entdecken und begreifen, so
dass dem von aussen ihn bescheinenden Lichte der Ideen ein
inneres Licht entgegen leuchtet; oder mit anderen Worten:
der Mensch muss das ihm von Anderen Mitgetheilte nur als
Anlass und Anstoss benutzen, um aus sich die Ideen zu
schaffen und schöpferisch nach seiner Art zu gestalten. Jeder
von uns weiss, dass erst in diesem Falle die Ideen in Wahrheit u n s e r e Ideen sind und dass sie erst in diesem Falle, dass
sie aus unserer ureigenen Tiefe sich erheben, uns mit einer
unaussprechlichen Seligkeit und Freiheit erfüllen, uns unerschöpflichen Stoff zum Denken und Handeln verleihen, ja
eine wirkliche Wiedergeburt unseres Wesens bewirken können.
Das reiche hin, um zu beweisen, dass die selbstbewusste
Seele jedes Menschen die Schöpferin von allen allgemeinen
Vorstellungen, Begriffen, Ideen, Idealen, Ueberzeugungen,
Gesetzen und Principien ist, die sich im Verlauf des Lebens
in ihr gebildet haben und dass das, was wir Natur nennen,
nur ein Reiz und Anstoss ist, um das in der dunkeln Tiefe

des Menschen gebundene ideale Wesen zu entbinden und in
das Licht des Bewusstseins zu setzen. Diese allgemeine Intellectualwelt, die jeder von uns in sich trägt, gehört daher
unserer Seele als lebendiges Eigenthum, wie nichts sonst ihr
angehört, und sie gebraucht daher auch dasselbe mit einer
so absoluten Sicherheit, wie sie nichts weiter gebraucht. Sie
ist ein so unbedingter Herrscher im Mittelpunkte dieses
Reichs, wie es auf dieser Welt keinen zweiten giebt. Wie
schwach ist damit verglichen die Macht der Seele über den
sinnlichen Körper. Die Macht unserer Seele über unseren
sinnlichen Leib ist verglichen mit ihrer Macht über diesen
ihren idealen oder geistigen Leib, d. h. über die Intellectualwelt, unendlich klein. Denn in der That vermögen wir durch
unser Ich sehr wenig über diesen äusseren sinnlichen
Leib. Wir können ihn etwa als Ganzes, ebenso die einzelnen Glieder fortbewegen, die Sinne gebrauchen und Aehnliches; sonst aber geht der natürliche Leib innerlich seinen
eigenen Gang, ist uns in seinen meisten Verrichtungen ganz
dunkel und unserer Willkür entzogen, ja sehr oft setzt er
durch Krankheit oder Kränklichkeit unseren geistigen Verrichtungen nach aussen die grössten Hindernisse in den Weg.
Dagegen ist die Herrschaft unserer Seele über die in uns
wohnende Intellectualwelt, d. h. den durch ihre selbstbewusste
Thätigkeit geschaffenen geistigen Leib fast unbedingt. Man
beobachte sich nur im Denken und man wird erstaunen, mit
welcher reissenden Geschwindigkeit die Seele aus dem inneren
Schacht, in welchem ihre idealen Schätze liegen, die Worte,
die Gedanken, die Vorstellungen, die Erfahrungen und Erinnerungen herausholt, sie vor das Selbstbewusstsein hinstellt,
sie benutzt zu ihren gegenwärtigen geistigen Operationen
des Denkens, des Urtheilens, des Schliessens und mit welcher
reissenden Geschwindigkeit sie diese Vorstellungen wieder
verabschiedet, wenn sie dieselben nicht mehr braucht, sie in
das stille Reich der Bewusstlosigkeit versenkt und wieder
andere Wesenheiten hervorholt. Diese alltäglichen Erfahrungen müssen jeden überzeugen, dass diese in uns vorhandene Welt der Ideen das lebendige Eigenthum der Seele ist,
über das sie mit Macht schaltet und waltet, dass diese Welt
wirklich von ihr gesetzt und geschaffen ist und daher ihr so
unbedingt gehorcht und zu Diensten steht. Ja noch mehr!

Diese in uns lebendige Idealwelt wird durch unser Ich, durch
das in unserer Seele thätige Allgemeine täglich und stündlich erweitert, vertieft, berichtigt, verallgemeinert und von
dem Lichte des Göttlichen immer mehr durchleuchtet und
verklärt; ja der in uns thätige Wissenstrieb ist sich's wohl
bewusst, dass das Reich der Wahrheit, das Reich der Ideen
unendlich ist und dass auch die Entwickelung der in uns
existirenden Idealwelt bis ins Unendliche gehen müsse.
Welche Formen und Stufen diese Entwickelung aber auch
annehmen möge, immer ist sie eine Selbstdarstellung der
Seele, eine Offenbarung ihres innersten Wesens, eine Realisirung ihres Begriffs. Wie ein grosser Dichter sich in seinen
Werken darstellt nach seiner ganzen Grösse, Tiefe und Vollkommenheit, so stellt die menschliche Seele ihr Selbst dar
in der geistigen Welt der Ideen, die sie sich bereits erarbei-
tet hat und fort und fort erarbeiten wird. Die Eigenschaften,
Merkmale und die ganze Wesenheit dieser innern Intellectualwelt stellt zugleich die Eigenschaften, die Merkmale und die
ganze Wesenheit der menschlichen Seele dar; diese Intellectualwelt ist ihr anderes Selbst, das sie sich gezeugt hat,
um sich selbst gegenständlich zu machen und in ihr sich
selbst zu erkennen; ja auch das oben betrachtete Selbstbewusstsein erwacht erst im Menschen, nachdem die Seele sich
wenigstens einen Kern dieses Idealleibes gebildet hat, weil
sie dann erst ein Anderes in sich hat, in welchem sie sich
selbst erkennt. Aber Alles, was zu dieser idealen Intellectualwelt gehört, gehört nicht mehr dem Reich der Sinnlichkeit
an. Keine der Eigenschaften, an denen man das Sinnliche erkennt, kann den Wesenheiten der Idealwelt beigelegt werden.
Es wäre absurd und lächerlich, wollte man die Eigenschaften des Materiellen den Ideen beilegen. Nehmen wir eine
solche allgemeine Wesenheit, dergleichen wir nur in unserer
Seele tragen, nehmen wir sogar eine solche, die noch mehr
oder weniger auf das Sinnliche hinweist, wie den Begriff der
Pflanze oder des Thiers, oder vollends die Idee der Grösse,
der Gerechtigkeit, wie sinnlos und lächerlich wäre es, ihnen
materielle Prädicate beizulegen. Die Ideen können nicht mit
den Sinnen wahrgenommen, sie können nicht gesehen, gehört, gerochen oder gefühlt, sie können nur durch die in
der Seele wohnende Thätigkeit des Allgemeinen, d. h. durch

das Denken erfasst werden; für die Sinne und für das *sensorium commune* des Gehirns sind sie ebenso wenig da, wie für die Thiere die Sprache und die Religion. Diese Ideen sind auch weiter weder hart noch weich, weder fest noch flüssig, weder warm noch kalt, eben weil sie nichts Sinnliches sind, sondern etwas Uebersinnliches oder Immaterielles. Diese Ideen haben auch kein Gewicht, so dass man von ihnen sagen könnte, so und so viele Tausende von Ideen wiegen ein Pfund, sie verändern sich auch nicht in der Zeit, wie die Körper, so dass man sagen könnte, sie altern oder sie sind jung oder alt, sie nehmen auch keinen Raum ein, so dass man sagen könnte, so und so viele Ideen füllen ein Quart aus, sie sind auch nicht gegenseitig undurchdringlich, wie man der Materie sonst die Eigenschaft der Undurchdringlichkeit beilegt, sondern jede ist in der anderen gegenwärtig und sie durchdringen sich gegenseitig. Kurz! Die Ideen sind das Allgemeine und die Idealwelt in uns ist die Welt des Allgemeinen, das als solches allem Auseinander, aller Aeusserlichkeit der Materie und der Materialität absolut enthoben ist und also auch dem Tode nicht unterworfen sein kann, wenn der sinnliche Leib stirbt. Aber die selbstbewusste Seele ist das eigentliche *punctum saliens* dieser Idealwelt, sie ist es, die diese Idealwelt erzeugt, beherrscht, erweitert, verklärt und immer mehr vollendet. Sie ist's also, die ihr Wesen in dieser Idealwelt darstellt und daher wie diese keinem Tode und keiner Vernichtung Preis gegeben ist.

So viel über den Beweis von der Unsterblichkeit der Seele, der von der Immaterialität der unserer Seele angehörigen Idealwelt hergenommen ist. Aber die menschliche Seele offenbart ihr Wesen nicht blos in den Ideen und in der Welt der Ideen, sondern auch in anderen Kräften, und weil in einer jeden dieser Kräfte der Kern der Seele zum Vorschein kommt, so muss auch aus jeder derselben die Unsterblichkeit der Seele erkannt werden können, wenn die Unsterblichkeit einmal eine Qualität dieses Kernes ist. Wir können uns daher in der That ebenso viele Beweise für die Unsterblichkeit der Seele denken, so viele Offenbarungsformen der Seele gedacht werden können. Man kann sich recht wohl eine Psychologie der Unsterblichkeitslehre denken, in welcher die Kräfte und Thätigkeiten der

Seele vorzugsweise nach der in ihnen zum Vorschein kommenden unsterblichen Substanz in Betracht kommen. Man könnte diesen Beweis also z. B. daraus führen, dass der Mensch die künstlerische Phantasie hat, oder das Gemüthsleben, oder den religiösen Glauben, oder auch aus der eigentlichen Form des menschlichen Gedächtnisses. Der Nerv des Beweises würde in allen Fällen darin bestehen, dass in den betreffenden Kräften und ihren Erzeugnissen etwas Substantielles gefunden würde, welches seinem Wesen nach über das Materielle erhaben ist und daher nicht sterben kann. Indess haben diese Beweise nicht für alle Menschen und nicht für alle Zeiten gleichen Werth, weil in manchen derselben gewisse Voraussetzungen gemacht werden müssen, die von manchen Menschen auf bestimmten Stufen der Bildung und der Entwicklung nicht anerkannt werden. So unterliegt es z. B. keinem Zweifel, dass für solche Menschen, welche ein religiöses Bewusstsein haben, d. h. welche Gott für ein persönliches Wesen halten und zu ihm in einem lebendigen persönlichen Verhältniss stehen, die Unsterblichkeit der menschlichen Seele als eine einfache und nothwendige Folgerung aus der Religion sich ergiebt, denn wer dieses klare und innige Bewusstsein des Unendlichen in sich trägt, welches wir Religion nennen, der fühlt auch sogleich seine Unverwüstlichkeit und gar manche Menschen sind durch eine tiefere religiöse Entwicklung wieder zum Glauben an die Unsterblichkeit zurückgekommen, den sie schon verloren hatten; aber für einen, der entweder gar nicht an einen Gott oder doch nicht an einen persönlichen Gott glaubt, und der daher auch jenes religiöse Verhältniss nicht kennt, würde ein solcher Beweis nicht vorhanden sein, er würde ihn nicht anerkennen können, weil er die Voraussetzung leugnet, auf welche er gebaut ist. Daher ist es gerathen, den Beweis von der Unsterblichkeit der menschlichen Seele auf solche Kräfte und Offenbarungen derselben zu begründen, die als solche allgemein anerkannt werden. Als eine solche erscheint aber ausser dem schon betrachteten Selbstbewusstsein und dem Denken der Ideen — noch besonders der Wille, auf welchen auch der Philosoph Kant seinen Beweis von der Unsterblichkeit, den wir in der Kritik der praktischen Vernunft finden, gebaut hat, und von diesem soll daher in Bezug auf unser

Thema noch zum Schluss — wenn auch in aller Kürze
die Rede sein.

Der Wille des Menschen ist auch noch ganz abgesehen
von dem Inhalte, zu welchem er sich bestimmen mag, etwas
Naturfreies, etwas von dem körperlichen Thun des Menschen
Unabhängiges und aus der reinen Ichheit Entspringendes
und kann für sich allein schon, ohne dass man noch auf
den sittlichen Willen oder auf die sittliche Freiheit Rücksicht
nimmt, die Unverwüstlichkeit und Unsterblichkeit der menschlichen Seele begründen. Denn worin besteht der Wille?
Blicken wir in uns und beobachten uns selbst, wenn wir uns
wollend verhalten, so werden wir Folgendes finden: Der
Wille besteht in der Fähigkeit unserer Seele, von Innen
heraus, aus der ureigenen Tiefe des Ichs heraus zu jedem
Inhalte sich zu bestimmen und doch auch wieder von jedem
solchen Inhalte zu abstrahiren und sich zu etwas Anderem
hinzuwenden. Ich kann denken, ich kann handeln, ich kann
mich dem Gefühl hingeben, das in der Erinnerung an ein
genossenes Glück liegt; ich kann ebenso auch mich wieder
aus jeder dieser Thätigkeiten herausnehmen, wie mir's gefällt; Nichts in der Welt kann mich daran hindern, Nichts
in der Welt kann mich dazu zwingen; es ist Alles eine von
mir selbst ausgehende Bestimmung, meine Thätigkeit, mein
Werk, mein Entschluss, ein rein von mir Gesetztes. Wieder
wenn ich mich denkend verhalte, kann ich mich mit meiner
Erkenntniss auf jedweden Gegenstand hinwenden und kann
mich ebenso gut wieder aus dieser besondern Art der Erkenntnissthätigkeit herausnehmen und mich zu einer anderen Art
bestimmen; Niemand kann es mir wehren, Niemand mir gebieten; es ist eine rein aus meinem Selbstbewusstsein ent-
springende Entschliessung und Bestimmung. Ebenso verhält
es sich mit jeder praktischen Thätigkeit, auch sie fliesst aus
der Selbstbestimmung. Ich kann diese oder jene praktische
Thätigkeit vornehmen, kann aber auch jede eigentliche Arbeit
bei Seite legen und mich erholen und wieder kann ich mich
auf diese oder jene Art erholen, wie ich es eben für gut
halte. Und wenn ich auch, um in der Welt etwas Tüchtiges
zu leisten, meine praktische Thätigkeit hauptsächlich auf
etwas Bestimmtes beschränken muss, das ich Berufsthätigkeit nenne, so ist ja auch schon das Ergreifen eines be-

stimmten Berufs das Werk meiner Wahl, ich bin es, der
sich dazu entschlossen hat, und ich bin es wiederum, der die
einzelnen Acte der Berufsthätigkeit und ihre Art und Weise
bestimmt, und keine Macht der Erde könnte mir in der einen
oder der anderen Weise die Direction geben, wenn ich nicht
wollte. Ja ich kann selbst das Böse wählen, d. h. dasjenige, was meiner deutlich erkannten Bestimmung schnur-
stracks zuwider ist. Von alle dem findet sich bei den Pflanzen
und bei den Thieren keine Spur, sie sind nur Naturorganismen und als solche einer blinden und unabweisbaren Naturnothwendigkeit unterworfen, während der Mensch selbst innerhalb des Vernünftigen unendlich verschiedene und verschiedenartige Wahlen aus sich treffen und ferner selbst das Ver-
nunftwidrige und Schlechte und zwar auch dieses wieder in
den verschiedenartigsten Formen erwählen kann. Diese unendliche Möglichkeit nun, sich aus sich zu Allem zu
bestimmen, ist der Wille, der mit der Freiheit identisch
ist. Diese Willensfreiheit tritt gerade in denjenigen Fällen
am reinsten und entschiedensten hervor, wenn sie direct
gegen die Naturnothwendigkeit und ihre Triebe gerichtet ist,
und zeigt gerade in solchen Fällen ihre Unabhängigkeit
von dem eigentlichen Naturleben. Der Selbstmord gehört gewiss zu den gröbsten Missgriffen der menschlichen Freiheit,
weil er dem Menschen die irdische Entwicklung, von welcher
seine ewige geistige Bestimmung doch wesentlich abhängig
ist, unmöglich macht; aber abgesehen von dem Moralischen
zeigt der Selbstmord, dass das eigentliche Selbst des Menschen ausserhalb der Nothwendigkeit unseres leiblichen
Naturorganismus steht und ihren Prozessen nicht unterworfen
ist, — denn der Selbstmord besteht darin, dass ein Mensch
mit seinem selbstbewussten Wissen und Wollen seinen sinnlichen Organismus vernichtet und wegwirft, und er wäre daher absolut unmöglich, wenn der Mensch mit seinem sinnlichen Organismus identisch wäre, wenn unser wissendes
und wollendes Selbst nicht dem sinnlichen Organismus gegen-
überstände, sich von ihm unterschiede und über ihn dispo-
nirte. Ein Thier kann sich nicht selbst tödten, weil es mit
seinem sinnlichen Organismus identisch ist und daher nicht
von einem übernatürlichen Innern aus über ihn verfügen
kann. Nur der Mensch kann als dieses freie, sich auf sich

beziehende und sich aus sich selbst bestimmende Wesen sich
selbst tödten und kann sein sinnliches Leben auch zu besseren
Zwecken aufopfern, weil er etwas in sich ist, dem der sinnliche Organismus nur ein Mittel und Werkzeug zu Zwecken
ist, die über die Sinnlichkeit hinausliegen. Also schon die
reine, abstracte Freiheit, wenn sie auch noch keinen sittlichen
Inhalt hat, dieses Aussich, diese absolute Selbstbestimmung
ist unabhängig von der Natur und von der Naturnothwendigkeit und würde also auch für sich allein schon
beweisen, dass die menschliche Seele, die diesen kostbaren
Schatz in sich trägt, den Naturprocess des Todes nicht erleiden kann, weil sie derjenigen Sphäre nicht angehört, in
der der Tod allein seine Macht beweist.

Aber wir werden diese Wahrheit noch viel deutlicher
und bestimmter erkennen, wenn wir nicht bei dieser abstracten Freiheit d. h. bei der blossen Wahlfreiheit oder der
Willkür stehen bleiben, sondern die sittliche Freiheit
betrachten. Diese Betrachtung führt uns namentlich zu der
Ueberzeugung, dass die sittliche Freiheit nicht blos etwas
Uebernatürliches ist, sondern sogar allein durch den Kampf
und Sieg über die Naturgewalten und natürlichen Triebe errungen wird.

Wollen wir eine kurze Definition von der sittlichen Freiheit geben, so können wir sie erklären als das freie Wollen des Allgemeinen. Wer sich frei und aus sich selbst
bestimmt, wie es der Wille verlangt, und zugleich doch auch
nur für allgemeine Interessen bestimmt, der ist sittlich frei.
Wenn aber dem sittlichen Menschen zugemuthet wird, sich
als einen freien Träger des Allgemeinen, wie es sich namentlich in der Familienpietät, in der allgemeinen Gerechtigkeit
des Staatslebens und am höchsten im Reiche Gottes darstellt,
zu bethätigen, so wird ihm damit zugleich auch zugemuthet,
sich seinem Naturdasein abzuringen, sich von seinen sinnlichen Begierden und Leidenschaften loszumachen und den
Naturgewalten überhaupt keinen Einfluss auf die Gesetzgebung seines Willens zu gestatten. Die Tugenden, die der
Mensch erstrebt und besitzt, reduciren sich sämmtlich auf
die Aufopferung des natürlichen Bestandtheils unseres
Wesens zu Gunsten des Geistes. Das Thier und auch der Mensch
als blosses Naturindividuum d. h. so weit er nur noch in

der Gewalt seines Körpers ist, befriedigt rücksichtslos seine
sinnlichen Begierden und jeder hat gewiss einmal erfahren,
welche Gewalt von dieser Seite auf ihn einstürmt, aber der
sittliche Mensch widersteht diesen Lüsten, und die Tugenden
der Mässigkeit, der Besonnenheit, der Nüchternheit, der
Keuschheit u. s. w. sind der Sieg über diese vom Körper
ausgehenden Gewalten; durch diese Tugenden ist der Mensch
mitten unter den sinnlichen Trieben frei von den sinnlichen
Begierden. Ferner! Jedes organische Naturwesen als solches,
z. B. das dem Menschen in natürlicher Hinsicht am nächsten
stehende Thier, sorgt für nichts so sehr, ja sorgt überhaupt
für nichts Anderes als für die Erhaltung und Fortpflanzung
des Lebens, aber der Mensch als sittliches Wesen hält das
natürliche Leben nicht für das Höchste, wofür er zu
sorgen hat, sondern der sittliche Mensch ist ebenso fähig
und bereit, für einen allgemeinen Zweck, z. B. die Ehre,
Macht und Unabhängigkeit des Vaterlandes, für die Freiheit,
für die Religion, willig das sinnliche Leben aufzuopfern und
diese Fähigkeit und Bereitwilligkeit ist eben die Tugend der
Tapferkeit. Der Mensch als natürliches Individuum sorgt nur
für sich und diejenigen, die aus seinem Blute entsprossen sind,
und scheut sich nicht, auf Unkosten Anderer sich zu berei-
chern, wenn es ohne Gefahr irgend angeht; aber der Mensch
als sittliches Wesen hat Wohlwollen gegen alle anderen
Menschen und hält den Grundsatz fest: „Was du nicht willst,
dass dir die Leute thun sollen, das thue ihnen auch nicht“,
und diese Gesinnung ist die Tugend der Gerechtigkeit. So
ist auch jede andere Tugend eine Emancipation von der sinnlichen Natur; der sittliche Mensch hat die Motive zu seinem
Leben und Handeln nicht in der Sinnenwelt, nicht in der
Natur, sondern in der übersinnlichen, immateriellen, geistigen
Welt und kann daher auch nicht an den sinnlichen Prozessen
zu Grunde gehen. Die Gegenwart der Sittlichkeit und der
Tugend im Menschen ist also die Gegenwart einer über die
Naturnothwendigkeit erhobenen Kraft und Wesenheit und
daher ein neuer Beweis für die Unsterblichkeit der menschlichen Seele. Aber hier drängt sich noch die Frage auf: giebt
es denn wirklich in jedem Menschen eine solche von der
Naturnothwendigkeit freie Sittlichkeit? Fände ein Mensch
dieselbe nicht in sich, so würde wenigstens dieser Beweis

für die Unsterblichkeit, der von der sittlichen Freiheit hergenommen ist, für ihn nicht mehr bindend sein. Beobachtet man nun das Thun und Treiben so vieler Menschen, so wird man von der freien Beobachtung der Sittengesetze nicht eben viel finden, vielmehr sich überzeugen, dass Sinnlichkeit und Egoismus die vorwiegenden Motive ihrer Handlungen und Bestrebungen sind; aber man wird auch bemerken, dass solche Menschen mit sich selbst in Widerspruch stehen, insofern sie anderer Menschen Handlungen mit einem ganz anderen Maassstabe messen, als die ihrigen. Der grösste Dieb ist aufs Höchste erbittert, wenn ihm von Anderen sein Eigenthum gestohlen wird; der grösste Lügner nimmt es sehr übel, wenn er von einem Anderen belogen wird, und der unzüchtigste Mensch kann doch Unzucht und Unkeuschheit an Anderen nicht achten, ja er ist sehr erzürnt darüber, wenn er selbst darunter zu leiden hat. Also verlangt auch der unsittlichste Mensch die Befolgung der sittlichen Gesetze von Seiten der Anderen und am allermeisten in dem Falle, wenn er selbst dabei betheiligt ist, da er sehr wohl weiss und fühlt, dass das Wohl und sogar die Existenz jedes Einzelnen nur dann gesichert ist, wenn eine gewisse allgemeine Geltung der Sittengesetze stattfindet; nur für seine eigene Person möchte er eine Ausnahme von der allgemeinen Regel machen. Selbst der Umstand, dass in allen menschlichen Gemeinwesen die Sittengesetze gelten und die Uebertretungen derselben bestraft werden, zeigt deutlich, dass der Geist und das Gesetz der Sittlichkeit eine aus dem Wesen des Menschen fliessende Offenbarung ist. Ferner aber wird jeder Mensch, wenn er unfrichtig ist, anerkennen müssen, dass ihm niemals wohl wird bei seinem unsittlichen Thun, dass er vielmehr in Widerspruch tritt mit sich selbst, dass ein doppelter Mensch in ihm wirkt, ein geistiger und ein natürlicher, und dass der geistige Mensch gegen den natürlichen ernstlich kämpft, wenn er ihn auch oft nicht überwinden kann. Was wir das Gewissen nennen, das ist der in uns lebendige und wirksame sittliche Mensch, der seine Ansprüche und Gesetze mit unerbittlicher Strenge gegen den sinnlichen Menschen geltend macht, ihn straft und richtet und ihn zum Werkzeuge seiner Gebote herabzusetzen sucht, wenn er es auch oft nicht vermag. Schon dass wir etwas bereuen können und dass wir

Vieles, was wir gethan, bereuen müssen, ist ein Zeichen,
dass das Thun und Trachten des innerlichen und geistigen
Menschen etwas wesentlich Anderes ist, als das Trachten
und Thun des sinnlichen und natürlichen Menschen an uns.
Andererseits zeigt die köstliche Freiheit und der selige Friede,
der uns durchströmt, wenn wir den sinnlichen Theil unseres
Wesens durch den sittlichen Theil desselben beherrschen und
bestimmen, dass die sittliche Gesinnung und das sittliche
Thun unsere wahre Bestimmung, der Ausdruck unseres wahren Selbsts sind. Und endlich, giebt es denn nicht Menschen
genug — grosse Menschen, von denen die Geschichte Mel-
dung thut, z. B. einen Sokrates, einen Luther, einen Kant
und auch unberühmte Menschen, deren vortreffliches Thun
wir im täglichen Leben beobachten können, Menschen, die
über den Zwiespalt erhaben sind und unbeirrt von Sinnlichkeit und Natürlichkeit nach dem Sittengesetze leben und so
fest und sicher sind in der Ausübung dieses Gesetzes, dass
sie eben wegen dieser Consequenz und Gleichheit mit sich
in der Ausübung des Guten sittliche Charaktere heissen?
Und wenn solche sittlichen Charaktere am wenigsten geneigt
sind, sich für vollkommen zu halten, so liegt dieser Ausdruck
der Bescheidenheit nicht daran, dass sie nicht auf dem rechten Wege wären, oder dass in ihnen nicht der naturfreie,
selbständige sittliche Geist existirte, sondern daran, dass die
Idee der Sittlichkeit, die sie in Folge ihrer Tugend am deutlichsten erkennen, etwas so unendlich Grosses ist, dass sie
nur in endlosen Zeiten wird realisirt werden können und
dass jeder bestimmte sittliche Zustand eines Menschen verglichen mit dieser Idee als etwas Unvollkommenes und Ent-
wicklungsbedürftiges erscheinen muss, gleich wie derjenige,
der am meisten von der Wahrheit weiss, auch die deutlichste
Einsicht hat von der unendlichen Fülle und Tiefe der Wahrheit, im Vergleich mit welcher jedes bestimmte Wissen eine
verschwindende Grösse ist, wenn auch in dieser Begrenzung
schon die Wahrheit liegt, wie in jedem Thautropfen das Bild
der Sonne. Sind nun aber diese Betrachtungen, wie ich denke,
richtig, ist das sittliche Leben des Menschen etwas von der
Naturnothwendigkeit Unabhängiges, so hat der Tod über
dasselbe auch keine Macht, und wir können also demselben
mit um so grösserer Ruhe entgegensehen, je mehr wir uns

sittlich gereinigt und verklärt und von den Naturgewalten
frei gemacht haben.

Das wären denn also einige aus der Natur der menschlichen Seele geschöpfte Vernunftgründe für die Unsterblichkeit der menschlichen Seele. Aus ihnen geht aber, wie mich
dünkt, hervor, dass der Tod keine Vernichtung für die
Seele, sondern wenn sonst alles so ist, wie es sein soll, in
der That zuletzt ein wünschenswerther Befreiungsprozess der
Seele ist. Denn da der Körper, wie alles Organische, mit
der Zeit altert, schwach und krank und je länger je mehr
unfähig wird, das dienende Werkzeug der Seele nach der
Naturseite hin zu sein, so befreit der Tod, indem er den
natürlichen Körper zerstört, die Seele von einer Fessel, und
die Seele steigt aus dem Tode wie ein Phönix aus der Asche,
um in Sphären, die ihrer nun entwickelten Geistigkeit homo-
gener sind als das Leben dieser Erde, ein neues, freieres
und wahreres Geistesleben zu beginnen. Wie am Wein-
stocke Alles — Wurzeln, Holz, Bast, Blätter, Blüthen —
zusammenarbeitet, um die Weintrauben zu erzeugen, so arbeitet am Menschen Alles in diesem irdischen Leben zusammen, um den selbstbewussten Geistesmenschen zu erzeugen; aber wie die Weintrauben, wenn sie auch für sich
schon etwas recht Schmackhaftes sind, zuletzt erst noch ge-
keltert und von ihren Hülsen befreit werden müssen, um
den reinen flüssigen Wein, den idealsten Stoff der Natur zu
geben, so muss auch der Idealmensch noch von der Hülse
des körperlichen Daseins befreit werden, um ein höheres
Geistesleben zu beginnen und in alle Ewigkeit fortzusetzen.
Ueber das Wo? dieses jenseitigen Lebens und die bestimmtere
Form und Entwicklung desselben ist wohl keinem Menschen
etwas Bestimmtes bekannt, wie ja auch dem Kinde, das
noch nicht sprechen kann, von der Welt der Ideen und der
Sittlichkeit, zu der es sich doch später erhebt, noch nichts
bekannt ist; aber wer in der wirklichen Erkenntniss der
Wahrheit oder in einer Herz und Geist durchdringenden
Liebe zu einem bedeutenden Menschen, oder in der Fülle
der Andacht sich einmal ganz und gar vergessen und gefühlt hat, wie ein solches Vergessen die grösste Seligkeit
im Menschen hervorbringt, der kann aus diesen Acten wohl
eine Ahnung empfangen, wie das jenseitige Leben eines

Menschen beschaffen sein möge, der dieses irdische Leben nicht unwürdig geführt hat.*)

---

*) Der Verfasser hatte nach einem Briefe an den Herausgeber vom 11. August 1800 die Absicht, diese Abhandlung bei der Gesammtausgabe seiner gesammelten kleinen Schriften durch eine Bemerkung über den neuen Leib, den sich die Seele schon in diesem Leben ausarbeite, zu erweitern. Sein im Jahr darauf erfolgender Tod verhinderte die Ausführung dieses Plans.

X.

Ueber den Unterschied des Classischen und des Romantischen.*)

Wenn ich den Versuch mache, meine Ansicht über den Unterschied des Classischen und des Romantischen vorzutragen, so thue ich es vor allen Dingen mit der Ueberzeugung, dass ich es mit einem äusserst wichtigen Gegenstande zu thun habe. Denn man muss nicht denken, dass das Classische und Romantische etwa blosse abstracte Begriffe sind, die nur für die theoretische Speculation ein gewisses Interesse haben; vielmehr sind mit diesen Worten zwei wesentliche Weltprincipien bezeichnet, um die sich das gesammte geistige Leben der Menschheit wie um zwei Pole dreht, so dass jeder Mensch, der etwas von dem Verhältniss dieser Principien erkennt, auch befähigt wird, einen tieferen Blick in das Wesen und die Entwicklung sowohl des menschlichen Geistes überhaupt, als seines eigenen individuellen Geistes zu thun. Ja ich wage zu behaupten, dass, wenn die neuere und neueste Zeit die Einheit des Classischen und des Romantischen nicht blos in der Poesie und Wissenschaft, sondern besonders auch im Leben gefunden und durchgeführt hätte, die Menschheit einen wesentlichen Schritt zu dem letzten Ziele ihrer Vollendung würde gethan haben. Je wichtiger und tiefer diese Principien aber sind, desto schwankender und unklarer erscheint die Einsicht in ihr Wesen und ihre Bedeutung noch bis auf diesen Tag, und zwar nicht blos bei den Menschen von gewöhnlicher Bildung, sondern selbst bei Dichtern, Gelehrten und Kunstphilosophen, die sich doch gleichsam berufsmässig mit diesen Begriffen beschäftigen und daher über dieselben zu einer lichtvollen Klar-

*) 1865 in der Zeitschrift für das Gymnasialwesen erschienen.

heit gekommen sein sollten. Wie oft hört man z. B. von der einen Seite die Aeusserung, dass die Musik durch und durch eine romantische Kunst sei, und doch sprechen andererseits die grössten Kenner dieser Kunst von einer classischen Musik und von einer romantischen Musik, zum Zeichen, dass die Musik nicht durch und durch romantisch ist, sondern auch die Fähigkeit hat, das Classische in sich aufzunehmen. Ja nicht blos verschiedene Menschen haben oft ganz verschiedene Ansichten und Meinungen über diesen Gegensatz und seine beiden Factoren, sondern oft äussert sich sogar einer und derselbe einsichtsvolle Mann zu verschiedenen Zeiten und bei verschiedenen Gelegenheiten sehr verschieden darüber. Sollte man es irgend einem Manne zutrauen, dass er eine durchaus klare und consequente Ansicht über diesen Gegenstand haben müsste, so ist es unser Altmeister Göthe. Es ist bekannt, dass man die Periode unserer deutschen Literatur, die mit Lessing anhebt und etwa mit Schillers Tode endigt, die classische Periode unserer Literatur nennt und dass dann die sogenannte romantische Periode beginnt, die etwa mit der Julirevolution endigt. Aber die Strömungen beider Perioden hat Göthe lebenskräftig mit durchlebt und in beiden eine Hauptrolle gespielt, ja den höchsten Höhepunkt der classischen Poesie in seinen Werken herbeigeführt. Dennoch scheint selbst Göthe keine recht klare und consequente Anschauung von dem Classischen und dem Romantischen gehabt zu haben, denn er spricht sich darüber so verschieden aus, dass man diese Aeusserungen schwerlich unter einen einheitlichen Gesichtspunkt wird subsumiren können. So that er einmal den Ausspruch, dass das Classische das Gesunde und das Romantische das Kranke sei, womit doch wohl gesagt sein soll, dass dem Romantischen nicht einmal das Recht der Existenz zugeschrieben werden dürfe. Und doch betrachtet er sie an einer anderen Stelle seiner Schriften als zwei gleich nothwendige Entwicklungsprincipien, die sich gegenseitig hervorrufen. So sagt er einmal: „Der Kampf des Alten, Bestehenden, Beharrenden mit Entwicklung, Aus- und Umbildung ist immer derselbe. Aus aller Ordnung entsteht zuletzt Pedanterie; um diese los zu werden, zerstört man jene, und es geht eine Zeit hin, bis man gewahr wird, dass man wieder Ordnung machen muss"; und nach dieser allgemeinen Bemerkung führt er auch

den Classicismus und den Romanticismus als zwei einander
entgegengesetzte Principien an, die sich gegenseitig hervorrufen. Obgleich auch aus dieser Stelle nicht genau zu ersehen
ist, was Göthe unter diesen beiden Begriffen versteht, so erkennt man doch, dass er sie beide für die Entwicklung des
Geistes für nothwendig hält, den Classicismus, um den Geist
zu gestalten, und den Romanticismus, um die Gestalt wieder
aufzuheben und den Geist neuen Entwicklungen entgegenzu-
treiben. Nach Göthe hat man sich in Lehrbüchern der Aesthetik und in Geschichten der deutschen Literatur vielfach mit
diesen Begriffen beschäftigt und viel Geistreiches und Wahres
darüber geschrieben, ohne dass man sagen könnte, dass selbst
die geistvollsten Schriftsteller die Sache auf völlig scharfe
und bestimmte Begriffe zurückgeführt hätten. Auch aus diesem Grunde ist es der Mühe werth, diese Ideen, die sich
doch einmal dem denkenden Menschen aufdrängen, immer
wieder zur Sprache zu bringen, selbst auf die Gefahr hin,
dass man zu den vielen verfehlten Entwicklungen der Sache noch
eine, ebenfalls verfehlte, hinzufügen sollte. Doch nun zur Sache!

Man sollte meinen, dass man schon eine gewisse, wenn
auch vielleicht nicht erschöpfende, Ansicht von dem Unterschied des Classischen und des Romantischen erhalten müsste,
wenn man sorgfältig und behutsam den Sprachgebrauch in
Betrachtung zöge, d. h. wenn man ermittelte, in welchem
Sinne und Geiste die Sprache diese Worte: Romanticismus
und Classicismus gebraucht. Der Sprachgebrauch ist eine
überaus wichtige Sache! Der Sinn, in welchem die Worte
der Sprache sowohl schriftlich als mündlich gebraucht werden,
ist etwas sehr Bestimmtes und Nothwendiges, und man kommt
oft schon sehr weit in der Einsicht in gewisse Gedanken
und Ideen, wenn man sich den Sinn der Worte, durch
welche die Ideen ausgesprochen werden, deutlich zum Bewusstsein bringt. Die Ideen, die man z. B. durch die Worte:
Vernunft, Seele, Geist u. dergl. ausdrückt, sind gar wichtige
Ideen, und man kann Zeit Lebens darüber nachdenken, ohne
sie ihrem Inhalte und Umfange nach vollständig zu erschöpfen, aber man kommt doch schon zu einer ziemlich deutlichen und einen hohen Grad von Wahrheit enthaltenden Anschauung derselben, wenn man aus den verschiedenen Wendungen, Verbindungen und Redensarten, in denen die Sprache

das Wort Seele oder das Wort Geist gebraucht, durch Vergleichung herausgebracht hat, was denn der Sprachgenius für einen Sinn in diese seine Worte gelegt hat. Wie denn nun? Könnten wir denn nicht auch die Worte Romanticismus und Classicismus **sprachlich** untersuchen und den Sinn finden, den der Sprachgeist in sie hineingelegt hat? Wir wollen sehen, was auf diesem Wege zu finden ist; die Ausbeute wird nicht allzugross sein, aber doch keineswegs zu verachten. Sie ist aber um deswillen nicht so gross, als sie bei anderen Worten ist, weil die Worte Classicismus und Romanticismus keine ursprünglich **deutschen** Wörter sind, sondern erst später in unsere Sprache aufgenommen, also keine selbst erzeugten Kinder unserer ehrwürdigen Muttersprache, sondern **Adoptivkinder**, an **Kindes Statt** angenommene Wesen sind. Denn um mit dem schwierigeren und räthselhafteren dieser Begriffe, mit dem **Romanticismus** anzufangen, so hängt derselbe mit dem Begriffe des **Romanischen** zusammen. Das Wort: Romanisch, lat. *Romanus*, heisst auf Deutsch eigentlich: **römisch**, doch würde man sich ausserordentlich irren, wenn man das Romanische mit dem Römischen, den romanischen Charakter mit dem römischen Charakter, den romanischen Geist mit dem römischen Geist für gleichbedeutend und identisch halten wollte, vielmehr rechnet man den Geist und Charakter der Römer selbst mit zu den Erscheinungen des Classicismus und nicht zu denen des Romanticismus. Unter dem Romanischen versteht man vielmehr etwas, was sich durch eine Vermischung eines Ursprünglichen mit dem Römischen unter Vermittlung des Christenthums gebildet hat. Die romanischen Sprachen sind das Französische, das Italienische, das Spanische und das Portugiesische und einzelne andere weniger bedeutende; diese romanischen Sprachen haben sich durch einen nicht genug zu bewundernden Prozess gebildet — durch eine Vermischung und Durchdringung der Sprachen, welche die Urbewohner Galliens, Spaniens, Portugals, Italiens gesprochen haben, mit der römischen und zwar nicht mit der römischen in der Form, wie wir sie z. B. in den Schriften des Cicero finden, sondern mit der römischen Bauernsprache, mit der *lingua rustica*, welche die Landleute sprachen und die römischen Soldaten in jene Länder, die sie eroberten, mitbrachten und den besiegten und unterjochten Bewohnern dieser Länder

aneigneten. Bei der Bildung dieser neuen Sprachen und der
neuen Weltanschauungen spielte aber auch das Christenthum
eine grosse Rolle. Unsere ehrwürdige deutsche Sprache ist
eine Ursprache, ursprünglich, unvermischt, nur sich selber
gleich; aber die romanischen Sprachen, wie die französische,
sind Mischsprachen und haben daher etwas Gebrochenes,
einen gewissen Dualismus in sich, der natürlich auch auf den
Charakter des Volkes, das diese Sprache spricht, von Einfluss
sein muss. So viel von dem Ursprung des Wortes: Romanticismus. Das Wort ist aber, wie bemerkt, auch von unserer deutschen Sprachmutter an Kindes Statt angenommen
worden, und es ist daher besonders instructiv, nachzusehen,
was denn die von diesem Stamme abgeleiteten und ins Deutsche
aufgenommenen Wörter für eine Bedeutung haben. Ich be-
schränke mich aber auf die Betrachtung der beiden Wörter:
Roman und Romantisch, das Letztere in der Verbindung,
in der man von dem Romantischen einer Gegend spricht. Der
ursprüngliche Begriff des Romans, den wir hier allein brauchen
können, um eine Ausbeute für unsere gegenwärtige Betrachtung zu gewinnen, ist in der neueren Zeit durch die vortrefflichen Walter Scottschen historischen Romane und durch andere, die nach diesem Muster gearbeitet sind, etwas verloren
gegangen, denn die Walter Scottschen Romane enthalten im
Ganzen nichts Wunderbares und Transcendentes, sondern
halten sich an das wirkliche Leben und stellen das Wirkliche
in seiner Wahrheit dar. Wie vortrefflich lernt man die wichtigsten Erscheinungen der englischen Geschichte in ihrer idealen Wahrheit aus diesen Romanen kennen! Ursprünglich aber
stellten die Romane etwas Wunderbares dar, etwas, was über
den gewöhnlichen Verlauf des menschlichen Lebens hinauslag.
Einer der ersten Romandichter soll ein gewisser Antonius
Diogenes im ersten oder zweiten Jahrhundert nach Christus
gewesen sein; sein Werk führte aber den Titel: Die Wunder
jenseits Thule. Ein anderer: Lucius aus Paträ schrieb Zauber-
romane. Man sieht daraus, dass das Zauberhafte, das Wunderbare, das über den natürlichen Verlauf der Welt Hinaus-
liegende das Element des Romans war, und in der That hat sich
diese Vorstellung von dem Wesen des Romans bis auf den
heutigen Tag in dem Bewusstsein der Menschen erhalten.
Man sagt noch jetzt allgemein: das ist ein Roman, und will

mit diesem Ausspruch sagen, dass eine solche Geschichte, wie
sie in dem Roman erzählt wird, im gewöhnlichen Leben
nicht geschehen kann. Man warnt noch immer vor dem
Lesen der Romane, weil man dadurch der natürlichen und
wirklichen Welt entfremdet werde, sich in eine Phantasiewelt
erhebe und sich deshalb dann in die wirkliche Welt nicht
finden könne. In den gewöhnlichen Romanen wird auch das
Negative des Lebens, wie Schmerz, Noth, Tod und Elend,
zu wenig beachtet und Alles so herrlich geschildert, dass die
Schilderung nicht in das Leben hineinführt, was jedes gute
Gedicht eigentlich bewirken sollte, sondern aus dem Leben
hinausführt. Ist diese Ansicht von dem Roman richtig, so ist
ein Hauptzug des Romans das Transcendente, das über die
natürliche Wirklichkeit Hinausgehende, und in diesem Sinne
würde der Roman an das Wesen des Romanticismus sehr bedeutend erinnern, wie ich später zeigen zu können hoffe. Jetzt noch
einige Worte über das sogenannte Romantische einer Gegend.
Man wird einen Garten, der nach den besten ästhetischen
Principien eingerichtet und mit Wiesen, Wäldern, Büchen,
Felsen etc. harmonisch ausgestattet ist, keineswegs romantisch
nennen; auch eine Gegend wird man nicht romantisch nennen,
die durch den anmuthigsten Wechsel von Berg und Thal,
von lebendigen Flüssen und fruchtbaren Feldern uns ein liebliches Bild gewährt, an dem sich unser Herz erfreut; wir
nennen einen solchen Garten und eine solche Gegend schön,
doch nicht romantisch. Aber kommen wir in eine erhabene
Gebirgsgegend, wo die Felsmassen kühn und gewaltig zum
Himmel emporstreben, wo die Gewässer in reissender Geschwindigkeit von der Höhe herabstürzen und Felsblöcke mit
sich führen, wo alle verständige Ordnung, die der prosaische
Mensch so sehr liebt, aufgehoben erscheint, wo wir auch
Thiere und Pflanzen von ganz anderer Art finden, als in unserer gewöhnlichen Umgebung — dann nennen wir eine solche
Gegend romantisch. Eben dieses Gefühl der Entfernung aus
den gewohnten Kreisen, die Entfremdung von den heimischen
Verhältnissen, die Erhebung über die verständige Ordnung,
das Gefühl des Transcendenten ist das Romantische.

Ich habe die Erklärung, welche Göthe von dem Romantischen einer Gegend giebt, stets mit grossem Interesse gelesen und bewundert; sie kommt aber im Wesentlichen auf

das Gesagte hinaus. Ich glaube manchem der Leser einen
Dienst zu erweisen, wenn ich sie mittheile, da die allermeisten
von den in der That höchst tiefsinnigen Urtheilen und Anschauungen Göthes namentlich aus seinem reiferen Alter
keineswegs so bekannt sind, wie sie es verdienen. Er sagt:
„Das sogenannte Romantische einer Gegend ist ein stilles Gefühl des Erhabenen in der Form der Vergangenheit oder,
was gleichlautet, der Einsamkeit, der Abwesenheit, der Abgeschiedenheit." Wie wunderbar — man möchte fast sagen,
wie romantisch lauten diese Worte, und doch treffen sie
das Wesen der Sache, wie mir scheint, auf ein Haar. Was
ist hiernach das Romantische? Zuerst ein Gefühl, also keine
verständige Betrachtung oder Reflexion, sondern eine innerliche Stimmung und Bewegung des Gemüths, ein Ausdruck
der menschlichen Innerlichkeit — ferner ein stilles Gefühl, d. h. ein dem Geräusch der Welt enthobenes Gefühl,
und drittens ein Gefühl des Erhabenen, also ein Gefühl,
durch welches der Mensch dem Umkreis des Endlichen und
Beschränkten enthoben wird und zu einem Unendlichen
und Unermesslichen sich emporschwingt; und darnus folgen alle andern Prädicate, die Göthe dem Romantischen einer
Gegend beilegt. Der Mensch wird nämlich durch dieses stille
Gefühl des Erhabenen der unmittelbaren, wirklichen Gegenwart entrückt und daher nach einer grossen Vergangenheit
oder nach einer grossen Zukunft hingetrieben, und so entsteht die Stimmung der Abgeschiedenheit, der Einsamkeit und
Abwesenheit, wie sie sich immer bildet, wenn man sich über
das Gegebene und Vorliegende emporschwingt und den Geist
mit etwas Unendlichem in Berührung bringt. Gewiss sind das
Alles Bestimmungen nicht blos von dem Romantischen einer
Gegend, sondern auch von dem Romantischen überhaupt,
in welchen Formen es auch erscheinen möge, z. B. von dem
Romantischen der mittelalterlichen Geschichte, der romantischen
Poesie, der romantischen Kunst überhaupt, und ich hoffe,
das später genauer nachweisen zu können.

Betrachten wir zweitens auch das Classische von Seiten des Sprachgebrauchs; es wird auch diese Betrachtung
nicht ganz ohne Ausbeute zur Ergründung unseres Themas
bleiben. Auch das Wort classisch ist aus der lateinischen
Sprache hergenommen, nämlich von *classis* und ins Beson-

dere von *classicus*. *Classicus* bedeutet aber bei den Römern einen Bürger der ersten Classe oder vom ersten Range, und aus dieser Bedeutung hat sich naturgemäss die andere entwickelt, dass man alles in sich Vollendete und Vortreffliche classisch nennt. In diesem Sinne nennt man nicht blos Homer und Sophocles classische Dichter, sondern auch Shakespeare, Schiller und Göthe, und nicht blos diese, sondern auch Lessing, Uhland, Rückert etc. heissen unsere deutschen Classiker, und man trägt dieses Prädicat auch auf Kunstwerke über, und zwar auf Kunstwerke der verschiedensten Zeiten, und bezeichnet demnach nicht blos den Jupiter von Phidias, sondern auch die Apostel von Thorwaldsen und das Denkmal Friedrichs des Grossen in Berlin von Rauch als classische Meisterwerke. In gleichem Sinne sind Raphael und Correggio classische Maler und Haydn, Mozart und Bach classische Tonkünstler. Die Sprache scheint demnach alles in sich Vollendete classisch zu nennen, was in sich selbst erfüllt und befriedigt ist und daher keines Anderen bedarf und auf kein Anderes hinweist, um zu existiren. Aber nun gebraucht das Classische in unserer Sprache noch in einem anderen und zwar höchst bedeutsamen Sinne; man nennt nämlich die alten Griechen und Römer classische Völker, die griechische und lateinische Sprache classische Sprachen und die Werke, die in diesen Sprachen geschrieben sind, und die anderweitigen Kunstwerke dieser Völker in Stein und Marmor classische Kunstwerke. Und in der That; obschon das Classische keineswegs auf die Leistungen jener beiden Völker, die man vorzugsweise classische Völker nennt, beschränkt ist, wie schon der Sprachgebrauch lehrt, so finden wir doch das Classische bei diesen Völkern und ganz besonders bei den Griechen, von denen die Römer wenigstens in Wissenschaft und Kunst als Nachahmer erscheinen, so rein und vollständig ausgeprägt, dass man die Idee des Classischen vor Allem aus einer gründlichen Erforschung der griechischen Werke gewinnen kann, während das ganze Mittelalter und seine Werke und namentlich das Leben und die Werke derjenigen Völker, die den Namen der romanischen Völker tragen, während des Mittelalters den Geist des Romantischen athmen. So wird denn unsere Betrachtung sich zuerst auf eine allgemeine Würdigung des

griechischen Geistes, als des klarsten Typus des Classischen,
einzulassen und dann zu zeigen haben, wie nach dem Untergange dieser schönen Blüthe des menschlichen Geistes und
durch den Eintritt des Christenthums, zu welchem die Völker
wie zu einer aus dem Jenseits hervorstrahlenden göttlichen
Erscheinung emporschauten, ein neuer Geist entstand, den
man eine Reihe von Jahrhunderten hindurch als den romantischen Geist bezeichnen kann; wie er aber endlich sein blos
transcendentes Wesen abstreifte und in der Reformation eine
neue Weltperiode hervorbrachte, in der wir leben, welche die
Harmonie des Classischen und Romantischen als die höchste
Vollkommenheit erstrebt, wenn auch der fortwährende Wechsel der beiden Principien und das fortwährende Schwanken
zwischen beiden, welches wir bis auf die neueste Zeit hin
bemerken können, ein Zeichen ist, dass die Welt den höchsten Punkt ihrer Vollendung noch keineswegs erreicht hat.

Das griechische Volk erhebt sich aus der Trübheit der
orientalischen Völker, wie die aufsteigende Sonne aus der
Finsterniss der Nacht. Es ist, als wenn es mit dem Auftreten
des griechischen Volkes erst licht würde in der Geschichte
der Menschheit. Der freie Geist erhebt sich in diesem nicht
genug zu bewundernden Volke über den Zwang des Natur-
daseins und blickt mit klarem und sicherem Blicke um sich
und erblickt nun Alles in seinem rechten Lichte und in seiner
richtigen Gestalt. Denn das können wir vor Allem als eine
Grundeigenschaft des griechischen Geistes ansehen, dass er
die Erscheinungen des natürlichen und des sittlichen Lebens
klar und bestimmt auffasst und nicht blos die Erscheinungen des Lebens, sondern besonders auch die die Erscheinungen bedingenden Gesetze, Ursachen und Ideen.
Göthe äussert sich über die Griechen so: „Die Klarheit
der Ansicht, die Heiterkeit der Aufnahme, die Leichtigkeit der Mittheilung, das ist es, was uns entzückt,
und wenn wir behaupten, dieses Alles finden wir in den echt
griechischen Werken, und zwar geleistet am edelsten Stoff,
am würdigsten Gehalt, mit sicherer und vollendeter Ausführung, so wird man verstehen, wenn wir immer von dort ausgehen und immer dorthin weisen. Jeder sei in seiner Art
Grieche! Aber er sei's!" Wir müssen, um das eigentliche
Grundwesen der Griechen, das auch Göthe in den angeführ-

ten Worten bestimmt hat, recht zu verstehen und daraus den
Begriff des Classischen zu entnehmen, eine subjective und
eine objective Auffassung der Dinge und des Lebens unterscheiden, da den Griechen die sogenannte objective Auffassung der Natur und des Menschen im höchsten Maasse
eigen ist. Wir können, um diesen wichtigen Unterschied uns
deutlich zu machen, vom Körperlichen ausgehen. Wenn
unser Auge ganz gesund ist, so sehen wir die sichtbaren
Dinge gerade so, wie sie sind. Wenn aber unser Auge
getrübt und krank ist, so tragen wir diese subjective
Mangelhaftigkeit unseres Auges auf die Dinge über und erblicken sie dann in gar mancherlei Art getrübt und entstellt.
So verhält sich's auch mit der Erkenntniss des Geistes. Ein
von seiner endlichen Subjectivität nicht befreiter Mensch sieht
die Welt und das Leben, sowohl das natürliche als das sittliche, im geistigen Leben gleichsam durch eine trübe Brille,
indem er seine krankhafte oder doch beschränkte Subjectivität mit in die objectiven Wahrnehmungen einmischt, während
er diese doch rein oder objectiv aufnehmen muss, um ihre
Wahrheit zu haben. Die Griechen nun fassen die Dinge gerade so auf, wie sie sind, d. h. sie fassen sie objectiv auf.
Daher sind ihre Werke auch so unendlich reich an Wahrheiten über die Natur und das Menschenleben, so dass wir,
wenn wir ihre Werke lesen, immer und immer wieder staun-
nen müssen, was denn dieses kleine Volk in der kurzen
Spanne seiner Existenz so unermesslich Vieles gefunden und
erkannt hat. Ihr Geist ist ein reiner Spiegel gewesen, in dem
sich der Kreis des Lebens, der ihrem Blicke eröffnet war,
rein und vollkommen abgespiegelt hat; sie haben Alles rein,
ohne Splitterrichterei und heiter aufgefasst und dann haben
sie das Aufgefasste ebenso treffend als klar und angemessen
in Wort und Bild wiedergegeben. Sie konnten aber so Grosses
leisten, weil sie erkannten und diese Erkenntniss bei allen
ihren Thätigkeiten festhielten, dass es mit der Auffassung der
äusserlichen Erscheinungen, der äusserlichen Thatsachen und der äusserlichen Anschauungen, obschon davon
alle Erkenntniss ausgehen muss, keineswegs abgemacht sei,
sondern dass jedes Aeussere ein Inneres in sich trage, von
welchem das Aeussere belebt, gestaltet und durchdrungen sei,
gleichsam eine Seele, die sich in dem Aeusseren verleib-

licht, und dass dieses Aeusserliche von Stufe zu Stufe sich zu entwickeln habe, um ein würdiges und vollkommnes Abbild des Inneren zu werden. So kamen sie auf die Ideen und auf die Ideale und wurden so die unsterblichen Erfinder der echten Wissenschaft und der echten Kunst. Sie verstanden aber unter den Ideen nicht etwa subjective Träumereien, die sich ein phantastischer Mensch macht, ebenso wenig aber auch etwas Jenseitiges, etwas in einer anderen Welt Liegendes, sondern das ewig Wirksame in den Dingen und den Erscheinungen, die objectiven Wesenheiten und Substanzen, die den ewigen Kern der Dinge bilden und ohne die die Dinge und Menschen und Erscheinungen nichts sind. Ebenso dachten sie unter den Idealen sich nicht etwas Unreelles, das man nicht erreichen, sondern sich blos einbilden könne, sondern sie dachten sich unter den Idealen die Höhepunkte des Daseins selbst, auf denen die Existenzen erst das werden, was sie sein sollen, und wo sie erst ihre recht natürliche und ihrem Wesen entsprechende Gestalt gewinnen. Ihre Ideale sind das Wirkliche in seiner Wahrheit. In dieser Anschauung gestalteten die Griechen — und dasselbe gilt im Wesentlichen auch von den Römern — ihr Leben und schufen ihre einzig grossen Werke in Kunst und Wissenschaft. Die Männer, von denen uns die griechische und römische Geschichte Kunde giebt, sind durchweg plastische Gestalten, d. h. Gestalten, in denen sich eine innere Idee, eine klare, bestimmte und nach allen Seiten hin entwickelte Erscheinung kund giebt; auch das ganze Leben gestaltete sich dem Inneren gemäss, wovon sie als von dem Rechten und Wahren überzeugt waren; in Griechenland schufen sogar die einzelnen Stämme und selbst einzelne Städte sich solche Staatsverfassungen, die ein reiner Ausdruck ihres inneren Wesens und Charakters waren; überall im Leben zeigte sich diese Congruenz und Harmonie des Inneren und des Aeusseren, die vollkommene äusserliche Verleiblichung dessen, wovon sie innerlich beseelt waren. Noch deutlicher sehen wir aber dieses classische Princip aus den Kunstwerken und Poesien, die sie uns als ewige Denkmäler ihres Wesens und Geistes hinterlassen haben. Ich widme zuerst einige Worte ihrer plastischen Kunst und spreche dann etwas Genaueres von ihrer Poesie.

Von allen Gestalten, welche die Natur unserer Beobachtung

eröffnet hat, ist die menschliche Gestalt offenbar die
vollkommenste. Was wäre die Gestalt auch des schönsten
Pferdes oder des schönsten Löwen gegen die menschliche
Gestalt? Die menschliche Gestalt ist erst diejenige Gestalt,
die der Geist selbst sich zu seiner sinnlichen Erscheinungsform und zu seinem Werkzeug erwählt hat. Sie ist das Ideal
von allen Naturgestalten; daher richteten auch die Griechen
ihre Aufmerksamkeit vor Allem auf diese Gestalt und beobachteten ihre Maasse und ihre Gesetze und bildeten sie in
Marmor und Metall unzählig oft nach. Aber sie erkannten
ferner auch, dass die menschliche Gestalt wegen tausenderlei
hindernder und beschränkender Einflüsse auf ihrem Entwik-
lungsgange vielfach aufgehalten wird und in der Regel nicht
den Höhepunkt des Daseins erreicht, auf den sie ihrem Wesen nach angelegt ist. Und nun hat der griechische Geist
der gestaltenden Natur gleichsam es abgelauscht, worauf sie
es abgesehn hat und was sie auf dem Höhepunkt ihres Ge-
staltungsprozesses sein würde, und die griechische Phantasie
hat eine grosse Menge von Gestalten geschaffen, die in Wahrheit das sind, was sie sein sollen. Die technische Meister-
schaft der griechischen Künstler hat solche vollkommene Gestalten in dem Elemente des Marmors dargestellt, — wirkliche Ideale, weil sie das Wesen der menschlichen Gestalt
in irgend einer Bestimmung klar und vollkommen zur Erscheinung bringen, Gestalten, die alle Jahrhunderte hindurch
bewundert und nachgeahmt, aber niemals erreicht und noch
viel weniger übertroffen worden sind. Und an diesen Gestalten haben wir nun auch ein recht instructives Beispiel
von dem Classischen. Diese Marmorbilder der griechischen
Bildhauer sind wahrhaft classische Gestalten, und die ganze
plastische Kunst der Griechen ist eine Erscheinung des Classischen. Das Classische der griechischen Plastik besteht aber
darin, dass durch die individuellen Gebilde die allgemeinen
Ideen, die sie darstellen sollen, so klar, rein und vollständig
zur Darstellung gebracht werden, dass man in dem individuellen Gebilde ein reines Abbild der allgemeinen Idee vor
sich hat. Der Künstler will z. B. die Majestät und Würde
eines Herrschers darstellen, und er schafft den Olympischen
Jupiter, aus dessen Gestalt, Haltung und Grösse die Macht,
die Würde und Majestät des höchsten Königs so herrlich

hervorstrahlte, dass ganz Griechenland nach Olympia hin-
strömte, um daran sich zu erbauen, zu erheben und zu erfreuen. Oder es soll die Jünglingsblüthe dargestellt werden
d. h. die Gestalt in der Entwicklung des menschlichen Lebens, wo die männliche Gestalt den Höhepunkt ihrer Schönheit erreicht und wo auch die Idealität des Sinnes und Gemüths, die einen edlen Jüngling auszeichnet, erwacht und
sich selbst körperlich zu erkennen giebt, — da bilden die
griechischen Künstler die Statue eines Apollo, in welcher
das Licht der Jünglingsblüthe sich so sichtbar verkörpert,
dass aus der sinnlichen Erscheinung das geistige Ideal lebendig und vollkommen erfasst und begriffen wird. Selbst die
Gestalt, welche sich bildet, wenn ein edler, geistiger und
charaktervoller Mensch leidet, wählen die griechischen
Künstler zum Object ihrer Darstellung, und so ist die Lao-
coonsgruppe und die Gruppe der Niobe und Anderes der
Art entstanden, worin das Innere eines Menschen sich rein
und klar abspiegelt, der in dem Zustande des tiefsten Leidens
sich befindet, aber in Folge der charaktervollen Energie der
Seele zugleich über dieses Leiden erhaben dasteht. So sind
die griechischen Gebilde classische Gebilde, weil aus
der individuellen Gestalt ein allgemeines Wesen hindurch-
und hervorscheint, wie das Licht einen durchsichtigen Körper
durchströmt. Noch ungleich deutlicher und vollkommener
kommt aber das Classische, das die Griechen erfunden haben,
in den griechischen Dichtern zum Vorschein, und nicht blos
bei den Dichtern, sondern auch bei fast allen prosaischen
Schriftstellern dieses Volkes.

Je öfter man den Vater der Dichtkunst und das absolute Muster aller Gedichte — die Epen des Homer — liest
und studirt, desto mehr muss man sich über die classische
Vollendung wundern, die hier ins Dasein getreten ist. Die
Ilias und die Odyssee des Homer sind Volksepen im höchsten
und besten Sinne dieses Worts und stellen als solche nichts
Geringeres dar, als den idealen Geist und Charakter
des griechischen Volks. Die Handlung ist in beiden Gedichten
klein und beschränkt, denn in der Ilias dreht sich Alles um
den Zorn des schönen hellenischen Heldenjünglings Achilles
und in der Odyssee um die Irrfahrten eines echt griechischen
Mannes — des Odysseus. Aber wie weiss doch der griechische

Dichter in so engem Rahmen das Wesen des Griechenthums
so vollkommen zu veranschaulichen! Wie deutlich werden
uns die religiösen Vorstellungen, die Sitten und Gebräuche,
die Staatsverfassungen, die Charaktereigenschaften des Griechen und seine geistigen Anschauungen von seinem Leben
und von seiner Bestimmung zum Bewusstsein gebracht! Es
ist eine individuelle Handlung, die uns vorgeführt wird, aber
in ihr spiegelt sich das allgemeine Wesen des griechischen
Geistes und Lebens so deutlich ab, dass nichts im Hintergrund und nichts dunkel bleibt, sondern dass man aus diesen
Gedichten genau erkennt, was das griechische Volk eigentlich ist, wie es sich von allen anderen Völkern unterscheidet
und in was für verschiedenen Charaktereigenschaften es sich
darstellt. Diese klar ausgeführte objective Veranschaulichung
des griechischen Wesens ist es, durch die sich das homerische
Epos vor allen anderen ausgezeichnet. Und das ist eben das
Classische an diesen Gedichten, dass darin etwas Allgemeines,
eine Idee — nämlich der griechische Geist und das griechische Leben — sich so deutlich individualisirt, dass man aus
dieser Individualisirung das Allgemeine genau erkennt und
nichts davon dunkel und verschwiegen bleibt. Hinsichtlich
dieser klaren Objectivirung eines Ideellen sind die homerischen Gedichte und ebenso auch die anderen griechischen
Gedichte mit den lebendigen Naturorganismen zu vergleichen.
Jede Pflanze, z. B. jede Eiche, hat ihren allgemeinen Gattungscharakter, durch den sie sich von allen anderen Arten
von Bäumen unterscheidet, und jede einzelne Eiche stellt
diesen Gattungscharakter vollkommen dar, es bleibt davon
nichts verborgen, nichts unausgeprägt; so geben auch die
classischen Gedichte das Allgemeine, den Geist, den sie sich
zum Object machen, klar und deutlich, vollständig und entwickelt wieder, so dass man aus dem Bilde das vollständig
und deutlich erkennt, was es bedeuten und vorstellen soll).

   Ebenso sind aber auch die prosaischen Schriftsteller der
Griechen und auch der Römer classisch vollendete Schriftsteller, d. h. Schriftsteller, von denen jeder in seiner Weise
und in seinem Gegenstande die Idee des Classischen zur Erscheinung bringt. Das Classische liegt aber in der herrlichen
Harmonie des Inhalts und der Form d. h., genauer gesprochen,
darin, dass ein scharf aufgefasster Inhalt in einer so klaren,

anmuthigen, angemessenen und gewandten Sprache darge-
stellt wird, dass man in der sprachlichen Darstellung und
Entwicklung eine durch und durch klare und vollständige
Vorstellung von der Sache erhält. Wie man in einer vom
Sonnenschein beleuchteten Gegend alles Einzelne und den
Zusammenhang des Einzelnen genau erkennt und einem
nichts verschlossen und dunkel bleibt, so sind diese griechischen und römischen Schriftsteller so klar und hell beleuchtete
Gebilde, in denen der geistige Inhalt dem Beobachter klar,
vollständig und in der angemessensten Ordnung zum Bewusstsein gebracht wird. Diese classischen Schriftsteller können uns entzücken oder zur Verzweiflung bringen, — entzücken, da diese vollkommene Harmonie des Innern und
Aeussern, des Inhalts und der Form, der Idee und der realen
Darstellung derselben den Geist wahrhaft erquicken und entzücken muss, — aber auch zur Verzweiflung bringen,
wenn wir ihnen nachahmen und etwas Aehnliches leisten
wollen, weil wir uns, wenn wir aufrichtig sein wollen, bald
überzeugen, dass wir es nicht vermögen, wie denn auch unter
den renommirtesten Schriftstellern der Neueren nur sehr wenige sich finden, die sich zu dieser lichtvollen Höhe des
classischen Stils emporgeschwungen haben, und auch diese
nur dadurch, dass sie sich bei den Alten lange Zeit in die
Lehre begaben. Wo gäbe es, um nur eins anzuführen, in der
neueren Zeit oder gar im Mittelalter solche Historiker, wie
Herodot, Thucydides und Tacitus, die die Thatsachen rein
und frei von aller subjectiven Reflexion in objectiver Wahrheit auffassten und sie so klar, angemessen und schön zur
Darstellung brächten? Im Mittelalter findet sich sicherlich
keiner, der den alten Historikern an die Seite zu stellen
wäre, und wenn sich auch in der neuen und namentlich in
der neuesten Zeit einige der Art finden möchten, so haben
sie eben das wieder erreicht, was die Alten so meisterhaft
verstanden und übten, nämlich das Classische, die harmonische Einheit des Inhalts und der Form. Ganz ebenso verhält es sich mit den Rednern und den Philosophen der Alten;
auch in ihren Werken schliessen Wahrheit und Klarheit einen
schwesterlichen Bund.

Doch das sei genug! Ich glaube hinlänglich dargethan
zu haben, worin das Eigenthümliche der classischen Völker

und namentlich ihrer Erzeugnisse in Kunst und Wissenschaft besteht und welches denn der eigentliche Begriff des Classischen ist.

So ausserordentlich gross, musterhaft und sonst unerreichbar die Alten aber in Bezug auf die Classicität ihrer Leistungen dastehen, so dürfen wir doch, um nicht zu blinden Bewunderern ihres Lebens und ungerecht gegen die neuere Zeit zu werden, die Kehrseite ihres Seins und Thuns nicht verkennen und namentlich nicht verkennen, dass sie nur eine beschränkte und enge, aber in dieser Beschränktheit durchaus wahre Weltanschauung hatten und in Folge dieser Beschränktheit vom Schauplatze der Weltgeschichte abtraten und einem anderen Principe weichen mussten.

Die Weltanschauung der Griechen und auch der Römer ist im Wesentlichen eine pantheistische oder der Pantheismus. Der Pantheismus besteht aber darin, dass die in der Welt der Natur und des geistigen Lebens der Menschheit wirksamen Kräfte, Mächte, Gesetze und Substanzen als das Göttliche betrachtet und geehrt werden, dass aber von einem der Welt enthobenen, für sich seienden persönlichen Gotte nichts gewusst, wenigstens nichts Rechtes gewusst, sondern nur hier und da etwas dunkel geahnt wurde. Von diesem der Welt enthobenen, für sich seienden, persönlichen Gotte, der auch der Schöpfer der Welt ist und von dem und in dem und zu dem alle Dinge sind, der aber seinem innersten Wesen nach für sich ist, davon wissen die Griechen und Römer im Wesentlichen nichts. Selbst die Göttervorstellungen der Griechen sind nichts weiter als blosse Personificationen von Naturmächten und sittlichen Mächten. Die Idee eines in der Welt zwar gegenwärtigen und wirksamen, aber doch ebenso sehr der Welt enthobenen, für sich seienden, sich auf sich beziehenden, persönlichen Gottes, der die Welt schafft, um die Fülle seines Wesens offenbar zu machen und im Menschen, wenn er sich selbst aufgiebt und gleichsam in sich selbst stirbt, sein Ebenbild darstellt und zur Erscheinung bringen will, diese Idee trat, nachdem sie schon vorher im Heidenthum geahnt worden war, erst mit dem Christenthum ins Leben ein. Erwägt man nun, dass das Christenthum in Gott nicht blos das unendliche, der Welt enthobene, für sich

seiende Wesen erkennt, sondern auch das Wesen, das der
Urheber der Welt ist und die beseelende Kraft der Welt
und das Ziel und der Endzweck aller Weltwesen, ins Besondere der Menschen, so muss man daraus schliessen, dass der
denkende Geist des Menschen in der ganzen Welt, in der
Natur und im Menschen und in der menschlichen Verbindung
das Göttliche überall entdecken werde und dass daher auch
die Weltanschauung der Griechen, nach der in dem Wirklichen und Gegebenen die göttliche Wahrheit gefunden und
erkannt wird, in der christlichen Weltanschauung enthalten
sei, und dass es also auch zu den Grundaufgaben des Christenthums gehört, im Wirklichen das Wahre zu entdecken und
so der Wissenschaft und der Kunst ihre volle Berechtigung
zuzugestehn. Und so ist es auch in der That, und diese Seite
des Christenthums, die erscheinende Welt zu erforschen und
in ihr Zeugnisse des ewig Wahren zu erkennen, ist denn
auch bei der Erneuerung des Christenthums, nämlich in der
Reformation, wieder zu ihrem vollen Rechte gekommen.
Aber zunächst ergriff doch der Gedanke eines der Welt enthobenen, jenseitigen Wesens, welches Geist, Licht und Liebe
ist, zu gewaltig die nach einer Erlösung von den Schmerzen
der Endlichkeit dürstenden Menschen, als dass jene andere,
ohnehin in den Hintergrund tretende Seite, nach der man sich
von der erscheinenden endlichen Wirklichkeit zu Gott erhebt,
zunächst hätte zur Geltung kommen können. Dazu kam, dass
die menschlichen Verhältnisse damals meistentheils in
einem so trüben und verworrenen Zustande sich befanden,
dass man in ihnen nicht viele Spuren des Göttlichen finden
konnte, denn die griechische Cultur war abgeblüht, die römische Freiheit hatte sich in den drückendsten Despotismus verwandelt, die germanischen Völker, die auf dem Schauplatz
der Weltgeschichte auftraten und bald die Träger derselben
wurden, befanden sich bei aller Anlage und Kraft doch noch
in einem sehr rohen Zustande. So griff man denn sehnsüch-
tig und begierig nach der vom Himmel kommenden Wahrheit und fasste sie vorzugsweise von der Seite, von der sie
sich auch vorwiegend gab, dass sie eine jenseitige, eine
transcendente war, indem man die andere Seite, dass sie
auch eine immanente, eine in der Welt und im menschlichen Geiste und Leben gegenwärtige ist, fast ganz vergass

und vernachlässigte. Diesen transcendenten Charakter hat denn nun im ganzen Mittelalter das Leben, die Kunst, die Wissenschaft und die Religion; in dieser Form bezeichnen wir es als Mittelalter, und mit dieser Form hängt nun auch das, was wir das Romantische nennen, aufs Innigste zusammen. Denn das Wesen des Romantischen ist transcendent und besteht darin, dass die gegenwärtige Wirklichkeit nicht in ihrer Würde und Wahrheit anerkannt, sondern das Wahre in einem Jenseits, sei es wirklich eine über die bestehende Wirklichkeit hinausragende Existenz oder in einer endlosen Zukunft oder in einer unvordenklichen Vergangenheit, kurz über und jenseits dem wirklich und gegenwärtig Bestehenden gesucht wird. Diese transcendente Weltanschauung hat ihre vollste Blüthe in den sogenannten romanischen Völkern des Mittelalters gewonnen und hat sie auch jetzt noch in ihnen, so weit sie überhaupt noch einseitig besteht, während sich die germanischen Völker nur in ihren niedrigsten Culturstufen ihm überliessen und als sie an sittlicher und geistiger Kraft erstarkt waren, das Einseitige dieser Anschauung von sich warfen, das Wahre derselben beibehielten, aber auch der anderen Seite, dem Classischen, ihr volles Recht einräumten und so seit der Reformation die Gründer einer neuen Weltperiode wurden. Wir müssen aber bei dem Romantischen als solchem noch eine Weile stehen bleiben. Das Princip der Transcendenz in der oben angegebenen Bedeutung zieht sich durch alle Sphären des mittelalterlichen Lebens hindurch. Um zunächst bei der rein religiösen und kirchlichen Sphäre stehen zu bleiben, so hat man zu keiner Zeit so viel über das Jenseits und über das Leben nach dem Tode speculirt und phantasirt, als im Mittelalter. Da wurde ein ganzes Reich und System der Hölle, des Fegfeuers und des Himmels ausgebildet, und man vergass über den theils herrlichen, theils schrecklichen Dingen des Jenseits gar oft seine Pflicht im Diesseits zu erfüllen und liess bei allen herrlichen Bildern, die man sich vom Jenseits machte, das Diesseits oft nur um so roher und ungöttlicher werden. Und selbst auch das Diesseits musste in Folge des Princips der Transcendenz in eine doppelte Seite zerfallen, nämlich in das Weltliche und Geistliche, in Laien und Priester. Während das ursprüngliche Christenthum, welches noch frei

ist von dieser Einseitigkeit, jeden Menschen, der in recht-
schaffener Busse und lebendigem Glauben seiner Nichtigkeit abgethan hatte, für einen Priester Gottes erklärte, so
entstand nun der Gedanke von dem Unterschied der Laien
und der Priester, von denen die letzteren einen ganz aparten
und specifischen Grad der Heiligkeit haben und so gleichsam
das Jenseits und den Himmel auf Erden repräsentiren sollten.
So wurden denn auch alle Erscheinungen der menschlichen
Verbindungen und Gemeinschaften, die theils aus natürlichen,
theils geistigen Elementen bestehen, so z. B. die Ehe, das
Familienleben, das Eigenthum, menschliche Freiheit u. dergl.,
gering geachtet und etwas Anderes — Heiligeres und Gött-
licheres — gesucht, welches über diese Sphären der geistig
natürlichen, rein menschlichen Verbindungen erhaben sein
sollte. So sollte die Ehe keinen absoluten Werth in sich haben,
sondern die Ehelosigkeit — das Mönchsthum und das Nonnen-
thum — war das Heilige auf Erden. Der Staat hatte in sich
keinen heiligen Charakter, sondern die Kirche, die über
den Staat sich erhob und dem Staate erst seine Weihe ertheilte. Auch die grössten und folgenreichsten Unternehmungen
des Mittelalters tragen diesen transcendenten Character
und sind daher romantisch zu nennen. Gewiss sind von
diesen Unternehmungen des Mittelalters die Kreuzzüge eine
der wichtigsten und folgenreichsten. Das Heil musste jenseits des Landes liegen, in dem man lebte, in einem anderen
Lande, nicht in dem eigenen Lande, nicht in der eigenen
Seele, sondern in dem sogenannten heiligen Lande, in dem
Lande, wo die Füsse des Herrn gewandelt hatten, und dieses
Land zu erobern, das galt für ein Gott wohlgefälliges Werk
für einen Gottesdienst. Wenn einmal ein solches Princip
und eine solche Grundtendenz, wie das transcendente Streben
nach einem Unendlichen jenseits der gegebenen Wirklichkeit,
im Leben der Völker Wurzel gefasst hat, so tritt es auch
ganz von selbst in den Erzeugnissen der Kunst und Wissenschaft und in der Literatur hervor, denn die Kunst und
Wissenschaft bringen nur die ideellen Tendenzen der Zeit
für sich zum Bewusstsein und zur Darstellung. Und so haben
alle künstlerischen und poetischen Erzeugnisse des Mittelalters diesen transcendenten Charakter und bringen das unendliche Streben der Menschheit zu Tage, aber die gegebene

Welt sich emporzuschwingen und in einer andern, jenseitigen
Welt Frieden und Freiheit zu suchen und zu finden. Wer
kennt nicht die bewunderungswürdigen Dome und Kirchen
des Mittelalters? Wie unendlich anders sind sie gestaltet,
als die Tempel der Griechen und Römer! In den griechischen
Tempeln findet man das Bild der Befriedigung und der Harmonie in dem Diesseits, dagegen sind die gothischen Dome
durch und durch ein Ausdruck des Strebens nach dem Himmel,
nach einer andern Welt. Die gewaltigen Pfeiler im Innern
dieser Kirchen, die Spitzbogen, die Thürme und alles Andere weist den Beobachter empor zu den himmlischen Sphären,
und man kann so ein Riesenwerk, wie den Kölner Dom, nicht
still betrachten und auf sich einwirken lassen, ohne dass
man in seinem Gemüthe über das Irdische erhoben und in
eine andere Welt versetzt wird. Einen ganz ähnlichen Charakter tragen die Poesieen des Mittelalters. Die bedeutendsten
poetischen Erscheinungen des Mittelalters sind die Minnelieder und die romantischen Epen. Die Minnelieder, deren das
Mittelalter allein in Deutschland viele Tausende, vielleicht
Hunderttausende producirt hat, sind nicht gewöhnliche menschliche Freundschafts- und Liebeslieder, nicht z. B. Brautlieder,
wie wir sie in unserer neueren classischen Literatur so zahl-
reich haben, z. B. so schön und herrlich im Liebesfrühling
von Rückert; sondern die Minnesänger erheben sich über die
gewöhnliche, natürliche und solide Sphäre des ehelichen und
freundschaftlichen Lebens und besingen ein Ideal, welches
jenseits der Wirklichkeit liegt, z. B. die heilige Jungfrau,
die sogenannte Mutter Gottes, die sie als den Gegenstand
der heiligen, religiösen Liebe verehren und anbeten. Sie wählen
sich wohl auch unter den irdischen Frauen ein solches Ideal,
das sie aber wie ein der irdischen Beschränktheit enthobenes
Wesen anstaunen, loben und preisen. Es liegt in der Natur
einer solchen transcendenten Erhebung begründet, dass der
Mensch, der sich ihr hingiebt, dann oft um so mehr in die
gemeine Wirklichkeit herunterfällt, da der Mensch doch
nun einmal auf dieser Welt auch aus Fleisch und Blut besteht und bei aller Idealität des Sinnes oft ganz plötzlich
diesem Fleisch und Blut seinen Tribut darbringt; und so
finden wir bei manchen Minnesängern bisweilen auch eine
sehr compacte und materielle Richtung, aber das schliesst

doch die abstracte Unendlichkeit und Idealität, die der Grundcharakter des Minnegesanges ist, nicht aus. — Nicht minder
charakterisirt das sogenannte höfische Epos das Wesen des
Romantischen aufs Bestimmteste und hat daher auch in
der Regel den Namen des romantischen Epos erhalten. Wer
von dem grossartigsten und gewaltigsten Epos des Mittelalters, von der göttlichen Komödie des Dante Alighieri,
etwas Gründliches gehört oder es in einer Uebersetzung gelesen hat, der weiss es, dass uns der Dichter mit bewun-
derungswürdiger Kühnheit und mit ausserordentlichem Geiste
aus dem Diesseits in das Jenseits versetzt, dass er uns Himmel
und Hölle und Fegfeuer beschreibt, als wäre er selbst darin
gewesen, und dass er uns eine so furchtbare Schilderung von
dem Endgericht der Bösen und eine so entzückende Schilderung von der dereinstigen Seligkeit der Frommen entwirft,
als habe er selbst dem Gerichte schon beigewohnt. So haben
auch unsere deutschen Epen des Mittelalters durchaus einen
transcendenten Charakter und geben lauter Beispiele der
romantischen Auffassung der Verhältnisse. Es handelt sich
z. B. in einem Theile dieser Gedichte um den Besitz des
sogenannten heiligen Grals, d. h. einer Jaspisschüssel, in
welcher der Sage nach das von Jesus am Kreuze zum Heil
der Welt vergossene Blut aufgefangen wurde und die daher
so etwas Heiliges, Verklärendes und Göttliches hatte, dass
der blosse Anblick derselben dem Menschen ewiges Leben
und Unsterblichkeit verlieh. Dieser heiligsten aller Reliquien
wurde von Titurel ein Tempel zu Montsalvatsch gebaut, den
natürlich kein Mensch jemals gesehen, sondern nur eine
excentrische Phantasie ausgesonnen hat. Von einem wunderbaren Glanze umleuchtet, schwebt das Gefäss in diesem
Tempel in der Luft; eine Schrift, die daran hervortritt, giebt
die Befehle des heiligen Graals kund. Zu seinem Dienste erwählt der Graal die edelsten Ritter (die Templeisen), denen
die strengsten Pflichten obliegen: die Frömmigkeit, die sittliche Reinheit des Wandels, die Vertheidigung des christlichen Glaubens gegen die Angriffe der Ungläubigen, der
Schutz der Unschuld. Durch solche edle Tugenden, die den
Rittern des Graals zur Pflicht gemacht werden, werden wir
allerdings auch in das Innere unseres eigenen Gemüths hinein-
verwiesen, sonst aber werden wir durch die in dem roman-

tischen Epos entwickelten Vorstellungen und Geschichten in
ein Jenseits über die gegebene Wirklichkeit emporgehoben.
Wenn nun die Phantasie des Menschen den Boden der gegebenen Wirklichkeit verlässt und Vorstellungen, Gebilde, Geschichten erfindet, die in der vorliegenden Wirklichkeit nicht
wenigstens etwas Analoges finden, so wird sie zur Phantasterei
und schafft Abenteuerlichkeiten, wie denn die in den romantischen Epen spielenden Ritter, die Ritter von Artus' Tafel-
runde, fast immer nur auf Abenteuer ausgehen. Nichts
desto weniger irren diejenigen sehr, welche die romantischen
Epen wegen dieser phantastischen Auswüchse verwerfen oder
verachten. Es liegt diesen romantischen Epen und dem Romanticismus überhaupt ein lebendiges Moment tiefer Innerlichkeit zu Grunde, nämlich die Erhebung des Menschen zum
Göttlichen und die damit verbundene Selbstentäusserung. Dies
ist das im Romanticismus enthaltene Christenthum.
Hiernach hat der endliche Mensch die Aufgabe, das Endliche
von sich loszulösen, die Nichtigkeit und Aeusserlichkeit seines
Wesens abzuthun und sein unmittelbares Selbst gleichsam
zu erlödten. Dieser negative Prozess ist die Selbstentäusserung, durch welche der Mensch zunächst allerdings über sich
erhoben und auf ein höheres Unendliche, welches er mit seiner
Ahnung erfasst und durch allerlei transcendente und excentrische Bilder sich zu veranschaulichen sucht, hingewiesen
und hingetrieben wird; aber andererseits auch zu seiner
wahren Wirklichkeit und Selbständigkeit und zur Verklärung
der ihn umgebenden Verhältnisse gelangen kann. Das Mittelalter bleibt im Ganzen genommen bei der blossen Erhebung
ins Unendliche stehen, ohne die Rückkehr des Menschen in
sich und die Selbständigkeit desselben finden zu können, und
daher trägt das ganze Mittelalter, vor Allem seine Religion,
sodann sein ganzes Leben und endlich auch seine Kunst und
Wissenschaft diesen einseitigen transcendenten Charakter,
den wir eben mit dem Namen des Romanticismus bezeichnen.

Die Rückkehr des Menschen aus seiner absoluten Entäusserung zu sich selbst oder die absolute Entäusserung des
Selbst, die doch keine Entfremdung und kein Verlust seines
Selbst, sondern erst ein wirkliches Finden seines Selbst ist,
also die Harmonie zwischen der Erhebung des Menschen ins

Unendliche und der Verklärung und dem sich Zurechtfinden
im Endlichen hat erst die Reformation gefunden oder doch
wenigstens angebahnt. Will man an einem einfachen Beispiele erkennen, wie man diese Rückkehr des Menschen zu
seinem wahren ursprünglichen Selbst, die doch ebenso sehr
auch durch eine absolute Selbstentäusserung vermittelt ist,
zu verstehen hat, so braucht man nur an die Liebe zu denken.
Alle wahre Liebe hat das in sich, dass der liebende Mensch
einerseits sich selbst entäussert, auf sich selbst verzichtet
und dem, was er liebt, sich von ganzem Herzen hingiebt,
andererseits aber, wenn die Liebe nicht einseitig ist, sondern
sich vollendet, in dem Geliebten erst sein wahres, erfülltes,
vollkommnes Selbst wiederfindet und trotz der negativen
Selbstentäusserung den herrlichsten Sieg positiver Freiheit
und Selbstbethätigung feiert. Jede wahre Liebe ist ein sich
Aufgeben und zugleich auch ein sich Wiederfinden, ein über
sich Hinausgehen und doch auch zugleich ein Eingehen in
sein innerstes Wesen, ein Ersterben in sich und doch auch
eine Auferstehung von dem Tode zu unvergänglichem Leben,
ein ewiges Suchen und zugleich ein ewiges Finden, ein unendliches Bedürfniss nach einem Ewigen und doch auch zugleich eine unendliche Befriedigung dieses Bedürfnisses. Das
ist die Natur jeder wahren Liebe und so vor Allem auch
die Natur der Liebe des Menschen gegen Gott, einerseits ein
transcendentes Hinausgehen über sich, andererseits aber eine
lebendige Rückkehr in sich und ein immanentes Sein in sich.
So ist denn nun auch das Hinausgehen der Menschheit über
sich und das Erstreben eines transcendenten Unendlichen,
wie solches das eigentliche Mittelalter charakterisirt und wodurch der Romanticismus entstanden ist, je länger je mehr
auch eine Rückkehr der Menschheit zu ihrem wahren, ursprünglichen Selbst geworden, und es hat sich durch diese
transcendenten Prozesse nachgerade eine Innerlichkeit, Innigkeit und Tiefe des menschlichen Lebens gebildet, die in ihrer
Art etwas ebenso Werthvolles, ja etwas noch weit Werthvolleres
ist, wie die Klarheit, Bestimmtheit und Durchsichtigkeit des
classischen Alterthums. Und je mehr sich diese Innerlichkeit
consolidirte und in sich bestimmte, desto mehr erwachte auch
das lebendige Bedürfniss, das einseitig Transcendente und
Phantastische und blos äusserlich Unendliche abzustreifen

und dem tiefsten Gehalte des Christenthums in den natürlichen und gegebenen Verhältnissen des Lebens so wie in
der Kunst und in der Wissenschaft eine klare und bestimmte
Gestalt zu geben, das wahre Unendliche zum Lichte des gesammten endlichen Lebens zu machen und in diesem Lichte
alles endliche Dasein zu verklären. Und das geschah in der
Reformation nicht blos dadurch, dass man über das einseitig
Transcendente, Phantastische und Aeusserliche, das der katholischen Hierarchie eigen war, zurückging zum ursprünglichen
Christenthum, wie es in den neutestamentlichen Schriften
vorliegt, sondern besonders auch dadurch, dass man mit unendlichem Eifer zum classischen Alterthum zurückkehrte und
das classische Princip der Klarheit, der absoluten Verleiblichung des Innern, der Harmonie des Innern und des Aeussern auf das Christenthum anwandte und mit dem Christenthum verband, um sich nicht blos zur höchsten Höhe des
Göttlichen zu erheben, soweit es dem Menschen gestattet ist,
sondern auch das tief Innerliche und Unendliche nach allen
Seiten hin im natürlichen und menschlichen Leben klar aus-
zugestalten und das Unendliche fort und fort im Endlichen
zu verleiblichen. Man vergisst es gar oft, dass die Reformation nicht blos eine Rückkehr zu dem ursprünglichen Christenthum und damit eine innere Versenkung des Menschen in
die göttliche Gnade, sondern auch eine Zurückkehr zum
classischen Alterthum gewesen ist und dass neben dem grossen
Luther, der als ein neuer Prophet und Apostel ein Träger
der göttlichen Gnade war, der grosse Melanchthon stand,
der ein einzig grosser Kenner des classischen Alterthums war
und die Schätze desselben in den grossen Strom des christlichen Lebens hineinführte, wie schon 100 Jahre vor ihm die
sogenannten Humanisten die beiden alten Sprachen und die
darin geschriebenen Werke der Menschheit wieder aufschlossen.
Auch die höhern Schulen wurden nicht blos auf das Studium
der heiligen Schrift, sondern auch auf das Studium der alten
Sprachen und ihrer Werke begründet und so dem deutschen
Volke Gelegenheit gegeben, das tiefste Unendliche, das im
Christenthum gegeben ist, mit classischer Klarheit, Bestimmtheit und Harmonie zu vermählen und so ein neues Leben zu
begründen, das ebenso verschieden ist vom classischen Alterthum wie von dem romantischen Mittelalter, und doch beide

in sich enthält. Und es ist ein solches Leben begründet
worden, wenn es sich auch bis jetzt noch keineswegs durchgesetzt hat und wir erst noch mitten drin stehen und einer
grossen Vollendung desselben erst entgegensehen. An die
Stelle der Entfremdung von der Welt trat eine klare Gestaltung der Weltverhältnisse, an die Stelle der abstracten Heiligkeit des Mönchthums und des Nonnenthums die Heiligkeit
des durch die sittliche Liebe verklärten ehelichen und Familienlebens, an die Stelle der abstracten Verzichtleistung auf seinen
Willen die Unterwerfung unter den allgemeinen Willen, der
durch das Gesetz ausgesprochen ist, an die Stelle der ritter-
lichen Expeditionen für abenteuerliche Zwecke trat die Vertheidigung von Volk, Staat und Familie gegen ungerechte
Angriffe, an die Stelle specifisch geheiligter Priester das allgemeine Priesterthum, an die Stelle einer dem Staate gegen-
überstehenden und sich mit ihm streitenden Kirche eine
Kirche, die der religiös-sittliche Geist des menschlichen Lebens selbst ist. Die Harmonie der romantischen Innerlichkeit
und Tendenz nach dem der Welt enthobenen göttlichen
Wesen mit der classischen Klarheit und Bestimmtheit, die
sich im endlichen Leben vollzieht, ist denn nun das Princip
der Welt und wird es bleiben, so sehr man selbst innerhalb
des Protestantismus bald nach der einen, bald nach der anderen Seite abirren und so sehr ein grosser Theil der Menschheit noch mehr oder weniger einem einseitigen mittelalterlichen
Romanticismus anhängen mag. Und wie sich im Leben ein
neues, den Romanticismus und den Classicismus vereinigendes
Princip geltend macht, so natürlich auch in der Kunst und
in der Wissenschaft. Einen recht schönen und deutlichen De-
weis, wie sich die Vermählung des Romantischen und des
Classischen vollzogen hat und wie sich ein klarer Classicismus ausgebildet, der doch auch die ganze Innerlichkeit und
Tiefe des Romanticismus in sich enthält, ohne sich an seinen
Extravaganzen zu betheiligen, — oder man kann sagen: auch
ein neuer Romanticismus, der, ohne seine Unendlichkeit und
seine Hinweisung auf das Unendliche zu verlieren, doch in
plastischer Bestimmtheit und Klarheit das Ewige verleiblicht:
einen solchen Beweis von der lebendigen Einheit des Romantischen und Classischen giebt die italienische Malerei, die an
das Ende des Mittelalters fällt und mit der Reformation

ziemlich gleichzeitig ist. Maler, wie der unsterbliche Rafael, haben die Werke der classischen Kunst aufs Fleissigste studirt und an ihnen den Geist des Classischen aufs Tiefste erkannt und sich angeeignet, aber ebenso hat ihr Gemüth im Unendlichen gelebt, und so sind z. B. die herrlichen Madonnen entstanden, die das Ewige und Göttliche der Mutterliebe (wie sie nur das tiefste Christenthum erfassen kann) in so klaren, bestimmten und entwickelten Formen darstellen, dass die Verleiblichung und das ewig Seelenhafte der Liebe, welche verleiblicht werden soll, sich vollkommen decken und dass das ewig Zeitlose in das Licht der gegenwärtigen Existenz eingetreten ist. Wie die Malerei sich des Lichts und der Farbe bemächtigte, um das tiefste, durch das Verhältniss des Menschen zu Gott entwickelte innere Gemüthsleben zu versinnlichen und zu verleiblichen, so dass man aus der Versinnlichung und Verleiblichung den Geist des Gemüthslebens ohne Rest herauserkennt, so ergriff die Musik ein noch viel innerlicheres Element, nämlich das Element des Tones, um die tiefsten Gefühle des Menschen, die Gefühle der Anbetung, der Gottesfurcht, der göttlichen Trauer, der göttlichen Freude und Liebe und alle Gefühle überhaupt, die einen ewigen Werth haben, durch Melodien und Harmonien so vollkommen zu versinnlichen, dass in dieser Versinnlichung nichts Anderes erscheint und nichts Anderes von dem kundigen und empfänglichen Hörer empfunden wird, als das ideale Gefühl, welches der Componist hat hineinlegen wollen. Wenn das Gefühl der Versöhnung des Menschen mit Gott so lebendig und ausdrucksvoll in eine Musik hineingelegt wird, dass sie den Zuhörer, an dessen Ohr und an dessen Herz die Musik herausschlägt, in denselben Zustand der Versöhnung mit Gott versetzt, so dass er die Sandbank der Endlichkeit verlässt und sich in den erhabenen Aether des göttlichen Lebens versetzt fühlt und versetzt fühlen muss, so ist eine solche Musik eine classische Musik zu nennen, da sie das ewig Unsichtbare klar sichtbar wiedergiebt, aber sie ist auch romantisch, da die Innerlichkeit des göttlichen Versöhnungsbegriffs nur dem christlichen Zeitalter angehört und dem classischen Alterthum so gut wie unzugänglich war. Es gereicht dem deutschen Volke zum grossen Ruhme, vor allen anderen Völkern solche classische Componisten hervorgebracht zu haben, wie Händel, Haydn, Bach, Mozart, Mendelssohn und viele Andere.

So hat denn die neuere Zeit und ins Besondere unser herrliches deutsches Volk auch wieder eine classische Poesie und eine classische Philosophie, Wissenschaft und Literatur überhaupt hervorgebracht. Seit der Mitte des vorigen Jahrhunderts ist bekanntlich in unserem Volke ein unendlich reiches poetisches Leben, eine selbständige, einzig merkwürdige Philosophie, eine Literatur überhaupt erwacht, die das deutsche Volk entschieden an die Spitze der sämmtlichen Culturvölker der Menschheit hingestellt hat. Und diese Literatur ist und heisst deshalb die classische Periode unserer Literatur, weil sie alle die Merkmale des Classischen an sich trägt, nämlich die objective Veranschaulichung des Inneren, Klarheit der Darstellung, Bestimmtheit in der Fassung der Begriffe, Gründlichkeit in der Entwicklung der Gedanken. Und diese neue classische Epoche unserer Literatur ist auch entsprungen aus dem gründlichen Studium der alten Classiker. Unsere Philosophen haben ihr Licht angesteckt an den Philosophien der Griechen, namentlich an den Werken des Plato und des Aristoteles, und von ihnen logische Gründlichkeit gelernt und lernen sie noch bis heute. Ebenso sind unsere classischen Dichter, wie Lessing, Schiller und Göthe, zu dieser unsterblichen Höhe, auf der wir sie erblicken, dadurch emporgewachsen, dass sie sich mit ganzer Seele in die alten Künstler und Dichter vertieften. Ins Besondere ist es Lessing gewesen, der die Principien aller echten Kunst und Poesie aus dem Studium der alten Kunst, insbesondere aus dem Homer entlehnte und der, da er diese Principien mit seinem scharfen Geiste auffasste und seinem Volke aussprach, jene grosse Reformation unserer Poesie und Literatur überhaupt bewirkte, durch die sie mit vollem Rechte den Namen einer classischen Literatur sich verdient hat. Es ist auch nicht zu leugnen, dass die Ideen, welche in dieser echt classischen Form von unseren Dichtern und Schriftstellern überhaupt versinnlicht werden, keineswegs mehr ganz die Ideen der classischen Welt sind, sondern dass sich das Element der modernen, durch das Christenthum und die romantischen Tendenzen des Mittelalters geschaffenen Innerlichkeit in diesen Werken verleiblicht. Aber ebensowenig ist doch auch zu

leugnen, dass durch diese Versenkung in das classische Alterthum auch das pantheistische Weltprincip der Alten ganz
entschieden in den Vordergrund gestellt und das theistische
Weltprincip, welches in dem Romanticismus einseitig ausgebildet wurde, zurückgeschoben und verdunkelt wurde. Es giebt
unter unseren Dichtern, Philosophen, Gelehrten, Naturforschern allerdings auch solche, die dem transcendenten Factor
der göttlichen Wahrheit die gebührende Berücksichtigung zu
Theil werden lassen, aber gerade die geistvollsten, productivsten und einflussreichsten stellen die pantheistische Weltanschauung in den Vordergrund, nach der Gott das in der
Welt waltende und wirksame Wesen ist, während die andere
ebenso nothwendige Seite des Gottesbegriffs, nach der Gott
ein der Welt absolut enthobenes Wesen ist, in den Hintergrund tritt oder ganz verleugnet wird. In demselben Maasse
nun, in welchem dieses theistische Princip, welches in dem
Romanticismus das Vorwaltende war, bei den Classikern verleugnet wurde, in demselben Maasse trat eine Reaction hervor, in
welcher das entgegengesetzte, nämlich das romantische Princip, wieder geltend gemacht, freilich aber auch so einseitig,
dass das classische Princip über die Gebühr ausser Acht gelassen wurde. Diese Richtung, die sich zunächst auf Kunst,
Poesie und Wissenschaft bezog, trat zu Ende des vorigen
Jahrhunderts und zu Anfange des jetzigen hervor und wird
ganz mit Recht als Romanticismus bezeichnet. Männer, wie
die beiden Schlegel, Tieck, Novalis, Steffens und viele Andere
sind die Träger dieses Romanticismus. Das charakteristische
Zeichen, dass es der alte Romanticismus ist, den diese Männer zur Geltung zu bringen suchten, besteht aber darin, dass
sie mit Begeisterung auf die Herrlichkeit des Mittelalters zu-
zückwiesen, die Werke desselben, die inzwischen fast ganz
vergessen worden waren, ans Licht zogen, ihnen nachahmten,
die Stoffe, Sagen und Legenden des Mittelalters verarbeiteten
und dem Zeitbewusstsein nahe zu bringen, selbst auch
längst verschwundene Einrichtungen des Mittelalters wieder ins
Leben einzuführen suchten. Die Träger dieses neuen oder
vielmehr erneuerten Princips waren grösstentheils Protestanten,
aber sie neigten sich in Folge ihrer romantischen Weltanschauung dem Katholicismus zu und wurden zum Theil
selbst wieder Katholiken. Wir mögen noch so begeisterte

Anhänger des Classicismus sein, so werden wir doch die Berechtigung dieser neuen romantischen Bewegung nicht verkennen dürfen. Ihre Berechtigung besteht aber schliesslich darin, dass sie sich wieder auf das Unendliche, Ewige und Jenseitige hinwendet und dadurch die Menschheit hindert, in dem Irdischen und Diesseits aufzugehen und nachgerade sogar dem Christenthum entfremdet zu werden. Andererseits aber muss ebenso entschieden hervorgehoben werden, dass der neue Romanticismus an die Stelle einer — übrigens auch nur theilweise hervortretenden — Einseitigkeit eine andere noch viel grössere Enseitigkeit zur Herrschaft zu bringen suchte. Da dieser moderne Romanticismus den Classicismus verachtete und ihn nicht als ein unentbehrliches Element aller modernen Production und Anschauung festhielt, so zeigte er sich trotz aller Verdienste um Vertiefung und Vergeistigung des Lebens doch unfähig, aus den Elementen seines Geistes wenigstens in Kunst und Wissenschaft etwas formell Vollendetes und klare und anschauliche Formen für sein Wesen zu schaffen, und auch die Traditionen, die man aus dem Mittelalter entnahm und dem heutigen Leben anpassen wollte, zeigten sich schliesslich als unfruchtbar und unzeitgemäss. Daher entstand auch gegen diesen Romanticismus ein heftiger Kampf von Seiten derer, die aus dem Classicismus ihre Bildung und Geisteskraft geschöpft hatten, und wir dürfen wohl sagen, dass wenigstens in Kunst und Wissenschaft der Classicismus den Sieg über diesen modernen Romanticismus davongetragen hat. Der Kampf zwischen diesen beiden Principien hat aber darum noch keineswegs aufgehört, sondern hat sich vielmehr in das Leben selbst mitten hinein verpflanzt und ist beinahe zu einem Gegensatze der Religion und der Wissenschaft geworden, indem die Religion vorzugsweise das Unendliche, Ewige und Jenseitige, die Wissenschaft aber das Endliche, Wirkliche und Diesseitige vertritt und geltend macht. Dass es bei diesem Gegensatz, der unser gegenwärtiges Leben vielfach sehr unerquicklich macht, nicht sein schliessliches Bewenden haben kann und wird, versteht sich von selbst; jeder Gegensatz deutet auf eine Lösung und Versöhnung hin und findet sie in einem höheren Allgemeinen. In welchen Formen und Gestalten aber diese Versöhnung der gegenwärtigen Gegensätze hervortreten wird, wer könnte

dieses voraussehen? Nur das Eine ist zu sagen, dass es eine
Versöhnung sein muss, in der jeder der Factoren zu seinem
Rechte kommt und nicht etwa von dem andern vernichtet
oder verdrängt wird, und dass wir auch in dieser Beziehung
die Reformation und deren Consequenzen noch immer festzuhalten und zum Muster zu nehmen haben, die sich ebenso
innig dem Studium der Bibel, die uns doch vorzugsweise auf
ein höheres und besseres Jenseits hinweist, als dem Studium
des classischen Alterthums hingab, welches in dem Wirklichen das Wahre suchte und fand. Die lebendige Einheit des
tiefsten, aus der Urquelle des göttlichen Geistes und Wortes
geschöpften Inhalts und der klarsten, durchsichtigsten und
anschaulichsten Form zu finden und durch alle Sphären des
Lebens durchzuführen, möchte die Aufgabe sein, die die Zeit
zu lösen hat.

<h1 style="text-align:center">XI.</h1>

Ueber den Unterschied der Poesie und der Prosa.*)

Wenn man bedenkt, dass jeder gebildete Mensch eine beträchtliche Zahl poetischer und prosaischer Werke in seiner Muttersprache und auch wohl in fremden Sprachen mit Aufmerksamkeit und Interesse gelesen hat, so sollte man meinen, dass ein solcher auch eine Einsicht von dem Wesen der Poesie und der Prosa und von dem Unterschiede beider besitzen müsse. In der That hat auch jeder wahrhaft Gebildete wenigstens ein sicheres Gefühl von dem Wesen dieser beiden Grundformen der sprachlichen Darstellung; auch giebt sich dieses Gefühl in so weit durch praktisches Urtheilen kund, dass Jeder, der etwa Homer's Epen oder Shakespeare's Dramen oder Göthe's lyrische Gedichte mit Aufmerksamkeit gelesen und wieder gelesen hat, das Urtheil fällen wird: diese Werke enthalten Poesie, die echteste und wahrhafteste Poesie, die die Menschheit hat; und wieder wird Jeder, der Lessing's Abhandlungen, wie den Laocoon oder den Antigötze und ähnliche, oder gute historische Werke, wie Häusser's Geschichte Deutschlands kennt, sagen müssen: das ist Prosa, echte, wahrhafte Prosa. Aber wenn man absieht von einzelnen prosaischen und poetischen Werken und die allgemeine Frage aufwirft: was macht denn nun eigentlich die Prosa zur Prosa und die Poesie zur Poesie und wodurch unterscheidet sich die Prosa von der Poesie? so sind diese Fragen nicht so leicht zu beantworten, als wohl Manche glauben mögen, vielmehr führen sie, wenn man es sich mit der Beantwortung nicht zu leicht macht, in das Innerste des mensch-

*) Ein 1866 auf dem Gymnasialsaale vor einem gebildeten Publicum gehaltener Vortrag.

lichen Geistes hinein, und je mehr man über sie nachdenkt,
desto mehr findet man, dass sie einen unerschöpflichen Inhalt für das Nachdenken und einen lebendigen Reiz zur Forschung geben.

Diejenigen, welche es sich mit der Beantwortung dieser
Fragen ziemlich leicht machen, geben etwa einzelne Merkmale an, die der Poesie zukommen und der Prosa fehlen oder
umgekehrt, ohne zu bedenken, dass einzelne Merkmale das
Wesen der Sache keineswegs erschöpfen, ja dass einer Sache
einzelne Merkmale fehlen können, ohne dass sie deshalb
aufhört zu sein, was sie ist. Dennoch ist es immerhin von
Nutzen, von solchen einzelnen Merkmalen auszugehen, um
sich zu überzeugen, wie weit sie in die Erkenntniss der Sache
führen und in wie fern sie uns nöthigen, tiefer in das Wesen
derselben einzudringen und einen Standpunkt im Geiste zu
gewinnen, von dem aus auch das einzelne, noch so richtige,
Merkmal gleichsam nur als eine einzelne Ausstrahlung von
einer allgemeineren Sonne zu betrachten ist. So soll denn
auch diese Abhandlung von der Betrachtung einzelner Eigenschaften beginnen, die in der Meinung des Menschen ziemlich allgemein als Merkmale einerseits der Poesie und andererseits der Prosa gelten, und zwar nehmen wir solche Merkmale heraus, welche die Veranlassung gegeben haben, dass
die Prosa gerade Prosa und die Poesie gerade Poesie genannt worden ist. Eine kritische Betrachtung der Merkmale,
die zu diesen Namen die Veranlassung gegeben haben, wird
uns, wie ich hoffe, ohne grosse Schwierigkeit schon von selbst
tiefer in die Sache hineinführen.

Das sonderbare Wort: Prosa stammt nämlich aus der
lateinischen Sprache und heisst ursprünglich *proversa*, daraus ist entstanden zunächst *prorsa* und daraus nach Weg-
werfung des Buchstaben *r*: *prosa*. Das Stammwort aber, von
welchem *prorsa* oder *prosa* das Participium Praeteriti ist,
heisst *provertere* und dieses lässt sich deutsch etwa wiedergeben durch die Worte: gerade hin kehren, gerade aus wenden.
Das einfache *vertere* dagegen ohne *pro* hat die Bedeutung:
kehren, wenden und weiter auch: umwenden, umkehren.
Durch die Präposition *pro* erhält das Wort die Bedeutung
der directen Richtung auf die Sache, des Geradeaus, so dass man sich unterwegs nicht aufhält, keine Um-

wege macht, sondern geradezu auf das Ziel losgeht. Dagegen
hat das einfache *vertere*, wovon *versus* der Vers kommt, im
Unterschiede von *provertere* die Bedeutung von umwenden
oder umkehren und bezeichnet demnach eine Bewegung, die
nicht immer geradeaus nach einem Ziele hin geht, sondern
nur eine Zeit lang nach vorn geht, dann aber wieder zurück
sich wendet und solche kreisartige Bewegungen immerfort
wiederholt. Hiernach heisst das lateinische Wort *versus*, von
welchem unser Vers kommt, zunächst eine Furche, die der
Ackersmann auf dem Felde mit seiner Pflugschar hervorbringt. Der Ackersmann ackert nicht immerfort nach einer
Seite hin, sondern wenn er an der Grenze eines Feldes angekommen ist, so dreht er sich um und macht nach der
anderen Seite einen dem vorigen Einschnitte parallelen Ein-
schnitt oder eine der vorigen Furche parallele Furche und
diese mit einander übereinstimmenden, gleichlangen und
gleichgerichteten Einschnitte, durch die das ganze Feld in
ein regelmässiges Netz verwandelt wird, heissen *versus*. Dieses
Wort wird nun aber im Lateinischen auf die Sprache übertragen und hat die Bedeutung, die wir durch unser Wort:
Vers wiedergeben. Durch den Vers wird der Stoff der Rede
gleichsam durchfurcht, so dass erstlich mehrere begränzte
Ganze (Verse genannt) entstehen, in denen die Silben in Bezug
auf Länge und Kürze nach einer bestimmten Regel aufeinander folgen, und zweitens die einzelnen Verse nach Zahl und
Bildung wieder zu grösseren regelmässigen Ganzen (Strophen
genannt) zusammengefasst werden. Diese Regelmässigkeit
in der Aufeinanderfolge der kurzen und langen Silben oder
der Versfüsse und diese Regelmässigkeit in der Verbindung
der einzelnen Verse zu grösseren Ganzen (Strophen) heisst
das Versmaass. Im Versmaasse werden die Silben und die
Worte und endlich die Verse so regelmässig und symmetrisch
zusammengefügt, wie die Stoffe zu einem Hause.

Das Versmaass nun unterscheidet die Rede allerdings
aufs Allerbestimmteste von der gewöhnlichen Rede, die nicht
in Versen gesprochen oder geschrieben ist. Die Rede erhält
durch ein bestimmtes Versmaass eine bestimmte in die Sinne
fallende Regelmässigkeit, Einheit und Symmetrie, und wenn
etwa zu dem Rhythmus noch der Reim an den Enden entsprechender Verse hinzutritt, so tritt die Rede auch durch

einen gewissen Gleichklang der Silben dem Ohr sogleich als
ein einheitliches Gebilde entgegen. Die Römer haben also
ganz recht, wenn sie eine *facundia prorsa* und eine *facundia
versa* unterscheiden, d. h. eine Rede, die ohne äusserliche
Regelmässigkeit der Form geradehin auf die Sache losgeht,
und eine Rede, die in der Regelmässigkeit eines bestimmten
Versmaasses erscheint. Wenn man nun aber die in einem bestimmten Versmaass geschriebene Rede sofort Poesie nennen
wollte und in dieser Angabe eine Erklärung der Poesie zu
besitzen meinte, so würde man doch eine sehr schiefe Vorstellung von der Poesie erhalten, von der Prosa aber zunächst
noch gar keine, denn die Prosa wäre dann eine Rede, die
nicht in Versen verfasst ist, eine Rede, von der nur gesagt
ist, was sie nicht ist, und nicht, was sie ist. Wenn aber
die Erklärung einer Sache nur darin besteht, dass ich an-
gebe, was für Eigenschaften sie nicht hat, so kann sie mir
gar nichts helfen, um eine sichere Vorstellung von der Sache
zu fassen, wie ich z. B. schlechterdings noch nicht wissen
würde, was eine Pflanze wäre, wenn ich von ihr weiter
nichts angeben könnte, als dass sie nicht hört und nicht
sieht und dass sie nicht von der Stelle laufen kann. Da die
allermeisten von den sprachlichen Werken, die wir als poetische Werke bezeichnen, in Versen geschrieben sind, die
allermeisten Werke aber, die wir der Prosa zuweisen, ohne
Verse, so wird man allerdings im Voraus annehmen können,
dass das Versmaass mit Nutzen zu einem Bestandtheil der
Poesie gemacht werden kann, aber keineswegs das Wesen
derselben angiebt, sondern nur ein Merkmal neben vielen anderen Merkmalen dieses Begriffs, und sogar ein Merkmal,
welches nicht so wesentlich ist, dass die Poesie ohne dasselbe
nicht bestehen könnte. Denn es giebt Poesien genug, die
nicht in Versen geschrieben sind, und ebenso auch umgekehrt
in Versen geschriebene Darstellungen, die dessenungeachtet
der Prosa angehören. Wer wollte Lessing's Minna von Barn-
helm und Emilia Galotti nicht für Werke der Poesie erklären
und zwar für recht vollkommene poetische Werke und doch
sind beide in ungebundener Rede geschrieben? Ebenso sind
Schiller's erste Dramen: die Räuber, Fiesco, Cabale und
Liebe in ungebundener Rede geschrieben, ebenso der Götz
von Berlichingen und Egmont von Göthe, und wenn auch

in den genannten Erstlingswerken unserer grössten Dichter
gar Manches zu vermissen sein mag, um ihnen den Stempel
der Classicität zu ertheilen, für poetische Werke sind sie
stets erklärt worden und müssen als solche bezeichnet werden
und sogar als solche, in denen sich der poetische Geist zweier
hochgebildeter Geister mächtig zu regen angefangen hat. Alle
drei Dichter: Lessing, Göthe und Schiller haben später auch
Dramen in Versen geschrieben, wie Lessing seinen Nathan,
Göthe z. B. die Iphigenie und den Torquato Tasso und
Schiller alle seine vorzüglicheren Dramen vom Wallenstein
an bis zum Tell; aber daraus kann höchstens gefolgert werden, dass diese grossen Männer das Versmaass für ein wichtiges Merkmal der Poesie, aber keineswegs für ein nothwendiges hielten. Lessing hat alle seine Fabeln ohne Verse
geschrieben und doch sind es richtige und vollkommene Fabeln,
ja man kann wohl hinzusetzen, dass in ihnen das Wesen dieser
Gattung der Poesie viel schärfer und bestimmter hervortritt,
als in den Gellertschen Fabeln, die doch alle in Versen und
Reimen geschrieben sind. Und wie kommt man damit, dass nur
alle in Versen geschriebenen sprachlichen Darstellungen zur
Poesie gehören und vielleicht gar Poesie sind, erst ins Ge-
dränge, wenn wir an das Epos der modernen Zeit denken, an
den Roman? Ich habe noch Niemanden gehört, der die unendlich reiche Romanliteratur der neueren Zeit nicht zur
Poesie gerechnet hätte, vielmehr ist es diejenige Gattung der
Poesie, in welche sich der poetische Geist der neuesten Zeit
vorzugsweise geflüchtet hat, und Walter Scott, Cooper, Willi-
bald Alexis, Mügge, Freitag u. A. erscheinen als echte
Poeten; aber keiner von den Romanen ist, so viel ich weiss,
in gebundener Sprache geschrieben, sondern alle in ungebundener Rede.

Wir werden also wohl vor der Hand davon abstrahiren
müssen, die Poesie mit dem Versmaasse zu identificiren und
wenn wir auch annehmen können, dass das Versmaass verwandter mit der Poesie ist als mit der Prosa, so werden wir
die Begründung selbst dieser Ansicht aus einer tieferen Erfassung des Begriffs der Poesie ableiten müssen. Zunächst ist
aber noch hinzuzusetzen, dass auch die Prosa ebensowenig
zur Poesie wird, wenn sie in einem bestimmten Versmaass
und in Reimen auftritt, als die Poesie zur Prosa wurde, wenn

sie in ungebundener Redeform auftrat. Ist irgend Etwas das
reine Gegentheil von der Poesie, so ist es gewiss die Wissenschaft der Mathematik und wenn man alle Lehrsätze und
Aufgaben in die schönsten Verse brächte und mit den zier-
lichsten Reimen schmückte, so würde die Mathematik doch
Prosa bleiben. Ebenso verhält es sich mit allen anderen
Wissenschaften; sie sind Prosa, reine Prosa, und wenn sich
einer daran machte, sie in Verse zu bringen, so würden sie
dadurch noch nicht zur Poesie, ja der Poesie auch nicht um
ein Jota näher gebracht. Wenn ein griechischer Mathematiker, Namens Diophantus, manche seiner arithmetischen
Aufgaben in Verse brachte, oder wenn der Philosoph Empe-
docles, wie berichtet wird, einzelne seiner Philosopheme in
Hexametern mittheilte: so hat doch keiner von beiden daran
gedacht, dass er sich dadurch in die Classe der Poeten er-
höbe, ebensowenig Aratus, als er die Sternkunde in Hexametern entwickelte. Man umhüllt bisweilen solche Stoffe, die
an sich durch und durch prosaisch sind, mit Versen und
Reimen, um ihnen ein gefälligeres Ansehn zu geben und sie
dem Gedächtniss besser einzuschmeicheln, ohne dass man
dabei im Entferntesten die Ansicht hat, als würden sie durch
solche Form in die Kategorie der Poesie erhoben, sonst müssten
ja auch die *versus memoriales* der Elementargrammatik, wie:
„bei *a* und *e* in *prima* hat das *genus femininum* statt, die
übrigen auf *as* und *es* bedeuten etwas Männliches,“ etwas
Poetisches sein. Bleiben wir also dabei stehen, dass die Archi-
tektonik des Versmaasses und die Musik des Reims der Rede
äusserlich einen gewissen künstlerischen Zuschnitt ertheilen,
dass aber das eigentliche innere Wesen nicht in dem blossen
Versmaasse gesucht werden kann, wie man allerdings nach
der Unterscheidung, die die Römer machten, nämlich der
facundia prosa und *facundia versa*, fürs Erste meinen sollte.
Dass aber die Römer selbst keineswegs der Meinung waren,
als wenn das Versmaass die Rede zur Poesie mache, das beweist einer der gebildetsten Römer, der viel über die Poesie
nachgedacht und darüber geschrieben hat, und selbst ein
höchst bedeutender Dichter war: Horaz. Derselbe erklärt
sich in der vierten Satire des ersten Buchs seiner Satiren
von V. 40 an folgendermaassen: „Man wird doch denjenigen
noch für keinen Dichter halten, der Verse zu machen ver-

steht, wenn er im Uebrigen Dinge vorbringt, die man im
gemeinen Leben überall zu hören bekommt. Erst einem
solchen Manne wird man den Ehrennamen eines Dichters ertheilen, der Genie hat und einen Gott entstammten Geist und
einen Mund, der Erhabenes verkündet;" wie er selbst seine
Satiren nicht für würdig hält, dass sie als Gedichte bezeichnet
werden. Daher hätten, so führt er fort, Manche sogar die
Frage aufgeworfen, ob denn selbst die Komödie ein Gedicht
sei oder nicht, weil sie weder in der Sprache noch in der
Sache das Feuer des Geistes und der Kraft zeige und abgesehen von den Versen, durch die sie sich von der gemeinen
Rede unterscheide, ganz als gemeine Rede erscheine. Wenn
ein Vater in der Komödie erzürnt sei über seinen Sohn, weil
er durch eine von ihm geliebte Buhlerin zu einem unsinnigen
Verschwender geworden und hartnäckig sich weigere, eine
Vernunftheirath mit einem reichen Mädchen einzugehen, so
klinge ja das ganz ebenso, als wenn ein wirklicher Vater
seinen Sohn aus gleichen Gründen ausschelte. Es reiche also
für einen Dichter nicht hin, in simpeln Worten einen Vers
zusammen zu schmieden, der, wenn er aufgelöst würde, gerade so klänge, wie die Rede des ersten besten Vaters, der
seinen Sohn ausschelte. Würde man in seinen Satiren oder
in den Satiren seines Vorgängers Lucilius das bestimmte
Zeitmaass und den Rhythmus auflösen und die Worte um-
stellen, so dass die früheren später und die letzten zu den
ersten gemacht würden, so werde man von einem Gedichte
nichts mehr bemerken; wenn man dagegen den Vers eines
echten Dichters, wie den Vers des Dichters Ennius: „Nachdem die greuliche Zwietracht aufgebrochen das Thor und die
eisernen Pforten des Krieges", noch so sehr auflöse, so
werde man dann immer noch finden, dass es die Glieder eines
dichterischen Ganzen seien. Also auch nach Horaz wird eine
Rede durch das Versmaass noch keineswegs zu einem Gedichte, doch giebt er nicht näher an, was denn ein Gedicht
zum Gedichte mache, denn die Prädicatur des Geistes und
der Kraft, sowie der erhabenen Sprache, durch die er ein
Gedicht bestimmt, sind noch zu allgemein, als dass man hierdurch die Poesie von der Prosa sicher unterscheiden könnte;
auch hat Horaz von der Prosa keine positiven Merkmale angegeben, sondern weiss auch von ihr nur das negative Merk-

mal, dass sie nicht in Versen geschrieben, während er doch
ausdrücklich versichert, dass wahrhafte Poesie auch ohne
Verse den Charakter der Poesie beibehalte. Im Allgemeinen
aber deuten die Ausdrücke: Geist, Kraft und Erhabenheit
auf das hin, was die Griechen in das Wort Poesie legten
und was auch etymologisch schon mehr oder weniger darin
liegt.

Sehen wir also jetzt zu, zu was für Bestimmungen uns
das Wort Poesie hinführt. Das Wort Poesie kommt her von
dem griechischen Worte ποιεῖν, welches so viel als: Machen,
Hervorbringen, Schaffen bedeutet und daher für diejenige
Thätigkeit des Menschen gebraucht wird, vermöge deren er
einen gegebenen Stoff so bildet, dass das Gebilde einem allgemeinen Zwecke oder Gedanken entspricht. In diesem weiteren Sinne könnte das Wort auch für die Arbeit eines jeden
Handwerkers und Künstlers gebraucht werden. Der Tischler
z. B. macht aus Holz einen Tisch, d. h. er giebt dem Holze
eine solche Form, dass es zu bestimmten Zwecken gebraucht
werden kann. Indem man das Holz in die Form einer Platte
schneidet, die von 4 Füssen gestützt und emporgehoben wird,
erhält man den Tisch, — ein Gebilde, an dem man sitzen,
arbeiten und essen, auch etwas darauf setzen kann. Der Bau-
meister macht aus allerlei Materialien ein Haus, welches den
Zweck hat, dem Menschen zur Wohnung zu dienen. Aber
für solche äusserliche Zwecke praktischer Nützlichkeit gebraucht der Grieche das Wort ποιηκ nicht, auch nicht für
die Verarbeitung von sinnlichen Stoffen, wie Holz oder Metall, sondern das Material, welches hier verarbeitet wird, ist
die Sprache, und der allgemeine Zweck, den das Gebilde haben
soll, hat mit der äusserlichen, praktischen Nützlichkeit nichts
zu thun, sondern es sind allgemeine Ideen, die in der Sprache
ausgedrückt werden sollen, wie die Ideen des Guten, des
Wahren, der Gerechtigkeit, des Vaterlandes, der Liebe u. s. f.
Kurz! es ist etwas Allgemeines, Ewiges, an sich Werthvolles,
welches in der Poesie durch die Sprache veranschaulicht oder
individualisirt werden soll. Und eine solche Veranschaulichung eines Allgemeinen in dem Elemente der
Sprache ist das, was die Griechen ein Gedicht nennen und
was in der That auch ein Gedicht ist. Die Ilias und die
Odyssee sind Gedichte, welche die Griechen für Mustergedichte

hielten und als solche für die höhere Jugendbildung gebrauchten. Sie sind aber deshalb Gedichte und zwar Gedichte, die dem Begriff der Poesie entsprechen, weil in ihnen der allgemeine Geist und das Wesen des Griechenthums in einer einzelnen Handlung und in einzelnen Personen so lebendig dargestellt werden, dass sich in der Handlung und in den Personen jenes allgemeine Wesen vollständig und deutlich ausprägt und gleichsam abspiegelt. Da es gilt den Geist und das Wesen des Griechenthums in der Ilias und Odyssee zu veranschaulichen, so dürfen nicht die ersten besten Personen oder die erste beste Handlung zur Darstellung gewählt werden, sondern eine solche Handlung, die in ihrer ganzen Entwicklung den Zweck des Gedichts realisirt, und solche Personen, die das Wesen des Griechenthums repräsentiren, also Ideale des Griechenthums, wie ein Achill, der ideale Heldenjüngling des Hellenenthums, und Odysseus, der griechische Mann in seiner Wahrheit. Und wenn der Dichter auch solche Personen, welche tief hinter ihrer Idee zurückbleiben, mit aufführt, wie den Theosites in der Iliade, und ganze Völkerstämme in der Odyssee, wie die Cyclopen, so sind so gemeine Erscheinungen nur um deswillen mit aufgenommen, damit auf dem dunkeln Hintergrunde der Gemeinheit das Licht der idealen Grösse nur um so glänzender hervortrete. So stellt der Dichter stets das Ideale dar, das ist aber das classische Ideale, also kein Utopien oder eine unbestimmte Phantasterei, sondern das Wirkliche in seiner Wahrheit, eine Erscheinung, die das Wesen der Sache vollständig abspiegelt, ein Individuelles, welches wie ein vollkommener Spiegel das Allgemeine rein und allseitig veranschaulicht. Der Dichter braucht nicht blos Zustände des Volkslebens zur Darstellung zu bringen, sondern auch Gemüthszustände des einzelnen Menschen, aber er würde seinen Beruf als Dichter verfehlen, wenn es andere als allgemein werthvolle Gemüthszustände wären; nur solche ewige, unsterbliche, vollkommene Gefühle darf er und soll er veranschaulichen, so dass sich in dem Gedichte das allgemeine Gefühl individualisirt; auch hier ist das Gemeine, wenn es überhaupt zur Anwendung kommt, nur dazu da, damit auf seinem Hintergrunde das ideale Gemüthsleben um so herrlicher sich ausnehme. Veranschaulichung des Idealen in dem Elemente der Sprache ist demnach die Aufgabe und das Wesen der Poesie. Und dieser Begriff der Poesie realisirt sich am allervollkommensten in dem Drama, in welchem die Handlungen, die einen idealen Zweck verwirklichen, nicht blos erzählt, sondern leibhaftig und unmittelbar uns vor die sinnliche Anschauung vorgeführt werden.

Hält man nun diesen Begriff der Poesie fest, dass sie die sprachliche Veranschaulichung des Idealen, d. h. die sprachliche Veranschaulichung des Wirklichen in seiner Wahrheit ist, so könnte man nun auch meinen, damit einen scharfen Unterschied zwischen der Poesie und der Prosa gefunden zu haben. Während nämlich die Poesie das Wirkliche in seiner idealen Wahrheit zur Darstellung bringt, so würde die Prosa, die doch nun einmal der Gegensatz von der Poesie sein soll, das Wirkliche in seiner realen Erscheinung mit allen seinen Vorzügen und Mängeln darstellen, so dass sich demnach Poesie und Prosa zu einander verhielten wie Idealität und Realität, wie die Erscheinung, wie sie in Wahrheit sein sollte, zur Erscheinung, wie sie gewöhnlich ist. In der That fasst man das Verhältniss zwischen Poesie und Prosa im gewöhnlichen Leben meistentheils in dieser Weise auf, und es liegt gewiss auch in dieser Fassung etwas Wahres, aber doch auch nur etwas Wahres, nicht die volle Wahrheit. Schon die oben angeführten Aeusserungen des Dichters Horaz, der dem Dichter einen göttlichen Geist und Kraft und Erhabenheit der Sprache zuschreibt, deuten auf diese Auffassung der Sache hin. Auch der eigenthümliche Ausdruck, welchen die Griechen für die Prosa bildeten und den auch die Römer sich aneigneten, deutet auf eine solche Auffassung hin. Die geistvollen Griechen nannten nämlich die Prosa: λόγος πεζός, was die Römer mit *oratio pedestris* übersetzten; πεζός, sowie *pedestris* heisst aber: zu Fusse, auch: zu Lande. Der Ausdruck: zu Fusse wird aber im Gegensatz zu dem Ausdruck: zu Pferde gebraucht, und: zu Lande im Gegensatze zu dem Ausdrucke: zu Wasser oder Schiffe. Diese Ausdrücke beziehen sich also auf die Bewegung des Menschen von einem Orte zu einem anderen Orte. Die Fortbewegung zu Lande geschieht entweder zu Fusse, überhaupt so, dass der Mensch sich dazu nur seiner eigenen Gliedmassen bedient, um von der Stelle zu kommen, oder zu Pferde, überhaupt so, dass

der Mensch sich seine Fortbewegung durch Benutzung fremder
Hilfsmittel, zu denen wir z. B. auch die Eisenbahnen rechnen
könnten, ausserordentlich erleichtert. Die erstere Bewegung,
nämlich die zu Fusse, ist die langsamere, die mühsame, mit
Müdigkeit und Schweiss verbundene, die an den Boden der
Erde gebundene Bewegung; die andere, nämlich die zu Pferde
oder zu Wagen, dagegen ist die leichte, die schnelle, die
arbeitslose, die frei durch die Luft dahin schwebende. Hat
man ein gutes Pferd, so ist das Reiten offenbar eine ungleich
freiere Bewegung, als die zu Fusse. Man schwitzt nicht so,
man wird nicht so müde, man ist nicht so an die irdische Beschränkung und an die Schwere gebunden; die Bewegung
zu Pferde oder zu Wagen ist mehr ein Spiel und ein Vergnügen, die zu Fusse mehr eine Arbeit und Last, wenn man
auch auf einer Fussreise als Lohn für die aufgewandte Mühe
die Länder, die man durchreist, und ihre Bewohner in der
Regel viel gründlicher kennen lernt, als zu Pferde und zu
Wagen, wie man auch auf Fussreisen in der Regel besseren
Appetit hat und für die Gesundheit besser sorgt. Das Leichte,
Freie, Mühelose, das Spiel und Vergnügen, das Hohe und
Erhabene betrachtet man also als ein Analogon der Poesie;
das Schwere, das Mühsame, die Arbeit, der Ernst, das Nie-
dere und an den Boden Gebundene wird dagegen als ein
Analogon der Prosa genommen. Dass diese Auffassung eine
ziemlich allgemeine ist, beweist auch der Umstand, dass die
Ausdrücke: Poesie und Prosa in diesem Sinne auch auf andere Verhältnisse des Lebens übertragen werden, die mit der
Sprache zunächst nichts zu thun haben. Man spricht von der
Prosa des menschlichen Lebens und von der Poesie desselben und
versteht unter der Prosa des Lebens die Mühe, Sorge, Arbeit
und Anstrengung, die der tägliche Beruf mit sich bringt;
unter der Poesie des Lebens aber jene erhabenen Momente
des Lebens, wo man über die gewöhnlichen Sorgen und Arbeiten erhoben und in den Zustand der Erholung, des Genusses oder des Spieles versetzt wird. In dem schönen Liede
von Göthe, welches die Ueberschrift: „der Schatzgräber" hat,
lesen wir: Tages Arbeit, Abends Gäste; saure Wochen, frohe
Feste sei dein künftig Zauberwort. Tages Arbeit und saure
Wochen bilden die Prosa des Lebens, während die lieben
Gäste, die Abends uns besuchen und so recht nach Herzens-

lust eine Unterhaltung mit uns anknüpfen, und die Fest-
freuden, bei denen man sich ausruht von den Berufsarbeiten und
den freien Bewegungen des geistigen Lebens sich hingiebt,
die Poesie des Lebens ausmachen. Prosa und Poesie würden
sich demnach zu einander verhalten wie Arbeit und Spiel, wobei die Arbeit eine Thätigkeit bedeutet, in welcher der Mensch
mit allem Ernst und aller Anstrengung einen gegebenen
Zweck realisirt; unter Spiel aber das zu verstehen ist, was
Schiller in seinen Briefen über ästhetische Erziehung unter
Spiel versteht, nämlich eine Thätigkeit, bei der der Mensch ohne
Anstrengung und Beschwerde in dem freien Elemente des
Geistes sich bewegt und sich befriedigt.

Aber auch diese Auffassung unserer Begriffe, wenn sie
auch ungleich höher steht als die früher erwähnte, nach der
die Poesie die in Verse gefasste, die Prosa die Rede ohne
Metrum und Reim sein sollte, ist noch sehr einseitig. Denn
wenn man auch damit einverstanden sein kann, dass die
Poesie das ideale Leben, die ideale Wirklichkeit durch die
Sprache veranschaulicht, so kann man sich mit der Erklärung
der Prosa, die etwa so lautet: die Prosa ist die Darstellung
des gewöhnlichen, realen Lebens, keineswegs einverstanden
erklären. Denn dass die Prosa es nicht in der Weise mit
der sprachlichen Darstellung der gemeinen Realität zu thun
hat, als wäre damit ihr ganzes Wesen erschöpft, ergiebt
sich sogleich, wenn man die wissenschaftlichen Darstellungen
in Betracht zieht. Alle die wissenschaftlichen Darstellungen,
alle Bücher und Werke, in denen gewisse Wissenschaften
entwickelt werden, gehören der Prosa an, sind sogar die
reinste und echteste Prosa; aber Niemand, der nur irgend
eine Wissenschaft kennt, wird behaupten wollen, dass die
wissenschaftlichen Darstellungen es blos mit der gemeinen,
gewöhnlichen Wirklichkeit oder mit der blos äusserlich gegebenen Realität zu thun haben. Das kann man auch nicht
von der Geschichte sagen, obschon es von ihr noch am meisten
gilt, dass sie es nicht mit Idealen zu thun, sondern dass sie die
reinen, unverfälschten, objectiven Thatsachen durch die Sprache
mitzutheilen hat. Denn kein Historiker bleibt bei den einzelnen Thatsachen stehen; er bringt sie mit einander in
eine innere Verbindung und zwar nicht etwa blos der Zeit-
folge nach, sondern nach Ursache und Wirkung; und diesen

causalen Zusammenhang der Thatsachen zu ermitteln und
klar darzustellen, das ist gerade die eigentliche und wahre
Aufgabe des Geschichtsschreibers; ja er bleibt nicht bei einzelnen Thatsachen, auch nicht bei einzelnen Perioden oder
bei einzelnen Völkern stehen, sondern er betrachtet die Geschichte als ein grosses, von ewigen Ideen bewegtes und
durchdrungenes Ganzes, und wenn diese Ideen, wie die Idee
der Freiheit, auch oft starken Widerstand in der Welt finden
und daher vieles Böse und vieles Unrecht in der Geschichte
zu berichten ist, so dient doch selbst das Böse und das Unrecht und aller und jeder unberechtigte Widerstand von Seiten
einzelner Menschen nur dazu, um den endlichen Sieg der
Freiheit nur um so glorreicher zu machen, geradeso wie auch
der Dichter einzelne schwache oder böse Charaktere in sein
Gedicht aufnimmt, um das Licht der starken und edlen
Charaktere nur um so heller leuchten zu lassen. Aus diesen
Bemerkungen geht demnach hervor, dass selbst die historische
Prosa es keineswegs mit der gemeinen Wirklichkeit zu thun
hat, sondern mit allgemeinen Zwecken und Ideen, die sich
in den Thatsachen der Geschichte realisiren, wenn auch durch
das Gemeine und Böse, das in der Geschichte auch eine
Stelle hat, jene allgemeinen Zwecke und Ideen hier und da
gleichsam mit einem Schatten bedeckt werden. So steht's aber
mit jeder Wissenschaft und mit den meisten anderen in einem
noch höheren Grade, als mit der Geschichte. Keine Wissenschaft hat es blos mit der erscheinenden Wirklichkeit zu
thun, sondern mit den Wesenheiten, die der erscheinenden
Wirklichkeit zu Grunde liegen, mit dem Allgemeinen, welches
die Wurzel und Triebkraft des Einzelnen ist, mit den Gesetzen, die sich in den zeitlichen und räumlichen Erscheinungen in die Existenz übersetzen. So sucht und findet der
Naturforscher in dem Einzelnen das Allgemeine; er nennt
es das Gesetz, wenn es eine Reihe zusammengehöriger Erscheinungen durchzieht; er nennt es Gattung, wenn er in
einer Menge von Individuen etwas Gemeinsames und Gleiches
findet; er bezeichnet es als Zweck, wenn durch die Wirkung
und Gegenwirkung einer Reihe von einzelnen Mitteln und
Kräften gegeneinander ein allgemeines vernünftiges Resultat
erstrebt und erreicht wird.

Am allerwenigsten aber wird man von der Wissenschaft,

welche die Grundlage aller anderen Wissenschaften bildet, von
der Philosophie sagen dürfen, dass sie die blos erscheinende
Wirklichkeit betrachte, vielmehr hat sie es allein mit den
Ideen, vornehmlich mit den allerhöchsten Ideen: des Wahren,
des Schönen und des Guten, also mit Wesenheiten zu thun,
die über alle erscheinende Wirklichkeit hinausliegen, obgleich
sie ebenso sehr auch alles Wirkliche beherrschen, gestalten
und bewegen.

Wenn denn nun die wissenschaftlichen Darstellungen
ohne Zweifel zur Prosa gehören, ja die würdigste Erscheinung der prosaischen Darstellung bilden, und die Wissenschaften es doch nicht mit der erscheinenden Wirklichkeit zu
thun haben, sondern mit dem Allgemeinen, den Gesetzen,
den Gattungen, den allgemeinen Zwecken und Ideen, gerade so
wie die Poesie, so wird man die Prosa auch nicht dadurch
von der Poesie unterscheiden können, dass die Prosa die erscheinende Wirklichkeit zu ihrem Gegenstande habe, die
Poesie aber die Wahrheit des Wirklichen oder besser gesagt:
das Wirkliche in seiner Wahrheit. Ja man überzeugt sich
durch diese Vergleichung der Poesie mit der Wissenschaft,
dass der Unterschied der Poesie von der Prosa gar nicht in
dem Inhalte, den beide darstellen, liegen könne, sondern
in der Form der Darstellung und diese Ueberzeugung giebt
unseren weiteren Betrachtungen über den Unterschied der
Poesie und der Prosa eine sichere Grundlage und führt, wie
ich meine, zu unwiderleglichen Resultaten.

Der Inhalt einer poetischen und einer prosaischen Darstellung kann durchaus ein und derselbe sein und doch ist
die prosaische Darstellung von der poetischen ganz ebenso
verschieden, als wenn sie beide einen ganz verschiedenen
Inhalt hätten, weil die Form beider durchaus verschieden,
ja geradezu entgegengesetzt ist. Der Dichter mag einen
Gegenstand zu seiner Darstellung wählen, welchen er will,
der Prosaiker kann stets auch denselben Gegenstand behandeln und zwar in seiner Art ebenso gründlich, als der Dichter
in der seinen. Wenn Homer in seinem Achilles einen griechischen Heldenjüngling darstellt, so ist nicht abzusehen,
warum nicht auch in Prosa das Wesen eines griechischen
Heldenjünglings sollte dargestellt werden können, aber beide
Darstellungen wären dennoch der Form nach durch und

durch und wesentlich von einander unterschieden. Der Dichter
hat es mit einem ganz bestimmten Individuum zu thun,
das uns leibhaftig vor unsere Einbildungskraft gebracht wird,
das an bestimmten Orten lebt, mit bestimmten Menschen in
Verhältniss tritt und besonders auch in einzelnen Handlungen
sein Inneres offenbart, kurz die dichterische Darstellung
ist durch und durch individuell; aber doch so beschaffen, dass in diesem individuellen Gebilde das allgemeine
Wesen des griechischen Heldenjünglings veranschaulicht wird.
Dagegen wäre die prosaische Schilderung eines griechischen
Heldenjünglings allgemein oder abstract; sie hätte von
sicheren allgemeinen Begriffen, die übrigens auch aus der
Erfahrung durch Abstraction gewonnen werden können, auszugehen und von da aus durch gründliche Schlüsse die besonderen Eigenschaften eines griechischen Heldenjünglings
herzuleiten und zu einem geordneten Ganzen zusammenzu-
stellen. Wenn ein griechischer Heldenjüngling prosaisch geschildert werden soll, so kommt es hierbei, wie man sieht,
auf die Erkenntniss von drei Begriffen an: 1) auf den Begriff des Griechenthums, 2) auf den des Heldenthums und
3) auf den des Jünglingsalters. Man könnte das Wesen des
Griechenthums etwa in die Schönheit setzen, in die Schönheit des Leibes und der Seele; als die wesentlichen Eigenschaften eines Helden könnte man aber Kraft, Tapferkeit
und Unabhängigkeit in seinen Entschliessungen aufführen,
und das Wesen des Jünglings könnte man in dem Sinn fürs
Ideale, im Ehrgeize, im Sinn für Freundschaft und Liebe
finden, und von diesen allgemeinen Bestimmungen aus könnte
man den Charakter, den ein griechischer Heldenjüngling
haben müsste, entwickeln. Auch das führte noch zu einer
prosaischen Darstellung, wenn man selbst den Achilles als
ein Musterbild eines griechischen Heldenjünglings schilderte,
denn auch in diesem Falle hätte ich aus den individuellen
Handlungen und Verhältnissen das allgemeine Wesen desselben, wie solches von Homer dargestellt wird, seine Eigenschaften und Gesinnungen herauszunehmen und mit einander
in einen gründlichen Zusammenhang zu bringen; diese Arbeit
wäre eine Abstraction des Allgemeinen aus dem individuellen
Beispiele, die Abstraction der Wesenheit aus der individuellen
Erscheinung, also ein Inductionsschluss.

Es wird von Nutzen sein, wenn wir, um unseren weiteren Betrachtungen eine sichere empirische Grundlage zu geben, noch ein Beispiel aus unserer vaterländischen Literatur vornehmen und einen Blick auf ein Gedicht werfen, welches mit Recht als ein unübertreffliches Muster poetischer Darstellung stets gepriesen worden ist. Es ist Göthe's Meisterwerk: Hermann und Dorothea. Wir finden auch in diesem Gedichte keine allgemeinen Betrachtungen (wenn auch dann und wann einzelne Sentenzen ausgesprochen werden, die der Gesinnung des Sprechenden einen Ausdruck geben), sondern das Gedicht enthält eine individuelle Handlung, nämlich: die Verlobung des Wirthsohns in einer kleinen deutschen Landstadt mit einer Jungfrau, die unter den von den Franzosen vertriebenen deutschen Ausgewanderten sich befindet. Es ist eine der Zeit und dem Raume nach sehr beschränkte Handlung, die der Dichter sich entwickeln lässt, aber in ihr spiegelt sich ein Allgemeines höchst anschaulich und anmuthsvoll ab, nämlich der echte Geist des deutschen Bürgerstandes. Wäre von diesem Geiste des deutschen Bürgerstandes eine allgemeine Charakteristik gegeben worden, so wäre ein prosaisches Werk entstanden. In diesem Falle wäre von dem Wesen einer echt deutschen Gesinnung auszugehen gewesen, von welcher als die Haupteigenschaften die Treue, die Ehrlichkeit, die Wahrheitsliebe, die Innerlichkeit und der Sinn für das Höhere angeführt werden können; dann hätte dazu fortgeschritten werden müssen, in welcher besonderen Form sich diese echt deutsche Gesinnung in dem Bürgerstande im Unterschiede von den anderen Ständen offenbare. Wenn ich auf diesem Wege vom Allgemeinen zum Besonderen in geordneter Folge und gründlicher logischer Verbindung der Gedanken jedem, der sich auf solche Entwicklung versteht, deutlich und klar gemacht hätte, worin die Gesinnung des deutschen Bürgerstandes besteht, welche Eigenschaften und Merkmale sie hat, welche Tugenden und welche Schwächen, und wie sie sich von den Gesinnungen der Bürger eines anderen Volkes z. B. der Franzosen unterscheidet, so hätte ich in allgemeiner Weise das geleistet, was Göthe geleistet hat, indem er so meisterhaft eine individuelle Handlung vorführt, die mitten im deutschen Bürgerstande, in einer bestimmten Stadt und an bestimmten Personen vor sich geht. Die zuerst erwähnte allgemeine Entwicklung wäre aber eine der Prosa angehörige Darstellung, während das Werk Göthe's das allerschönste Gedicht ist. Das Göthesche Werk wäre auch in dem Fall noch ein Gedicht, wenn es nicht in Versen, sondern in ungebundener Rede geschrieben wäre. Doch tragen die Verse allerdings etwas dazu bei, den Stoff der Handlung einheitlich zu organisiren und so auch äusserlich ein Abbild der innerlichen Individualisirung einer Idee, in der das Wesen der Poesie liegt, zu geben. Ein gewisses Versmaass bringt eine äussere Concentration des Stoffes hervor und entspricht daher der inneren Concentration, die eine individuelle Handlung in sich trägt. Auch machen die verschiedenen Versmaasse auf das Gefühl des Menschen einen qualitativ verschiedenen Eindruck und können daher, wenn sie der Idee eines bestimmten Gedichts gemäss gewählt werden, den specifischen Gesammteindruck des Gedichts bedeutend verstärken. Aus diesem Grunde ist das Versmaass, welches für sich eine Rede weder zur Poesie noch zur Prosa macht, doch mit der Poesie verwandter als mit der Prosa und kann und muss, wenn es zweckmässig gewählt wird, den Gesammteindruck des Gedichts verstärken.

Umgekehrt könnte eine prosaische Abhandlung gewiss auch in Versen geschrieben werden, ohne dass sie deshalb aufhörte Prosa zu sein, wenn sie nur sonst die wesentlichen Eigenschaften der Prosa hätte, nämlich klare Begriffe und Anschauungen, einen gründlichen Zusammenhang der einzelen Vorstellungen durch logische Schlussfolgerungen und Urtheile und bestimmt hervorgehobene allgemeine Resultate. Denn wie eine Rede um deswillen, dass sie in gebundener Sprache abgefasst ist, noch keineswegs ein Gedicht ist, so wird auch etwas dadurch, dass es in ungebundener Rede gesprochen oder geschrieben ist, noch keineswegs zur Prosa. Echte, wahre, dem Begriff entsprechende Prosa steht unendlich höher, als man gemeiniglich glaubt. Nicht jedes Hin- und Herreden über eine Sache kann mit dem Ehrennamen der Prosa bezeichnet werden. Zur Prosa wird eine Rede erst dann, wenn in ihr scharf bestimmte und zu klarem Bewusstsein gebrachte Vorstellungen über einen Gegenstand ausgesprochen werden, die eine aus der anderen mit logischer Nothwendigkeit und Gründlichkeit abgeleitet und aus den Betrach-

lungen ein sicheres Resultat gezogen wird. Da in der Prosa
vorwiegend die Erkenntniss angesprochen wird und es darin
auf sichere allgemeine Begriffsbestimmungen und gründliche
Schlussfolgerungen ankommt, so muss auch die prosaische
Sprache als blosse Sprache den Charakter der Klarheit und
Bestimmtheit tragen; jedes Wort muss so gewählt werden,
dass es aufs Allergenaueste den gedachten Begriff ausspricht,
nicht mehr und nicht weniger; jeder Satz hat gerade den
Gedanken, der ausgesprochen werden soll, klar und bestimmt
auszusprechen und aller Nebenbeziehungen, die nur von der
Hauptstrasse des Hauptgedankens abführen können, sich zu
enthalten und auch die Ableitungen eines Gedankens aus
dem andern müssen so klar hervortreten, dass der Leser auch
aus der Sprache stets sicher herauslesen kann, aus was für
Urtheilen ein neues Urtheil abgeleitet werden soll und aus
welchen Gründen.

Wer die bisher angeführten Eigenschaften der Prosa
betrachtet und mit einander vergleicht, der möchte wohl
sagen: nun so ist ja wohl die Wissenschaft die eigentliche
und wahre Prosa, denn in ihr kommt es, wenn irgendwo,
auf Schärfe und Allgemeinheit der Begriffsbestimmungen,
Gründlichkeit und Tiefe der Urtheile, auf Nothwendigkeit
der Schlussfolgerungen und Beweise und auf eine klare und
knappe Sprache an, die nur die zu betrachtenden Gedanken
sicher hervorhebt und sich auf nichts Weiteres einlässt, sondern alles Nebensächliche und allen Schmuck weglässt, um
den Leser durch nichts von der Hauptstrasse des Erkennens
abzubringen. Und in der That wird man die wissenschaftlichen Darstellungen als das höchste und erhabenste Beispiel der Prosa anführen können, ohne dass man jedoch deshalb berechtigt wäre zu sagen, dass nur die eigentlich
wissenschaftlichen Darstellungen als Prosa zu betrachten
wären. Die eigentlichen Wissenschaften sind grossartige Organismen und Systeme, die grosse in sich abgeschlossene
Gebiete des sinnlichen oder geistigen Universums durch
denkende Betrachtung in ihrem Wesen und in ihren Gesetzen
zu erfassen suchen und zu erfassen wissen, indem sie von
allgemeinen, an und für sich gewissen Principien ausgehen
und durch eine logisch gründliche Bearbeitung und Entwicklung des Stoffes sichere Wahrheiten als Resultate erzielen.

Aber man kann auch eng begrenzte Gebiete oder Erfahrungen
recht gründlich betrachten, ohne doch noch in den grossen
Strom einer allgemeinen Wissenschaft einzumünden oder aus
ihr Voraussetzungen zu entnehmen. Man kann die erste beste
noch so eng begrenzte empirische Erscheinung, etwa eine
Erscheinung der Atmosphäre oder ein Thier, eine Pflanze,
einen Stein, die Handlungen eines Menschen gründlich betrachten und klar und zusammenhängend sprachlich darstellen
und in dieser Art eine prosaische Rede hervorbringen. Man
kann aus einzelnen Beispielen allgemeine Begriffe, aus einzelnen Erscheinungen allgemeine Gesetze, aus einzelnen zu-
sammengehörigen Individuen Gattungen herleiten und auffinden, wenn man nur überhaupt so viel Geist hat, um in
einer Reihe von Einzelnheiten das Gleiche und Gemeinsame
herauszufinden und die Einzelnheiten darauf zu beziehen.
Hat irgend ein Mann in dieser Weise classische Prosa geschrieben, so ist es Lessing, und sein Laocoon kann als
ein Musterbeispiel von der Betrachtung dienen, wie man aus
einer Fülle von einzelnen Erscheinungen durch den Inductionsschluss ein Allgemeines herleitet, welches alles Einzelne wie
ein Licht durchleuchtet, und von dem gefundenen Begriffe
aus mancherlei Eigenschaften der Sache begründet. So hat
er im Laocoon im Wesentlichen aus den homerischen Gedichten den Gedanken hergeleitet, dass sich die Poesie dadurch von der Malerei unterscheidet, dass jene Handlungen,
diese Körper darstellt und aus diesem Grundgedanken die
wichtigsten Folgerungen für die Gesetze und Verfahrungs-
arten beider Künste entwickelt. Das ist nun allerdings ein
grossartiges Beispiel der prosaischen Darstellung, das nur
einem so geistvollen und gelehrten Manne, wie Lessing war,
gelingen konnte; aber es kann jeder denkende Mensch auch
im kleinsten Gebiete der Erfahrung aus wenigen Beispielen
ein allgemeines Resultat herleiten, von diesem allgemeinen
Begriff das ganze kleine Gebiet beleuchten und das Einzelne
zu einem Ganzen verbinden, das klar Erkannte auch in
klaren Worten aussprechen und dann überzeugt sein, ein
prosaisches Werk zu Stande gebracht zu haben. Wie gross
oder wie klein aber auch ein prosaisches Gebilde sein mag,
stets wird es sich durch die denkende Betrachtung eines Inhalts charakterisiren, vermöge deren das Allgemeine der

Sache herausgehoben und daraus durch gründliche Schlussfolgerungen das Besondere begründet und mit sich und mit
dem Allgemeinen in einen logischen Zusammenhang gebracht
wird, während das Wesen der Poesie in die Veranschaulichung
oder in die Individualisirung der Ideen zu setzen ist.

Prosa und Poesie sind darin eins, dass sie es beide mit
den Ideen zu thun haben, auch darin eins, dass sie sich beide
der Sprache bedienen, um ihre Ideen zur Darstellung zu
bringen, während dagegen z. B. die Musik zur Darstellung
ihrer Ideen die Tonwelt gebraucht; Prosa und Poesie unterscheiden sich aber wesentlich dadurch von einander, dass die
Poesie ihre Ideen veranschaulicht oder individualisirt, während
die Prosa sich der Ideen in ihrer Allgemeinheit als Begriffe
bemächtigt und hieraus auf dem Wege einer gründlichen
Schlussfolge das Besondere und Einzelne begründet und entwickelt. Wollte man den Unterschied der Prosa und der
Poesie auf einen ganz kurzen Ausdruck zurückführen, so
würde sich der Gegensatz des Allgemeinen und des Einzelnen,
des Universellen und des Individuellen dazu eignen. Denn die
Prosa hat sich von der gegebenen Wirklichkeit, die betrachtet
und besprochen werden soll, zum Allgemeinen, als dem Wesen
des Wirklichen, zu erheben und vom Allgemeinen, als von
einem festen Punkt, die Gestaltung, Gliederung und Entwicklung des Wirklichen zum Bewusstsein zu bringen; die Poesie
aber hat ein Einzelnes hervorzubringen, welches ein Spiegel
eines Allgemeinen ist oder ein Ausdruck des Vollkommnen.
Man könnte aber auch ebenso gut den Gegensatz der Prosa
und der Poesie auf den Gegensatz der Wahrheit und Schönheit zurückbringen. Denn die Wahrheit ist die Erkenntniss
von dem Wesen der Sache, welche erkannt werden soll, aber
damit beschäftigt sich eben die echte Prosa, eine Sache,
wie klein oder wie gross, wie wichtig oder unwichtig sie
sonst auch sein möge, nach ihren wesentlichen Seiten gründlich zu erkennen und die Erkenntniss in einfacher und klarer
Sprache auszusprechen. Das Schöne dagegen ist ein Einzelnes, welches aber seiner Idee durch und durch entspricht;
ein Baum ist schön, wenn seine ganze Gestalt und Entwicklung seiner Gattungsallgemeinheit vollkommen entspricht;
ein Mensch ist schön, dessen individueller Ausdruck in Gestalt und Bewegung des Ganzen und der einzelnen Theile

ein natürlicher Spiegel ist, in welchem sich das geistige Wesen des Menschen sinnlich abspiegelt; eine Handlung ist schön, wenn sie ein inneres werthvolles, geistiges Wesen, etwa die Gerechtigkeit oder die Liebe, zur Erscheinung bringt, aber auch eine Seele ist schön, wenn ihre Gesinnungen, Worte und Handlungen und alle Aeusserungen ein adäquater und vollkommener Ausdruck von dem Gesetz der Sittlichkeit sind. So ist die Schönheit stets eine einzelne Erscheinung, in welcher das volle, allgemeine Wesen der Sache erscheint und daraus von jedem Sachkundigen erkannt werden muss. Und in diesem Sinne ist auch die Poesie eine Darstellerin des Schönen im Elemente der Sprache, indem sie einzelne Charaktere und Handlungen in einer solchen Form und Entwicklung vorführt, dass sich darin ein höheres, allgemeines geistiges Wesen abspiegelt.

Die eben entwickelten principiellen Unterschiede zwischen der Poesie und der Prosa müssen sich, wenn sie anders wahr sind, auch in jeder besonderen Art der Poesie und in jeder besonderen Art der Prosa bewähren. Sowohl die Poesie zerlegt sich naturgemäss in ihre Arten, wie auch die Prosa. Die Poesie ist ihren Arten gegenüber die Gattungsallgemeinheit und was von der Gattungsallgemeinheit gilt, das gilt auch von ihren Arten, so sehr sich diese auch von einander unterscheiden mögen. Was also von der Poesie im Allgemeinen gilt, das gilt auch für jede Art der Poesie und was für die Prosa im Allgemeinen gilt, das gilt auch für jede Art der Prosa; was also bisher von der Poesie im Allgemeinen Charakteristisches angegeben worden ist, das muss sich auch in jeder besonderen Art der Poesie wiederfinden und ebenso müssen die principiellen Bestimmungen der Prosa im Allgemeinen in jeder Art von Prosa wiederkehren. Die Griechen haben mit ihrem wunderbaren logischen Instinkt, mit welchem sie alle Völker des Alterthums und der neueren Zeit übertreffen, auch die Unterschiede der Poesie und im Wesentlichen auch die der Prosa so sicher und naturgemäss bestimmt, dass man von diesen Bestimmungen nimmer wieder abgehen kann, wenn man nicht von der Wahrheit abkommen will. Sie theilten nun die Poesie ein in epische, lyrische und dramatische. Die Prosa aber unterschieden sie in historische, rhetorische und philosophische Prosa. Man mag nun von diesen Arten beider Redegattungen, die wir betrachten, eine herausnehmen, welche man will, überall wird man den Satz bestätigt finden, dass echte Poesie in der Veranschaulichung oder Individualisirung der Ideen besteht, die Prosa aber in der Darstellung des Wirklichen nach seinem inneren Zusammenhang, mag dieser innere Zusammenhang als causaler Zusammenhang oder als ein Zusammenhang zwischen Mittel und Zweck oder durch andere logische Kategorien bestimmt und bezeichnet werden.

Wir haben uns in unseren bisherigen Betrachtungen über die Poesie hauptsächlich an die epische Poesie — die dramatische würde unseren Gedanken nur noch schärfer herausstellen — und in denen über die Prosa an die historische und philosophische Prosa gehalten; es wird daher zu einer eigenthümlichen Beleuchtung unserer Gedanken dienen, wenn wir sie auch noch in Kurzem auf die lyrische Poesie und auf die rhetorische Prosa anwenden, die sich in beiden Gebieten entsprechen. Man betrachte nur anerkannt vortreffliche lyrische Gedichte, keine Missgeburten, die in diesem Gebiete allerdings sehr häufig sind, und man wird unseren Grundgedanken, dass die Poesie ein Allgemeines individualisirt, stets bestätigt finden und wird um so mehr über diese Kunst unserer grossen Dichter erstaunen müssen, da durch die lyrische Poesie gerade das Allerinnerlichste, was es giebt, nämlich ideale Gemüthszustände und Gemüthsbewegungen, in individuellen Formen soll veranschaulicht werden, denn im Grunde giebt es keinen grösseren Gegensatz als die Tiefe und Innerlichkeit des idealen Gemüthslebens und die objective Anschauung. Giebt es irgend einen grossen lyrischen Dichter, so ist es Göthe, und man kann dreist in seine Gedichte hinein greifen und das erste beste derselben herausnehmen und überzeugt sein, dass man ein Muster dieser Art der Poesie vor sich hat. Ich erlaube mir in dieser Beziehung ein überaus herrliches Gedicht von Göthe zu betrachten, welches die Ueberschrift trägt: das Blümlein Wunderschön — Lied des gefangenen Grafen. Um von der Idee dieses Liedes zu beginnen, so halte ich dafür, dass in ihm die Sehnsucht des Herzens nach einem fernen Geliebten poetisch dargestellt ist. Man denke sich zwei Menschen, die sich so innig lieben, dass sie in einander aufgehen, dass einer in dem anderen seine Ergänzung, seinen

Trost und sein Glück findet; sie werden aber weit von einander getrennt und können sich persönlich nicht erreichen und unmittelbar nicht mit einander verkehren; da erwacht in ihnen die innige Liebessehnsucht, die nur in dem Bewusstsein einen Trost findet, dass die räumliche Trennung die Herzen nicht trennen kann. Man könnte diesen Gemüthszustand recht wohl auch psychologisch behandeln und recht viel Wahres und Gründliches über das Wesen der Freundschaft und der Liebe sagen und daraus in geordneter Folge über die Erscheinungsformen der Liebe im Gemüthe und ihren unschätzbaren Werth sagen und würde in dieser Allgemeinheit der Behandlung und innerlichen Schlussfolge ein prosaisches Werk geliefert haben. Aber wie ganz anders der grosse Dichter. Er veranschaulicht dieses tiefe Gefühl, stellt es in plastischen Formen dar, so dass man es so zu sagen gleichsam vor sich sehen und mit Händen greifen kann. Er führt einen gefangenen Grafen redend ein, der von dem ringsum steilen Schloss, auf dem er gefangen sitzt, seine Augen herumschweifen lässt, um ein Blümlein Wunderschön zu finden, zu welchem er ein herzliches Verlangen trägt. Er möchte es gerne suchen gehn, allein er ist gefangen und von Schmerzen erfüllt, dass er es hier nicht haben kann, während er es in der Nähe hatte, als er noch in der Freiheit ging. Er ruft seinen Schmerz und seine Sehnsucht ins Freie hinaus und verspricht einem Jeden traute Freundschaft, der ihm dieses Blümlein vor Augen bringt. Das hören die Blumen in des Wächters Garten, die schönsten, herrlichsten und geschätztesten von allen Blumen: die Rose, die Lilie, die Nelke und das Veilchen; jede dieser Blumen wird personificirt und redend eingeführt, jede äussert ihr inniges Mitleid mit dem edlen armen Ritter und erbietet sich, ihm zu trösten und Alles zu sein und zu geben, was sie sein und geben kann. Da werden die einzelnen Blumen beiläufig vortrefflich charakterisirt und die geistige Bedeutung, die einer jeden ihrer Natur nach zukommt, aufs Schönste hervorgehoben. Der Purpur der Rose im grünen Ueberkleide, deren Kranz die Schönheit auch des schönsten Gesichts noch erhöht; die zierliche Lilie, dieses schöne Bild von mancher Jungfrau rein und mild, ein Bild von jedem Menschen, dem das Herz rein und treu in der Brust schlägt; dann die Nelke: „Im schönen

Kreis der Blätter Drang, mit Wohlgeruch das Leben lang und
allen tausend Farben"; endlich das verborgene und gebückte
Veilchen mit seinem schönen Dufte, ein Symbol der Bescheidenheit — alle treten nach einander redend auf und suchen
sich dem gefangenen Grafen zu nähern und ihm einen Trost
zu gewähren. Dem Grafen sind sie alle werth und werth
auch das, was sie bedeuten; aber nicht diese Blumen sind
es, die er sucht, und nicht die sonst so trefflichen Eigenschaften, die durch sie symbolisirt sind, sondern ein anderes
Blümlein sucht er, welches ein Ausdruck der Liebessehnsucht
ist und ein Trost für die Liebessehnsucht, wie es in den
beiden letzten Strophen heisst, die den Kern des ganzen
Liedes enthüllen:

> Doch wandelt unten, an dem Bach,
> Das treuste Weib der Erde,
> Und seufzet leise manches Ach,
> Bis ich erlöset werde,
> Wann sie ein blaues Blümchen bricht,
> Und immer sagt: Vergiss mein nicht!
> So fühl' ich's in der Ferne.
>
> Ja, in der Ferne fühlt sich die Macht,
> Wenn Zwei sich redlich lieben;
> Drum bin ich in des Kerkers Nacht,
> Auch noch lebendig geblieben.
> Und wenn mir fast das Herze bricht,
> So ruf' ich nur: Vergiss mein nicht!
> Da komm' ich wieder ins Leben.

So weiss der grosse Dichter gleichsam die ganze Natur
zu Hilfe zu rufen und durch Personen und Personificationen,
durch Fels und Thal, durch Blumenduft und Wiesengrün ein
klares und anmuthiges Bild in unserer Einbildungskraft her-
vorzuzaubern, aber ein äusseres Bild, welches durch und
durch innere Bedeutung hat und das geistigste Gefühl der
Liebesinnigkeit und Liebeskraft veranschaulicht und zwar so
veranschaulicht, dass das Innerste gleichsam blosgelegt und
uns vor Augen gestellt wird. Die wohlgebauten Verse und die
schönen Reime dienen allerdings auch dazu, dem Gesammtbilde
eine höhere Anmuth und sinnlichen Wohlklang zu ertheilen.

So ist aber alle wahre Poesie beschaffen, sie ist die Verleiblichung eines Geistigen, die Veranschaulichung eines Inwendigen, die Individualisirung eines Allgemeinen, die Ver-

sinnlichung einer Idee und zwar im Elemente der Sprache,
während die übrigen Künste ungefähr dieselbe Aufgabe zu
lösen haben, aber in dem Elemente des Tones oder anderer
Materien. Die Prosa dagegen hat es nun und nimmer mit
der Veranschaulichung zu thun, ausser etwa wenn der Lehrer
dem Verständniss der Schüler durch Anführung von einzelnen
Beispielen zu Hilfe kommen will, sondern es kommt ihr allein
darauf an, die inneren logischen und metaphysischen Bänder,
welche die Wirklichkeit durchziehen, herauszuheben. Liegt das
Gebiet des Wirklichen, welches sie betrachtet, in dem äusseren
Raume und sind es also Naturgegenstände und Naturerscheinungen und fallen sie demnach zunächst in die Anschauung des Menschen, so begnügt sich die prosaische Darstellung
derselben keineswegs damit, dass sie diese Naturanschauungen
in Worte fasst, obgleich auch damit schon eine Erhebung
des Einzelnen in das Allgemeine verbunden ist, denn die
Sprache ist stets nur ein Zeichen für das Allgemeine, sondern sie weist den inneren Zusammenhang des Einzelnen
nach; sie betrachtet dasselbe nach Grund und Folge, Ursache
und Wirkung, Mittel und Zweck, nach Gattung und Art
oder nach anderen logischen Kategorien. Eine solche Auf-
weisung der Fäden, welche die einzelnen Erscheinungen eines
Gebiets mit einander verbinden, hat immer einen logischen
Charakter und ist ein Ausfluss des gründlichen Denkens und
einer festen Schlussfolge und wo dieser innere Zusammenhang in einer sprachlichen Darstellung in keiner Weise vorhanden ist, da hat die Darstellung auch nicht die Würde
und das Wesen der Prosa, sondern artet in ein gehaltloses
Geschwätz oder in eine interesselose Salbaderei aus, der
man den würdigen Namen der Prosa nicht wird ertheilen können.

Wir können diese allgemeinen Sätze, die im Verlauf
unserer Abhandlung schon in verschiedentlicher Weise angedeutet worden sind, noch recht deutlich machen, wenn wir
sie auf die Betrachtung einer Art der Prosa anwenden, die
von den prosaischen Darstellungen noch am meisten mit der
Poesie und ins Besondere mit der lyrischen Poesie verwandt
zu sein scheint, — auf die Betrachtung der rhetorischen
Prosa. Der Redner · · mag er mündlich oder schriftlich auftreten — hat die Aufgabe, in seinen Zuhörern oder Lesern
gewisse Gefühle und Ueberzeugungen hervorzubringen oder

zu erneuern, um sie dadurch zu bestimmten Entschlüssen
und Handlungen zu veranlassen. Wenn er nun auch, um
diesen Zweck zu erreichen, durch eine schöne Sprache und
Stimme, Anmuth der Bilder und andere poetische Mittel seine
Sache den Zuhörern von Haus aus empfehlen und, sobald er
selbst von der Wahrheit seiner Sache innig überzeugt ist,
auch durch eine gewisse Innigkeit der Darstellung die Gefühle der Zuhörer gleichsam sympathetisch stimmen kann, so
besteht das Hauptmittel, um durch die Rede die Zuhörer
oder Leser zu gewinnen, doch immer darin, dass er durch
eine angemessene Schlussfolge die Erkenntniss anregt und
sicher begründete Ueberzeugungen hervorruft. Er wird nicht
auf die letzten Principien des Denkens und Seins zurück-
greifen, wie das der Philosoph thut, sondern die Ueberzeugungen des Kreises, zu dem er redet, als gegeben voraussetzen und von da aus die Gefühle und Ueberzeugungen
hervorzubringen suchen, die er für seinen Zweck braucht.
Dieses kann er aber nur durch eine gründliche Argumentation bewirken. Die Thatsachen werden sicher und klar
hingestellt, aus ihnen durch eine gründliche Logik Folgerungen gemacht und so durch eine logisch zusammenhängende
und klare Entwicklung der Sache der Zuhörer dahin gebracht,
dass er sich sagt: so ist es und so muss es sein; das ist
Wahrheit, dafür musst du auch sprechen und handeln. Ohne
diesen inneren logischen Zusammenhang und ohne die geordnete Ableitung und Entwicklung der Gedanken und ohne
eine klare Eintheilung und Ordnung ist eine Rede keine
Rede; in dieser inneren Ordnung und Entwicklung liegt ihr
Wesen, ihr Werth und ihre Wahrheit und was sie sonst
noch an poetischen Elementen enthält, das kann nur in dem
Falle, dass diese Gründlichkeit der Gedanken vorhanden ist,
als ein Schmuck und äusserliches Hilfsmittel berechtigt und
gestattet sein. Aber eben weil dieses denkende Element und
die logische Ordnung und Entwicklung die Hauptsache in
jeder Rede ist und die Argumentation, mag sie nun mehr
anschaulich oder mehr abstract sein je nach dem Zuhörer-
kreise, das eigentliche Lebenselement der Rede ist, so gehört
auch die Rede zur prosaischen Darstellung, wenn sie auch
durch die poetischen Elemente, die sie gern in sich aufnimmt,
sich dem Schwung und der Kraft der Poesie vielfach nähert.

Wir haben vor Kurzem von den grossen Wirkungen gesprochen,
die Ernst Moritz Arndt durch seine Schriften, namentlich durch seinen „Geist der Zeit" hervorbrachte. Diese Schrift
ist aber wesentlich rhetorische Prosa. Und wenn denn nun
allerdings diese Schrift ein feuriges Gefühl durchdringt, wie
es in Arndt selbst lebte, so ist doch die innere Argumentation die Hauptsache und ohne sie würde auch dieses Gefühl
zu nichts nütze sein. Er geht aber in dieser Argumentation
wesentlich historisch zu Werke und zeigt, was die Deutschen
ehemals waren, was sie gegenwärtig sind, wie sie von der
Höhe ihrer politischen Freiheit und ihrer sittlichen Freiheit herabgesunken sind und wie dringend nöthig es ist, dass
sie sich aus diesem elenden Zustande erheben, wenn sie nicht
zu Grunde gehen, sondern ihre Bestimmung erreichen sollen.
Alles das wird anschaulich, klar, gründlich, zusammenhängend
auseinandergesetzt und dadurch haben diese Schriften so gewirkt, der blosse Zorn hätte es nicht gethan; jene logischen
Eigenschaften machen sie zur Prosa.

Die bisherigen Bemerkungen haben, wie ich denke, den
wesentlichen Unterschied zwischen Poesie und Prosa deutlich
hervorgehoben und begründet. Zum Schlusse möge daher nur
noch darauf hingewiesen werden, dass diese wunderbaren
und hochwichtigen Unterschiede in der sprachlichen Darstellung in dem Wesen und der Natur des Menschen selbst
liegen und daher überall zum Vorschein kommen, was der
Mensch auch thun und treiben möge, wenn auch in den
allerverschiedensten Formen. Betrachten wir den Menschen
in seiner Totalität, so werden wir finden, dass in jedem
Menschen ein polarer Gegensatz des Einzelnen und des Allgemeinen vorhanden ist, ein Gegensatz, der doch auch eine
Harmonie bildet oder doch zu einer schönen Harmonie erhoben werden kann, wenn es der Mensch nicht an sich
fehlen lässt. Denn jeder Mensch ist zunächst ein Einzelwesen, ein Individuum, welches sich von allen anderen Wesen
aufs Bestimmteste unterscheidet, sich mit keinem Anderen
vermischt und in keinem Anderen sich auflöst, sondern alles
Andere von sich ausschliesst und im strengsten Sinne des
Worts für sich existirt. Das ist der individuelle Factor
des Menschen — die Persönlichkeit; aber auf der anderen
Seite ist er doch auch Mensch im Allgemeinen, trägt

die allgemein menschliche Natur in sich — den Geist, die
Vernunft, die Freiheit oder wie man es sonst bezeichnen
mag, und kann in Folge dieses allgemeinen Wesens sich mit
allen anderen Menschen zusammen schliessen, in ihnen sich
wiederfinden und mit Gott selbst in Gemeinschaft treten.
Dieses im Menschen thätige Allgemeine ist der Geist, der
individuelle Factor in ihm ist aber seine Naturseite, die
übrigens nicht blos sinnlich hervorzutreten braucht. Diese
beiden Factoren machen den Menschen zum Menschen. Beide
können und sollen mit einander in Harmonie stehen, so nämlich, dass die allgemeine Vernunft sich im Menschen einen
individuellen Ausdruck giebt und so den Menschen zu einem
Charakter verklärt, und dass der Mensch umgekehrt einen
Sinn für das Allgemeine und ein Wissen des Allgemeinen
in sich zum Bewusstsein bringt und dadurch das erreicht,
was wir Bildung nennen. Der Charakter besteht darin, dass
das menschliche Individuum sich frei aus sich selbst bestimmt
und doch auch so bestimmt, dass es sich willig den allgemeinen Gesetzen unterwirft, die den Menschen von höherer
Hand gegeben sind; die Bildung aber in dem entwickelten
Sinne für das Allgemeine und in der Fähigkeit, in allen
Dingen das Wesentliche herauszufinden und es nach allen
seinen Bestimmungen und Eigenschaften durchzuführen und
zu entwickeln. Die Bildung giebt dem Menschen die allgemeinen Ideen und Gesetze, nach denen sich das Individuum
zu richten hat, um seine Bestimmung zu erreichen, der
Charakter aber ist es, der diese Ideen und Gesetze mit Consequenz, Festigkeit und Energie in die natürliche, individuelle
Existenz einführt. Aber dieser Gegensatz und die Harmonie
des Allgemeinen und Einzelnen treten im Menschen nicht blos
in dem Unterschied und in der Einheit der Bildung und des
Charakters hervor, sondern sie zeigen sich auf jeder einzelnen
Seite wieder in den verschiedensten Formen. So rechnen wir
z. B. die Erkenntniss ohne Zweifel zu der allgemeinen Seite
des Menschen, aber auch die Erkenntniss hat wieder ihre
individuelle Seite und ihre ideelle, in jener Form heisst sie:
die Anschauung und das Gefühl, in dieser: Verstand und
Vernunft, und dieser Gegensatz in unserer erkennenden Thätigkeit ist auch für den Gegenstand, den wir heute betrachtet
haben, von hoher Bedeutung, indem wir die poetischen

Werke vorzugsweise mit der Anschauung und dem Gefühl,
aber die philosophischen und die prosaischen Werke überhaupt vorzugsweise mit dem Verstand und mit dem Gedächtniss aufnehmen. Ferner findet eine gründliche Psychologie
in der menschlichen Seele einen Gegensatz zwischen Vernunft und Phantasie, der auch mit unserer heutigen Betrachtung in der engsten Verbindung steht, indem die productive
Vernunft die Schöpferin aller Wissenschaft und aller echten
Prosa ist, die productive Phantasie aber die Schöpferin aller
Poesie und aller Kunst überhaupt.

Diese Betrachtung des Unterschiedes zwischen dem Einzelnen und dem Allgemeinen und der Harmonie beider im
Menschen ist unerschöpflich reich und ich muss mich
daher nur auf diese sehr vereinzelten Andeutungen beschränken.
Aber auf Eins muss ich doch noch aufmerksam machen, weil
wir dadurch noch einmal auf den Unterschied der Prosa und
der Poesie von einer neuen und bedeutungsvollen Seite zurückkommen. Giebt es irgend eine grossartige und wunderbare
Offenbarung des menschlichen Geistes und Wesens, so ist es
die Sprache. Alles, was wir sinnen und denken, empfinden
und wollen, unser ganzes inneres Sein und Leben giebt sich
kund und verleiblicht sich gleichsam in der Sprache. „Die
Sprache ist, wie einer der grössten Sprachforscher der neueren
Zeit — nämlich Wilhelm von Humboldt — sagt, gleichsam
die äusserliche Erscheinung des Geistes der Völker; ihre
Sprache ist ihr Geist und ihr Geist ist ihre Sprache; man
kann sie beide nicht identisch genug denken.“ Aber eben
darum, weil die Sprache eine so vollkommene Offenbarung
des menschlichen Geistes ist, eben deshalb treten nun auch
in der Sprache die Unterschiede des menschlichen Geistes
und ihre Einheit so überaus deutlich hervor. Schon jedes
einzelne Wort ist ein Product aus zweien entgegengesetzten
Factoren, die sich aber so innig mit einander vermählt und
verbunden haben, dass sie wie Seele und Leib zu einem
Organismus zusammenwachsen. Denn jedes Wort hat einen
bestimmten Begriff oder Gedanken, der gleichsam seine Seele
ist, und es verleiblicht diesen Begriff durch einen bestimmten
Laut, wenn es gesprochen, oder durch ein bestimmtes Zeichen,
wenn das Wort geschrieben wird; der Begriff ist das Allgemeine und der Laut das Individuelle, der Begriff das

Geistige, der Laut das Natürliche. Das Denken ist allen
Menschen gemein, aber die Laute und Lautverbindungen, in
denen das Denken erscheint, sind das Individuelle, welches
die Sprache eines Volkes von der jedes anderen Volkes
unterscheidet. Der Laut und das ganze Lautsystem einer
bestimmten Sprache hängt mit der physischen Abstammung
des Volkes, seiner Natur und seiner ganzen individuellen
Eigenthümlichkeit aufs Innigste zusammen, so wie umgekehrt
jeder einzelne Mensch, der in einem bestimmten Volke geboren ist, seine Sprache lernt und in dieser Sprache seine
Gedanken und Empfindungen fortwährend ausspricht, auch
in die ganze Eigenthümlichkeit des Volks, welches diese
Sprache spricht, und sein Naturdasein hineingezogen wird
und mit ihr sich identifizirt. Ich erlaube mir, mich auch in
dieser Beziehung wieder auf W. v. Humboldt zu berufen.
Derselbe sagt: „Träte nicht die Sprache durch ihren Ursprung
aus der Tiefe des menschlichen Wesens auch mit der physischen Abstammung in wahre und eigentliche Verbindung, warum würde sonst für die Gebildeten und die Ungebildeten die vaterländische Sprache eine so viel grössere
Stärke und Innigkeit besitzen, als eine fremde, dass sie das
Ohr, nach langer Entbehrung, mit einer Art plötzlichen
Zaubers begrüsst und in der Ferne Sehnsucht erweckt. Es
beruht dies sichtbar nicht auf dem Geistigen in derselben,
dem ausgedrückten Gedanken oder Gefühle, sondern gerade
auf dem Unerklärlichsten und Individuellsten, auf ihrem
Laute; es ist uns, als wenn wir mit dem heimischen einen
Theil unseres Selbst vernähmen." So hat denn auch jede
Sprache zwei Factoren in sich, den allgemein menschlichen des Begriffs und Gedankens und den individuellen der bestimmten Volksnatur, der diese Sprache
angehört. Jener Factor ist gleichsam der prosaische und
dieser der poetische und weil die Sprache die Prosa und
die Poesie von Haus aus in sich enthält, so ist sie darum
auch so vorzüglich geeignet gewesen und ist es noch, in
ihrem Elemente zwei so entgegengesetzte Darstellungen hervortreten zu lassen. — Mit diesen wenigen aphoristischen
Bemerkungen sollte aber nur angedeutet werden, dass die
Kategorieen, aus welchen wir den Unterschied der Poesie und
der Prosa begreiflich zu machen versucht haben, auf einen

tieferen Hintergrund hinweisen und alles durchdringen, was
vom Menschen ausgeht und auf den Menschen sich bezieht;
und dass wir es also heute in der besonderen Betrachtung
der Poesie und der Prosa und ihres Verhältnisses mit der
Betrachtung eines allgemeinen Räthsels des menschlichen
Wesens zu thun gehabt haben, eines Räthsels, welches immerfort gelöst wird und doch auch immerfort ein Räthsel bleibt,
das jeder Mensch in seiner Art zu lösen hat, nämlich des
Räthsels, dass ich ein endliches Individuum bin und doch der
adäquate Träger des Ewigen, Uuendlichen und Allgemeinen
sein soll und dass in mir wohnt ein Geist von Gottes Geist,
der doch die ganze Misere der Endlichkeit, der Zeitlichkeit,
des Schmerzes und des Druckes durchlaufen und durchkämpfen
muss, um seinen ewigen Ursprung wiederzufinden.

XII.

Von der Entwicklung des Menschen zur Willensfreiheit. *)

Es ist ein altes Wort, dass der Mensch von den Thieren sich durch das Denken unterscheide, dass also mit dem Denken die Sphäre des eigentlich und wahrhaft Menschlichen beginne oder dass der Mensch erst durch das Denken zum Menschen werde.

Es hat selbst grosse Philosophen gegeben, wie den jetzt nur zu sehr vergessenen und vernachlässigten Hegel, die diesen Satz, dass der Mensch erst durch das Denken zum Menschen werde, an die Spitze ihres Systems gestellt und von diesem Princip aus das ganze sittliche und sinnliche Universum zu begreifen versucht haben. Und in der That kann man von der Kraft und dem Werthe des Denkens nicht gross genug denken. Denn allein durch das Denken erhebt sich der Mensch über das Einzelne, welches wir mit unseren leiblichen Sinnen wahrnehmen, in ein Gebiet des Allgemeinen und Wesentlichen, in welches kein Thier Zutritt hat. Durch das Denken vergleicht man das Einzelne und findet in dem Einzelnen das Allgemeine, welches das Einzelne allgegenwärtig durchdringt. Durch das Denken findet der Mensch in jedem besonderen Kreise der Naturerscheinungen die Gesetze, nach denen diese Erscheinungen sich durchweg richten, durch das Denken findet der Mensch in seiner eigenen Sphäre die letzten Zwecke, auf deren Realisirung alle seine Handlungen hinzielen sollen, durch das Denken erkennt der Mensch jene ewigen Wesenheiten, die als das Göttliche allem

*) Im Sommer 1867 als Einladungsprogramm zur Feier des 50jährigen Jubiläums des Bromberger Gymnasiums erschienen.

natürlichen und geistigen Dasein zu Grunde liegen, die
Ideen des Wahren, des Guten und des Schönen; durch das
Denken endlich fühlt sich der Mensch gedrängt und getrieben,
auch im Reiche der Ideen von Stufe zu Stufe emporzusteigen
und zuletzt die Voraussetzung eines absolut Allgemeinen und
Ewigen zu machen, welches der Ursprung, die beseelende
Mitte und der Endzweck aller Dinge ist, und dieses Wesen
aller Wesen als seinen Gott zu verehren.

Aber trotz dieser universellen Bedeutung, die der Mensch
dem Denken beizulegen hat, wenn er nicht eine der höchsten
und unerschöpflichsten, von der Gottheit ihm verliehenen
Kräfte missachten und verkennen will, trotzdem würde doch
der Mensch in eine grosse Einseitigkeit verfallen, wenn er
das Denken so zu sagen für Alles in Allem halten und nichts
ihm Gleichberechtigtes in sich finden und anerkennen wollte.
Vielmehr weist das Denken selbst, gleichsam als der eine
Pol unseres übersinnlichen Seins und geistigen Selbsts, auf
das Wollen als den anderen Pol hin, und wie die beiden
Pole eines Magneten nicht ohne einander bestehen können,
sondern erst in einander und durcheinander das Wesen des
Magneten constituiren, so können im Menschen das Denken
und das Wollen nicht ohne einander bestehen, sondern sie
sind nur in einander und durcheinander, und indem sie sich
gegenseitig durchdringen, ergänzen und vermitteln, entsteht
in uns das Herrliche, das wir Geist nennen und durch das
wir uns als ein Ich, als ein übersinnliches, selbstbewusstes
Selbst über die an uns haftende Sinnlichkeit unseres Leibes
erheben und uns als etwas Ewiges, Unendliches und Unsterbliches innerlich fühlen und nach Aussen geltend machen.
Wer nur einigermassen gelernt hat, in das innere Getriebe
seines geistigen Lebens hineinzuschauen und das Sein und
Thun seines Ichs zu betrachten — und das muss man von
jedem gebildeten Menschen voraussetzen —, der wird auch
finden, dass das Denken und das Wollen unzertrennlich mit
einander verbunden sind und ohne einander nicht existiren
und nicht gedacht werden können. Es giebt keinen Act des
Denkens, der nicht zugleich einen Willensact in sich ent-
hielte, aber ebensowenig einen Willensact, der nicht zugleich
einen Denkact in sich fasste. Man mag über eine Sache
nachdenken, über welche man will, wie ich z. B. jetzt über

die Willensfreiheit zu denken anfange, so wird man auch
nicht einen einzigen Moment über dieselbe nachdenken können,
ohne zugleich fort und fort denken zu wollen. Schwände
dieser mein Wille, über irgend eine Sache z. B. über die
Willensfreiheit nachzudenken, auch nur einen Moment, so
würde mit diesem Momente auch das Denken selbst aufhören
oder doch wenigstens zu einer wesenlosen Phantasterei und
Träumerei herabsinken. Und je entschiedener, je energischer
und consequenter dieser mein Wille ist, über einen bestimmten
Gegenstand nachzudenken, desto lebendiger und sicherer geht
auch das Denken vor sich, und desto fruchtbarer und gedeihlicher sind seine Resultate — zum Zeichen, dass beim Denken
das Wollen nicht blos im Allgemeinen vorausgesetzt wird,
sondern dass auch die Intensivität und die Energie des Denkens
von der Intensivität und der Energie des Wollens abhängt.
Man hat für dieses in jedem unserer Denkprocesse allgegenwärtige und allwirksame Wollen einen eigenthümlichen Namen, nämlich den Namen der Aufmerksamkeit, und sofern sich die Aufmerksamkeit auf eine Sache unter allen Umständen fortsetzt und erhält und kein Opfer scheut, um sich
zu bethätigen, den Namen des Fleisses, denn der Fleiss
ist die durch zweckmässiges Handeln sich bethätigende Aufmerksamkeit auf eine Sache. Aufmerksamkeit und Fleiss sind
Acte des Wollens, aber Jedermann, der mit dem menschlichen Thun und Treiben gründlich bekannt ist, weiss auch,
was für unaussprechlich wichtige Kräfte Aufmerksamkeit und
Fleiss gerade dann sind, wenn durch das Denken bedeutende
Resultate der Bildung und der Erkenntniss hervorgebracht
werden sollen. Wir Lehrer wissen es am besten, welche unendlich grosse Bedeutung der Wille hat, wenn in jungen Leuten
Bildung, Kunst und Wissenschaft, die doch zunächst als
Resultate des Denkens zu betrachten sind, sollen ins Dasein
gerufen werden. Nicht diejenigen Schüler sind die hoffnungs-
vollsten, die allerlei glückliche Einfälle haben und sich rasch
in Alles finden können, was ihnen gesagt und vorgestellt
wird, während sie sich schnell von einem Gegenstande zu
einem anderen abwenden und ohne Ausdauer hin und her
flattern und von diesem und jenem gleichsam nur naschen;
sondern diejenigen sind es, die einen guten und starken
Willen haben und in Folge eines solchen Willens ihre ganze,

ungetheilte Aufmerksamkeit auf den Gegenstand ihres Denkens
hinrichten und mit Ausdauer in dieser festen Richtung verharren können. Ein Knabe oder Jüngling, der sich nicht
mit voller Seele bestimmen und entschliessen kann, sein
ganzes Denken auf einen Zweck hinzurichten und dieses ausdauernd fortzusetzen und nicht davon abzulassen, der wird
es niemals zu etwas Bedeutendem bringen, mag er noch so
viele Anlagen und Fähigkeiten besitzen; aber die Selbstbestimmung und feste Entschliessung der Seele für eine Sache
und die Kraft, diesen Zweck mit Ausdauer festzuhalten, das
ist der Wille im Menschen. Und nicht anders verhält es
sich bei Erwachsenen. Nicht ein solcher Mensch, der allerlei
gute Einfälle hat, der über Alles urtheilt und rasch urtheilt,
bringt es in sich und in seinem Wirkungskreise zu etwas
Bedeutendem, sondern erst derjenige, der das, was er als das
Rechte erkannt hat, sicher festhält, ausdauernd verfolgt und
sich auch unter allen Hindernissen, es komme, was da wolle,
auf das Eine, das er als das Wahre gefunden hat, hinrichtet
und von der Verfolgung desselben nicht ablässt. Diese feste,
sichere Richtung auf eine bestimmte Sache hin und die Verfolgung eines und desselben Zwecks ist aber eine Aeusserung des Wollens und nicht des Denkens. So ist's in der
That mit allem Denken, Vorstellen und Reflectiren nichts,
wenn nicht das Wollen hinzutritt und das Denken stützt,
hält, trägt und durchführt. Das Product des Denkens kommt
nicht zu Stande, wenn es nicht das Wollen zu seinem lebendigen Factor hat.

Aber auch das Wollen ist nichts ohne das Denken und
gewinnt erst durch das Denken Inhalt und Substanz. Auch
dieses lässt sich ebenso sehr an jedem einzelnen Willensacte,
als auch aus der Natur des Willens überhaupt nachweisen.
Ich kann nicht wollen, ohne Etwas zu wollen, und dieses
Etwas, das ich will, ist ein Product des Denkens, denn von
dem, was ich will, muss ich eine Anschauung oder eine Vorstellung oder eine Idee oder eine Erfahrung haben, sonst
zerfliesst das Wollen in Nichts; aber Anschauungen, Vorstellungen, Erfahrungen und Ideen sind Producte des Denkens
und Acte des Denkens. Ich will z. B. jetzt eine Abhandlung
über die Willensfreiheit schreiben; dieser Wille ist nichts,
wenn ich nicht weiss, was unter Willensfreiheit zu ver-

stehen ist; das Wissen aber von einem Gegenstande ist stets ein Product oder ein Act des Denkens. Ich muss stets wissen, was ich will, sonst löst sich mein Wollen in ein leeres Nichts auf. Und auch der Grad des Wollens, d. h. die Willensenergie ist abhängig von dem Grade, d. h. von der Sicherheit und Gründlichkeit des Wissens. Je klarer, je tiefer, je entwickelter mein Wissen von dem Gegenstande ist, den ich will, desto fester, desto consequenter, desto unfehlbarer ist auch mein Wollen. Das gilt nicht blos von jedem einzelnen Willensacte, sondern auch von dem Wollen, welches sich auf das ganze Leben bezieht, von dem gesammten Lebenszwecke. Je gründlicher und genauer ich weiss, was das ganze Leben ist und was es soll, desto fester, desto consequenter und desto energischer sind auch die Willensacte und Handlungen, durch die ich meinen absoluten Lebenszweck realisire. Man kann daher einem sich entwickelnden Menschen keinen grösseren Dienst erweisen, als ihn in irgend etwas Gutes und Wahres, etwa in irgend eine Wissenschaft, so tief einzuweihen, dass er sie gründlich versteht und sie sich ganz und gar zu seinem Eigenthum macht; denn damit hat man auch seinem Willen aufgeholfen und eine Stütze gegeben, denn er hat damit ein gutes und sicheres Ziel für sein Wollen und Streben gewonnen und findet sich getrieben, dasjenige, welches er als ein Wahres erkannt hat, in seinen Willen aufzunehmen und es mit freier Selbstbestimmung zu realisiren. Und wenn oben die Bemerkung gemacht wurde, dass bei der Bildung der Jugend der Wille der Zöglinge eine Hauptbedingung des Gelingens ist, so muss hier hinzugefügt werden, dass umgekehrt auch eine gründliche Bildung des Denkens und der Erkenntniss dem Willen sichere und würdige Ziele ertheilt und ihm hierdurch Kraft und Energie verschafft.

Aus dem bisher Gesagten geht deutlich hervor, dass das Denken und das Wollen im Menschen in lebendiger Wechselwirkung mit einander stehen, dass sie sich gegenseitig bedingen und ergänzen, sich gegenseitig stärken und schwächen, ja dass sie in einander sind und ohne einander gar nicht gedacht werden können.

Aber gleichwie die Pole eines Magneten, so untrennbar beide sind, doch auch ebenso sehr einen Gegensatz bilden,

so sind auch das Denken und das Wollen wesentlich von
einander unterschieden, und jedes von beiden vertritt in den
geistigen Producten, die sie mit einander hervorbringen, einen
ganz bestimmten Factor, der sich von dem anderen Factor
aufs Schärfste unterscheidet. Während nämlich das Denken
die Thätigkeit unserer Seele ist, die das äusserlich Gegebene
zu einem innerlichen Eigenthum macht, so ist der Wille
gerade umgekehrt diejenige Thätigkeit der Seele, durch
welche ein innerlich Gegebenes in das äusserliche Dasein über-
gesetzt werden soll. Während durch das Denken in den Erscheinungen das Wesen soll gefunden und bestimmt werden,
hat der Wille gerade umgekehrt die Aufgabe, ein Wesentliches oder wenigstens für wesentlich Gehaltenes zur äusseren
Erscheinung zu bringen. Während das Denken der Process
der menschlichen Seele ist, mittelst dessen in dem Einzelnen
das Allgemeine erfasst wird, so ist der Wille gerade umgekehrt der Process, durch welchen ein Allgemeines individualisirt werden soll. Der Wille besteht in einem Wirken von
Innen heraus ins Aeussere. Im Willen geht das Ich von sich
aus und bestimmt sich durch sich selbst zur Wirksamkeit
nach Aussen. Der Geist als Wille findet den Grund seiner
Thätigkeit nur in sich selbst; er schöpft gleichsam aus seiner
eigenen Quelle, er erfüllt sich aus sich, er ist von nichts
Anderem abhängig, als von sich selbst. Man erklärt daher
den Willen mit Recht als die individuelle Selbstbestimmung oder als die Kraft der Seele, sich durch nichts ausser
sich bestimmen zu lassen, sondern die alleinige Bestimmung
zu ihrer Thätigkeit in sich selbst zu tragen. Alle anderen
Dinge dieser Welt werden von einer ausser ihnen stehenden
Nothwendigkeit bestimmt, die sie nicht in ihrer Gewalt haben;
aber der Mensch als wollendes Wesen bestimmt sich selbst;
seine Bestrebungen und seine Handlungen entspringen aus
ihm selbst und stehen in seiner Gewalt, er ist ihr einziger
Grund, aus dem sie in die Existenz eintreten und Inhalt und
Form gewinnen. Je unbedingter die Selbstbestimmung ist,
aus welcher heraus der Mensch handelt, desto unbedingter
ist er denn auch ein wollendes Wesen; je bedingter aber die
Selbstbestimmung ist, in Folge deren ein Mensch sich bethätigt, desto weniger hat er auch einen Willen, und handelt
ein Mensch, ohne dasjenige zu wollen, was er thut, so ist er

es nicht selbst, der handelt, sondern es wird ihm durch eine fremde Macht aufgenöthigt. Das Handeln selbst ist in einer Beziehung allerdings noch von dem Wollen unterschieden, denn in dem eigentlichen Handeln tritt der Mensch aus sich heraus in die objective Welt, in der er Veränderungen hervorbringen will, und er tritt daher in Beziehung zu anderen Menschen oder auch zu Naturwesen und er erfährt daher von diesen Gegenwirkungen, die ihn seinen Willen, wie er ursprünglich in seiner Seele lag, nicht immer realisiren, oder doch nicht in der Weise realisiren lassen, wie er es sich dachte und vornahm. Es hängt sich an meine Handlung, wenn sie in das objective Dasein eintritt, Manches an, was ich nicht gewollt habe; diese fremdartigen Bestandtheile, die sich angesetzt haben, gehören aber nicht zu meiner Handlung; meine Handlung ist nur dasjenige daran, was ich gewollt und erstrebt habe. Der Mensch geht in seinem Handeln genau nur so weit, so weit sein Wille geht; meine Handlung ist nur insofern ein Ausfluss meiner selbst und ein Werk meiner Selbstbestimmung, sofern ich sie gewollt habe; auch bin ich nur insoweit und insofern für eine meiner Handlungen verantwortlich, insofern und insoweit ich sie gewollt habe. Durch den Willen allein macht sich der Mensch zu dem, was er als dieses Individuum geistig wirklich ist, durch den Willen ist er geistig seine eigene That; durch den Willen ist er gross oder klein, böse oder gut, frei oder unfrei; in dem Willen liegt für den einzelnen Menschen Segen oder Fluch, das Himmelreich oder die Hölle. Der ganze Gehalt und die ganze Kraft des geistigen Lebens, welches ein menschliches Individuum führt, wird bestimmt durch einen guten und festen Willen, und daher lohnt es sich auch für den Lehrer und Erzieher, über die Mittel und Wege zu sprechen, durch welche ein Mensch zu dem höchsten Gute, das uns zu Theil werden kann, nämlich zur Willensfreiheit empordringt. Doch von diesem letzten Ziele alles Wollens und Handelns kann erst später gesprochen werden; jetzt haben wir das Wesen des Willens noch näher zu bestimmen.

Jeder, der irgend einen Willensact seiner Seele betrachtet, wird finden, dass man an demselben den Inhalt und die Form zu unterscheiden hat. Der Inhalt des Wollens ist dasjenige, was gewollt wird, und hängt, wie bereits oben bemerkt worden

ist, mit dem Denken aufs Innigste zusammen; die Form aber
des Wollens ist die Thätigkeit des Ichs, sich aus sich heraus
zu bestimmen und zu entschliessen. Diese Möglichkeit der
menschlichen Seele, ohne äussere Nöthigung sich aus sich
selbst zu jedwedem Inhalt zu entschliessen, jeden ergriffenen
Inhalt aber auch ebensogut wieder fahren zu lassen und sich
zum Urheber alles dessen zu machen, was man denkt und
thut, diese Möglichkeit bezeichnen wir bekanntlich mit dem
Namen der Wahlfreiheit oder der Willkür. Die Wahlfreiheit
ist ein höchst schätzbares Gut des Menschen, durch das er sich
aufs Wesentlichste von den Thieren und überhaupt von allen
Wesen unterscheidet, die keinen Geist haben. Alle anderen
Dinge müssen, der Mensch aber ist das Wesen, welches
will und sich in Folge dieses Willens zu dem macht, was
er ist oder sein soll. In Folge dieser Wahlfreiheit kann der
Mensch Alles aus sich machen und ist gewissermassen sein
eigener Schöpfer zu nennen, wenn er auch anerkennen muss,
dass er auch dieses unendliche Glück, sich durch sich zu
bestimmen und seine Gestaltung und Entwickelung durch
sich zu bewirken, einer höheren Macht zu verdanken hat.
Aber besitzt denn der Mensch wirklich die Wahlfreiheit, die
der Anfang alles Wollens ist, oder ist es nicht vielleicht eine
Täuschung, wenn er meint, dass all sein Wollen und Handeln von ihm selbst bewirkt wird? Auf diese Frage kann
man nur antworten: Blicke in dich, d. h. in dein innerstes
Seelenleben und blicke um dich, auf die Handlungen der
Menschen und auf die menschlichen Verbindungen und siehe
zu, was denn überall als das schlechterdings Gewisse und
Unbezweifelte gilt, und du wirst finden, dass die Existenz
der Wahlfreiheit zu dem schlechterdings Gewissen gerechnet
wird und gerechnet werden muss. Blicken wir zuerst in uns
und beobachten die Thätigkeiten unserer eigenen Seele, so
finden wir, dass sie Acte unserer freien Wahl sind und nur
so lange bestehen, so lange wir es eben wollen. Ich rufe in
diesem Augenblicke in meiner Seele psychologische Betrachtungen über die Willensfreiheit hervor und halte sie so lange
fest, bis ich den Punkt, den ich mir ausersehe, erreicht habe.
Niemand hat mir diese Thätigkeit aufgedrungen, ich selbst
habe mich frei aus mir selbst heraus dazu entschlossen; der
Entschluss ist mein Werk, die Thätigkeit selbst ist mein

Werk. Ich hätte mich ebensogut zu einer anderen Thätigkeit entschliessen können oder zu gar keiner, und ebenso ist der Abschluss dieser Thätigkeit das Werk meiner freien Wahl; ich kann meine Seele, sofern es mir beliebt, ebenso wieder aus diesem psychologischen Inhalte herausnehmen und ihr ein anderes Ziel setzen und sie zu einer anderen Thätigkeit verwenden. So hat auch jede andere theoretische Thätigkeit ihre Quelle in meiner Wahlfreiheit; ich bin es, der sie anfängt, ich bin es, der sie fortsetzt, ich bin es, der sie abschliesst. Ebenso ist jede praktische Thätigkeit ein Act meiner Wahlfreiheit. Ich kann dieses oder jenes thun, wann, wo und wie ich will, ich kann auch nichts Anstrengendes thun, sondern mich in den Zustand der Abspannung versetzen, den man als Erholung bezeichnet, ich kann auch nichts thun, sondern mich nur so als natürliches Wesen gehen lassen; das Eine und das Andere ist durch mich selbst gesetzt und ein Werk meiner freien Wahl. Und wenn mich auch mein Beruf täglich veranlasst und mich auffordert, mich einer be-stimmten praktischen Thätigkeit hinzugeben, so brauche ich doch dieser Forderung durchaus nicht Genüge zu leisten, sondern kann nach meinem Belieben etwas ganz Anderes thun, als was der Beruf verlangt. Und zuletzt ist auch die Wahl meines Berufs das Werk meiner Wahlfreiheit gewesen; ich hätte mir ebensogut einen ganz anderen Beruf zum Felde meiner praktischen Thätigkeit wählen können, wenn ich da-mals gewollt hätte, und könnte es auch heute noch, wenn ich's wollte; und möchte ich auch damit eine grosse Thorheit begehen, dass ich meinen Beruf, den ich verstehe und mir zur Gewohnheit gemacht habe, jetzt noch mit einem anderen vertauschen wollte, den ich nicht verstehe, so liegt doch auch diese Möglichkeit in meiner Wahlfreiheit; denn auch zu etwas Thörichtem kann ich mich entschliessen, und die meisten Menschen thun es täglich. Ja noch mehr! Der Mensch kann sich auch zu dem entschliessen und bestimmen, was dem ab-soluten Zwecke seines Daseins geradezu entgegengesetzt ist, er kann sich zu dem Bösen bestimmen; der Mensch kann hassen, lügen, betrügen, heucheln, schmeicheln, verleumden — kurz alle Nichtswürdigkeiten begehen, und dieses Alles wird ihm nicht durch eine äusserliche Nothwendigkeit aufge-zwungen, sondern es kommt rein aus ihm selbst; er hat es

gewählt und gethan, kein anderer. Die Wahl des Bösen ist
ein Missbrauch der Wahlfreiheit, aber eben darum ein um
so entschiedener Beweis von der Unbedingtheit der Wahlfreiheit; das Thier thut nichts Böses, weil es keine Wahlfreiheit hat, sondern an eine, es durch und durch beherrschende
Nothwendigkeit gebunden ist. Aber der Mensch kann in Folge
seiner Wahlfreiheit auch das Böse wieder aus sich hinaus-
werfen und sich bekehren. Die Reue ist das Feuer, durch
welches die Schlacken des Bösen in meiner Seele ausgebrannt
werden, und wenn irgend etwas die Unbedingtheit der Wahlfreiheit beweist, so ist es die Reue; wer irgend einmal etwas
bereut hat, der hat auch die Voraussetzung von der absoluten
Wahlfreiheit als ein Princip des menschlichen Wesens anerkannt.
Denn wie könnte ich etwas bereuen, d. h. von ganzer Seele verlangen, dass es ungeschehen geblieben wäre, wenn ich nicht von
der absoluten Voraussetzung ausginge, dass ich das Böse ebensogut, wie ich's gethan habe, auch hätte unterlassen können?

Ohne diese absolute Voraussetzung, dass jedem Menschen
die freie Wahl zwischen dem Guten und dem Bösen bleibt,
würde der Unterschied zwischen dem Guten und Bösen ganz
wegfallen; es würde nichts geben, was man in Wahrheit böse
nennen könnte, aber auch nichts Gutes, gleich wie für die
Thiere der Unterschied des Guten und des Bösen in Nichts
zusammenfällt. Denn wie sollte irgend eine Bestrebung oder
Handlung des Menschen als böse bezeichnet und ihm zum
Tadel gemacht werden können, wenn er doch keine freie
Wahl gehabt hätte, sondern von einer blinden Nothwendigkeit, der er sich nicht entziehen konnte, gedrängt worden
wäre? Auch die Strafe hätte keinen Sinn, wenn die Wahlfreiheit nicht existirte. Ich kann vernünftiger Weise einen
Anderen nur in dem Falle strafen, wenn er etwas begangen
hat, was er nicht hätte begehen sollen, und setze also dabei
voraus, dass er die Fähigkeit hatte, das nicht zu thun, was
er gethan hat, und etwas Anderes zu thun. Strafe und Lohn,
Lob und Tadel, Anerkennung und Verwerfung stützen sich
auf die Wahlfreiheit und gehen davon aus, dass der Mensch,
den ich lobe oder tadle, auch anders hätte handeln können,
als er gehandelt hat, nämlich schlechter, wenn ich ihn lobe,
oder besser, wenn ich ihn tadle. Ja alle menschlichen und
göttlichen Gesetze, die den Menschen gegeben werden, haben

die Wahlfreiheit zur Grundlage und Voraussetzung. Wenn
dem Menschen gesagt wird: Du sollst nicht lügen, so wird
dabei vorausgesetzt, dass er ebensogut die Wahrheit sagen,
als lügen kann; ohne diese Voraussetzung hätte das Gebot
keinen Sinn. Vermehle also Niemand die Wahlfreiheit! Sie
ist vielmehr allein der Boden, auf welchem jeder Mensch sich
selbst zu etwas machen kann, und wer das, was er ist, nicht
durch seine freie Wahl geworden ist, der ist überhaupt noch
kein Selbst, sondern ein Product fremder Mächte, denen er
blindlings unterworfen ist. Der wahrhaft freie Mann weiss
und fühlt, dass er Alles, was er für sich ist, aus der Wahlfreiheit geworden ist, und wenn auch das Höchste und Beste,
was er hat, anders woher entsprungen und ihm zugewendet
worden ist, so ist es doch immer seiner Wahlfreiheit überlassen gewesen, ob er diese Güter annehmen oder sie zurück-
weisen wollte und in welcher Art und Weise er sie in dem
Falle, dass er sie annahm, sich zum Eigenthum machen
wollte. In dieser Entschliessung von Innen heraus liegt die
Initiative von Allem, was der Mensch geistig ist und hat,
und in dieser Entschliessung von Innen heraus ist er, wie
bemerkt, der Schöpfer seines geistigen Lebens. Um so auf-
fälliger kann es erscheinen, dass es Männer giebt, die auf
die bisher geschilderte Wahlfreiheit, d. h. auf die absolute
Möglichkeit, sich durch sich zu Allem zu bestimmen, keinen
Werth legen, und zwar oft Männer der ersten Grösse, Sterne,
die durch die ganze Geschichte der Menschheit hindurch
leuchten. Es ist bekannt, dass Luther über diese Materie in
einen heftigen Streit gerieth mit dem Humanisten Erasmus
aus Rotterdam. Als der letztere ein Buch über den freien
Willen (*de libero arbitrio*) geschrieben hatte, antwortete Luther mit einem anderen über den knechtischen Willen (*de servo
arbitrio*) und der grosse Reformator, der wenn irgend Einer
an der Spitze steht in den Bestrebungen zur Geltendmachung
der wahren Freiheit, hat sich demnach zum Vertheidiger des
knechtischen Willens gemacht. Wie es damit steht, wird man
im weiteren Verlauf dieser Abhandlung, die sich die Aufgabe
gestellt hat, das Wesen und die Entwickelung der Freiheit
zu ergründen, hoffentlich deutlich erkennen. Hier nur so viel,
dass es trotz alles unendlichen Werthes, den die Wahlfreiheit
hat, doch als ein höchst ungenügender Zustand des Menschen

betrachtet werden muss, wenn er in seinen freien Entschliessungen noch hin und her schwankt, ins Besondere
wenn er zwischen dem Guten und dem Bösen noch hin
und her schwankt, überhaupt wenn er in seinen Entschlüssen noch etwas Ungewisses hat und hin und her
reflectirt, was er thun soll, während er mit Sicherheit und
Entschiedenheit handeln sollte. Der wahrhaft freie Mensch
wird vielmehr von dem, was gut, wahr und heilig ist, in
einer solchen Weise durchdrungen sein, dass er nicht mehr
zwischen dem Guten und Bösen hin und her schwankt, sondern dass er mit Entschiedenheit das Gute wählt und das
Böse verachtet und vermeidet, und der wahrhaft gebildete
Mensch wird von zwei Möglichkeiten, wenn sie auch nicht
gerade als das Gute und als das Böse einander gegenüber
gestellt werden können, in Folge seiner Bildung diejenige
wählen, durch die er aufs Kürzeste und Beste seinen Zweck
zu erreichen hoffen kann. Diese Nothwendigkeit, stets nur
in einer Art, nämlich in der zweckmässigsten Art, zu handeln und nur Eins von dem Vielen, das ich wählen könnte,
zu wollen, nämlich das unter den vorliegenden Verhältnissen
Beste, diese Nothwendigkeit ist selbst das höchste Product
der Freiheit, indem sich hier die freie Selbstbestimmung in
den Dienst des Allgemeinen begeben hat, nicht um dadurch
die Freiheit zu verlieren, sondern um sie erst in der That
und in der Wahrheit sachlich zu gewinnen. Das sind gerade
die grossen Männer in der Geschichte, die wie eine absolute
Naturnothwendigkeit in dem Reiche des Geistes einherschrei-
ten, denn diese haben die freie Selbstbestimmung mit dem
Bestimmtsein durch die Wahrheit in die vollste Harmonie
gesetzt, und dieses absolute Ueberrschtwerden durch die
Wahrheit, zu der das Ich mit der freisten Entschliessung
von Innen heraus sich bestimmt, ist selbst die realste Freiheit. In dieser Weise haben wir uns also das *serrum arbitrium*
Luther's zu deuten und ihn in seiner angeblichen Knechtschaft für den freisten Menschen zu halten. Ebenso wenn
der Philosoph Spinoza nichts von dem freien Willen wissen
will, so liegt der Grund davon darin, dass nach ihm die absolute Substanz, die er als seinen Gott verehrt und liebt, das
individuelle Dasein des Menschen in einem solchen Grad verzehren soll, dass von einer eigentlichen Wahlfreiheit, d. h.

von einem Schwanken hin und her und von einem Wählen
des Einen oder des Anderen allerdings nichts mehr übrig
bleiben kann.

Aber dieselben Menschen, die auf die Wahlfreiheit keinen
Werth legen, haben den Weg der Wahlfreiheit auch in den
höchsten Dingen durchmachen müssen und haben sich viel
hin und her geworfen, ehe sie auf dem Höhepunkt ihrer
Charakterenergie angekommen sind, auf welchem sie allerdings wie Götter in Menschengestalt auf die Geschicke der
Welt einwirken. Die Einheit des individuellen Selbstbewusstseins und des universellen Gottesbewusstseins ist erst ein
Resultat vieler Kämpfe und Schwankungen, und auch die
grössten Männer haben sich, ehe sie das wurden, was sie
sind, vielfach vergriffen und bisweilen statt der Juno eine
Wolke umarmt. Von Luther wenigstens wissen wir es ganz
genau, welch ein schwankendes, zweifelvolles und in allen
Qualen der Wahlfreiheit sich herumwerfendes Leben er geführt
hat, ehe er zu der Höhe der Einheit des Gottesbewusstseins
und des Selbstbewusstseins kam, von der er — obgleich ein
einfacher Mönch, der keine andere Waffe hatte als das Wort, —
der tausendjährigen Hierarchie den Fehdehandschuh hinwarf
und auf dem einfachen Grunde des Evangeliums eine neue
Welt der Freiheit auferbaute. Aber selbst in dem Falle, dass
ein tüchtiger Mensch den Zweck seines Daseins im Wesentlichen erreicht und einen Standpunkt gewonnen hat, auf dem
die individuelle Freiheit durch die Nothwendigkeit allgemeiner
Principien gebunden und somit Freiheit und Nothwendigkeit
eins sind, selbst dann hat die Wahlfreiheit noch ihr weites
Feld und ein reiches Spiel. Es unterliegt zwar keinem Zweifel,
dass der sittlich freie Mensch in wesentlichen Dingen über
die Wahlfreiheit zwischen Gutem und Bösem hinaus sein
muss; ein solcher darf z. B. keine Versuchung in sich fühlen
zu stehlen oder zu lügen, aber damit ist er noch keineswegs
über die Wahlfreiheit selbst in dem angegebenen Falle hinaus.
Die Entwickelung des Lebens und die Mannigfaltigkeit der
Verhältnisse, in welche jeder Mensch immer wieder zu anderen
Menschen und zu anderen Dingen tritt, führt immer neue
Fragen herbei, die er sich zu beantworten hat, und jede derselben lässt sich, ohne dass man ins Unsittliche verfällt, so
oder so beantworten, und jedes Verhältniss lässt sich in der

einen oder der anderen Art behandeln, und so wird jeder
Mensch — auch der charaktervollste — täglich und stündlich in die Lage versetzt, dass er zwischen allerlei Möglichkeiten zu wählen und für eine derselben sich zu entscheiden
hat. Ja, genau genommen, giebt es keine einzige Handlung
des Menschen, der nicht eine grosse Zahl vieler Möglichkeiten
vorausginge, wenn der gebildete und gesittete Mensch allerdings auch sehr rasch über die Möglichkeiten hinauskommt
und für etwas sich entscheidet, das den Gesetzen der Sittlichkeit im Allgemeinen und den Zwecken der Handlung im Besonderen entspricht. Die Wahlfreiheit ist stets ein nothwendiges
Moment in allem menschlichen Thun, aber allerdings auch nur
ein Moment, und wenn der Mensch nichts weiter hätte oder wäre,
so würde er zum wirklichen Handeln nicht gelangen können.

Die Wahlfreiheit ist die unendliche Möglichkeit, seinem
Wollen und Handeln jedweden Gegenstand und jedwede
Richtung zu ertheilen, aber um aus dieser unbestimmten
Möglichkeit zu einer festbestimmten Wirklichkeit sich zu erheben, dazu ist noch etwas Anderes als die blosse Wahlfreiheit nöthig. Wir bezeichnen dieses Etwas mit dem Namen
der Motive oder der Beweggründe. Ist irgend etwas für die
geistige und moralische Entwickelung und für die wahre
Freiheit des Menschen von absoluter Wichtigkeit, so ist es
die Kenntniss und Würdigung der Motive des Wollens und
des Handelns. Durch die Motive bekommen die Handlungen
erst Einheit, Kraft und Zusammenhang, ebenso liegt der
Werth oder Unwerth, sowie der Gehalt der Handlungen in
ihren Motiven. Was zuerst das Wort: „Motiv“ betrifft, so ist
es wohl nach seiner inneren Bedeutung jedem Gebildeten bekannt genug, wenn auch die wenigsten derselben wissen
mögen, was für eine reiche Welt von Willensbestimmungen
in dem Begriffe dieses Wortes liegt. Wir lesen in den Zei-
tungen und amtlichen Blättern oft genug von den Motiven
einer gerichtlichen Entscheidung, auch von den Motiven eines
Gesetzentwurfs, der den Abgeordneten zur Berathung vor-
gelegt wird. Der Richter (oder ein Richtercollegium) verurtheilt
entweder einen Angeklagten zu einer bestimmten Strafe, oder
er spricht ihn frei; das ist das Schlussurtheil des Richters
oder die letzte seiner Handlungen in dem geführten Processe, und diesem Schlussurtheile fügt er die Gründe bei, die

ihn bestimmt haben, gerade so zu handeln, wie er gehandelt
hat, und nicht anders, und bezeichnet diese inneren Gründe,
die seine Handlungen in der angegebenen Form hervorgebracht haben, als die Motive. Wir können dieses ursprünglich der lateinischen Sprache entnommene Wort: „Motive"
auch mit den Worten: „Beweggründe oder Bestimmungsgründe" vertauschen, und diese echt deutschen Worte legen
durch ihre Zusammensetzung sogar noch deutlicher dar, was man
unter Motiven zu verstehen hat. Motive sind Gründe, die mich bestimmen oder bewegen, aus der unendlichen Vieldeutigkeit und
Unbestimmtheit herauszugehen und von den vielen Dingen, die
ich wählen könnte, nur das Eine zu wählen und alle anderen
bei Seite liegen zu lassen. Jeder Handlung eines Menschen liegt
ein bestimmtes Motiv zu Grunde, aus welchem sich die Handlung
entwickelt, wie aus dem Samen die Pflanze. Das Motiv ist das
Innerliche, von welchem aus die Handlung als die dem Innerlichen entsprechende äusserliche Gestalt sich bildet. Man kann
auch, um andere Kategorien zu gebrauchen, nicht unpassend
das Motiv die Seele der Handlung nennen, die Handlung aber
die Verleiblichung des Motivs. Wie die Gestaltung und Entwicklung jedes natürlichen Organismus durch die inwohnende
Seele bestimmt wird, so wird auch jede Handlung des Menschen nach Qualität und Quantität durch das Motiv bestimmt,
aus welchem sie hervorgegangen ist.

Ist das Motiv gut, so ist auch die Handlung gut; ist das
Motiv schlecht, so ist auch die Handlung schlecht; besteht
das Motiv aus einem inhaltsreichen Gedanken, so hat auch
die Handlung eine grossartige Entwickelung; ist das Motiv
beschränkt, so hat auch die Handlung einen geringen Umfang; ist das Motiv mit Sicherheit erfasst, so tritt auch die
Handlung in ihrer Eigenthümlichkeit klar und bestimmt hervor, ist aber das Motiv unsicher erfasst, so bekommt auch
die Handlung etwas Unsicheres und Schwankendes. Kommt
das Motiv frei aus dem Menschen heraus, so hat auch die
entsprechende Handlung etwas Freies und Originelles, wird
aber dem Menschen ein Motiv von aussen aufgedrungen, so
wird auch die Handlung unfrei und krankhaft. Jede einzelne
Handlung kann es beweisen, dass das Motiv die beseelende
Kraft derselben ist, die Alles, was zur Handlung gehört,
durchdringt, gestaltet und entwickelt. Denken wir uns, um

diese Behauptung wenigstens an einem Beispiele zu veranschaulichen, einen Lehrer, der einer Klasse von Schülern
eine Unterrichtsstunde ertheilen will! Das ganze Geschäft
des Unterrichtens innerhalb dieser Zeit ist die Handlung des
Lehrers; sie ist aber überall durchdrungen und zusammengehalten durch ein bestimmtes Motiv. Das natürlichste und
sachgemässeste Motiv besteht in diesem Falle darin, dass die
Schüler in den Theil der Wissenschaft, der innerhalb einer
Stunde gelehrt werden soll, eingeweiht werden oder dass ein
Wissen, das der Lehrer in sich trägt, durch die Handlung
des Unterrichtens zum lebendigen Eigenthum der Schüler
gemacht wird. Das ist der eine sich durch Alles hindurch
ziehende Zweck; darauf wird alles berechnet und bezogen.
Die Gegenstände des Unterrichts, die Art und Weise, wie
sie den Schülern mitgetheilt werden, die Sprache, die persönliche Behandlung der Schüler, selbst die äusserliche Erscheinung und Haltung des Lehrers, ebenso die Unterrichtsmittel,
das Local, in welchem unterrichtet wird, kurz Alles muss auf
diesen einen Zweck berechnet sein, dass das Wissen des
Lehrers mittelst des Unterrichts zu einem lebendigen Eigenthum der Schüler werde. Auch muss Alles fern gehalten
werden, was diesen einen Zweck, der das Motiv des unter-
richtenden Lehrers ausmacht, äusserlich stören oder hindern
könnte. Die Handlung des Unterrichtens kann nun allerdings
auch durch Dinge, die ausserhalb der Willenssphäre des Lehrers liegen, gestört werden, die Hauptstörungen liegen jedoch
immer in der Person des Lehrers. Entweder hat er in einem
solchen Falle den Zweck des Unterrichts, der das Motiv seiner
Handlung bilden soll, und die Mittel, die zur Realisirung
dieses Zwecks dienen, nicht klar genug erkannt, oder er hält
dies vernünftige Motiv, welches ihn zum Handeln bestimmen
soll, nicht streng genug fest, oder er macht solche Motive,
die für die Handlung nur die Nebensache bilden sollen, zur
Hauptsache. Wenn der Lehrer dasjenige, was er lehren will,
nicht selbst durch und durch versteht, so muss auch sein
Unterricht unklar werden, und das Resultat seines Unterrichts kümmerlich und schwach; wenn er aber aus Scheu vor
Anstrengung nur mit halber Seele und halbem Willen den
Zweck des Unterrichts verfolgt, so hält er das Motiv des
Handelns nur unsicher fest, und wenn er statt die wissen-

schaftliche Bildung der Schüler zum letzten Zweck seines Unterrichts zu machen, nur deshalb Lehrer ist, um sich hierdurch seinen Lebensunterhalt zu verdienen, so macht er ein nebensächliches Motiv zur Hauptsache und setzt gleichsam in den Körper seiner Handlung eine fremdartige Seele ein und macht die Handlung hierdurch schwächlich, kränklich und unfruchtbar.

Die bisherigen Betrachtungen über das Verhältniss des Motivs zu dieser einzelnen Handlung gelten auch für jede andere Handlung, ebenso für eine Summe von Handlungen, die unter eine und dieselbe Kategorie gehören, ja zuletzt für das ganze Leben eines Menschen, welches auch unter den Begriff einer Gesammthandlung gestellt werden kann. Fast jeder erwachsene Mensch hat seinen bestimmten bürgerlichen Beruf, und wenn auch ein solcher Beruf aus einer fast unzähligen Menge einzelner und verschiedenartiger Handlungen so zu sagen zusammengesetzt ist, so sind doch auch alle diese Handlungen, weil sie einem qualitativ bestimmten Berufe angehören, zusammengefasst unter einen Gesammtzweck, der in der Regel sich sehr bestimmt formuliren und angeben lässt. So besteht z. B. der Gesammtzweck des Lehrerberufs in der Bildung der Jugend, und wie der Begriff der Bildung ein sehr bestimmter ist, so folgen daraus die Mittel, die zur Bildung der Jugend gehören, die Methode, nach welcher die Unterrichtsmittel zu behandeln sind, und alles Andere, was der Lehrer wissen und üben muss, um seine Bestimmung zu erreichen.

Dieser Gesammtzweck, der einer bestimmten Berufsthätigkeit zu Grunde liegt, muss für denjenigen, der diesen Beruf treibt, das Motiv aller seiner Bestrebungen und Handlungen sein; dann erst werden alle seine Handlungen von einem Gedanken und Geist beseelt sein, die ganze Berufsthätigkeit wird dann gleichsam eine Verleiblichung des Motivs, welches die Seele aller Thätigkeiten ist, und je consequenter er dieses Motiv festhält, desto klarer, einheitlicher und fruchtbarer werden die Resultate sein, die er zu Wege bringt. Die consequente Durchführung eines sicher erfassten Grundmotivs giebt dem ganzen Berufsleben einen bestimmten Charakter, die Verfolgung aber des sachgemässen Grundmotivs den Ausdruck der sittlichen Würde, denn der Charakter besteht in der iden-

tischen Verfolgung desselben Zwecks, die sittliche Würde
aber in der Verfolgung eines guten Zwecks. Wer aber das
Hauptmotiv, welches in der Natur eines bestimmten Berufs
liegt, mit allerlei Nebenmotiven vermischt oder gar ein Neben-
motiv zur bleibenden Richtschnur seiner Berufsthätigkeit
macht, dessen Berufsthätigkeit hat keine sittliche Würde;
und wer es nicht über sich gewinnen kann, ein und dasselbe
Motiv in seinem gesammten Handeln festzuhalten, sondern
hin und her schwankt und bald das Eine, bald wieder ein
Entgegengesetztes will, der zeigt sich in seinem Berufe halt-
und charakterlos.

Endlich ist aber der bürgerliche Beruf, so wichtig er ist,
doch noch nicht Alles in Allem für den Menschen, sondern
immerhin nur eine besondere Seite seines allgemeinen Men-
schenberufs, und es giebt auch für ihn als Menschen gewisse
allgemeine Motive, durch die er sein Leben bestimmen kann,
um es, wenn er die rechten Motive trifft und consequent festhält, zu einer idealen Erscheinung zu machen, die von einer
allgegenwärtigen Idee durchdrungen ist, oder aber, wenn er
entweder unwürdige Motive verfolgt oder doch würdige nicht
sicher festhält, zu einem werth- und charakterlosen Gebilde,
dessen er selbst nicht froh wird und von dem auch andere
Menschen, mit denen er in Verhältniss tritt, keinen wahren
Nutzen haben.

Wenn aus den bisherigen Erörterungen hervorgeht, dass
die Willensmotive eines Menschen die Principien sind, nach
denen sich seine Handlungen und zuletzt sein ganzes Leben
gestalten und entwickeln, so wird man auch umgekehrt aus
den Handlungen eines Menschen und namentlich aus einem
grösseren Complexe seiner Handlungen die Willensmotive,
die ihn geleitet haben, und damit seinen eigentlichen Werth
erkennen können. Und in der That zweifelt kein Mensch an
dieser Möglichkeit, vielmehr traut es sich Jedermann zu, aus
den Handlungen eines Menschen seine Gesinnungen zu beurtheilen. Wenn es aber selbst für Naturforscher mit grossen
Schwierigkeiten verbunden ist, in den Naturerscheinungen
die entsprechenden Gesetze zu erkennen, aus denen doch die
Erscheinungen allein gewirkt sind, und Jahrhunderte, ja
Jahrtausende verflossen, ehe die Menschen das innere Gesetz
selbst der alleräusserlichsten und alltäglichsten Erscheinungen

gefunden haben, so hat es erst recht seine grossen Schwierig-
keiten, wenn ein Mensch aus den Handlungen eines anderen
Menschen die Motive, die ihn geleitet haben, und so seinen
Sinn und Charakter erkennen will. Denn erstlich ist die
Hauptschwierigkeit, mit welcher der Naturforscher zu ringen
hat, auch für den Menschenforscher vorhanden, und dann
treten dem letzteren noch besondere Hindernisse entgegen.
Die Hauptschwierigkeit, mit welcher der Naturforscher und der
Beobachter menschlicher Handlungen gleichmässig zu kämpfen
haben, besteht aber darin, dass beide aus einzelnen Erscheinungen — denn auch die Handlungen sind Erscheinungen
und zwar eines geistigen Wesens — das allgemeine Wesen
und Gesetz, das die Erscheinungen allgegenwärtig durchdringt, herausfinden sollen, was doch immerhin ein Werk
grossen Scharfsinns und tiefen Nachdenkens ist. Aber bei
der Beurtheilung von menschlichen Handlungen zeigen sich
noch ganz andere Schwierigkeiten, da die Handlungen eines
Menschen meist nur sehr fragmentarisch bekannt sind, während die Naturerscheinungen in der Regel vollständig vorliegen; ferner kann ein Mensch in Folge seiner freien Selbstbestimmung sich innerlich umwandeln und die Principien
seines Thuns verändern, während die Natur so bleibt, wie
sie einmal ist, und der Beurtheiler der Handlungen eines
Menschen kann daher sehr leicht den alten mit dem neuen
Menschen verwechseln; endlich aber legt der Mensch sein
Inneres nicht so offen dar, als die Natur, ja er kann sich
auch verstellen, und zwei Handlungen, ja zwei grosse Kreise
von Handlungen können daher äusserlich einander scheinbar
ganz gleich sein, während sie doch aus wesentlich verschiedenen Principien entspringen. Auf den zuletzt erwähnten
Punkt legt Kant in seinen moralischen Deductionen ein besonderes Gewicht. Denken wir uns einen Kaufmann, der seine
Kunden nicht übertheuert, sondern mit einem billigen Gewinn zufrieden ist, ihnen auch stets gute Waaren liefert und
diese nicht verfälscht, der feste Preise stellt und sich die Un-
wissenheit der Käufer nicht zu Nutze macht, sondern dem
Kinde ebensoviel Waare für ein bestimmtes Geld einhändigt,
als einem Sachkenner, einen Kaufmann endlich, der am allerwenigsten sich eine Betrügerei zu Schulden kommen lässt;
einen solchen Kaufmann werden wir einen redlichen und

rechtschaffenen Mann nennen und mit ihm vorzugsweise in Verkehr treten wollen. Dessenungeachtet kann diese thatsächlich hervortretende Rechtschaffenheit wesentlich verschiedene Motive haben. Der Kaufmann kann so handeln schon um seines persönlichen Vortheils willen, da die Erfahrung lehrt, dass Ehrlich am längsten währt, indem eine solche Handlungsweise, wie sie oben geschildert worden ist, das Vertrauen der Käufer bewirkt und fort und fort steigert und ihm nach und nach einen Credit verschafft, der ihm schliesslich durch die Menge seiner Kunden vielmehr einträgt, als ein noch so grosser, aber unbilliger Gewinn ihm eintragen würde. Er würde also in diesem Falle aus persönlichen Motiven so handeln, wie er handelt; er könnte das einzige Motiv festhalten, möglichst reich zu werden, und doch so handeln, dass ihn die Menschen für einen redlichen und rechtschaffenen Mann halten müssten. Es könnte auch noch andere persönliche Motive für eine solche Handlungsweise geben; es ist aber auch ebensogut denkbar, dass den Handlungen ein allgemeines, von blos persönlichem Interesse freies Motiv zu Grunde liegt und dieselben in ihrer Haltung und Entwicklung bestimmt. Es kann ein Mensch auch aus Princip ehrlich und rechtschaffen sein, also aus keinem anderen Grunde, als weil er weiss und fühlt und glaubt, dass Ehrlichkeit und Wahrhaftigkeit zum Wesen des Menschen gehören; ein solcher wird in einer unbedingten Weise ehrlich sein und nicht blos auf sein persönliches Wohl und Wehe sehen, ja er wird auch ehrlich und wahrhaftig sein, selbst wenn daraus ein persönlicher Verlust oder Schaden für ihn erwüchse.

Um ein anderes, aus der wissenschaftlichen Sphäre entnommenes Beispiel zu betrachten, so kann einer auch die Wissenschaften und zwar mit Erfolg betreiben aus sehr verschiedenen Motiven. Der eine betreibt sie, weil von seinen wissenschaftlichen Kenntnissen der Erfolg eines Examens und davon wieder die Möglichkeit, eine bestimmte Anstellung oder, wie man sich auch ausdrückt, ein bestimmtes Brot zu erlangen, abhängig ist; das Motiv seiner wissenschaftlichen Studien ist also schliesslich die Selbsterhaltung oder die Förderung seiner persönlichen Interessen. Ebenso ist es auch ein persönliches Interesse, wenn ein Anderer die Wissenschaften um deswillen eifrig betreibt, um durch seine Leistungen in

grösseren oder kleineren Kreisen seiner Mitmenschen zu
Ruhm und Ansehen zu gelangen, denn es kommt ihm nur
darauf an, dass er für seine Person durch seine Arbeiten in
der Meinung der Menschen etwas gelte und von sich reden
mache. Aber es kann auch Einer die Wissenschaften betreiben
im Interesse der Wahrheit, d. h. theils um selbst die Wahrheit zu erkennen, theils durch Mittheilung der Erkenntniss
auch andere Menschen zu Freunden und Beförderern der
Wahrheit zu machen. Man ersieht schon aus diesen Beispielen,
dass für eine und dieselbe Handlung ganz verschiedenartige
Motive existiren können. Demnach kann es auch für den
Beobachter oft grosse Schwierigkeiten haben, wenn er aus
den Handlungen eines Menschen einen Schluss auf die eigentlichen und wahren Motive derselben machen soll, aber möglich wird ein solcher Schluss immer sein und zwar um so
mehr, je vollständiger und zusammenhängender dem Beobachter die Handlungen vorliegen, und je mehr er die Kunst
versteht, aus den äusseren Zeichen auf das Innere zu schliessen;
denn schliesslich gilt doch der Grundsatz, dass innerlich nichts
so fein gesponnen ist, was nicht früher oder später ans Licht
der Sonnen herausdränge, und selbst der grösste und listigste
Heuchler wird sich zuletzt als dasjenige äusserlich verrathen,
was er innerlich ist. Wie tief aber auch der Beurtheilende in
das Gewebe der Handlungen eines Menschen eindringen möge,
so viel ist gewiss, dass er nur in dem Falle ein wahres Urtheil gefällt hat, wenn er die eigentlichen Motive der Handlungen gefunden und die Handlungen selbst als eine äussere
Entwicklung jener Motive von Stufe zu Stufe erkannt hat.
Die Motive sind es, welche die Handlungen des Menschen
gut oder böse, kräftig oder schwächlich, frei oder unfrei
machen, und in die innere Bewegung und Umwandlung der
Motive fällt daher vornehmlich die sittliche Entwicklung des
Menschen zur Willensfreiheit.

So unendlich verschieden aber die Motive auch im Einzelnen sein mögen, so hat man doch im Allgemeinen drei
Hauptklassen von Motiven zu unterscheiden, von denen alles
menschliche Wollen und Handeln bestimmt wird. Wir bezeichnen sie mit den Namen: der persönlichen Motive, der
Autoritätsmotive und der Vernunftmotive. Um zunächst von
jeder Art ein Beispiel zu geben, so beruhen alle Handlungen,

die ich verrichte, um meine Gesundheit in einem guten Zustande zu erhalten und, wenn sie gestört ist, durch jedes mögliche Mittel wieder herzustellen, auf einem persönlichen Motive. Wenn aber ein gutes Kind sich in allem seinem Thun nach den Befehlen seiner Eltern richtet und ihren Willen durchaus zur Richtschnur seiner Handlungen macht, so befolgt es ein Motiv der Autorität. Wenn endlich ein Mensch so weit sich reinigte und sammelte, dass er in allen seinen Handlungen nur das Princip der Gerechtigkeit oder die bekannte Maxime befolgte: was du nicht willst, das dir die Leute thun sollen, das thue ihnen auch nicht, der würde ein Vernunftmotiv zur Seele seiner Handlungen machen.

In allen meinen Handlungen, in denen es mir nur darauf ankommt, meine individuelle Persönlichkeit zu erhalten, zu entwickeln und zu kräftigen, in allen solchen Handlungen walten persönliche Motive, denn in allen solchen Handlungen ist der letzte Zweck des Handelnden die Förderung seiner individuellen Persönlichkeit. Ausser dem oben angeführten Motiv der Gesundheit gehören unter diese Kategorie auch noch die Motive des Eigenthums, der Ehre, der Herrschaft und in gewissem Sinne auch das Motiv der Selbstbildung. Das Eigenthum ist die erweiterte Persönlichkeit eines Menschen, d. h. ein Inbegriff natürlicher Dinge, die eine bestimmte Person ihrem Willen unterworfen hat, und wer also eine Handlung oder eine Reihe von Handlungen verrichtet, um Eigenthum zu erwerben oder sein Eigenthum zu vermehren, der hat offenbar den Zweck, für die Förderung seiner Persönlichkeit Sorge zu tragen. Eine ähnliche Bewandtniss hat es mit dem Motiv der Ehre. Die Ehre eines Menschen ist die gute Meinung, die andere Menschen von ihm haben, oder die Anerkennung, die ihm diese zu Theil werden lassen; wer also die Ehre zum Motiv einer einzelnen Handlung oder einer ganzen Summe seiner Handlungen macht, dem kommt es blos darauf an, dass seine Person in der Meinung anderer Personen oder ganzer Kreise von Menschen etwas gilt, und namentlich dasjenige gilt, worin er den Werth eines Menschen setzt; das Motiv der Ehre ist demnach ein persönliches Motiv. Dasselbe gilt auch von dem Motiv der Herrschaft. Ich herrsche, wenn mein Wille den Willen anderer Menschen bestimmt; wenn ich also die Herrschaft zum Motiv

meiner Handlungen mache, so suche ich meinen Willen, der
zunächst nur in meiner eigenen Sphäre Geltung hat, auch
in der Sphäre anderer Wesen, die einen Willen haben, zur
Geltung zu bringen, also meine persönliche Geltung zu erweitern. Wenn oben bemerkt wurde, dass auch die Selbstbildung in gewissem Sinne als ein persönliches Motiv könne
angesehen werden, so ist das so zu verstehen, dass es in der
That auch in dem Menschen liegt, um seines Selbsts willen
Kenntnisse einzusammeln, Erfahrungen zu machen, Künste
und Wissenschaften zu studiren, denn abgesehen von der
Förderung der Wahrheit und von der Förderung anderer
Menschen liegt in jedem Menschen ein Trieb, sein eigenes
geistiges Selbstbewusstsein in aller Weise zu erweitern und
zu vertiefen, und dieser Trieb ist ein persönliches Motiv,
wenn es freilich auch unendlich idealer ist, als der Trieb,
durch Genuss von Speise und Trank die Gesundheit des Körpers zu erhalten.

Ganz verschieden von den persönlichen Motiven, ja gewissermassen ihnen entgegengesetzt, sind die Motive der
Autorität. Sie beruhen darauf, dass ich meinen Willen durch
den Willen eines anderen Menschen bestimmen lasse und
daher auch so handle, wie es der Andere, der für mich eine
Autorität ist, haben will. Durch das Autoritätsmotiv werden
alle Pietätsverhältnisse zusammengehalten. Das ursprünglichste
dieser Verhältnisse ist das Verhältniss der Kinder gegen ihre
Eltern, und es trägt um so mehr diesen Charakter, je un-
mündiger die Kinder noch sind. Aber auch das Verhältniss
der Schüler zu den Lehrern, das Verhältniss der Untergebenen
gegen die Vorgesetzten, das Verhältniss der Unterthanen zu
der Obrigkeit sind mehr oder weniger von dem Autoritätsprincip getragen. Die Person, die für andere Personen eine
Autorität bildet, kann auch eine sogenannte moralische Person sein; so bilden die Staatsgesetze für Alle, die einem
Staate angehören und seine Wohlthaten geniessen, eine
Autorität, und jedes Glied des Staates hat diesen Gesetzen
Gehorsam zu leisten, mag es sie billigen oder nicht billigen,
mag es sie als vernunftgemäss erkennen oder an ihrer Vernünftigkeit zweifeln. Wenn ich freilich so weit komme, gewisse Staatsgesetze als einen Ausfluss der Gerechtigkeit und
vernünftigen Freiheit zu erkennen und sie unter diesem Ge-

sichtspunkt zu befolgen, so bin ich schon daran, das blosse Autoritätsprincip aufzugeben und mich durch ein allgemeines Vernunftprincip bestimmen zu lassen. Die Wirkungen der Autoritätsmotive beziehen sich zunächst auf den Willen dessen, welcher der Autorität folgt, und geben sich daher vornehmlich durch den Gehorsam gegen den Willen dessen zu erkennen, der die Autorität ausmacht; aber sie erstrecken ihre Wirkungen auch auf die Erkenntniss. Ein Kind, das auf dem Standpunkt der Autorität steht, ist seinen Eltern nicht blos gehorsam, sondern es glaubt auch ihren Versicherungen und nimmt ihre Anschauungen und Ueberzeugungen willig auf und macht sie zu seinen Anschauungen und Ueberzeugungen. Ebenso beruht das normale Verhältniss des Schülers zu dem Lehrer nicht blos darauf, dass der Schüler dem Lehrer in allen Dingen gehorsam ist, d. h. seinen Willen dem Willen des Lehrers stets unterordnet, sondern auch darauf, dass er die Meinungen und Anschauungen des Lehrers gläubig aufnimmt und an ihrer Richtigkeit und Wahrheit nicht zweifelt. Je mehr sich ein Mensch entwickelt, desto mehr verengert sich für ihn die Sphäre der blossen Autorität, und desto mehr erhebt er sich im günstigsten Falle in die Sphäre der freien Vernünftigkeit, oder er fällt in dem ungünstigen Falle ganz und gar zurück in die Motive der blos persönlichen Interessen.

Was endlich die Vernunftmotive betrifft, so treten sie dann in Kraft, wenn der Handelnde sich in seinem Wollen und Handeln durch eine Idee bestimmen lässt. So gewiss der Mensch im Denken die Kraft hat, sich Gesetze, Principien und Ideen — kurz allgemeine Wesenheiten zum Bewusstsein zu bringen und mit ihnen zu operiren, so gewiss ist es auch, dass er allgemeine Principien zu Motiven seiner Handlungen wählen und als solche festhalten kann. Solche allgemeine Principien können aber nach Inhalt, Form und Umfang sehr verschieden sein, ohne ihren Charakter zu verlieren. Es ist oben die Idee der Gerechtigkeit oder der Satz: was du nicht willst, das dir die Leute thun sollen, das thue ihnen auch nicht, als ein solches Vernunftmotiv bereits angeführt worden. Ein tieferes und die Idee der Gerechtigkeit mit umfassendes Motiv wäre die Idee der Liebe. Wer den Satz: liebe deinen Nächsten als dich selbst, in allen seinen Handlungen, sofern

sie sich auf andere Menschen beziehen, zu der Alles durchdringenden und bestimmenden Seele machen könnte, der
handelte sicher aus einem allgemeinen Vernunftmotive und
zwar aus einem der höchsten und werthvollsten. Aber auch
wenn ein Mensch es sich zum Grundsatz machte, dass er
stets wahrhaft wäre, d. h. unter allen Verhältnissen sich so
zeigte, wie er innerlich ist, auch ein solcher würde sich durch
ein Vernunftmotiv bestimmen lassen. Selbst wenn sich Jemand
die Idee des Vaterlands zum bestimmenden Princip aller seiner
Handlungen machte, so würde er aus einem Vernunftmotive
heraus handeln und dann in allen seinen Bestrebungen die
Ehre, die Grösse, die Freiheit seines Vaterlandes zum letzten
Zweck seines Lebens machen. Man darf wohl sagen, dass
die Römer in ihrer besseren Zeit in dieser Idee des Vaterlandes aufgingen und eben darum in der Geschichte eine so
grosse Rolle spielen.

Schon aus diesen wenigen Bestimmungen, die bisher
von den drei Arten der Willensmotive gegeben worden sind,
scheint hervorzugehen — wenigstens liegt diese Ueberzeugung
allen unseren Erörterungen zu Grunde —, dass der zuletzt
erwähnte Standpunkt des Handelns der würdigste und vollkommenste ist. Erst ein solcher Mensch, der nach Vernunftprincipien handelt, kann ein sittlicher Mensch genannt werden. Denn sittlich nenne ich einen Menschen, der mit Wissen
und Willen der Träger einer Idee oder der Träger eines Allgemeinen ist. Im Sittlichen tritt das menschliche Individuum
in ein solches Verhältniss zu einer Idee, dass es sich überall
dieser Idee unterordnet und sie für dasjenige hält, was unendlich höher steht als jedes menschliche Individuum. Der
Patriotismus z. B. ist eine sittliche Bestrebung, denn er besteht darin, dass ein menschliches Individuum nur für die
Ehre, Grösse und Würde seines Volkes und Vaterlandes, wovon es ein deutliches Bewusstsein hat, lebt und zur Förderung seiner Interessen jedes Opfer — selbst das Leben —
zu bringen gern bereit ist. Ebenso ist die Gerechtigkeit eine
sittliche Eigenschaft, da der gerechte Mensch alle seine
Handlungen von der einen Idee der Gerechtigkeit aus bestimmt, gestaltet und entwickelt. Der sittliche Mensch ist demnach ein geistiges Kunstwerk. Denn das Wesen eines Kunstwerks besteht darin, dass ein Allgemeines oder eine Idee sich

individualisirt; so ist der Homer ein Kunstwerk, weil in ihm das allgemeine Wesen des griechischen Volks, d. h. der griechische Volksgeist in Personen und individuellen Handlungen so lebendig sich darstellt, dass man in den Personen und Handlungen den allgemeinen Geist des Hellenenthums und nichts Anderes, aber dieses auch aufs Klarste und Deutlichste herauserkennt oder gleichsam innerlich anschaut. So ist der sittliche Mensch ein Kunstwerk, denn in Allem, was er ist und thut, lebt ein Allgemeines; er ist aber ein geistiges Kunstwerk, weil er ein deutliches Bewusstsein hat von der in ihm waltenden Idee, und er ist gleichsam sein eigenes Werk, weil ihm das Allgemeine nicht von Anderen aufgenöthigt wird, sondern weil er sich aus eigenster freier Selbstbestimmung dazu entschliesst, für das Allgemeine zu leben, zu wirken und zu sterben. Da die Ideen verschiedene Grade der Allgemeinheit haben können, wie denn die Idee des Staats z. B. enger ist, als die Idee der Gerechtigkeit, und die Idee der Gerechtigkeit enger als die Idee der Tugend und Wahrheit, so giebt es auch sehr verschiedene Formen der Sittlichkeit, ohne dass die Sittlichkeit in einer dieser Formen aufhörte, sich selbst gleich zu sein; vorausgesetzt, dass das betreffende Individuum das Allgemeine, wie es auch sonst beschaffen sein möge, nicht heuchlerischer Weise blos zum Vorwande nimmt, um selbstsüchtige Zwecke zu verfolgen, sondern in aller Ehrlichkeit und Treue sich zum Organ und Werkzeug des Allgemeinen macht. Von diesem Gesichtspunkt aus sind Aristides und Scipio ebenso sehr als sittliche Naturen zu bezeichnen, als Luther und Friedrich der Grosse, und gleicher Weise sind Plato und Sokrates ebenso grosse und sittliche Persönlichkeiten als Kant und Fichte, wenn auch die genannten Männer sehr verschiedenen Entwickelungsstufen der Menschheit angehören und demgemäss auch die Ideen, die sie beseelten, abstracter oder concreter auffassten und in ihrem Leben gestalteten. Dagegen unterscheiden sich die Handlungen, die ein allgemeines Princip zu ihrem durchgreifenden Motiv haben, sehr wesentlich von solchen, in denen sich ein persönliches oder ein Autoritätsmotiv darstellt. Werden die Handlungen eines Menschen schliesslich nur durch ein persönliches Motiv, z. B. die Ehre, bestimmt, so werden sie ein Ausfluss des Egoismus, dem das letzte Kriterium der Sittlichkeit fehlt; werden aber die Handlungen eines Menschen schliesslich durch ein Autoritätsprincip bestimmt, so fehlt ihnen die freie Selbstbestimmung von Innen heraus, die ein wesentliches Moment alles menschlichen Wollens und Handelns ausmacht.

Nichtsdestoweniger würde man nur sehr in Bausch und Bogen, d. h. ungründlich urtheilen, wenn man von den persönlichen Motiven nichts weiter zu sagen wüsste, als dass sie unsittlich wären im Vergleich zu den Vernunftprincipien, und ebenso, wenn man die Autoritätsprincipien als unfreie Principien bezeichnete im Verhältniss zu den allgemeinen Motiven; vielmehr lehrt eine tiefer eingehende Betrachtung, dass die persönlichen und Autoritätsprincipien nothwendige Momente von den Vernunftmotiven bleiben, und dass die Vernunftmotive, wenn sie überhaupt von einem Menschen gewonnen werden, nur dadurch gewonnen werden, dass er von den persönlichen Motiven ausgehend durch die Autorität über sich selbst emporgehoben und befähigt wird, einen Sinn für das Allgemeine zu fassen und dasselbe zu verehren und zu befolgen. Zu dieser Betrachtung über das innere Verhältniss jener drei Principien, die alles menschliche Handeln bestimmen, und ihre gegenseitige Bedingtheit und Wechselwirkung wenden wir uns nunmehr.

Die ersten Motive — nämlich die ersten der Zeit nach und nicht dem Werthe nach — sind die persönlichen, denn sie sind es, die sich sogleich bei dem Eintritt des Menschen in die irdische Existenz geltend machen. Wenn das Kind geboren wird, so ist noch keine Spur von allgemeinen Vernunftprincipien an ihm zu bemerken, vielmehr dreht sich Anfangs Alles noch um die physische Selbsterhaltung, und das physische Selbst wird dadurch erhalten, dass die Begierden, die in dem sinnlichen Menschen erwachen, wie die Begierde nach Speise und Trank, nach Bewegung und nach Luft und Wärme, befriedigt werden; es muss erst eine lange und vielseitige Einwirkung von Seiten der Eltern auf das Kind vorausgehen, ehe es eine Art von Bewusstsein von etwas Allgemeinem, was Geltung hat, erlangt. Eher macht sich das Princip der Autorität in den Kindern geltend, indem die Eltern, in deren Händen die Befriedigung oder Versagung der kindlichen Bedürfnisse liegt, sehr bald als eine Macht

erscheinen, von der das Wohl und Wehe des Kindes abhängig ist und die als solche geachtet, gefürchtet oder ge-
liebt wird. Diese Abhängigkeit der Kinder von ihren Eltern
in Bezug auf die Befriedigung ihrer zunächst sinnlichen und
weiterhin mehr geistigen Bedürfnisse macht die Eltern für
die Kinder wie von selbst zu einer Autorität, die um so unbedingter ist, je mehr die Eltern Vernunft und Willen besitzen, um sich den Kindern gegenüber als eine selbständige
Macht geltend zu machen. Wir sehen schon hier, dass das
persönliche Motiv der Selbsterhaltung, welches im Kinde zuerst waltet, von selbst zu einem Autoritätsmotiv überführt,
wie wir dieses auch an anderen persönlichen Motiven erkennen
können. Zunächst aber haben wir unsere Aufmerksamkeit noch
auf die Stellung zu richten, welche die persönlichen Motive
im sittlichen Leben des Erwachsenen einnehmen. Es ist schon
erwähnt, dass die persönlichen Motive sich nicht blos auf
die physische Selbsterhaltung beziehen, sondern auch in dem
Verlangen nach Eigenthum, nach Ehre, nach Herrschaft und
nach Bildung sich zeigen. Kein Mensch kann sich dieser
Begierden entschlagen, jeder muss sie in seinem Lebenszweck
mit in Rechnung bringen und ihnen die naturgemässe Befriedigung zu Theil werden lassen, wenn sein Leben nicht
als ein krankhaftes und gebrochenes erscheinen soll. Die
Mönche suchten sich, wie bekannt, der persönlichen Bedürfnisse, so viel als immerhin möglich, ohne das Leben selber
zu gefährden, zu entäussern; was für bleiche, schwammige
und charakterlose Gestalten aber daraus erwachsen sind, das
lehrt die Geschichte so überzeugend, dass wir Luther nicht
genug dafür danken können, dass er auch das Mönchsthum
aufgehoben hat. Man wird die Begierden nicht dadurch los,
dass man sie mit der Wurzel auszurotten sucht — denn das
ist nicht möglich, ohne unseren Organismus zu schwächen
oder ganz und gar zu zerstören —, sondern dadurch, dass
man sie auf eine vernünftige und sittliche Weise befriedigt.
Diese Befriedigung der Begierden des Menschen — mögen
sie nun sinnliche Begierde oder Begierde nach Besitz oder
Ehr- und Herrschbegierde oder Wissbegierde genannt werden
— ist aber erst in dem Falle eine vernünftige und sittliche,
wenn sie nicht als der letzte Zweck des Lebens festgehalten
wird, sondern nur als Mittel, um allgemeinere — über die

endliche, menschliche Individualität unendlich weit hinaus
liegende — Zwecke zu realisiren. Aber in dieser Fassung
sind die persönlichen Motive wohl berechtigt, und kein Mensch
soll sich davon frei machen, wie er es ja auch nicht vermag.
Man muss es allerdings als den Zweck des menschlichen
Einzellebens hinstellen, dass sich die individuelle Persönlichkeit des Menschen zum Träger und Organ der göttlichen
Vernunft und Weisheit erheben und verklären soll; aber um
ein solcher Träger des Allgemeinen sein zu können, müssen
meine körperlichen und geistigen Kräfte entwickelt und ihre
nothwendigen Bedürfnisse befriedigt werden. Ich erinnere an
das Wichtigste unter allen sinnlichen Gütern — an die Gesundheit. Was wäre der Mensch ohne eine gewisse Gesundheit seines Leibes? Zu jeder Leistung im Leben, und
wenn es die allerhöchste und göttlichste wäre, bedarf der
Mensch der Gesundheit. Ist er nicht gesund, so muss er seine
Aufmerksamkeit auf die körperlichen Organe hinrichten und
daher den ideellen Thätigkeiten, die auf den wahren Zweck
des Lebens hinzielen, Zeit und Kraft entziehen. Er geräth
dadurch mehr oder weniger in die Knechtschaft seines sinnlichen Organismus, und statt dass der Leib das Organ einer
höheren Thätigkeit sein sollte, wird er in der Krankheit der
Zielpunkt fast aller unserer Thätigkeit und wird so etwas
sehr Gefährliches und Verderbliches. Die Gesundheit ist allerdings nichts Absolutes, so dass der Mensch bei der Verfolgung höherer Zwecke nicht auch sie aufs Spiel setzen, ja
sogar seine irdische Existenz hingeben sollte, und grosse
Männer haben es stets gethan, aber in dem gewöhnlichen
Verlaufe des Lebens, wo nichts ganz Ausserordentliches verlangt wird, ist die Erhaltung der Gesundheit nothwendig,
und darum ist der Mensch vollkommen berechtigt, ja verpflichtet, die Gesundheit — wenn auch nur in relativer Weise
— zum Motiv seiner Handlungen zu machen und für dieselbe
zu sorgen, indem er zu geeigneten Zeiten von den körperlichen Anstrengungen sich erholt, Seebäder besucht, Gebirgsreisen macht und überhaupt etwas thut, wobei er sich nicht
anstrengt. Und damit hängt weiter zusammen, dass der
Mensch viele Handlungen verrichtet, um Nahrung, Kleidung,
Wohnung und die Befriedigung anderer sinnlicher Bedürfnisse zu erlangen. Auch das Streben nach einem gewissen

Eigenthum hat daher eine relative Berechtigung, denn in der bürgerlichen Gesellschaft bedarf ich eines gewissen Eigenthums, um mir die sinnlichen Mittel zur Erhaltung und Entwickelung meiner individuellen Persönlichkeit zu verschaffen.

Es ist sogar nicht zu leugnen, dass diese auf die Förderung der individuellen Persönlichkeit gerichteten Motive sich in demselben Maasse steigern und verallgemeinern, je mehr sich ein Mensch entwickelt, und daher ist es wohl zu erklären, dass bei solchen Menschen, die sich nur so hingehen lassen und ihren individuellen Trieben folgen und diese nicht in den Dienst eines höheren Allgemeinen zu stellen vermögen, die persönlichen Motive in ihrem höheren Alter immer stärker in den Vordergrund treten, und dass sie daher dann beschränkter und egoistischer erscheinen, als im Jünglingsalter. Namentlich ist es eine bekannte Erfahrung, dass die schrankenlose Liebe zum Eigenthum und die Habsucht bei alten Leuten viel stärker und öfter hervortritt, als bei Jünglingen und Knaben, obgleich diese Erscheinung auch mit dem Umstande zusammenhängt, dass der Knabe und der Jüngling in der Regel auf Unkosten der Eltern lebt und darum noch kein Eigenthum nöthig hat. Ausser dem Triebe nach Eigenthum finden wir als persönliche Motive besonders noch die Ehre und die Macht. Werden beide als endgültige Motive geltend gemacht, so bilden sich zwei sehr gefährliche Laster aus: die Ehrsucht und die Herrschsucht, die manches Menschenleben verderben und zertrümmern, namentlich ist die masslose Herrschsucht kluger und willenskräftiger Regenten schon oft die Ursache gewesen von der Vernichtung vieler Menschenleben, da es einem herrschsüchtigen Eroberer höchst gleichgültig ist, ob Millionen von Menschen fallen, wenn er nur das von ihm beherrschte Gebiet erweitern kann. Ebenso ist es dem entwickelten Geizhalz gleichgültig, ob seine Nebenmenschen an Leib und Seele verderben, wenn er nur seinen Seckel füllen kann. Aber so abschreckend Habsucht und Herrsucht dem fühlenden Menschen erscheinen müssen, so bleibt es doch nicht minder wahr, dass die Ehre und Macht, sofern sie als Mittel zu einem allgemeinen, in sich wohlberechtigten göttlichen Zwecke festgehalten werden, keineswegs unberechtigt sind. Die Ehre ist, wie schon bemerkt, die Anerkennung, die meiner Person von anderen Personen zu Theil wird; die Macht oder Herrschaft besteht aber darin, dass mein Wille den Willen anderer Menschen bestimmt. Beide erweitern die Geltung meiner Persönlichkeit, geben ihr gleichsam ein grösseres Relief und sind deshalb für eine gesegnete Wirksamkeit im Dienste des Guten und Wahren von grosser Bedeutung. Wer könnte eine erspriessliche Wirksamkeit entwickeln, ohne von einem gewissen Kreise von Menschen anerkannt zu werden oder ohne einen Kreis von Menschen zu besitzen, deren Willen er im Stande ist zu bestimmen. Ohne Zweifel ist es ein schützenswerthes Gut, von anderen Menschen geachtet und anerkannt zu werden, namentlich von solchen Menschen, die ein Urtheil haben über den Werth oder Unwerth anderer Menschen, und ebenso erscheint es als ein wünschenswerthes Gut, den Willen anderer Menschen bestimmen zu können, namentlich den Willen solcher Menschen, die wirklich einen entwickelten Willen haben und sich daher nicht so ohne weiteres wie eine weiche Masse zurechtkneten lassen. Aber dennoch sind Ehre und Herrschaft nur relative Güter, weil sie nur Momente der individuellen Persönlichkeit sind, welche selbst nichts Absolutes ist, sondern schliesslich die Bestimmung hat, Träger des an und für sich seienden Allgemeinen und Göttlichen zu sein. Dass die persönlichen Motive nur einen relativen Werth haben und über sich hinausweisen und zwar zunächst auf die Autoritätsmotive, lässt sich aus dem Begriff der persönlichen Motive selbst nachweisen, und wir haben uns diesem Nachweise um so mehr jetzt zuzuwenden, je weniger solche Betrachtungen in den Erörterungen über die Willensfreiheit sonst angestellt werden und je mehr sie doch dazu dienen, Licht über dieses Gebiet zu verbreiten.

Alle persönlichen Motive lassen sich zurückführen auf die Befriedigung von Trieben, die jeder Mensch von Haus aus in sich trägt, und die befriedigt werden müssen, wenn der Mensch als Person bestehen und sich von Stufe zu Stufe entwickeln soll; aber es lässt sich nachweisen, dass der Mensch, um seinen Trieben die nöthige Befriedigung zu verschaffen und um sich zu entwickeln, über sich selbst hinausgehen, sich einem Anderen zuwenden und sogar einem Anderen sich unterordnen oder sich selbst entäussern muss. Es erscheint auf den ersten Blick als ein Widerspruch und ist

bei näherer Betrachtung doch eine unwiderlegliche Wahrheit,
dass sich die Persönlichkeit aufgeben muss, um sich zu finden
und sich zu erhalten. So ist, um auf einzelne Triebe näher
einzugehen, eine wahrhafte Herrschaft über Andere nur dadurch möglich, dass wir ihnen wesentliche Dienste erweisen;
wir müssen uns also ihnen zu allererst mit allem Ernst unterordnen, um uns einen Einfluss auf sie zu erwerben und zu
sichern. Nur durch Dienen kommt man zum Herrschen, nur
durch Aufopferung seiner zur Macht über Andere. Man hat
den grossen Staatsmann Perikles glücklich gepriesen, weil
er über das freie Volk der Athenienser, das sonst durch keine
äussere Macht der Erde, sondern nur durch seine eigenen
Entschliessungen bestimmt wurde, eine grosse Reihe von
Jahren beherrschte, d. h. sie in ihren politischen Angelegenheiten, Einrichtungen und Unternehmungen bestimmte. Diese
Herrschaft hat sich aber Perikles nur dadurch erworben und
gesichert, dass er den Atheniensern die allerwesentlichsten
Dienste erwies und ihnen bei seiner hohen Weisheit und
Einsicht nur dasjenige rieth, was sie selbst bei näherer Erwägung als das Beste und Zweckmässigste erkennen mussten
und, da ihnen Perikles durch seine vortreffliche Redekunst
stets das tiefste Verständniss zu eröffnen wusste, wirklich
erkannten. So erwirbt sich Jeder die Herrschaft über Andere
nur dadurch, dass er ihnen in aller Treue dient. Die Herrschbegierde für sich, ohne mit der entwickeltesten und einsichts-
vollsten Dienstfertigkeit verbunden zu sein, ist ein leerer
Schein, ein blosses Streben nach Etwas, was nicht zu erreichen ist. Alle Herrschbegierde zielt darauf, sich den Willen
des Anderen unterwürfig zu machen, und das ist allein durch
das Dienen zu erreichen. Der herrschsüchtigste Despot bringt
es nicht so weit, die Seelen und den Willen seiner Unterthanen zu beherrschen, wonach er doch strebt, und wenn er
auch die unbeschränkteste Macht über Leib und Leben derselben hätte; wiewohl auch diese Macht auf sehr schwachen
Füssen steht und oft über Nacht zusammenfällt, wenn der
Wille seiner Unterthanen gegen ihn ist. Dagegen herrscht
der niedrigste Knecht über seinen sogenannten Herrn, wenn
er ihm treue Dienste leistet, von denen das Wohl und Wehe
des Herrn wesentlich abhängig ist, und wer diese innerliche
oder sachliche Herrschaft über den Anderen einmal besitzt,

der erlangt, wie die Erfahrung im Grossen und Kleinen lehrt, oft auch die äussere oder formelle. Wie mit der Herrschbegierde, so verhält sich's mit allen anderen persönlichen Motiven, sie drängen den Menschen stets über sich hinaus und nöthigen ihn, sich einem Anderen unterzuordnen. Wer geniessen will, der muss sich die Mittel zu den Genüssen und so die Genüsse selbst durch eine aufopfernde Arbeit im Dienste Anderer erwerben. Ehre erwerbe ich mir bei Anderen nicht etwa dadurch, dass ich eifersüchtig über meine Ehre wache und sie, wenn sie verletzt wird, durch Schwert und Pistole wieder herzustellen suche; durch solche Befriedigung meines Ehrgeizes erreiche ich das reine Gegentheil dessen, was ich erstrebe, ich erreiche nur das Resultat, dass die vernünftigen Leute über den eitlen Geck lachen, und wer sonst keine Ehre hat, der wird sie auch durch kein Duell erlangen, und wer sie hat, der wird sie auch nicht verlieren, wenn er auch noch so sehr geschmäht wird und wenn er auch das einer noch barbarischen Zeit angehörige Duell in allen Fällen von der Hand weist. Ehre, wahrhafte Ehre erwerbe ich mir nur dadurch, dass ich von meinem selbstischen Ich abstrahire, in etwas Grossem und Werthvollem mich selbst vergesse und etwas leiste, was über meine endliche Subjectivität erhaben ist.

So weisen alle persönlichen Motive über sich selbst hinaus. Der Einzelne wird nur dadurch etwas für sich, dass er sich Anderen hingiebt und durch diese Hingabe an sie und durch die Dienstleistungen, die er ihnen erweist, sich den Anspruch erwirbt, auch von den Anderen in denjenigen Dingen, über die sie zu verfügen haben, gefördert und unterstützt zu werden. Und diese Hingabe an Andere muss ganz ernstlich gemeint und frei von allem Scheinwesen sein; denn ich kann keinem Menschen im Ernst zumuthen, dass er sich eines Theils seiner Persönlichkeit entäussern und mir denselben zum Dienste stelle, wenn ich nicht gleiche Gesinnung hege und dem Anderen gegenüber mich selbst entäussere. Um also auch nur die persönlichen Motive in ihrer relativen Berechtigung zur Geltung zu bringen, muss sich jeder Mensch seiner individuellen Ichheit begeben, er muss sein individuelles Selbst gleichsam abarbeiten; das geschieht aber zunächst dadurch, dass ich mich in den Dienst anderer Men-

schen stelle, die in dem Besitz der Güter sind, nach denen
ich strebe; dass ich ihren Willen achte und befolge und ihrer
Einsicht Glauben schenke. Dieses führt uns aber zu der
zweiten Art der Willensmotive, zu den Motiven der Autorität, die den Uebergang und die nothwendige Vermittlung zwischen den persönlichen Motiven und den allgemeinen
Vernunftmotiven bilden. Die Motive der Autorität sind dieselben, als die Motive des Gehorsams, nur ist in dem Ausdruck der Autorität mehr diejenige Thätigkeit meiner Seele
in den Vordergrund gestellt, mit der ich meine Einsicht
von der Einsicht eines Anderen abhängig mache; dagegen
geht der Gehorsam vorzugsweise auf den Willen und besteht darin, dass ich meinen Willen dem Willen eines anderen Menschen unterwerfe. Von diesen Motiven der Autorität oder des Gehorsams haben wir nun ausführlich zu reden.
Je weniger in unserem Zeitalter der zerfahrenen Subjectivität
die Menschen von der Autorität wissen wollen, desto entschiedener ist es zu betonen, dass die Autoritätsmotive äusserst
umfassend und bedeutend sind, dass ohne die Geltung dieser
Motive gar keine menschliche Gemeinschaft und keine menschliche Entwicklung möglich ist, dass Millionen von Menschen
ihre Handlungen nach diesen Motiven einrichten, oft sogar,
ohne es zu wissen und zu wollen, und dass selbst die gebildetsten und vernünftigsten Menschen sich nach vielen
Seiten ihres Lebens hin keineswegs dieser Motive entschlagen
können. Denn so gebildet und vernünftig ein Mensch, so
entwickelt sein Wissen und so selbständig und tüchtig seine
Wirksamkeit auch sein mag, immer bleiben ihm doch eine grosse
Zahl von Lebensphären übrig, in denen er nicht zu Hause
ist, und in diesen wenigstens hat er sich in seinem Wollen
und Handeln durch Autoritäten bestimmen zu lassen. Wir
alle, die wir von der Arzneikunde nichts oder doch so gut
als nichts verstehen, betrachten mit Recht den Arzt als eine
Autorität und handeln in vielen Fällen nach seinem Rathe
und befolgen seine Anordnungen. Zwar wird jeder gebildete
Mensch im Allgemeinen seinen Körper kennen und aus Erfahrung wissen, was ihm nützt und was ihm schadet, und
wird sich im Grossen und Ganzen nach diesen Erfahrungen
richten und den Arzt wenig in Anspruch zu nehmen brauchen,
aber bei eintretenden schwereren Krankheiten ist's doch mit

seinem Wissen und Können aus und er hat sich dann zu
seinem eigenen Heil nach dem Rathe eines bewährten Arztes
zu richten, also auf Autorität zu handeln und den Willen
eines Anderen zu befolgen. Jeder menschliche Beruf hat zu
seiner Ausübung eigenthümliche Kenntnisse, Erfahrungen
und Fertigkeiten nöthig und wer sich diese erworben hat,
der ist für die Laien darin eine Autorität, und wenn die
Laien etwas, was in diesen Beruf einschlägt, zu verrichten
haben, so thun sie jedenfalls besser, dem Rathe des Sachkundigen, als ihrer eigenen beschränkten Einsicht zu folgen;
folgen sie aber einem solchen Rathe, so lassen sie sich
wiederum durch Autorität bestimmen. In einem Kriege hat
sich das ganze Heer unbedingt nach dem Willen und Befehle
des Feldherrn zu richten und auf seine eigene Einsicht und
seine Wünsche und Bestrebungen Verzicht zu leisten, also
wieder der Autorität zu vertrauen und ihren Aussprüchen
sein ganzes Handeln zu unterwerfen. In einem Staate
sind die Gesetze eine Autorität für jeden, der diesem Staate
angehört und seinen Schutz und seine Wohlthaten geniesst,
und jedes Mitglied des Staates hat seine Handlungen nach
den Gesetzen des Staates zu reguliren, selbst in dem Falle,
wenn er Vieles darin finden möchte, was besser sein könnte.
In einem freien Staate wird es jedem Staatsbürger erlaubt
sein müssen, auch seine abweichenden Ansichten über die
Gesetze und Einrichtungen des Staates auszusprechen, ja es
ist sogar seine Pflicht, in solchen Gebieten, in denen er durch
Studium und Erfahrung einheimisch geworden ist, seine Ansichten an geeigneter Stelle auszusprechen und zu begründen;
aber zunächst hat er doch den bestehenden Gesetzen unbedingten Gehorsam zu leisten, mag er darüber denken, was
er will, und es gehört zur Vernunft des Staates, dass er sich
bei solchen, die den Staatsgesetzen nicht gemäss leben, Gehorsam zu erzwingen weiss. Mag aber der Gehorsam frei
sein oder erzwungen, die Handlung ist in beiden Fällen durch
das Motiv der Autorität bestimmt. So liessen sich noch Hunderte von Beispielen zum Beweise der Behauptung anführen,
dass alle Menschen und selbst auch die gebildetsten und ge-
scheitesten tagtäglich in ihren Handlungen durch die Autorität sich bestimmen lassen, ja die allermeisten Menschen
mögen über diesen Standpunkt des Autoritätsglaubens und

des Gehorsams gegen einen objectiven Willen ihr ganzes
Leben über nicht hinauskommen. Und selbst für die höchsten
Gebiete des geistigen Lebens, für die Religion, die Wissenschaft und die Kunst, gilt dieses Autoritätsprincip in vollem
Maasse, ja vielleicht in einem höheren Grade, als in irgend
einem anderen mehr endlichen Gebiete. Der Religionsstifter
ist eine Autorität für jeden, der dieser Religion angehört,
und bestimmt durch das, was er gesagt, und oft auch durch
das, was er gethan hat, die Handlungen und Bestrebungen
derer, die an ihn glauben. Auch die Stifter von Philosophen-
schulen sind Autoritäten nicht blos für ihre unmittelbaren
Schüler, sondern auch für alle folgenden Philosophen, die
sich erst durch das ernste Studium und das liebevolle Eingehen auf die Werke der Epoche machenden Philosophen
der Vorzeit zu wirklichen Philosophen ausbilden. Und selbst
wenn einer durch Studium und Leben sich zu einem wahrhaften Philosophen ausgebildet und aus sich heraus ein zu-
sammenhängendes Gedankensystem, von dessen Wahrheit
er überzeugt ist, entwickelt hat, so hört er damit noch keineswegs auf, der Autorität Raum zu geben. Hat man sich
durch das Studium einer Philosophie in seinem denkenden
Bewusstsein wesentlich gefördert, so hat man unwillkürlich
grossen Respect auch vor solchen Partien dieser Philosophie,
die man noch nicht versteht, ja man findet auch solches noch
beachtenswerth und der weiteren Betrachtung bedürftig, was
man nicht billigt. Sokrates sagte von einem Buche des Philosophen Heraklit: Was er davon verstanden habe, sei vortrefflich, und was er nicht verstanden habe, von dem glaube
er, dass es ebenso beschaffen sei. Und doch war Sokrates
nichts so wenig, als ein Autoritätsgläubiger, sondern ihm
galt nur dasjenige, was er durch vernünftige Untersuchung
ermittelt hatte. Wenn nun aber schon diejenige Wissenschaft,
die sich grundsätzlich von aller äusseren Autorität frei zu
machen sucht und nur dasjenige als wahr gelten lässt, was
sich als solches beweist, nicht ohne Autorität auskommen
kann, wie viel weniger die anderen Wissenschaften, die doch
mehr oder weniger die Philosophie zu ihrer Grundlage haben
und ausserdem von gegebenen Erscheinungen ausgehen müssen.
So ruht auch unsere ganze Kenntniss der Geschichte auf
Autorität; die Werke solcher Männer, die als Augenzeugen

der geschichtlichen Thatsachen gelten, sind uns nämlich eine
Autorität. Kurz! die Macht der Autorität ist riesengross und
bestimmt den grössten Theil der menschlichen Ueberzeugungen
und demnächst auch den grössten Theil der menschlichen
Handlungen, denn wovon ich wirklich und wahrhaft überzeugt bin, das macht sich auch mehr oder weniger in meinen
Handlungen geltend. Selbst das Verkehrteste und Unvernünf-
tigste bleibt oft Jahrhunderte lang für ganze Völker eine
Autorität, nach der sie ihr Denken und Thun gestalten. Man
betrachte nur einmal die gräulichen Sitten und Handlungen
der meisten afrikanischen Völker, z. B. die Anbetung ihrer
Fetische und das rasende Benehmen ihrer Zauberer! Man
sollte meinen, dass jeder Mensch das Verderbliche und Nichts-
würdige solcher Sitten und Handlungen erkennen und sich
davon abwenden müsste; aber nein! die Autorität der Volkssitte ist mächtiger, als jede vernünftige Ueberlegung, ja die
fest gewurzelte Volkssitte lässt es gar nicht zu einer vernünftigen Ueberlegung kommen. Es wird erst eine vernünf-
tigere Autorität in der Form einer äusseren, unwiderstehl-
lichen Macht über diese Völker kommen müssen, ehe sie der
Autorität ihrer unvernünftigen Sitten entsagen. Beispiele,
wie das eben erwähnte, lassen es erkennen, dass bei dem
Autoritätsglauben dasjenige, welches geglaubt wird, leider!
sehr oft nichts Vernünftiges ist, ja dass oft das Allerverkehr-
teste geglaubt wird und ein fürchterliches Motiv für das
Handeln und das Leben wird, so bald es zur Sitte geworden
ist, oder so bald die bedeutende Mehrheit der gleichzeitigen
Menschen es für gewiss hält. Wie viele Jahrhunderte hat
der Hexenglauben vorgehalten! Wie tief hat er in die staat-
liche Gesetzgebung eingegriffen! Wie vielen Tausenden von
armen Weibern hat er das Leben gekostet! Die Autorität hat
eine wahrhaft magische Gewalt sowohl im Guten, wie im
Bösen; aber allerdings eine unendlich grössere Kraft im Guten, wenn Männer auftreten, die von vernünftigen Gedanken
erfüllt sind und diese Gedanken mit einer unbedingten Selbstgewissheit geltend machen und in dieser absoluten Zuversicht
sprechen und handeln. Diese unendliche Selbstgewissheit, mit
der von der Wahrheit ergriffene Männer auftreten, ist es
vornehmlich, was mächtig imponirt, was ihnen Tausende von
Anhängern verschafft und sie in grösseren und kleineren

Kreisen, sei es in der Weltgeschichte oder auch in den beschränkteren Kreisen des bürgerlichen Lebens, zu Sonnen macht, um die sich zahlreiche Planeten, Cometen und Monde bewegen und von welcher diese Licht und Wärme und Leben empfangen. Wer aber selbst nicht mit absoluter Gewissheit an das glaubt, was er durch Wort und That verkündigt, sondern daran zweifelt, der wird nimmermehr zu einer Autorität für Andere, nach der sie sich richten in ihrem Meinen und Handeln. Als Paulus mit der festen Zuversicht, dass der lebendige Sohn Gottes auch in ihm seine Auferstehung gefeiert, in den Ländern des römischen Weltreichs umherzog und seinen Glauben verkündigte, da bildete er die zahlreichsten Gemeinden; wo er hinkam, da brannte es lichterloh, und die heidnischen Götzen, die so viele Jahrhunderte das Licht der Völker gewesen waren, fielen in ihr Nichts zusammen. Und doch waren es nicht zierliche Reden, welche die Zuhörer fesselten; die Griechen waren viel schönere und reizendere gewohnt; auch nicht die Gründlichkeit der Argumente, denn auch diese kannten die Griechen viel vollkommener, als sie Paulus in seinen für das ganze Volk berechneten Reden geben konnte, sondern es war die Kraft der ihrer Idee absolut gewissen Persönlichkeit, welche die Menschen begeisterte und antrieb, ein neues Leben zu beginnen. Und seine Schriften, die ebenfalls von diesem Geiste der Wahrheit und der Gewissheit durchdrungen sind, sind alle Jahrhunderte hindurch eine Autorität geblieben, nach der Millionen von Menschen ihr Denken und Thun bestimmt haben.

So ist denn die Autorität und das Leben und Handeln auf Autorität eine Macht in grossen und kleinen Kreisen, bei Weisen und Unweisen, und Keiner, so gebildet oder vollkommen er sein mag, kann sich dem Einfluss der Autorität entziehen.

Aber die absolute Bedeutung und Unentbehrlichkeit der Autoritätsmotive erscheint doch erst dann im vollsten Lichte, wenn wir bedenken, dass es ohne Autoritätsmotive keine Erziehung, keinen Unterricht und keine Bildung giebt. Bestimmt sich auch jeder Erwachsene, er sei auch was er sei, wenigstens nach vielen Seiten hin nach Autoritätsmotiven, so ist doch die Autorität und das Handeln und Leben nach Autoritätsmotiven erst für die Jugend von wahrhaft absoluter Bedeutung. Der Mensch tritt in die Welt ein mit unerschöpflich reichen-Anlagen des Geistes, die aber zunächst nur Keime sind und erst durch das Mittel der Erziehung und des Unterrichts zu einem lebendigen Wesen und Organismus entwickelt werden können. Wie an den in dem Samen liegenden Keim Licht und Wärme und Feuchtigkeit und Luft von Aussen herankommen und sich mit dem Keim lebendig vermählen müssen, wenn dieser aus einer blossen Möglichkeit zu einem lebenskräftigen Wirklichen werden soll), so muss an den Keim des Geistes', der in einem menschlichen Individuum verborgen liegt, der entwickelte Geist erwachsener und gebildeter Menschen herankommen und mit diesem Keim sich lebendig verbinden, wenn ein selbstbewusster und willenskräftiger Mensch daraus erwachsen soll. Darin besteht alle Erziehung, dass ein bewusster Geist in die dunkelen Tiefen eines noch mehr oder weniger unbewussten Geistes als ein unsterbliches Licht hineinscheint und die Kräfte dadurch weckt und entwickelt. Aber der bewusste Geist ist für den unbewussten eine bestimmende Autorität, und je unbedingter er es ist, desto normaler ist dieses Verhältniss des Gebens und des Nehmens, und desto gedeihlicher geht die Entwicklung vor sich. Alle Erziehung ruht auf dem Principe der Autorität, alle Erziehung sowohl der Intelligenz als des Willens, sowohl die theoretische als die praktische. Was zunächst die theoretische Erziehung betrifft, so wird ein Schüler, welcher nicht das gläubig hinnimmt, was ihm der Lehrer sagt, es nimmermehr zu selbständiger Einsicht bringen. Noch wichtiger aber ist es, dass der Wille des Zöglings sich dem Willen des Erziehers in Allem unbedingt unterordnet. Darum ist in aller Erziehung der Gehorsam des Kindes gegen die Eltern und des Schülers gegen die Lehrer das Wesentliche und die Hauptsache. Von dem Handeln nach persönlichen oder subjectiven Willensmotiven, die zuerst im Menschenleben sich geltend machen, bis zu den vernünftigen Willensmotiven ist ein Sprung, den kein Mensch thun kann, ohne dass er vorher seinen individuellen Willen durch den objectiven Willen des Erziehers beugen oder gar brechen lässt. Der Mensch muss entweder Zeitlebens in seiner subjectiven Willkür, Eitelkeit und Sinnlichkeit verkümmern, oder es muss eine objective Vernunft an ihn herankommen, die ihn mit unwider-

steblicher Gewalt aus sich herausholt und sein ganzes Ich
einer höheren Vernunft dienstbar macht; der Wille ist durch
den Gehorsam gegen eine entwickelte persönliche Autorität
geschmeidig und hingebend zu machen, wenn er befähigt
werden soll, später unabhängig von jeder persönlichen Autorität der Wahrheit an und für sich in freier Weise dienstbar
zu sein. Wie das Eisen, ehe es in allerlei schöne oder zweckmässige Formen geschmiedet werden kann, erst durch die
Hitze des Feuers flüssig gemacht werden muss, so muss der
Eigenwille des natürlichen Menschen, der von Haus aus sinnlich und egoistisch ist, gebrochen und weich und biegsam
gemacht werden, ehe er im Stande ist, sich einem unsicht-
baren Allgemeinen mit Freiheit unterzuordnen. Dieses leistet
aber die Erziehung und der Unterricht der Jugend; soll es
wenigstens leisten. Durch die Erziehung soll das Kind gewöhnt werden, seinen Willen aufzugeben und die Motive
seines Denkens und Handelns von seinen Erziehern zu entnehmen. Je unbedingter dieser Gehorsam eines Zöglings gegen
seine Erzieher ist, desto grösser ist die Willensfreiheit, die
das Resultat der Erziehung sein soll. Wer aber in seiner
Jugend nicht gehorchen gelernt hat, der quält sich oft Zeitlebens mit seiner Launenhaftigkeit und Willkür und kommt
niemals zu wahrer Freiheit von sich, es sei denn, dass wi-
drige Lebensschicksale die Mängel seiner Jugenderziehung
verbessern, ihn mürbe machen und ihn nöthigen, aus seiner
kümmerlichen Subjectivität herauszugehen und sich einer
objectiven Vernunft zu unterwerfen. Aber diese Erziehung
durch äussere Schicksale ist doch immerhin nur unsicher und
tritt, wenn sie ja eintritt, oft erst dann ein, wenn der Mensch
schon mehr oder weniger eine Beute seiner Sinnlichkeit oder
Eitelkeit geworden ist. Das einzig Sichere und Normale ist
die Bildung des Willens in der Jugendzeit durch Gewöhnung
an Gehorsam. Je unbedingter der Gehorsam ist, an welchen
die Jugend gewöhnt wird, desto vortrefflicher ist die Erziehung, desto grösser ist die Geistesfreiheit der Zöglinge, die
sie zum Resultate hat. Und nicht blos das Heil und die
Freiheit des einzelnen Menschen ist durch diese Selbstentäusserung des Willens in der Jugendzeit bedingt, sondern
auch das Heil und die Freiheit ganzer Völker. Freie Völker
haben stets darauf gehalten, dass ihre Jugend unbedingten

Gehorsam lernte, und ihre grossen Charaktere und einfluss-
reichen Geister sind nur durch das Princip des Gehorsams
und der Autorität, dem sie sich in der Jugendzeit unbedingt
unterwerfen mussten, so gross geworden. Die Römer waren
doch gewiss in der besten Zeit ihrer Republik ein freies Volk;
aber ihre Jugenderziehung ruhte auf dem unbedingten Gehorsam der Kinder gegen ihre Eltern. Der Wille des Vaters
war für die Kinder eine absolute Macht; er konnte selbst
über das Leben des Kindes mit freier Gewalt verfügen, —
und in dieser Hinsicht ging die väterliche Macht weit über
das vernünftige Maass hinaus, während in unserer Zeit das
andere Extrem so häufig gefunden wird, nach dem viele Eltern
ihren Kindern gegenüber kaum noch einen festen und conse-
quenten Willen haben und behaupten. Davon war bei den
Römern in ihrer guten Zeit nicht im Entferntesten die Rede,
dass der Vater sich nach den Wünschen des Sohnes gerichtet
hätte, sondern der Wille des Sohnes ging ganz auf in dem
Willen des Vaters, der schwache Wille in dem starken, der
vorzugsweise noch von subjectiven Motiven geleitete Wille
in dem vorzugsweise in der Staatsidee wurzelnden Willen;
aber eben darum erstarkte auch der schwache Wille des
Kindes nach und nach in dem starken Willen des Vaters
und wurde aus seiner subjectiven Willkür und Sinnlichkeit
herausgehoben und zur Anerkennung einer objectiven vernünftigen Macht gebracht und erhielt so Fassung, Energie,
Consequenz und Allgemeinheit. So erwuchsen in dem römischen Staate jene grossen Charaktere, die wir noch bis auf
den heutigen Tag bewundern, wie die Fabier, die Decier,
die Scipionen, die Catonen und so viele Andere. Sie lernten
gehorchen in ihrer Jugend, d. h. sie machten einen vernünftigen und entwickelten Willen zur Richtschnur ihres Ver-
haltens und entwickelten so aus sich einen objectiven, vernünftigen Willen, der sie denn auch befähigte zu befehlen;
denn befehlen kann nur einer, der gehorchen gelernt hat.
Die unbedingte Disciplin, welche die römischen Heere auszeichnete, und die Autorität, welche die römischen Gesetze für jeden
Römer hatten, war durch die Disciplin und die Autorität, die
in der Jugenderziehung maassgebend war, wirksam vorbereitet,
denn wer sich gewöhnt hat, in der Zeit seiner Unmündigkeit
einer persönlichen Autorität zu folgen, dem wird es dann

auch leicht, wenn er mündig geworden ist, den allgemeinen
Gesetzen des Staates gehorsam zu sein. Mit der Zucht der
Jugend verfiel aber auch die Zucht im römischen Staatsleben.

Aber auch die Geschichte der neueren Zeit kann es uns
lehren, dass nur solche Männer zu grossen und freien Charakteren erwachsen, die in ihrer Jugend die Zucht des Gehorsams gründlich erfahren und durchgemacht haben. Was
wäre aus dem geistvollen und hochbegabten, aber in seiner
Jugendzeit zu französischer Weichlichkeit, Frivolität und
Schöngeisterei sich hinneigenden Friedrich — dem nachmaligen Friedrich dem Grossen — wohl geworden, wenn er
sich nicht dem allerdings despotischen — aber immerhin von
einer tiefsittlichen Idee geleiteten — Willen seines Vaters
Friedrich Wilhelm I. hätte unbedingt unterwerfen müssen?
In dieser harten Zucht, die bis zur innersten Zerknirschung
des Jünglings fortging, lernte er Selbstentäusserung und
Achtung gegen einen mächtigeren Willen. Nur durch diese
Zucht, die in ihm alle Willkür, Eitelkeit und Selbstsucht
tilgte, wurde er ein Charakter von der Gediegenheit, Energie
und Consequenz des Willens, mit der wir ihn seinem ganzen
Zeitalter das Gepräge seines Geistes aufdrücken und Preussen zu
dem hoffnungsvollen Staate der deutschen Zukunft erheben sehen.

Was aber die Geschichte im Grossen und Ganzen und
in der Entwicklung einzelner bedeutender Persönlichkeiten
lehrt, dass nämlich der Mensch nur durch Autorität und Gehorsam zur Freiheit durchdringen kann, das liegt schon von
Haus aus in der Natur der Sache. Wer nicht in der Jugend
gelernt hat, seinen Eigenwillen zu brechen, dem Willen der
Eltern, der Lehrer und Vorgesetzten sich unbedingt zu unterwerfen und sich in dieser Hingebung an einen vernünftigeren
und stärkeren Willen so lange zu üben, bis sie ihm zur Gewohnheit und gleichsam zur anderen Natur geworden ist;
wer also diesem Motiv der Autorität nicht eine Reihe von
Jahren folgsam gewesen ist, der wird noch viel weniger im
Stande sein, den Principien der allgemeinen Vernunft später
mit Freiheit gehorsam zu sein. Wohl dem Menschen also, der
in seiner Jugend solchen Erziehern unterworfen ist, welche
wissen, was sie wollen, ihren Willen rücksichtslos und
consequent durchsetzen und ihre Zöglinge nöthigen, ihren
Impulsen in allen Dingen Folge zu leisten. Das sind die

rechten Erzieher, die ihre Zöglinge aus ihrer abstracten Subjectivität herausreissen, sie gewöhnen, auf ihre persönlichen
Eitelkeiten und Prätensionen Verzicht zu leisten, und ihnen
eine sichere Richtung auf das Objective geben. Solchen Erziehern allein kann es gelingen, ihre Zöglinge zu Organen
des Allgemeinen zu erziehen, d. h. zu Menschen, die zuletzt
sicher wissen, was sie wollen und sollen, und auch dasjenige können, was sie wollen und sollen. Unglückselig dagegen sind diejenigen zu nennen, die in der Jugend keinen
Gehorsam gelernt haben, indem sie solchen Erziehern unter-
geben waren, die selbst nicht wussten, was sie wollten, oder
doch ihren Willen nicht durchsetzten, sondern sich vielmehr
durch Launen und durch willkürliche Einfälle und Neigungen
bestimmen liessen. Es sind charakterlose Geschöpfe, die aus
einer solchen haltlosen Erziehung hervorgehen, nicht geeignet,
dem Guten und Wahren zu dienen, nicht befähigt, auf ihr
Selbst Verzicht zu leisten, wenn sich nicht vielleicht später
ein höherer Erzieher ihrer erbarmt und sie durch allerlei
Schicksale von ihrer Nichtigkeit und Erbärmlichkeit überzeugt und das nachholt, sofern es überhaupt nachgeholt werden kann, was in ihrer Jugend viel leichter und naturgemässer
hätte erreicht werden können, damals aber versäumt worden
ist. Wie oft begegnen wir in unserer Zeit Menschen, die mit
der Prätension an die Welt herangehn, dass sich diese nach
ihren Wünschen, Launen und Eingebungen richten soll, und
da dieses nicht geschieht, verdriesslich werden, sich und Andere mit ihren Verstimmungen quälen; die einen grossen
Lärm aufschlagen, wenn sie in ihrer Ehre oder in ihren
Interessen gekränkt zu sein meinen, die in ihrer subjectiven
Versumpfung mehr und mehr zu Misanthropen werden, auch
das viele Gute, das ihnen, wie jedem Menschen, reichlich zu
Theil wird, nicht zu schätzen wissen und so ein trübes und
freudenloses Leben führen. Sie gehören zu denjenigen, die
nicht ordentlich erzogen worden sind, weil sie nicht gelernt
haben, auf sich und ihren Willen zu verzichten und sich objectiven Mächten zu fügen. Kein Gebiet des Lebens, wie das der
Erziehung und des Unterrichts, ist demnach so instructiv, um
zu erkennen, wie unumgänglich nothwendig es für den Willen
des Einzelnen ist, sich dem Willen höher stehender und ein-
sichtsvollerer Personen so lange zu unterwerfen, bis diese

Verzichtleistung auf das empirische Selbst und auf den Eigenwillen zur anderen Natur geworden ist; gleichwie es, was
die theoretische Einsicht betrifft, nothwendig ist, dass mir
menschliche Weisheit und Ueberzeugung eine Autorität geworden ist, an die ich glaube, ehe mir die Wahrheit an und
für sich frei von jeder menschlichen Behauptung die letzte
Autorität meines Denkens und Forschens werden kann.

Aber dieses Werk der Willensbestimmung durch Autorität
ist andererseits doch auch ganz wesentlich von der Einsicht
und der Geschicklichkeit derer abhängig, welche die Autorität
auszuüben haben: der Eltern, der Erzieher, der Lehrer, der
Regenten u. s. w. Die Erziehung ist keine Dressur, sondern
Entwicklung. Der Erzieher hat demnach nichts Anderes aus
dem Zögling zu machen, als wozu dieser von Haus aus angelegt
ist, er hat sich wie ein guter Genius in das innerste Wesen
desselben zu versenken und ihm dasjenige zu sagen und zur
Pflicht zu machen, wozu sich der Zögling selbst entschliessen
würde, wenn er sein ganzes Leben überschauen könnte und
die letzte Bestimmung derselben erkännte. Diese letzte Bestimmung jedes Menschen, der nicht auf halbem Wege stehen
bleiben soll, ist aber selbständige Einsicht in die Wahrheit
und freie Selbstbestimmung nach den ewigen Geboten der
Wahrheit. Der Zweck einer vernünftigen Erziehung besteht
also keineswegs darin, den Zögling oder den Untergebenen
in allen Dingen und für alle Zeit in dem Zustande zu belassen, dass er die Bestimmungsgründe seines Thuns immer
und überall in anderen Menschen sucht und findet, vielmehr
ist er so zu bestimmen und zu leiten, dass er zuletzt wenigstens in den wesentlichen Seiten des Lebens frei wird von
der Autorität anderer Menschen und sich selbst durch die
Natur und die Vernunft der Sache bestimmt, auf die sich
sein Wissen, Wollen und Handeln bezieht. Und wenn auch,
wie ich oben ausgeführt habe, jeder Mensch sein ganzes Leben über nach vielen Seiten hin ein Autoritätsgläubiger
bleibt, so wird doch der gebildete und freie Mensch sich
stets der Gründe bewusst sein, weshalb er die eine Person
oder Sache oder das eine Buch für eine Autorität hält und
andere Personen, Sachen und Bücher für keine Autorität,
d. h. jeder freie und gebildete Mensch wird doch zuletzt an
seine eigene Vernunft appelliren müssen, um entscheiden zu

können, welche von den vielen Autoritäten die bessere ist, der er zu folgen hat. Wenn der Apfel reif ist, so fällt er ab von dem Baume, dem er seine Entwicklung verdankt, und so muss es auch mit jedem Menschen, der seine Bestimmung erreicht, dahin kommen, dass er sich auf seine eigenen Füsse stellt, in allem seinen Thun und Lassen sich selbst bestimmt und sich für sein ganzes Sein und Wirken verantwortlich macht. Die Erzieher sind, so lange sie es sind, Stellvertreter der selbständigen Vernünftigkeit, die in jedem Menschen erwachen soll; ist diese aber erwacht, so tritt sie in ihr Amt ein, welches bisher die Stellvertreter verwaltet haben. Das wäre ein ungeschickter Erzieher, der den Gehorsam, welchen er fordert, nicht so leitete und je länger je mehr der Einsicht der Zöglinge so nahe legte, dass sie nach gerade das Gefühl und die Ueberzeugung gewönnen, wie Alles, was der Erzieher verlangt, recht und gut ist und wie sie im Grunde ihrer eigenen Vernunft gehorchen, indem sie dem Erzieher gehorchen. Das wäre ein schlechter Lehrer, der nicht dahin arbeitete, in seinen Schülern nach und nach eine selbständige Einsicht von der Wissenschaft zu begründen, so dass sie seiner Autorität nicht mehr bedürfen, sondern ihre eigenen Lehrer werden. Je mehr eine Wissenschaft von äusserlicher Erfahrung unabhängig ist und auf den Geist unmittelbar sich bezieht, desto nothwendiger erscheint es, dass der Schüler von der persönlichen Autorität des Lehrers frei wird und nur die Vernunft und den inneren Zusammenhang der Sache zur Autorität hat. Das sind also nicht die rechten Schüler eines philosophischen Lehrers, die mehr oder weniger nur auf Treu und Glauben annehmen, was der Lehrer ihnen gesagt hat oder was in seinen Büchern steht, und es in denselben Worten, Wendungen und Formeln bis zum Ueberdruss wiederholen, sondern diejenigen sind es, in deren Seelen durch die Forschungen und Mittheilungen eines geistvollen Lehrers ein selbständiges Licht des philosophischen Geistes erwacht, vermöge dessen sie unabhängig von ihrem Meister Forschungen über das Wesen der Dinge anstellen und in ihrer eigenen Sprache ihre Ueberzeugungen aussprechen und begründen. Das wäre ein schlechter Religionslehrer, der nicht darauf hinarbeitete, durch Mittheilung seiner Ueberzeugungen über Gott und göttliche Dinge einen selbständigen Geist der Ueber-

zeugung und der Wahrheit in seinen Schülern zu entzünden,
welcher sie von seiner eigenen Autorität, sowie von jeder
anderen äusseren Autorität frei macht. So lange ein Mensch
seine Ueberzeugungen über das Göttliche nur nach den Ueberzeugungen eines Anderen bestimmt, so lange ist er einem
Planeten zu vergleichen, der sein Licht von der Sonne
empfängt; hat er aber selbständige, von jeder äusseren Autorität unabhängige Ueberzeugungen gewonnen, so ist er zu
einem Fixsterne geworden, der aus sich selbst leuchtet.

Wie sehr also der Mensch in verschiedener Beziehung
Zeitlebens sich nach Autoritätsmotiven bestimmen mag, so
sehr weist doch Alles darauf hin, dass er in den wesentlichsten
Factoren seines Lebens — sei es auch nur in der allgemeinen
moralischen Führung des Lebens und in seiner besonderen
Berufsthätigkeit — sich von äusseren Autoritäten frei zu
machen und in der eigenen, freien, vernünftigen Ueberzeugung die Motive seines Wollens und Handelns zu finden hat.
Diese aus der eigenen, freien, vernünftigen Ueberzeugung entspringenden Motive sind die Vernunftmotive; sie allein führen
zur vollen Willensfreiheit und geben dem Leben eine wahrhaft
sittliche Gestalt. Von diesen soll nun zuletzt noch die Rede sein.

Unter Sittlichkeit oder realer Willensfreiheit verstehe
ich aber die Herrschaft eines Vernunftprincips in einem
Menschen, der sich aus eigener, freier Entschliessung heraus
zu seinem Thun und Lassen bestimmt und die Kraft hat,
das Vernunftprincip in allen Lagen und Wandlungen seines
Lebens festzuhalten und durchzuführen. Hiernach werden
aber in dem Begriff der Sittlichkeit drei Momente, die in
lebendiger Wechselwirkung mit einander stehen, unterschieden, nämlich: 1) Das Vernunftprincip, welches die Handlungen des Menschen beherrscht und die eigentliche Güte
oder Tugendhaftigkeit des Menschen ausmacht; 2) die Entschliessung von Innen heraus oder die individuelle Selbstbestimmung, dem Vernunftprincip in allen Bestrebungen und
Handlungen absolut gehorsam zu sein, durch welche die Freiheit
in der Sittlichkeit bewirkt wird; und 3) die Willenskraft,
mit welcher das Vernunftprincip in allen Lagen des Lebens
consequent festgehalten und durchgeführt wird, durch die allein
dasjenige zum Vorschein kommt, was man als Charakter
bezeichnet. Auf diese drei Factoren des sittlichen Menschen

lat man näher einzugehen, um zu erkennen, worin der höchste Werth und die letzte Bestimmung des menschlichen Lebens liegt, denn nichts Vollkommeneres wird man von einem Menschen sagen können, als dass er ein sittlich freies Wesen ist, und alle Erziehung, alle menschlichen Verbindungen, ja alle Religionen zielen schliesslich auf diesen einen Punkt hin; ein sittlich freier Mensch ist gerechtfertigt vor Gott und vor seinem Gewissen.

ad 1. Das Vernunftprincip, welches allem wahrhaft sittlichen Handeln zu Grunde liegt, ist stets ein allgemeiner Gedanke oder eine Idee, welche von dem handelnden Individuum als etwas an und für sich Werthvolles und über alle persönlichen Interessen und Vortheile unendlich Erhabenes betrachtet und geltend gemacht wird. Diejenigen, welche der Meinung sind, dass dem Wesen der Sittlichkeit etwas vergeben werde, wenn die Ideen als die Motive des sittlichen Handelns bezeichnet werden, diese verkennen das Wesen der Ideen, indem sie dieselben für abstracte Gedanken halten, die nur in dem Kopfe eines Menschen existiren. Die Ideen sind aber keine abstracte Gedanken, sondern göttliche und darum schöpferische und lebenskräftige Wesenheiten. Ihre schöpferische Kraft zeigen die Ideen z. B. in der Hervorbringung, Erhaltung und Entwicklung der grossen menschlichen Gemeinschaften, in denen der Geist der Sittlichkeit objectiv existirt und in denen jeder Einzelne seinen sittlichen Halt findet und in Wahrheit erst seine menschliche Bestimmung erreicht. Solche Gemeinschaften sind: die Familie, die Freundschaft, der Staat und die Kirche. Oder wird die Familie nicht durch die Idee der Liebe gegründet und gehalten? Und was wäre ein Staat anderes, als ein geistiger Leichnam, wenn er nicht durch die Idee der Gerechtigkeit durchdrungen und belebt wäre? Und ebenso beruht diejenige Gemeinschaft, die wir die Kirche nennen, auf einem gemeinschaftlichen Bewusstsein derjenigen, die ihr als Glieder angehören, von der Wahrheit, aber die Wahrheit ist eine Idee oder vielleicht geradezu die Idee, die Idee der Ideen. Eine Idee ist also kein todtes Abstractum, sondern ein lebendiges und thätiges Allgemeines, welches eine Fülle von Einzelwesen durchdringt, gestaltet, belebt und entwickelt. In diesem Sinne sind die Ideen die Vernunftmotive für das handelnde

Individuum und für ganze Kreise von handelnden Individuen,
und auf diese Weise bestimmen sie allgegenwärtig und mächtig das Sein und Thun der Menschen. Ein gerechter Mensch
z. B. ist ein sittlicher Mensch, weil in allem seinen Thun
und Lassen die Gerechtigkeit die Herrschaft hat. Der sittliche Mensch ist oben mit einem Kunstwerke verglichen worden, und in der That ist dieser Vergleich schlagend, ja er
ist mehr als ein blosser Vergleich und kann viel dazu beitragen, demjenigen das Wesen der Sittlichkeit klar zu machen,
der etwas von der Kunst und einem Kunstwerke versteht.
Jedes Kunstwerk hat aber zwei Momente in sich, die sich
gegenseitig durchdringen. Das eine Moment ist eine Idee, ein
Allgemeines von bleibendem Werthe und Interesse, das andere Moment ein individueller Stoff, etwa der Marmor oder
der Ton oder das Wort oder eine bestimmte Handlung, und
das Kunstwerk ist nur in dem Falle ein echtes Kunstwerk,
wenn der individuelle Stoff durch und durch so gestaltet ist,
dass er nichts Anderes als die Idee veranschaulicht. Der
Stoff ist nur die individuelle Erscheinungsform des in ihm
wohnenden und treibenden allgemeinen Wesens der Idee;
der Stoff ist nur das Mittel, um den ewigen Zweck, der in
der Idee liegt, zu realisiren. Einem solchen Kunstwerke ist
der sittliche Mensch zu vergleichen, ja der sittliche Mensch
ist selbst das allervollkommenste Kunstwerk, denn für einen
solchen hat alles Sinnen und Trachten, alles Sprechen und
Handeln, ja die ganze Gestaltung des individuellen Lebens
nur insofern einen Werth, als darin ein Ewiges und Unendliches zur Erscheinung kommt und dargestellt wird. Was wir
bei den Kunstwerken gewöhnlicher Art den Stoff nennen,
das ist in dem sittlichen Menschen die denkende, wollende
und fühlende Seele, die nichts Höheres kennt und erstrebt,
als in ihrem ganzen zeitlichen und räumlichen Leben ein
Ewiges, Allgemeines, eine Idee zu veranschaulichen. Jede
Idee, wenn sie nicht ein blos abstracter Gedanke, sondern
ein durchdringendes, Alles gestaltendes, allgemeines Princip
ist, erhebt, veredelt und heiligt den Menschen, wie sie auch
sonst beschaffen sein möge. Aber die Ideen sind der Art
und dem Umfange nach wieder sehr verschieden von einander, und jede einzelne Idee ist für sich ein Unendliches,
das sich von keinem einzelnen Menschen erschöpfen lässt,

ja in dem Grade um so unerschöpflicher erscheint, je mehr
der Mensch daraus schöpft und sich dasselbe aneignet. Um
dieses nachzuweisen, brauchen wir nur die oben erwähnten
Ideen der Gerechtigkeit, der Liebe und der Wahrheit etwas
näher zu betrachten. Es ist in den einleitenden Betrachtungen
dieser Abhandlung nachgewiesen worden, dass die beiden
Grundfactoren des menschlichen Wesens: das Denken und
das Wollen, oder mit anderen Worten: die theoretische und
die praktische Thätigkeit untrennbar vereinigt sind und ohne
einander weder existiren noch gedacht werden können. Nichtsdestoweniger kann bald der eine, bald der andere Factor
prävalirend sein. Wenn das wissenschaftliche Forschen seine
ganze Kraft und seinen ganzen Fleiss daran setzt, die Gesetze des natürlichen oder des geistigen Universums zu erkennen und auszusprechen, so ist seine Thätigkeit ebenso
vorwiegend theoretisch, wie die Thätigkeit des Richters vorwiegend praktisch ist, wenn er die Handlungen streitender
Menschen entscheidet und Jedem je nach der Beschaffenheit
dieser Handlungen sein Recht zu Theil werden lässt. Die
Thätigkeiten Beider sind sittliche Thätigkeiten, wenn es dem
Forscher allein um die Erkenntniss der Gesetze zu thun ist,
dem Richter aber nur darum, dass das Recht zur Geltung
komme; aber die Thätigkeit des ersteren ruht auf der Idee
der Wahrheit und die des letzteren auf der Idee der Gerechtigkeit. Gewiss würde sich nachweisen lassen, dass beide
Tugenden: nämlich die Erkenntniss der Wahrheit oder die
Weisheit und die Gerechtigkeit sich gegenseitig voraussetzen
und sich gegenseitig bedingen; dennoch aber sind beide der
Art nach verschieden. Andere Ideen und damit auch die entsprechenden sittlichen Thätigkeiten sind aber dem Umfange
und dem Grade nach verschieden. Vergleichen wir z. B. die
Gerechtigkeit und die Liebe mit einander, so ist die Gerechtigkeit in der Liebe enthalten. Die Gerechtigkeit beruht, wie
oben bemerkt ist, auf dem populären Grundsatz: Was du
nicht willst, dass dir die Leute thun sollen, das thue ihnen
auch nicht, oder auch positiv: Was du willst, dass dir die
Leute thun sollen, das thue ihnen auch. Ich bin also schon
gerecht, wenn ich die Persönlichkeit des Andern nicht be-
schädige oder verletze und wenn ich ihm Alles gewähre, worauf er einen begründeten Anspruch hat. Aber die Liebe thut

dem Nächsten nicht blos nichts Böses, sondern sie bringt
ihm Opfer; in der Liebe giebt der Liebende sich auf und
findet in dem Andern seine Ergänzung und Vollendung und
giebt daher ihm zu Gefallen Alles auf, was er ist und hat,
wenn er dem Geliebten damit einen wesentlichen Dienst erweisen kann. Indem aber der Liebende dem Anderen nichts
Böses anthut, so ist er auch gerecht; die rechte Liebe
schliesst die Gerechtigkeit, wie sie gewöhnlich verstanden
wird, in sich ein, hat aber ausserdem noch eine Sphäre der
Wirksamkeit, in welche die blosse Gerechtigkeit nicht eindringt. Die Gerechtigkeit und die damit verbundene Tapferkeit, die nur eine das von Aussen kommende Unrecht ab-
wehrende Gerechtigkeit ist, bilden das sittliche Princip der
Griechen und Römer; die Liebe dagegen ist das sittliche
Princip des Christenthums.

Wie aber eine und dieselbe Idee nach Tiefe und Umfang
sehr verschieden aufgefasst und durchgeführt werden, und
wie nach diesen verschiedenen Auffassungen auch das sittliche Leben sehr verschiedene Formen annehmen kann, das
lehrt die Idee der Wahrheit — diejenige Idee, die uns auf
das Höchste und Herrlichste hinweist, wer es nur recht vollkommen begreifen möchte. Die Schelling'sche Philosophie
hat die Wahrheit als die Identität des Subjectiven und Objectiven bezeichnet, und wenn diese Bestimmung nicht eine
blosse dogmatische Formel bleibt, was sie bei den Anhängern
dieser Philosophie freilich oft geblieben ist, sondern als das
aus der Fülle von Existenzen und besonderen Erscheinungen
hervorgehobene allgemeine Wesen begriffen wird, so möchte
diese Erklärung in der That das Wesen der Sache erschöpfen.
Und doch wie verschiedene Bedeutungen kann auch diese
Erklärung der Wahrheit wieder erhalten, von denen eine
jede sittlich fruchtbar erscheint. Wahr nennen wir schon
einen Menschen, dessen Aeusserungen mit seinem Innern
vollkommen übereinstimmen, der also nichts spricht, was er
nicht denkt, der überhaupt sich äusserlich nicht anders darstellt, als er innerlich ist. Wie wenig dringt diese Erklärung
noch in die Tiefe der Wahrheit ein, und doch wie wichtig
ist sie schon für das sittliche Leben eines Menschen, der sich
die Wahrheit in diesem Sinne zum Motiv seines Lebens
macht. Denn wer es auch nur so weit gebracht hätte, dass

er sich unter keiner Bedingung anders stellt, als er innerlich
ist, und wer auch ein dringendes Verlangen hätte, sein Inneres offen mitzutheilen, der würde schon einen recht gesunden Punkt in seinem sittlichen Leben gewonnen haben, einen
Punkt, der sein Licht nach allen Seiten hinaussenden würde.
Wer sich's zu einem festen Gesetz gemacht hätte: lügen,
täuschen, heucheln, schmeicheln will ich unter keiner Bedingung, sondern stets wahrhaft aufrichtig und offen sein,
der wäre mit diesem Princip schon sehr weit auf dem Wege
zur Sittlichkeit; denn wenn die Wahrheit auch nur erst in
einer ihrer Bestimmungen in einem Menschen Posto gefasst
hat, so entwickeln sich die anderen Bestimmungen derselben
daraus mit einer gewissen inneren Nothwendigkeit von selbst.

Die zweite, ungleich tiefere Bedeutung der Wahrheit
liegt in der normalen Verfassung unseres Denkens. Wir
nennen den Inbegriff aller Dinge, die wir von unserem Selbstbewusstsein unterscheiden, — die Welt, und sind überzeugt,
dass sowohl die Welt im Ganzen, als auch jedes einzelne
Ding in ihr etwas für sich ist, ein Sein für sich, welches
meinem Sein als ein Selbständiges gegenübertritt. Diese Ueberzeugung ist eine der metaphysischen Grundvoraussetzungen,
die kein vernünftiger Mensch im Ernst fahren lässt. Andererseits aber trete ich — als ein selbständiges, selbstbewusstes
Wesen — mit der Welt, die ebenfalls ein selbständiges Sein
hat, in ein lebendiges Verhältniss. Ich empfinde die Welt
mit meinen Sinneswerkzeugen, ich mache mir von ihr bestimmte Vorstellungen, ich unterscheide in ihr Erscheinung
und Wesen, Ursache und Wirkung, Grund und Folge und
trage in mir das unauslöschliche Verlangen, mich nicht mit
den blossen Erscheinungen zu begnügen, sondern in den Erscheinungen Wesen und Gesetz zu finden. Gelingt mir dieses,
erhebe ich mich in dem inneren Process meines selbstbewussten Denkens auf einen Standpunkt der Betrachtung, wo dasjenige, was ich von den Dingen halte, mit dem, was sie
wirklich sind, vollkommen übereinstimmt, so erkenne ich die
Wahrheit, und diese Uebereinstimmung meines Denkens
mit dem wirklichen Sein der Dinge ist die Wahrheit; auch
hier ist demnach die Wahrheit die Identität des Subjectiven
und Objectiven, aber in einem ungleich höheren Sinne, als
in dem vorher betrachteten Falle, in welchem die Wahrheit

auch mit dem Worte der Wahrhaftigkeit bezeichnet werden konnte. Bei der Wahrhaftigkeit unterscheide ich in mir selbst ein Inneres und ein Aeusseres, und die Wahrhaftigkeit ist die Uebereinstimmung meines Aeusseren und meines Inneren; bei dem Denken der Wahrheit wird aber die Uebereinstimmung meines Denkens mit dem Wesen eines von mir wesentlich unterschiedenen Seins gesucht und gefunden. Wenn aber schon die Wahrhaftigkeit als ein nicht zu verachtendes Princip der Sittlichkeit angesehen werden kann, so gilt dieses in einem ungleich höheren Sinne von dem Denken der Wahrheit. Ein Mensch, der den lebendigen Trieb in sich trägt, die Wahrheit zu erkennen, und nicht ruht und rastet, bis er sie gefunden, und in diesem Suchen nach Wahrheit und in dem Finden der Wahrheit (denn bei der Unerschöpflichkeit der zu betrachtenden Dinge findet diese Thätigkeit nimmermehr ein Ziel) verharrt und fortschreitet, ein solcher Mensch ist in sich selbst sittlich und hat in dieser Thätigkeit eine Quelle der edelsten Sittlichkeit. Er ist in sich selbst sittlich, denn sein individueller Sinn geht auf in einer auf das Allgemeine gerichteten Thätigkeit (ἀρετή διανοητική nach Aristoteles); er hat aber in dieser Thätigkeit auch eine reiche Quelle edler Sittlichkeit, denn er lernt dadurch den Schein als Schein und das Nichtige als Nichtiges erkennen und fühlt sich getrieben, in allen Verhältnissen das wahrhaft Seiende und Reelle zu suchen und festzuhalten. Hierin liegt auch die versittlichende Kraft der Wissenschaften, wenn sie in der rechten Weise betrieben werden. Wer die Wissenschaften nicht blos als äusserliches Gedächtnissmaterial in sich aufnimmt, sondern in begreifender Thätigkeit sich innerlich assimilirt, der veredelt und verklärt hierdurch sein ganzes Dasein und befreit sich von eitlem Schein und trüber Sinnlichkeit: darum giebt es auch für die Leiter der Staaten und der Gemeinden kein wirksameres Mittel zur Entwickelung des sittlichen Geistes, als die Gründung guter Schulen, denn sie sind die Zeugungsstätten echt wissenschaftlicher Bildung und damit auch die Zeugungsstätten einer freien und bewussten Sittlichkeit.

Aber der Begriff der Wahrheit hat noch eine dritte Bedeutung, in welcher er noch näher an das praktische Leben herangerückt wird. In diesem Sinne sagen wir z. B.: Luther ist ein wahrer Deutscher und zwar deshalb, weil er alle die

Eigenschaften besass, die einem Deutschen zu einem Deutschen
machen, Gemüthstiefe, Willensenergie, Sinn für das Ideale
und was sonst noch für Eigenschaften den Begriff eines
Deutschen constituiren. Friedrich der Grosse ist ein wahrer
Regent, weil in der Geschichte schwerlich ein zweiter Fürst
zu finden sein möchte, der alle Eigenschaften, die zu einem
vollkommenen Regenten gehören, so vollständig in sich vereinigt hätte; denn wo wäre ein zweiter Regent zu finden,
der unbedingter auf die Geltendmachung der Gerechtigkeit
gehalten, welcher der freien geistigen und politischen Entwicklung mehr Raum gegeben, der die Interessen und Bedürfnisse
seines Staates tiefer erkannt und zweckmässiger befriedigt,
der seinen Staat klüger und tapferer gegen die Angriffe anderer Staaten vertheidigt hätte? In diesem Sinne bezeichnet
man Göthe's Hermann und Dorothea als ein wahres Epos,
insofern es in einer einfachen, an das Leben einer deutschen
Landschaft sich anschliessenden Handlung die allgemeinen
Eigenschaften des deutschen Geistes und des deutschen Charakters aufs Trefflichste veranschaulicht. In diesem Sinne ist
also die Wahrheit die Uebereinstimmung der erscheinenden
Realität mit dem Begriff oder der Idee der Sache, welche
zur Erscheinung kommt. Wendet man diesen Begriff auf den
Menschen im Allgemeinen an, so erhält man ein neues und
vielleicht das vollkommenste Princip und Motiv der Sittlichkeit. Auch an dem Menschen im Allgemeinen ist seine
empirische Wirklichkeit zu unterscheiden von seiner Idee,
d. h. von dem, was er sein soll und wozu er bestimmt ist,
und derjenige Mensch ist ein wahrer Mensch, dessen empirische Wirklichkeit mit seiner Bestimmung identisch ist.
Was seine Bestimmung ist, das findet der Mensch durch Erkenntniss, Erfahrung und Belehrung; hat er es aber gefunden,
so ist es seine Aufgabe, sein ganzes inneres und äusseres
Leben mit dieser seiner Bestimmung in Uebereinstimmung
zu bringen, und, wenn er's thut, so ist er sittlich; die erkannte Bestimmung oder das erkannte Ideal ist aber für ihn
das Princip der Sittlichkeit. In diesem Sinne heisst Christus
die Wahrheit, insofern sein ganzes Leben, sein Denken und
Handeln, sein Sinnen und Trachten mit der absoluten Bestimmung des Menschen übereinstimmte; die absolute Bestimmung des Menschen besteht aber nach der biblischen

Urkunde darin, dass er ein Ebenbild sei des göttlichen
Wesens. Was das göttliche Wesen ist, muss man erkannt
haben, wenn diese Idee von der Ebenbildlichkeit wirklich
verständlich sein soll; andererseits aber kann ich aus einem
Menschen, der wirklich ein Ebenbild Gottes ist, doch auch
das Wesen Gottes erkennen.

Ausser den eben betrachteten Ideen der Gerechtigkeit,
der Liebe und der Wahrheit können auch noch gewisse concrete Erscheinungen dieser allgemeinen Ideen Principien und
Motive der Sittlichkeit bilden, doch nur insoweit, als die
Handlungen des Handelnden sich innerhalb der Grenzen
solcher concreten Erscheinungen halten und nicht in andere
Gebiete übergreifen, die mit einem anderen Maasse wollen
gemessen werden. So ist jedes gesunde Familienleben eine
concrete Erscheinung von der Idee der Liebe. Gehört nun
der Einzelne einer bestimmten Familie an, so kann er die
Pietät gegen diese Familie zum Princip seiner Handlungen
machen und wird in seinem vollen sittlichen Rechte sein,
sofern seine Handlungen in der Familie ihren Abschluss
finden. Aber jede einzelne Familie hat ihre Schranken an
den anderen Familien, und die Familie überhaupt hat ihre
Schranken an dem Staate. Es kann daher Einer, der seine
Handlungen lediglich nach dem Interesse seiner Familie ab-
messen wollte, nach zwei Seiten hin fehlen und die Sittlichkeit verleugnen. Denn wenn er die Familienpietät, die an
sich ein sehr schönes sittliches Motiv ist, so weit ausdehnt,
dass er die berechtigten Interessen anderer Familien oder
auch nur einzelner Personen missachtet und verletzt, so artet
die Familienpietät in etwas sehr Schlimmes aus, nämlich in
den Familienegoismus, der nur für die Glieder dieser Familie
arbeitet, sorgt, kämpft, leidet und etwa auch betet, für andere Menschen aber kein Herz hat. Aber jede Familie ist
auch das Glied eines Staates, und die Pflichten gegen den
Staat gehen daher den Pflichten gegen die Familie vor, und
wer daher das Familieninteresse nicht dem Staatsinteresse
willig unterordnet und, wenn es sein muss, auch willig aufopfert, der verletzt seine sittlichen Pflichten. Aehnliche Betrachtungen lassen sich über den Staat und die Nationalität anstellen.

Der Staat ist die concrete Erscheinung der Gerechtigkeit.
Jeder also, der einem bestimmten Staate angehört, kann und

soll die Interessen seines Staates zum Motiv seiner Handlungen machen; er ist daher in seinem vollen sittlichen Rechte, wenn er den Gesetzen des Staates gehorsam ist, wenn er für die Interessen desselben sorgt und arbeitet und, falls dessen Ehre und Selbständigkeit gefährdet ist, ihm auch Eigenthum und Leben zum Opfer bringt. Diese Pflichten begreift man unter dem Namen des Patriotismus, und jedenfalls gehört der Patriotismus zu den edelsten sittlichen Eigenschaften, und wer ihn nicht hat, der verkennt es, dass er einem geordneten Staatsleben, zumal wenn es mit einem Volksleben zusammenfällt, sein ganzes geistiges Leben verdankt und, herausgeworfen aus dem Staate, fast in thierische Rohheit und Stumpfheit versänke. Wenn aber dieser Patriotismus der Bürger eines Staates so weit geht, dass die anderen Staaten diesem einen Staate gegenüber keine Macht, keine Freiheit und keine Selbständigkeit haben und nur den Interessen und Bestrebungen dieses einen Staates und Volkes dienen sollen, so wird der Patriotismus zu etwas sehr Schlechtem, nämlich zum Nationaldünkel, welchen, wenn er sich praktische Geltung zu erringen strebt, alle anderen Völker zu bekämpfen und zu Boden zu werfen haben, damit die allgemeine menschliche Freiheit durch ihn nicht beschränkt werde.

Also die Pflichten des Patriotismus haben ihre Schranke in den allgemein menschlichen Pflichten und haben sich diesen unterzuordnen und in diesen ihr Maass zu finden. Hierauf bezieht sich der Ausspruch der Schrift: Man soll Gott mehr gehorchen als den Menschen. An der Stelle, wo dieser Ausspruch vorkommt, verbieten die Machthaber des jüdischen Staats den Aposteln, ihre Ueberzeugungen von der Wahrheit öffentlich auszusprechen, und diesem Gebote gehorchen sie nicht, weil sie eine höhere Autorität zu respectiren hatten.

So viel von den Vernunftprincipien der Sittlichkeit.

ad 2. Das zweite ebenso wesentliche Moment der Sittlichkeit ist der freie Gehorsam des einzelnen Menschen gegen das allgemeine Vernunftprincip. Das Bewusstsein von dem allgemeinen Vernunftprincip, welches das Motiv meiner Handlungen bilden soll, ist Sache der Erkenntniss, der freie Gehorsam gegen dieses Princip ist aber Sache des eigentlichen

Willens oder der individuellen Selbstbestimmung. Ich selbst, dieses individuelle, selbstbewusste Wesen, habe mich in einer freien Weise dem Allgemeinen zu unterwerfen und ihm zu dienen, wenn ich auf das Prädicat der Sittlichkeit mit Recht Anspruch machen soll. Es liegt in dem sittlichen Wollen des menschlichen Individuums eine Nothwendigkeit, aber eine Nothwendigkeit, die aus der Freiheit entspringt und zur Freiheit hinführt. Von diesen beiden, einander entgegengesetzten Factoren des sittlichen Wollens haben wir uns ein deutliches Bewusstsein zu verschaffen, um uns den Begriff der Sittlichkeit klar zu machen. Für das sittliche Wollen ist das Vernunftprincip, welches auch das Sittengesetz genannt wird, eine ebenso nothwendige Macht, wie es ein Naturgesetz nur irgend für die dem Naturgesetz unterworfenen Erscheinungen sein kann. Jede einzelne Naturerscheinung richtet sich unabweislich nach dem ihr zukommenden Gesetze, ebenso ist jedes Wollen, jede Bestrebung, jedes Handeln eines Menschen nur dann sittlich, wenn es durch und durch von dem allgemeinen Sittengesetze bestimmt wird. Und zwar muss das Sittengesetz der letzte und höchste Bestimmungsgrund des Wollens und Handelns sein, wenn das Wollen und Handeln nicht blos den äusseren Schein der Sittlichkeit an sich tragen, in Wahrheit aber mehr oder weniger unsittlich werden soll. Es ist oben nachgewiesen worden, dass auch die persönlichen Motive, d. h. diejenigen Motive des Handelns, die von dem Wohl und Wehe der einzelnen Person ausgehen, ihre relative Berechtigung haben; aber diese Berechtigung ist stets nur eine relative und gilt nur insoweit, als sie mit den allgemeinen Vernunftmotiven nicht im Widerspruche stehen, sondern vielmehr von denselben vorausgesetzt und gebilligt werden, wie denn, um eins der eclatantesten Beispiele anzuführen, jeder Mensch für seine Gesundheit zu sorgen hat, weil ohne körperliche Gesundheit die Kraft aller geistigen und moralischen Thätigkeit gehemmt wird. Sobald aber die persönlichen Motive nicht mit aller Entschiedenheit als blosse Mittel zum Zwecke betrachtet und festgehalten werden, so entsteht ein gröberer oder feinerer Egoismus, der der Tod aller Sittlichkeit ist. Ein grosser Theil unserer sogenannten Gebildeten beobachtet z. B. das Sittengesetz der Gerechtigkeit und hütet sich, den Nebenmenschen an seinem

Leben, an seiner Ehre oder an seinem Eigenthum zu verletzen, doch die Beobachtung des Gesetzes entspringt nicht
aus reiner Achtung vor dem Gesetze, sondern aus der Sorge
für die persönlichen Interessen, weil Jeden die Erfahrung
lehrt, dass diese am Besten gedeihen, wenn die allgemeinen
Gesetze nicht verletzt werden. Aber eine wahrhaft sittliche
Gesinnung besteht nur dann in dem handelnden Individuum,
wenn es dem Sittengesetz gehorsam ist aus Achtung vor dem
Sittengesetz. Wenn ich das Rechte und Gute thue, weil es
recht und gut ist, so handle ich sittlich. Wenn ich aber das
Rechte und Gute thue, weil es mir nützlich ist und so weit
es mir nützlich ist, so verfalle ich in Selbstsucht, und sofern
ich die Selbstsucht unter dem Deckmantel der Gesetzlichkeit
zu verstecken suche, werde ich vollends gar zu einem ver-
ächtlichen Heuchler und sittlich noch verwerflicher als derjenige, der es offen bekennt, dass er nur in seinem persönlichen Interesse handelt, und es auch jedem Anderen frei
stellt, in seinem Interesse zu handeln. Giebt es irgend einen
Mann in unserer Literatur, der diesen wesentlichen Punkt
der Moral geltend gemacht hat, dass man das Gute nur Achtung vor dem Guten oder aus Achtung vor dem Gesetz zu
thun hat, so ist es unser deutscher Sokrates, Immanuel Kant.
Namentlich ist seine Grundlegung zur Metaphysik der Sitten
in dieser Beziehung ausgezeichnet; und da dieses Werk bei
aller Gründlichkeit der Argumentation in einer schönen Anschaulichkeit geschrieben ist, so kann es jedem Jüngling, der
sich über seine moralischen Tendenzen klar werden will,
dringend empfohlen werden. Aber so sehr auch das Sittengesetz jedem Naturgesetz insofern ähnlich ist, als es für die
menschlichen Handlungen ebenso unbedingte Geltung bean-
spruchen kann wie das Naturgesetz in dem Kreise der dazu
gehörigen Erscheinungen, so findet doch zwischen dem Sittengesetz und dem Naturgesetz ein unendlicher Unterschied statt,
ein ebenso grosser Unterschied, wie der zwischen dem Menschen und zwischen dem Thiere und anderen Naturwesen.
Dieser Unterschied beruht auf der Freiheit des Menschen,
auf der abstracten Freiheit oder der Wahlfreiheit ebenso
sehr, als auf der concreten oder erfüllten Freiheit, die der
sittliche Mensch sich erwirbt. Die Freiheit ist der Anfang
und das Ende aller Sittlichkeit. Der Anfang aller Sittlich-

keit ist die Freiheit als Wahlfreiheit, und das Ende aller
Sittlichkeit ist die Freiheit als das innere Glück, das der
sittliche Mensch stets geniessen wird. Von der Wahlfreiheit,
d. h. der Möglichkeit des Menschen, sich zu Allem zu bestimmen, ist oben ausführlich die Rede gewesen. Die Gründe,
weshalb wir die Wahlfreiheit als eine Eigenschaft jedes Menschen anzusehen haben, sind daselbst hervorgehoben worden.
Gäbe es keine Wahlfreiheit, so gäbe es auch keine Sittlichkeit, denn alle Sittlichkeit beruht darauf, dass das menschliche Individuum sich aus sich selbst heraus zum Allgemeinen
bestimmt. Auch setzen alle Systeme der Moral, so viele und
so verschiedenartige derselben im Verlauf der Zeit aufgestellt worden sind, die Möglichkeit der individuellen Selbstbestimmung voraus; ohne sie giebt es in der That keinen
Willen und daher auch keine Moral. Auch das Christenthum,
so wenig Gutes es in dem natürlichen Menschen vorfindet,
setzt doch in dem Menschen die Fähigkeit voraus, das dar-
gebotene Heil anzunehmen oder zurückzuweisen, und in dieser
Fähigkeit allein liegt die Möglichkeit der geistigen und sittlichen Wiedergeburt, aber auch der geistigen und sittlichen
Versunkenheit. Dieser Punkt der Wahlfreiheit ist besonders
auch in der neusten Zeit der deutschen Entwicklung urgirt
und als das Wesen des Menschen geltend gemacht worden.
Namentlich haben diejenigen grossen Männer, die sich um
die Entwicklung des deutschen Geistes unsterbliche Verdienste
erworben haben, diese Lehre von der Freiheit des Menschen,
die in dem Willen liegt, entschieden in den Vordergrund
gestellt. Als solche brauchen nur Fichte und Schiller erwähnt
zu werden. Schiller betrachtet den Willen, d. h. die Kraft,
sich selbst zum Urheber seiner Handlungen zu machen,
geradezu als den Geschlechtscharakter des Menschen und
adoptirt den Ausspruch Lessings: Kein Mensch muss müssen.
Alle anderen Dinge müssen; der Mensch ist das Wesen,
welches will. Deswegen ist, sagt er, des Menschen nichts so
unwürdig, als Gewalt zu erleiden, denn Gewalt hebt ihn als
Menschen auf. Wer uns Gewalt anthut, macht uns nichts
Geringeres als die Menschheit selbst streitig, und wer feiger
Weise Gewalt erleidet, der wirft seine Menschheit hinweg.
Schiller verkennt dabei keineswegs, dass die natürliche Seite
des menschlichen Daseins, die sich namentlich in dem körper-

lichen Organismus darstellt, der äusseren Gewalt unterworfen ist; der Mensch muss sterben, er kann getödtet, kann in Fesseln und in Gefangenschaft gelegt werden u. s. w., aber der Wille ist von dem, was die Naturgewalt erreichen kann, unabhängig; der Wille scheidet ihn von Allem, was die dynamische Natur erreichen kann, und begründet eine neue Sphäre des Daseins, die Sphäre der Freiheit, von der die Natur nichts weiss und nichts ahnt.

Aber die individuelle Selbstbestimmung oder die Wahlfreiheit für sich ist noch nicht die thatsächliche sittliche Freiheit, sondern erst die reale Möglichkeit derselben. Sie wird zur sittlichen Freiheit, wenn der Wille das Gute will, weil es das Gute ist, oder wenn der Wille durch ein Vernunftmotiv bestimmt wird. Die Wahlfreiheit für sich kann gemissbraucht werden und kann dann den Menschen in die grösste Knechtschaft hineindrängen. Ist der Inhalt der Wahlfreiheit etwas Beschränktes und Endliches, so erreicht der Mensch nicht blos die wahre Freiheit nicht, sondern er hemmt sogar je länger je mehr die Wahlfreiheit selbst. Die sinnliche Lust ist ein solches Beschränktes und Endliches, wofür der Mensch in seiner Wahlfreiheit sich bestimmen kann. Wird dieses Streben nach sinnlicher Lust recht oft vollzogen, so wird es dem Menschen nach und nach zur Gewohnheit oder, wie man mit Recht sagen kann, zur anderen Natur. In diesem Falle wird er aber zu einem Sclaven seiner Sinnlichkeit und er verliert je länger je mehr auch die formelle Selbstbestimmung, d. h. die Fähigkeit, sich zu allem Möglichen zu bestimmen, und wählt, wenn es zum wirklichen Handeln kommt, doch immer nur dasjenige, was seine sinnliche Lust reizt und befriedigt. Menschen von dieser unglückseligen Disposition können recht gut wissen und fühlen, dass der Sinnendienst der menschlichen Würde widerstreitet und das Gemüth unglücklich macht und zerstört, aber sie können sich etwa nur durch ausserordentliche Erschütterungen von der Sclaverei frei machen; in dem gewöhnlichen Verlauf des Lebens können sie sich nicht frei machen, so sehr sie es wünschen, weil die Kraft der Selbstbestimmung durch verkehrte Willensmotive geschwächt worden ist. Je mehr aber ein Mensch sich über das Sinnliche und Endliche erhebt und das Ewige und Göttliche zum Bestimmungsprincip seiner Handlungen macht, desto

freier wird er. Schon die formelle Freiheit oder die Wahlfreiheit wird in demselben Maasse kräftiger und entschiedener,
in welchem eine göttliche Idee den entscheidenden Bestimmungsgrund des Willens ausmacht. Je mehr ich dem Allgemeinen diene, desto entschlossener, desto entschiedener werde
ich in meinem Wollen, desto mehr erfahre ich, dass meine
Handlungen aus mir selbst kommen, dass ich der eigentliche
und wahre Schöpfer meiner Handlungen bin. Aber auch dasjenige, was man als Glückseligkeit bezeichnet, ist eine Frucht
von der thätigen Hingabe des Individuums an das Allgemeine.
Es ist eine bekannte, in den verschiedenen Moralsystemen
viel erörterte Frage, wie sich Tugend und Glückseligkeit zu
einander verhalten. Die stoische und die epicuräische Moral
unterscheiden sich bekanntlich dadurch von einander, dass in
jener die Tugend, in dieser die Lust als der Endzweck des
menschlichen Lebens aufgestellt wird; die Tugend ist aber
die Thätigkeit des Menschen für das Allgemeine und die
Lust ein Gefühl der Freiheit im Gemüthe. Wie verhält sich
nun Beides zu einander, und wie ist der Gegensatz zwischen
Stoicismus und Epicuräismus, der sich -- obschon in immer
anderen Formen — durch alle Zeiten hindurchzieht, zu beurtheilen und, wo möglich, zu schlichten? Um diese Frage
zu beantworten, haben wir uns das Verhältniss der Thätigkeiten der menschlichen Seele zu den entsprechenden Zuständen klar zu machen. In der Einleitung dieser Abhandlung ist von den beiden Grundthätigkeiten der menschlichen Seele, dem Erkennen und dem Wollen, und ihrem
Verhältnisse zu einander gesprochen. In welcher Thätigkeit
ich aber auch begriffen sein mag, immer drückt sich die
Qualität derselben in meiner Seele als eine ganz entschiedene
Stimmung aus. Entspricht die Qualität der Thätigkeit dem
Wesen meiner Seele, so ist die daraus resultirende Stimmung
eine positive, also Lust, Freude, Seligkeit; widerspricht aber
die Qualität der Thätigkeit meiner Seele, so entstehen die
negativen Gefühle der Unlust, des Schmerzes, der Unselig-
keit. Ich befinde mich z. B. jetzt in der Thätigkeit des
Denkens; entsprechen nun meine Gedanken, die in Folge
dieser Thätigkeit in mir aufsteigen, meinen Ueberzeugungen
von der Wahrheit, so erzeugt sich in mir ein Gefühl der
Ruhe, der Freude, der Harmonie; wollen aber die Gedanken,

die meine Seele durchziehen, mit den Ueberzeugungen von Wahrheit nicht übereinstimmen, so bildet sich Unruhe, Disharmonie oder Verstimmung in meiner Seele, und ich werde meines Denkens und Thuns keineswegs froh. Die Lust, die das Denken in der Seele erzeugt, ist also ein Reflex der Uebereinstimmung eines gegenwärtigen Denkens mit dem Begriff, den ich von der Wahrheit habe; die Unlust beim Denken entsteht aber dann in meiner Seele, wenn meine Gedanken mit meinem Begriff von Wahrheit nicht übereinzustimmen scheinen. Jeder, der sich im Denken versucht hat, weiss, was es für eine Lust und Seligkeit ist, wenn sich das Denken durch das Finden der Wahrheit als fruchtbar erweist; aber auch, was es für eine Qual ist, wenn man darauf ausgeht, das Wesen einer Sache zu erkennen, und in seiner Thätigkeit nicht über eine einseitige und dürftige subjective Reflexion hinauskommt. Ganz dieselben Erfahrungen macht man bei den vorzugsweise praktischen Thätigkeiten. Erreiche ich in denselben die vernünftigen Zwecke, die dabei erzielt werden, so bin ich zufrieden und glücklich; werden aber diese Zwecke nicht realisirt, so ist die Seele unruhig und unzufrieden. Gelingt es mir z. B., den Theil der Wissenschaft, den ich in einer Stunde mitzutheilen habe, wirklich zum inneren Eigenthum der Schüler zu machen, was der vernünftige Zweck alles Unterrichts ist, so bemächtigt sich meiner schon während des Unterrichts und auch nachher ein glückseliges Gefühl; gelingt es mir aber nicht, so bin ich mehr oder weniger verdrossen und unzufrieden und kann den Zwiespalt in mir nur dadurch wieder aufheben, dass ich mich einer anderen Thätigkeit hingebe, die mir besser gelingt. In allen Fällen ist die Glückseligkeit der subjective Reflex einer vernünftigen Thätigkeit, und daher ist die Glückseligkeit eine nothwendige Folge der Tugend, da die Tugend diejenige Thätigkeit ist, in welcher der einzelne Mensch seinen absoluten Endzweck realisirt. Denn der absolute Endzweck des einzelnen Menschen besteht darin, dass er ein freier Träger sei des Allgemeinen, und wenn er diese seine Bestimmung erreicht, was durch ein tugendhaftes Leben und Handeln geschieht, so ist seine Seele in dem Zustande, in welchem sie sein soll, und das ist Ruhe, Friede, Freude und Seligkeit, — je nach dem Grade der Uebereinstimmung des

Einzelnen mit dem Allgemeinen. Bestände freilich die Glückseligkeit in sinnlicher Lust oder Geld und Gut und äusserer
Ehre, so würde in den meisten Fällen eine Disharmonie
zwischen Tugend und Glückseligkeit bestehen, aber diese
Güter machen den Menschen nicht glücklich und sind überhaupt nur Mittel zu geistigen Zwecken; glückselig ist nur
der Mann, der in Harmonie steht mit sich selbst, und diese
Harmonie erreicht er nur, wenn er in aller Ehrlichkeit
und Entschiedenheit für das Allgemeine sich aufopfert. So
wird man es dem Einzelnen sogar nicht verdenken können,
wenn er in der Ausübung der Tugend sein Glück und seinen
Frieden zu finden hofft; ja der in der Tugend gefundene
Frieden wird als die Probe und Vollendung der verwirklichten
Tugend angesehen werden können. Es wurden oben nach
dem Vorgange des Aristoteles die theoretischen und die praktischen Tugenden unterschieden; für beide aber gilt es, dass
das Gefühl der Lust und Freudigkeit die Probe von der vollendeten Tugend ist. Eine wissenschaftliche Thätigkeit z. B.
ist erst dann vollkommen eine sittliche Thätigkeit, wenn die
thätige Seele Interesse an der Thätigkeit findet; das Interesse ist aber Lust und Freudigkeit der Seele bei und während
der Beschäftigung. Daher glaubt auch jeder Lehrer mit Recht
erst dann das Ziel seines Unterrichts erreicht zu haben,
wenn er seinen Schülern Interesse an den Lehrgegenständen
eingeflösst hat; so lange dieses Interesse fehlt, so lange geht
die Seele noch nicht ganz in der Thätigkeit auf, sondern es
findet noch ein innerer Widerspruch statt zwischen der denkenden Seele und dem Zwecke ihrer denkenden Thätigkeit.

Ebenso ist in den praktischen Tugenden die innere Freudigkeit der handelnden Individuen erst die volle Probe ihrer
Vollendung. Wie gross auch die Opfer sein mögen, die der
Tugendhafte zu bringen hat, sie müssen mit heiterem Gemüthe
gebracht werden, wenn das tugendhafte Handeln nicht auf
halbem Wege stehen bleiben soll. Sokrates trank den Gift-
becher mit heiterem Muthe. Die christlichen Märtyrer des
zweiten und dritten Jahrhunderts gingen mit voller Freudigkeit in den Tod. Die Aufopferung ist die erste und letzte
aller Tugenden, wie Göthe mit vollem Rechte bemerkt, aber
die Tugend leuchtet doch erst in ihrem reinsten Lichte, wenn
der Tugendhafte seine Opfer gern bringt, weil nur erst in

dieser Freudigkeit aller Widerstand, den der Einzelne dem Allgemeinen entgegensetzt, bis auf die letzte Spur verschwunden ist.*)

ad 3. Es ist recht wohl möglich, dass ein Mensch in einzelnen Momenten seines Lebens sich zu der Höhe des sittlichen Bewusstseins erhebt, dass er mit freier Selbstbestimmung einem Allgemeinen dient; doch sind solche Momente, wenn sie nur sporadisch wiederkehren, von zweifelhaftem Werthe. Kraft und Würde erlangt das sittliche Wesen in einem Menschen erst dann, wenn es sich zum Charakter gestaltet. Wir verstehen aber hier unter dem Charakter eines Menschen nicht diejenigen Eigenthümlichkeiten, die ihm ohne sein Zuthun oder von der Natur zu Theil geworden sind, also nicht das Temperament und nicht das Naturell. Das Temperament kann höchstens das Material für den Charakter abgeben; wird das Temperament von Geist und Willen durchdrungen und gestaltet, so wird es ein Ferment des Charakters, wie der Marmor der Bildsäule ein Ferment der Idee, die sich in der Bildsäule gestaltet hat; aber der Charakter im eigentlichen und wahren Sinne des Worts unterscheidet sich ganz wesentlich von dem Temperamente. Der Charakter in diesem Sinne ist dasjenige, was der Mensch aus sich selbst gemacht hat, also ein Erzeugniss des freien Willens und zwar die Identität des Willens mit sich in allen seinen Anstrengungen und Handlungen. In der Einheit des freien Willens mit sich in allen seinen Bethätigungen liegt das Wesen eines Charakters. Wir können in dem Leben des Menschen ein simultanes und successives Moment unterscheiden. Das simultane Moment meines Lebens liegt darin, dass ich zu jeder Zeit in den verschiedensten Verhältnissen stehe; ich stehe im Verhältniss zur Natur und zu freien Wesen, zu meiner Leiblichkeit und zu meinem Geiste; im Verhältniss zu Freunden und Bekannten, zu einer bestimmten Familie, auch im Verhältniss zum Staate, zur Kirche und namentlich auch zu meinem Amte und Berufe; und in allen diesen Verhältnissen habe ich mich wollend und handelnd zu bethä-

---

*) Ueber dieses Verhältniss zwischen Tugend und Glückseligkeit finden sich recht gründliche Erörterungen in dem soeben erschienenen dritten Bande der historischen Beiträge zur Philosophie von Trendelenburg unter der Ueberschrift: Die Lust und das ethische Princip.

tigen und zwar je nach der verschiedenen Natur dieser Verhältnisse immerhin in sehr verschiedener Art und Weise.
Charakter habe ich nun, wenn ich in allen diesen Verhältnissen eins bin mit mir selbst und ein bestimmtes, sich selbst
gleiches, allgemeines Wesen nirgends verleugne. Aber der
Mensch verändert und entwickelt sich auch in der Zeit;
sein geistiges und sein natürliches Leben steht niemals stille,
sondern durchläuft stets neue Formen und nimmt neue Gestaltungen an. Charakter hat nun derjenige, der auch in
dieser zeitlichen Succession sich selbst gleich bleibt und in
dieser Entwickelung stets dasselbe Allgemeine zur Geltung
bringt. Die allermeisten Menschen erlangen, leider Gottes!
ihr ganzes Leben hindurch keinen Charakter; die aber einen
solchen besitzen, haben ihn doch erst in ihrem späteren
Leben, etwa als Männer von 30 bis 40 Jahren erreicht, obgleich man auch charaktervolle Jünglinge trifft. Ist aber dieser
wichtige Zeitpunkt, wo der Mensch sich einen Charakter
angeeignet hat, eingetreten, der Zeitpunkt, den Kant als
eine Art von Wiedergeburt bezeichnet; so liegt es dann im
Wesen des Charakters, dass der Mensch in den übrigen
Tagen und Jahren seines Lebens sich gleich bleibt und in
allen Veränderungen ein unveränderliches Etwas festhält und
durchführt. Gesetzt den Fall, dass Einer die Wahrhaftigkeit
zum Princip seines Lebens gemacht hätte, so ist er ein Charakter, wenn er in keinem der Verhältnisse, in die er wollend
und handelnd eintritt, die Wahrhaftigkeit verleugnet; ein
Charakter, der auf dem Princip der Wahrhaftigkeit ruht, ist
also wahrhaft gegen sich und Andere, wahrhaft gegen Hohe
und Niedere, wahrhaft gegen Freunde und Feinde, wahrhaft
in allen Zuständen des Lebens, wahrhaft im Glück und im
Unglück, wahrhaft in Thätigkeit und Erholung; wahrhaft
endlich auch selbst gegen Gott, dem man sein Inneres ja
auch offen darlegen oder verheimlichen kann. Dieselben Betrachtungen würden für jede andere Idee gelten, die man
sich zum Princip seines Lebens machen kann, für die
Gerechtigkeit z. B., für die Liebe, für die Wahrheit überhaupt; auch für beschränktere Ideen, z. B. die Familienpietät
oder den Patriotismus. Man wird daher im Allgemeinen Kant
beistimmen können, wenn er den Charakter als diejenige
Eigenschaft des Willens bezeichnet, nach welcher das Subject

sich selbst an bestimmte praktische Principien bindet, die es
sich durch eigene Vernunft unabänderlich vorgeschrieben hat;
doch muss man die einzelnen Bestimmungen, die in dieser
gehaltvollen Definition liegen, für sich betrachten, wenn man
eine recht deutliche und entwickelte Vorstellung von dem
Wesen des Charakters gewinnen soll. Fürs Erste ist der
Charakter ein Erzeugniss des Willens und nicht der blossen
Erkenntniss oder des blossen Gefühls. Freilich insofern es
kein Wollen giebt ohne Erkenntniss dessen, was man will,
und ohne eine bestimmte subjective Stimmung eines irgendwie qualificirten Gefühls, insofern giebt es auch keinen Charakter, zu dessen Bildung und Bethätigung nicht auch das
Erkennen und das Gefühl lebendig in Anspruch genommen
würde. Aber das Denken und das Fühlen sind in der Bildung und Wirksamkeit des Charakters nur Hilfsgrössen,
während die eigentliche Kraft und das wahre Wesen des
Charakters aus dem Willen entspringt, d. h. aus der Fähigkeit, sich aus sich selbst zu bestimmen und sich aus sich
selbst zu dem zu machen, was man ist. Ohne die Freiheit
des Willens giebt es keinen Charakter, darum hat das Kind
noch keinen Charakter, weil sein Wille diese freie Selbstbestimmung noch nicht oder doch nur in einem sehr unvoll-
kommenen Maasse gefunden hat; auch der Sclave hat keinen
Charakter, weil die Selbstbestimmung seines Willens auf eine
gewaltsame Art verhindert wird. Der Charakter ist aber die
Gleichheit des Willens mit sich selbst; es muss sich also
durch alle Acte des Wollens ein Gleiches und Allgemeines
hindurchziehen, das den Willen bindet; das ist dasjenige,
was von uns oben als das Motiv des Wollens bezeichnet worden ist. Es wird sich aber leicht nachweisen lassen, dass
nur ein Vernunftmotiv das bestimmende Princip eines echten
Charakters sein kann, nicht ein persönliches Motiv und noch
weniger ein Autoritätsmotiv. Wer das Vergnügen oder den
Besitz oder die Ehre oder ein anderes persönliches Princip
zum Motiv aller seiner Handlungen macht, der bringt es
niemals zu der Einheit mit sich selbst, die das Hauptkrite-
rium eines Charakters ausmacht, da er dann ebensosehr mit
sich selbst, als mit anderen Menschen im Widerspruch steht,
— mit sich selbst, weil er ausser seiner individuellen Persönlichkeit eine allgemeine Vernunft in sich trägt, die auch

befriedigt sein will und sich den blos persönlichen Tendenzen
gegenüber immerfort geltend macht und als ein böses Gewissen dem Menschen viel Noth und Qual verursachen kann;
aber auch mit den anderen Menschen bringen die persönlichen Motive den Handelnden in Widerspruch, weil kein
Mensch die egoistischen Tendenzen seines Nebenmenschen
sich gefallen lässt, sondern dagegen reagirt. Wenn aber
Einer auch in den innerlichsten Interessen des Geistes und
des Gemüths nach der Autorität eines Anderen, er sei auch
was er sei, sich richtet, dem fehlt die Selbständigkeit und
Sicherheit des aus sich Herauswirkens, in der ein ebenso
wichtiges Merkmal eines Charakters liegt, denn der Charakter
schöpft aus der von ihm selbst geöffneten Quelle und aus
keiner anderen. Wer sich aber in seinem Handeln nach dem
richtet, was er nach seiner innersten Ueberzeugung für recht,
gut und wahr halten muss, der schöpft ganz gewiss aus
seiner eigenen Quelle und hat auch die Garantie, dass er
die Einheit mit sich auch in Anderen nicht verlieren wird,
denn das Allgemeine ist das Allen Gemeinsame und das
Allen Nützliche und Nothwendige, so dass der nach Vernunftprincipien handelnde Mensch jedenfalls sich ein objectives
Dasein in der Menschheit begründet, möchte er zunächst
auch sein Leben darüber verlieren. — Das Vernunftprincip,
welches den Handlungen zu Grunde liegt, giebt die Güte des
Charakters; die Consequenz und Unfehlbarkeit aber, mit der
das Princip unter allen noch so verschiedenen und namentlich unter schwierigen Verhältnissen festgehalten wird, ist
die Energie des Charakters. Die Energie des Willens betrachtet man in der Regel als das Hauptmoment des Charakters und zwar insofern mit Recht, als ohne diese Alles
wagende und vor Nichts zurückschreckende Kraft die Einheit
mit sich nicht gewonnen werden kann. Gehen wir auf das
oben betrachtete Beispiel zurück. Ein Mensch, der sich entschlossen hat, stets wahrhaft zu sein, sich vor den Menschen
nur so darzustellen, wie er innerlich ist, niemals zu lügen,
niemals zu heucheln oder zu schmeicheln, auch sich selbst
nicht zu belügen und zu betrügen: ein solcher Mensch ist
gewiss ein edler Mensch zu nennen, und dieser Edelmuth ist
ohne Zweifel eine solide Grundlage zu einem guten Charakter;
ob er aber wirklich die Höhe eines guten Charakters erreicht

hat, das zeigt sich erst dann, wenn er dieses edle Motiv auch unter allen Verhältnissen, namentlich unter schwierigen und gefahrvollen Verhältnissen festzuhalten die Kraft hat. Mit dem Bekenntniss der Wahrheit sind oft die grössten Verluste und Gefahren für denjenigen verbunden, der die Wahrheit nicht verschweigt, Verluste an Geld und Gut, Verluste an Ehre und Beförderung, Verluste an Gesundheit und Leben. Um auch in solchen Fällen die Wahrheit zu sagen, dazu reicht die Ueberzeugung, dass die Würde des Menschen Wahrhaftigkeit verlangt, nicht aus, sondern das Subject muss auch einen starken und geübten Willen haben, um die mit der Handlung verbundenen Gefahren nicht blos nicht zu scheuen, sondern mit ruhiger Zuversicht ihnen entgegenzugehn. Edle, aber schwache Gemüther meiden in diesem Falle die Gefahren; sie lügen zwar nicht, aber sie verschweigen doch die Wahrheit gegen Andere, während sie dieselbe innerlich anerkennen. Der Willenskräftige dagegen geht an jedes Unternehmen, auch an das schwierigste, heran mit der grössten Bereitwilligkeit und der Gewissheit, dass er im Stande ist, das Unternehmen zu realisiren; wir nennen die Willensenergie in dieser Form den Muth. Der Muth ruht auf dem klaren Bewusstsein von der unwiderstehlichen Kraft, die in der von einem selbstbewussten Individuum frei ergriffenen Idee ruht. Er geht der eigentlichen Handlung voraus und bildet im Gemüth den fruchtbaren Keim zu grossen Handlungen. Aber auch während des Handelns spielt die Willensenergie eine grosse Rolle. Bietet die Handlung auch keine besonderen Schwierigkeiten dar, so unterscheidet sich doch auch in diesem Falle der Willensstarke von dem Willensschwachen, wenn auch noch so Edlen, durch die Sicherheit, mit der er sich als den Urheber seiner Handlung weiss und fühlt, und demnächst auch durch die Ruhe und Heiterkeit, mit der er sie von Stufe zu Stufe zur Entwicklung bringt. Treten aber dem Handelnden äussere Schwierigkeiten oder gar Gefahren entgegen, so schwächt sich die Kraft des willensstarken Menschen nicht blos nicht, sondern sie steigert sich vielmehr und erscheint dann als Tapferkeit, als Todesverachtung und völlige Selbstentäusserung. Die Hindernisse können aber auch aus dem Innern des Handelnden entspringen, etwa aus dem Reiz des unbewachten Temperaments;

in diesem Falle zeigt der Willensstarke Selbstverachtung, Entsagung, Mässigkeit und dergleichen. In solchen und ähnlichen Formen giebt sich die Willensenergie zu erkennen, die wir als das zweite Moment eines Charakters bezeichnet haben. Am Charakter wird aber wohl noch eine dritte Eigenschaft hervorgehoben werden müssen, wenn sie auch in der oben gegebenen Erklärung Kants nicht unmittelbar zu finden ist. Wenn Jemand mit aller Ueberzeugung sich die Wahrhaftigkeit zum sittlichen Gesetz gemacht und auch die Energie sich angeeignet hat, in allen Fällen nach diesem Grundsatze zu handeln, so wird doch die Form, in welcher er seine Wahrhaftigkeit kund giebt, verschieden sein je nach den verschiedenen Personen, gegen die er sich ausspricht. Er wird zu seinem Vater anders zu reden haben, als zu seinem Sohne; anders zu seinem Vorgesetzten, als zu einem Untergebenen. Er wird auch Zeit und Umstände zu berücksichtigen haben, ehe er mit der Wahrheit hervortritt. Es kommt darauf an, dass man die Wahrheit am rechten Ort und zur rechten Zeit sagt, weil die Wirksamkeit derselben davon abhängig ist. Es giebt auch Verhältnisse, in denen ich weder das Recht noch den Beruf habe, die Wahrheit zu sagen. So muss man also allerdings stets die Wahrheit sagen, aber ich muss sie auch so sagen, wie es dem vorliegenden Falle gemäss ist. Ebenso ist es eine sittliche Pflicht, in allen Fällen die Gerechtigkeit heilig zu halten und sie zu üben, dennoch aber muss ich die ganze Individualität derjenigen Personen im Auge behalten, gegen die ich Gerechtigkeit übe, und es kann recht wohl kommen, dass ich das abstracte Gesetz der Gerechtigkeit gegen manche Personen modificiren muss. Das höchste Recht kann in Bezug auf gewisse Personen zum Unrecht werden, und der Gerechtigkeit muss stets die Billigkeit zur Seite stehn. Allem Handeln muss bei aller strengen Beobachtung der Sittengesetze der Tact zur Seite stehen, der eben darin besteht, dass das Allgemeine des Gesetzes den vorliegenden Verhältnissen gemäss individualisirt wird. Aus dem Gesagten geht aber hinlänglich hervor, dass der Charakter nicht blos die Güte und Energie des Willens zu seinen Factoren hat, sondern auch eine gewisse Elasticität des Willens, die nach den individuellen Verhältnissen sich richtet, unter denen gehandelt wird.

Sich zu einem Charakter in dem oben angegebenen Sinne auszubilden, muss als die höchste Aufgabe jedes Menschen angesehen werden. Je seltener sich Menschen finden, die diese Bestimmung erreichen, desto entschiedener ist doch das Ziel selbst festzuhalten. Alle Erziehung der Menschen, sowohl die Erziehung durch Andere, als auch die Selbsterziehung, hat die Charakterbildung zu ihrem Zwecke. Es mag sein, dass manche Menschen gleich von Haus aus mehr zu Charakteren disponirt sind, als andere — gleichwie ja auch die intellectuellen Fähigkeiten nach Qualität und Quantität bei verschiedenen Menschen verschieden zu sein scheinen —; aber ebenso gewiss ist es, dass jeder Mensch, wenn er sein Leben ordentlich führt, diejenige Charakterbildung erlangen kann, die zur Lösung der ihm gewordenen Lebensaufgabe erforderlich ist. Die Mittel aber, die zur Charakterbildung anzuwenden sind, reduciren sich auf folgende drei: auf Lehre und Beispiel, auf Uebung und Gewöhnung, endlich auf eine möglichst reiche Erfahrung. Lehre und Beispiel dienen besonders dazu, um dem Willen gute Grundsätze einzuflössen; Uebung und Gewöhnung verschaffen dem Willen Festigkeit und Stärke, und die Erfahrungen des Lebens machen den Willen elastisch und lassen den Menschen in allen Beziehungen Tact und Maass in seinem Wollen und Thun gewinnen. Diese Mittel sind von Jugend auf anzuwenden; denn wenn der Charakter sich auch erst in dem späteren Leben vollendet, so muss doch die Grundlage dazu in der Jugendzeit gelegt werden, oder der Mensch bleibt Zeitlebens ein haltloses Geschöpf. Je sicherer die Grundlagen sind, die in der Jugendzeit für den Charakter gelegt werden, desto sicherer wird auch dereinst das Ziel der Charakterbildung erreicht werden. Was zuerst die Lehre und das Beispiel betrifft, so gehören beide Elemente so eng zusammen, wie Begriff und Anschauung. Im Allgemeinen nimmt man an, dass das Beispiel mächtiger auf die Charakterbildung wirke, als die Lehre. In der That machen Beispiele von bedeutenden Charakteren einen bleibenden Eindruck auf die Jugend, namentlich die Beispiele charaktervoller Eltern, Lehrer und Erzieher. Glücklich zu preisen ist Jeder, der einen charaktervollen Vater oder einen charaktervollen Lehrer gehabt hat, in dessen Willen er sich *nolens volens* hat fügen müssen. Aber auch

historische Beispiele bringen diese Wirkung hervor. Es hat
etwas sehr Bildendes für die Jugend, wenn ihr in der Geschichte grosse Charaktere vorgeführt werden; an solchen
Beispielen entzündet sich in der Jugend leicht der Enthusiasmus für das Grosse und Bedeutende, und ein solcher Enthusiasmus treibt den Menschen an, aus sich selbst etwas gleich
Vollendetes und Abgerundetes zu machen. In diesem Sinne
thut Göthe den beherzigenswerthen Ausspruch, dass das
Beste, was wir von der Geschichte haben, der Enthusiasmus
ist, den sie in uns erregt. Es sind aber vornehmlich die
charaktergrossen Männer, die, wenn sie treu und anschaulich geschildert werden, diesen Enthusiasmus in uns erregen
und den Wunsch, ihnen dereinst zu gleichen. Auch das
Studium poetischer Charaktere in Epen und Dramen hat für
diesen Zweck seinen Werth. Aber man wolle neben dieser
berechtigten Hervorhebung des Beispiels die Lehre, ins Besondere die Religions- und Sittenlehre, nicht zu gering anschlagen. Man hört oft äussern, dass manche Menschen sehr
viel wissen, ohne doch Charakter zu besitzen. Dagegen ist
aber zu erwidern, dass ein Wissen, welches nicht den Charakter bildet, ein äusserliches Wissen ist, das sich blos in dem
Gedächtniss ablagert, ohne die Tiefe des Geistes zu berühren.
Wer dagegen eine Wahrheit, sei sie auch welche sie wolle,
mit gründlicher Einsicht ergreift und in dieser individuellen
Aneignung derselben subjectives Interesse für sie gewinnt,
der findet in ihr auch eine treibende Kraft seines Willens.
Das lebendige Interesse für eine Idee ist untrennbar mit der
Bereitwilligkeit verbunden, für sie zu arbeiten und sich aufzuopfern, und in dieser Bereitwilligkeit liegt eine unerschöpfliche Quelle von Kraft und Ausdauer; auch ist jede wissenschaftliche Thätigkeit rechter Art, wie weiter oben nachgewiesen ist,
eo ipso eine sittliche Thätigkeit. Das andere Mittel der Charakterbildung ist aber Uebung und Gewöhnung. Die Gewohnheit, sagt man, ist die zweite Natur, und damit ist in
der That eine grosse Wahrheit gesagt. Ich verstehe aber
unter der Natur ein in sich gegründetes Dasein, dessen Erscheinungen und Thätigkeiten aus den ihm inwohnenden
Gesetzen mit unwiderstehlicher Nothwendigkeit hervorgehen.
In diesem Sinne ist die Gewohnheit die zweite Natur, d. h.
die geistige und sittliche Natur, die mit derselben Noth-

wendigkeit im Menschen wirkt, wie die Gesetze der Schwere
in der ersten, d. h. der vernunftlosen Natur; ein solches
nothwendiges geistiges Wirken ist aber der Anfang eines
Charakters. Wie charaktervoll erscheint schon ein Mensch,
der sich an Fleiss und Aufmerksamkeit gewöhnt hat; er
kann dann gar nicht anders, als fleissig und aufmerksam sein,
er kann sich in dieser Beziehung auf sich selbst verlassen,
und Andere können sich auf ihn verlassen. Ganz ebenso hat
sich der Mensch an Ordnung, an Reinlichkeit, an Mässigkeit,
an Ehrlichkeit, an Wahrhaftigkeit zu gewöhnen, denn erst
so sind diese Tugenden habituelle Eigenschaften in ihm, die
mit unwiderstehlicher Kraft in ihm wirken. Gleich wichtig
für die Charakterbildung ist es, dass man den Körper gewöhnt, dem Geiste stets unbedingt gehorsam zu sein, was
in einem hohen Grade durch die gymnastischen Uebungen
bewirkt wird. Es lässt sich gar nicht ausreden, wie wichtig
die Gewohnheit für die Wirksamkeit eines Charakters ist,
daher ist aber auch die Gewöhnung ein Hauptmittel der
Jugenderziehung; sie besteht aber in allen Fällen darin, dass
man edle Thätigkeiten 1. rein vollzieht und 2. sie so oft
vollzieht, bis sie habituell geworden sind. Gute Gewohnheiten
sind ein wahrer Segen für jeden Menschen, böse Angewohnheiten aber eine Krankheit, an der sonst edle Menschen Zeitlebens zu leiden haben. Während also Lehre und Beispiel
dazu dienen, dem Menschen die Ueberzeugung von den Principien seines Wollens und das Interesse für diese Principien
zu erwecken, die Gewöhnung aber die praktische Kraft und
Energie entwickelt, so muss der Mensch erst aus reicher
selbständiger Erfahrung die Elasticität seines Willens
lernen, die ihn befähigt, das Rechte nicht blos mit Entschiedenheit, sondern auch in der rechten, den vorliegenden
Verhältnissen angemessenen Art zu vollbringen. Hauptsächlich in dieser Beziehung gilt der Spruch Göthe's:

> Es bildet ein Talent sich in der Stille,
> Sich ein Charakter in dem Strom der Welt;

obgleich auch derjenige Theil des Charakters, der oben mit
dem Namen der Willensenergie bezeichnet worden ist, erst
im Strome der Welt zu seiner vollen Höhe sich steigert, da
die Ueberwindung jeder Schwierigkeit mit einer neuen Stärkung des Willens verbunden ist.

XIII.

Schiller als Dichter der sittlichen Freiheit. *)

Wenn wir uns heute hier versammelt haben, um auch in
unserem Kreise den hundertjährigen Geburtstag Schillers zu
feiern und unserer Verehrung gegen seinen Geist einen Ausdruck zu geben, so können wir überzeugt sein, dass wir dieses
Gefühl mit vielen Tausenden, ja mit allen Gliedern unseres
Volks, die nur irgendwie Schillern aus seinen Schriften haben
würdigen lernen, theilen. Denn besitzt irgend ein Mann allgemeine Verehrung und Liebe in dem ganzen deutschen
Volke, so ist es Schiller. Sein Name gilt als ein Ausdruck
des Edelsten und Besten, was die Menschheit kennt. Sein
Geist hat sich so recht ins Innerste unseres Volkes eingesenkt,
seine Schriften haben eine ganz ausserordentliche Verbreitung;
und Jung und Alt bildet sich an ihnen und erquickt sich an
ihnen. In allen Schulen, die ihren Zweck verstehen, gilt es
als eine Hauptaufgabe, das Verständniss seines Geistes zu eröffnen, von den Theatern werden seine dramatischen Werke
den weitesten Kreisen des Volks vorgeführt, zahllose Schriften
erscheinen fort und fort, um seine Werke zu erklären, um
sein Bild immer reiner und wahrer zu zeichnen und unserem
Volke immer lieber und werther zu machen. — Er ist von
allen Dichtern, die wir haben, ja von allen grossen Männern,
die Deutschland in der neusten Zeit erzeugt hat, bei weitem
der populärste und der eigentliche wahre National-Dichter im
vollen Sinne des Worts. Wüssten wir dieses nicht sonst
schon hinlänglich, so würden uns die grossartigen Vorberei-
tungen, die überall zu dem jetzigen Feste getroffen worden

---

*) Rede am hundertjährigen Geburtstage Schillers den 10. Nov.
1859 im Gymnasialsaale gehalten.

sind, davon überzeugen können. Wie regte und bewegte sich schon Monate lang Alles in allen deutschen Städten und Ländern, ja auch über Deutschland hinaus, so weit Deutsche wohnen, die noch deutsch empfinden. Wie beeiferte sich Alles, dieses Fest möglichst glänzend zu begehen und es einmal so recht herzlich auszusprechen, wie tief und innig alle Deutschen diesen ihren Genius ehren und lieben! Man darf es dreist sagen: es giebt kaum ein festeres und innigeres Band, was alle Deutschen an einander bindet, als der Geist dieses Mannes. Es giebt leider noch manche Gegensätze — kirchliche und politische —, die unser Volk zertrennen, seine Eintracht und Kraft lähmen und es nicht zu der weltgeschichtlichen Bedeutung kommen lassen, die es im Mittelalter einnahm und die es seiner ganzen Eigenthümlichkeit nach wieder einnehmen muss, wenn die Welthändel nicht durch Gewalt und Hinterlist, sondern durch Vernunft und Gerechtigkeit geschlichtet werden sollen; aber diese Gegensätze sind nur noch auf dem Gebiete des praktischen Lebens vorhanden. Dass dagegen im geistigen Leben schon jetzt eine tiefe, innerliche Einheit alle Deutschen verbindet, das beweist die Stellung, die Schiller in unserer Nation sich errungen hat. In der Anerkennung, in der Verehrung, in der Liebe zu diesem Manne sind alle Deutschen eins, in ihm finden wir uns alle wieder.

Fragen wir aber weiter, wie geht es denn zu, dass in diesem Manne sich alle nationalen Differenzen lösen und alle Gegensätze, die das vielgeprüfte Volk trennen, gleichsam zu einer Harmonie zusammengehen, so wird man darauf nur dieses antworten können: Schiller ist einer der lebendigsten Einheitspunkte der deutschen Nation, weil sich in ihm, wenn in irgend einem deutschen Manne, der echte deutsche Geist individualisirt hat. Dass wir Alle, die wir uns Deutsche nennen, Zweige sind von demselben Stamme, dass es eine und dieselbe Idee ist, die uns alle beseelt, das zeigt schon die uns allen gemeinsame Nationalsprache. In dieser reichen, herrlichen, tiefen Ursprache hat sich die ganze Eigenthümlichkeit und Tiefe des deutschen Nationalgeistes einen adäquaten Ausdruck gegeben, und Jeder, der diese Sprache spricht und sich in sie hineinlebt, der macht sich auch mit mehr oder weniger deutlichem Bewusstsein zum Diener und Organ des

in ihr athmenden Geistes. Aber das Wesen dieser Sprache
hat sich noch eine bestimmtere und man darf wohl sagen
fassbarere Gestalt gegeben in den unzähligen Werken der
Kunst und Wissenschaft, die gerade in dieser Sprache geschrieben sind. Die deutsche Literatur erstreckt sich, soweit
sie in Schriftwerken uns aufbewahrt ist, durch einen Zeitraum
von vollen 15 Jahrhunderten und sie ist so recht ein Schatz
des echt deutschen Nationalgeistes und ein lebendiger Ausdruck desselben. Diese Tiefe des Gemüths verbunden mit der
grössten Klarheit des Verstandes, dieses unendliche Streben
nach der göttlichen Wahrheit, verbunden mit dem Verlangen,
dieselbe im Endlichen überall zur Erscheinung zu bringen,
der Drang nach Freiheit, verbunden mit der heiligen
Scheu vor den sittlichen Geboten, diese und andere Eigenschaften, die den Deutschen als solchen charakterisiren, haben
schon in unserer Literatur einen Ausdruck gefunden. Aber
diese Eigenschaften zeigen sich auch im praktischen Leben.
Jeder Deutsche unterscheidet sich, wie gross oder gering auch
seine Bildung und Entwicklung sein mag, von allen anderen
Völkern aufs Bestimmteste. Das rege Gefühl für alles Allgemeine und Ewige, in welcher Gestalt es auch hervortreten
möge, oder das deutsche Gemüth ist sprüchwörtlich geworden
und damit liegt zusammen die Bereitwilligkeit, das Allgemeine
in allen Sphären zur Geltung kommen zu lassen, die Uneigen-
nützigkeit, die Ehrlichkeit, die zwecklose Anerkennung fremden Verdienstes, besonders auch die Fähigkeit, sich überhaupt
in die Seele und das Wesen Anderer versenken und es verstehen zu können, die Zufriedenheit selbst mit einem kleinen
Loose, wenn darin nur ein Ewiges zur Erscheinung gebracht
werden kann; dagegen auch das Freiheitsgefühl und der Trotz,
wenn die höchsten Güter, die dem Menschen allein Werth
und ewiges Leben geben können, gefährdet erscheinen — das
sind allgemeine Eigenschaften, die das ganze deutsche Leben
charakterisiren und auch in den verschiedensten Perioden unserer Geschichte sich einen Ausdruck gegeben haben. Man
wird sagen, dass manche von diesen als Kennzeichen des
deutschen Volkes angegebenen Eigenschaften allgemein
menschliche Eigenschaften sind; und es lässt sich dagegen
nichts einwenden. Aber das ist gerade das Wunderbare an
dem deutschen Volke, dass in seinem Charakter und Geiste

das allgemein Menschliche am reinsten und vollkommensten sich abspiegelt und dass daher in ihm alle anderen Volkscharaktere sich concentriren, dass es der lebendige Mittelpunkt aller europäischen Völker ist, wie das deutsche Land das Herz Europas.

Diese Bemerkungen sollten dazu dienen, um anzudeuten, dass das deutsche Volk einen allgemeinen Charakter hat, der Alles durchdringt, eine Seele, die Alles, was deutsch heisst, belebt. Die grossen Männer aber, die unser Volk hervorgebracht hat, bewähren gerade dadurch ihre Grösse, dass sie diesem deutschen Nationalcharakter einen individuellen Ausdruck geben, wenn auch bei dem einen diese, bei dem anderen jene Seite vorwiegend zur Geltung kommt. Und das gerade macht auch Schillern so gross und sichert ihm die Anerkennung des deutschen Volks für alle Zeiten, dass er einer der grössten und edelsten Repräsentanten des echten deutschen Geistes ist.

Wollen wir aber Schillern recht erkennen und verstehen, so dürfen wir uns nicht bei dieser allgemeinen Wahrheit beruhigen, dass er ein edler und grosser Repräsentant des deutschen Nationalgeistes ist, sondern wir haben die besondere und eigenthümliche Art und Weise aufzusuchen, wie gerade er diesen Geist abspiegelt. Wir haben also den lebendigen Einheitspunkt zu erkennen in seinem ganzen Leben und Wirken. Wie in jedem grossen Kunstwerk das allgemeine Schöne, die allgemeine Idee des Schönen in einer ganz eigenthümlichen Form sich gleichsam verleiblicht, so ist auch jeder grosse Mann ein ganz eigenthümlicher Ausdruck der allgemeinen Nationalidee und realisirt dieselbe in ganz bestimmter Weise und nach ganz bestimmten Seiten hin. Und das gilt auch von Schiller. Das Wirken Schillers erscheint freilich auf den ersten Blick auch noch sehr verschiedenartig und mancher möchte daran zweifeln, ob es sich unter einem einfachen gemeinsamen Gesichtspunkt begreifen lasse. Denn betrachtet man seine hinterlassenen Werke im Grossen und Ganzen, so erscheint er nicht blos als ein grosser Dichter und zwar in den verschiedensten Gattungen der Poesie, sondern er ist ebenfalls sehr bedeutend als Philosoph und zwar als Kunstphilosoph, als Kritiker und selbst als Historiker nimmt er eine ehrenvolle Stellung in der deutschen Literatur ein. So-

dann hat er auch noch selbst als Dichter und Philosoph in
seinem kurzen Leben mehrere Entwicklungsstufen durchlaufen,
indem seine Wirksamkeit nach Form und nach Inhalt als
sehr verschiedenartig erscheint. Nichtsdestoweniger aber ist
Schiller ein Mann aus einem Gusse. Alle allgemeinen deutschen Eigenschaften, die wir vorzugsweise in ihm vereinigt
finden, sind in ihm, wenn in irgend einem deutschen Manne,
in einem Grundgedanken individualisirt. Alle Unterschiede
und selbst Gegensätze, die in seinem Leben und Wirken hervortreten, sind doch nur Ausstrahlungen des Lichts von einer
und derselben inwendigen Sonne. Das ganze Wirken, sein
gesammtes Dichten und Trachten, sein Denken und Thun
lässt sich unter Einer Kategorie begreifen, aber freilich unter
einer Kategorie von unerschöpflichem Inhalte und Werthe.

Göthe, der mit Schiller eine grosse Reihe von Jahren in
inniger und fruchtbarer Freundschaft lebte und sein Wesen gewiss vollständiger als irgend ein Anderer begriffen hat, bezeichnet ihn als den Apostel der Freiheit. Und in der
That erscheint keine Idee geeigneter, um seine Kraft und
seinen Werth, seine Persönlichkeit, sein Leben und sein
Denken und sein Dichten von einem allumfassenden Mittelpunkte zu begreifen, als die Idee der Freiheit. Nur muss man
sich nicht an das blosse noch dazu vielfach missverstandene
und gemissbrauchte Wort der Freiheit halten, sondern den
Begriff desselben genau bestimmen. Hat aber irgend ein
Philosoph den Begriff der Freiheit klar und deutlich gemacht,
so ist es Schiller selbst, der in seinen philosophischen
Schriften — namentlich in den Abhandlungen über das Erhabene und über Anmuth und Würde auf diesen Begriff
wiederholt zurückkommt. Und auf die eigenen Bestimmungen
Schillers von diesem Begriffe haben wir um so mehr Rücksicht zu nehmen, je mehr es uns darauf ankommt, ihn mit
seinem eigenen Maasse zu messen. Der Begriff der Freiheit
hat nun nach Schillers Definition zwei Momente, deren gleich-
mässige Geltung und organische Vereinigung erst die Freiheit
zur wahren Freiheit macht. Das eine Moment der Freiheit
ist der Wille oder das wunderbare Vermögen, sich von innen
heraus zu bestimmen, — also von keiner äusseren Macht,
welchen Namen sie auch tragen mag, sich bezwingen zu
lassen. Das andere Moment der Freiheit aber ist das Ver-

nunft- und Sittengesetz, welches dem Menschen ebenso
inwohnend ist, als der freie Wille. Vollkommen und wahrhaft frei ist der Mensch erst dann, wenn er sich einerseits
rein aus sich heraus bestimmt und andererseits doch so bestimmt, wie es dem in seinem Gewissen wirksamen Vernunft-
und Sittengesetz entspricht. Um zu zeigen, dass dieses in der
That Schillers Ansicht von der Freiheit ist, erlaube ich mir nur
eine Stelle aus seiner Abhandlung über Anmuth und Würde
mitzutheilen. Unzählig viele andere Stellen seiner Schriften
würden dasselbe bestätigen. Nachdem er nämlich ausgeführt
hat, dass der Mensch als sinnliches Wesen ebenso von Schmerz
und Lust bestürmt wird als das Thier, und gleich diesem den
Schmerz loszuwerden sucht und gleich ihm auch nach der Lust
strebt, so führt er fort: „Bei dem Menschen ist aber noch eine
Instanz mehr, nämlich der Wille, der als ein übersinnliches
Vermögen weder dem Gesetz der Natur, noch dem der Vernunft so unterworfen ist, dass ihm nicht vollkommen freie
Wahl bliebe, sich entweder nach diesem oder nach jenem zu
richten; das Thier muss streben, den Schmerz los zu sein,
der Mensch kann sich entschliessen, ihn zu behalten. Der
Wille des Menschen ist ein erhabener Begriff, auch dann,
wenn man auf seinen moralischen Gebrauch nicht achtet.
Schon der blosse Wille erhebt den Menschen über die Thierheit; der moralische erhebt ihn zur Gottheit. Er muss aber
die Thierheit zuvor verlassen haben, ehe er sich der Gottheit
nähern kann, daher ist es kein geringer Schritt zur moralischen Freiheit des Willens, durch Brechung der Naturnothwendigkeit in sich — auch in gleichgiltigen Dingen — den
blossen Willen zu üben. Die Gesetzgebung der Natur hat
Bestand bis zum Willen, bei dem sie endigt und die vernünftige anfängt. Der Wille als solcher (d. h. die reine
Kraft der Selbstbestimmung) steht hier zwischen beiden Ge-
richtsbarkeiten (nämlich der sinnlichen Naturnothwendigkeit
und der Sittlichkeit und Vernunft), und es kommt ganz auf
ihn selbst an, von welcher er das Gesetz empfangen will;
aber er steht nicht in gleichem Verhältniss gegen beide. Als
blosse Kraft (Schiller sagt eigentlich Naturkraft) muss er
sich weder zu dieser noch zu jener schlagen. Er ist aber
nicht frei als moralische Kraft, das heisst, er soll sich zu
der vernünftigen schlagen. Gebunden ist er an keine, aber

verbunden ist er dem Gesetz der Vernunft. Er braucht also
seine Freiheit wirklich, wenn er gleich der Vernunft widersprechend handelt; aber er gebraucht sie unwürdig, weil er
ungeachtet seiner Freiheit doch nur innerhalb der Natur stehen
bleibt und zu der Operation des blossen Triebes gar keine
geistige Realität hinzu thut. Die Gesetzgebung der Natur
durch den Trieb kann mit der Gesetzgebung der Vernunft
aus Principien in Streit gerathen, wenn der Trieb eine Handlung fordert, die dem moralischen Grundsatz widerstreitet.
In diesem Fall ist es unwandelbare Pflicht für den Willen,
die Forderung der Natur dem Ausspruch der Vernunft nach-
zusetzen, da Naturgesetze nur bedingungsweise, Vernunft-
gesetze aber schlechterdings und unbedingt verbinden." Dies
ist eine von den bezeichnendsten Stellen, in denen sich Schiller
über den Grundbegriff seines Lebens ausspricht. Freiheit ist
hiernach die Herrschaft der Vernunft und Sittlichkeit in
solchen Wesen, die sich durch und durch aus sich selbst bestimmen; oder das Gesetz der Freiheit ist das Gesetz des
moralischen Sollens auf dem Boden der unbedingten Selbstbestimmung. Mit anderen Worten: Die Freiheit erfüllt erst
als sittliche Freiheit ihren Begriff.

In diesem Sinne also haben wir die Freiheit zu verstehen,
wenn wir Schiller als den Apostel der Freiheit bezeichnen. Als
solchen aber stellt er sich dar ebenso sehr in seinem Leben als
in seinen Schriften. Sie wissen, verehrte Zuhörer, dass das
Leben Schillers nach allen seinen Momenten und Entwicklungsstufen klar und deutlich uns vor Augen liegt. Es sind
nicht blos die vielen Biographien und Charakteristiken, die
wir gerade von Schiller besitzen, sondern besonders auch seine
eigenen Mittheilungen über sich, über sein Leben und Treiben in den Briefen an Körner, Humboldt, Göthe, an seine
Frau, an seine Schwägerin Caroline von Wollzogen, endlich
auch viele Zeugnisse seiner Zeit- und Studiengenossen, die
uns ein treues Bild von dem geben, was Schiller im Innersten
war. Sollen wir aber den Eindruck mit einem Worte aussprechen, den alle diese Mittheilungen auf uns machen, so
könnten wir sie nicht besser bezeichnen, als wenn wir sagen:
Schiller war ein wahrhaft freier Mann, frei in Bezug auf
sich, d. h. in Bezug auf die in ihm wirkende Sinnlichkeit und
Naturnothwendigkeit und — frei anderen Menschen gegenüber.

Wenn wir zuerst sagen, dass Schiller frei von sich selbst,
frei von seinem sinnlichen Selbst gewesen, so ist das nicht
so zu verstehen, als sei er gleichsam von Haus aus ein Engel
gewesen und habe nicht auch dem Endlichen seinen Tribut
dargebracht. Nein! Schiller ist ein Mensch gewesen gleich
anderen Menschen; er hat sich auch geirrt wie andere Menschen, er hat sich auch zeitweilig verirrt; aber seine Grösse
besteht darin, dass er sich nimmermehr hat fesseln lassen von
der Sinnlichkeit, dass er durchgedrungen ist durch alle Hindernisse, die der sinnliche Mensch dem Menschen des Geistes
in den Weg legt, dass er muthig und energisch den Lichtweg
des Geistes gewandelt ist, der zur ewigen Wahrheit und Vollkommenheit führt. Nicht sinnliche Begierden, nicht Krankheit, nicht Armuth und Noth, nicht Niedrigkeit konnten ihn
zurückhalten auf diesem Lichtwege zur Freiheit; — er hat
mit diesen Hindernissen gekämpft, aber er hat sie überwunden, ja er hat diese Hindernisse sogar zu Mitteln gemacht, um seinen freien Geist in einem um so helleren
Lichte leuchten zu lassen. Wie selten treffen wir Menschen,
die etwas von dieser genialen Kraft, die sittliche Freiheit
des Geistes den Schranken der Sinnlichkeit zum Trotz zur
Geltung zu bringen, an sich bemerken lassen. Das Leben
von tausend Menschen ist, um es mit Schillers eigenen Worten zu sagen, meistentheils nur Circulation der Säfte, Ein-
saugung durch die Wurzel, Destillation durch die Röhren
und Ausdünstung durch die Blätter; das ist heute wie gestern,
beginnt in einem wärmeren Apriltage und ist mit dem October zu Ende. „Ich weine, sagt er, über diese organische Regelmässigkeit des grössten Theils in der denkenden Schöpfung,
und den preise ich selig, dem es gegeben ward, der Mechanik
seiner Natur nach Gefallen mitzuspielen und das Uhrwerk
des Leibes empfinden zu lassen, dass ein freier Geist seine
Räder treibt.“ Ein solcher freier Geist nun, der das Uhrwerk seines sinnlichen Selbst jeder Zeit empfinden liess, dass
er die Herrschaft habe, lebte in Schiller; ein solcher Geist
lebte von Jugend auf in ihm, und er rang sich von Jahr
zu Jahr immer klarer und selbständiger heraus. Um nur
Einiges aus seinem Leben anzuführen, was zum Beweise dieser
Behauptung dienen kann, so mag es schwerlich einen Menschen
gegeben haben, der ein freieres und geistigeres Verhältniss

zu seinen natürlichen Trieben und Schmerzen behauptet
hätte, als Schiller. Er handelte frei nach dem Sittengesetz
und liess den blinden Naturtrieb seinen Willen nicht beherrschen; selbst gegen grosses körperliches Elend und lebens-
gefährliche Krankheit behauptete er eine bewunderungswürdige und den meisten Menschen unbegreifliche Unabhängigkeit. Als sein Körper schon durch eine furchtbare Krankheit
zerrüttet war und sichtbar seinem Ende entgegenwelkte, da
erhielt er sich doch noch durch seine Willensenergie eine
solche Kraft und Freiheit des Geistes, dass er gerade in dieser
Zeit seine vortrefflichsten Dramen schrieb, die seinen Ruhm
über alle Erdtheile verbreitet haben. Schon den Wallenstein schrieb er in diesem Siechthum und ebenso auch die
Jungfrau von Orleans, die Maria Stuart, die Braut von
Messina und sein unsterbliches Schwanenlied Wilhelm Tell.
Und wie hat sich der treffliche Mann auch sonst noch durch
die Noth des Lebens hindurchschlagen müssen; durch Nah-
rungssorgen, durch Druck und Verfolgung, durch Anfechtungen aller Art von innen und von aussen! Aber wie hat
er sich dabei die Kraft und Freiheit des Willens, die Thätigkeit des Geistes, die Ruhe der Seele, ja das Glück des Herzens
bewahrt! Wie hat er sich stets als einen wahrhaft freien
und mit freier Geisteskraft nach den höchsten Zielen streben-
den Menschen bewährt! — Ja der Druck des Lebens vermochte ihn so wenig niederzudrücken, dass er vielmehr seine
Geisteskraft stählte und seine volle Geistesfreiheit entfesselte.
Der despotische Druck, den er z. B. auf der Karlsschule und
später als Militärarzt des Herzogs Karl von Würtemberg zu
erdulden hatte, bewirkte in ihm gerade den ungestümen Frei-
heitsdrang, der sich in seinen ersten Dramen, namentlich in
den Räubern, Luft machte. Die fortwährenden Nahrungs-
sorgen, unter denen er den grössten Theil seines Lebens
lebte, reizten und gewöhnten ihn gerade zu einer bewunderungswürdigen, vielseitigen und grossartigen literarischen
Thätigkeit. Seine grosse Kränklichkeit in den letzten Jahren
seines Lebens bestimmte ihn zu einer um so gewissen-
hafteren Wirksamkeit, um der Welt die in ihm ruhenden
geistigen Schätze nicht vorzuenthalten. Auch den sonstigen
Reizungen der Sinnlichkeit hat er heldenmüthig widerstanden und es gilt auch in dieser Hinsicht das herrliche

Wort, das Göthe in seinem Epilog zu Schillers Glocke über
ihn sagt:

> Es schritt sein Geist gewaltig fort
> Ins Ewige des Wahren, Guten, Schönen,
> Und hinter ihm, in wesenlosem Scheine,
> Lag, was uns Alle bändigt, das Gemeine.

Wie aber Schiller in sich selbst ein freier Mensch war,
so war auch in seinen Verhältnissen zu Andern die
Freiheit das Element, welches Alles durchdrang und verklärte. Ihm war, wie er selbst sagt, die Freiheit des Anderen heilig und sein Gespräch und sein ganzer Umgang
mit Andern ruhte auf dieser Heilighaltung des in jedem
Menschen lebenden freien Geistes. Geistreiche Zeitgenossen
Schillers, die viele Gelegenheit hatten, das Wesen und Benehmen unseres Dichters zu beobachten, wie z. B. sein Freund
Wilhelm von Humboldt, sind überzeugt, dass es keinen
grösseren Meister im Gespräch geben könne, als Schiller war,
und als Grund dieser grossen Eigenschaft führen sie Schillers
Verlangen an, auch im Gespräch den Andern frei gewähren
zu lassen, gleichwie er seinerseits verlangte, sein Inneres
ungehindert geben zu können. Humboldt stellt ihn in dieser
Beziehung Herdern entgegen und bemerkt, dass man sich
Herder gegenüber sehr bald als nur empfangend verhalten,
während man in dem Gespräche mit Schiller empfangend
und zugleich gebend habe auftreten müssen. Auch in dem
Gespräch also verlangte Schiller freie Gegenseitigkeit der
sich Unterhaltenden und das Gespräch galt ihm als ein Prozess zur Entwicklung der Wahrheit, an welchem die Theil-
nehmer nur die Factoren sind. Schiller wollte also, dass bei
einem guten Gespräche jeder von beiden sowohl lehrend als
lernend sich verhalten solle, was nur dadurch geschehen
kann, dass sich jeder in den Dienst der Sache stellt, über
welche verhandelt wird. Die Schönheit des Umgangs oder
der gute Ton ist daher, wie er einmal sagt, in den beiden
Forderungen enthalten: 1) Schone fremde Freiheit; 2) zeige
selbst Freiheit. Er suchte daher auch solche Menschen zum
Umgang auf, von denen er selbst etwas lernen konnte, und
die auch noch etwas lernen wollten, Menschen, an denen er
sein Selbst in lebendige Bewegung setzen und es doch auch
ergänzen konnte. Bei dieser Achtung vor dem Geiste und

vor der Freiheit des Anderen und bei diesem steten Verlangen, sich selbst in dem Anderen zu ergänzen und mit
ihm und an ihm zu einem höheren Allgemeinen sich empor-
zuheben, ist dann Schiller nun auch zur echten Freundschaft
vorzüglich geeignet gewesen. Denn die Freundschaft ist eben
ein freier Bund zwischen zwei Gleichen, eine geistige Gemeinschaft zwischen zwei freien und selbständigen Menschen, die
sich an einander entwickeln und ergänzen. Schillers Leben
zeichnet sich dadurch aus, dass er ein echter Freund war
und echte Freunde hatte. Mehrere von diesen Freundschaften,
die Schiller knüpfte, sind sogar aus den Kreisen des mehr
familiären Lebens herausgetreten ins Oeffentliche und haben
für das geistige Leben unseres Volkes eine grosse Bedeutung
gewonnen., z. B. seine Freundschaft mit Wilhelm von Humboldt und mit Göthe. Will man aber so recht von Grund
aus kennen lernen, was für ein herrlicher Freund Schiller
war, was er von der Freundschaft hielt und was ihm die
Freundschaft half, so muss man sein Freundschaftsverhält-
niss zu Körner, dem Vater des Dichters der Freiheitskriege,
betrachten, welches in dem gedruckten Briefwechsel zwischen
beiden eine einzig schöne und nicht genug zu beachtende
Darstellung gefunden hat. Man kann dieses Buch nicht ohne
sonstige reiche Belehrung lesen, aber ganz besonders fesselnd,
ja rührend ist es dadurch, dass man aus ihm ersieht, wie
zwei selbständige Geister in einander aufgehen, sich gegenseitig achten und lieben, sich mittheilen, sich ergänzen, wie
sie mit und an einander von Stufe zu Stufe sich entwickeln
und von einander unterstützt im Intellectuellen sowohl wie
im Moralischen zu den höchsten Höhen der Menschheit empor-
klimmen. Durch diese innige Freundschaft, durch die Zu-
sammenschmelzung aller ihrer Gefühle, durch gegenseitige
Verehrung und Liebe, durch Verwechselung und gänzlichen
Umtausch ihrer persönlichen Interessen haben beide Männer
ihr Verhältniss, wie Schiller selbst bekennt, zu einem
Eingriff ins Elysium gemacht. Wie Schiller gewissermassen sein ganzes Leben hindurch die schöne Jünglings-
frische und Idealität bewahrt hat, so hat auch seine Freundschaft etwas Enthusiastisches und anfangs sogar fast etwas
Schwärmerisches. Mit Bezug auf seinen Freund Körner
singt er:

Glücklich! Glücklich! Dich hab' ich gefunden,
Hab' aus Millionen dich umwunden,
Und aus Millionen mein bist du —
Lass das Chaos diese Welt umrütteln,
Durch einander die Atome schütteln;
Ewig fliehn sich unsere Herzen zu.

Aber die Freundschaft ist ihm keine blosse Schwärmerei, sie ist ihm eine Verbrüderung der Geister und als solche der unfehlbarste Schlüssel zur Weisheit. Er spricht selbst einmal die Ueberzeugung aus, dass es in dem unermesslichen Reiche der Wahrheit nichts giebt, worüber Menschen, die in der Freundschaft mit einander verbrüdert sind, nicht endlich Meister werden sollten. Die Materialien seiner Freundschaft mit Körner seien, wie er sich ausdrückt, die Grundtriebe der menschlichen Seele, ihr Termin die Ewigkeit und ihr *non plus ultra* die Gottheit: Auf dem Boden der innigsten Liebe dringen die Freunde in das Reich der Wahrheit ein.

Wie sich Schillers ideale Freiheit auch in anderen Gebieten des Lebens ausspricht, z. B. in seiner durchaus musterhaften Ehe, kann hier leider nicht ausführlich dargestellt werden, da wir, um unsere Aufgabe einigermaassen zu lösen, nothwendig noch davon sprechen müssen, wie sich die Idee der sittlichen Freiheit, in der wir den reinsten Ausdruck von Schillers Wesen finden, in seinen hinterlassenen Werken zu erkennen giebt. Wenn sich irgend ein Schriftsteller in seinen Werken vollkommen abspiegelt, so ist es Schiller. Dieser frische, freie Geist, der in Schiller lebte, sein unendliches Streben nach dem Idealen, seine hohe, edle, sittliche Gesinnung, das kraftvolle Ringen, seinem Inneren einen vollkommenen äusseren Ausdruck zu geben, — dieser Geist weht uns aus allen seinen Werken wie die frische, gesunde Morgenluft eines schönen Frühlingstages entgegen und es ist nicht möglich, sie mit Aufmerksamkeit zu lesen, ohne von diesem idealen Geiste selbst mit fortgerissen zu werden. Und dieses Urtheil gilt von allen seinen Werken, von den historischen und philosophischen ebenso gut, wie von den poetischen, von den productiven ebenso sehr, wie von den kritischen. Das lichte Bild eines freien und edlen Geistes ist allen ohne Unterschied aufgeprägt und sogar auch denjenigen, die in formeller Hinsicht noch einen niedrigeren Standpunkt einnehmen. Indess sind doch die wissenschaftlichen Werke mehr für eine

höhere Bildung berechnet, während die poetischen ein Eigenthum der ganzen Nation sind und noch immer mehr werden.
Da die Freiheit, in welcher wir Schillers innerstes Wesen
finden, sich nicht in müssiger Ruhe und Beschaulichkeit,
sondern nur im thätigen Handeln vollkommen zeigen kann,
so ist der wesentliche Gegenstand der Schillerschen Poesie
die Handlung, der geistige Prozess, das Werden der Idee,
während Göthes Poesie besonders in der Schilderung von
Zuständen und Charakteren ihre Grösse entwickelt.
Darnus geht zunächst hervor, dass Schiller kein epischer
Dichter ist. Denn der Epiker hat die Aufgabe, den Geist
und Charakter eines Volks in seinem zuständlichen Sein zu
schildern, nicht den Geist in seiner Entwicklung und in
seinem Streben nach einem idealen Ziele. Daher war Göthe
ein so grosser Epiker, weil er sich mit so feinem Sinn in
das Wesen des Bestehenden zu versetzen und dasselbe in
der angemessensten Form darzustellen wusste. Auch die
Dramen Göthes haben insofern einen epischen Charakter,
als in ihnen weniger Handlungen, die von einem Zwecke
getragen, von Stufe zu Stufe fortschreiten, als vielmehr
Charaktergemälde von Personen und Zeiten gegeben werden.
Ich erinnere in dieser Beziehung nur an Göthes Tasso, in
welchem die Handlung an und für sich höchst unbedeutend,
nur Nebensache ist, und nur zum Mittel dient, um ein ideales
Dichtergemüth zur Darstellung zu bringen. Auch die lyrischen
Gedichte Göthes haben ihre Bedeutung in der Versinnlichung
von idealen Gemüthszuständen. Dagegen ist in Schillers Gedichten Alles Prozess, Fortschritt, Entwicklung. Darum also
hat er fast gar keine epischen Gedichte geschrieben, da er
keinen Sinn für das ruhige Beschauen des Bestehenden in
seiner Wesenheit hatte; auch seine lyrischen Gedichte unterscheiden sich von den Göthischen dadurch, dass sie etwas
Prozessartiges, etwas unaufhaltsam Vorwärtsdrängendes an
sich tragen. Darum aber ist er vor Allem ein dramatischer
Dichter, da in dem Drama die Idee der sittlichen Freiheit
und der Prozess ihrer Verwirklichung sich am vollkommensten
darstellen lässt. Als dramatischer Dichter ist er auch vorzugsweise der ganzen Nation bekannt und von ihr gefeiert.

Es sind aber in der dramatischen Thätigkeit unseres
Dichters zwei Perioden aufs Bestimmteste zu unterscheiden.

In die erste Periode fallen die Räuber, Fiesko, Cabale und
Liebe und Don Carlos, in die zweite die schon oben genannten
Wallenstein, Maria Stuart, die Jungfrau von Orleans, die
Braut von Messina und Wilhelm Tell. In der ersten Periode
überliess sich Schiller noch ganz dem ungestümen Drange seines
nach Freiheit lechzenden Inneren, ohne noch ein deutliches
Bewusstsein von der Wahrheit der Ideen und von der Schönheit der poetischen Form zu haben; aus diesem mehr noch
instinktartigen Naturdrang entsprangen jene Produkte, die
allerdings so kraft- und geistvoll sind, dass man auch in
ihnen das Ringen eines hohen Genius erkennt, die aber
sowohl in der Fassung der Freiheitsidee als in der Form-
vollendung noch unendlich weit von seinen späteren Dramen
abstehen. Was z. B. die Räuber betrifft, so ist die darin dargestellte Freiheitsidee noch eine durchaus negative und
abstracte und besteht in der reinen Willkür, die sich in
kein von aussen an sie herankommendes Gesetz fügen will,
eben weil es ein gegebenes Gesetz ist; es ist eine Freiheit,
die so sehr alle Freiheit aufhebt, dass sie nur momentan
möglich ist und praktisch wirkend sich sogleich selbst vernichtet. Der Träger dieser Freiheit ist Carl Moor. Schiller
ist nicht so thöricht, dass er eine solche Freiheit für möglich gehalten oder sie gar als ein Ideal hätte darstellen
wollen; nein! er lässt den Versuch einer solchen negativen
Freiheit, der das sittliche Moment fehlt, vollständig scheitern,
er lässt den Träger derselben nicht blos zu Grunde gehen,
sondern sich auch im Innersten selbst überzeugen, dass sein
ganzes Dichten und Trachten von Grund aus verfehlt ist
und in dieser Ueberzeugung verzweifeln. Insofern also ist
auch dieses Stück trotz seiner mannigfaltigen Extravaganzen
ein Preis der sittlichen Ordnung, denn was sich durch sich
selbst nothwendig vernichtet, das erkennen wir als ein Un-
berechtigtes und Nichtiges. Dennoch ist nicht zu leugnen,
dass wir von den Trägern einer dramatischen Handlung einen
grösseren Fond sittlicher Güte verlangen, als wir in den
Personen der ersten Schillerschen Dramen finden, wenn sie
unser geistiges Interesse fesseln und menschliches Mitleid
oder heilsame Furcht einflössen sollen. Und wenn wir an
Carl Moor wenigstens noch manche sittliche Momente, wie
Offenheit, Muth, Tapferkeit, Klugheit, Vorsicht und besonders

einen gewissen Edelmuth bemerken, mittelst dessen er sein
Räuberhandwerk ausübt, um Geizige und Hartherzige zu
strafen und Unterdrückten zu helfen; so sind Figuren wie
Franz, Schufterle, Spiegelberg reine Abstracta der Bosheit,
die gar keine Existenz haben können. Aehnliche Bemerkungen
gelten von den anderen Dramen der ersten Periode. Es ist
aber gerade einer der grössten Charakterzüge unseres Dichters, dass er selbst seine Mängel am schärfsten erkennt und
sich davon frei macht, dass er unablässig den Weg der Vollendung geht und auf den Punkt lossteuert, wo sein Denken und
Dichten der grossen Idee entsprach, welche die gütige Gottheit mit der Bestimmung in seine Seele gelegt hatte, dass
er sie realisiren und seinem Volke ein helles Licht sein und
bleiben sollte. Niemand hat diese ersten Productionen Schillers schärfer beurtheilt, als er selbst, ja wir dürfen sagen,
er ist gegen sich selbst oft ungerecht gewesen, denn was
ihnen auch noch fehlen möge, um wahrhaft classisch vollendete Dichtungen zu sein, immerhin spricht sich in ihnen die
geniale Kraft eines grossen Geistes, eine glühende und
unerschöpfliche Phantasie, ein unendliches Streben nach
Wahrheit und Freiheit, eine Hoheit der Gesinnung verbunden mit einem seltenen Glanze und einer seltenen
Kraft der Sprache aus. Durch diese Eigenschaften fanden
sie denn auch die laute Bewunderung der Deutschen, ja eine
so masslose Bewunderung, dass sie Schiller leicht hätte
verleiten können, auf dieser Stufe stehen zu bleiben und in
schwächlicher Eitelkeit sich in der Sonne des Ruhmes zu
weiden. Aber ist Schiller von irgend einem Fehler frei, so
ist es von der Eitelkeit, diesem Erbtheil schwacher Seelen, die
etwas Grosses bedeuten möchten und sich selbst den Weihrauch
streuen. Eitelkeit verachtete er von Grund aus. Er beurtheilte
sich selbst, als wäre er sich eine objective Persönlichkeit, und
hielt seine gegenwärtige Existenz stets mit der unendlichen
Idee seines Wesens zusammen, die zwar aus allen Entwicklungsstufen in einem gewissen Grade hervorscheint, aber doch in
keiner aufgeht, sondern stets auf eine höhere Vollendung
hinausweist und auf sie hindrängt. Daher liess Schiller, obgleich er in Don Carlos schon ein ideales Product geliefert hatte, die poetische Thätigkeit eine Reihe von Jahren
beinahe ganz liegen, um sich durch historische und philo-

sophische Studien und durch die Anschauung des classischen
Alterthums von dem Trüben und Phantastischen, das noch
in seiner Natur lag, zu reinigen und eine deutliche Einsicht
von dem Schönen sich zu erwerben. Schiller selbst bekannte,
dass er es unternommen, Menschen zu schildern, ehe er noch
habe Menschen kennen lernen. Und in der That sind, um
von den andern Stücken zu schweigen, selbst noch in Don
Carlos, so sehr wir uns an der Klarheit und Freiheit der
darin ausgesprochenen Ideen erquicken, die Charaktere mehr
blosse Phantasiegebilde, als wirkliche Menschen. Da nun
die Geschichte fern ist von aller Phantasterei und die
nackte Wirklichkeit uns vor Augen führt, so mussten die
gründlichen historischen Studien, die Schiller trieb, seinen
Sinn für das Objective ausbilden und ihm zugleich die vortrefflichsten Stoffe zu neuen Dramen an die Hand geben.
Aber Schiller betrieb auch die Geschichte in seinem sich
gleich bleibenden Geiste; er suchte auch in der Geschichte überall die Idee der Freiheit und wandte sich daher
auch vorzugsweise solchen Partien derselben zu, in denen der
Prozess und die Bewegung nach Befreiung am kräftigsten
hervortritt. Er hat bekanntlich die Geschichte des Abfalls
der Niederlande von Spanien und den dreissigjährigen Krieg
in eigenen Werken behandelt, also zwei Perioden, in welchen
der Geist des Protestantismus nach Befreiung von den Fesseln
des Aberglaubens und der Despotie ringt. Derselbe Trieb
nach Objectivität ist es, der Schiller in dieser Zeit so eifrig
und mit Enthusiasmus das classische Alterthum betreiben liess; — denn was die alten Classiker ganz besonders
vor allen modernen Schriftstellern auszeichnet, das ist die
maassvolle Klarheit, mit der sie das Innere zu objectiviren
wissen. Phantasterei, trübe Subjectivität, abstracte Innerlichkeit, jedes Spiel der Willkür liegt den Alten fern, und daher
wandte sich Schiller ihnen mit solcher Liebe zu, um an ihnen
den Rest von trüber Empfindsamkeit und objectloser Phantasterei, der noch in ihm lag, los zu werden. Er schreibt in
der Zeit seines reiferen Jünglingsalters an Körner: „Nur die
Alten geben mir wahre Genüsse. Zugleich bedarf ich ihrer
im höchsten Grade, um meinen eigenen Geschmack zu reinigen, der sich durch Spitzfindigkeit, Künstlichkeit und Witzelei
sehr von der wahren Simplicität zu entfernen anfing.“ Er
33*

las in dieser Zeit fast nichts als Homer, und zwar, da er wenig Griechisch verstand, die Odyssee in der Vossischen und die Ilias in einer prosaischen Uebersetzung. In den nächsten zwei Jahren, schreibt er 1788, habe ich mir vorgenommen, keine modernen Schriftsteller mehr zu lesen. Ich werde die Alten in guten Uebersetzungen studiren und dann — wenn ich sie fast auswendig weiss, die griechischen Originale lesen. Auf diese Art getraue ich mir spielend griechische Sprache zu lernen. Einen ähnlichen Dienst, wie das Studium der Alten, leistete Schiller das Studium der Philosophie und namentlich der Kant'schen Philosophie, die damals florirte, denn durch ein gründliches Studium der Philosophie befreit sich der Mensch von aller subjectiven Einbildung, leerer Phantasterei und unbestimmter Meinung, dringt ein in das Wesen der Dinge und eignet sich Begriffe und Ideen an, die nicht blos in seinem Kopfe existiren, sondern den letzten Halt der objectiven Welt bilden. Das Studium der Philosophie befreit nicht blos von jeder äusserlichen Autorität, sondern auch von eigener Willkür und lehrt den Menschen nur die erkannte und bewiesene Wahrheit zu achten und geltend zu machen. So ist sie in jeder Hinsicht ein treffliches Instrument der geistigen und sittlichen Freiheit. Und diese Wirkung brachte diese Wissenschaft der Wissenschaften bei Schiller im vollsten Maasse hervor. Sie wurde aber für ihn nicht blos ein Reinigungsfeuer, welches alle verhärteten Vorstellungen in ihm schmolz und alles Unreine in seinen Anschauungen verflüchtigte, sondern er bewährte sich in diesem Gebiete gar bald auch als ein productiver Kopf, der die Wissenschaft selbständig fortentwickelte. Namentlich gilt dieses von dem Theile der Philosophie, die man mit dem Namen der Aesthetik bezeichnet, d. h. von der Wissenschaft des Schönen. In der Geschichte der Aesthetik ist Schiller ein nothwendiges Glied; er hat darin eine Entdeckung gemacht, welche die Grundlage bildet von allen weiteren Forschungen. Seine Abhandlungen über das Erhabene, über Anmuth und Würde, über naive und sentimentale Poesie, seine Briefe über ästhetische Erziehung werden unsterblich bleiben, denn sie enthalten ewig giltige Ideen und in einer so frischen, warmen, anschaulichen und klaren Sprache, dass sie namentlich zum ersten Studium der Aesthe-

lik noch immer mustergiltig bleiben. Schiller ging darin über
das blos subjective Kant'sche Princip der Schönheit, demnach
dasjenige schön genannt wird, woran ich ein freies, d. h.
durch kein egoistisches Motiv bedingtes Wohlgefallen habe,
hinaus und stellte ihm ein objectives Princip der Schönheit gegenüber, nach welchem dasjenige schön ist, worin der
Geist natürlich erscheint, oder, da er das Wesen des Geistes in
der Freiheit findet, sprach er sich noch kürzer so aus: Schönheit ist die geistige Freiheit in der natürlichen Erscheinung.

Mit solchen Mitteln und Kräften ausgerüstet, wandte sich
der grosse Mann etwa 10 Jahre vor dem Ende seines kurzen
Lebens wieder zur Poesie zurück und lieferte in rascher
Folge ausser einer Reihe köstlicher Balladen und anderer
Gedichte jene trefflichen Dramen, welche die eigentliche Blüthe
unserer poetischen Nationalliteratur ausmachen, — goldene
Aepfel in silbernen Schalen, d. h. Werke, die nach Inhalt
und Form das Gepräge classischer Vollendung an sich tragen.
Von der idealen Form dieser einzig schönen Werke brauche
ich nicht weiter zu sprechen. Wer sich nur in eins derselben,
wie in den Wallenstein oder den Tell oder die Jungfrau
von Orleans, recht hineingelebt hat, der weiss es auch, dass
sich in ihnen die schönste Blüthe der deutschen Sprache, die
schärfste Bestimmtheit und Wahrheit in der Zeichnung der
Charaktere und der Situationen und die gründlichste psychologische Entwicklung der Handlungen mit einander vereinigt
finden. Ueber den Inhalt, über die Ideen lassen Sie mich etwas
weiter mich verbreiten. Was den ersteren anbetrifft, so finden
wir die Idee der sittlichen Freiheit, in welcher der Schwer-
punkt des Schiller'schen Geistes liegt, nach den verschiedensten
Seiten hin mit Klarheit auseinander gelegt und bestimmt.
Frei ist der Mensch, wenn er sich mit voller Selbstbestimmung zum Träger des Allgemeinen und Unendlichen macht,
dem wir Alle dienen sollen. Verfolgt er aber andere Tendenzen, als die das Sittengesetz ihm vorschreibt, sucht er
sich selbst im Gegensatz zu dem Allgemeinen zur Geltung
zu bringen, so geräth er in einen Conflict und bereitet sich
selbst den Untergang, wenn er nicht noch zeitig auf dem
Wege umkehrt. Dieser Gedanke zieht sich durch alle Dramen
der letzten Lebensperiode unseres grossen Dichters hindurch.
Im Wallenstein ist die allgemeine sittliche Macht der Staat,

repräsentirt durch die Autorität des Kaisers. Ihm hat
sich Wallenstein verpflichtet, ihm hat er selber Treue geschworen sammt seinem Heere und ihm hat er daher treue
Dienste zu leisten, wenn er nicht in Widerspruch mit sich
kommen und einen Verrath ausüben soll. Aber das Gefühl
seiner Kraft und Feldherrngrösse, das Bewusstsein, dass er
der unbeschränkte Gebieter seines gewaltigen Heeres und
überhaupt der Mann sei, der selbst König sein könne, bringt
ihn auf den unsittlichen Gedanken, dem Kaiser untreu zu
werden und sich mit den Schweden zu verbinden. Doch je
bestimmter und deutlicher diese egoistische Absicht Wallensteins hervortritt, desto mehr macht sich auch ihm gegenüber
die allgemeine Macht des Staats geltend, die durch den Kaiser
vertreten ist, und sammelt um sich alle diejenigen, die nicht
mit Eiden spielen. So entsteht ein Kampf auf Leben und
Tod, in welchem der egoistische, wenn auch tüchtige und
willenskräftige Wallenstein unterliegt. Der Triumph der sittlichen Idee ist um so glänzender, je ausgezeichnetere Eigenschaften das Individuum hatte, welches sich an die Stelle der
bestehenden Staatsmacht zu setzen wagte. Das alte Wort:
Seid gehorsam der Obrigkeit, die Gewalt über euch hat, wird
im Wallenstein gepredigt, zwar nicht in Form einer Predigt,
auch nicht in Form abstracter Lehren und Ermahnungen,
aber vielleicht noch weit wirksamer in der Form einer wohl-
motivirten, von Stufe zu Stufe gleichmässig fortschreitenden
Handlung, in der das Gericht thatsächlich über diejenigen
vollzogen wird, die jenes Gebot des Gehorsams übertreten.
Jedoch auch dieser Gehorsam gegen die Obrigkeit wird nicht
etwa in der Weise von dem grossen Dichter dargestellt, als
habe dem gegenüber nichts weiter in der Welt Werth und
Berechtigung. Nein! die sonstigen ewigen Gesetze des Rechts
und der Wahrheit darf keiner verletzen, auch dann nicht,
wenn er der Obrigkeit gehorsam ist. Der ältere Piccolomini
wird, obschon er die Sache des Kaisers vertritt und insofern
in seinem vollen Rechte ist, vom Dichter nicht etwa gerechtfertigt, denn er verräth Wallenstein, als dessen Freund er
sich äusserlich zeigt. Und um des Verrathes Willen, den
er an seinem Freunde ausübt, verliert er das theuerste Gut,
das er besitzt, seinen trefflichen Sohn, und beschwert sein
Bewusstsein mit dem Gedanken, dass er nur durch schlechte

Mittel einen an sich guten Zweck durchgesetzt hat, und dieser Verlust und dieses böse Gewissen ist ein unendlich höheres Uebel, als die äussere Ehre, die ihm der Kaiser zum Lohne schenkt, ein Gut ist. Er hat ein äusseres Gut erlangt und die inneren Güter verloren — ein trauriger und sehr ungleicher Wechsel! Auch für den Fall, dass die Pflicht gegen die Obrigkeit mit der Pflicht gegen Freunde und gegen die Familie in Conflict geräth, zeigt uns dieses treffliche Schauspiel einen Ausweg. Max Piccolomini bleibt dem Kaiser treu und verräth doch nicht seinen Freund Wallenstein und verletzt überhaupt keine anderweitigen Pflichten, und darum stellt er ihn als das Ideal der Sittlichkeit für diese politische Sphäre im glänzendsten Lichte hin. So lehrt denn dieses erste vollendete Drama Schillers die reinste politische Sittlichkeit, die wahre politische Tugend, und diese Belehrung senkt sich um so tiefer in unser Gemüth ein, je schöner und glänzender die Sprache in diesem Gedichte ist, je klarer und wahrer die Charaktere entwickelt sind und je motivirter und nothwendiger die Handlung von Stufe zu Stufe bis zur letzten unvermeidlichen Katastrophe fortschreitet.

Ganz ebenso klar und maassvoll finden wir die Wahrheit der sittlichen Freiheit nach anderen sehr wesentlichen Seiten in den übrigen Dramen der letzten Periode entwickelt und dargestellt. Und wenn es mir auch die Zeit nicht erlaubt, so ausführlich sie durchzugehn, als ich es mit dem Wallenstein versucht habe, so erfordert es doch das Thema meines Vortrags, noch wenigstens einige allgemeine Andeutungen zu geben. Hinsichtlich des Inhalts und der Ideen stehen die Braut von Messina und die Maria Stuart auf einer Stufe und ebenso wieder die Jungfrau von Orleans und der Wilhelm Tell. Das Allgemeine, zu dem sich der sittliche Mensch in ein freies Verhältniss zu setzen hat, war in dem Wallenstein die Obrigkeit des Staats, in der Braut von Messina aber ist sie das sittliche Princip überhaupt und in der Maria Stuart die Quelle aller sittlichen Principien — die Religion. Die Idee der Braut von Messina ist in Schillers eigenen Worten enthalten, mit denen das Drama schliesst: Das Leben ist der Güter höchstes nicht, der Uebel grösstes aber ist die Schuld. Viele Menschen leben in der That so, als wenn das Leben selbst der Zweck des Daseins sei, und als habe man auf nichts

Höheres zu denken und nach nichts Anderem zu streben, als das Leben zu erhalten, möglichst zu verlängern und zu erheitern und als sei auch Tugend und Moral nur ein Mittel zu diesem Zwecke. Aber die so denken, trüben und vernichten sich das Leben selbst. Wird um des Lebens und seiner Güter willen die Moral aus den Augen gesetzt, wird um des Vergnügens willen die Wahrheit verleugnet, Hinterlist geübt, Milde und Menschenliebe bei Seite gesetzt, so wird bald genug der Zusammenhang des Lebens so verwirrt und getrübt, dass auch dieses selbst als eine Last erscheint und der abstracte Tod als die Erlösung von der Noth des Lebens gewählt wird. Diese Wahrheit lehrt uns die Braut von Messina durch eine düstere, unheilvolle Handlung, die uns mit Grausen erfüllen, aber nur umsomehr antreiben kann, den dunkeln Abgrund des Bösen zu meiden. Während wir nun in der Braut von Messina den Menschen getrieben von dem dunkeln Schicksal der Schuld von Stufe zu Stufe versinken und in der Verzweiflung, in Selbstmord und in Mord des Nächsten untergehen sehn, wird uns in der Maria Stuart der Weg des Lichtes gezeigt, auf dem auch der Schuldbewusste sich von seiner Fessel frei machen und Versöhnung und Frieden für seine Seele finden kann. Die Idee der Maria Stuart fällt am nächsten mit der Idee des Christenthums zusammen. Denn ein Haupttheil von der Idee des Christenthums liegt in der erhebenden Wahrheit, dass der sündige und schuldbewusste Mensch, — selbst wenn er die grössten Verbrechen begangen und den gröbsten Lastern gefröhnt haben sollte, — deshalb noch keineswegs verloren ist, sondern sich gar wohl frei machen, mit Gott versöhnen und sein besseres Selbst ewig retten kann. Zwar Verbrechen bleibt Verbrechen und Schuld bleibt Schuld und auch die Folgen der Schuld bleiben niemals aus, sondern fallen auf das Haupt des Thäters und kosten ihm je nach der Natur und Grösse der Schuld Gesundheit, äussere Freiheit, Vermögen und Wohlstand oder gar das Leben. Aber diese äusseren Verluste brauchen ihm noch nicht sein besseres inneres Selbst zu vernichten, ja können es unter Umständen erst recht hervortreten und zur Ausbildung kommen lassen. Sobald der Schuldbewusste sich als das anerkennt, was er ist, sein besseres Selbst von seinem schlechten frei scheidet und sich dem Wesen aller Wesen mit herzlicher Demuth und Selbstentäusserung hingiebt, so kann auch ihn die ewige Gnade erreichen, erleuchten und reinigen, ja zu einer neuen Creatur machen, die ein Träger des ewigen Lebens ist. Ein solches schuldbewusstes Gemüth, welches jedoch von seiner Schuld sich frei geschieden und in der göttlichen Gnade Friede und Erlösung gefunden hat, aber eben darum die schweren Folgen seiner vergangenen Verbrechen willig trägt und freudig in den Tod geht, ist die Maria Stuart. Die Schilderung ihrer Persönlichkeit und ins Besondere die religiöse Befreiung ihres besseren Selbsts ist der Hauptgegenstand des glänzenden Dramas.

In den beiden noch zu betrachtenden Stücken endlich — nämlich in der Jungfrau von Orleans und in dem Wilhelm Tell wird der Entwicklung der Freiheitsidee insofern eine wesentlich andere Wendung gegeben, als es sich darin nicht sowohl um die Freiheit eines einzelnen Menschen handelt, sondern um die Freiheit eines ganzen Volks, um die Nationalfreiheit. Die Nationalfreiheit erschien Schillern als ein absolutes Gut — und mit Recht. Denn die Freiheit eines Volks nach innen und nach aussen ist die Bedingung, unter welcher allein alles Grosse und Göttliche in die menschliche Existenz eintreten kann. Kunst, Wissenschaft und Religion ragen allerdings über die Grenzen einer bestimmten Nationalität hinaus und erheben sich in das lichte Gebiet des allgemein Menschlichen, aber Kunst, Wissenschaft und Religion gedeihen allein auf dem Boden einer freien Nationalität. Eine Nation, die nicht selbständig ist, die unter einem äusseren Druck seufzt, dass sie ihre Kräfte nicht frei regen und entwickeln kann, leistet auch nichts Selbständiges und Grosses in den rein menschlichen Gebieten. Daher ist die Nationalfreiheit die Grundlage aller anderen Freiheit und hat sie irgend ein Dichter der Weltgeschichte poetisch dargestellt und verherrlicht, so ist es unser Dichter, der poetische Apostel des Evangeliums der Freiheit. Schon in der Jungfrau von Orleans wird diese Idee der Nationalfreiheit aufs Anschaulichste dargestellt, aufs Lichtvollste verherrlicht. Die Jungfrau selbst erscheint als der Genius der Nationalfreiheit, der von Gott selbst beglaubigt und begeistert die Unabhängigkeit des Vaterlandes durch die Besiegung seiner Unterdrücker wieder herstellt

und den gedemüthigten und aus seinem Erbe vertriebenen
König wieder auf den Thron setzt. Aber der eigentliche und
volle Jubelgesang der Nationalfreiheit ist der Wilhelm Tell,
der herrliche Schwanengesang unseres grossen und unsterblichen Dichters. Hier zeigt er an einer auf historischem Boden
stehenden und in sich wohl motivirten Handlung und an
wahren und schön begrenzten Charakteren, sowie in der gebildetsten und schwungvollsten Sprache, was ein Volk ist,
worin seine wahre Freiheit besteht, wie sie sich offenbart,
wie sie sich geltend macht und vertheidigt, wenn sie willkürlich und widerrechtlich von aussen unterdrückt worden
ist. Nicht ein Aggregat von Individuen soll eine Nation sein,
sondern ein einig Volk von Brüdern, die in keiner Noth sich
trennen noch Gefahr. Frei soll es sein, wie die Väter waren,
und eher den Tod erwählen, als unter der Knechtschaft leben
eines äusseren Feindes, der sich, sei es durch List oder Gewalt, in das Volk eindrängt und die freie Bethätigung und
Entwicklung seiner Kräfte hemmt. Ein freies Selbstgefühl
soll ein Volk durchdringen und in diesem soll es sich nicht
fürchten vor irgend einem äusseren Feind, sondern im Vertrauen auf den höchsten Gott, der keine Knechte will, jeden
Angriff auf seine Selbständigkeit, Ehre, Freiheit kühn zurück-
schlagen und möchte es kosten Gut und Blut. Solche Gedanken durchziehen dieses Drama und auf solchen Gedanken
ruht es recht eigentlich. Es ist eine poetische Predigt
der freien Vaterlandsliebe. Ein schönes und inniges
Nationalgefühl durchdringt das Ganze und wenn der Dichter
einen seiner Helden die Worte aussprechen lässt:

> Ans Vaterland, ans theure, schliess dich an,
> Das halte fest mit deinem ganzen Herzen.
> Hier sind die starken Wurzeln deiner Kraft:

so fühlen wir es diesen Worten ab, dass es nicht blosse
Worte sind, sondern Kraft und Wahrheit, und dass der Mann,
der solche Worte sprechen konnte, von echter Vaterlandsliebe durchdrungen war und den grossen Geist unseres Vaterlandes aufs Schönste verkörperte.

So wollen wir denn diesen Mann, der unser eigenstes
bestes Wesen verkörpert hat, nun auch mit vollem Herzen
ehren — und zwar ehren durch das Wort und durch die
That.

Zum Höchsten hat er sich, wie sein grosser ebenbürtiger
Freund singt, emporgeschwungen,

> Mit allem, was wir schätzen, eng verwandt.
> So feiert ihn! denn was dem Mann das Leben
> Nur halb ertheilt, soll ganz die Nachwelt geben.

Aber nicht mit blossen Worten und in die Augen fallenden Festen wollen wir ihn feiern, sondern thatsächlich,
indem wir die reiche Aussaat des Guten, Wahren und
Schönen, die in seinen trefflichen Werken niedergelegt ist,
in uns aufnehmen und auch in uns Früchte bringen lassen,
die unseren Volksgeist ehren, uns selbst ehren und vor Allem
den Geist aller Geister ehren, der sich in allen Völkern und
Individuen verherrlichen will und sich auch in unserem Dichter ein treffliches Werkzeug für seine Wahrheit geschaffen
hat. Ins Besondere sei es die Aufgabe von uns Lehrern,
auch unsere Jugend in den Geist der Schiller'schen Schriften
einzuweihen, damit das Beste, was wir haben, in den kommenden Geschlechtern das allgemein Geltende werde und in
unserem Vaterlande eine Nachkommenschaft erwachse, die
die mannhafteste Freiheit mit der reinsten Sittlichkeit und
gewissenhafter Pflichttreue vereine, die sich der tiefsten
Wahrheit bemächtige und sie in der anmuthigsten Form
darzustellen vermöge.

Wenn es so gelänge, ihn namentlich für unsere ganze
deutsche Jugend — für die männliche und die weibliche — zu
einem Leitstern der Bildung zu machen, seinen Geist in immer
tiefere Schichten unseres Volkslebens eindringen zu lassen
und zur geistigen Lebenssubstanz des ganzen Volks zu machen,
so würde auch unser Vaterland einer grösseren Zukunft ent-
gegengehen, das Wort unseres Dichters: „seid einig, einig,
einig" würde erfüllt und der Dichter selbst, der jetzt immer
noch mehr der Dichter der erfassten und erstrebten deutschen
Zukunft ist, würde der Dichter der erfüllten Gegenwart werden und unsere Nachkommen würden nach aber 100 Jahren
ein noch herrlicheres, noch allgemeineres und noch ungetrüb-
teres Schillerfest feiern, als wir es jetzt begehen.

XIV.

J. G. Fichte's sittlich-religiöses Princip.*)

Sie haben, hochverehrte Anwesende, aus den bisher gehörten Vorträgen von mehreren unserer Schüler bereits deutlich ersehen, was für Gründe uns bestimmt haben, das
Andenken des grossen Mannes, der heute vor 100 Jahren
das Licht der Welt erblickte, auch in unserem Kreise zu
feiern. Wir feiern in ihm den feurigen Patrioten und den
grossen sittlichen Charakter. Von diesen beiden Seiten hat
er tief in das Leben der Gebildeten seiner Zeit eingegriffen
und gehört zu denjenigen Männern, die zu Anfange dieses Jahrhunderts eine sittliche und patriotische Wiedergeburt unseres
Volkes bewirkten, ja er ist unter diesen einer der grössten,
wo nicht der allergrösseste. Fichte ist auch ein Philosoph
und zwar ein Philosoph, der in der grossartigen Entwicklung
der deutschen Philosophie in den letzten 100 Jahren ein
wesentliches Glied bildet, aber diese seine philosophische Bedeutung und Wirksamkeit können nur diejenigen erkennen
und würdigen, die sich gründlich mit der Philosophie beschäftigt und ihre Entwicklung mit Einsicht verfolgt haben.
Auch solche giebt es gar viele und weit mehr, als Manche
meinen, aber dennoch ist die philosophische Gemeinde, die
Fichte unter uns hat, im Ganzen nur klein, und wäre also
Fichte nichts weiter als ein Philosoph, so würde sich die
Feier seines Säcularfestes auf einen kleinen Kreis von Menschen beschränken. Ganz anders aber verhält es sich mit
seiner patriotischen und ethischen Wirksamkeit, durch diese

---

*) Rede zur Feier des 100jährigen Geburtstages J. G. Fichte's
gehalten den 19. Mai 1862.

hat sich sein Geist tief in das Volksleben eingegraben und ist zu einem Element desselben geworden und wenn es sich ziemt, dass ein Volk diejenigen Heroen des Geistes, die sich zu Trägern des Nationalgeistes aufgeschwungen und diesen gefördert und erweitert haben, von Herzen ehrt, ihr Andenken bei jeder passenden Gelegenheit erneuert und die Substanz ihrer Wirksamkeit immer wieder sich zum Bewusstsein bringt und namentlich auch die studirende Jugend darauf hinweist, so ist es auch die Pflicht der deutschen Nation, sich das Andenken Fichte's lebendig zu erhalten und immer von Neuem darauf hinzuweisen, was er Grosses gethan hat, den Kern seines Geistes aus seinen Werken immer wieder herauszuholen und der Nation und ins Besondere der strebsamen Jugend, die sich zu dem machen soll, was die Alten erstrebt haben, aus Herz zu legen und zum Verständniss zu bringen.

Aus diesen Gründen also haben wir auch in unserem Kreise eine Fichtefeier veranstaltet. Ich erlaube mir nun, dieselbe damit zu beschliessen, dass ich auf denjenigen Punkt in Fichte's Persönlichkeit hinweise, der mir als der Kernpunkt seines Wesens erscheint und ihn zu den ehrwürdigsten Männern unserer Nation erhebt, — das ist nämlich das sittlich-religiöse Princip, welches ihn beseelte. Erlauben Sie mir daher, dass ich dieses religiös-sittliche Princip Fichte's in seinen Grundzügen ausspreche. Fichte begründet alle seine sittlichen und religiösen Grundsätze und Anschauungen auf die innere Freiheit des Ichs. Niemand hat diese innere Freiheit des Ichs in höherem Grade besessen, Niemand sie deutlicher beschrieben, sie energischer nach aussen geltend gemacht, als Fichte. Diese innere Freiheit ist aber zunächst in der Thatsache des Selbstbewusstseins gegeben. Von dem Selbstbewusstsein geht Fichte überall aus — in seiner Sittenlehre, in seinen Anschauungen vom seligen Leben oder in seiner Religionslehre, auch in seiner Wissenschaftslehre, und auf das Selbstbewusstsein kommt er immer wieder zurück. Und diese Betrachtungen über das Selbstbewusstsein können für keinen Gebildeten etwas Unverständliches haben, da jeder, der nur einigermaassen gelernt hat in sich zu schauen, das Selbstbewusstsein als den Kern seines Lebens und als dasjenige finden wird, was ihn von allen

Naturwesen aufs Bestimmteste unterscheidet. Diese Thatsache des Selbstbewusstseins besteht aber darin, dass der Mensch sich von sich selbst unterscheidet oder dass er sich selbst zum Gegenstande und zum Inhalte seiner Thätigkeit und seines Seins hat. Wir unterscheiden uns auch von anderen Wesen, z. B. von Naturwesen und auch von anderen Menschen, und bezeichnen uns dann als Subject und nennen diese Wesen, von denen wir uns unterscheiden, Objecte, aber im Selbstbewusstsein ist das Subject und das Object eine und dieselbe Person, das Ich ist sein eigener Gegenstand, es hat nicht mehr an einem Anderen, sondern an sich selbst seine Erfüllung. Tieck drückt diesen Begriff des Selbstbewusstseins poetisch so aus, dass der selbstbewusste Mensch Schauspieler und Zuschauer in einer Person ist. Das Selbstbewusstsein ist nun, abgesehen von allen seinen sonstigen Eigenschaften, dadurch für den denkenden Menschen von absoluter Wichtigkeit, dass es das Allergewisseste ist, was der Mensch hat, ja noch mehr, dass es das schlechthin Gewisse und daher das Princip aller Gewissheit ist. Unsere Sinne täuschen uns so oft, alle sinnliche Gewissheit hat etwas Relatives, aber diese Thatsache, dass ich bin, ist schlechthin gewiss, und dieses Bewusstsein, dass ich bin, ist eben das Selbstbewusstsein. Das Selbstbewusstsein ist ferner auch das Freiste, was der Mensch hat, ja das schlechthin Freie und das Princip aller Freiheit. Denn indem der Mensch im Selbstbewusstsein sich selbst zum Gegenstande und Inhalte hat, so reisst er sich los von allem Anderen und besonders von der Sinnlichkeit und ist etwas in sich und für sich — unabhängig von Allem, was sonst existiren mag. Im Selbstbewusstsein bestimmt sich daher auch der Mensch von Innen heraus, aus seiner eigenen Wesensfülle, macht sich selbst zu dem, was er sein kann und will und soll. Sonst überall wird der Mensch von aussen bestimmt, im Selbstbewusstsein bestimmt er sich selbst, giebt sich selbst Existenz und Gestalt, ist gewissermassen selbst der Schöpfer seines geistigen Daseins. Daher sagt Fichte: „ich finde mich frei von allem Einfluss der Sinnenwelt, absolut thätig in mir selbst und durch mich selbst; sonach als eine über alles Sinnliche, erhabene Macht." Diese innere Selbstbestimmung des Selbstbewusstseins ist nun nach Fichte der eine Factor

wahrhafter Sittlichkeit, und wer wollte ihm darin widersprechen? Zur Sittlichkeit gehört die freiste Selbstbestimmung
von Innen heraus, und nur solche Handlungen sind ein Ausdruck der Sittlichkeit, die aus dem freien Entschlusse des
Menschen entspringen. Was der Mensch thut gezwungen von
aussen, aus Furcht vor Strafe, aus Hoffnung auf Gewinn,
aus Feigheit, die sich der äussern Macht nicht widersetzen
mag, alles dieses, wenn es auch sonst von Werth und Nutzen
wäre, ist doch kein Ausdruck des sittlichen Geistes, weil
darin die Selbstbestimmung von Innen heraus fehlt. Möchte
ein Mensch sich sein ganzes Leben über nicht an dem Eigenthum anderer Menschen vergriffen haben, hat er sich blos
deshalb so verhalten, weil er die Gesetze fürchtet, weil er
vor den Folgen des Diebstahls zurückschreckt, so ist er, obgleich er noch niemals gestohlen hat, doch in sittlichem
Sinne noch nicht ehrlich, weil er es nicht von Innen heraus,
d. h. aus freier Selbstbestimmung ist. Ehrlich ist erst der,
welcher sich unter keiner Bedingung an fremdem Eigen-
thume vergreift, auch wenn der Diebstahl in keiner Weise
bestraft würde und ihm den grössten sinnlichen Gewinn
brächte; also wenn es ihm sein Inneres so gebietet, weil er es unabhängig von allen Mächten der
Welt so will. Aber diese innere Freiheit oder die absolute
Selbstbestimmung ist nicht blosse Willkür oder sie ist, wie
Fichte sagt, nicht unbestimmt, sondern sie hat ihren Zweck
in sich selbst, nur erhält sie denselben nicht von aussen her,
sondern sie setzt sich ihn durch sich selbst. Hier kommen
wir auf den zweiten und wichtigsten Punkt der Fichteschen
Sittenlehre, der weiter auch unmittelbar mit seiner Religionslehre zusammenhängt. Ehe ich Fichte mit seinen eigenen
Worten sich über diesen Punkt aussprechen lasse, erlaube
ich mir, an etwas zu erinnern, was sehr wohl geeignet sein
kann, das Verständniss seiner Sittenlehre zu erleichtern, —
nämlich an das Gewissen. Wer da weiss, was dieses Wort
bedeutet, der weiss es auch, dass es eine Macht ist, die nicht
von meiner Willkür, von meinem Vorsatz oder von meiner
Neigung abhängig ist, sondern eine selbständige Macht, die
aber so gewiss in mir ist und wirkt, so gewiss ich Mensch
bin. So gewiss der Mensch das Selbstbewusstsein und das
Denken sich nicht gegeben hat, so gewiss hat er sich auch

das Gewissen nicht gegeben und kann es sich auch nicht nehmen, höchstens vielleicht eine Zeit lang betäuben; sondern er muss es sich eben gefallen lassen, wie alles Nothwendige, und hat sich, wenn er frei sein will, dieser Macht zu fügen. Ich mag auch nur das geringste Unrecht thun, das Gewissen reagirt sofort als eine von mir unabhängige Macht dagegen und lässt mich seinen Zorn fühlen; wenn ich dagegen in seinem Sinne empfinde, denke und handele, dann lässt es mich gewähren und schenkt mir Ruhe und Freiheit. Fichte bedient sich, um diese im Menschen wirkende, von seiner Willkür und schwankender Meinung unabhängige Macht zu bezeichnen, wohl auch bisweilen des Namens: Gewissen, er nennt es aber auch die innere Stimme, auch die moralische Bestimmung, oder das Sittengesetz, und findet darin eine absolute Nothwendigkeit, der sich der Mensch schlechterdings nicht entziehen kann, eine Nothwendigkeit so gross, wie die Nothwendigkeit seiner Existenz, aber eine Nothwendigkeit, die zugleich seine höchste Freiheit ist, sofern er sich ihr unbedingt überlässt. Hören wir nun den Philosophen selbst über diese innere Stimme: „An dieser Bestimmung meiner inneren Freiheit kann ich nicht zweifeln, ohne mich selbst aufzugeben; ich kann mir auch nicht einmal die Möglichkeit denken, dass es nicht so sei, dass jene innere Stimme täusche, dass sie erst anderswoher autorisirt und begründet werden müsse. Dieser Zweck, den der Mensch absolut realisiren muss, wenn er überhaupt Mensch sein will, ist die moralische Bestimmung, diesen Zweck habe ich zu ergreifen und ihn zu dem meines wirklichen Handelns zu machen und ich müsste mich selbst aufgeben, wenn ich die Ausführung desselben durch wirkliches Handeln nicht als möglich annähme. Ich muss, wenn ich nicht mein eigenes Wesen verleugnen will, die Ausführung dieses sittlichen Zweckes mir vorsetzen und ich muss sonach auch das Zweite — seine Ausführbarkeit annehmen. Die Moralität ist der letzte Zweck des menschlichen Seins und alles Andere ist nur dienendes Mittel, um diesen Zweck zu realisiren. Jede der Handlungen, die ich vollbringen soll, und die Zustände, in denen ich mich befinde und die meine Handlungen bedingen, sind schlechterdings nur Mittel zu dem mir vorgesetzten moralischen Zwecke. Meine ganze Existenz, die

Existenz aller moralischen Wesen, aber auch die Sinnenwelt,
die der gemeinschaftliche Schauplatz unseres äusseren Seins
und unserer äusseren Thätigkeit ist, erhalten nur eine Beziehung zur Moralität und es tritt eine ganz neue Ordnung
ein, die moralische Weltordnung, von welcher die Sinnenwelt mit allen ihren immanenten Gesetzen nur die ruhende
Grundlage ist. Wie der Künstler sich des sinnlichen Stoffs,
z. B. des Marmors, bedient, um seinen übersinnlichen Ideen
einen Ausdruck zu geben, oder wie wir uns beim Sprechen
der Laute bedienen, um nur geistige Begriffe sinnlich ver-
nehmbar zu machen, so bildet die gesammte sinnliche Welt
nur eine Sphäre für die moralische Freiheit und einen Stoff,
in dem sie sich gestaltet, aber die Sinnlichkeit hat sonst
nicht den mindesten Einfluss auf die Sittlichkeit oder Unsittlichkeit; sie übt nicht die geringste Gewalt aus über das
freie Wesen der Sittlichkeit. Selbständig und unabhängig
schwebt dieses über der Natur; das Wesen der Sittlichkeit
ist eine in sich selbst begründete Nothwendigkeit, es hat
seine unbedingte Realität in sich und vollführt aus eigener
Machtvollkommenheit seine übersinnlichen Zwecke. Die sittliche That gelingt daher unfehlbar und die unsittliche miss-
lingt unfehlbar. So unbedingt gewiss es ist, dass ich existire,
so unbedingt gewiss ist es auch, dass es eine moralische
Ordnung giebt, der ich mich unbedingt zu unterwerfen habe
und zwar zu unterwerfen mit voller Freiheit und nicht zur
Unfreiheit, sondern zur Freiheit, indem ich durch Befolgung
des moralischen Gesetzes erst das, was ich werden soll, und
daher frei und selig werde.

Ich habe in dem Bisherigen meist mit Fichte's eigenen
Worten diesen grossen Gedanken der sittlichen Weltordnung
ausgesprochen, der die eigentliche Seele von Fichte's Philosophie und die Seele seines Denkens und Handelns bildete
und der ihn zu der grossen und musterhaften Persönlichkeit
macht, die wir verehren und der wir nachahmen sollen.

Legen wir dasjenige, was bisher mehr zusammengedrängt
und in eins zusammengefasst über den Gedanken der sittlichen Ordnung ausgesprochen worden ist, in seine einzelne
Momente auseinander, so lässt es sich in folgenden Bestimmungen begreifen. Die sittliche Ordnung ist demnach zuerst
eine in sich begründete und ebenso sehr von dem Zwang

der Natur als von der Willkür des Menschen unabhängige Nothwendigkeit. Die sittliche Ordnung hat mit den zwingenden Gesetzen des Naturlebens nichts zu thun, sondern es ist eine rein geistige, übersinnliche Ordnung, von der alle sinnlichen Wesen, wie Pflanzen und Thiere, nicht einmal eine Ahnung haben. Aber die sittliche Ordnung ist ebenso unabhängig von der Willkür des Menschen, von seinem unsteten Thun und Treiben, Meinen und Wähnen. Sie ist vielmehr jedem Menschen als ein unverbrüchliches Gesetz gegeben und im Geiste gegenwärtig; er hat sich dieses ewige Gesetz nicht gegeben, er kann es auch nicht in sich tilgen, so gern er es, ergriffen von sündlichen Leidenschaften, auch oft verleugnen möchte, sondern es macht sich dann nur um so furchtbarer geltend. Denn die eigentliche Bestimmung und die wahre Würde des Menschen besteht darin, dem Sittengesetz unbedingten Gehorsam zu leisten. Der Mensch erreicht seine Bestimmung nur insofern und insoweit, insofern und insoweit er sich von diesem Gesetze in allen seinen Handlungen und Bestrebungen bestimmen lässt; der Mensch verfehlt aber seine Bestimmung genau in demselben Maasse, in welchem er sich von Willkür und Sinnlichkeit fortreissen lässt, etwas Anderes zu thun, als das Sittengebot ihm befiehlt. Ja das Sittengesetz und seine Erfüllung ist dasjenige in ihm, was ihn allein zum Menschen macht, was ihn über alle blossen Naturwesen unendlich erhebt, was ihm also die spezifische Würde ertheilt, die er als sein ewiges Erbtheil erhalten hat und bewahren soll. Wer also dem Sittengesetz nicht folgt, der entäussert sich seiner menschlichen Würde, ja er rüttelt an der Sphäre, die ihm allein ein ewiges Leben sichert, er untergräbt sich seine selbständige Realität, er arbeitet an seiner eigenen Vernichtung. Denn nicht der Körper des Menschen ist das Reelle in ihm, vielmehr ist dieser nichtig und vergänglich, eine blosse Erscheinungsform, die dazu dient, dem Geiste eine Brücke zu bauen durch die Sinnlichkeit in andere Geister; das wahrhaft Reelle im Menschen ist der von dem sittlichen Gesetze gehaltene Geist; dieses Sittengesetz ist daher auch das allein Realisirbare. Alle Vorsätze, alle Bestrebungen, alle Arbeiten, alle Handlungen, alle Leiden, ja ohne Unterschied Alles, was vom Menschen ausgeht und von ihm gewirkt wird, Alles

hat eine bleibende Existenz und unsterbliche Realität, wenn
es von dem Sittengesetze bestimmt und geleitet wird; Alles
aber, was dem Sittengesetze widerspricht, zerschellt und geht
zu Grunde, mit welchem glänzenden Scheine es auch auftreten und sich bekleiden möge; ja auch diese Scheinexistenz,
die es hat, kann es eine Zeit lang nur dadurch behaupten,
dass es den Schein des sittlichen Wesens zu borgen sucht.
Wie das Sittengesetz in jedem einzelnen Menschen lebendig
ist und seinen göttlichen Schatz und sein übersinnliches
Heiligthum bildet, so ist es auch das Band der Vollkommenheit zwischen verschiedenen Menschen und daher das Princip
aller wahrhaft würdigen Verbindung und Gemeinschaft. Die
Familie wird nur dadurch zu dem Asyl des Friedens und der
Liebe, dass der Geist der Sittlichkeit in allen ihren Gliedern
waltet und arbeitet; Freundschaft kann nur dadurch in die
Existenz treten und eine ewige Dauer bewahren, wenn in
zweien die Idee des Guten sich festgewurzelt hat und beide
danach ringen, diese Idee zu realisiren, und sich darin beide
unterstützen. Ganze Staaten können nur dann bestehen, gesund sich entwickeln und zu Macht und Grösse kommen,
wenn das Gesetz der sittlichen Freiheit die alle Stände und
alle Individuen durchdringende und bewegende Macht ist,
wenn das in die Brust jedes Menschen eingewurzelte Gesetz der Gerechtigkeit, der Sittlichkeit und Freiheit eine
objective Existenz erlangt hat. Ja, dieses Gesetz der sittlichen Ordnung ist das Princip der ganzen geschichtlichen
Entwicklung; was diesem Gesetze widerspricht, dass wird
herausgeworfen aus dem Lichtreiche dieser Entwicklung;
was ihm entspricht, das erhält eine bleibende, unsterbliche
Existenz schon auf dieser Welt und ist ein lebendiger Same,
der in jeder neuen Generation neue Ausgüsse und immer
neue Früchte trägt.

Das also, geehrte Anwesende, sind ungefähr die Anschauungen unseres grossen Fichte über die moralische Weltordnung;
gewiss herrliche von jedem edlen Menschen zu beachtende
Anschauungen! Auch hat er sie nicht blos in dieser Allgemeinheit ausgesprochen, sondern er hat sie bis ins Einzelnste
durchgeführt und uns ein vollständiges System der Sittenlehre nach den Principien der Wissenschaftslehre hinterlassen,
welches ohne Zweifel eine seiner trefflichsten Werke ist, da

er hier vor Allem Gelegenheit gewinnt, den Kern seiner
grossen edlen Persönlichkeit auszusprechen. Mit der Sittenlehre Fichte's hängt nun seine Religionslehre aufs Innigste
zusammen, ja nach Fichte's Auffassung ist Religion und Sittlichkeit ein und dasselbe Wesen nur nach verschiedenen
Seiten hin gefasst und gerichtet; ihm ist die Religion die
nach Innen zu gerichtete Sittlichkeit, die Sittlichkeit aber
die nach aussen gekehrte Religiosität oder, wie er sich selbst
ausdrückt: Moralität und Religion sind absolut Eins; jedes
von beiden ist ein Ergreifen des Uebersinnlichen, die Moralität ergreift aber das Uebersinnliche durch Thun, die Religion
durch Glauben. Vorgebliche Religion ohne Moralität ist
Aberglaube, die den Unglücklichen mit einer falschen Hoffnung betrügt und ihn zu aller Besserung unfähig macht.
Vorgebliche Moralität aber, so fährt er fort, ohne Religion
mag wohl ein äusserer ehrbarer Wandel sein, da man das,
was recht ist, thut und das Böse meidet, aber aus Furcht
vor den Folgen in der Sinnenwelt; nimmermehr aber das
Gute liebt und es um seiner selbst willen vollzieht.

Um genauer zu erkennen, wie Fichte diese Identität
der Religion und der Sittlichkeit versteht und um seine weiteren Erklärungen über diesen wichtigen Punkt recht zu
fassen, erlaube ich mir, eine Bemerkung über die Möglichkeit
der Religion und Religiosität vorauszuschicken. Es kann
wohl als ein feststehender Grundsatz betrachtet werden, dass
Gott in diesem Leben nicht unmittelbar geschaut, sondern
dass er nur in seinen Offenbarungen erkannt werden kann.
Mit diesem Grundsatze stimmt auch die Urkunde der christlichen Religion überein, wenn in ihr z. B. gesagt wird:
Niemand hat Gott jemals gesehen, oder an einer anderen
Stelle: Gott wohnet in einem Lichte, da Niemand zukommen
kann (1. Tim. 6, 16). Eine solche Ueberzeugung finden wir
auch bei Fichte ausgesprochen. Wie geht es denn aber zu,
dass wir von der Existenz Gottes, obgleich wir Ihn nicht
sehen, eine ebenso sichere Ueberzeugung haben, als von
unserer eigenen Existenz? Die Antwort auf diese Frage
lautet: wir erkennen Gott aus seinen Offenbarungen. Wir
können auch den Geist und die Gesinnung eines anderen
Menschen nicht unmittelbar erschauen und erkennen; sondern
seine Handlungen, seine Worte, kurz seine äusseren Offen-

barungen sind es, aus denen wir allein auf sein inneres
Wesen schliessen, aber so sicher schliessen, dass wir an dem
Geist und der Gesinnung gewisser Menschen so wenig zweifeln, wie an unserer eigenen Existenz. Ganz analog vergewissern wir uns, dass ein Gott ist und was Gott ist, an
seinen Offenbarungen, wenn wir uns in sie vertiefen und
mit Klarheit ihren Kern erfassen. Und es giebt nichts weder
in der äusseren Welt noch in der innern, weder in der
Welt der Naturnothwendigkeit noch in der Welt der geistigen
Freiheit, weder Grosses noch Kleines, worin sich Gott nicht
offenbarte. Wenn Vanini, als er eben sollte als Ketzer ver-
brannt werden, einen Strohhalm in die Hand nahm und aus
diesem Gottes Existenz und Weisheit beweisen wollte, so
zeigte er, dass er ein volles Bewusstsein von Gott hatte, denn
was wäre das für ein Gott, der sich nicht auch im kleinsten
Geschöpf, in dem verborgensten Punkte des Universums
offenbarte? So hat auch Fichte seinen Gottesbegriff nur aus
den Offenbarungen Gottes gewonnen und zwar ist ihm die
reinste, vollkommenste und unabweislichste Offenbarung Gottes
die innerliche, im Geiste des Menschen und der Menschheit
sich vollziehende — nämlich die sittliche Weltordnung.
Von der Offenbarung Gottes in der Natur will Fichte nichts
wissen und ich halte es für eine Einseitigkeit seiner Philosophie, dass sie das Naturleben ausser Acht lässt, und halte
es nicht blos für möglich, sondern auch für geboten und
nothwendig, aus der Zweckmässigkeit, die uns in dem Naturleben von allen Ecken und Enden entgegentritt und uns so
oft mit inniger Bewunderung erfüllen kann, Gott als ein
vernünftige Zwecke setzendes Wesen zu erkennen. Fichte
hat diese Seite der Gotteserkenntniss, die merkwürdiger
Weise sein eigner Sohn Hermann Fichte, jetzt Professor der
Philosophie in Tübingen, so trefflich ausgebeutet hat, gar
nicht berührt. Ihm verschwand das ganze Naturleben als
etwas Nichtiges im Vergleich mit der sittlichen Weltordnung,
von der ihm eine so grosse Anschauung aufgegangen war,
und daher galt ihm auch die sittliche Weltordnung in der
Geschichte, in den menschlichen Verbindungen und das absolute Sittengebot, das jeder Mensch in seiner eigenen Brust
findet, als die eigentliche, wahre, vollkommene Offenbarung
der Gottheit und überall, wo er von Gott redet und wo er

seine religiösen Principien entwickelt, wie vor Allem in seiner
Anweisung zum seligen Leben, überall stützt er sich auf
diese Offenbarung Gottes in der sittlichen Weltordnung und
in dem sittlichen Bewusstsein oder dem Gewissen. Doch es
geziemt sich, ihn selbst über diesen Punkt sprechen zu lassen.
„Dass der Mensch, der die Würde seiner Vernunft behauptet,
auf den Glauben an die Ordnung einer moralischen Welt,
dieses Uebersinnliche, über alles Vergängliche unendlich erhabene Göttliche, sich stütze, jede seiner Pflichten betrachte
als eine Verfügung jener Ordnung, jede Folge derselben für
gut, d. h. für seligmachend halte und freudig sich ihr unterwerfe, ist absolut nothwendig und das Wesentliche der Religion." Und weiter:

„Sobald man sich zum Wollen der Pflicht, schlechthin
weil sie Pflicht ist, erhebt, zu einem Wollen, das keine
sinnlichen Triebfedern hat, sondern nur das Uebersinnliche
des Gedankens, und dem es schlechthin nicht um das Object
der That, sondern um das Uebersinnliche der Gesinnung zu
thun ist, — also durch seine Denkart sich selbst in eine andere Welt versetzt; dringt sich uns sogleich unwiderstehlich
der Geist und die Gewissheit dieser andern Welt auf; die
Befreiung des Willens, welche wir uns selbst verschaffen,
wird uns Mittel und Unterpfand einer Befreiung unseres
ganzen Seins, welche wir uns selbst nicht verschaffen
können."

Noch eine Stelle erlauben Sie mir aus seiner Appellation
an das Publikum gegen die Anklage des Atheismus anzuführen, die seinen Gottesbegriff und seinen Begriff der Religion aufs Bestimmteste ausspricht.

„Nach allem ist meiner Lehre zufolge der Charakter des
wahren Religiösen der: es ist nur Ein Wunsch, der seine
Brust hebt und sein Leben begeistert, die Seligkeit aller
vernünftigen Wesen. Dein Reich komme, ist sein Gebet.
Ausser diesem Einen hat nicht das Geringste für ihn Reiz;
er ist der Möglichkeit, noch etwas Anderes zu begehren, ab-
gestorben. Er kennt nur Ein Mittel, jenen Zweck zu be-
fördern, das, der Stimme seines Gewissens in allen seinen
Handlungen unverrückt, ohne Furcht und Klügeln zu folgen.
Das verknüpft ihn wiederum mit der Welt, nicht als mit einem
Gegenstande des Genusses, sondern als mit der durch sein

Gewissen ihm angewiesenen Sphäre seines pflichtmässigen Wirkens; er liebt die Welt nicht, aber er ehrt sie, um des Gewissens willen. Zweck wird die Welt ihm nie. — Seine Absicht geht immer auf das Ewige, welches nie erscheint, das aber der untrüglichen Zusage in seinem Inneren zufolge sicherlich erreicht wird. Darum sind ihm auch die Folgen seiner pflichtmässigen Handlungen in der Welt der Erscheinungen völlig gleichgiltig; wie sie auch scheinen mögen, an sich sind sie sicherlich gut; denn wo die Pflicht geübt wird, da geschieht der Wille des Ewigen und dieser ist nothwendig gut. Nicht mein Wille, sondern Seiner geschehe, nicht mein Rath, sondern der Seinige gehe von statten, ist der Wunsch meines Lebens; und so verbreitet sich unerschütterliche Freudigkeit über das ganze Dasein des Religiösen." Ein Hauptmoment in dem Begriff der Religion, wie ihn Fichte fasste, besteht daher auch in der Selbstverleugnung oder darin, dass der Mensch aufgeht in Gott, dass er nicht ist in sich selbst, sondern sein Sein in Gott hat. Es gehört, wie er an einer anderen Stelle sich ausdrückt, zur lebendigen Religion, dass man von seinem eignen Nichtsein und von seinem Sein lediglich in Gott und durch Gott innigst überzeugt sei und dass darin die verborgene Quelle und der geheime Bestimmungsgrund aller unserer Gedanken, Gefühle, Regungen und Bewegungen liege.

Dass ein so lebenskräftiger und geistvoller Mann, als Fichte war, seine religiösen Anschauungen im Verlauf seines Lebens immer weiter entwickeln und dass daher ein gewisser Unterschied in seinen Aeusserungen über dieses höchste Interesse der Menschheit entstehen musste, — versteht sich von selbst, denn alles Leben — sowohl das natürliche wie das geistige — kommt durch Entwicklung zu Stande und die einzelnen Entwicklungsstufen unterscheiden sich oft aufs Bestimmteste von einander, obgleich sie aus einem und demselben Lebensprincip hervorgetrieben werden und in diesem einfachen Lebensprincip aufs Innigste und Nothwendigste mit einander zusammenhängen. So unterscheiden sich die religiösen Ansichten, die Fichte in Jena hatte und aussprach und in der Schrift über den Grund unseres Glaubens an eine göttliche Weltregierung auch dem allgemeinen gelehrten Publikum mittheilte, nicht unbedeutend von denen, die wir

in seinen zu Berlin gehaltenen Vorlesungen über das selige
Leben finden. Die in Jena herausgegebenen Schriften über Religion haben nämlich vorwiegend einen pantheistischen Charakter, während er in seiner Anleitung zum seligen Leben sich
wieder mehr dem theistischen Principe des Christenthums
näherte und namentlich in dem Evangelium des Johannes
seine eigenen Ueberzeugungen wieder fand. Das Pantheistische
seiner früheren Ansichten liegt aber besonders darin, dass
er die moralische Weltordnung, die er als den Grund unseres
Glaubens an eine göttliche Weltregierung hinstellte, mit
der Gottheit geradezu identificirte. Jene lebendige und wirkende moralische Weltordnung, sagt er, ist selbst Gott; wir
bedürfen keines anderen Gottes und können keinen anderen
fassen. Es liege, führt er fort, kein Grund in der Vernunft,
aus jener moralischen Weltordnung herauszugehen und ver-
mittelst eines Schlusses vom Begründeten auf den Grund
noch ein besonderes Wesen, als die Ursache desselben, anzunehmen. Jene Ordnung sei nichts Zufälliges, welches sein
könnte oder auch nicht, so sein könnte, wie es ist, oder
auch anders, und ihre Existenz und Beschaffenheit sei nicht
erst aus einem Grunde zu erklären. Vielmehr sei jene moralische Weltordnung das absolut Erste aller objectiven Erkenntniss, gleichwie unsere Freiheit und moralische Bestimmung das absolut Erste aller subjectiven Erkenntniss ist,
und alle übrige objective Erkenntniss könne nur durch sie begründet und bestimmt werden, weil es über sie hinaus nichts
gäbe. Und an einer anderen Stelle sagt er, dass der Begriff
von Gott, als einer besonderen Substanz, unmöglich und
widersprechend sei. Solche und ähnliche Aeusserungen des
Philosophen mussten namentlich in jener Zeit, wo die äusserliche Orthodoxie noch die Herrschaft hatte, grossen Anstoss
erregen und führten in der That dahin, dass er von der
sächsischen Regierung atheistischer Grundsätze beschuldigt,
und da er zu stolz war, um sich von seiner Regierung auch
nur eine Zurechtweisung ertheilen zu lassen, seiner Professur
in Jena entsetzt wurde. Dass aber solche Aeusserungen
Fichte's wie die angeführten nur eine einseitige Wahrheit
enthalten oder besser gesagt, nur einen Factor des Religionsbegriffs, obgleich einen sehr wesentlichen, geben, können wir
jetzt um so mehr sagen, ohne den grossen Philosophen irgend

zu meistern, da er selbst später niemals wieder ähnliche
Aeusserungen gethan, sondern dem andern Momente des
Religionsbegriffs, welches wir als das theistische bezeichnen
können, Rechnung getragen hat. Wie der Mensch nicht um-
hin kann, die Werke eines Dichters von der Person des
Dichters zu unterscheiden und diese Person als etwas für
sich Bestehendes und allen Werken Enthobenes, aber doch
als die lebendige Quelle aller dieser Gedichte und aller derer,
die noch in der Zukunft erscheinen werden, anzusehen, so
fühlen wir uns getrieben, jede Gesetzgebung auf einen Gesetzgeber, jede Ordnung auf ein Wesen, das diese Ordnung
geschaffen hat und sich darin kund giebt, zurückzuführen.
So wird man sich auch nicht eine moralische Weltordnung
denken können ohne ein für sich bestehendes Wesen, das
diese Ordnung schafft und sich in dieser Ordnung kund giebt.
Wir werden uns Gott nicht denken können als blosse Gesetzmässigkeit und Zweckmässigkeit in der Natur und als blosse
moralische Ordnung in der Welt der Geister, ohne ihm zugleich ein selbständiges Insichsein zuzuschreiben, vermöge dessen er zugleich der Welt enthoben ist und sich auf
sich selbst bezieht. Aber wenn umgekehrt Gott nur jenseits
und ausserhalb der Welt (der natürlichen und der geistigen
Welt) gesetzt wird, wie dieses der einseitige Theismus thut,
ohne dass seine Alles durchdringende Wirksamkeit an jedem
Punkte des Naturlebens und des geistigen Lebens des einzelnen Menschen und der ganzen Menschheit gefunden und
anerkannt wird, so hat man eine ebenso unlebendige Idee,
als wenn man von einem Dichter träumte, von dem man
keine Gedichte kennt. Der volle Religionsbegriff erfordert
ebenso sehr das Bewusstsein eines absoluten, für sich seienden
und der Welt enthobenen, als auch eines in der Welt immanenten, in ihr gegenwärtigen und auf jedem Tritt und
Schritt in ihr sich offenbarenden Wesens.

Gehen wir nach dieser allgemeinen Bemerkung auf
Fichte zurück, so unterscheiden sich die beiden Perioden
seiner religiös-philosophischen Wirksamkeit dadurch, dass in
der ersteren das pantheistische Moment des Religionsbegriffs
überwiegend und selbst einseitig hervortritt, während in der
zweiten das theistische ergänzend hinzutritt. Es ist schon
erwähnt, wie er in seiner Berliner Zeit seine religiösen

Ueberzeugungen besonders in dem Evangelium des Johannes
ausgedrückt findet.

Dieses Evangelium commentirt er in einzelnen seiner
Vorlesungen über das selige Leben förmlich, z. B. in der
sechsten, und sucht den Beweis zu führen, dass seine Reli
gionslehre zugleich die Lehre des echten Christenthums sei
und dass also das theistische Moment des Religionsbegriffs
seinen Ueberzeugungen nicht fern liege. Auch den Gedanken
von der persönlichen Fortdauer finde ich später weit mehr
urgirt. So ist also ein gewisser Unterschied in der Fassung
seines Religionsbegriffs zu erkennen in den beiden Perioden
seiner literarischen Wirksamkeit. Aber durch beide Perioden,
ja durch sein ganzes Leben hindurch zieht sich ein und derselbe Geist der edelsten und reinsten Sittlichkeit, der Geist
der absoluten Hingabe an die Wahrheit, der Selbstentäusserung, der Treue und Redlichkeit, der Gerechtigkeit und
Menschenliebe. In beiden Perioden und bis an sein Lebens-
ende betrachtet er die Religion oder die Moral als untrenn-
bare Glieder eines und desselben lebendigen Organismus.
Die Religion ist ihm zu allen Zeiten ohne die Moralität nichts
weiter, als eine leere Einbildung und substanzlose Schwärmerei; sie hat sich als wahrhafte und lebenskräftige Religion
nach allen Seiten hin durch eine sittliche Gesinnung und
durch einen sittlichen Wandel zu bewähren. Aber auch
darin bleibt er sich immer gleich, dass ihm die blosse Moralität nichts ist als äusserliche Legalität, wo nicht
gar eitler Schein, wenn sie nicht immerfort aus der Wurzel
der Religion, d. h. aus der uneigennützigen Hingabe des
Menschen an das göttliche Wesen und Leben erwächst und
sich aus diesem unerschöpflichen Horne stets erneut und
stärkt.

Die eigenthümliche Grösse Fichte's besteht aber nicht
blos darin, dass er diese hohen, edlen und durch und durch
wahren Ueberzeugungen hat, sondern besonders auch darin,
dass dieselben aus dem Boden seiner innersten Persönlichkeit
erwachsen sind und daher auch mit so unwiderstehlicher
Kraft nach aussen hin wirken. Fichte ist nicht blos einer
der edelsten und geistreichsten Menschen, die unser Vaterland hervorgebracht hat, sondern wegen dieser rücksichts-
losen Opferfreudigkeit, mit der er seiner Ueberzeugung ge-

muss lebte und handelte, auch einer der grössten Charaktere der neueren Zeit. Er zeigt sich schon in seinen
Speculationen als ein grosser Charakter durch die Selbständigkeit, mit der er seine Ueberzeugungen aus seinem ureignen
Geiste heraus erzeugte und mit der er sich stets auf sich
selbst stellte. Fichte ist in dieser Beziehung ein echter und
voller Protestant, der auf keine äussere Autorität etwas giebt
und sich auf nichts Fremdes und Geborgtes verlässt, wenn
er es nicht zu seinem innersten Eigenthum gemacht, ja vielmehr aus sich selbst heraus neu erzeugt hat. Wie man
zweierlei Sterne unterscheidet, solche, die aus sich selbst
herausleuchten, und solche, die von andern beleuchtet werden,
so kann man auch zweierlei Menschen unterscheiden, solche,
die aus sich selbst heraus denken, ursprüngliche und selbständige Denker, und solche, die von dem Lichte anderer
erleuchtet werden, d. h. die sich an die Gedanken Anderer
halten und Zeitlebens Autoritäts-Gläubige bleiben. Fichte
war ein selbstleuchtender Stern und zwar ein Stern erster
Grösse, ein selbständiger und ursprünglicher Denker, der
eigene Gedanken hatte und allen Gedanken, die er von aussen
bekam, das Moment der Aeusserlichkeit abstreifte und nicht
eher ruhte und rastete, als bis sie eigene, aus ihm selbst entsprungene Gedanken geworden waren. Darin besteht nach
Fichte auch die wahre Religion, dass man aus der ersten
Quelle schöpft und nicht aus der zweiten. „Nicht darin, sagt
er in den Vorlesungen über das selige Leben, besteht die
Religion, worin die gemeine Denkart sie setzt, dass man
auf Hörensagen und fremde Versicherung hin: es sei ein
Gott, es nachsagt, weil man nicht den Muth hat, es zu
leugnen, denn dies ist eine abergläubische Superstition, durch
welche höchstens eine mangelhafte Polizei ergänzt wird, das
Innere des Menschen aber so schlecht bleibt, wie vorher;
sondern darin besteht die Religion, dass man in seiner
eigenen Person und nicht in einer fremden, mit seinem
eigenen geistigen Auge und nicht durch ein fremdes Gott
unmittelbar schaue, habe und besitze. Dies aber ist nur
durch das reine und selbständige Denken möglich; denn nur
durch dieses wird man eine eigene Person; und dieses allein
ist das Auge, dem Gott sichtbar werden kann.“ Er sagt an
einer anderen Stelle seiner Anleitung zum seligen Leben:

„Zum seligen Leben gehört nothwendig Folgendes, dass man
stehende Grundsätze über Gott und unser Verhältniss zu ihm
habe, die nicht blos als ein auswendig Gelerntes, ohne unsere Theilnahme im Gedächtniss schweben, sondern die da
für uns selber wahr und in uns selbst lebendig und thätig
sind. Denn darin eben besteht die Religion: und wer
nicht solche Grundsätze und eine solche Weise hat, der
hat eben keine Religion und eben darum kein Sein und
kein Dasein, auch kein wahrhaftiges Selbst in sich, sondern er fliesst nur ab wie ein Schatten am Mannigfaltigen
und Vergänglichen." Hat irgend ein Mensch diesen Grundsatz befolgt, so ist es Fichte selbst; er hat aus der ersten
Quelle geschöpft, er war durch und durch ein selbständiger Denker und zeigte sich hierin schon als ein grosser
Charakter.

Aber ebenso zeigte er sich als ein grosser Charakter im
Handeln. Sein ganzes Leben ist ein Ausdruck der sittlichen
Energie gewesen und die edelsten und höchsten Zwecke hat
er im Glück und im Unglück mit Ausdauer, Consequenz,
mit Unerschrockenheit, Muth und Tapferkeit verfolgt und
durchgeführt. Doch davon ist heute schon gesprochen worden
und es ist auch sonst schon hinlänglich bekannt, so dass es
nicht nöthig ist, hier weiter davon zu reden. Aber durch
diese edle und kraftvolle Wirksamkeit hat er nicht blos sich
selbst zu einem Musterbilde des sittlichen Geistes, soweit es
einem sterblichen Menschen möglich ist, emporgearbeitet,
sondern er hat, was noch wichtiger ist, das Leben unserer
ganzen Nation gereinigt und gekräftigt und kräftigt und
reinigt es durch seine Schriften noch immer. Was er selbst
in seiner Anweisung zum seligen Leben für Anforderungen
an einen echt religiösen Menschen stellt, denen hat er in
seinem Leben entsprochen. Er hat es nie und unter keiner
Bedingung aufgegeben, an der Veredlung unseres Geschlechts
zu arbeiten. So oft er auch abgewiesen wurde von aussen,
ohne den gehofften Erfolg, so gab er doch niemals die Hoffnung auf, sondern schöpfte aus der ihm ewig fortfliessenden
Quelle der Menschenliebe immer neue Lust und Liebe und
neue Mittel und wurde fortgetrieben von dieser Liebe zu
einen neuem Versuche und wenn auch dieser misslang, abermals zu einem neuen, jedesmal vornussetzend, was bisher ,

nicht gelungen sei, könne diesmal gelingen oder auch das
nächstemal oder doch irgend einmal und falls auch ihm überhaupt nicht, doch etwa, durch seine Beihülfe und zu Folge
seiner Vorarbeiten, einem folgenden Arbeiter. Dieser unerschütterliche Glaube an die fortschreitende Entwicklung des
Menschengeschlechts und namentlich des deutschen Volkes,
von welchem er die höchste Idee hatte, setzte ihn auch hinweg über alle die Indignation und all' den Jammer, mit denen
die Betrachtung der Wirklichkeit ihn erfüllen mochte, und durch
ihn fand er in seiner Brust den sichersten Frieden und die un-
zerstörbarste Ruhe in allen Kämpfen. Er blickte hoffnungs-
voll hinaus in die Zukunft über die beängstigende Gegenwart und war in seinem kraftvollen und reinen Wirken sich
dessen im Innersten bewusst, dass doch endlich Alles ein-
laufen müsse in den sicheren Hafen der ewigen Ruhe und
Seligkeit, und dass doch endlich einmal heraustreten müsse
das göttliche Reich und seine Gewalt und seine Kraft und
seine Herrlichkeit. Aber so gewiss er auch an die Zukunft
des Reichs Gottes glaubte, so legte er doch sein ganzes
thatkräftiges Wesen stets in den gegenwärtigen Moment
und suchte der jedesmaligen Gegenwart denkend, wollend
und handelnd eine ewige Dauer und Bedeutung zu geben.
Er sagt in dieser Beziehung in der ersten seiner Vorlesungen
über das selige Leben: Die Sehnsucht nach dem Ewigen ist
die Wurzel alles endlichen Daseins. Ganz gewiss liegt die
Seligkeit auch jenseits des Grabes für denjenigen, für welchen
sie schon diesseits begonnen hat; aber durch das blosse Sich-
begrabenlassen kommt man nicht in die Seligkeit und diejenigen werden im künftigen Leben und in der unendlichen
Reihe aller künftigen Leben vergebens die Seligkeit suchen,
die sie ganz in etwas Anderem suchen, als in dem, was sie
schon hier so nahe umgiebt, dass es denselben in der ganzen
Unendlichkeit nie näher gebracht werden kann, — in dem
Ewigen. Das Ewige kann aber lediglich durch den Gedanken ergriffen werden. So war an dem Manne Alles gegen-
wärtiger thatkräftiger Gedanke.

So ist Fichte der Wohlthäter seines Volks und Vaterlandes geworden und kann es immermehr werden, wenn die
nachfolgenden Geschlechter seinen Geist erkennen und in
sich aufnehmen. Darum sei ihm aber heute und alle Zeit

Ehre und Dank dargebracht und möge denn auch das kleine
Dankesopfer, welches wir diesem Genius darbringen, so
äusserst schwach es ist im Vergleich zu seinem Geiste, doch
dem Willen und der Gesinnung nach seiner nicht unwürdig
und nicht unfruchtbar befunden werden.